아메리칸

The American

세계문학전집 31

아메리칸

The American

헨리 제임스

최경도 옮김

민음사

차례

아메리칸 7

작품 해설 523

작가 연보 532

제1장

1868년 5월 어느 화창한 날, 한 신사가 루브르 박물관 안의 살롱 카레[1]의 중앙에 놓여진 커다란 둥근 의자에 편안한 자세로 기대어 있었다. 이후 이 널찍한 긴 의자는 무릎 관절이 약한 탓에 앉을 곳을 찾던 미술 애호가들에겐 지극히 유감스럽게도 치워져버렸다. 문제의 그 신사는 긴 의자에서 가장 푹신한 곳을 조용히 차지하고 머리를 뒤로 젖히며 다리를 뻗고 앉아, 자신의 자세를 한껏 즐기는 모습으로 뮤리오[2]가 그린 아름다운 달빛 속의 마돈나를 응시하고 있었다. 신사는 모자를 벗은 다음 붉은색의 작은 안내 책자와 오페라 글라스를 옆에 내려놓았다. 더운 날씨에 걸어다녀 몸이 달아오른 그는, 다소 지친 몸짓으로 손수건으로 연신 자신의 이마를 닦았지만 분명히 쉽게 피로를 느낄 남자는 아니었다. 키가 크고 몸은 말랐지만 건장하게 보이는 이 신사는 〈강단〉이 있다고 할 정도로 활기찬 인상을 주

1) 원래 네모난 방이란 의미지만 여기서는 박물관 내의 진열실을 말한다.
2) 17세기 스페인의 종교화가.

었다. 하지만 그가 고요히 루브르를 거니는 것보다 쉬운 육체적 모험을 감행했어도, 이처럼 박물관을 찾는 일은 드물었다. 그는 믿을 수 없을 만큼 미세한 활자가 박힌 베데커 책자[3] 속에서 별표가 붙은 모든 그림을 둘러보았기 때문에, 긴장되고 눈이 침침하여 마침내 현기증으로 자리에 앉아버렸다. 더욱이 이 신사는 벽에 걸린 모든 그림뿐만 아니라, 깔끔하게 몸단장을 하고서 위대한 프랑스 예술의 보급에 심혈을 기울이는 수많은 젊은 여성들의 손에 들린 복제 그림까지 보았다. 솔직히 말하자면, 그는 진품보다 복제품에 더 감탄했던 것이다. 이 신사의 생김새를 보면 그가 빈틈없고 유능한 사람임을 능히 알 수 있는데, 사실인즉 그는 빳빳한 계산서 다발을 세느라 밤을 새우기 일쑤이면서도, 밤새 그런 일을 하고도 머리가 거뜬한 인물이었다. 그러나 라파엘[4]과 티치아노[5]와 루벤스[6]의 그림을 관찰하는 데는 새로운 계산법이 필요했기 때문에, 신사는 세상에 태어나 처음으로 모호한 자기 불신감을 가졌다.

낯선 사람의 국적을 식별하는 안목이 조금이라도 있는 관찰자라면 이 미숙한 예술 감식가가 어디서 왔는지 쉽게 알아낼 수 있을 것이다. 아닌게아니라 그러한 관찰자라면 이 신사가 거의 완벽하게 드러내는 국민적 특성에서 유머스런 느낌을 가질 수도 있었다. 긴 의자에 앉은 이 신사는 강력한 미국인의 표본이었는데, 그는 멋진 미국인이었을 뿐만 아니라 무엇보다 신체적으로 늠름한 남자였다. 자신의 신체적 자산인 건강과 강인함이

---

3) 여행 안내서. 19세기 초 이 책을 펴낸 칼 베데커의 이름에서 유래되었다.
4) 16세기 이탈리아 화가.
5) 16세기 이탈리아 화가.
6) 17세기 플란더즈 화가.

완벽히 표출될 경우 참으로 깊은 인상을 주게 될 이 인물은 그것을 〈유지〉하기 위해 별도의 노력을 기울이지는 않았다. 만일 이 인물이 억센 기독교도였다면 이는 자신도 모르게 된 일일 것이다. 또한 멀리 걸어갈 필요가 생겼다면 그렇게 했겠지만, 이럴 경우에도 결코 스스로 〈운동〉을 한다고 생각지는 않았을 것이다. 그는 냉수욕이나 곤봉 따위를 알지 못했으며, 보트를 타거나, 사격을 하거나, 펜싱을 하지도 않았고, 이런 일에 몰두할 시간적 여유도 없었다. 더욱이 그는 승마가 위장병에 좋다는 사실조차 알지 못했다. 그는 기질적으로 절제를 하는 인물이었지만, 루브르 박물관이 파리에서 빠트릴 수 없는 체험이라는 말을 듣고서 루브르를 찾던 전날 밤 〈앙글레 카페〉에서 포식을 했음에도 불구하고 숙면을 취했다. 평상시 이 신사의 태도나 몸가짐은 다소 해이한 듯했지만, 특별한 영감을 받아 자신을 추스리면 행진하는 근위병처럼 보였다. 한번도 담배를 피운 적이 없던 그는 흡연이 건강에 좋다는 풍문을 굳게 믿을 수도 있었지만, 동종요법[7]에 관한 만큼이나 담배에 대해 별로 아는 바가 없었다. 이 신사는 미끈하고 균형잡힌 이마와 후두부를 가진 잘생긴 머리형에, 직모에다 숱이 많은 건성의 갈색 머리카락을 가졌다. 그의 혈색은 갈색이었고, 대담하고 분명하게 생긴 코는 반원형이었다. 맑고 차가운 회색 눈빛을 가진 그는 다소 숱이 많은 콧수염을 제외하고 깨끗이 면도를 하고 있었다. 이 인물은 흔한 미국인 유형인 평평한 턱과 야무진 목을 가졌지만, 국적에 대한 표시는 겉으로 드러난 모습에서보다 표정에서 더욱 두드러지게 나타났다. 이런 관점에서 본다면 그의 용모는 극히

7) 미량의 약물을 투여하여 병을 치료하는 요법.

웅변적이었다. 분별력 있는 관찰자라면 그 표정을 완벽히 측정했을 테지만, 그것을 묘사하는 데 당황했으리라. 거기에는 많은 미국인들의 얼굴 특징이 된 공허하지 않은 독특한 모호함은 물론 단순하지 않은 공백감이 있었으며, 특히 어디에도 집착하지 않은 채 막연한 기대감으로 인생이 가져올 기회를 기다리는 가운데 자신이 의도한 대로 행동할 수 있다는 표정이 깃들었다. 이 인물이 주로 자신의 이야기를 전달하는 눈빛에는 순수와 경험이 기묘하게 섞여 있을 뿐만 아니라, 모순적인 암시가 가득 차 있었다. 그리고 낭만소설의 주인공처럼 이글거리는 눈빛은 아닐지언정, 그 눈빛은 모든 것을 예측했다. 그것은 냉담하면서도 친절하고, 솔직하면서도 주의 깊고, 빈틈없는 듯하면서도 쉽사리 남을 믿고, 긍정적이면서도 회의적이고, 자신감에 차 있으면서도 수줍어하고, 지극히 영리하면서도 명랑하게 보인 눈빛이었다. 이러한 특징은 이 신사로 하여금 양보의 빛을 띠면서도 도전적인 면이 있고, 과묵하면서도 확신에 차 있게 보이도록 했다. 그의 콧수염 위의 뺨에는 나이보다 일찍 패인 두 줄기 주름살이 있었으며, 비록 앞을 열어놓은 셔츠와 감청색 넥타이가 다소 눈에 거슬린다고 하더라도 이러한 스타일 때문에 자신의 신분은 분명하게 노출되었다. 여기서 목격된 신사의 모습은 그다지 바람직하지 않을지도 모른다. 왜냐하면 그는 누군가 자신의 초상화를 그리고 있기 때문에 앉아 있던 것이 아니었기 때문이다. 하지만 이 신사는 미학적 의문에 다소 당황하여, 예술가의 가치를 작품의 가치와 혼동하는(이 신사는 젊은 여인 자체에 특별한 의미를 부여했으므로, 소년 같은 머리 모양을 한 젊은 여인의 모습으로, 가늘게 눈을 뜬 마돈나의 그림에 감탄했다) 치명적 실수로 말미암아 심적 부담을 느끼고 어슬렁거리기는 했지만 장래가 양양하게 보인 인물이었다. 어떤 결단을 내리고, 기분을 북돋우며, 익살을 부리고, 여유 있는 태도를 취하는 일이란 이 신사가 마음 먹은 대로 할 수 있는 행동이었다. 그는 분명히 현실적 인물이었지만, 어떤 신비스러운 영역으로 유리하게 상상력을 발동시키는 것이 사람의 생각이라고 간주했다.

이 신사의 건너편에 있던 작은 체구의 복제 화가는 혼자 일을 하는 가운데 틈틈이 자신을 숭배하는 듯한 인물에게 눈길을 던졌다. 이 화가는 미술품에 대한 교양을 쌓는 데에는 상당히 부수적인 연기가 요구된다고 생각했다. 이를테면, 팔짱을 끼고 머리를 갸우뚱하면서 멀찌감치 서 있다든가, 움푹 패인 손으로 보조개가 보이는 턱을 어루만진다든가, 탄식을 하거나 인상을 찌푸리며 발을 구른다든가, 아니면 헝클어진 머릿속을 헤매고 있는 머리핀을 더듬거리며 찾는 행위 따위가 그런 것이었다. 그런 행동에 의례껏 끊임없이 따르는 사람들의 눈길이 다름 아닌 지금 말하고 있는 신사에게 오랫동안 머물렀다. 이윽고 그는 자리에서 벌떡 일어나 모자를 쓴 다음 젊은 여인에게 다가갔다. 신사가 그림 앞으로 다가와 잠시 쳐다볼 동안, 복제 화가는 그의 면밀한 시선을 일부러 모른 체했다. 신사는 자신의 불어가 미숙하다는 점을 드러내는 한마디의 어휘를 던지며, 말의 의미를 명확히 하려고 손가락 하나를 들어올렸다.

「얼마요?」

그가 불어로 급작스레 물었다.

화가는 물끄러미 쳐다보다 입을 뾰죽 내밀고 어깨를 으쓱거렸다. 그러고 나서 그녀는 붓과 팔레트를 내려놓고 손을 문지르며 서 있었다.

「얼마요?」 신사가 영어로 물었다.

「이 그림을 사실려구요?」 젊은 여인이 불어로 응답했다.

「아주 예쁘군요, 근사해요. 얼마요?」 미국인이 다시 물었다.

「이 그림이 좋으세요? 소재가 매우 아름답죠」 젊은 여인이 말했다.

「마돈나 말인가요? 그렇군요. 나는 가톨릭 신도는 아니지만 사고 싶군요. 얼마요? 여기 적어봐요」 그는 주머니에서 연필을 꺼낸 다음 자신이 가진 안내 책자의 면지를 펼쳤다. 그녀는 신사를 쳐다보고 연필로 자신의 턱을 긁으며 서 있었다. 「팔지 않을 거요?」 신사가 물었다. 화가는 여전히 생각에 잠겨 예술의 후견인 노릇을 하려는 낯선 인물의 열의를 싱거운 일로 간주하려다, 감동적인 의구심이 배인 눈으로 그를 쳐다보았다. 신사는 상대방을 언짢게 했을까 하고 염려했다. 그녀는 무관심하게 보이려 했을 뿐이지만, 이런 상태가 얼마나 지속될지 의아스러워했다. 「내가 실수하지 않았을 테죠, 기분이 상했소?」 그녀의 상대방이 계속 말했다. 「당신은 영어를 전혀 알아듣지 못해요?」

젊은 여인은 순발력이 뛰어났다. 그녀는 의식적이고 예리한 눈매로 신사를 응시한 후 신사에게 불어를 전혀 구사하지 못하느냐고 물었다. 그런 다음 그녀는 「그걸 줘요!」라고 짤막히 불어로 말하고서 펼쳐진 안내 책자를 집어 들었다. 그녀는 미세하고 깔끔한 필체로 면지의 위쪽 구석에 숫자를 쓴 후 신사에게 책을 건네고 다시 팔레트를 집었다.

신사는 〈2천 프랑〉이라는 숫자를 읽고 잠시 아무런 말 없이 그림을 쳐다보며 서 있었다. 그러는 사이 복제 화가가 활기차게 그림을 그리기 시작하자 그는 미소를 띠며 물었다. 「복제 그림 하나 값으로 너무 비싸지 않소? 굉장한 금액인데」

젊은 여인은 팔레트에서 눈을 떼고 머리에서 발끝까지 상대를 훑어보다, 놀라운 기지를 발휘하여 기막힌 대답을 했다. 「물론이죠. 하지만 제 그림은 아주 뛰어나니까 그 이하로는 안 돼요」

이 신사는 불어를 전혀 알아듣지 못했지만, 자신의 영리함을 입증할 기회를 포착했다. 그는 본능적으로 젊은 여자가 한 말의 의미를 알아차리고 그녀가 매우 솔직하다고 생각했다. 그녀는 미와 재능과 덕을 골고루 갖춘 듯이 보였다. 「그렇다면 그림을 완성해요」 신사가 말했다. 「끝내라는 뜻이오」 그러고 나서 그는 채색되지 않은 그림 속 인물의 손을 가리켰다.

「아, 완전하게 끝낼 거예요, 완전무결하게요」 이렇게 말하며 그녀는 자신의 약속을 확인하듯 마돈나의 뺨 중간에 장밋빛 얼룩을 그려넣었다.

그러자 미국인은 인상을 찌푸렸다. 「이런, 너무 붉은데. 너무 붉어!」 그가 항변했다. 「저기 있는 얼굴이 더욱 섬세한데」라고 말하며 그는 뮤리오의 그림을 가리켰다.

「섬세하다구요? 이 얼굴도 세브르의 질그릇만큼 섬세할 거예요. 전 색조를 약하게 하려고 해요. 제 그림에는 혼자만의 비법이 있거든요. 이 그림을 어디로 보내면 될까요? 선생님의 주소 말이에요」

「내 주소라고? 아, 그렇군!」 신사는 지갑에서 명함을 꺼내 뭔가 적고 나서 잠시 머뭇거리며 말했다. 「그림이 완성된 후에 내 마음에 들지 않으면 구입하지 않겠어요」

젊은 여인도 미국인만큼 억측꾼인 듯이 보였다. 「선생님이 그렇게 변덕스럽지 않을 거라고 확신해요」라고 말하며 그녀는 짓궂은 미소를 띠었다.

「변덕스럽다구요?」 남자가 웃음을 터뜨렸다. 「아니, 난 변덕스럽지는 않아요. 신의가 깊고 마음이 변치 않을 따름이지. 이해하겠소?」

「그렇다구요? 여부가 없네요. 그건 갖추기 힘든 덕목이죠. 보답하는 뜻으로 물감이 마르는 대로 이 그림을 다음 주에 배달해 드리겠어요. 명함을 주세요」 그녀는 명함을 낚아채 〈크리스토퍼 뉴만〉이라는 이름을 읽고 나서, 큰 소리로 이름을 반복하며 자신의 서투른 악센트에 웃음을 터뜨렸다. 「이런 영어 이름은 너무나 우스워요!」

「우습다구요?」 뉴만 역시 웃으며 대답했다. 「크리스토퍼 콜럼버스라고 들어봤소?」

「물론이에요! 미국을 발견한 매우 위대한 사람이죠. 그 사람이 선생님의 후원잔가요?」

「후원자라뇨?」

「달력 그림에 나오는 수호성인 말이에요」

「정확히 맞추었소. 부모님이 그 사람 이름을 따서 내 이름을 지었거든요」

「선생님은 미국인이에요?」

「그걸 몰랐소?」 뉴만이 물었다.

「제 그림을 거기까지 가져다 달라는 거예요?」 그녀는 몸짓으로 자신의 말을 설명했다.

「아, 난 굉장히 많은 그림을 사려고 했을 뿐이오――굉장히 많이」

「무척 영광스럽군요」 젊은 여인이 대답했다. 「안목이 대단하시네요」

「나한테 당신 명함을 주시오, 명함 말이오」

젊은 여인은 잠시 심각한 표정을 짓더니, 「제 아버지가 선생님을 찾아갈 거예요」라고 대답했다.

뉴만의 선견지명이 일순 빛나가는 듯했다. 「당신 명함을 주시오. 주소가 알고 싶으니까」 그는 생각 없이 말을 반복했다.

「제 주소라구요?」 처녀가 반문했다. 그런 다음 그녀는 어깨를 약간 으쓱이며 말했다. 「운이 좋게도 선생님은 미국인이군요! 신사분께 명함을 드리기는 처음이에요」 이 말과 함께 그녀는 주머니에서 매끈한 수첩을 꺼낸 다음, 작고 광택이 나는 명함을 뽑아 자신의 후원자에게 내밀었다. 연필로 정갈하게 새겨지고 장식체가 많이 박힌 명함은 〈마드모아젤 노에미 니오슈〉라는 이름을 담고 있었다. 그러나 뉴만은 상대편과 달리 매우 진지하게 이름을 읽었다. 모든 프랑스 이름이 우습기는 그에게도 마찬가지였다.

「여기 아버지가 오시는군요. 저를 집에까지 바래다주려고 오시는 거예요」 노에미 양이 말했다. 「제 아버지는 영어를 잘하시니까 시간을 맞춰보세요」 그런 다음 그녀는 안경 너머로 뉴만을 응시하며 발을 끌고서 작은 체구의 노신사를 맞이하러 돌아섰다.

니오슈 씨는 이상한 색깔의 번들거리는 가발을 쓰고 있었다. 그 가발은 유순하면서도 창백하고 멍한 그의 얼굴 위로 불쑥 솟구쳐, 이발소 창문에 볼품없이 진열된 잡동사니만큼이나 눈에 띄지 못했다. 니오슈 씨는 보잘것없는 신사의 형상을 절묘하게 보여준 인물이었다. 정성 들여 손질한 작고 초라한 코트와 꿰맨 장갑, 광택이 날 만큼 잘 닦은 부츠, 그리고 색이 바랜 정교한 모자 따위는 그가 형편이 궁하여 멋에 대한 애착을 완전히 잃었어도 그 기분만은 버리지 못하고 있음을 말해 주었다. 니오슈 씨는 무엇보다 용기가 꺾여버린 것처럼 보였다. 그는 자신을 파멸시킨 역경에 대한 두려움에 사로잡힌 나머지, 자신에게 악의를 품고 있는 운명을 더 이상 자극하지 않으려고 남은 인생을 조심조심 살아온 듯이 보였다. 만일 이 낯선 신사가 한치라도 예의에 어긋난 말을 그의 딸에게 했다면 니오슈 씨는 쉰 목소리로 참아 달라고 각별히 간청했을 테지만, 그런 부탁 자체가 스스로 주제넘은 짓이라고 자책했을지 모른다.

「이 분이 그림을 샀어요」 노에미 양이 말했다. 「그림이 완성되면 택시로 가져다 드리세요」

「택시라고!」 니오슈 씨가 외쳤다. 그는 마치 한밤중에 해가 뜬 것을 본 듯이 어리둥절한 채 딸을 바라보았다.

「이 젊은 아가씨의 아버지 되십니까?」 뉴만이 말했다. 「영어를 구사한다고 들은 것 같은데요」

「영어를 구사한다구요? 아, 그럼요」 노인은 천천히 손을 비비며 대답했다. 「택시로 그림을 가져다 드리죠」

「이제 몇 마디만 하세요」 딸이 소리쳤다. 「이 분께 감사의 말을 해요, 조금만요」

「조금만이라구」 니오슈 씨가 당황하여 말했다. 「이 그림이 얼만데?」

「2천 프랑이죠!」 노에미 양이 대답했다. 「소란 떨지 마세요. 그러면 취소될지 모르니까」

「2천 프랑이라구!」 노인은 소리를 치고, 더듬거리며 담뱃갑을 찾기 시작했다. 그는 뉴만을 샅샅이 쳐다본 다음 자신의 딸과 그림을 차례로 보았다. 「그림을 망치지 않도록 조심해!」 그는 장엄할 정도로 소리쳤다.

「이제 집으로 가야 돼요」 노에미 양이 말했다. 「이건 하루는 족히 걸릴 일감이니까 조심해서 들고 가세요!」 그러고 나서 그녀는 그림 도구를 챙기기 시작했다.

「어떻게 감사해야 될지요. 영어가 유창하지 못하거든요」 노인이 말했다.

「나도 불어를 구사할 줄 알았으면 좋겠소」 뉴만은 너그럽게 응답했다. 「당신 딸은 매우 영리하오」

「그렇게 생각하시나요!」 니오슈 씨는 눈물이 배인 눈으로 자신의 안경을 쳐다본 다음 비감한 듯이 고개를 떨구었다. 「딸 아이는 교육을 잘 받았답니다――상류사회 교육 말입죠. 전 힘닿는 데까지 했거든요. 파스텔화 교습으로 10프랑, 유화 교습으로 12프랑을 치루었지요. 그땐 돈 생각은 안 했답니다. 저 애는 예술가답죠」

「당신이 역경을 겪었다는 뜻인가요?」 뉴만이 물었다.

「역경이라구요? 큰 불행이었죠. 끔찍했어요」

「사업에 실패했소?」

「깡그리 망했지요」

「두려워하지 말아요. 다시 일어설 수 있을 테니까」 뉴만이 활기차게 말했다.

노인은 한쪽으로 고개를 숙이더니, 이런 말이 무감각한 농담인 양 고통스런 표정으로 뉴만을 쳐다보았다.

「이 분이 뭐라고 했나요?」 노에미 양이 불어로 물었다.

니오슈 씨는 코담배 한 줌을 꺼내며, 「내가 다시 운이 필 거라는구나」라고 대답했다.

「뭔가 도움이 될 거예요. 다른 말은 하지 않았나요?」

「네가 영리하다고 했단다」

「그럴듯하네요. 아버지도 그렇게 믿으세요?」

「믿느냐고? 이렇게 확실한데!」 그러고 나서 노인은 생기를 띠며, 경배하듯 이젤에 얹힌 대담하고 서투른 그림을 응시했다.

「그럼 물어보세요. 불어를 배울 마음이 없느냐고요」

「불어를 배워?」

「교습을 받는 거죠」

「교습을 받아? 너한테 말이냐?」

「아버지한테요」

「나한테라니. 내가 어떻게 교습을 하지?」

「변명은 필요없어요! 당장 물어보세요!」 노에미 양은 부드럽고 간결하게 말했다.

니오슈 씨는 놀라 서 있었다. 그는 딸의 눈매에서 기지를 찾아 쾌활한 웃음을 지으려고 갖은 애를 쓰면서 명령에 따랐다. 「아름다운 프랑스 말을 배울 생각이 없으신가요?」 노인은 호소하듯 떨리는 목소리로 물었다.

「불어를 배운다구요?」 뉴만은 노인을 쳐다보며 말했다.

니오슈 씨는 손가락 끝을 한데 모아 누르고 천천히 어깨를 들어올렸다. 「불어 회화 말입죠!」

「회화라구요, 바로 그거예요!」 이 말을 알아들은 노에미 양이 중얼거렸다. 「사교를 하는 데는 그만이죠」

「아시다시피 우리 불어 회화는 유명하잖아요」 니오슈 씨는 과감하게 말을 이어갔다. 「배워둘 만하답니다」

「하지만 너무 어렵지 않을까요?」 뉴만이 간략하게 물었다.

「미를 숭배하시는 선생님처럼 기지가 있는 분이라면 문제 없어요!」 그런 다음 니오슈 씨는 딸이 그린 마돈나의 그림에 의미심장한 눈길을 던졌다.

「불어로 이야기를 한다니 상상하기 어렵군요!」 뉴만이 웃으며 말했다. 「그렇지만 많이 알수록 좋은 거죠」

「무척 적절한 말을 하시는군요. 여부가 없죠!」

「불어를 알면 파리를 돌아다닐 때 많은 도움이 될 것 같은데」

「하고 싶은 말이 굉장히 많을 테죠. 그것도 어려운 말로!」

「내가 하고 싶은 말은 모두 어려워요. 그런데 당신이 가르쳐요?」

니오슈 씨는 애처롭게도 당황한 나머지 더욱 호소할 듯한 미소를 지었다. 「정규 교사는 아니죠」 그가 실토했다. 「그래도 내가 교사라고 말할 순 없어」 하고 그가 딸에게 말했다.

「매우 드문 기회라고 하세요」 딸이 응답했다. 「세상 물정에 밝은 아버지 같은 신사가 다른 신사와 이야기를 나누는 거라구요! 아버지가 어떤 분인지, 지금껏 무엇을 했는지 생각해 보세요!」

「어쨌든 언어 교사는 아니었어! 예나 지금이나 별로 달라진 게 없지! 그런데 교습비를 물어보면 어쩌지?」

「묻지 않을 거예요」 노에미 양이 대답했다.

「좋을 대로 하라고 할까?」

「안 돼요! 그건 품위없는 짓이에요」

「그러면 물으면 어떡하지?」

노에미 양은 모자를 쓰고 리본을 맸다. 그녀는 작고 부드러운 턱을 앞으로 내밀며 리본을 매끈하게 맸다. 「10프랑이라고 말해요」 그녀가 재빨리 말했다.

「이런! 난 그렇게 간 큰 짓은 못 해」

「말하지 마세요, 그럼! 교습이 끝날 때까지 저 분은 묻지 않을 테니까. 그때 가서 제가 청구서를 쓰겠어요」

니오슈 씨는 자기를 신뢰하고 있는 미국인에게 다시 돌아서 죄책감 어린 표정으로 손을 비비며 서 있었지만, 그런 태도가 너무나 몸에 배인 탓인지 남달라 보이지는 않았다. 뉴만은 니오슈 씨가 응당 자신의 모국어에 능통하다고 생각했기 때문에, 그가 남을 가르칠 만한 재능이 있는지 묻지 않았다. 더욱이 애원하는 듯한 그의 처량한 표정은 뭔지 모르게 교사 계급에 속한 모든 나이 든 외국인에 대해 뉴만이 항상 품고 있는 생각과 부합하도록 했다. 언어 습득 단계를 생각해 본 적이 없었던 뉴만이 이처럼 이색적인 도시에서 사용된 귀에 익은 영어 어휘의 신비스러운 작용으로부터 받은 인상은, 언어란 상당히 희귀하고도 우스꽝스런 근육의 움직임에 불과하다는 점이다. 「영어를 어떻게 배웠소?」 이윽고 뉴만이 노인에게 물었다.

「젊었을 때였죠. 불행을 당하기 전이었답니다. 그땐 식견이 넓었어요. 아버지가 큰 상인이셨거든요. 영국에 있는 회계사무소에 일년 간 저를 보내셨죠. 몇 가지는 기억에 남아 있지만, 나머지는 모두 잊어버렸어요」

「한 달에 불어를 얼마만큼 배울 수 있을까요?」

「이 분이 뭐라고 말했나요?」 노에미 양이 옆에서 물었다.

니오슈 씨가 설명을 하자 그의 딸은 「천사처럼 말할 수 있다고 해요!」라고 대답을 가르쳤다.

그러나 모처럼 행운을 포착할 기회를 수포로 만들지도 모를 노인의 타고난 정직성이 다시 발동했다. 「글쎄요!」 노인이 대답했다. 「제가 가르칠 수 있는 만큼입죠!」 그런 다음 그는 딸의 손짓에 정신을 가다듬으며, 「호텔로 찾아가 교습을 해드리겠어요」라고 말했다.

「정말 불어를 배워야겠군요」 뉴만은 노인의 대답을 그대로 믿고 말을 계속했다. 「불어를 배운다는 생각을 한번도 해본 적이 없어요. 늘 불가능하다고 생각했으니까. 하지만 당신이 영어를 배웠는데 나라고 불어를 못 배우겠어요?」 그의 솔직하고 친근한 웃음에는 가시가 있었다. 「그런데 우리가 대화를 나누려면 뭔가 즐거운 얘깃거리를 찾아야겠죠」

「좋습니다, 알아보죠!」 니오슈 씨가 손을 내밀며 말했다. 「명랑하고 즐거운 일은 선생님이 몽땅 가지고 있는걸요」

「그건 아니오」 뉴만이 더욱 심각하게 말했다. 「당신은 분명히 영리하고 생기가 있어요. 그래서 계약을 했지만」

니오슈 씨는 자신의 손을 가슴에 얹고 인사를 했다. 「좋습니다. 벌써 힘이 되어주시는군요」

「그럼 그림을 가져다주시오. 값을 치르고 나서 얘기해 봅시다. 정말 즐거운 대화가 될 것 같소!」

노에미 양은 그림 도구를 집어들고 자신이 그린 정교한 마돈나 그림을 아버지에게 맡겼다. 그러자 눈에 띄지 않게 물러서 있던 그녀의 아버지는 팔을 펴 그림을 잡고서 감사의 말을 되풀이했다. 젊은 여자는 흠잡을 데 없는 파리인처럼 숄을 몸에 두르고, 파리인다운 미소를 지으며 자신의 후원자에게 작별을 고했다.

제2장

뉴만은 긴 의자로 돌아가 카나의 결혼 축하연을 그린 폴 베로니즈[8]의 거대한 화폭이 보이는 의자의 다른쪽에 앉았다. 이 그림은 뉴만에게 어떤 환상을 불러일으키며 장엄한 연회의 진면목을 보여주었기 때문에, 비록 몸은 피곤했지만 그는 그림에 흥미를 가졌다. 그림의 왼편 구석에는 치렁치렁한 노랑 머리를 황금빛 머리 장식으로 단장한 젊은 여인의 모습이 보였다. 그녀는 연회에서 매력적인 여인이 짓는 미소를 띠고, 몸을 앞으로 굽혀 옆에 있는 사람에게 귀를 기울이고 있었다. 뉴만은 그림 속에 나타난 여러 사람들 가운데 자신이 찾아낸 인물을 숭배했는데, 그림 속의 여인 역시 머리카락이 뻣뻣한 어느 젊은 화가가 정성스럽게 자신의 형상을 그리고 있음을 알았다. 그림의 수집에 첫 발을 내디딘 뉴만은 자신의 내부에서 갑자기 〈수집가〉의 광기가 꿈틀댐을 느꼈지만, 자신의 이런 행동이 아무런 제

---

8) 베니스 유파에 속하는 16세기 이탈리아 화가.

약을 받지 않았다. 불과 20여 분 전에 생애 최초로 그림을 구입했던 뉴만은 벌써 미술을 후원하는 일이 매력적이라고 생각했다. 이런 생각으로 마음이 유쾌해진 뉴만은 다시 「얼마요?」라는 불어를 사용하여 젊은 남자에게 접근하려 했다. 여기서 두세 가지 사실——이들 사이의 논리적 연관성이 다소 미흡하다고 할지라도——이 뉴만의 머릿속에 확연히 떠올랐다. 그는 니오슈 양이 요구한 금액이 지나쳤음을 알면서도 그녀에게 어떤 악의도 품지 않았기 때문에, 자신이 지금 본 젊은 남자에게는 적절한 금액만 지불하기로 작정했다. 그런데 바로 이 순간 방의 건너편에서 나타난 신사가 뉴만의 눈길을 끌었다. 이 신사는 안내책자나 오페라 글라스를 들고 있지는 않았지만, 태도로 보아 화랑에 처음 온 듯했다. 푸른색 실크 테두리가 둘러진 흰 양산을 들고, 폴 베로니즈의 전시실 앞에서 멍한 눈길로 어슬렁거리던 이 신사는 너무나 그림 가까이 접근했던 나머지 화폭의 일부만 볼 수 있었다. 그가 맞은편에 멈춰 몸을 돌리자, 뉴만은 그때까지 제대로 보지 못했던 이 인물의 얼굴을 자세히 살펴볼 기회를 가졌다. 상대방의 얼굴을 살피던 뉴만은 자리에서 벌떡 일어나 방을 가로질러 걸어가 자신의 손을 뻗은 다음, 푸른 테두리가 둘러진 양산을 든 신사를 가로막았다. 그는 뉴만을 쳐다보며 영문도 모른 채 손을 내밀었다. 몸집이 비대하고 불그스름한 얼굴을 한 이 신사는 세심하게 다듬어 양쪽으로 보기 좋게 갈라놓은 연노랑색 수염을 나부끼고 있었다. 그의 얼굴은 강렬한 인상을 주지 못했어도, 어떤 사람과도 기꺼이 악수를 나눌 듯이 보였다. 낯선 남자의 얼굴에 대한 기억이 분명치 않았던 뉴만은 자신이 잡은 손길로부터 어떤 감응도 느끼지 못했다.

「이것 참!」 뉴만이 웃으며 말했다. 「자네가 날 모른다는 말은 하지 말게. 미리 만날 약속을 하지 않았더라도 말일세!」

뉴만의 목소리가 자신의 기억을 되살아나게 했던지 한껏 얼굴이 부풀어오른 남자 역시 웃음을 터뜨렸다.

「여, 뉴만. 놀랍구만! 생각인들 했겠나? 변했군 그래」

「자넨 안 변했구만」 뉴만이 말했다.

「변할 게 없지. 여긴 언제 왔나?」

「3일 전에 왔어」

「진작 알리지 그랬어?」

「자네가 여기 있는 줄 몰랐는걸」

「6년 동안이나 있었다네」

「우리가 만난 지 8, 9년쯤 됐지?」

「그쯤 됐을 거야. 그땐 젊었지」

「전쟁중에 세인트 루이스[9]에서였지. 자넨 군인이었고」

「아니, 내가 아니라 자네였지」

「그런 것 같군」

「무사히 제대했나?」

「무사히 돌아왔지, 만족스럽게 말이야. 다 옛날일이지」

「유럽에 온 지는 얼마나 됐나?」

「17일쯤 됐어」

「처음인가?」

「그렇다네」

「평생 먹고 지낼 만한 돈을 모았나?」

뉴만은 잠시 입을 다물고 있다가 조용히 미소를 지으며 대답했다.「그렇다네」

---

9) 미국 중서부의 도시.

「그래, 돈을 쓰려고 파리에 왔군, 그렇지?」

「글쎄, 두고 보자구. 그런데 여기선 그런 양산을 들고 다니나? 남자들이 말이야」

「물론이야. 멋진 거라구. 여기선 생활을 즐기는 법을 알고 있다네」

「그런 걸 어디서 샀나?」

「어디든 다 있지」

「트리스트람, 자넬 만나서 반갑네. 내게 요령을 가르쳐주게. 자네는 파리의 구석구석을 다 알고 있을 것 같은데」

트리스트람은 자족감이 배인 원숙한 미소를 지었다. 「그런 요령을 가르쳐줄 만한 사람은 별로 없을 법하군. 내가 자넬 책임지겠어」

「몇 분 전에 자네가 여기 없었던 게 유감이군. 막 그림 한 점을 샀거든. 그 일을 자네가 해줄 수도 있었을 텐데」

「그림을 샀다고?」 벽 주위를 막연히 쳐다보며 트리스트람이 말했다. 「저 그림들을 팔던가?」

「복제품 말일세」

「알겠네, 이것들이군」 그는 티치아노와 반다이크의 그림을 보고 고개를 끄덕이며 말했다. 「진짜 복제품인가?」

「아무렴. 베낀 그림을 다시 베낀 그림을 사고 싶진 않거든」

「글쎄」 트리스트람은 미심쩍은 듯이 말했다. 「그건 알 수 없어. 그 친구들은 너무나 흉내를 잘 내니까. 가짜 보석을 다루는 보석상인과 같지. 저기 팔레 로얄[10]로 가보게. 진열장의 반은 〈모조품〉이라네. 그렇게 터무니없이 비싼 값을 부르는 건 법으

---

10) 루브르 건너편에 위치한 궁전. 현재는 연극 공연장으로 사용된다.

로도 어쩔 수 없지. 자넨 진짜하고 분간도 못할 거야. 사실은」 트리스트람은 비꼬는 듯한 얼굴로 말을 이어갔다.「나는 그림에 그다지 관심이 없어. 그건 내 아내한테 맡기지」

「아니, 아내가 있었나?」

「말 안 했던가? 멋진 여자라네. 자네가 만나보면 좋겠는걸. 저기 위쪽 이에나 가(街)에 살고 있어」

「자넨 완전히 정착했구먼. 가정에다 아이들까지?」

「최고의 가정이지. 아이들이 둘이나 되지」

「음」 뉴만은 팔을 약간 뻗으며 탄식하듯 말했다.「부럽군그래」

「그건 아니야」 트리스트람이 양산으로 뉴만을 쿡쿡 찌르며 대답했다.

「무슨 말인가? 정말 부러운데」

「그럴 것 없네. 그런데, 언제쯤……」

「자네가 사는 곳을 내가 언제 방문할지 말하는 건 분명히 아니겠지?」

「언제 파리를 섭렵하겠느냐 말일세. 여기선 자네 마음대로 할 수 있어」

「난 늘 내 마음대로 했어. 이제는 넌더리가 났지만」

「파리에서 한번 지내보게. 자넨 몇 살인가?」

「서른여섯이지」

「적당한 나이로군. 여기선 그렇게 말해」

「무슨 말인가?」

「한껏 인생을 즐기라는 뜻이야」

「그런가? 방금 불어 교습을 받기로 했는데」

「그런 건 필요없어. 저절로 알게 돼. 난 그런 걸 받지 않았다네」

「자넨 영어만큼 불어도 잘하지 않나?」

「더욱 잘하지!」 트리스트람이 활기차게 말했다. 「정말 근사한 언어야. 불어로는 온갖 근사한 말을 할 수 있어」

「그러나 내 생각엔」 뉴만은 호기심에 가득 차 말했다. 「우선은 지능이 뛰어나야 될 것 같은데」

「전혀 그렇지 않아. 그게 바로 불어의 묘미지」

이런 말을 주고받으며 두 친구는 만난 자리에 선 채, 그림을 보호하려고 설치해 놓은 난간에 기대었다. 이윽고 트리스트람은 피곤하니 자리에 앉자고 말했다. 뉴만 자신이 늘어지게 앉아 있던 긴 의자를 권유하자 그들은 거기 앉으려고 했다. 「여긴 정말 근사한 곳이 아닌가?」 뉴만이 열정적으로 말했다.

「그렇고 말고. 세상에서 가장 훌륭한 곳이지」 그러자 트리스트람은 갑자기 멈칫하고 주위를 둘러보았다. 「여기선 담배를 못 피게 할 것 같은데?」

뉴만은 친구를 쳐다보았다. 「담배라고? 나는 모르겠네. 자네가 나보다 규칙을 더욱 잘 알 게 아닌가」

「내가? 난 여기 와 본 적이 없어!」

「전혀? 6년 동안이나?」

「처음 파리에 왔을 때 아내가 한번 끌고 온 것 같군. 그러나 혼자 와 본 적은 없어」

「하지만 자넨 파리를 잘 안다고 하지 않았나?」

「이런 곳을 파리라고 하는 게 아니야」 트리스트람이 확신에 차 말했다. 「자, 팔레 로얄로 가서 담배나 한 대 피우세」

「난 담배는 안 피워」 뉴만이 말했다.

「술이나 한 잔 하세, 그럼」

그러고 나서 트리스트람은 친구를 끌고 갔다. 그들은 루브르의 현란한 홀을 지나 서늘하고 어두운 조각실을 따라 계단을 내려가 거대한 뜰로 나왔다. 뉴만은 밖으로 나오면서 주위를 둘러보았지만 아무 말도 하지 않았다. 이윽고 야외로 나오자 그는 말문을 열었다. 「내가 자네였다면 일주일에 한 번은 여기로 왔을 거야」

「아니, 그렇게는 못 할걸!」 트리스트람이 대답했다. 「자네 생각은 그럴지라도 실제로 그렇게 못해. 그럴 시간도 없을 거고. 늘 마음은 있어도 한 번도 가진 못해. 여기 파리에선 그보다 더욱 재미난 일이 있으니까. 그림을 보려면 이탈리아로 가야지. 거기 갈 때까지 기다리게나. 한 번 가보면 알겠지만, 딴 건 아무것도 못할 만큼 끔찍한 나라야. 피울 만한 담배도 없고. 내가 오늘 어째서 루브르에 왔는지 모르겠는걸. 흥미거리가 궁해 어슬렁거리다 루브르를 본 거야. 그래서 안으로 들어가 무슨 일이 벌어지는가 보려고 했지. 거기서 자네를 안 만났더라면 속았다고 느꼈을 거야. 난 그림 따위엔 관심이 없어. 실물이 더욱 좋거든!」 트리스트람은 확신에 찬 듯 이 같은 즐거운 문구를 단숨에 내뱉었다. 그러나 〈문화〉를 과도하게 섭취하여 고통을 겪는 많은 부류의 사람들이라면 그를 부럽게 여겼으리라.

두 신사는 리볼리 길을 따라 걷다 팔레 로얄로 들어서, 훤히 트인 사각형 모양의 카페 입구에 놓인 작은 테이블에 자리를 잡았다. 사람들로 가득 찬 카페에는 분수가 솟구쳤고, 악단이 연주를 하고 있었다. 그리고 보리수 아래로 여러 개의 의자들이 옹기종기 놓여 있었고, 흰 캡을 쓴 간호사들이 가지런히 벤치에 앉아 무척이나 능숙한 솜씨로 갓난아이들에게 음식을 먹이고 있었다. 뉴만은 편안하고 아늑한 분위기가 감도는 이 모든 광경이 가장 특징적인 파리의 모습이라고 생각했다.

「자, 이제」 하고 트리스트람은 자신이 주문했던 즙을 함께 마시고 말을 꺼냈다. 「자네 얘길 해보게. 무슨 생각을 하고 있고, 어떤 계획을 가졌으며, 어디서 와서 어디로 갈 건지 말일세. 우선 어디에 묵고 있나?」

「그랜드 호텔이지」 뉴만이 말했다.

트리스트람은 피둥피둥한 얼굴을 찌푸렸다. 「거긴 좋지 않아! 숙소를 바꾸게」

「바꾸라고?」 뉴만이 물었다. 「어째서 그렇지? 내가 묵었던 호텔 가운데 가장 멋진 곳인데」

「〈멋진〉 호텔 따위는 필요 없어. 작고 조용하고 우아한 곳이면 돼. 벨을 누르면 누군가 밖으로 나와 자네를 알아보는 곳 말이야」

「거기선 벨을 누르기도 전에 누군가 달려나와」 뉴만이 말했다. 「또한 항상 나한테 인사를 하지. 한 발을 뒤로 빼고 말일세」

「자넨 그 사람들한테 항상 팁을 준 것 같은데. 그건 무척 나쁜 일이야」

「항상 준다고? 절대로 그렇지 않아. 어떤 남자가 어제 내게 뭘 가져다주고 궁상스럽게 서성거리길래, 난 의자를 권하고 앉지 않겠느냐고 물었지. 그게 나쁜 일인가?」

「그렇다네!」

「그 남자는 금방 달아나버렸어. 어쨌든 거기선 재미가 있네. 우아함 따위는 아무래도 좋아. 간밤에는 새벽 두시까지 그랜드 호텔의 뜰에 앉아 사람들이 어슬렁거리는 모습을 지켜보았거든」

「자넨 쉽게 기뻐하는구만. 좋을 대로 하게. 제멋에 사는 거지. 자넨 엄청나게 돈을 벌었겠는데?」

「굉장히 벌었지」

「그런 말을 할 수 있다니 좋겠구만. 얼마나 벌었나?」

「당분간 편히 쉴 만큼이지. 복잡한 일은 잊어버리고, 자신을 돌아보며, 세상을 전전하면서 멋진 시간을 보내려고 해. 그러다 마음 내키면 아내를 맞이할 수도 있고」 뉴만은 무미건조한 어조로 이따금 말을 끊으며 천천히 말했다. 그에게 습관이 된 이러한 어투가 지금 눈에 띄게 나타났다.

「맙소사! 계획표를 딱 만들어놓았군!」 트리스트람이 소리쳤다. 「분명코 전부 돈이 드는 일인데. 특히 아내를 맞이한다는 건 더욱 그렇지. 돈을 쏟은 만큼 상대가 보답하지 않는 경우에 말일세. 그래, 비결이 뭔가? 어떻게 그런 일을 해냈나?」

뉴만은 이마 위로 모자를 밀어 올리고, 팔짱을 낀 채 다리를 뻗었다. 그는 음악에 귀를 기울이며, 주위에서 법석대는 무리들과, 철벅거리며 솟구치는 분수와, 갓난아이들을 돌보고 있는 간호사들을 차례로 보았다. 「노력을 했지!」 마침내 그가 대답했다.

트리스트람은 잠시 뉴만을 쳐다보았다. 그는 뉴만의 훤칠한 키를 차분하게 훑어보며, 편안히 생각에 잠긴 친구의 얼굴에 시선을 고정시켰다. 「뭣에다 노력을 했나?」 그가 물었다.

「아, 여러 가지 일을 했다네」

「자넨 영리한 친구야, 그렇지?」

뉴만은 간호사들과 갓난아이들을 계속 바라보았다. 그것은 원시적이고 목가적인 풍경이었다. 「그렇지」 마침내 그가 입을 열었다. 「그럴지도 모르겠군」 그리고 뉴만은 친구의 물음에 대답하며 그들이 마지막으로 만난 이후 자신에게 일어났던 일을 간략히 털어놓았다. 그것은 지극히 흥미진진하면서도 여기서 상세히 소개될 수 없는 모험담이었다. 뉴만은 남북전쟁에서 준장으로 명예 진급되어 제대했는데, 그것은 구태여 남들과 비교하지 않더라도 자신이 충분히 감당할 만한 명예였다. 그러나 필요한 경우에는 전투를 했지만 뉴만은 전쟁을 끔찍히 싫어했다. 군에 있던 4년의 세월이 그에게 남겨준 것은 인생과, 시간과, 돈과, 〈명민한 생각〉과, 일을 착수했을 때 갖는 신선함 따위와 같은 소중한 점들을 낭비했다는 분하고도 쓰라린 느낌이었다. 그는 정성을 바쳐 평화의 추구에 몰두했다. 당연한 사실이긴 했지만, 뉴만은 군에 들어갈 때와 마찬가지로 군에서 나올 때도 무일푼이었고, 자신의 마음대로 할 수 있는 것은 독한 결심과, 목적과 수단을 선명하게 인식하는 일뿐이었다. 그에게 노력과 행동은 호흡만큼이나 자연스러웠고, 아무리 완벽한 건강을 구비한 사람일지라도 뉴만만큼 미국의 서부에서 갖가지 경험을 해보지 못했으리라. 게다가 뉴만의 체험은 자신의 능력만큼이나 광범위했는데, 14살이 되던 해 그는 생존을 위해 여린 어깨를 들먹이며 거리로 나가 저녁거리를 벌어야 되었다. 뉴만은 그날 저녁거리는 벌지 못했지만 다음날 저녁 끼니는 때울 수 있었다. 이후 그의 손이 비어 있을 때는 뭔가 다른, 이를테면 보다 짜릿한 즐거움이나 더욱 실속 있는 이득을 위해 돈을 써버린 나머지 여력이 없었기 때문이었다. 뉴만은 재간을 가지고 많은 일에 착수했던, 말 그대로 진취적인 인물이었다. 또한 그는 모험적이고 무모하기까지 했으며, 화려한 성공은 물론 쓰라린 실패도 맛보았다. 하지만 그는 타고난 경험주의자였고, 중세 수도승이 입는 모직 셔츠처럼 짜증에 시달릴 때조차 필요하다면 항상 즐길 일들을 찾아냈다. 어느 땐 실패가 회피할 수 없는 자신의 몫인 듯했고, 불운이 동반자가 되었으며, 그가 손을 댄다면 무엇이든 황금이 아니라 재로 변하는 것처럼 보였다. 이처럼 집요한 역경이 극에 이르렀을 때 뉴만에게는 세상사에 초자연적 요소가 있다는 인식이 가장 선명하게 떠올랐다. 말하자면, 인생에는 그의 의지보다 더욱 강력한 힘이 존재하는 듯이 보였다. 그러나 이 불가사의한 힘은 악마일 수밖에 없었고, 그는 이 뻔뻔스러운 힘에 대해 극도의 적개심을 품었다. 그는 깡그리 신용을 잃고 단돈 1달러도 벌지 못한 채, 낯선 도시에서 서러움을 달랠 한 푼의 돈도 없이 해질녘에 서 있는 자신의 모습이 어떤지 알고 있었다. 정말 다행히도, 뉴만이 나중에 예기치 못한 행운을 잡게 된 도시인 샌프란시스코로 간 것은 바로 이러한 상황에 직면했을 때였다. 만일 그가 필라델피아에 온 프랭클린 박사[11]처럼 1페니짜리 빵 한 덩어리를 씹으며 거리를 활보하지 않았다면, 단지 이런 연기에 필요한 1페니짜리 빵조차 구할 수 없을 만큼 빈궁한 탓이었다. 세상에 태어나 가장 음울했던 시기에 그는 오직 한 가지 단순하고 현실적인 충동만을 가졌는데, 그것은 자신의 표현대로, 무엇인가 해내고 말겠다는 욕구였다. 결국 뉴만은 그렇게 했고, 악전고투 끝에 성공을 거두어 큰 돈을 벌게 되었다.

뉴만에게 인생의 유일한 목표는 돈을 축적하는 데 있다는 사실이 오히려 숨김 없이 인정되어야 할 것이다. 그가 세상에 태어난 이유는 대담하게 기회를 포착하여 오직 재산을 모으는 데 있었지만, 재산이 많으면 많을수록 더욱 좋다는 생각이 자신의 시야를 채웠을 뿐만 아니라 상상력을 만족시켰다. 그는 돈의 사용처와, 거대한 재산을 모으는 데 성공한 삶을 앞으로 어떻게

11) 무일푼에서 출발하여 입지전적인 성공을 거둔 벤저민 프랭클린을 말한다. 여기서 뉴만의 역경은 프랭클린의 체험과 비교된다.

보내야 될지에 대해서는 서른다섯의 나이에 이르도록 별로 생각하지 않았다. 뉴만은 공개된 게임이나 다름없는 인생에서 커다란 모험을 벌여 마침내 승리와 보답을 차지했기 때문에, 앞으로 무엇을 해야 될까 하는 문제에 봉착한 것이다. 아무튼 그에게 분명히 제기된 이러한 의문에 대한 답변이 이 소설의 줄거리를 이루게 된다. 뉴만은 인생에 대해 자신이 여태껏 꿈꾸어 온 것보다 더욱 많은 답변이 가능하리라는 막연한 생각으로 벌써 머릿속이 충만되었고, 이러한 생각이 그가 친구와 함께 휘황한 파리의 구석을 어슬렁거리자 느긋하고 기분 좋게 번져갔다.

「고백할 게 있네만」 이윽고 뉴만이 말했다. 「여기선 내가 영리하다는 생각이 들지 않아. 나의 뛰어난 재능도 쓸모 없을 것 같군. 어린아이처럼 단순한 느낌인데다, 어린아이에 이끌려 다닐 것 같거든」

「이런, 그렇다면 내가 어린아이가 되겠네」 트리스트람이 명랑하게 말했다. 「내가 자네 손을 잡아줄 테니 날 믿게」

「난 일은 굉장히 잘하지만」 뉴만이 말을 계속했다. 「빈둥거리는 데는 소질이 없어. 난 즐기려고 외국으로 왔지만, 어떻게 해야 될지 모르겠는걸」

「아, 그건 쉽게 배울 수 있어」

「글쎄, 배울 수야 있겠지만 몸에 익숙할 것 같지 않은데. 마음은 간절하지만 그런 방면으로는 소질이 없거든. 자네는 다르겠지만, 난 결코 빈둥거릴 인물은 못 돼」

「그렇지」 트리스트람이 말했다. 「나야말로 그럴 인물이지. 루브르에 있는 저 부도덕한 그림들처럼 말이야」

「게다가」 뉴만이 말했다. 「난 일을 할 때는 놀고 싶진 않고, 놀 때도 일을 생각하고 싶진 않아. 그저 편안하게 쉬고 싶을 따름이야. 그런데 기분 좋게 나른하군. 지금처럼 6개월만 나무 아래 앉아 악단의 연주를 들으며 지내고 싶어. 좋은 음악은 꼭 있어야 돼」

「음악과 그림이라! 이런, 취향도 고상하군! 자네야말로 내 아내가 말하는 지성인이군그래. 난 도무지 그렇지는 못해. 어쨌거나 나무 아래 앉아 있는 것보다 멋진 일을 찾아볼까. 우선 클럽으로 가세」

「무슨 클럽인가?」

「〈서양인 클럽〉이라는 곳이라네. 여기 와 있는 미국인을 죄다 볼 수 있어. 가장 멋진 사람들만 골라 모았지. 자넨 물론 포커도 할 수 있겠지?」

「이봐」 뉴만이 활기차게 외쳤다. 「날 클럽에 가둬놓고 카드 테이블에 붙들어 맬 작정은 아니겠지! 그러려고 여기까지 온 게 아닐세」

「도대체 무엇 때문에 왔나! 내 기억으로 자네는 세인트 루이스에 있을 때 포커를 좋아했는데. 날 빈털터리로 만들었잖나」

「난 유럽을 보려고 왔네. 가능한 가장 멋진 걸 얻으려고 왔어. 그럴듯한 건 깡그리 보고, 현명한 사람들의 행동을 따르겠어」

「현명한 사람들이라고? 고마운 말이야. 그러면 자네는 나를 멍청이로 본단 말인가?」

뉴만은 의자에 비스듬히 앉아 팔꿈치를 등판에 대고 손으로 머리를 괴었다. 그는 몸을 움직이지 않고 무표정하게 도사리며, 다소 불가사의하면서도 호감 어린 웃음을 짓고 잠시 친구를 바라보았다. 이윽고 그는 트리스트람에게 「자네 아내한테 나를 소개시켜 주게!」 하고 말했다.

트리스트람은 자리에서 벌떡 일어났다. 「그건 절대로 안 돼.

아내더러 더 이상 날 업신여기게 만들고 싶진 않아. 자네도 마찬가지고!」

「난 자네를 업신여기지 않네. 누구한테도 마찬가지야. 장담하지만, 난 거만하지는 않아. 그래서 현명한 사람들의 행동을 기꺼이 따르려고 한다네」

「글쎄, 난 남들이 말하는 모범적 인물은 되지 못해도 흉내는 낼 수 있어. 자네한테 현명한 사람 몇 명 정도는 소개시켜 줄 수 있지. 패커드 장군을 아나? C.P. 해치는? 키티 업존 양은?」

「만나봤으면 좋겠군. 어울릴 수 있으면 좋으련만」

트리스트람은 불안하고 미심쩍은 듯이 보였다. 그는 곁눈질로 친구를 바라보다,「대체 뭘 하려고 그러나?」라고 물었다.「책이라도 쓸 건가?」

뉴만은 아무 말 없이 콧수염의 한쪽 끝을 비틀다 이윽고 대답을 했다.「두 달 전 어느 날 내게 꽤나 이상한 일이 생겼다네. 난 그때 중요한 사업차 뉴욕에 가 있었지. 좀 긴 얘긴데, 아무튼 주식시장의 방식대로 상대방보다 선수를 치는 문제였어. 상대방은 언젠가 내게 매우 비열한 술수를 썼기 때문에 난 원한을 품었고, 당시에 난 굉장히 잔인했지. 비유적으로 말해, 기회가 오면 난 그 친구의 콧대를 꺾어놓으려고 맹세했다네. 그건 6만 달러 정도가 걸린 일이었고, 내가 그걸 가로채면 그 친구는 큰 타격을 입게 되므로 자비를 베풀 여지가 없었던 거야. 난 마차를 잡아타고 행동에 착수하려고 했네. 그런데 내가 말한 이상한 일이 일어난 건 바로 이 마차――이 불멸의 역사적인 마차――에서였지. 이것은 불결하고 하찮은 여느 마차와 다를 바 없이 우중충한 등받이 윗부분에 번들거리는 선이 보였고, 마치 아일랜드식 장례식에 뻔질나게 사용된 것처럼 보였어. 그래도 눈을 좀 붙일 정도는 되었네. 난 계획한 일 때문에 다소 흥분된 상태였지만, 밤새 여행을 한 탓이라 마차 안에서 잠깐 졸았지. 하여튼 잠인지 환각인지 이상하기 이를 데 없는 기분——다시 말해, 내가 하려는 일에 대한 지독한 혐오감——때문에 갑자기 깨어났어. 그건 급작스럽게 다가왔지!」 뉴만은 자신의 손가락 마디를 만지작거렸다. 「마치 과거의 상처가 욱신거리기 시작한 것처럼 불쑥 말일세. 그게 무엇 때문인지 알 수 없어. 그저 사업이 모두 싫증나 손을 씻고 싶었을 따름이야. 난 6만 달러를 잃고 돈이 완전히 내 수중을 떠나, 다시는 그런 얘기를 듣지 않는다고 생각하니 너무나 기분이 좋은 것 같았어. 이 모든 일이 내 의지와 전혀 상관없이 벌어졌고, 난 그저 연극 구경이라도 하듯 관망했지. 내 몸 속에서 이런 일이 진행되는 걸 느낄 수 있었다네. 우리 내부엔 이해할 수 없는 일들이 벌어지고 있다는 건 자네도 알 수 있을걸」

「맙소사! 오싹한 얘기군!」 트리스트람이 소리쳤다. 「자네 말대로 연극을 즐기듯 마차에 앉아 있을 동안 어떤 친구가 걸어 들어와 6만 달러를 슬쩍해 갔단 얘긴가?」

「그건 전혀 몰라. 그랬으면 했지! 하지만 어떻게 됐는지는 나도 몰라. 마차는 내가 가려고 했던 월 스트리트에 멈췄지만, 난 여전히 마차 안에 앉아 있었다네. 그러자 마부가 자신의 마차가 영구차로 바뀐 게 아닌가 하고 황급히 좌석 아래로 내려오지 않았겠나. 난 송장이 돼버린 것처럼 내릴 수가 없었어. 내가 어떻게 되었던 걸까? 순간적인 백치 상태라고 자넨 말할 테지. 내가 벗어나려고 했던 건 월 스트리트였어. 나는 마부에게 브루클린 선착장으로 내려가 강을 건너자고 했다네. 그렇게 하고서 난 그에게 시골로 데려 달라고 했지. 처음에 내가 시

내 중심가로 마차를 필사적으로 몰도록 했을 때 마부는 나를 미쳤다고 생각했을 거야. 아마 그랬을지도 모르지만, 이 점에 있어서 난 지금도 마찬가지야. 그날 아침 나는 파릇파릇 돋아나는 초록색 잎을 보며 롱 아일랜드에서 보냈지. 사업에 넌더리가 나 몽땅 집어치우고 싶었던 거야. 난 돈이 충분했고, 없었다고 하더라도 벌 수 있었어. 나는 낡은 피부 속에서 새로운 인간이 된 듯했고, 새로운 세계를 갈망하게 됐어. 뭔가 간절히 원하면 큰 마음 먹고 해보는 게 좋아. 나는 그걸 조금도 알지 못했거든. 그렇지만 나는 말의 고삐를 늦추고 제 갈 길로 가게 했어. 그런 굴레에서 벗어나자마자 유럽으로 왔다네. 그래서 내가 여기 앉아 있게 된 걸세」

「그 마차를 먹어치우지 그랬어」 트리스트람이 말했다. 「타고 다니기에 안전한 수단은 아니니까. 그래서 다 팔아치우고 사업에서 손을 뗐나?」

「친구에게 넘겼지. 손을 뗄 생각을 하니 일이 제대로 보이더군. 앞으로 12개월 내 이런 생각이 다시 뒤집힐지 모르겠어. 시계추는 다시 돌아오는 법이니까. 곤돌라나 낙타에 앉아 있다가 갑자기 다 집어치우고 싶겠지. 그렇지만 난 지금 당장은 너무나 자유로워. 사업 문서라면 얼씬거리지도 못하게 조치해 놓았거든」

「정말 굉장한 변덕이군」 트리스트람이 말했다. 「난 자신이 없어. 그처럼 엄청난 여가를 즐기는데 나같이 하찮은 인간은 아무런 도움도 안 될걸. 왕들하고나 사귀게」

뉴만은 잠시 친구를 쳐다보고 느긋한 웃음을 지으며 물었다. 「어떻게 하면 되겠나?」

「좋았어!」 트리스트람이 소리쳤다. 「자넨 열정이 있어」

「물론이지. 난 최고를 원한다고 말하지 않았나? 최고란 돈만으로 얻어지는 게 아니라는 걸 알아. 그렇지만 돈의 힘이 크게 작용한다고 생각해. 게다가 난 어떤 노고도 아끼지 않을 셈이야」

「멋쩍어 하지도 않는군, 그렇지?」

「전혀 그렇지 않아. 난 인간이 얻을 수 있는 최상의 쾌락을 맛보고 싶네. 수많은 사람들과 장소, 그리고 예술과 자연 따위 말이야! 난 가장 높은 산과, 가장 푸른 호수와, 가장 아름다운 그림과, 가장 훌륭한 교회와, 최고의 명사와, 가장 아름다운 여인들을 보고 싶다네」

「그럼 파리에 정착하게. 산은 모르겠고, 브와 드 불로뉴[12)]에 있는 하나뿐인 호수도 특별히 푸르지는 않지만 말일세. 그 외에는 다 있어. 그림도, 교회도, 명사들도, 모두 수없이 많아. 아름다운 여인들도 여러 명이나 있어」

「그렇지만 지금 계절에 파리에 머물 수는 없어. 여름이 다가오니까」

「아, 여름엔 트루빌[13)]로 가보게」

「트루빌이라니?」

「프랑스의 뉴포트[14)]에 해당되지. 미국인의 절반은 거기로 간다네」

「알프스 근방인가?」

「뉴포트와 록키 산맥 사이만큼이나 가깝지」

「몽블랑[15)]을 봤으면 좋겠어」 뉴만이 말했다. 「그리고 암스테

---

12) 산책로와 승마 코스로 유명한 파리의 공원.
13) 노르망디 해안의 휴양 도시.
14) 미국 로드 아일랜드 주의 휴양 도시.
15) 프랑스와 이탈리아의 국경에 있는 알프스의 최고봉.

르담도, 라인강도, 또다른 곳들도. 특히 베니스를 보고 싶어. 베니스는 근사할 것 같은데」

「이런」 트리스트람이 자리에서 일어서며 말했다. 「내 아내에게 자네를 소개시켜 줘야겠군!」

제3장

트리스트람은 약속대로 다음날 뉴만이 식사를 하러 왔을 때 이 의식을 수행했다. 트리스트람 부부는 개선문 근처, 오스만 남작[16]에 의해 만들어진 대로(大路)를 호화롭게 수놓은 분필 색깔의 건물들 뒤켠에 살고 있었다. 그들의 거처는 현대 시설이 잘 구비되어 있었는데, 트리스트람은 곧장 자기 집에서 가장 중요한 보물인 가스등과 벽난로에 방문객의 관심을 유도했다. 「언제든 집 생각이 나거든」 그가 말했다. 「이리로 오게. 자네 이름을 명부에 올려놓을 테니까. 커다란 벽난로 아궁이 아래 말이야. 그리고——」

「그러면 곧 향수를 극복할 수 있을 거예요」 트리스트람 부인이 옆에서 말했다.

그녀의 남편은 아내를 응시했다. 트리스트람은 종종 그가 해득할 수 없는 어법을 사용한 아내의 말이 장난인지 진심인지 도

16) 19세기 파리의 도시 계획가.

무지 분간할 수 없었다. 사실로 말하자면, 트리스트람 부인의 유달리 비꼬는 습성은 여러 가지 상황에서 비롯되었다. 많은 점에서 그녀의 취향이 남편과 달랐음에도 불구하고 여러 번이나 남편에게 양보한 것은 언제나 속셈이 있었기 때문이라고 말하지 않을 수 없다. 그러한 양보는 막연하긴 하지만, 언젠가 매우 적극적이면서도 다소 열정적인 일을 그녀가 꾸밀 때 필요할지 모른다는 계산에서 나왔던 것이다. 트리스트람 부인은 자신의 속마음을 털어놓는 법이 없었지만, 그래도 다소의 양심을 가진 인물이었다.

여기서 먼저 트리스트람 부인에 대한 오해를 불식하기 위하여 다음의 말을 덧붙여야 되리라. 뭔가 일을 꾸며보려는 그녀의 생각은 분명히 다른 인물, 즉 이성(異性)의 도움을 필요로 하지 않을뿐더러, 단지 자신의 소행이 단정치 못한 까닭에 덕을 쌓는 것이 아니라는 점이다. 여기에는 여러 가지 이유가 있었지만, 무엇보다 그녀는 얼굴이 매우 평범했고, 또한 자신의 용모에 어떤 환상도 품지 않은 데 기인했다. 그녀는 한치도 어김없이 정확하게 이 사실을 알고서 자신의 얼굴에 대한 장, 단점을 파악하고, 이를 시인했다. 그러나 이것은 투쟁없이 이루어지지 않았다. 어렸을 적 그녀는 거울에 등을 돌린 채 눈이 시뻘게지도록 울면서 몇 시간씩 보내곤 했다. 그러다 나중에는 절망과 허세에서 그녀는 자신을 사람들이 가장 기피하는 존재로 단정했다. 이러한 태도는 자신을 비하함으로써 생긴 필연적 현상이라고 할지라도, 그것은 자신의 존재를 반박하여 안도감을 구해보려는 생각에서 비롯되었다. 트리스트람 부인이 이 같은 용모의 문제를 철학적으로 수용하기 시작한 것은 유럽에 살게 된 이후였다. 여기서 첨예하게 훈련된 그녀의 관찰력은 자신으로 하여금 여성의 첫째 의무는 미모에 있지 않고, 남들에게 호감을 주는 데 있음을 깨닫게 했다. 그녀는 미모를 구비하지 않고서도 사람들에게 호감을 주는 많은 여성들을 만난 끝에 마침내 자신이 취해야 될 바를 터득했다. 그녀는 한때 타고난 재능이 있으나 솜씨가 서투른 사람에게 분노한 나머지 미성(美聲)이야말로 노래를 하는 데 오히려 방해가 된다고 단정한 어느 열정적인 음악가에 관한 이야기를 들은 적이 있었는데, 같은 논리로 아름다운 얼굴이 우아한 예법을 익히는 데 오히려 방해가 될지 모른다고 생각했다. 그리하여 트리스트람 부인은 남들에게 극히 호감을 주는 인물이 되기 위해 헌신적인 노력을 기울였던 것이다. 이 점에 있어서 얼마나 성공을 거두었는지는 알 수 없지만, 불행히도 그녀는 중도에서 이 노력을 포기하고 말았다. 그녀는 가장 가까운 사람들의 격려가 부족했기 때문이라고 변명했지만, 생각컨대 이 방면에 진정한 재능이 없었거나, 아니면 단지 기교 자체만을 추구했는지도 모른다. 아무튼 이 불운한 여성은 매우 불완전한 면이 있었고, 자신이 완전하게 터득한 화장술의 조화에 의존하면서 완벽하게 보일 만큼 옷을 차려 입고 스스로 만족했다. 그녀는 파리에 살면서도 겉으로는 좋아하지 않는 체했다. 그러나 파리를 벗어나면 화려한 장갑 따위를 구하는 일이 언제나 두통거리였으므로, 정확하게 자신의 용모에 맞는 물건을 발견할 수 있는 곳은 오직 이 도시뿐이었다. 이처럼 편리한 도시를 두고 트리스트람 부인이 불평을 늘어놓을 때, 누군가 그녀에게 살고 싶은 도시가 어디냐고 묻는다면 매우 엉뚱한 대답을 듣게 된다. 즉, 그녀는 유럽 여행을 하면서 겨우 이틀씩만 보내고서도 자신이 지낼 만한 곳은 코펜하겐이나 바르셀로나라고 말하기 때문이다. 아무튼 낭만적 분위기의 주름 장식 옷을 입고, 작고 못생겼지만 지적인 얼굴을 가진 이 여성은 일단 사귀어 보면 흥미로운 인물이 된다. 천성적으로 수줍음이 많은 그녀는 설령 미모를 구비하고 태어났더라도 허영심을 부리지 않고 계속 수줍어했을 것이다. 지금 그녀의 성격은 내성적이고 끈질긴 편이며, 자신의 친구들에게는 매우 침착하면서도 낯선 사람들에게는 이상하리 만큼 대담한 구석이 있었다. 트리스트람 부인은 결혼하기 전 자신에게 완전한 선택권이 있었기 때문에 지금 남편을 경멸했다. 그녀는 영리한 남자와 사랑에 빠졌지만 상대방이 자기를 가볍게 본 탓에 바보 같은 남자와 결혼했다고 여겼다. 생각해 보건대, 그녀는 사람의 장점을 분별해 보려는 흥미가 식었지만, 남편은 아내의 관심이 자기에게 쏟아진다고 간주하며 혼자 우쭐댔던 것이다. 그녀는 불안정한데다 비현실적이고, 불만에 차 있었다. 또한 개인적 야망은 없었지만 탐욕적인 상상력을 가졌기 때문에, 이미 언급한 대로 놀라우리만큼 불완전한 면이 있었다. 그녀는 좋든 싫든 허사가 될망정 여러 가지 일을 시도했고, 자신의 결함에도 불구하고 도덕적으로 성스러운 광채를 띠고 있었다.

뉴만은 어떤 경우든 여자들과 어울리는 것을 좋아했다. 그는 지금 종전의 일을 털어버리고 평소의 관심에서 벗어났기 때문에 그 보상으로 여자들과 어울려 보려고 했다. 그는 트리스트람 부인을 무척 좋아했고, 그녀도 마찬가지였다. 첫번째 대면 이후 뉴만은 그녀의 거실에서 많은 시간을 보냈으며, 몇 마디를 나눈 다음 그들은 급속히 가까워졌다. 뉴만이 여성을 대하는 태도에는 특이한 면이 있었는데, 여성의 입장에서 그가 상대방을 좋아한다는 사실을 알기 위해선 약간의 재간이 필요했다. 통상적으로 말한다면, 뉴만은 여성에게 정중하지 못했고, 상대방에 대한 찬사도 늘어놓지 않았으며, 또한 우아한 태도나 언변도 갖추지 못했다. 남성들과 어울릴 때 뉴만은 무척 농담을 좋아했지만, 소파에 앉아 여성들 틈에 끼게 되면 언제나 매우 심각한 표정을 지었다. 그는 수줍은 성격도 아니었고, 어색함이 수줍음에서 비롯된 것이라면 어색한 편도 아니었다. 그는 침착하고, 세심하고, 유순하고, 때로는 과묵했지만, 단지 황홀경에 빠질 때만 상대를 존중했다. 이러한 감정은 전혀 추상적이지 아닐뿐더러, 고차원적인 감상조차 아니었다. 뉴만은 여성들의 〈지위〉에 대해 별로 생각해 보지 않았기 때문에, 동정적이든 아니든 치맛자락을 걸친 대통령의 상(像)에 익숙지 않았다. 대체로 뉴만의 태도는 천성의 발로였을 뿐이지만, 이것은 어떤 사람이라도 편안한 삶을 누릴 자격이 있다는 그의 본능적이고 진정한 민주주의적 신념의 일부였다. 그는 초라한 거지가 잠자리와 식사와 임금과 투표권에 대한 권리를 가진다면, 거지보다 약한 여성의 권리도——여성의 신체 조직 자체가 호소력을 갖지만——감상적이긴 하나 다수의 비난을 무릅쓰고라도 당연히 유지돼야 한다는 신념을 가졌다. 대체로 이런 목적을 위해서라면 뉴만은 자신이 감당할 수 있을 만큼 남들의 비난을 받을 각오가 되었다. 그는 한 번도 소설을 읽은 적이 없었기 때문에 여성들의 많은 행동 양식을 신선하고 주관적인 것으로 받아들였고, 여성들의 정확함과 섬세함과 기지와 명민한 판단에 감동한 나머지 그들을 절묘한 조직체로 여겼다. 만일 인간이 항상 종교나, 최소한 자신이 품는 이상 아래 소임을 맡아야 한다면, 뉴만은 막연하게나마 어떤 여성의 빛나는 이마에 서약하고 형이상학적인 영감을 구했으리라.

뉴만은 트리스트람 부인의 조언을 받아들이는 데 많은 시간을 보냈지만, 실상 이러한 조언은 자신이 한번도 부탁하지 않은 일이었다. 그는 자신의 난관이 무엇인지 알지 못한 까닭에 해결책을 구할 생각도 없었으므로 트리스트람 부인의 조언을 요구하지는 않았던 것이다. 뉴만의 주위에 펼쳐지는 복잡한 파리의 세계는 거대하고 놀라운 광경이긴 해도, 결코 그의 상상력을 타오르게 하거나 호기심을 불러일으키지 않았기 때문에 결과적으로는 매우 단순하게 보였다. 그는 호주머니에 손을 넣고 느긋하게 관망하면서, 중요한 사항은 하나도 놓치지 않으려고 많은 것들을 찬찬히 관찰했지만, 정작 자신에게는 관심을 쏟지 않았다. 트리스트람 부인의 〈조언〉은 그가 즐기는 흥행의 일부였고, 그녀의 풍성한 화제는 무엇과도 견줄 수 없는 흥미가 되었다. 뉴만은 트리스트람 부인이 그에 관해 하는 이야기를 즐겼는데, 이것은 실로 그녀가 가진 놀라운 재능의 일부인 양 보였다. 하지만 그는 트리스트람 부인이 말한 어떤 사실도 현실에 적용하지 않았고, 그녀와 헤어졌을 때 그런 말을 기억하지도 못했다. 트리스트람 부인이 뉴만을 독점하다시피 한 이유는 그가 실로 몇 달 만에 그녀가 생각할 수 있는 가장 흥미로운 존재였기 때문이다. 그녀는 뉴만에게 뭔가 베풀어주고 싶은 마음이 들기는 했지만, 마땅한 생각이 떠오르지 않았다. 트리스트람 부인에게 뉴만은 많은 것을 구비한 듯이 보였다. 즉, 그는 부유하고, 건강하며, 남들을 편안하게 만들고, 다감하며, 좋은 성격을 가진 탓에 그녀로 하여금 지속적인 환상을 품게 했다. 그렇기 때문에 그녀는 우선적으로 뉴만에게 호감을 가질 뿐이었다. 트리스트람 부인은 뉴만이 〈끔찍스러울 만큼 서부적〉이라고 말했는데, 이 찬사에서 사용된 형용사는 액면 그대로의 의미는 아니었다. 그녀는 뉴만을 주위 사람들에게 데리고 간 다음, 50여 명에게 소개시키며 자신의 행동에 지극히 만족했다. 뉴만은 그녀의 제의를 모두 받아들이며, 닥치는 대로 악수를 하면서도 당혹감이나 의기양양한 태도는 갖지 않았다. 그러자 트리스트람이 아내의 탐욕에 불평을 늘어놓으며, 자신은 친구와 단 5분도 시간을 가질 수 없노라고 했다. 그는 일이 이렇게 될 줄 알았더라면 애초에 뉴만을 집으로 데려오지도 않았을 것이라고 말했다. 두 사람은 과거에는 그다지 친밀하지 않았지만, 뉴만은 자신의 친구에 대한 인상을 기억했다. 이와 더불어 자신의 속마음을 털어놓는 법이 없는 트리스트람 부인도——뉴만은 이것을 금방 알 수 있었다——남편이 다소 저급한 인물이라고 정당하게 인정했다. 아마도 트리스트람은 25세쯤의 나이에는 멋진 친구가 될 수 있었겠지만, 이후 변한 점은 없었다. 그렇지만 지금의 나이에 이르러면 사람들은 뭔가 기대하기 마련인데, 트리스트람이 사교적이라고 말하는 것은 물에 적신 스펀지가 부풀어오르는 만큼이나 당연한 이치였지, 고차원적 의미는 아니었다. 그는 굉장한 화제꾼이자 잡담꾼이었고, 웃음거리를 만들기 위해서라면 노모(老母)의 위신까지도 아랑곳하지 않는 위인이었다. 뉴만은 친구에 대한 추억을 가지고 있었지만, 이제는 트리스트람이 매우 가벼운 인간이라고 인정하지 않을 수 없었다. 트리스트람이 원하는 것은 클럽에서 포커를 즐기고, 처녀들의 이름을 몽땅 기억하며, 주위 사람들과 악수하고, 불그스름한 자신의 식도를 쉴새 없이 버섯 요리와 샴페인으로 채우며, 파리에 있는 미국인들 사이를 휘젓고 다니는 일뿐이었다. 그는 극히 게으르고 열의가 없었으며, 관능적인 속물이었다. 그가 조국에 대해 말하는 투는 뉴만을 화나게 했다. 뉴만은 어째서 트리스트람 같은 인물에게 조국이 좋은 곳이 되지 못하는지 알 수 없었다. 뉴만은 결코 애국자로 자처하지는 않았어도, 조국이 친구의 콧구멍 냄새와 똑같이 취급받는 데 화가 치민 나머지 큰 소리로 맹세했다. 즉, 미국은 세계에서 가장 위대한 나라이자 전 유럽을 깔아뭉갤 수 있고, 미국인이 조국을 비난한다면 그의 손에 수갑을 채워 본국으로 송환하여 보스톤쯤에 살게 해야 한다고(이것은 뉴만에게는 매우 복수심에 찬 말이었다.) 아무튼 트리스트람은 쉽게 무시할 수 있는 인간이었지만, 그는 악의 없이 뉴만에게 〈서양인 클럽〉으로 나가 저녁 식사를 하며 하루를 마무리하자고 우겨댔다.

뉴만은 트리스트람의 집에서 여러 번 식사를 했지만, 그의 친구는 언제나 빨리 나가자고 재촉했다. 그러자 트리스트람 부인은 항의를 하며, 남편이 그녀의 기분을 망치는 데 급급한다고 말했다.

「아니, 절대로 그렇지 않소」 트리스트람이 대답했다. 「기회가 있을 때마다 당신이 나에게 끔찍한 혐오감을 품는 건 알지만」

뉴만은 부부 사이에 벌어지는 이런 일을 보는 게 싫어 그들 가운데 한 사람은 틀림없이 매우 불행하다고 생각했으며, 그것이 트리스트람이 아니라는 사실도 알았다. 트리스트람 부인은 6월의 저녁이면 자신의 창 밖에 있는 발코니에 앉아 있곤 했는데, 뉴만도 클럽에 가기보다 발코니에 있는 편이 낫다고 고백했다. 거기에는 화분에 심어진 식물의 향기가 은은히 감돌았고, 널따란 거리를 굽어보며 개선문에 새겨진 웅대한 조각들이 여름 별빛을 받아 꿈틀대는 모습을 지켜볼 수 있었다. 뉴만은 트리스트람에게 반 시간 내 〈서양인 클럽〉으로 가겠다는 약속을 지킬 때도 있었지만, 어느 땐 잊어버리기도 했다. 트리스트람 부인은 뉴만의 신상에 관해 많은 질문을 했지만, 그는 이러한 문제에 관심이 없었다. 그녀가 진지한 관심을 쏟고 있다고 느낄 때면 뉴만도 여기에 상응하느라 힘겨운 노력을 했어도, 그는 남들이 말하는 내성적인 인물은 아니었다. 뉴만은 서부 생활에서 생긴 많은 일화로 트리스트람 부인을 즐겁게 했고, 자신이 했던 일에 관하여 많은 이야기를 했다. 필라델피아 출신인 트리스트람 부인은 파리에서 8년 동안 살면서도 자신을 활기 없는 동양인에 비유했다. 하지만 그녀의 관심이 항상 다른 사람에게 겨누어졌다는 것은 그에게 결코 이롭지 못하였고, 더욱이 뉴만 자신의 감정은 별로 중요하게 여겨지지 않았다. 트리스트람 부인은 뉴만이 진지하고 열정적인 사랑에 빠져본 적이 있는지에 대하여 특별한 관심을 가지고 있었다. 뉴만의 말에서 아무런 만족을 얻지 못한 그녀가 마침내 직선적으로 물었을 때, 그는 잠시 망설이다 「아니오!」라고 대답했다. 그녀는 이런 말을 듣게 되어 다행이라고 했는데, 그 이유는 뉴만의 응답이야말로 그가 무감각한 인물이라는 자신의 믿음을 확인시켜 주었기 때문이다.

「그래요?」 뉴만이 무겁게 말했다. 「그렇게 생각해요? 당신은 남자에게 감각이 있는지 어떻게 알아요?」

「나는 당신이 단순한 사람인지, 아니면 생각이 깊은 사람인지 모르겠어요」 트리스트람 부인이 말했다.

「나는 매우 생각이 깊은 사람이오, 사실대로 말하자면」

「내가 분명히 당신은 감정이 없는 남자라고 말해도 은연중에 내 말을 믿을 거예요」

「분명히라구요?」 뉴만이 말한다. 「한번 해봐요」

「당신은 내 말을 믿겠지만 신경을 쓰지 않을 테죠」

「그건 틀렸어요. 무척 신경을 쓸 거요. 하지만 당신 말을 믿지 않아요. 사실은 지금까지 무엇을 느낄 여유가 없었거든요. 스스로 무엇을 느껴보도록 행동해야 했는데」

「나는 당신이 그렇게 해보려고 때때로 엄청난 노력을 기울였다고 생각해요」

「그래요. 그건 사실이오」

「격분에 쌓이면 당신은 유쾌한 기분이 될 수 없겠네요」

「그런 짓은 안 해요」

「그럼 약간 화를 내거나 기분이 언짢을 정도겠네요」

「난 화를 내본 일이 없어요. 기분이 언짢았던 적은 너무나 오래전이라 몽땅 잊어버렸소만」

「믿을 수 없군요」 트리스트람 부인이 말했다. 「한번도 화를 낸 적이 없다니. 남자라면 가끔씩 화를 내는 게 당연한데 말예요. 그렇더라도 언제나 기분을 억제하는 건 좋지 않아요」

「5년에 한 번 정도는 화를 내겠죠」

「그러면 그 시간이 다가오겠군요」 트리스트람 부인이 말했다. 「당신을 안 지 6개월이 채 되기도 전에 격분에 쌓인 모습을 보겠네요」

「나를 그렇게 만들겠다는 뜻인가요?」

「난 미안하게 여기지 않을걸요. 당신이 모든 일을 냉정하게 받아들이니까 화가 치밀 따름이지. 그런데 당신은 너무나도 행복해 보여요. 틀림없이 세상에서 가장 당신 마음에 드는 걸 가지고 있어요. 쾌락부터 취한 후에 대가를 치르겠다는 마음가짐이랄까. 당신은 심판의 날을 염두에 두고 있진 않아요. 심판은 끝났으니까」

「글쎄요, 나는 스스로 행복하다고 생각해요」 뉴만은 생각에 잠기며 말했다.

「당신은 밉살스러울 만큼 성공을 거두었어요」

「동(銅) 사업에 손을 대 성공했지요」 뉴만이 대답했다. 「철도 사업은 그저 그랬고, 석유 사업은 큰 실패였어요」

「미국인들이 돈을 번 방법을 알아보면 난 기분이 퍽 언짢아요. 이제 온 세상이 당신 앞에 있으니 즐기기만 하면 되겠네요」

「그렇죠. 물질적으로는 풍족해요」 뉴만이 말했다. 「단지 진력이 났을 따름이오. 게다가 내게는 결점이 많거든요. 지적인 인물은 아니니까」

「당신한테 그걸 기대하는 사람은 아무도 없어요」 이렇게 대답하고 트리스트람 부인은 잠시 후, 「하지만 당신은 지적인 사람이에요!」라고 말했다.

「글쎄요, 어쨌거나 난 즐겁게 지내고 싶소」 뉴만이 대꾸했다. 「나는 교양도 없을뿐더러, 교육조차 받지 못했어요. 난 역사나, 예술이나, 외국어나, 다른 어떤 학구적 문제에 관해 아는 게 없지만, 바보는 아니랍니다. 내가 유럽 여행을 끝낼 쯤에는 유럽에 대해 뭔가 알게 되겠지요. 여기 내 옆구리 아래 뭔가 느껴져요」 잠시 후 그는 말을 덧붙였다. 「설명할 수는 없지만, 어떤 강력한 열망처럼 손을 뻗어 끌어당기고 싶은 욕망이죠」

「부라보!」 트리스트람 부인이 외쳤다. 「정말 멋지군요. 당신은 순진하고 기운 차게 앞으로 나아가, 이 궁핍하고 쇠약한 구세계를 응시하다 와락 덤벼든 위대한 서부의 야만인이에요」

「이런, 난 결코 야만인은 아니오」 뉴만이 말했다. 「오히려 그 반대죠. 난 야만인들을 보아왔기 때문에 그들이 어떤지 알거든요」

「난 당신이 코만치[17] 추장이라고 말하진 않았어요. 추장처럼 담요를 덮어쓰고 깃털을 달았다고 하지도 않았구요. 그들과는 차이가 있으니까」

「나는 지극히 문명화된 사람이오」 뉴만이 말했다. 「난 문명에 집착해요. 믿지 않겠다면 그걸 증명하겠소」

트리스트람 부인은 잠시 후 입을 열었다. 「난 그걸 증명하게 만들겠어요. 당신을 곤경에 몰아넣고 싶으니까」

「제발 그렇게 해봐요」 뉴만이 말했다.

「그 말에는 약간 자만심이 밴 것 같군요!」 그의 상대자가 대꾸했다.

「상관없소」 뉴만이 말했다. 「난 자신을 상당히 높게 평가하니까요」

「그걸 시험해 보고 싶네요. 시간을 줘봐요, 그렇게 할 테니까」 그러고 나서 자신의 맹세를 지키려는 것처럼 트리스트람 부인은 잠시 침묵을 지켰다. 그렇다고 그날 저녁 당장 일을 꾸며낼 것 같지는 않았지만, 뉴만이 자리에서 일어서자 그녀는 본래 성미대로 갑자기 농담조에서 전율적이고 동정 어린 어조로 말을 바꾸었다. 「진지하게 말하자면 난 당신을 믿어요, 뉴만 씨. 당신은 나의 애국심을 충족시켜 주니까요」

「애국심이라구요?」 뉴만이 물었다.

「그래요. 하지만 설명하자면 길고, 당신은 이해하지도 못할 거예요. 게다가 당신은 그것을 선언으로 오인할 수도 있고. 하지만 그건 개인적으로 당신과 아무런 관계도 없답니다. 당신의 몸에서 표현되는 거니까. 다행스럽게도 당신은 이 모든 걸 모르고 있어요. 그렇지 않았다면 당신의 자만심이 걷잡을 수 없었을 거예요」

---

17) 북미 인디언의 종족.

뉴만은 가만히 선 채 상대방을 응시하며 도대체 자신이 〈표현〉하는 것이 무엇인지 생각해 보았다.

「나의 모든 잡담은 용서하고 조언 따위는 잊어버리세요. 당신에게 무엇을 하라고 얘기한다는 건 정말 어리석은 짓이에요. 당황할 때면 당신이 가장 적절하다고 생각되는 대로 행동하세요. 당신은 무척이나 잘할 거예요. 어려움에 처하면 스스로 판단해요」

「당신이 말한 모든 걸 기억하겠소」 뉴만이 말했다. 「여기 유럽에는 형식과 의식이 너무나 많아요」

「물론 내가 의미한 게 그런 거죠」

「그런데 난 그걸 관찰해 보고 싶어요」 뉴만이 대답했다. 「다른 사람들만큼 나도 그럴 권리가 있잖소. 그건 두려운 일이긴 하지만, 당신이 내게 타파하라고 허락할 필요는 없어요. 난 받아들이지 않을 테니까」

「그런 뜻으로 얘기한 게 아니에요. 내 말은 당신 방식대로 관찰하라는 거죠. 스스로 문제를 해결하세요. 매듭을 끊든 풀든 그건 당신의 선택이죠」

「좋아요, 난 분명히 서투르게 처리하지는 않겠소」 뉴만이 응답했다.

다음 번 뉴만이 트리스트람의 집에서 식사한 날은 일요일이었다. 그날 트리스트람이 카드 게임을 할 생각이 없었기 때문에, 세 사람은 저녁 무렵 발코니에 앉았다. 여러 가지 화제가 흐르다 트리스트람 부인은 갑자기 뉴만에게 지금이 아내를 얻기에 가장 적기라고 말했다.

「저것 봐, 정말 뻔뻔스럽군!」 트리스트람이 외쳤다. 그는 일요일 밤이면 언제나 신랄한 편이었다.

「당신이 결혼을 하지 않기로 결심한 건 아닐 테죠?」 트리스트람 부인이 말을 계속했다.

「그건 절대로 아니오!」 뉴만이 외쳤다. 「그 점에 있어 내 결심은 확고해요」

「그건 정말 쉽지!」 트리스트람이 외쳤다. 「식은죽 먹기야!」

「좋아요, 그렇다고 쉰 살까지 기다릴 생각은 아니겠죠?」

「정반대죠. 난 굉장히 서두르고 있어요」

「그렇게 생각하는 사람은 아무도 없을 거예요. 당신은 숙녀가 다가와 청혼하길 바래요?」

「아니, 내가 먼저 할 거요. 그 점에 대해 많은 생각을 했거든요」

「당신 생각을 말해 줘요」

「글쎄요」 뉴만이 천천히 말했다. 「난 멋진 결혼을 하고 싶어요」

「그렇다면 예순 살 된 여자하고 결혼하지 그래」 트리스트람이 말했다.

「〈글쎄요〉라니 무슨 뜻이죠?」 트리스트람 부인이 물었다.

「모든 면에서죠. 난 꽤나 까다로운 사람이거든요」

「프랑스 격언에 〈세상에서 가장 아름다운 여자는 자신이 가진 것밖에 줄 수 없다〉는 말이 있다는 걸 명심해요」

「당신이 물어보니까」 뉴만이 대답했다. 「솔직히 말하겠지만, 난 정말 결혼을 하고 싶어요. 무엇보다 지금이 적기니까요. 나도 어느새 마흔 살이 되면 외롭고 의지할 곳 없이 몸만 둔해질 테죠. 하지만 만일 내가 젊은 혈기로 순식간에 해치우듯이 결혼하지 않는다면, 두 눈을 부릅뜨고 해야 돼요. 적어도 결혼만큼은 멋지게 하고 싶으니까. 난 실수를 하고 싶지도 않을뿐더러, 세상이 놀랄 만큼 일을 치를 생각이오. 나는 상대를 마음대로 고르고 싶어요. 내 아내는 준수한 여자라야 돼요」

「흔히 그렇게들 말하죠!」 트리스트람 부인이 외쳤다.

「그런데 나는 그 문제에 대해 많은 생각을 했어요」

「아마도 그렇겠지요. 최선의 길은 사랑에 빠지는 것뿐이에요」

「마음에 드는 여성을 발견하면 정말 사랑하겠소. 내 아내는 매우 편안할 기분일 테고」

「정말 놀랍군요! 준수한 여자를 만날 기회는 있어요」

「당신은 공정하지 못해요」 뉴만이 대꾸했다. 「사람을 내밀고서 방심하게 한 다음 조롱하거든요」

「장담하지만」 트리스트람 부인이 말했다. 「난 정말 진심이에요. 그걸 입증하기 위해 한 가지 제안을 하겠어요. 내가 여기 사람들이 하는 말로 중매를 서도 될까요?」

「나를 위해 신붓감을 물색한다고요?」

「벌써 찾아놓았어요. 둘을 만나게 해줄 작정인걸요」

「이것 참」 트리스트람이 외쳤다. 「우리가 결혼 상담소를 운영하는 건 아니잖소. 이 친구는 당신이 수수료를 챙긴다고 생각할 거요」

「마음에 드는 여성을 소개해 준다면 내일이라도 결혼하겠소」 뉴만이 대답했다.

「당신은 이 문제에 대해 좀 이상하게 생각하는군요. 난 잘 이해되지 않아요. 당신이 그렇게도 냉정하고 타산적이라고 생각하지 않으니까」

뉴만은 잠시 후 입을 열었다. 「글쎄요, 난 훌륭한 여성을 원한다는 생각을 고수해요. 그게 바로 내가 심혈을 기울일 수 있는 것이므로, 가질 수만 있다면 정말 가질 거예요. 지난 세월

내가 무엇 때문에 고생하고 분투했겠어요? 난 성공을 했지만, 내가 거둔 성공으로 지금 무엇을 하겠어요? 내 성공을 완벽하게 만들기 위해선 마치 기념비 위의 동상처럼 횃대에 걸터앉은 아름다운 여성이 있어야 돼요. 그녀는 아름다운 만큼이나 착하고, 착한 만큼 영리해야겠죠. 난 아내에게 많은 것을 베풀 수 있고, 스스로 주저 없이 아내에게 많은 것을 요구하겠소. 그녀는 여성이 바라는 모든 것을 가질 테고, 나한테 과분하더라도 상관하지 않겠어요. 그녀는 내가 이해할 수 있는 것보다 영리하고 현명할 테지만, 그래도 난 더욱 만족할 거요. 한마디로 나는 시장에서 가장 좋은 상품을 손에 넣고 싶소」

「어째서 자네는 처음부터 이 모든 걸 누구한테라도 말하지 않았지?」 트리스트람이 물었다. 「난 자네의 호감을 사려고 그렇게 노력했는데!」

「이건 무척 흥미롭네요」 트리스트람 부인이 말했다. 「난 남자라면 자기 속마음을 알고 있다고 봐요」

「난 오랫동안 내 마음을 알고 있었어요」 뉴만이 말을 계속했다. 「난 비교적 이른 나이에, 아름다운 아내야말로 세상에서 가장 값진 존재라고 다짐했거든요. 그건 어떤 상황에서나 가장 큰 승리가 되니까요. 내가 말하는 아름다움이란 마음과 태도는 물론, 사람 자체까지 의미해요. 그건 모든 남성들이 똑같은 권리를 갖는데, 자신이 바란다면 얻을 수 있다는 뜻이죠. 그렇다고 일부러 어떤 재능을 가지고 태어날 필요는 없어요, 남자라면 되니까. 그런 다음 자신의 의지와 기지를 사용하면 돼요」

「당신이 생각하는 결혼이란 다소 허영기가 있는 듯하네요」 트리스트람 부인이 말했다.

「글쎄요, 사람들이 내 아내를 알아보고 찬양한다면 난 무척 즐거울 게 분명해요」

「결국 당신을 제외한 모든 남성들이 겸손하다고 해야겠네요!」

「하지만 어떤 사람도 나만큼 아내를 찬양하지 못할 거요」

「당신은 화려한 걸 좋아하는군요」

뉴만은 잠시 망설이다, 「솔직히 말하면 그렇소!」라고 대답했다.

「그런데 벌써 주변을 많이 둘러본 것 같네요」

「형편이 허락하는 대로 많이 둘러보았죠」

「마음에 드는 사람이 한 사람도 없었나요?」

「그렇소」 뉴만은 마지못해 대답했다. 「솔직히 말해, 마음에 드는 사람이 정말 한 사람도 없었어요」

「당신을 보니 프랑스 낭만 시인들의 영웅인 〈롤라〉와 〈포튜니오〉 생각이 나는군요. 그리고 세상의 어떤 것도 마음에 차지 않는, 그 밖의 모든 만족을 모르는 신사들까지 말이에요. 하지만 당신이 진지해 보이니까 돕고 싶어요」

「도대체 당신이 소개하려는 여자가 누구요?」 트리스트람이 외쳤다. 「다행히도 우린 많은 예쁜 여자들을 알고 있지만, 준수한 여자는 드물잖소」

「외국인은 전혀 안 되나요?」 트리스트람 부인이 뉴만에게 물었다. 그는 의자를 뒤로 젖히고 발코니 난간에 발을 얹고서, 호주머니에 손을 넣은 채 별을 바라보고 있었다.

「아일랜드인은 무조건 안 돼」[18] 트리스트람이 말했다.

뉴만은 잠시 생각에 잠기다 입을 열었다. 「난 외국인에 대해

---

18) 아일랜드인들의 이민이 대규모로 진행되던 19세기 중엽 미국의 직업 광고에 흔히 사용되었던 문구.

선 어떤 편견도 없어요」

「여보게, 자네는 의심도 없구만!」 트리스트람이 외쳤다. 「자네는 외국 여자들이 얼마나 끔찍한지 모르지. 특히 〈순수한〉 여자들이 그렇다네. 벨트 속에 단검을 숨기고 있는 아름다운 아가씨를 어떻게 좋아한단 말인가?」

뉴만은 자신의 무릎을 힘차게 내리치며 공언했다. 「마음에 든다면 난 일본인하고라도 결혼할 작정이오」

「범위를 유럽으로 한정시키는 게 나을 듯하군요」 트리스트람 부인이 말했다. 「그렇다면 유일한 문제는 상대가 당신 마음에 드는가 하는 것일 테죠?」

「내 아내는 자네에게 한심한 가정교사나 소개시켜 줄 걸세!」 트리스트람이 불평하듯 말했다.

「물론 다른 일도 마찬가지겠지만, 미국 여자가 더 좋다는 걸 부인하지 않겠어요. 같은 언어를 사용하니까 서로 편리할 테고. 하지만 난 외국인을 두려워하진 않아요. 게다가 유럽도 포함시킬 거요. 선택의 폭이 넓어지면 더욱 좋은 결과를 낳겠지요」

「자넨 마치 사르다나팔러스[19]처럼 말하는군!」 트리스트람이 소리쳤다.

「당신은 번지수나 제대로 파악하고 말해요?」 트리스트람 부인이 남편에게 대꾸했다. 「난 우연히 친구들 가운데서 가장 사랑스러운 여성을 꼽아보았어요. 있는 그대로의 인물들 가운데 말이죠. 아주 매력적이거나, 존경할 만하거나, 절세 미인을 의미한 게 아니라, 세상에서 가장 사랑스런 여인을 말할 따름이에요」

---

19) 고대 아시리아의 군주. 적군의 포로가 되지 않고 스스로 불에 타 죽었다.

「세상에!」 트리스트람이 외쳤다. 「당신은 소개할 여자에 대해 나한테 어떤 얘기도 하지 않았잖소. 내가 두렵소?」

「당신도 그녀를 만났어요」 트리스트람의 아내가 말했다. 「하지만 당신은 클레어의 장점 같은 건 잘 알지 못해요」

「이런, 그 여자의 이름이 클레어였소? 난 포기하겠어」

「당신 친구는 결혼하길 원해요?」 뉴만이 물었다.

「조금도 원치 않아요. 쉽지는 않겠지만 그녀의 마음을 돌릴 수 있는 건 당신뿐이에요. 그녀에게는 과거에 남편이 있었어요. 그래서 남자에 대해 좋지 않은 생각을 품게 되었지만」

「그렇다면 미망인이란 말이오?」 뉴만이 물었다.

「벌써 두려운가요? 그녀는 열여덟 살 때 결혼을 했죠. 부모에 이끌려 프랑스식으로, 자기에게 맞지도 않는 늙은이와 결혼했어요. 하지만 다행히도 그 사람은 결혼 후 2년 만에 죽고 말았어요. 그녀는 지금 스물다섯 살이 되었답니다」

「그럼 그 여자는 프랑스 사람인가요?」

「아버지 혈통은 프랑스이고, 어머니 혈통은 영국이에요. 실제로 프랑스인이라기보다는 영국인 같아요. 그리고 영어도 당신이나 나만큼 잘해요. 오히려 더 나을지도 몰라요. 그녀는 여기 사람들이 하는 말로 최상위 계층에 속하죠. 부모는 각기 엄청나게 유서 깊은 가문의 출신이랍니다. 그녀의 어머니는 영국 가톨릭 백작의 딸이고, 아버지는 세상을 떠났죠. 미망인이 된 후 그녀는 어머니와, 결혼한 오빠와 함께 살고 있답니다. 또다른 오빠가 있는데, 성격이 좀 거칠다고 들었어요. 그들은 대학로(路)에 오래된 저택을 가지고 있죠. 하지만 재산이 넉넉지 않아 평범한 생활을 하고 있답니다. 내가 어렸을 적 아버지는 유럽을 돌아다닐 동안 나를 수도원에 맡겨 교육을 시켰어요. 그건 나한테 부질없는 짓이었지만, 아무튼 그 덕택에 난 클레어 드 벨가드와 친해질 수 있었죠. 그녀는 나보다 어렸지만 우리는 금방 친구가 됐어요. 난 클레어를 굉장히 좋아했고, 그녀도 내 열정에 보답했죠. 하지만 그녀의 가족이 꼼짝도 못하게 구속했기 때문에 클레어는 행동의 제약을 받았어요. 그러고 나서 내가 수도원을 떠나자 그녀는 나를 포기해야만 했어요. 난 그녀가 속한 상류사회 사람이 아니거든요. 지금도 물론 마찬가지긴 하지만, 우리는 가끔씩은 만나죠. 상류사회 사람들은 끔찍해요. 모두가 기고만장한데다, 거기에 걸맞는 유서 깊은 가문 출신이거든요. 말하자면 최고 계층의 구귀족이죠. 당신은 정통 왕조파나 교황권 지상론자가 뭔지 아세요? 그게 알고 싶다면 어느 날 오후 다섯시쯤 싱트레 부인의 거실로 가보세요. 거기서 잘 보존된 표본들을 볼 수 있을 테니까. 말은 이렇게 할 수 있어도 50여 개나 되는 가문의 문장(紋章)을 제시하지 않으면 아무도 거기 들어가지 못해요」

「바로 그 숙녀가 당신이 소개할 여성이오?」 뉴만이 물었다. 「내가 접근조차 할 수 없는데도 말이오?」

「하지만 당신은 방금 장애물 같은 건 상관하지 않는다고 했잖아요」

뉴만은 트리스트람 부인을 잠시 쳐다보고 콧수염을 어루만졌다. 「그 여자는 미인인가요?」 그가 다그치듯 물었다.

「아니에요」

「그럼 아무 소용이 없는데——」

「미인은 아니지만 아름다워요. 이 두 가지는 매우 달라요. 미인이란 얼굴에 아무런 결점이 없는 사람이지만, 아름다운 여인은 얼굴에 결점이 있다고 하더라도 매력이 유지되는 사람이죠」

「이제 싱트레 부인이 누군지 기억나는군」 트리스트람이 말했다. 「그 여자는 창자루처럼 밋밋해. 남자라면 두 번 쳐다보진 않을 거야」

「두 번 쳐다보지 않는다는 남편의 말이 적합한 표현이에요」 트리스트람 부인이 참견했다.

「그 여자는 착하고 영리해요?」 뉴만이 물었다.

「완벽하죠! 그 이상은 말할 수 없어요. 곧 만나게 될 사람을 칭찬할 때 세세히 말하는 건 현명치 않아요. 난 과장하진 않아요, 단지 추천할 따름이지. 내가 아는 모든 여성들 중에서 그녀는 독보적이죠. 보통 사람과는 달라요」

「만나고 싶군요」 뉴만이 단순하게 말했다.

「한 번 주선해 보겠어요. 유일한 방법은 그녀를 저녁 식사에 초대하는 것인데, 한 번도 초대한 적이 없었기 때문에 올지 모르겠어요. 나이 들고 봉건적인 그녀의 어머니가 강권을 휘둘러 그녀로 하여금 자기가 선택한 친구들 이외에는 아무도 만나지 못하게 한답니다. 단지 소수의 사람들과 어울리게 할 따름이죠. 하지만 그녀에게 물어볼 수는 있어요」

바로 이 순간 트리스트람 부인은 말을 중단했다. 하인이 발코니로 와 거실에 손님이 있다고 말했기 때문이다. 그녀가 친구를 맞이하러 거실로 가자 트리스트람이 뉴만에게 다가왔다.

「이런 일에 발을 들여놓지 말게」 담배를 빨아대며 트리스트람이 말했다. 「아무것도 건질 게 없으니까!」

뉴만은 호기심 어린 눈으로 상대를 비스듬히 보았다. 「자네 부인하고 얘기가 다르잖나?」

「내 말은 싱트레 부인이 꽤나 도도한 커다란 흰 인형 같다는 뜻일세」

「뭐라고? 그녀가 도도하단 말인가?」

「그 여자는 자넬 우습게 볼 거야. 그렇게 여긴다구」

「그럼 매우 거만하겠군!」

「거만하다고? 내 겸손과 버금갈 만하지」

「그리고 예쁘지도 않나?」

트리스트람은 어깨를 으쓱했다. 「그건 자네가 지성적이라면 이해할 수 있는 아름다움이지. 난 이만 들어가서 손님을 봐야겠네」

뉴만은 곧 친구를 따라 거실로 들어가 잠시 동안 머물렀다. 그는 트리스트람 부인이 소개시켜 준 방문객의 이야기를 묵묵히 들었다. 방문객은 잠시도 쉬지 않고 목청을 돋워 매우 큰 소리로 떠들었다. 뉴만은 그녀를 응시하며 귀를 기울이다 트리스트람 부인에게 작별 인사를 했다.

「저 숙녀는 누구죠?」 뉴만이 물었다.

「도라 핀치 양이랍니다. 어떻게 생각해요?」

「너무나 시끄럽소」

「매우 총명한 사람이에요! 당신은 확실히 까다롭네요」 트리스트람 부인이 말했다.

뉴만은 잠시 망설이며 서 있다가, 「당신 친구에 관한 걸 잊지 말아요」라고 말했다. 「이름이 뭐라고 했던가요? 그 오만한 미인 말이오. 그녀에게 식사하러 올 건지 물어봐요. 그런 다음 나한테 알려줘요」 이 말을 하고 그는 떠났다.

며칠 후 뉴만이 다시 왔을 때, 트리스트람 부인은 흰 옷을 걸친 젊고 예쁜 방문객과 함께 거실에 있었다. 두 사람은 벌써 자리에서 일어났고, 방문객은 떠나려는 참이었다. 뉴만이 가까이 다가가자 트리스트람 부인은 의미심장한 눈길을 보냈지만, 그는 즉각 해득할 수 없었다.

「이 분은 우리 친구야」 트리스트람 부인이 옆에 있던 사람을 향해 말했다. 「크리스토퍼 뉴만 씨지. 이 분께 네 얘기를 했더니 굉장히 만나고 싶어하셨어. 네가 이리로 와서 함께 식사라도 한다면 그런 기회를 베풀 수 있는 셈인데」

낯선 인물은 뉴만에게 얼굴을 돌렸다. 뉴만은 무의식적으로 자제하는 힘이 강했기 때문에 당황하지는 않았다. 하지만 이 숙녀가 바로 오만하고 아름다운 싱트레 부인——세상에서 가장 사랑스런 여인이자 완벽하고도 이상적인 인물——임을 알게 되자, 그는 본능적으로 마음을 가라앉히려고 했다. 뉴만은 약간 정신을 가다듬고, 그녀가 갸름하고 맑은 얼굴과 함께 찬란하면서도 온순한 눈매를 가졌음을 알았다.

「정말 고맙군요」 싱트레 부인이 대답했다. 「유감스럽지만 방금 트리스트람 부인에게 말한 대로 저는 월요일에 시골로 간답니다」

뉴만은 엄숙하게 고개를 숙이며, 「정말 서운하군요」라고 말했다.

「파리는 곧 더워져요」 싱트레 부인은 작별 인사로 다시 친구의 손을 잡으며 말을 덧붙였다.

이 순간 트리스트람 부인은 갑작스럽게 다소 모험적인 결심을 한 듯이 보였다. 여성들이 그런 결심을 할 때 흔히 그렇듯이 그녀는 더욱 강렬한 미소를 띠며 싱트레 부인에게, 「뉴만 씨와 사귀어보면 좋겠어」라고 말했다. 그녀는 머리를 한쪽으로 숙이며 싱트레 부인의 보닛에 달린 리본을 바라보았다.

뉴만은 타고난 자신의 통찰력에 따라 엄숙하게 서 있었다. 트리스트람 부인은 결의에 찬 듯, 친구로 하여금 흔히 사용하는 의례적 인사가 아닌 격려의 말을 뉴만에게 하도록 했다. 이러한 그녀의 행동이 자비심에 의해 촉발되었다면 그것은 진정한 의미의 자비심이라고 볼 수 있다. 싱트레 부인이 절친한 친구이자 특별히 흠모하는 인물이었지만, 그녀는 뉴만과 함께 식사하는 것이 어려움을 알고 트리스트람 부인에게 부드럽게 속마음을 비쳤다.

「그건 큰 즐거움이 되겠지」 싱트레 부인은 자신의 친구를 바라보며 말했다.

「싱트레 부인이 이렇게 얘기한 건 대단한 일이에요!」 트리스트람 부인이 외쳤다.

「정말 고맙군요」 뉴만이 말했다. 「나에 대한 얘기는 오히려 트리스트람 부인이 더욱 잘할 수 있어요」

싱트레 부인은 여전히 부드럽고 환한 낯빛으로 다시 뉴만을 쳐다보며 물었다. 「파리에 오래 머무르실 건가요?」

「우리가 이 분을 붙잡아 두어야지」 트리스트람 부인이 말했다.

「붙잡힌 건 오히려 난데!」 싱트레 부인은 친구의 손을 잡으며 응답했다.

「조금만 더 있다 가렴」 트리스트람 부인이 말했다.

싱트레 부인은 이번에는 미소를 짓지 않았다. 그녀는 다시 뉴만을 쳐다보다 잠시 머뭇거리는 눈빛으로, 「저한테 한번 오시겠어요?」라고 물었다.

트리스트람 부인은 친구에게 입맞춤을 했고, 뉴만이 고맙다는 인사를 하자 싱트레 부인은 그곳을 떠났다. 트리스트람 부인이 문까지 배웅하러 갈 동안 뉴만은 잠시 혼자 남게 되었다. 이윽고 그녀는 손을 비비며 돌아와 말했다. 「참으로 기회가 좋았어요. 그녀는 내 초대를 거절하려고 왔는데 당신이 순식간에 승리하고 말았어요. 3분 만에 자신의 집에 당신을 초대하게 만들었지 뭐예요」

「승리한 건 당신이오. 그녀를 너무 심하게 평가한 건 아니겠죠」

트리스트람 부인은 뉴만을 응시했다. 「무슨 뜻이죠?」

「그녀는 그다지 오만하게 보이지 않더군요. 오히려 수줍어 했어요」

「당신은 참으로 분별력이 있군요. 그런데 얼굴은 어땠어요?」

「보기 좋았어요!」 뉴만이 대답했다.

「나도 그렇게 생각해요! 물론 그녀를 만나러 가겠죠」

「내일이라도 가겠소!」 뉴만이 외쳤다.

「내일은 안 돼요. 다음날 가세요, 일요일에. 그녀는 월요일에 파리를 떠나거든요. 만약 그녀를 만나지 못하더라도 시작은 한 셈이죠」 그러고 나서 그녀는 뉴만에게 싱트레 부인의 주소를 적어 주었다.

늦은 여름 오후 뉴만은 세느강을 건너 회색빛의 고요한 포부르 생 제르망 거리[20]로 걸어갔다. 이 거리의 집들은 바깥 세계를 향해 마치 아라비아 술탄 궁전의 황량한 담벽처럼 무표정하게 내부에 농축된 생활을 암시하는 것처럼 보였다. 뉴만은 부자들이 살아가는 방식에 괴이한 면이 있다고 생각했다. 그가 이상으로 삼고 있는 웅장한 모습이란 밖으로 휘황한 기운을 발산하며, 환대하듯 빛을 내뿜는 찬란한 건물의 전경(前景)이었다. 뉴만이 향하고 있던 집은 어둡고 먼지가 끼었으며, 대문에는 페인트칠이 돼 있었다. 그가 벨을 누르자 대문이 활짝 열렸고, 문

20) 파리의 귀족 구역.

을 통해 들어가니 넓고 자갈 깔린 뜰이 나타났다. 삼면이 닫힌 창문으로 둘러싸인 뜰은 거리 쪽에 입구가 있었고, 세 계단 위에는 함석으로 만든 닫집이 있었다. 그곳은 뉴만이 생각했던 수도원의 모습과 흡사할 만큼 무척이나 어두웠다. 문을 지키고 있던 사람은 싱트레 부인이 내부에 있는지 알지 못했기 때문에 멀리 떨어진 문으로 갔다. 뉴만이 뜰을 건널 때, 맨머리를 드러낸 한 신사가 주랑(柱廊) 현관의 계단에 앉아 보기 좋은 사냥개와 놀고 있었다. 뉴만이 다가가자 그는 자리에서 일어나 벨을 누르며, 미소를 띤 채 영어로 기다려 달라고 했다. 이 신사는 하인들이 눈에 띄지 않아 직접 벨을 눌렀지만, 영문을 모른다는 표정이었다. 인상이 젊은 이 신사의 영어는 훌륭했고, 미소는 매우 솔직했다. 뉴만은 싱트레 부인의 이름을 말했다.

「내 누이가 눈에 띌 텐데」 젊은이가 대답했다. 「들어와요. 명함을 주신다면 직접 전하겠소」

뉴만은 자신의 현재 용무에 미세하게나마 동요를 느꼈다. 이것은 반항심——필요하기 때문에 생기는 공격이나 방어 태세——이 아니라, 사색적이고 기분 좋은 의심이라고 하는 편이 나을 것이다. 현관에 서 있던 뉴만은 호주머니에서 명함을 꺼내 자신의 이름 아래 〈샌프란시스코〉라고 쓴 다음, 그것을 건네주며 상대방을 유심히 살폈다. 젊은이의 눈길은 특이하게도 안도감을 주었는데, 뉴만은 그의 얼굴이 싱트레 부인과 흡사했기 때문에 호감을 가졌다. 뉴만은 그가 분명히 싱트레 부인의 오빠이리라고 짐작했다. 젊은이가 뉴만의 태도를 힐끗 살핀 다음 명함을 들고 안으로 들어가자, 야회복을 걸친, 다소 나이 들고 잘생긴 사람이 입구에 나타났다. 그가 뉴만을 유심히 보자 뉴만도 상대를 바라보았다. 젊은이는 방문객을 소개할 양으로, 〈싱트레 부인〉이라는 말을 되풀이했다. 그 사람은 젊은이의 손에서 명함을 받아 들고 빠른 눈길로 읽었다. 그리고 다시 뉴만을 훑어보고 잠시 머뭇거리다, 엄숙하면서도 세련된 어조로 말했다.
「싱트레 부인은 출타중이오」

젊은이는 어색한 몸짓으로 뉴만에게 몸을 돌려, 「정말 죄송하군요」라고 말했다.

그러자 뉴만은 그에게 아무런 악의도 없음을 나타내려고 친절하게 머리를 숙이며 되돌아 갔다. 뉴만이 문지기가 있는 곳에서 발길을 멈추고 뒤돌아 보니 두 사람은 여전히 현관에 서 있었다.

「개를 데리고 있는 저 신사는 누구죠?」 뉴만은 다시 나타난 늙은 여자에게 물었다. 그는 이미 불어를 배우기 시작했던 것이다.

「그 분은 백작님이오」

「그리고 다른 분은요?」

「그 분은 후작님이랍니다」

「후작이라구요?」 뉴만은 영어로 말했지만 다행히 늙은 여자는 이 말을 알아듣지 못했다. 「그럼 집사는 아니었군!」

제4장

어느 날 아침 일찍 뉴만이 옷을 입기 전, 왜소한 체구의 노인이 화려한 액자에 든 그림을 들고 블라우스 차림을 한 청년의 안내를 받아 방으로 왔다. 파리에서의 번거로운 일 때문에 뉴만은 니오슈 씨와 그의 재능 있는 딸을 까마득히 잊고 있었는데, 액자를 본 순간 그들을 기억할 수 있었다.

「저를 잊지는 않으셨겠지요」 노인은 사과의 말과 인사를 늘어놓고 말했다. 「여러 날을 기다리게 했으니까 저희의 변덕과 불성실을 비난했을 테지요. 그러나 보십쇼! 어여쁜 〈마돈나〉 그림도 함께 말이죠」 이렇게 말하며 니오슈 씨는 자신이 데리고 온 사람에게 지시하며 그림의 배치를 도왔다. 「여보게, 이 그림을 빛이 잘 드는 의자 위에 놔두게. 이 분이 그림을 찬미하도록 말일세」

그림은 1인치 두께의 니스칠이 되어 있었고, 정교한 무늬의 액자는 적어도 폭이 1피트나 되어 보였다. 그것은 아침 햇살 속에 영롱하게 빛나, 뉴만의 눈에 매우 휘황하고 소중하게 비쳤다. 뉴만은 그림의 구입으로 매우 행복해졌고, 더욱이 그것을 소유했다는 생각 때문에 마음이 넉넉해짐을 느꼈다. 그는 몸단장을 하는 동안 그림을 보며 만족스럽게 서 있었다. 한편 니오슈 씨는 자신이 데리고 온 사람을 보낸 다음, 미소를 띠고 손을 문지르며 근처를 서성거렸다.

「놀랄 만한 섬세함이 배어 있지 않습니까?」 노인은 마치 달래듯 말했다. 「그리고 여기저기에 경탄할 만한 필치도 보이죠. 아마도 그걸 느끼실 테지요. 우리가 대로를 따라 걸어오는 동안 이 그림은 굉장한 눈길을 끌었어요. 그 눈길이 더욱 높아가더군요! 그건 바로 그림의 비법 때문이죠. 이 그림을 완성한 인물의 아버지라 이런 말을 하는 게 아니랍니다. 그렇지만 취향을 가진 사람으로서 다른 사람을 평할 때, 전 선생님이 절묘한 작품을 소유했다는 사실을 말하지 않을 수 없군요. 저런 작품을 완성하고서도 남에게 넘겨야 한다는 건 정말 힘든 일이죠. 저희들의 수입이 넉넉하여 저 그림을 가질 수만 있다면 얼마나 좋을까요」 니오슈 씨는 넌지시 미소를 지으며 말을 덧붙였다. 「정말이지, 전 선생님이 부럽습니다! 저희는 실례를 무릅쓰고 이 그림을 액자에 넣었지만, 액자 때문에 작품의 가치가 조금이나마 더 올라갈 겁니다. 선생님처럼 예민한 분이 액자를 사려고 가게를 돌아다닐 수야 없는 노릇이죠」

니오슈 씨는 특이한 복합체 어법을 썼지만, 여기서 그대로 모방할 필요는 없으리라. 한때 영어를 분명히 구사한 니오슈 씨의 악센트에는 런던투가 기묘하게 가미되었지만, 자신이 배운 말을 계속 사용하지 않았던 나머지 그의 어휘는 결점 투성이인데다 변덕스러웠다. 니오슈 씨는 자신의 결함을 뒤엉킨 불어 어휘, 영어를 자기식으로 만든 표현, 문자 그대로 번역한 관용어

따위로 보충했다. 결과적으로 극히 겸손하게 들리는 그의 말은 사람들이 거의 알아들을 수 없었으므로 여기서 그것을 손질하여 옮길 생각이다. 그럴듯하게 보이는 노인의 절망감이 그의 민주적 심성을 자극했기 때문에, 뉴만은 노인의 말을 절반 정도밖에 알아들을 수 없었지만 오히려 기뻤다. 사람이 불행한 최후를 맞이한다는 가정은 언제나 뉴만의 심금을 울렸고, 또한 실로 유일하게 그를 자극했던 것이다. 뉴만은 자신이 가진 부(富)의 위력으로 그것을 깨끗이 해소해 버릴 충동을 느꼈다. 노에미 양의 아버지는 여기에 크게 고무된 듯, 예기치 못한 기회를 포착하려고 민감히 반응했다.

「액자값이 얼마요?」 뉴만이 물었다.

「모두 합쳐 3천 프랑입죠」 노인은 유쾌하게 웃으며 본능적으로 애원의 손길을 보냈다.

「나한테 영수증을 줄 수 있소?」

「그럼요. 선생님이 그림값을 지불하실 거라고 생각하여 실례를 무릅쓰고 영수증을 만들었거든요」 이 말과 함께 노인은 지갑에서 종이 한 장을 꺼내 자신의 후원자에게 건넸다. 그 종이는 섬세하고 환상적인 필체로 씌어졌고, 어휘는 극히 선택적이었다.

뉴만이 돈을 건네자 니오슈 씨는 엄숙하고도 애교 있는 동작으로 나폴레옹 초상이 새겨진 금화를 하나씩 낡은 가죽지갑 속에 넣었다.

「아리따운 당신 딸은 어떻게 지내죠?」 뉴만이 물었다. 「내겐 무척 인상적이었는데」

「인상적이라구요? 선생님이야말로 무척 인상적이죠. 제 딸의 외모를 칭찬하시는 건가요?」

「정말 아름다운 게 분명해요」

「아무렴요. 정말 예쁘죠!」

「그렇다고 해서 무슨 잘못이 되나요?」

니오슈 씨는 카펫 위에 있는 반점에 시선을 고정시키고 머리를 흔들었다. 그런 다음 환히 팽창된 듯한 시선으로 뉴만을 쳐다보았다. 「선생님은 파리가 어떤 곳인지 알고 있겠지요. 아름다움이라는 게 돈의 힘을 빌리지 못할 때는 위험한 법이랍니다」

「그러나 당신 딸의 경우는 그렇지 않아요. 이제 돈을 벌었으니까」

「그럼요. 저희는 적어도 6개월 동안은 풍족했지요. 하지만 전 그 애가 평범한 소녀였다면 더욱 마음을 놓았을 겁니다」

「당신은 젊은 사람들을 두려워해요?」

「젊든 늙든 똑같아요!」

「당신 딸도 결혼을 해야 될 테죠」

「남편은 그냥 얻어지는 게 아니랍니다. 그 애의 남편이 될 사람은 지금 형편을 받아들여야 돼요. 전 그 애에게 동전 한 푼도 줄 수 없거든요. 그렇지만 젊은 사람들은 그런 눈으로 보지 않는걸요」

「하지만 당신 딸의 재능 자체가 지참금인 셈이잖소」 뉴만이 말했다.

「재능이란 먼저 화폐로 계산돼야 해요」 니오슈 씨는 자신의 지갑을 주머니에 넣기 전에 가볍게 쳤다. 「그건 쉬운 일은 아니지요」

「당신네 젊은이들은 무척 비열하군요」 뉴만이 말했다. 「내가 분명히 말할 수 있는 건 이뿐이오. 당신 딸을 위한다면 대가를 지불해야지, 그 사람들이 돈을 요구해선 안 돼요」

「그건 매우 고상한 생각이지만, 이 나라에선 통용되지 않는답니다. 여기선 결혼할 때 형편이 어떤지 알고 싶어하거든요」

「당신 딸은 얼마나 많은 돈을 원해요?」

니오슈 씨는 다음에 무슨 일이 생길지 궁금한 것처럼 가만히 앞을 응시했다. 그러나 금방 정신을 차린 다음 그는, 보험회사에 다니는 매우 잘생긴 청년이 있기는 하지만 결혼에 1만5천 프랑이 필요하다고 말했다.

「당신 딸에게 여섯 개의 그림을 더 그리도록 해요. 그렇게 하면 내가 지참금을 벌 기회를 줄 테니까」

「여섯 개의 그림이라구요——지참금으로 말인가요! 분별없는 말씀이 아닌가요?」

「루브르에 걸린 〈마돈나〉 그림처럼 아름다운 복제품을 대여섯 개 그려준다면, 난 똑같은 가격을 지불하겠소」

불쌍한 니오슈 씨는 한순간 놀랍기도 할뿐더러, 고맙기도 하여 할말을 찾지 못했다. 그런 다음 그는 뉴만의 손을 잡고 열 손가락을 꽉 끼며, 눈물을 글썽거리며 상대방을 쳐다보았다. 「실물만큼 아름다운 거라고요? 제 딸의 그림은 천 배나 더 아름다울 겁니다. 웅장하면서도 장엄할 테니까요. 제가 그림을 그릴 수 있다면 도와줄 텐데! 어떻게 감사의 말을 드려야 될까요? 두고 보십시오!」 그러고 나서 노인은 뭔가 생각하려고 자신의 이마를 눌렀다.

「괜찮소」 뉴만이 말했다. 「당신은 충분히 감사를 표시했으니까요」

「좋은 생각이 떠올랐어요」 니오슈 씨가 소리쳤다. 「감사의 표시로 전 선생님께 무료로 불어 교습을 하겠어요」

「교습이라구요? 나는 까마득히 잊고 있었는데」 뉴만이 웃으며 말을 덧붙였다. 「당신이 사용하는 영어를 듣는 게 바로 불어 교습인 셈이오」

「전 영어를 가르칠 생각은 추호도 없답니다」 니오슈 씨가 대답했다. 「하지만 자랑할 만한 우리의 불어로 표현하자면, 전 여전히 선생님께 봉사하는 입장이랍니다」

「그렇다면 당신이 여기에 오는 대로 시작할까요. 지금이 매우 좋은 시간인데요. 난 커피를 마시려는 참이거든요. 매일 아침 아홉시 반에 함께 커피를 들며 시작하도록 해요」

「저한테 커피를 대접하시겠다구요?」 니오슈 씨가 외쳤다. 「좋았던 옛 시절이 다시 오는 기분이군요」

「자, 그렇다면 시작해 봅시다. 커피가 매우 뜨거운데, 이걸 불어로 뭐라고 표현하죠?」

이렇게 하여 다음 3주 동안 매일 아침 뉴만이 마시는 커피 향기 속에 섬세하고 그득한 니오슈 씨의 얼굴이 약간의 호기심과 겸연쩍은 복종의 빛을 띠고 나타났다. 뉴만이 얼마나 많은 불어를 배웠는지 모른다. 그가 스스로 말한 대로 불어를 배우려는 시도가 소용없을지라도, 어쨌든 그것은 어떤 해도 끼치지 않았다. 그러한 시도는 자신을 즐겁게 했을 뿐만 아니라, 문법과 상관없이 대화하는 데서 늘상 생긴 그의 변칙적이고, 사교적인 기분을 만족시켰다. 이러한 버릇은 뉴만이 일에 분주했던 시절, 금방 들어간 서부의 어느 마을 울타리 위에서 석양을 받으며 익살스러운 게으름뱅이나 일확천금을 꿈꾸는 이름 없는 인물들과 자리에서 한담을 나눌 때 익힌 것이다. 뉴만은 어디를 가든 그 나라 자국인(自國人)과 대화해야 한다는 생각을 가졌다. 그는 외국 여행을 할 때면 그 나라의 생활을 찬찬히 살펴보는 것이 비길 데 없이 소중하다고 확신했으며, 자신의 판단은 이런 조언을 따랐다. 뉴만에게 니오슈 씨는 자국인과 버금가는 인물이었다. 비록 그의 인생이 특별히 눈여겨볼 데가 없다 하더라도, 니오슈 씨는 보다 손쉬운 쾌락을 가져다 주었을 뿐만 아니라, 뉴만이 가졌던 호기심 어린 현실적 사고에 무척이나 진기한 문제로 대두된 현란한 파리 문화에 있어서 명료하면서도 원숙한 인물로 나타났다. 뉴만은 통계를 좋아했고, 일이 이루어지는 과정을 알고 싶었다. 그는 얼마나 세금을 내야 하고, 이익은 어떻게 발생되며, 무슨 상업적 관행이 통용되고, 세상에서 어떻게 투쟁하는지를 배우는 데 즐거움을 얻는 인물이었다. 비록 몰락하긴 했지만 니오슈 씨는 이 같은 뉴만의 관심거리에 숙달했던 나머지, 자신이 알고 있는 사실을 명료하게 말했다. 그는 소량의 코담배를 손에 들고서 산뜻한 용어로 자신의 지식을 전달하는 데 자부심을 가졌다. 뉴만이 가진, 나폴레옹 상(像)이 새겨진 금화에 나타난 프랑스인의 모습과는 동떨어진 니오슈 씨는 대화를 즐겼고, 인생의 쇠퇴기에 처해 있긴 해도 세련된 행동은 그대로 유지되었다. 그는 프랑스인으로서 사물을 명백하게 설명할 수 있었고, 자신의 지식이 한계에 이를 때면 간명하고 소박한 가설로 그 흐름을 메울 수 있었다. 몸집이 작은 이 인물은 뉴만으로부터 질문을 받게 되면 어쩔 줄 모르고 기뻐했다. 그는 뉴만과 함께 깔끔하게 정보를 스크랩했고, 작고 번질거리는 자신의 수첩에다 뉴만이 흥미로워할지도 모르는 사건을 기록했다. 그는 선창의 헌책방에서 오래된 역서(歷書)를 읽었으며, 이따금 다른 카페에 들러 좀더 많은 신문을 구입하고, 남아 있던 1페니를 식후의 커피값으로 지불하며, 진기한 일화와 기형물은 물론 괴상한 우연의 일치 따위가 적힌 낡은 종이 조각을 숙독하곤 했다. 다음 날 아침이면 니오슈 씨는 침착하게 최근 보르도[21]에서 죽은 다섯 살 된 어린아이의 뇌가 나폴레옹이나 혹은 워싱턴에 있는 어느 여인의 뇌의 무게와 똑같은 60온스라든가, 클리시로로(路)에 있는 푸줏간 점원이 자신의 낡은 코트 주머니에서 5년 전에 분실했던 360프랑의 돈을 발견했다든가 하는 이야기를 했다. 니오슈 씨는 무척 분명하고 울리는 목소리로 어휘를 발음했기 때문에, 뉴만은 그가 불어를 말하는 투가 자신이 다른 사람을 통해 들었던 당황거리며 재잘대는 소리보다 훨씬 낫다고 확신했다. 더욱이나 니오슈 씨의 악센트는 여느 때보다 훨씬 또렷했다. 그는 라말틴[22]이 쓴 글을 발췌하여 읽었고, 비록 자신의 보잘것없는 식견일지언정, 뉴만이 세련된 어법을 함양하기 위해 노력하더라도 실용적인 말을 듣고 싶다면 파리의 국립극장에라도 가야 한다고 주장했다.

뉴만은 프랑스 특유의 근검한 생활 방식에 흥미를 가졌고, 파리의 경제에 대하여 생생한 찬사를 품었다. 뉴만의 경제적 재능은 순전히 덩치가 큰 분야에서 힘을 발휘했지만, 그는 눈앞에 전개되는 사업상의 모험과 기회를 느긋하게 지켜보았다. 따라서 그는 동화(銅貨)가 축적하여 이루어낸 부(富)의 모습을 보고, 노동과 이윤을 세밀하게 분석하며 진정한 쾌락을 누렸다. 뉴만은 니오슈 씨가 가진 삶의 태도를 물어본 후 그의 정교한 절약 방식으로부터 연민과 존경이 따사롭게 교차됨을 느꼈다. 덕성스러운 이 노인은 그들 부녀(父女)가 어느 땐 하루 15닢의 동전으로 생활했던 법을 말해 주면서, 파산된 재산 가운데 그럭저럭 남은 부분을 건져 자신들의 형편이 다소 나아졌노라고 했다. 하지만 니오슈 씨는 한숨을 쉬며 그들의 수입이 여전히 변변치 못한데도 불구하고 자신의 딸이 전혀 협조하지 않는다

---

21) 프랑스 남서부의 항구 도시.
22) 19세기 초의 프랑스 작가.

고 말했다.

「그러니 무슨 방법이 있겠어요?」 니오슈 씨는 철학적으로 반문했다. 「사람이 젊고 예쁘다면 새 옷과 장갑이 필요한 법이지요. 웅장한 루브르에서 낡은 가운을 걸칠 순 없잖아요」

「그러나 당신 딸은 자신의 옷을 살 만큼 충분히 돈을 벌지 않았던가요?」

니오슈 씨는 나약하고 불확실한 눈길로 뉴만을 바라보았다. 그는 딸의 재능이 합당하게 평가되었고, 옹색하고 비뚤어진 그녀의 그림도 좋은 값으로 팔렸다는 사실을 말할 수도 있었다. 그러나 이것은 한치의 의혹도 품지 않고, 그에게 동등한 사회적 권리를 인정해 주었던 후덕한 이방인의 고지식함을 악용하는 셈이 될 수도 있었다. 니오슈 씨는 딸이 그린 대가들의 복제품이 의심할 나위 없이 사람들의 눈길을 끌긴 했지만, 복제품의 특이한 완성도를 고려하여 그녀가 책정한 가격이 턱없이 비싼 나머지 작품 구입자들을 멀어지게 하였다고 주저하듯 말했다. 「불쌍한 아이 같으니!」 니오슈 씨는 한숨을 쉬며 말했다. 「작품이 너무 완벽한 게 유감일 따름이죠! 차라리 그림을 못 그리는 편이 나을 텐데」

뉴만은 다시 입을 열었다. 「그런데 노에미 양이 미술에 몰두하고 있는데도 불구하고, 당신은 일전에 말한 것처럼 딸에 대해 두려워하나요?」

니오슈 씨는 잠시 생각에 잠긴 듯했다. 그가 처한 모순이 오랫동안 자신을 불편하게 만들었던 것이다. 그는 황금알을 낳는 거위, 즉 뉴만의 자비로운 신뢰심을 깨트릴 생각은 추호도 없었지만, 자신의 모든 고통을 털어놓고 싶은 강한 충동을 느꼈다. 「제 딸은 분명히 예술가랍니다. 하지만 솔직히 말하자면, 그 애는 유감스럽게도 바람둥이죠」 그는 고통으로 인해 순진하게 머리를 흔들다 말을 덧붙였다. 「그건 어쩔 수 없어요. 그 애의 어머니도 그랬으니까!」

「당신은 부인과 행복하지 않았소?」 뉴만이 물었다.

니오슈 씨는 몇 번이나 머리를 뒤로 젖혔다. 「그 여자는 제게 고통거리였답니다」

「당신을 속였어요?」

「몇 해를 두고서 보란 듯이 행동했죠. 전 너무나 무지했고, 유혹은 너무나 컸어요. 그러나 마침내 그 여자를 찾아냈어요. 한때 제 인생에서 두려워했던 건 제 자신뿐이었죠. 전 고통을 겪었기 때문에 그걸 매우 잘 알고 있답니다! 그럼에도 불구하고 그걸 생각하고 싶진 않아요. 전 그 여자를 사랑했으니까요. 얼마나 사랑했는지 말할 순 없지만요. 아무튼 나쁜 여자였소」

「그 여자는 아직 살아 있나요?」

「벌써 죽었답니다」

「그렇다면 딸에 대한 어머니의 영향력을 두려워해선 안 돼요」 뉴만은 기운을 북돋우듯 말했다.

「그 여자가 자기 딸을 좋아하지 않았다는 건 구두 밑창을 좋아하지 않는 만큼이나 분명해요! 하지만 노에미는 어떤 영향도 받지 않았어요. 그 애는 자신만으로도 족하죠. 저보다 훨씬 강하니까요」

「당신 말에 복종하지 않나요?」

「제가 명령을 하지 않으니 따를 필요도 없죠. 그게 무슨 소용이 있겠어요? 그건 단지 그 아이를 화나게 만들고, 경솔한 행동을 부추길 뿐이랍니다. 그 애는 어머니를 닮아 매우 영리해요. 쓸데없이 시간을 낭비하지 않으니까요. 아이가 어렸을 적엔 저도 행복했고, 적어도 그렇다고 생각했어요. 그 애는 일류 교수들로부터 데생과 회화(繪畵)를 배웠는데, 그 사람들은 아이가 재능이 있다고 하더군요. 전 그걸 믿고서 기뻐했고, 바깥으로 나갈 때면 서류 가방에 그림을 넣어 사람들에게 배포하곤 했답니다. 어느 땐 어떤 숙녀가 제가 이 그림을 팔려는 걸로 생각했던 나머지 무척 언짢은 적도 있었죠. 어쩌다 그렇게 됐는지 모르겠어요! 그러다 어려운 시기가 닥쳐 저와 아내의 관계도 끝나 버렸답니다. 노에미는 더 이상 20프랑씩 지불하는 레슨을 받을 수도 없었고요. 이윽고 아이가 나이가 들어 생계를 도울 만한 일을 해야 되었을 때, 팔레트와 붓에 생각이 미치게 된 거죠. 이웃에 살았던 몇몇 친구들은 그게 멋진 생각이라고 하더군요. 그 사람들은 아이에게 모자 만드는 일을 권했고, 가게에 일자리를 얻거나, 아니면 좀 욕심을 부려 구직 광고를 내보도록 했어요. 그래서 광고를 내자 어떤 노부인이 편지를 보내, 좀 보자고 했어요. 노부인은 그 애를 좋아했던지라, 함께 지내며 일년에 600프랑을 주었답니다. 하지만 노에미는 자신의 인생을 늙은 여자의 팔걸이의자 옆에서 보내며, 방문객이라야 고작 고해성사를 맡고 있는 신부와 조카뿐임을 알게 되었어요. 고해 신부는 매우 엄격했고, 쉰 살이 된 매부리코의 조카는 2천 프랑의 연봉을 받는 정부 공무원이었죠. 그래서 그 애는 노부인 곁을 떠나, 페인트통과 캔버스와 새 옷을 구입하고 루브르로 가서 화가로 나섰답니다. 아이는 그곳을 전전하며 지난 2년을 보냈어요. 덕분에 우리가 백만장자가 된 건 아니지만, 노에미는 로마란 하루 아침에 세워진 게 아닐뿐더러, 자신의 기량이 크게 향상되고 있기 때문에 절더러 그냥 내버려 달라고 하더군요. 전 아이의 재능을 의심하지야 않지만, 사실 그 애는 산 채로 매장

될 인물이 아니에요. 세상사에 호기심이 많아 스스로 음지에서 일할 수 없노라고 하거든요. 그런 외모에 극히 당연한 말이긴 합니다만. 한때 전 날마다 낯선 사람들이 오가는 틈바구니에 홀로 있는 아이에게 무슨 일이 생기는 게 아닐까 하는 불안감을 떨칠 수 없었어요. 그렇다고 언제나 곁에 머무를 순 없는 노릇이죠. 저는 아침에 아이와 함께 간 다음 오후에 다시 데려오긴 하지만 그사이엔 제가 곁에 있지도 못하게 한답니다. 신경이 쓰인다나요. 하루 종일 제가 불안한 건 아무 문제도 아닌 듯이 말이죠! 하지만 아이에게 무슨 일이라도 생긴다면 어떡하죠?」니오슈 씨는 두 주먹을 불끈 쥐고 불길하게 머리를 뒤로 젖히며 외쳤다.

「걱정 말아요. 아무 일도 일어나지 않을 테니까」뉴만이 위로를 했다.

「그렇게 되면 전 그 애를 죽일 거예요!」노인이 무겁게 말했다.

「그렇다면 결혼을 시키는 게 어때요?」뉴만이 말했다.「그게 일을 해결하는 방법이 되니까. 나는 내일 루브르에 가서 당신 딸이 복제하고 있는 그림을 가져오겠소」

니오슈 씨는 대가들의 그림을 복제하는 데 필요한 비용을 뉴만이 넉넉히 주었다는 딸의 말을 전했다. 그녀는 뉴만의 가장 충직한 하인으로 자처하며 자신의 일에 열성을 쏟았지만, 직접 감사의 마음을 전하러 가지 못해 유감이라는 것이다. 니오슈 씨를 만난 다음 날 아침, 뉴만은 루브르에서 노에미 양을 만나보려는 생각을 바꾸었다. 왜냐하면 니오슈 씨가 잔뜩 심각한 모습으로 나타나 아무 말도 하지 않았기 때문이다. 그는 코담배를 흡입하며, 자신에게 불어를 배우는 늠름한 모습의 뉴만을 향해 주저하면서도 호소하는 듯한 눈길을 보냈다. 이윽고 떠날 때가 되자 그는 잠시 서서, 작고 창백한 눈으로 이상쩍게 뉴만을 쳐다보며 순면 손수건으로 자신의 모자를 닦았다.

「무슨 일이 생겼소?」 뉴만이 물었다.

「애비의 근심이야 어쩔 수 없지요!」 니오슈 씨가 대답했다. 「선생님이 무한한 신뢰감을 주는 분이지만, 그래도 경고하지 않을 수 없군요. 결국 선생님도 남자인데다 젊고 자유로운 분이니까요. 그래서 부탁드립니다만, 제 딸 아이의 순결에 상처를 입히지 말아줘요」

무슨 일인가 하고 궁금했던 뉴만은 이 순간 웃음을 터뜨렸다. 그는 노인이 자신의 순진함을 너무나 노골적으로 드러냈다는 말을 꺼내려는 충동을 참고, 대신 딸을 아껴주겠다고 다짐했다. 뉴만은 루브르로 간 다음, 살롱 카레의 긴 의자에 앉아 그를 기다리는 니오슈 양의 모습을 보았다. 그녀는 작업복을 입진 않았지만, 오늘을 위해 모자와 장갑을 썼고, 손에는 양산을 들고 있었다. 이러한 물건들은 적절한 취향으로 선택되었고, 생동하는 민첩함과 피어오르는 분방함이 내뿜는 아름답고 신선한 이미지는 이루 말로 표현할 수 없었다. 그녀는 뉴만에게 지극히 존경이 담긴 말을 건네며, 놀랄 만큼 우아하고 나직한 목소리로 감사를 표시했다. 뉴만은 이토록 매력적이고 젊은 여자가 그에게 감사하려고 서 있는 데 화가 났으며, 또한 이처럼 빼어난 태도와 세련된 어조를 구비한 완벽한 숙녀가 문자 그대로 그의 돈에 고용되었다는 생각에 마음이 불편했다. 뉴만은 자신이 표현할 수 있는 불어로, 그런 말은 언급할 가치조차 없을뿐더러, 그녀의 노고를 커다란 영예로 여긴다고 납득시켰다.

「그렇다면 마음 내킬 때마다 함께 검토해 볼까요」 노에미 양이 말했다.

그들은 천천히 실내를 맴돌다 다른 방으로 들어가 반 시간가량 어슬렁거렸다. 노에미 양은 분명히 자신의 처지를 잘 파악했던 나머지, 특이한 인상을 가진 후원자와 공개적으로 갖는 면담을 끝낼 생각이 없었다. 뉴만은 그녀에게 풍요로움이 어울린다고 생각했다. 그들이 이전에 만났을 때 그녀가 자신의 아버지에게 보였던 단호한 어조는 길고 부드러운 어조로 바뀌었다.

「어떤 종류의 그림을 원하시죠? 신성한 건가요, 아니면 속된 건가요?」

「둘다 조금씩 섞인 거죠. 그렇지만 난 밝고 쾌활한 그림을 원해요」 뉴만이 대답했다.

「쾌활한 그림이라구요? 이 장엄하고 오래된 루브르에 쾌활한 그림이라곤 하나도 없는걸요. 그렇지만 함께 찾아봐요. 선생님의 불어는 오늘 참 매력적으로 들리네요. 제 아버지가 놀라운 일을 하셨어요」

「아니, 형편없어요. 언어를 배우기엔 내 나이가 너무 많거든요」 뉴만이 대답했다.

「나이가 너무 많다구요? 말도 안 돼요!」 노에미 양은 분명하고 날카로운 미소를 띠며 말했다. 「선생님은 무척 젊어요. 그런데 제 아버지를 어떻게 생각하세요?」

「참으로 멋진 노신사죠. 내가 실수를 해도 웃는 법이 없고」

「아버지는 참 적합한 분이에요. 그리고 정말로 정직하신 분이고요. 보기 드문 사람이죠! 선생님은 전적으로 제 아버지를 믿어도 좋아요」

「당신은 항상 아버지 말에 복종하나요?」 뉴만이 물었다.

「복종하다뇨?」

「아버지가 시킨 일을 하는냐는 거요?」

젊은 여자는 발길을 멈추고 뉴만을 바라보았다. 그녀의 양쪽 볼이 발그레졌고, 상대를 녹일 듯한 아름다움을 내뿜는 특징적인 눈에 대담한 빛이 스쳐갔다. 「어째서 그런 질문을 하시는 거죠?」 그녀가 물었다.

「알고 싶기 때문이오」

「저를 나쁜 여자로 생각하세요?」 이 말과 함께 그녀는 야릇한 미소를 지었다.

뉴만은 잠시 노에미 양을 바라보았다. 그는 이 숙녀가 예쁘다는 사실에 조금도 현혹되지 않았다. 뉴만은 불쌍한 니오슈 씨가 딸의 〈순진함〉을 걱정하는 모습을 상기했는데, 그녀와 눈이 마주치자 다시 껄껄 웃었다. 앳되고 성숙함이 기묘하게 혼합된 그녀의 얼굴은 청아한 눈썹 아래 뭔가 찾는 듯한 미묘한 미소로 말미암아 모호한 생각을 전달하는 것처럼 보였다. 노에미 양은 분명히 자기 아버지의 신경을 곤두세울 만큼 아름다웠다. 그러나 순진함에 대해 언급하자면, 뉴만은 그녀가 언제나 그것을 가장했을 따름이라고 금방 확신할 수 있었다. 사실인즉, 그녀는 어떤 순진함도 지니고 있지 않았던 것이다. 노에미 양은 열 살이 지나면서부터 세상물정을 살펴왔기 때문에, 남들이 모를 만한 사실을 그녀에게 말할 수 있는 사람이라면 스스로 현명하다고 자부해도 좋으리라. 그녀는 루브르에서 긴 아침 시간을 보내는 가운데 마돈나와 세례 요한의 모습만 바라본 게 아니라, 주변에서 각양각색으로 구체화되어 나타난 인간의 성품을 유심히 관찰하고 나름의 결론에 도달했다. 뉴만은 어떤 의미에서 본다면, 니오슈 씨가 안심해도 좋으리라는 생각이 들었다. 왜냐하면 그의 딸에게는 매우 대담한 구석이 있었지만, 그녀는 결코 어리석은 짓을 하지 않을 인물로 보였기 때문이다. 느릿하고 한가로운 미소로, 느긋하고 서두르지 않는 말을 사용하며 항상 정신적 여유가 있는 편이었던 뉴만은 지금 어째서 노에미 양이 상대를 그렇게 보는지 자문했다. 그녀는 뉴만이 자기를 나쁜 여자로 여긴다고 자백해 주기를 바라는 게 아닐까 하고 생각했다.

「그건 아니오」 마침내 뉴만이 입을 열었다. 「그런 식으로 당신을 판단하는 건 정말 나쁜 일이니까요. 난 당신을 모르거든요」

「그러나 아버지는 선생님께 불평을 했겠네요」 노에미 양이 말했다.

「당신이 바람둥이라고 하더군요」

「어머, 신사분에게 그런 말을 하시다니! 하지만 선생님은 그렇게 생각하진 않겠죠?」

「물론이오. 그걸 어떻게 믿겠소」 뉴만은 엄숙히 말했다.

그녀는 다시 뉴만을 바라보며 어깨를 으쓱이다 미소를 지었다. 그런 다음 〈성 캐서린의 결혼〉이라는 제목이 붙은 조그만 이탈리아 그림을 가리키며, 「저 그림을 어떻게 생각하세요?」라고 물었다.

「그다지 유쾌하진 않군요」 뉴만이 응답했다. 「노란 드레스를 걸친 젊은 여자는 아름답게 보이지 않는데」

「어머나, 선생님은 대단한 감식가시네요」 노에미 양이 중얼거렸다.

「그림을 두고 하는 말인가요? 그렇지는 않소. 그림에 대해서는 별로 아는 게 없으니까」

「그렇다면 예쁜 여자에 대해선요?」

「그 점에 있어선 더욱 형편없답니다」

「어째서 그런 말씀을 하세요?」 젊은 여인은 빼어난 이탈리아 여인의 초상화를 손으로 가리키며 말했다. 「전 선생님을 위해 좀 크기가 작은 그림을 그릴 거예요」

「작은 크기라구요? 원화(原畵)만큼 크지 않소?」

노에미 양은 베니스 유파의 대가들이 그린 작품을 응시하며 머리를 약간 흔들었다. 「전 저기 걸린 여인을 좋아하지 않아요. 어리석게 보이거든요」

「난 좋은데」 뉴만이 대꾸했다. 「나는 원화만큼 크게 그린 저 여인의 모습을 꼭 갖겠소. 저기 있는 어리석은 여자 말이오」

젊은 여자는 다시 뉴만을 쳐다보며 조롱하는 듯한 미소를 띠고 말했다. 「저 여자를 어리석게 보이도록 하는 건 쉬워요!」

「그게 무슨 뜻이죠?」 뉴만은 의아한 표정으로 물었다.

그녀는 어깨를 으쓱이며 말했다. 「정말 저 초상화를 원하세요? 금발머리에다 자줏빛 공단과 진주 목걸이를 걸치고, 장엄하게 두 팔을 펼친 저 초상화를요?」

「지금 말한 그대로요」

「다른 그림은 전혀 마음에 들지 않아요?」

「다른 것도 좋지만 저걸 갖고 싶소」

노에미 양은 잠시 몸을 돌려 복도의 맞은편으로 걸어가 매우 막연한 눈길로 그림 속의 여인을 쳐다본 다음 돌아왔다. 「그렇게 그림을 주문할 수 있다는 건 멋진 일이네요. 원화만큼 큰 베니스 초상화 말이죠! 선생님은 왕자처럼 행세하시네요. 그런 식으로 유럽 여행을 하실 테죠?」

「그럼요, 난 여행을 할 거요」 뉴만이 대답했다.

「물건을 주문하여 구입하고, 돈도 쓰면서 말인가요?」

「물론 돈도 쓰겠죠」

「돈이 있으니 정말 좋겠네요. 그리고 완벽히 자유롭구요?」

「그건 무슨 뜻인가요?」

「아무런 방해거리도 없다는 말이죠. 가족도, 아내도, 약혼녀도 없나요?」

「그럼요. 난 정말 자유롭소」

「정말 행복하시겠네요」 노에미 양이 엄숙하게 말했다.

「그걸 부정하지 않겠소!」 뉴만은 스스로 생각했던 것보다 불어 교습을 더욱 잘 받았음을 증명하듯 불어로 대답했다.

「그리고 파리에 얼마나 머무를 작정이세요?」 젊은 여자가 계속 말했다.

「불과 며칠 정도가 되겠죠」

「왜 떠나시는 거죠?」

「날씨도 더워지니 스위스로 가야 하니까요」

「스위스라구요? 멋진 나라예요. 스위스를 보시려면 제가 새 양산을 드리겠어요! 호수와 산과 낭만적인 계곡과 얼음 덮인 산꼭대기! 정말 좋겠네요. 그러는 동안 전 어슬프게 선생님이 주문한 그림과 씨름하며, 더운 여름 내내 여기 앉아 있어야겠죠」

「걱정 말아요. 충분한 시간을 줄 테니까 편한 대로 해요」 뉴만이 말했다.

그들은 더 멀리 걸어가 열두 개쯤의 그림을 더 보았다. 뉴만이 자신의 마음에 드는 그림을 가리키면 노에미 양은 모호한 말로 얼버무리며 다른 그림을 권유했다. 그러다 갑자기 그녀는 그림을 벗어나 개인적 문제로 화제를 돌렸다.

「일전에 살롱 카레에서 왜 제게 말을 걸었나요?」 그녀가 느닷없이 물었다.

「당신 그림을 찬미했으니까요」

「그러나 한참 동안 머뭇거렸잖아요」

「난 서두르지 않거든요」 뉴만이 말했다.

「지켜보시는 걸 알았지만, 결코 제게 말을 걸지 않을 거라고 생각했어요. 오늘 여기서 함께 걷게 되리라고는 꿈에도 생각하지 않았답니다. 참으로 이상해요」

「매우 당연한 거죠」 뉴만이 응답했다.

「뭐라구요? 그렇진 않아요. 저를 바람둥이로 생각하실지 몰라도, 여태껏 사람들 앞에서 낯선 신사와 걸어본 적이 없는걸요. 우리가 지금 만나는 걸 승낙하셨을 때 아버지는 무슨 생각을 했을까요?」

「부당하게도 나를 잘못 본 걸 후회할 테죠」 뉴만이 대답했다.

노에미 양은 침묵을 지키다 자리에 주저앉았다. 「자, 이제 다섯 개의 그림이 결정됐어요. 그건 제가 힘닿는 대로 멋지고 아름답게 만들 거예요. 하나를 더 선택할 수 있어요. 루벤스의 걸작인 〈마리 드 메디치의 결혼〉은 어때요? 얼마나 멋진 그림인지 아실 거예요」

「좋소, 그걸 포함시켜 끝을 맺읍시다」

「끝을 맺는다구요, 괜찮죠!」 노에미 양은 웃으며 자리에 앉아 뉴만을 쳐다보며, 두 손을 깍지 낀 채 갑자기 일어나 그의 앞에 섰다. 「전 선생님을 이해할 수 없네요」 그녀는 웃음을 띠며 말했다. 「어떻게 그렇게 무지할 수 있는지 모르겠어요」

「난 정말 무지해요」 뉴만은 호주머니에 손을 넣으며 말했다.

「우스운 일이지만, 전 그림 그리는 법을 몰라요」

「뭐라구요?」

「전 고양이처럼 가만히 앉아 그림을 그리지만, 사실은 선 하나도 제대로 긋지 못해요. 일전에 선생님이 제 그림을 구입할 때까지 그림을 팔아본 적이 없는걸요」 그녀는 이처럼 놀라운 사실을 고백하면서도 계속 미소를 지었다.

뉴만은 웃음을 터뜨렸다.「어째서 그런 말을 해요?」

「영리하게 보이시는 분이 그런 실수를 하다니 화가 나요. 제 그림은 기괴해요」

「그렇다면 내가 소유한 그림도 마찬가지로——」

「그건 훨씬 못하죠」

「저런, 그래도 난 좋던데!」뉴만이 응수했다.

그녀는 곁눈질로 뉴만을 보며,「그렇게 말해 주시니 정말 고맙군요」라고 말했다.「하지만 일이 더욱 커지기 전에 경고해야겠어요. 무슨 말인가 하면, 선생님이 주문한 그림은 불가능해요. 절 어떻게 알고 그런 부탁을 하셨죠? 그건 열 사람이 해야 될 일감이에요. 선생님은 루브르에서도 가장 어려운 그림을 여섯 개나 골라 절더러 그리라고 했어요. 마치 자리에 앉아 열두어 장의 손수건에 테두리를 두르듯이 말예요. 보자하니 끝도 없네요」

뉴만은 당황한 나머지 젊은 여자를 쳐다보았다. 그는 우스꽝스러운 실수 때문에 죄를 지은 듯 서 있었지만 결코 바보가 아니었다. 노에미 양의 급작스러운 솔직함은 본질적으로 그를 착각에 빠트릴 만큼 순수한 게 아니라는 의구심이 분명히 들었다. 그녀는 뭔가 게임을 했을 따름이지, 상대방의 심미적 미숙함을 불쌍히 여긴 것이 아니었던 것이다. 뉴만은 그녀가 대체 무슨 수작을 부릴까 하고 생각했다. 도박은 벌어졌고 위험은 컸지만, 보상 또한 만만치 않은 것임에 분명했다. 하지만 아무리 보상이 크다고 할지언정, 뉴만은 노에미 양의 대담함에 찬탄하지 않을 수 없었다. 그녀는 어떤 속셈을 가졌는지 모르지만 겉으로 태연하게 보였기 때문이다.

「농담하는 건가요, 아니면 진심인가요?」

「진심이에요!」 그녀는 야릇한 미소를 띠며 소리쳤다.

「난 그림은 물론, 그것이 어떻게 만들어지는지 거의 알지 못해요. 당신이 그림을 그릴 수 없다면 어쩔 수 없는 노릇이죠. 그렇다면 가능한 걸로 택해요」

「그건 더욱 잘못된 일이에요」 노에미 양이 대답했다.

「그렇다고 분명히 생각한다면 그렇겠죠. 그러면 어째서 어설픈 그림을 계속했소?」 뉴만이 웃으며 말했다.

「할 줄 아는 게 없으니까요. 전 실제로 재능이 없답니다」

「그렇다면 아버지를 속인 셈이군요」

젊은 여자는 잠시 주저했다. 「아버지도 잘 알고 있어요!」

「그렇지는 않아요. 확신하건대, 당신 아버지는 딸의 재능을 믿고 있소」

「아버지는 저를 두려워해요. 전 선생님의 표현대로 어설픈 그림을 계속하고 있었죠. 그림을 배우고 싶었으니까요. 어쨌든 전 그림을 좋아할뿐더러, 여기에 계속 있고 싶어요. 매일 올 수 있는 장소니까요. 어둡고 침침한 골방이나 법정에 앉든가, 아니면 계산대에 서서 단추나 고래뼈를 파는 것보다는 훨씬 낫거든요」

「물론 훨씬 즐겁겠죠. 하지만 빈궁한 소녀에게 이건 오히려 값비싼 즐거움이 아닐까요?」

「그건 제 잘못이에요, 의심의 여지도 없지만」 노에미 양이 대답했다. 「그러나 다른 아이들처럼 바깥 세상에서 조그만 검은 구멍 속에 바늘을 넣고 열심히 생계비를 버느니, 차라리 세느강에 몸을 던져버리겠어요」

「그럴 필요는 없소. 당신 아버지가 내 제안을 말하지 않았던

가요?」

「그게 뭔데요?」

「아버지는 당신이 결혼하기 바래요. 그래서 난 당신이 지참금을 벌 기회를 주겠다고 말했죠」

「아버지는 모든 걸 말했어요. 그런데 어째서 제 결혼에 그렇게 관심이 많아요?」

「내 관심은 당신 아버지에게 있어요. 약속을 지킬 테니 가능한 걸로 해봐요. 당신 그림도 사겠소」

그녀는 생각에 잠긴 눈으로 잠시 바닥을 내려보며 서 있다 이윽고 고개를 들고서, 「1만2천 프랑으로 어떤 남편감을 얻을 것 같아요?」라고 물었다.

「당신 아버지의 말로 잘생긴 젊은이들이 몇이나 있다고 하던데」

「식료품 장수나 푸줏간 주인, 아니면 웨이터장(長)들이겠죠! 전 좋은 자리가 아니면 결코 결혼하지 않을 거예요」

「너무 까다롭게 굴지 말아요. 내 충고는 이것뿐이오」

「제 말에도 정말 짜증이 나요!」 젊은 여인이 말했다. 「제게 아무런 도움도 되지 않으니까요. 하지만 어쩔 수 없어요」

「어떤 도움을 기대했나요?」

「어쩔 수 없죠, 단지……」

뉴만은 잠시 그녀를 바라보았다. 「글쎄, 그림은 형편없을지 몰라도 당신은 정말 영리해요. 이해할 수 없군요. 잘 가요」 그런 다음 뉴만은 손을 내밀었다.

노에미 양은 아무런 반응도 보이지 않고, 작별의 말도 꺼내지 않았다. 그리고 돌아서서 그녀는 손을 머리 뒤에 올린 채, 그림 앞에 있는 난간에 놓인 벤치에 비스듬히 기대앉았다. 뉴만은 잠시 서 있다 발길을 돌렸지만 자신이 인정했던 것보다 그녀를 더욱 잘 이해했다고 생각했다. 아무튼 이 기묘한 만남은 그녀가 영락없는 교태꾼이라는 니오슈 씨의 말을 실제로 입증했다.

제5장

뉴만은 트리스트람 부인에게 싱트레 부인을 찾아간 일이 실패했노라고 했다. 그녀는 뉴만에게 의기소침하지 말고, 여름 동안 유럽 일주 계획을 실천에 옮기고, 가을에 돌아와 파리에서 겨울을 편히 지내라고 권유했다. 「싱트레 부인은 그대로 있을 거예요. 갑자기 결혼할 사람은 아니니까」 뉴만은 자신이 파리로 돌아올런지 확신하지 못했던 나머지 로마와 나일강에 대해 이야기하면서, 싱트레 부인이 미망인으로 남아 있을지 특별한 관심을 보이지 않았다. 이러한 상황은 뉴만의 몸에 배인 솔직한 태도를 벗어난 것인데, 그것은 신비스러운 속성을 지닌 열정의 초기 특질로 간주되리라. 사실대로 말하자면, 찬란하면서도 온화한 싱트레 부인의 눈빛이 그의 뇌리에 선명하게 새겨져, 다시는 그것을 눈여겨볼 기회가 없을지 모른다는 생각을 쉽사리 포기하지 못했기 때문이었다. 뉴만은 경중(輕重)을 떠나, 여러 가지 일들을 트리스트람 부인에게 털어놓는 편이었지만, 이 문제에 있어서만큼은 자신의 생각을 노출하지 않았다.

자신의 문제를 니오슈 씨에게 말하는 가운데, 뉴만은 그가 노에미 양을 만났을 때 푸른 망토를 걸친 마돈나의 정기가 감돌았다고 설명하고 정중하게 노인 곁을 떠났다. 그러자 노인은 가장 아픈 불행마저 떨칠 수 있을 듯한 환희를 느끼며 자신의 가슴에 달린 주머니를 쓰다듬었다.

그런 다음 뉴만은 여느 때처럼 느긋하고 여유로운 모습으로, 직선적이고 강렬한 목표 의식을 지니고 여행길에 올랐다. 그런 여유를 부릴 수 있는 인간이 좀체 없었지만, 동시에 짧은 기간 뉴만만큼 많은 일을 성취하기도 어려웠으리라. 그는 여행을 하면서 자신에게 가장 적합한 실질적 본능을 구비했다. 뉴만은 선견지명으로 외국의 여러 도시의 길을 어려움 없이 찾았고, 주의만 기울인다면 놀라운 기억력을 발휘했으며, 이전에 한마디도 이해하지 못했던 외국어의 부담을 이겨내고 자신이 알아내려던 특별한 사실을 완전히 입수했다. 사물에 대한 그의 호기심은 변덕스러운 편이었다. 평범하고 감상적인 여행객에게 뉴만이 기록한 많은 일들이 애처로울 만큼 무미건조하고 특징 없이 보일지라도, 그 목록을 유심히 살펴보면 그의 상상력 속에 다감한 구석이 있음을 알게 된다. 파리를 떠나 맨 처음 머물렀던 매력적인 도시 브뤼셀에서 뉴만은 전차에 대해 많은 질문을 했으며, 이 낯익은 미국 문명의 상징이 다시 등장한 데에 극도의 만족을 느꼈다. 그러나 한편으로 그는 시청에 세워진 아름다운 고딕식 탑을 보고 놀라움을 금치 못한 채, 샌프란시스코에 똑같은 탑을 세우는 게 어떨까 하고 궁리했다. 그는 사람들이 우글거리는 건물 앞 광장을 달리는 마차에 위험을 느끼면서도, 이빨 빠진 늙은 관광 안내인이 서투른 영어로 에그몬트와 혼 백작[23]에 관한 가슴 아픈 사연을 중얼거리는 소리를 들으며 반 시간 동안 서 있었다. 그러고 나서 자신이 이런 인물의 이름을 잘 알고 있다는 이유만으로 낡은 편지 겉봉에다 그것을 기록했다.

처음 파리를 떠날 즈음 뉴만의 호기심은 그다지 강렬하지 않았다. 파리의 중심가인 샹젤리제와 극장에서 느꼈던 열없는 흥미는 그저 생각했던 정도였다. 뉴만은 트리스트람에게 말한 대로 신비롭고 호기심을 충족시키는 유럽 최고의 것을 보고 싶었지만, 적어도 진정한 의미의 유럽 일주를 하지 않았을뿐더러 눈앞의 쾌락에 탐닉하지도 않았다. 그는 유럽이 자신을 위해 마련되었지, 자신이 유럽을 위해 준비된 것이 아니라고 믿었다. 뉴만은 늘 자신의 마음을 배양하고 싶다고 말했지만, 거울 속에 비친 자신의 얼굴을 찬찬히 들여다 보았다면 당혹감과 수치심을――그릇된 수치심마저――느꼈을지도 모른다. 이것을 차치하고 다른 점에서 보더라도, 뉴만은 높은 책임감을 구비하지 않았다. 그에게 으뜸 가는 확신은 남자의 삶이란 손쉬워야 하며, 자신에게 주어진 특권을 당연시해야 된다는 것이다. 그의 느낌으로 세상이란 어슬렁거리다 마음에 드는 물건을 구입할 수 있는 거대한 시장에 불과했다. 실상 뉴만은 타의에 의한 강제 구입을 인정하지 않았듯이, 개인적으로 어떤 사회적 압력도 의식하지 않았다. 그는 불유쾌한 생각을 혐오했을 뿐만 아니라, 그것에 대해 일종의 도덕적 불신감마저 가졌다. 어떤 사람이든 정해진 기준에 맞추어야 한다는 생각은 불편할 뿐만 아니라, 약간은 경멸스럽기조차 했던 것이다. 사람의 기준이란 개인이 가진 느긋함에서 나오는 이상(理想)이므로 그것은 남에게

23) 스페인에 의해 처형당한 16세기 네덜란드의 귀족들.

베풀 수도, 스스로 취할 수도 있었다. 한편으로 무기력한 소심함이나, 다른 한편으로 떠들썩한 열망 없이, 소위 말하는 〈유쾌한〉 체험이 극에 이를 때까지 아무런 구애 없이 세상을 활보하는 것이야말로 뉴만이 가진 명확한 삶의 일정표였다. 그는 기차를 잡으려고 서두르는 것을 싫어하면서도 언제나 기차를 탔다. 그러므로 〈문화〉에 대한 지나친 열망은 그에게 역에서 꾸물대는 만큼이나 어리석은 짓이며, 그것은 단지 여성과 외국인 및 그밖의 비현실적인 사람들에게 국한된 문제로 보였다.

이 모든 점을 차치하고서라도 뉴만은 여행을 즐기며, 가장 열정적인 딜레탕트만큼 심오하게 세상의 흐름에 물들었다. 결국 사람의 이론은 중요하지 않고, 가치 있는 것이란 사람의 기분이었던 탓에 뉴만은 어쩔 수 없이 영리하게 되었다. 그는 아무런 계획도 세우지 않고 벨기에, 네덜란드, 라인랜드(독일 서부 라인강의 중하류 일대), 스위스, 북이탈리아 등지를 여행하면서 모든 것을 관찰하며 유유히 다녔다. 뉴만은 여행안내원들과 숙소의 하인들에게 특출한 화젯거리가 되었다. 그는 여관 입구나 현관에서 배회하는 데 익숙했기 때문에 어떤 사람에게나 쉽사리 접근되었고, 여유를 만끽하며 유럽 여행을 하는 신사들에게 마음껏 허용되는 특이한 은둔의 기회도 별로 이용하지 않았다. 누군가 그에게 가까운 장소로 소풍을 가자거나 교회와 화랑과 유적지 따위를 둘러보자고 제안하면, 뉴만은 이렇게 말하는 사람을 묵묵히 훑어본 다음 작은 테이블에 앉아 음료를 주문할 따름이었다. 이런 사이 대개 관광안내원은 멀찌감치 물러나 있었다. 그렇지 않을 경우 뉴만은 안내원으로 하여금 자리에 앉도록 하고서 음료를 권하며, 교회나 화랑이 힘들게 찾아갈 만한 곳인지 솔직히 말해 보도록 요구할 때도 있었다. 그러다 뉴만은 자리에서 일어나 다리를 길게 뻗고 손짓으로 기념품 행상을 불러, 자신의 시계를 바라보며 상대를 응시하다,「그게 뭐요?」라고 묻기도 했다. 그는「거리가 얼마나 멀죠?」라고 묻고 어떤 대답을 듣던 망설일지언정 거절하는 법이 없었다. 그는 열린 마차 속으로 들어가 자신의 질문에 대답해 줄 안내자를 앉히고서, 마차가 느리게 가는 것을 싫어했기 때문에 급속히 몰도록 했다. 그럴 때면 그는 십중팔구 먼지 낀 교외를 지나 순례지를 향해 달려갔던 것이다. 비록 자신이 찾아온 장소가 실망스럽고, 교회가 빈약하든가, 아니면 유적지가 쓰레기더미라고 할지라도, 뉴만은 안내원에게 항의하거나 꾸짖는 법이 없었다. 그는 아무것도 볼 만한 게 없다는 듯이 사심 없는 눈으로 크고 작은 기념비들을 바라보며 안내원에게 설명을 요구한 다음, 거룩한 마음으로 경청하고서 활발한 걸음으로 돌아왔다. 뉴만은 훌륭한 건축과 평범한 건축의 구별에 민감하지 못했던 탓에, 이따금 형편없는 유적을 태연자약하게 바라보곤 했다. 아름다운 교회와 마찬가지로 형편 없는 교회도 유럽에서의 소일거리가 되었지만, 뉴만의 여행은 그야말로 소일거리였다. 그것은 아무런 일거리도 없는 사람들의 상상력과 때로는 구별되었다. 이따금 그는 안내를 받지도 않고 낯선 도시를 거닐며, 외롭고 슬프게 솟아오른 교회 앞이나, 먼 과거 속에서 시민들을 위해 봉사했던 인물의 뾰족한 동상 앞에서 진기한 전율을 느끼기도 했다. 그것은 흥분도 당혹감도 아닌, 고요하고 바닥 모를 감정의 전환일 따름이었다.

뉴만은 네덜란드에서 우연히 한 젊은 미국인을 만나 얼마 동안 함께 여행했다. 그들은 매우 다른 기질을 가졌지만, 각기 나름의 장점을 갖추고 있었기 때문에 적어도 몇 주 동안 꽤나 즐거웠다. 뉴만의 길동무의 이름은 뱁콕이었는데, 그는 유니테리언 교회[24]의 목사였다. 작은 체구에 산뜻한 복장을 한 이 남자는 유별나게 솔직한 인상을 주었다. 그는 매사추세츠 주(州) 돌체스터 출신으로, 뉴잉글랜드 대도시의 어느 교외에 위치한 작은 교회에서 한 무리의 영혼을 돌보고 있었다. 이 인물은 소화력이 약했기 때문에 주로 전맥(全麥) 빵과 옥수수로 끼니를 때웠지만, 이러한 식이요법이 너무나 몸에 배인 탓에 자신의 여행길이 어둡게 될 수밖에 없었다. 왜냐하면 유럽 대륙에 도착하자마자 그는 정해진 시간에 정해진 가격으로 모든 손님들에게 일률적으로 제공되는 식사로 말미암아 자신의 까다로운 식이요법이 허용되지 못함을 알았기 때문이다. 뱁콕은 파리에서 미국 대리점으로 불리는 가게에서 옥수수 한 포대와, 뉴욕 소식이 상세하게 게재된 신문을 구입할 수 있었다. 그는 이 옥수수를 어디에나 끼고 다녔으며, 자신이 잇달아 묵었던 호텔에서 다른 사람들의 식사 시간을 피해 이것으로 끼니를 때우는 다소 특이한 상황에서도 극히 평온한 태도와 인내심을 보여주었다. 뉴만은 어느 땐가 사업차 뱁콕의 출생지에서 아침 시간을 보낸 적이 있었는데, 밝힐 수 없는 이유 때문에 그곳을 방문했다는 일이 언제나 우스운 생각으로 남아 있었다. 이유가 밝혀질 수 없기 때문에 깊이 없는 농담이 되긴 했지만, 뉴만은 이따금 자신의 친구를 〈돌체스터인(人)〉이라고 불렀다. 이들 동료 여행객은 금방 친밀한 사이가 되었지만, 미국에서라면 이처럼 판이한 성격을 가진 인물들이 매우 편리하게 교제한다는 일이 전혀 가능하지 않았으리라. 아무튼 그들은 매우 다른 성격이었고, 이런 문

24) 삼위일체를 배격하는 기독교의 일파. 일신교로 일컬어진다.

제를 전혀 생각한 적이 없었던 뉴만은 매우 침착하게 상황을 받아들였다. 그러나 뱁콕은 혼자서 이 문제를 곰곰이 생각하곤 했으며, 이따금 양심적으로 편견 없이 생각할 양으로 저녁 일찍 자신의 방으로 들어가곤 했다. 그는 살아가는 방식이 자기와 판이한 뉴만과 사귀는 것이 어떨지 확신하지 못했다. 뉴만이 훌륭하고 관대했기 때문에 뱁콕은 가끔씩 상대가 고귀한 친구라고 중얼거렸다. 확실히 뉴만을 좋아하지 않는다는 것은 힘들었지만, 뱁콕은 자신이 영향력을 행사하여 뉴만의 도덕적 삶을 자극하고 의무감을 고취시키는 게 바람직하지 않을까 하고 자문했다. 뉴만은 모든 것을 좋아하고 받아들였으며, 모든 면에서 쾌락을 찾는 인물이었다. 그는 다른 사람을 차별하지도, 거만하지도 않았다. 그러자 돌체스터 출신의 이 젊은이는 자신이 매우 심각하다고 간주한 나머지 피해 보려고 안간힘을 기울였던 결함, 즉 〈도덕 반응의 결핍〉을 뉴만이 가졌다고 비난했다.

이 불쌍한 뱁콕은 그림과 교회를 매우 좋아했기 때문에, 제임슨 여사[25]의 책을 가방 속에 넣고 다녔다. 그는 미학적 분석을 좋아했고, 자신이 본 모든 것으로부터 특별한 인상을 받았다. 하지만 그럼에도 불구하고 뱁콕은 마음속 깊이 유럽을 혐오했으며, 뉴만이 지적으로 너무나 쉽게 적응하는 점을 탓하고 싶은 충동을 느꼈다. 뱁콕의 도덕적 불안은 어떤 말로 규정짓는 것보다 훨씬 깊었다. 그는 유럽적 기질을 불신했고, 유럽의 기후에 고통을 받았으며, 게다가 유럽의 식사 시간을 혐오했다. 다시 말하면, 그의 눈에 비친 유럽적 삶은 비도덕적이고 불순했다. 그렇지만 뱁콕은 정교한 미적 감각을 지닌 인물이었다.

25) 예술 및 여행에 관한 다수의 책을 저술했던 19세기 작가.

또한 불가피하게 미(美)가 위에서 언급된 달갑지 못한 상황과 연관되고, 자신이 무엇보다 정당하고, 감정에 편향되지 않으려고 하며, 더욱이 과도할 만큼 〈문화〉에 몰두하고 있는 상황에서 유럽을 형편없는 곳으로 단정할 수만은 없었다. 이러한 점에도 불구하고 뱁콕은 유럽이 참으로 좋지 않은 곳이라고 생각했으며, 뉴만과의 싸움이 그에게 이 무절제한 쾌락주의자가 슬프게도 자신의 나쁜 점을 거의 인식하지 못한다고 느끼게 만들었다. 실제로 뱁콕 자신은 젖먹이 아이처럼 세상의 한 모퉁이에서 벌어지는 나쁜 일을 거의 알지 못했다. 악(惡)의 존재에 대해 그가 가장 선명하게 받은 체험은, 파리에서 건축을 연구하던 자신의 대학 동기생이 결혼은 안중에도 없는 어느 젊은 여자와 사랑에 빠졌다는 사실을 알았을 때뿐이다. 뱁콕이 이 사건을 이야기하자 뉴만은 그 젊은 여자를 담담하게 표현했다. 그러자 다음 날 뱁콕은 뉴만에게 젊은 건축학도의 애인을 표현하는 데 정확히 맞는 어휘를 사용했느냐고 물었다. 뉴만은 그를 쳐다보고 웃으며 말했다.「그런 걸 표현하는 말은 헤아릴 수 없이 많아요. 당신도 선택할 수 있소!」

「내 말은 그 여자가 다른 관점에서 고려될 수 없는가 하는 점이오. 그녀가 정말 그 사람이 자기와 결혼하리라고 기대한 건 아니겠죠?」

「잘 모르긴 해도 그건 당연할 거요. 굉장한 여자임에 분명하니까」이 말과 함께 뉴만은 다시 웃음을 터뜨렸다.

「그런 뜻이 아니오」뱁콕이 응답했다.「나는 단지 어제 일을 기억하지도, 생각하지도 않으려고 해요. 이제 내 친구 퍼시발에게 그것에 관한 편지를 쓸 작정이오」

그러고 나서 뱁콕은 정말 뻔뻔스러운 투로 편지를 썼다. 그는 퍼시발에게 답장을 보냈지만, 뉴만이 즉석에서 파리에 있는 젊은 여자를 〈굉장한〉 인물로 추측한 것은 다소 무모하다고 생각했다. 실상 뉴만의 즉흥적 판단은 그를 언짢게 하며, 여러 번이나 충격을 주었다. 뉴만은 상황을 곰곰이 생각하지도 않고서 사람들을 비난하거나, 비위에 거슬리면 그들을 사형에 처할 무리라고 치부했는데, 그것은 내면을 제대로 가꾼 사람이 취할 태도가 아니라고 간주되었다. 그래도 불쌍한 뱁콕은 뉴만을 좋아했고, 때로는 당혹스럽고 고통을 가져올망정 상대를 포기할 수 없다고 생각했다. 뱁콕은 인간의 천성을 가장 다양한 형태로 보게 했던 괴테를 완벽한 인물로 여겼다. 그는 가끔씩 뉴만과 반 시간 남짓 대화를 나누며 조금이나마 정신적 자양분을 주입하려고 했지만, 뉴만의 개인적 자질이 너무나 느슨하기 때문에 정비될 수 없음을 알았다. 조리를 사용하여 물을 담을 수 없듯이, 뉴만의 정신은 원칙을 고수할 수 없었던 것이다. 다른 사람이 가진 원칙을 극히 존중한 뉴만은 뱁콕이 그렇게 많은 원칙을 지녔다는 점에서 참으로 멋진 인물이라고 생각했다. 그는 신경이 예민한 자신의 친구가 준 것을 모두 받아들여, 매우 안전하다고 간주한 장소에 두었다. 하지만 나중에 불쌍한 뱁콕은 뉴만이 매일 사용하던 물건 가운데 자신에게 준 것을 한번도 식별하지 못했다.

그들은 독일을 거쳐 함께 스위스로 여행했는데, 그곳에서 3, 4주 동안 산길을 따라 터벅거리며 걷고, 푸른 호수에서 빈둥거리기도 했다. 그러다 마침내 그들은 알프스의 고갯길인 심플론을 지나 베니스로 갔다. 뱁콕은 점차 우울해졌고, 사소한 일에도 민감했다. 그는 시무룩하고 멍한 듯하다가 어딘가 몰두한 것처럼 보였으며, 자신의 계획을 뒤죽박죽으로 만들고 이랬다

저랬다 하면서 두서없이 말했다. 뉴만은 여느 때와 다름없이 생활하며, 친구들과 교제하고, 화랑과 교회에서 느긋한 시간을 보냈다. 그는 산 마르코 광장[26]을 거닐며 자신도 깨닫지 못할 만큼 많은 시간을 보냈고, 볼품없는 그림을 한 더미나 구입하며 베니스에서 보름을 보냈다. 어느 날 저녁 여관으로 돌아오던 뉴만은 숙소 옆의 작은 정원에서 자신을 기다리는 뱁콕의 모습을 보았다. 젊은이는 매우 침울하게 걸어와 손을 내밀며, 이제 그들이 헤어져야 될 때라고 엄숙히 말했다. 뉴만은 그의 말에 놀라움과 아쉬움을 나타내면서 그들이 헤어져야 하는 까닭을 물었다. 「내가 당신에게 싫증난 건 아니잖소」 뉴만이 말했다.

「나한테 싫증나지 않았다구요?」 뱁콕은 맑은 회색 눈으로 뉴만을 주시하며 반문했다.

「그럴 필요가 어디 있겠소? 당신은 매우 용기 있는 사람이고, 게다가 나도 싫증을 내는 사람이 아닌데」

「우리는 서로를 이해하지 못하고 있소」 젊은 목사가 말했다.

「내가 이해하지 못한다구요?」 뉴만이 소리쳤다. 「맙소사! 난 그렇게도 바랬는데. 설령 그렇지 않다고 하더라도 무슨 상관이오?」

「당신은 이해하기 힘든 사람이군요」 뱁콕이 응답했다. 그러고 나서 그는 자리에 앉아 손으로 머리를 감싸며 슬픈 듯한 표정을 짓고, 헤아릴 수 없이 무궁무진한 자신의 친구를 쳐다보았다.

「이런, 난 전혀 개의치 않았소!」 뉴만이 웃으며 말했다.

「그러나 이건 내게 무척 괴로운 일이오. 나를 불안하고 짜증

---

26) 베니스의 산 마르코 성당 앞에 위치한 광장.

스럽게 만드니까요. 난 무력감을 느껴요. 아무튼 이런 상태는 나한테 좋지 않아요」

「걱정을 너무 많이 하는군요. 그게 바로 당신의 문제점이긴 하지만」

「물론 당신에겐 그렇게 보이겠죠. 당신은 내가 모든 일을 너무나 힘겹게 받아들인다고 생각하는 반면, 난 당신이 모든 일을 너무나 쉽게 처리한다고 생각하니까요. 우린 결코 합치될 수 없어요」

「하지만 우리는 지금까지 매우 잘 지내왔잖소」

「아니, 그렇진 않아요」 뱁콕은 머리를 흔들며 대답했다. 「난 지금 굉장히 불편해요. 한 달 전쯤에 당신을 떠났어야 했는데」

「이런, 난 당신의 뜻이라면 무엇이든 하겠소!」 뉴만이 소리쳤다.

뱁콕은 두 손으로 머리를 감싸다 고개를 들며 말했다. 「당신이 내 입장을 이해한다고 생각지는 않아요. 난 모든 것에 관하여 진실에 도달하려고 애를 써요. 그런데 당신은 모든 것을 건성으로 볼 따름이오. 당신은 너무나 열정적이고 분방한 인물이에요. 나는 우리가 지나온 모든 곳을 혼자서 다시 음미해야 될 것 같소. 무척이나 많은 실수를 한 느낌이 들거든요」

「그렇게 많은 구실을 댈 필요는 없어요」 뉴만이 말했다. 「단지 나와 교제하는 데 싫증난 거겠죠. 그렇게 말할 권리는 충분히 있으니까」

「아니, 그렇지는 않아요. 당신에게 싫증난 게 아니오. 싫증을 낸다는 건 잘못된 일이거든요」 고통 어린 젊은 성직자가 말했다.

「그만둬요!」 뉴만이 웃으며 말했다. 「물론 계속 실수하는 건 좋은 게 아니죠. 어쨌든 당신 갈 길로 가시오. 난 당신을 그리워할 테니까. 그렇지만 당신은 내가 쉽사리 친구를 사귄다는 걸 알겠죠. 당신 혼자 고독을 음미하다 마음이 내키면 소식을 전해줘요. 어디에서든 기다릴 테니까」

「난 밀라노로 돌아갈 작정이오. 루이니[27]를 제대로 보지 못한 느낌이 드니까요」

「불쌍한 루이니 같으니!」 뉴만이 말했다.

「나는 그를 과대평가한 것 같군요. 일류 화가라는 생각이 들지 않거든요」

「루이니가 그렇단 말이오?」 뉴만이 소리쳤다. 「그는 매혹적이고 굉장한 화가인데! 그의 재능에는 뭔가 아름다운 여인 같은 면이 있어요! 그건 어떤 사람에게나 똑같은 느낌을 줘요」

뱁콕은 눈살을 찌푸리며 주춤했다. 그러나 뉴만에게 이 말은 보통 때와 다른 형이상학적인 비행(飛行)이었다는 사실이 덧붙여져야겠지만, 밀라노를 지나오면서 그는 방금 언급한 화가를 무척 좋아하게 되었던 것이다. 「역시 당신은 어쩔 수 없군요!」 뱁콕이 말했다. 「그래요, 우리는 헤어지는 게 나아요」 그리고 다음날 그는 발길을 돌려 위대한 롬바드 예술가[28]에 대한 자신의 인상을 정리하기 위해 떠났다.

며칠 후 뉴만은 옛 친구로부터 다음과 같은 편지를 받았다.

> 뉴만 씨,
>
> 한 주일 전 베니스에서의 나의 행동은 당신에게 이상하고 배은망덕하게 보였겠지요. 그래서 그 당시 말했던 대로, 나는 당신이 이

27) 레오나르도 다 빈치 유파에 속하는 16세기 초 이탈리아 화가.
28) 루이니는 이탈리아 북부의 롬바드 태생이다.

해하리라고 생각지 않는 내 입장을 설명하고 싶습니다. 우리가 헤어져야 한다는 생각을 난 오랫동안 품어왔지만, 실상 이러한 결정이 갑작스럽게 이루어진 것은 아니랍니다. 당신도 알다시피, 우선 나는 구대륙에 있는 자연과 예술의 보고(寶庫)로 내 정신을 윤택하게 할 기회와 휴가를 마련해 준 교회신도들이 모은 성금으로 유럽 여행을 하고 있어요. 그렇기 때문에 내게 주어진 시간을 정말 유리하게 사용해야 되며, 또한 이 점에 있어서 분명히 책임의식도 가졌어요. 그런데 고백하지만 당신은 내가 도저히 따르지 못할 열정으로 눈앞의 쾌락에 탐닉한 듯이 보였고, 그것에 온 힘을 기울이고 있었어요. 나는 어떤 결론에 도달하여 자신의 믿음을 확고히 해야 된다는 느낌이 듭니다. 예술과 인생은 내게 매우 진지한 것이었고, 유럽을 함께 여행하면서 우리는 예술이 가진 무한한 진지함을 특별히 기억해야 되었어요. 당신은 어떤 일에 순간적인 만족을 느낀다면 그것이 전부인 양 수용하기 때문에, 단순한 쾌락에 대한 탐닉이 나와 비교할 수 없었어요. 더욱이 당신은 무분별하게 쾌락을 신봉하는데, 그건 말하기 거북할 만큼 냉소적으로 보였답니다. 아무튼 당신 방식이 나와 맞지 않기 때문에 우리가 계속 함께 여행하는 것은 현명한 처사가 되지 못했지요. 하지만 덧붙여 말하자면, 당신의 방식에 대해서 참으로 할말이 많습니다. 나는 함께 지내면서 그 매력을 강하게 느꼈고, 그것이 아니었다면 오래전에 당신을 떠났을지도 모릅니다. 그렇지만 나는 심한 당혹감을 느꼈고, 뭔가 잘못을 저지르지 않았나 하고 생각했지요. 나는 메꾸지 않으면 안 될 상당한 시간적 손실을 입은 느낌이에요. 부디 이 모든 말을 언짢게 받아들이지 말아요. 나는 개인적으로 당신을 무한히 흠모하며, 언젠가 마음의 평정을 회복했을 때 다시 만나게 되기 바래요. 계속 좋은 여행이 되십시오. 그러나 인생과 예술이 극히 진지하다는 것만은 기억해 둬요. 나를 진정한 친구이자, 당신이 잘되기를 바라는 사람으로 생각해요.

벤저민 뱁콕

추신 : 나는 루이니로 말미암아 무척 당황했습니다.

이 편지는 뉴만의 마음속에 묘한 흥분과 두려움을 자아냈다. 우선 뱁콕의 유순한 양심은 뉴만에게 근사한 익살처럼 여겨졌고, 그가 단지 보다 깊은 수렁으로 빠져들기 위해 다시 밀라노로 여행한다는 사실이 자신의 현학적 마음에 대한 보답치고 절묘하고 우스꽝스러울 만큼 정당하게 보였다. 그러자 뉴만은 이것이 바로 거대한 미스터리라고 생각했다. 아마도 자신이 그처럼 해롭고 겨우 언급이나 될 수 있는 냉소자에 불과하며, 예술의 보고와 인생의 특권을 생각하는 그의 방식이 매우 저급하고 부도덕하다고 느껴졌다. 부도덕한 것을 무척 경멸하는 뉴만은 그날 저녁 반 시간은 족히 따스한 아드리아해[29]의 별빛을 지켜보며 앉아, 자신이 뭔가 책망받는 듯한 기분 때문에 우울해졌다. 그는 뱁콕의 편지에 어떻게 답장해야 될지 몰랐다. 뉴만은 타고난 성품 때문에 젊은 목사의 고상한 훈계에 분개하지 못했고, 또한 뻣뻣하고 융통성 없는 유머 감각으로 말미암아 그러한 훈계를 심각하게 받아들이지 않았다. 그는 답장을 보내진 않았지만, 이틀 후 골동품 가게에서 16세기에 만들어진 작고 기괴한 상아 조각상을 발견하고서, 아무런 내용도 적지 않고 그

29) 이탈리아와 발칸 반도 사이에 있는 바다.

것을 뱁콕에게 보냈다. 그 조각상은 해진 가운과 두건을 걸치고, 두 손을 맞잡은 채 무릎을 꿇고 이상스럽게 심각한 표정을 띤 수척한 고행자 같은 수도승의 모습이었다. 그것은 놀라울 정도로 섬세하게 빚은 조각이었는데, 얼핏 보면 해진 가운 조각 사이로 수도승의 허리에 걸려진 살찐 식용 수탉의 모습이 드러났다. 뉴만은 이 인물이 무엇을 상징한다고 생각했을까? 언뜻 수도승의 모습으로 비친 인물처럼 자신이 〈고상한〉 체하려고 했을까? 아니면 좀 더 면밀히 살펴보면 탁발승의 모습이 되는 인물과 다를 바 없이 자신의 신세가 변변치 못하다는 것을 두려워했을까? 뱁콕의 금욕주의를 풍자하는 일은 실로 냉소적인 공격이 될지도 모르기 때문에 뉴만은 그런 생각을 품지 않았다. 아무튼 그는 옛 친구에게 매우 귀중한 선물을 준 셈이었다.

뉴만은 베니스를 떠난 후, 티롤[30]을 거쳐 비엔나로 갔으며, 그 다음 독일 남부를 지나 서쪽으로 돌아왔다. 가을에 그는 바덴바덴[31]에 도착하여 몇 주를 보냈다. 그곳은 매혹적인 도시였기 때문에 뉴만은 서둘러 떠나지 않았고, 주변을 둘러보며 겨울 동안 무엇을 할지 결정하려고 했다. 뉴만이 보냈던 여름은 매우 충만했다. 그는 바덴의 화단을 지나 졸졸 흐르는 강 모양의 물줄기 옆에 있던 커다란 나무 아래 앉아 천천히 주위를 둬졌다. 지금까지 그는 많은 곳을 돌아다니며 즐겼을 뿐만 아니라 많은 것을 관찰했던 나머지, 스스로 나이를 먹은 듯하면서도 젊은 기분이 들었다. 뉴만은 뱁콕과, 뭔가 결론을 맺으려는 그의 열망을 기억했을 뿐만 아니라, 자기처럼 훌륭한 습관을 배양하라고 했던 그의 훈계가 별로 유용하지 못했다는 사실을 기억했다.

30) 이탈리아 북부와 인접한 오스트리아 산악지역.
31) 독일 서남부에 위치한 도시.

뉴만이 스스로 몇 가지 결론을 도출할 수는 없었을까? 바덴바덴은 여태껏 그가 보았던 장소 가운데 가장 아름다운 곳이었고, 저녁에 별빛을 받으며 듣는 오케스트라 음악은 단연 일품이었다. 이것이 바로 그가 맺은 결론 가운데 하나가 아니던가! 하지만 세상이 이처럼 좁다는 사실은 매우 흥미로운 일이므로, 뉴만은 계속 자신의 삶을 변화시켜 이국(異國)으로 온 것이 참으로 현명한 행동이었다고 생각했다. 그는 지금까지 많은 것을 배웠으며, 뭔가 말할 수는 없지만 적어도 자신의 머릿속 어딘가에 그것을 간직했다. 그는 자신의 소망을 실천했으며, 훌륭한 광경도 보았고, 게다가 마음을 〈배양할〉 기회도 가졌기 때문에, 활기차게 자신의 마음이 향상되었다고 믿었다. 실로 세상을 이처럼 본다는 일이 무척 즐거웠지만, 뉴만은 기꺼이 여기에 약간을 추가하려고 했다. 비록 서른여섯 살이라고 하더라도 아직도 그의 앞에 긴 세월이 남아 있으므로 지나간 날들을 헤아릴 필요가 없었다. 그는 다음에 어떤 세계를 택할까 하고 궁리했다.

뉴만이 트리스트람 부인의 거실에 서 있던 숙녀의 눈망울을 기억한다고 말한 바 있는데, 4개월이 지났건만 그는 아직도 그 모습을 잊지 못했다. 뉴만은 여행을 하는 도중 여러 사람들의 눈을 의도적으로 관찰했지만, 지금 생각은 오직 싱트레 부인의 눈뿐이었다. 만일 그가 세상을 좀더 보려고 한다면 싱트레 부인의 눈으로부터 찾아야 되지 않을까? 그것이 이 세상이든 저 세상이든, 뉴만은 분명히 그녀의 눈에서 뭔가 찾게 될지도 모른다. 이처럼 형체가 뚜렷하지 않은 생각을 하면서도 뉴만은 오직 〈모험〉 외에 아무것도 머릿속에 없었던 자신의 과거와 긴 세월(그것은 무척이나 일찍 시작되었건만)에 대해 이따금 생각했다. 이제 그러한 시간은 까마득히 멀어져버린 듯했다. 왜냐하면 현재 그가 취하고 있는 태도는 단순한 휴식이 아닌, 과거와 단절에 가까웠기 때문이다. 그는 트리스트람에게 시계추는 제자리로 온다는 말을 했건만, 되돌아 올 시계추의 움직임은 아직 끝나지 않은 듯했다. 아직도 여전히, 다른 구역에서 끝나버린 〈모험〉이 다른 시간에 다른 양상으로 그의 마음속을 맴돌았다. 마음의 열차 속에서 수천 개의 잊혀진 에피소드들이 기억처럼 몰려왔지만, 뉴만은 느긋하게 그 가운데 일부만 빤히 보았고, 어떤 일에는 얼굴을 돌려버렸다. 그것은 과거의 노력이자 공적이며, 낡아빠진 〈영민함〉과 예민함의 표본이었다. 그런 일을 생각하는 가운데 뉴만은 어떤 부분에 대하여 무척 긍지를 느꼈다. 그는 마치 다른 사람을 바라보듯 자신을 찬미했다. 그리고 실제로 위대한 행위의 요인이 되는 여러 가지 자질들이――예컨대 결정, 결단력, 용기, 민첩함, 투명한 눈매, 강력한 행동력――거기에 있었다. 뉴만은 결코 비열한 일에 대한 욕망이 없었기 때문에 부끄럽게 여길 만한 다른 성취가 있다는 게 과언이 된다. 그는 자연스러운 충동으로, 미끈한 유혹의 형상을 직접적이고 비논리적인 일격으로 무너뜨리는 능력을 타고났다. 그리고 분명한 사실은 어떤 인간에게도 성실성의 부족이 용납될 수 없다는 점이다. 뉴만은 왜곡된 인물들과 직선적인 인물들을 단번에 구분했지만, 대체로 왜곡된 인물들에게 뚜렷이 환멸감을 가졌다. 그럼에도 불구하고 어떤 기억들은 지금 다소 야비하고 천박한 빛을 띠었다. 만일 그가 한 번도 추한 일을 하지 않았다고 할지라도, 특별히 아름다운 일을 한 적도 없다는 느낌이 들었다. 그는 긴 세월 동안 돈을 모으려고 끈질긴 노력을 했지만, 이제 그런 문제에서 완전히 탈피했기 때문에 돈을 모은다는 일이 극히 무미건조하게 보였다. 호주머니가 차면 돈을 모으는 것이 쉽게 무시되는 법이지만, 뉴만은 보다 일찍부터 사물을 도덕적으로 보는 습관을 터득해야 되었을지 모른다. 이런 점에서도 마음만 먹었다면 성공했을 테지만, 정확히 말해 그는 사물을 도덕적으로 보는 습관을 지니지 않았던 것이다. 그가 여름 동안 줄곧 보았던 실로 부유하고 아름다운 세계란 신경을 곤두세운 철도인과 주식 중개인에 의해 만들어진 게 아님이 분명했다.

바덴바덴에 머무는 동안 뉴만은 트리스트람 부인으로부터 편지를 받았다. 그녀는 뉴만이 자신들에게 보낸 짤막한 소식을 책망하며, 외진 장소에서 겨울을 보내겠다는 무서운 계획을 취소하고 당장 세상에서 가장 안락한 도시로 복귀하라고 명령했다. 뉴만의 답장은 다음과 같았다.

내가 편지를 형편없이 쓰는 사람이라는 사실을 당신이 알고 있기 때문에 어떤 기대도 하지 않을 거라고 생각했지요. 나는 평생에 순수한 우정의 편지를 모두 합쳐 스무 통이라도 썼는지 모르겠군요. 미국에서 나는 거의 모든 교신을 전보로 했답니다. 그래서 지금 쓰는 글이 순수한 우정의 편지가 됩니다. 당신은 남다른 호기심을 가졌지만, 나는 당신이 그것을 소중히 여기도록 바래요. 당신은 지난 3개월 동안 내게 일어난 모든 일을 알고 싶어할 테지요. 생각컨대 여기에 대한 최상의 응답은 여백에다 연필 자국을 해둔, 내가 가진 여닐곱 권의 관광 책자를 당신에게 보내는 것입니다. 내가 연필로 휘갈겨쓴 곳이라든가, 십자 표시, 〈멋진 곳〉, 〈가볼 만한 곳〉, 〈헛탕친 곳〉 따위의 표식을 발견할 때마다 이런 저런 감흥을 느꼈던 곳임을 알게 될 테니까요. 이것은 당신을 떠난 이후 생긴 내 이력을 말하는 것입니다. 나는 벨기에, 네덜란드, 스위스, 독일, 이탈리아 등지를 두루 돌아보았지만, 이 때문에 뭔가 잘못되었다는 생각이 들지는 않아요. 나는 사람들이 가능하리라고 생각했던 것보다 마돈나와 교회 첨탑에 대해 더욱 잘 알고 있답니다. 나는 참으로 아름다운 광경을 보았기 때문에 이번 겨울 당신 집의 난롯가에 앉아 얘기할 수도 있지요. 당신도 알다시피, 내 마음이 완전히 파리를 벗어난 건 아니랍니다. 나는 여러 가지 계획과 비전을 가졌지만, 당신의 편지가 이 대부분을 깡그리 사라지게 했어요. 〈음식을 보면 식욕이 난다〉라는 프랑스 격언이 있듯이, 세상을 둘러보면 볼수록 더욱 보고 싶다는 사실을 알았어요. 나는 현재 여행중에 있으므로, 세상의 모든 구석을 둘러보고 싶어요. 이따금 나는 극동 지역을 생각하며, 또한 중동에 있는 도시들의 이름을 혀 속으로 굴려보기도 하지요. 다마스커스와 바그다드, 메디나와 메카 등을 말이에요. 나는 지난 달 한 주일을 중동에서 돌아온 선교사와 함께 지냈는데, 그 사람은 중동에 가면 너무나 볼거리가 많은데도 내가 유럽에서 빈둥대는 것을 스스로 부끄러워해야 된다고 말하더군요. 나는 뭔가 탐험하고 싶지만, 싱트레 부인이 있는 대학로를 탐험하는 편이 차라리 낫다는 느낌이 듭니다. 그 아리따운 숙녀의 소식을 들은 적이 있나요? 다음 번 내가 방문할 때 그녀가 집에 있겠다는 약속을 당신이 받아낼 수만 있다면, 나는 곧장 파리로 돌아가겠어요. 나는 과거 어느 때보다, 그날 저녁 당신에게 최고의 아내를 원한다는 말을 했을 적의 마음 상태에 있답니다. 나는 이번 여름 우연히 만났던 많은 아름다운 여성들의 눈빛을 지켜보았지만, 그 가운데 어떤 인물도 내 관심을 끌지 못했지요. 지금 언급한 숙녀가 곁에 있었더라면 내 여행은 수천 배나 즐거웠을 거예요. 그 숙녀에게 가장 가까이 접근하는 길은 보스톤에서 온 유니테리언 교회 목사가 암시했는데, 그는 나와 성미가 맞지 않는다는 구실로 곧 헤어지자고 요구했지요. 그 사람은 내가 저급하고 부도덕할뿐더러, 이유야 어떻든 〈예술을 위한 예술〉에 몰두한다고 말했답니다. 그는 정말 놀라운 사람이었기 때문에 난 이 말에 큰 고통을 받았어요. 하지만 그 후 곧 나는 어느 영국인을 만나, 뭔가 잘될 것 같은 예감으로 친교를 맺었지요. 그는 매우 영리한 인물로 런던의 신문에 기고를 하며, 파리에 대해 트리스트람만큼 잘 알고 있었거든요. 우리는 한 주일 동안 어울렸지만, 그는 나한테 환멸을 느끼고 곧 떠나버렸답니다. 내가 지나칠 정도로 미덕이 많은데다, 너무나 완고한 도덕주의자라나요. 그는 친절하게도 내가 타고난 양심가에다 사물을 감리교도처럼 판단하며 매사에 노파처럼 얘기한다고 말했는데, 이것은 다소 당혹스러웠지요. 이 두 비평가 중에서 어느 편을 믿어야 될까요? 하지만 나는 걱정하지 않고 그들 모두가 바보라는 결론을 내렸어요. 그러나 어느 사람도 감히 내가 잘못을 범했다고 말하지 못할 한 가지 분명한 점은 내가 당신의 충실한 친구라는 사실입니다.

크리스토퍼 뉴만

제6장

뉴만은 다마스커스와 바그다드를 포기하고, 가을이 끝나기 전에 파리로 돌아왔다. 그는 자신의 사회적 지위에 걸맞다고 판단하고서 트리스트람이 지정한 거처에 머물렀다. 뉴만은 자신의 사회적 지위가 고려되어야 한다는 사실을 알자 스스로 매우 무능하다고 고백하며, 트리스트람에게 신경을 쓰지 않도록 했다. 「내게 사회적 지위가 있는지 알지 못할뿐더러, 설령 그런 게 있다고 한들 뭔지도 모르네. 사회적 지위란 2,3천 명 가량의 사람을 알고서, 그들을 저녁 식사에 초대하는 정도라면 모를까. 난 자네와 자네 부인, 그리고 지난 봄 내게 불어교습을 했던, 몸집이 작고 나이 든 니오슈 씨밖에 모른다네. 자네를 저녁 식사에 초대하여 서로 인사라도 나누게 할까? 그렇다면 내일 꼭 와야 하네」

「지난 해 내가 알던 모든 사람을 당신에게 소개했는데 그런 말은 달갑지 않군요」 트리스트람 부인이 말했다.

「참, 그랬었죠. 그걸 잊어버렸소. 하지만 당신이 날더러 그 사람들을 잊어버리라고 했잖아요」 뉴만은 가끔씩 자신의 말에 배인 단순하고도 신중한 어조로 말했다. 그러나 옆에서 듣는 사람이라면 이러한 어조가 다소 불가사의한 익살로써 무지를 숨긴다고 봐야 될지, 아니면 지식에 대한 조심스런 갈망이라고 봐야 될지 판독하기 어려웠으리라. 「당신은 나한테 그 사람들 모두가 혐오스럽다고 했잖소」 뉴만이 말했다.

「어머, 내 말을 기억하는 투가 싫진 않네요. 하지만 다음에는」 트리스트람 부인이 말을 덧붙였다. 「나쁜 일은 깡그리 잊고 좋은 일만 기억하세요. 그 편이 차라리 쉽고, 당신 기억력을 약화시키지도 않을 테니까. 그런데 내 남편에게 당신의 거처를 맡기다니, 당신이 무서운 일을 겪게 될 운명에 처했다고 경고하겠어요」

「무서운 일이라니, 여보?」 트리스트람이 소리쳤다.

「오늘 나는 어떤 나쁜 말도 꺼내선 안 돼요. 그렇지 않으면 심한 말을 퍼부어야 되니까」

「자네는 내 아내가 무슨 말을 할 거라고 생각하나?」 트리스트람이 물었다. 「지금 아내는 마음만 먹으면 두세 가지 언어로 자신의 악감(惡感)을 유창하게 표현할 수 있다네. 그게 바로 지성이라는 거야. 하긴 처음 만났을 때도 그랬어. 나는 영어 외에는 한마디도 지껄일 수 없었으니까 말일세. 난 이성을 잃으면 우리의 거룩한 모국어에 의존해야만 하네. 결국 그 방법 외엔 없으니까」

뉴만은 실내 가구 따위에 문외한인지라, 잠자리에 관해서도 눈을 딱 감은 채 트리스트람이 지정해 준 곳이면 어디든 받아들이겠노라고 했다. 이것은 뉴만의 입장에서 순수한 마음의 표현인 동시에 자비심이 될 수 있었다. 그는 트리스트람에게 가장 즐거운 오락거리란 기웃거리며 돌아다니다 남의 방을 들여다보면서, 사람들로 하여금 창문을 열게 한 다음 지팡이로 소파를 쿡쿡 눌러보고, 집주인과 잡담하며 위아래에 어떤 사람이 사는지 물어보는 일이라는 것을 알았기 때문이다. 게다가 그의 자상한 친구가 자신과의 따뜻하고 오랜 우정이 다소 약화된다고 생각하는 사실을 의식했던 나머지, 뉴만은 거처를 정하는 문제를 트리스트람에게 맡기려고 작정했던 것이다. 이와 동시에 뉴만은 실내 장식에 대한 안목도 없었고, 편안함과 편리함의 차이도 정확히 구별하지 못했다. 그는 딱딱한 의자와 부드러운 의자도 능히 구별하지 못했고, 외부의 도움 없이 가능한 휴식, 즉 다리를 뻗고 쉬는 솜씨만 가졌을 뿐이었다. 뉴만이 즐기는 사치와 화려함은 다소 거창하게 고안된 장치에 의해 충족되었다. 그가 생각하는 편안함이란 될수록 많이 확보한 큼직한 방들 틈에 지내며, 방의 내부를 특허를 낸 많은 기계 장치(이 가운데 절반도 직접 사용할 기회가 없지만)로 가득 채우는 것을 말했다. 뉴만이 생각하는 거처란 밝고 찬란하며, 품격 있는 곳이어야 했는데, 언젠가 그는 모자를 쓰고 지낼 수 있는 방을 선호한다고 말한 적도 있었다. 그 밖의 부분에 관해서 자신이 신뢰하는 사람으로부터 모든 점이 〈깔끔〉하다는 확인만 들으면 되었다. 그리하여 트리스트람은 뉴만에게 이 같은 수식어가 족히 적용될 거처를 구해 주었는데, 그것은 오스만 대로의 1층에 위치했다. 여러 개의 방이 딸린 이 거처는 천장에서 바닥에 이르기까지 1피트 두께의 금빛 도금이 칠해졌고, 색상이 엷은 갖가지 공단 휘장이 쳐 있었지만, 비품이라곤 고작 거울과 시계 정도였다. 뉴만은 여기가 손색없는 장소라고 생각하여 트리스트람에게 진심으로 고마움을 표시하고 즉각 이사를 했지만, 자신의 트렁크 가운데 하나는 3개월이 지나도록 거실에 세워놓기만 했다.

어느 날 트리스트람 부인은 뉴만에게 그녀의 아름다운 친구인 싱트레 부인이 시골에서 돌아왔다고 말했다. 트리스트람 부인은 사흘 전에 성(聖) 설피스 성당에서 나오다 그녀를 만났다는 것인데, 자신은 솜씨가 좋다고 칭송이 자자한 이름 없는 레이스 수리사를 찾느라 직접 그 멀리까지 갔노라고 했다.

「그 눈빛은 어떠했소?」 뉴만이 물었다.

「고해성사를 한 탓인지 울어서 새빨개졌어요. 이런 말을 듣고 싶은 거라면!」 트리스트람 부인이 말했다.

「그녀가 고백할 죄가 있다는 건 당신 설명과 일치되지 않는데요」 뉴만이 말했다.

「그건 죄가 아니라 고통이랍니다」

「그걸 어떻게 알아요?」

「나한테 자기를 만나 달라고 했으니까요. 그래서 오늘 아침에 갔었지요」

「무엇 때문에 고통을 겪나요?」

「물어보진 않았어요. 아무튼 매우 신중하게 다루어야 될 사람이거든요. 하지만 쉽게 추측할 수는 있어요. 그녀는 사악한 어머니와 포악한 오빠 때문에 고통을 겪고 있답니다. 그들이 박해를 한 거죠. 그렇지만 난 그 사람들을 용서할 수 있어요. 당신에게 말했듯이, 그녀는 성자인데다 자신의 성스러움을 드러내고 스스로를 완벽하게 하는 데 박해가 필요하거든요」

「그건 참으로 편리한 이론이군요. 난 당신이 그런 이론을 나이 든 사람에게 절대로 꺼내지 말았으면 좋겠소. 그런데 어째서 그녀가 고통을 받죠? 자유롭지 않나요?」

「법적으로는 자유롭지만, 도덕적으로는 그렇지 못해요. 이 나라에선 어떤 요구를 받든지, 자기 어머니에게 〈아니오〉라는 말을 해선 안 돼요. 그녀의 어머니는 정말 지긋지긋한 늙은이고, 당신의 인생을 고달프게 할 수도 있어요. 하지만 어쨌든 그 사람은 어머니이므로 당신이 판단할 권리는 없지요. 단지 복종만 하면 돼요. 이건 긍정적인 부분도 있답니다. 싱트레 부인은 고개를 숙이고 날개만 접으면 되니까요」

「그녀는 오빠만이라도 떨쳐낼 수 없어요?」

「그녀의 오빠는 여기서 하는 말로 〈집안의 우두머리〉에요. 가문의 우두머리이기도 하고. 그 사람들에게는 가족이 전부랍니다. 따라서 자신의 쾌락이 아닌, 가족의 이익을 위해 행동해야 돼요」

「난 가족이 나한테 뭘 바라는지도 모르겠는걸!」 트리스트람이 소리쳤다.

「당신한테 가족이 있기라도 해요!」 그의 아내가 대꾸했다.

「그런데 그 집안 사람들이 가련한 숙녀에게 무엇을 바라죠?」 뉴만이 물었다.

「한 번 더 결혼하도록 하는 거죠. 그들은 부자가 아니니까 돈이 생기기 바라거든요」

「자네에게 드디어 기회가 왔구만!」 트리스트람이 말했다.

「그리고 싱트레 부인은 결혼에 반대하는군요」 뉴만이 말을 계속했다.

「그녀는 돈에 팔린 적이 있어요. 당연히 다시 팔리는 데 반대하죠. 처음에 그 집안 사람들이 거래를 잘못했죠. 남편인 싱트레 백작은 별로 재산을 남기지 못했으니까요」

「그렇다면 어떤 사람에게 결혼시키려 하죠?」

「그건 묻지 않는 편이 좋아요. 하지만 끔찍하게 생긴 늙은 부자나 난봉꾼 공작 정도라고 확신할 수 있겠죠」

「내 아내의 진면목이 그대로 드러나는군!」 트리스트람이 외쳤다. 「저 풍부한 상상력을 관찰해 보게나. 한마디도 묻지 않고서 —— 묻는다는 게 오히려 천박하지 —— 모든 걸 알고 있다네. 아내는 싱트레 부인의 결혼에 관해 샅샅이 알고 있거든. 사랑스런 클레어가 머리를 산발한 채 눈물을 흘려대며 무릎 꿇고 있는 모습과, 단검과 막대기에다 불에 달군 쇠꼬챙이를 들고 그녀를 내려다 보면서, 주정뱅이 공작의 청혼을 거절하면 호되게 꾸짖을 태세로 있는 그 집안 사람들의 모습을 이미 머릿속에 넣고 있다네. 하지만 이유인즉, 그녀는 모자 가게에서 보낸 청구서 때문에 소란을 피웠거나, 아니면 오페라 좌석표를 얻지 않았다는 것뿐인데 말이야」

뉴만은 양쪽의 설명에 의심을 품고, 시선을 트리스트람으로부터 그의 아내에게 돌리며 물었다. 「당신 친구가 정말로 불행한 결혼을 강요받고 있다는 건가요?」

「그건 충분히 가능하죠. 그 사람들은 그런 일을 능히 꾸밀 수 있으니까」

「연극에서나 있을 법한 이야기군요」 뉴만이 말했다. 「저 건너 침침하고 낡은 집에서 사악한 짓이 저질러지고, 다시 저질러질지도 모르겠군요」

「그들은 시골에 그보다 훨씬 침침하고 낡은 집을 가지고 있다고 싱트레 부인이 말했어요. 그곳에서 여름 동안 이런 계획이 꾸며졌음에 틀림없어요」

「틀림없다고, 그것 참!」 트리스트람이 중얼거렸다.

「결국 그녀는 무슨 일로 말미암아 고통을 겪고 있군요」 한참 후 뉴만이 말했다.

「무슨 일이 있는 거라면 훨씬 사악한 짓일 테지요」 트리스트람 부인이 힘주어 말했다.

뉴만은 잠시 생각에 잠기다 입을 열었다. 「그런 짓거리가 여기선 가능하단 말인가요? 가련한 여성이 자기가 싫어하는 남자와 결혼하도록 위협받는 일 말이오?」

「전세계 어디서나 가련한 여성들이 그런 어려움을 겪고 있어요」 트리스트람 부인이 말했다. 「도처에 많은 위협이 도사리고 있는걸요」

「그런 일 따위는 뉴욕에서도 엄청나게 벌어진다네」 트리스트람이 말했다. 「여성들이 비열한 남자들과 결혼하도록 위협받고, 달래지며, 매수되고, 아니면 이 모든 걸 한꺼번에 겪게 되지. 뉴욕 5번가에는 언제나 그런 무리들의 행렬로 장사진을 이룬다네. 물론 다른 나쁜 일들도 있겠지만. 5번가의 미스터리라고나 할까? 누군가 그걸 폭로해야 하는 건데」

「믿을 수 없는 일이야」 뉴만이 말했다. 「미국에서 여성들이 억압에 복종하는 일은 여태껏 없었어. 건국 이래 그런 일은 열댓 건도 되지 않아」

「비상(飛上)하는 독수리의 소리를 들어보게나!」 트리스트람이 소리쳤다.

「비상하는 독수리는 날개를 사용해야죠」 트리스트람 부인이 말했다. 「싱트레 부인을 구출하기 위해!」

「구출한다구요?」

「와락 덤벼들어 그녀를 발톱으로 낚아채어 어디론가 가서 결혼해 버려요」

뉴만은 잠시 아무런 대답도 하지 않고 있다가, 「그녀는 결혼에 대해 귀가 닳도록 들었겠군요」라고 말했다. 「가장 느긋한 길은 그녀를 존중하고, 결혼에 대해 어떤 얘기도 꺼내지 않는 거겠죠. 하지만 어쨌든 그녀가 겪는 일은 파렴치한 짓이오. 듣기만 해도 잔인하니까」

그러나 이후 여러 번 뉴만은 싱트레 부인에 대한 소식을 들었다. 트리스트람 부인은 그녀를 다시 보았지만, 여전히 무척이나 슬프게 보였다고 말했다. 하지만 이번에도 눈물을 흘리지 않았고, 아름다운 눈은 여전히 맑고 차분했다는 것이다. 「그녀는 냉정하고 침착할뿐더러, 가련하기도 해요」 트리스트람 부인이 말했다. 그녀는 자신의 친구인 뉴만이 파리에 와 있고, 싱트레 부인과 교제하려는 열망에 변함없다는 사실을 전했노라고 했다. 그러자 이 사랑스런 여인은 절망 속에서도 미소를 띠며, 지난 봄 뉴만이 방문했을 때 만나지 못한 점을 유감으로 여기고 있으므로 용기를 잃지 말도록 당부했다는 것이다. 「그녀에게 당신에 관한 얘기를 조금 했어요」 트리스트람 부인이 말했다.

「그 말을 들으니 위안이 되는군요」 뉴만이 담담하게 말했다. 「사람들이 나에 관해 알아주면 좋겠소」

이런 일이 있은 지 며칠이 지난 어느 어스럼한 가을 오후, 뉴만은 다시 대학로를 찾아갔다. 그가 당당하게 무장된 벨가드 가(家)의 저택으로 들어가려 했을 때 초저녁의 어둠이 몰려 주위가 어둑어둑했다. 뉴만은 싱트레 부인이 집에 있다는 말을 듣고서 뜰을 가로질러 멀리 떨어진 문으로 들어갔다. 그는 크고 호릿하며 차가운 현관을 건너, 오래된 철난간이 있는 넓은 돌계단으로 안내된 다음, 2층에 있는 방으로 갔다. 자신의 이름이 불리워져 안으로 안내되자 뉴만은 판벽널로 장식된 내실 같은 곳에 와 있음을 알았는데, 방의 한쪽 끝에는 한 숙녀와 신사가 벽난로 앞에 앉아 있었다. 신사는 담배를 피우고 있었고, 방에는 두 개의 촛불과 벽난로에서 나오는 불빛을 제외하고 조명이 없었다. 두 사람은 자리에서 일어나 인사를 했으며, 뉴만은 벽난로의 불빛으로 싱트레 부인을 식별했다. 그녀는 환히 미소 지으며 손을 내밀고서 옆에 있는 사람을 향해 부드럽게, 「제 오빠예요」라고 말했다. 신사는 뉴만을 솔직하고 다감하게 맞아주었다. 뉴만은 자신이 처음 이곳을 방문했을 때 저택의 뜰에서 그에게 말을 건넸던 호감이 가는 젊은이가 바로 이 신사였음을 깨달았다.

「트리스트람 부인이 당신에 관하여 많은 얘기를 해주었어요」 싱트레 부인은 자리에 앉으며 부드럽게 말했다.

뉴만은 자리에 앉은 다음 도대체 자신의 용무가 무엇일까 하고 궁리했다. 그는 자신이 세상의 이상한 구석으로 흘러 들어왔다는 야릇하고 예기치 못한 감정에 사로잡혔다. 대체로 뉴만은 위험을 예견하거나 재앙을 미리 대비하는 인물이 아니었기 때문에, 이처럼 특이한 상황에도 전혀 사교적인 두려움을 갖지 않았던 것이다. 그는 소심하지도 뻔뻔스럽지도 않았다. 다시 말해, 그는 자신을 신뢰하였던 탓에 소심한 성격이 될 수 없었고, 외부 세계에 자상한 마음을 품었기 때문에 뻔뻔스러울 수도 없었다. 하지만 뉴만의 타고난 예리함이 이따금 자신의 느긋한 기분을 움직였으며, 사물을 단순히 받아들이려는 그의 기질에도 불구하고 어떤 일은 다른 일처럼 단순하지 않다는 점을 인식해야만 되었다. 뉴만은 지금 자신이 충분히 오를 수 있다고 생각한 계단에서 발을 헛디딘 듯한 느낌을 가졌다. 이처럼 냉혹하게 보이는 저택의 침침한 구석 벽난로에 앉아 오빠와 이야기를 나누는 이 기묘하고 아리따운 여인에게 그는 무슨 말을 해야 될까? 그녀는 기이한 비밀에 감싸인 듯했지만, 자신이 어떤 구실로 그 장막을 걷어내야 될까? 그는 잠시 대양만큼 깊은 곳에 갑자기 빠져들어 가라앉지 않으려고 무진 애를 써야 하는 기분이 들었다. 그러는 동안 뉴만은 싱트레 부인을 쳐다보았는데, 그녀는 의자에 앉아 긴 드레스를 끌며 그를 향해 얼굴을 돌렸다. 일순 그들의 시선이 마주쳤다. 잠시 후 그녀는 시선을 돌려 오빠로 하여금 벽난로에 통나무를 넣으라는 손짓을 했다. 그러나 이 순간 찰나적으로 비친 그녀의 시선은 뉴만이 여태껏 알던 것보다 개인적으로 당혹감을 느끼지 않도록 하기에 충분했다. 뉴만은 자신에게 꽤나 익숙한 동시에, 어디에서나 마음의 평정을 이루었다는 징표가 되는 행위, 즉 자신의 다리를 쭉 뻗는 동작을 수행했다. 그들이 처음 만났을 때 그의 뇌리에 심어진 싱트레 부인의 인상이 즉시 되돌아 왔고, 그것은 자신이 알던 것보다 더욱 깊었다. 그녀는 남에게 호감을 주었고, 흥미로웠다. 뉴만은 책을 펼쳐 첫 행에 눈길을 던졌다.

싱트레 부인은 뉴만에게 여러 가지 질문들, 예컨대 최근에 트리스트람 부인을 만났는지, 파리에 얼마나 체류했고 얼마나 더 머무를 건지, 그리고 이 도시를 좋아하는지 따위를 물었다. 그녀는 담담하게, 아니 어쩌면 뉴만이 유럽에 도착했을 때 전혀 다른 외국어처럼 들렸지만 여성이 말할 때면 극히 기분 좋게 들리는 또렷한 영국식 악센트로 말했다. 싱트레 부인의 말에 약간 생소한 구석이 있었지만, 십여 분이 지날 무렵 뉴만은 자신이 그녀의 말에서 감미로운 부조화를 기대하고 있음을 알았다. 그는 이 같은 어투를 즐기며, 엄청난 말의 실수가 그렇게 멋지게 해소되는 법을 알고 경탄했다.

「당신네 나라는 아름답겠네요」 이윽고 싱트레 부인이 입을 열었다.

「그렇소, 굉장해요! 당신이 봐야 하는 건데」

「결코 그렇진 못할 거예요」 싱트레 부인이 미소를 띠며 말했다.

「어째서 그렇죠?」 뉴만이 물었다.

「전 여행은 안 해요. 특히 그렇게 멀리까지는요」

「하지만 당신은 이따금 어디론가 가잖소. 늘상 여기에만 머물진 않겠죠?」

「여름에는 조금 떨어진 시골로 떠나죠」

뉴만은 싱트레 부인에게 뭔가 더욱 개인적인 것을 묻고 싶었지만, 명확한 생각이 떠오르지 않았다. 「여긴 다소 조용한 곳이로군요」 그가 말했다. 한길에서 떨어져 있으니까 다소 음울하다는 말을 꺼내려 했지만, 무례가 될지 모른다고 생각했다.

「그렇죠, 매우 조용해요」 싱트레 부인이 대답했다. 「그래도 우리는 여기가 좋아요」

「좋아한다구요」 뉴만이 천천히 말을 되풀이했다.

「게다가 전 태어나 지금까지 여기서 살았답니다」

「지금까지 여기서 살았다구요」 뉴만이 똑같은 어투로 말했다.

「전 여기서 태어났고, 그 전에는 제 아버지가 태어나셨죠. 제 할아버지와 증조부도 마찬가지에요. 그렇지 않나요, 발렌틴?」 그녀는 오빠에게 동조를 구했다.

「그렇고 말고. 여기서 태어나는 건 집안의 관례지!」 젊은이가 웃으며 말했다. 그러고 나서 그는 자리에서 일어나 벽난로 속으로 담배꽁초를 던진 다음, 벽난로 선반에 기대어 있었다. 만일 누군가 젊은이의 모습을 옆에서 지켜보았더라면, 그가 수염을 어루만지며 서 있을 동안 뉴만을 자세히 살펴보려고 했다는 사실을 알게 되었을 것이다.

「그런데 당신네 저택은 무척 오래됐군요」 뉴만이 말했다.

「얼마나 됐나요, 오빠?」 싱트레 부인이 물었다.

젊은이는 벽난로 선반에서 두 개의 촛불을 집어 양손에 하나씩 높이 들고서, 벽난로 선반 위에 있는 벽의 돌출부 쪽을 보았다. 이 형상은 하얀 대리석으로 만들어졌고, 낯익은 18세기 로코코 양식이었다. 그러나 그 위에는 흰 페인트가 칠해지고, 여기저기 도금이 된 기묘한 조각 모양의 좀더 낡은 판벽널이 있었다. 흰색은 이제 누렇게 변했고 도금은 벗겨졌으며, 꼭대기에는 문장(紋章)이 새겨진 방패 모양 속에 여러 인물이 모여 있었는데, 그 위로 또렷하게 1627년이라는 연도가 새겨졌다. 「저기 있군」 하고 젊은이가 말했다. 「당신이 보는 관점에 따라 오래될 수도 있고, 짧을 수도 있겠죠」

「이런 곳에 오면 사람의 관점이 상당히 바뀌겠군요」 이 말과 함께 뉴만은 머리를 젖혀 방을 둘러보았다. 「당신네 저택은 무척이나 특이한 건축 양식이오」

「건축에 흥미가 있소?」 젊은이가 벽난로 선반 쪽에서 물었다.

「이번 여름, 내가 헤아릴 수 있는 한, 약 470개의 교회를 둘러보느라 애를 썼소. 이걸 흥미라고 할 수 있을까요?」

「신학에 관심이 있는가 보군요」 젊은이가 말했다.

「특별히 그렇지는 않아요. 당신은 로마 가톨릭 신도인가요?」 이 말과 함께 뉴만은 싱트레 부인에게 고개를 돌렸다.

「네, 그래요」 그녀는 엄숙히 대답했다.

뉴만은 내심 싱트레 부인의 무거운 어조에 놀라 머리를 젖혀 다시 방을 둘러보았다. 「당신은 한 번도 저기 있는 연도를 눈여겨보지 않았나요?」 이윽고 그가 물었다.

싱트레 부인은 잠시 머뭇거리다, 「전에는 그랬어요」라고 대답했다.

뉴만의 행동을 지켜보던 그녀의 오빠가 말했다. 「당신은 어렴풋이나마 이곳을 살펴보고 싶겠지요」

뉴만은 천천히 눈을 떨구어 그를 보았는데, 벽난로 선반에 기대어 있는 젊은이는 뭔가 아이러니에 능하다는 인상을 풍겼다. 인상이 좋은 그의 얼굴은 미소를 머금었고, 게다가 양쪽으로 곱슬거리는 콧수염에다 광채가 꿈틀대는 눈을 가졌다. 뉴만은 〈도대체 이 친구가 무엇을 비웃고 있을까?〉 하고 생각하며, 〈이게 바로 프랑스식의 뻔뻔스러움인가!〉 하고 혼자 말했다. 그는 싱트레 부인을 쳐다보았는데, 그녀는 바닥에 눈을 고정한 채 앉아 있었다. 싱트레 부인이 눈길을 올리자 그들의 시선이 마주쳤고, 그녀는 오빠를 쳐다보았다. 젊은이를 향해 다시 몸을 돌린 뉴만은, 그가 놀라울 만큼 자신의 여동생과 닮았다는 사실을 알았다. 이것은 다행스런 일이었지만 아무튼 발렌틴 백작에 대한 첫인상은 호의적이었다. 불신이 사라지게 되자 뉴만은 저택의 내부를 무척 보고 싶다고 말했다.

젊은이는 솔직하게 웃고 촛대 위에 손을 얹으며, 「좋소!」라고 외쳤다. 「자, 갑시다」

그러자 싱트레 부인이 재빨리 일어나 그의 팔을 잡았다. 「아, 발렌틴! 무슨 짓을 할 작정이에요?」

「뉴만 씨에게 집안을 보여주고 싶어. 매우 즐거울 텐데」

싱트레 부인은 오빠의 팔을 잡고 미소를 띠며 뉴만을 보았다. 「당신을 데려가지 않도록 하세요. 즐겁진 않을 테니까요. 여느 집과 다름없는 케케묵은 집이거든요」

「진기한 것들로 가득 찼어요」 백작이 거부하듯 말했다. 「게다가 나도 한 번 보고 싶소. 절호의 기회니까」

「정말 심술궂어요, 오빠」 싱트레 부인이 말했다.

「모험심이 없다면 건질 것도 없는 법이오!」 젊은이가 말했다. 「가볼까요?」

싱트레 부인은 부드럽게 자신의 손을 맞잡고 다정한 미소를 지으며 뉴만에게 다가갔다. 「오빠를 따라가다 어두운 통로에서 넘어질 바엔 차라리 여기 난롯가에 저와 함께 있지 않을래요?」

「그럼요! 내부는 다음에 보도록 합시다」

그러자 젊은이는 허세를 부리며 촛대를 내려놓고 머리를 흔들었다. 「이런, 거창한 계획을 수포로 만들다니」

「계획이라뇨? 이해하지 못하겠는데」 뉴만이 말했다.

「당신이 역할을 맡을 수도 있다는 뜻이오. 언젠가 그걸 설명할 기회를 갖겠소」

「제발 입 다물고, 차를 가져오게 벨을 좀 눌러줘요」 싱트레 부인이 말했다.

젊은이는 이 요구에 응했고, 곧 하인이 차를 가져와 작은 테이블 위에 두고 떠났다. 싱트레 부인은 자리에서 일어나 바삐 그것을 챙기기 시작했는데, 그때 문이 활짝 열리더니 한 숙녀가 부시럭거리며 들어왔다. 그녀는 뉴만을 응시하다 약간 고개를 끄덕이며 「미스터!」라고 말한 다음, 급히 싱트레 부인에게 다가와 이마에 입맞춤을 했다. 싱트레 부인은 그녀에게 인사를 하고서 계속 차를 준비했다. 새로 들어온 여자는 젊고 아름답게 보였으며, 모자와 망토에다 호화스러운 옷자락을 걸치고 있었다. 그녀는 재빨리 불어로 말했다. 「아, 차 좀 줘요, 제발! 난 지치고 엉망진창이라 죽을 지경인데」 그녀는 니오슈 씨보다 훨씬 불분명하게 발음했기 때문에 뉴만은 그 말을 이해하지 못했다.

「이 쪽은 내 형수님이랍니다」 발렌틴 백작이 뉴만을 향해 몸을 숙이며 말했다.

「정말 아름다운 분이군요」 뉴만이 말했다

「절색(絶色)이죠」 젊은이가 응수했지만 뉴만은 이번에도 그의 말에서 아이러니를 느꼈다.

한 손에 찻잔을 든 발렌틴의 형수는 자신이 입은 드레스에 차를 쏟지 않을 셈으로 팔 길이만큼 멀찌감치 찻잔을 잡고서, 가볍게 놀라는 소리를 지르며 벽난로 맞은편으로 돌아왔다. 그녀는 잠시 뉴만을 쳐다보고 벽난로 선반 위에 찻잔을 내려놓은 다음, 베일과 장갑을 벗기 시작했다.

「제가 해드릴 일이라도 있나요?」 발렌틴 백작이 달래는 어조로 조롱하듯 물었다.

「저 신사분을 소개해 줘요」 그의 형수가 응답했다.

「뉴만 씨랍니다!」 젊은이가 말했다.

「난 인사를 할 수 없네요. 그렇게 되면 차를 엎지를 테니까」 숙녀가 말했다. 「클레어가 이런 낯선 분을 받아들였나요?」 그녀는 목소리를 낮추며 시동생에게 불어로 물었다.

「암, 그렇죠!」 백작이 웃으며 대답했다.

뉴만은 잠시 서 있다가 싱트레 부인에게 다가갔다. 그녀는 어떤 말을 궁리하듯 뉴만을 쳐다보았지만, 생각할 거리가 없던지 미소만 띠었다. 뉴만이 가까이 앉자 그녀는 찻잔을 건네주었으며, 잠시 차에 대한 이야기를 나눌 동안 그는 상대방을 바라보았다. 그는 트리스트람 부인이 언급했던 싱트레 부인의 〈완벽함〉과 함께, 그녀가 자신이 찾으려고 했던 찬란한 점을 두루 구비하고 있다는 말을 기억했다. 이것은 뉴만으로 하여금 아무런 의심 없이, 그리고 거북한 추측 없이, 싱트레 부인을 주목하도록 했지만, 처음 본 순간부터 이러한 추측이 그녀에게 호감을 갖게 만들었다. 하지만 싱트레 부인은 아름답다고 할지언정, 눈부신 아름다움을 갖춘 건 아니었다. 그녀는 키가 컸고 체격이 늘씬했다. 게다가 굵고 아름다운 머리카락과 넓은 이마와 함께 조화로운 파격의 형태를 풍기고 있었다. 그녀의 맑은 잿빛 눈에는 놀라우리만큼 표현력이 있었지만, 그것은 온화하고 지적인 빛을 발산했기 때문에 무척 뉴만의 마음에 들었다. 하지만 그녀의 눈은 유명한 미인들의 이마를 빛나게 한 깊숙한 광채——형형색색의 광채——는 머금지 않았다. 싱트레 부인은 다소 마른 편이었고 실제 나이보다 훨씬 젊게 보였다. 그녀의 형상은 젊고도 차분하며, 유약하면서도 넉넉하며, 평온하면서도 수줍은 기미, 다시 말해 미숙과 침착, 순진과 위엄이 뒤섞인 듯했다. 뉴만은 어째서 트리스트람이 그녀가 오만하다고 했을까 하고 생각했다. 그가 보기에 싱트레 부인의 지금 모습은 분명히 오만하지도 않았거니와, 설령 그렇다고 하더라도 뉴만 자신과 무관한 일이었다. 만일 그가 싱트레 부인의 오만에 신경을 썼더라면, 그녀는 오만의 벽을 더욱 높게 쌓았을지도 모른다. 싱트레 부인은 아름다운 여인이었고, 매우 쉽게 사귈 수 있는 인물인 듯했다. 그녀는 백작 부인인가, 후작 부인인가, 아니면 역사가 만들어 낸 인물인가? 뉴만은 이런 어휘가 사용되는 것을 들은 적이 별로 없었기 때문에 특별한 이미지를 부여하는 데 한 번도 어려움을 겪지 않았지만, 지금 갑자기 이러한 어휘가 떠올라 어떤 선율적인 의미로 충만되는 느낌이었다. 그것은 쉬운 동작으로 매우 다감하게 말하면서, 매력적이고 부드럽게 빛나는 무엇을 연상시켰다.

「파리에는 친구분이 많나요, 외출은 하세요?」 마침내 할말을 생각해 낸 듯 싱트레 부인이 물었다.

「내가 춤이라도 춘다는 뜻인가요?」

「여기 사람들의 말로, 사교를 하느냐는 뜻이죠」

「난 상당히 많은 사람들을 만났어요. 트리스트람 부인이 나를 여기저기로 데려갔거든요. 그녀가 말하는 것이라면 난 무엇이든 따르죠」

「혼자서 즐기는 걸 좋아하지 않으세요?」

「그렇소, 다소간은. 춤추는 일 따위는 좋아하지 않아요. 나이를 너무 먹은데다 진지하니까요. 그래도 뭔가 즐기고 싶어요. 그 때문에 유럽으로 왔거든요」

「하지만 미국에서도 즐길 수는 있잖아요」

「그건 힘들어요. 항상 일만 해왔으니까. 하지만 그런 게 즐거움이었던 셈이죠」

바로 이 순간 발렌틴을 따라 그의 형수인 젊은 벨가드 부인이 새로운 찻잔을 들고 왔다. 그녀에게 차를 따르고 다시 뉴만과 이야기를 시작한 싱트레 부인은 그가 방금 했던 말을 기억하고서 물었다. 「미국에선 일에만 몰두했나요?」

「사업을 했어요. 열다섯 살 이후로 해왔지만」

「어떤 사업이었죠?」 분명히 싱트레 부인만큼 예쁘지 않은 젊은 벨가드 부인이 질문했다.

「닥치는 대로 했어요. 한때는 가죽을 팔았고, 어느 때는 욕조를 만들기도 했답니다」

젊은 벨가드 부인은 약간 얼굴을 찌푸렸다. 「가죽이라구요? 그건 싫어요. 차라리 욕조가 낫군요. 나는 비누 냄새를 좋아하니까요. 적어도 돈은 벌었겠네요」 그녀는 강한 불어 악센트를 사용하여, 생각나는 대로 내뱉는 여자처럼 재빨리 말했다.

뉴만은 활기차고 진지하게 말했지만, 젊은 벨가드 부인의 어조는 그에게 잠시 말을 멈추다 약간 가볍고 근엄한 익살을 띠며 계속 이야기하게 만들었다. 「아니, 욕조 사업에서는 손해를 보았어요. 하지만 가죽 사업에선 상당한 재미를 보았답니다」

「결국 이야기의 초점은 당신이 말한 대로 재미를 보았다는 거로군요」 젊은 벨가드 부인이 말했다. 「난 무척이나 돈을 숭배한다는 점을 부정하지 않아요. 당신이 돈을 가졌더라도 어떤 추궁도 하지 않을 거예요. 그 점에 있어서 나는 당신, 아니 선생님처럼 진정한 민주주의자거든요. 싱트레 부인은 무척 자만심이 강해요. 그러나 눈을 딱 감으면 이처럼 서글픈 생활 속에서도 큰 즐거움을 찾을 수 있을 텐데」

「세상에, 어떻게 감당하려고 그런 말을 해요?」 발렌틴 백작이 목소리를 낮춰 말했다.

「클레어가 이 분을 받아들였기 때문에 난 부담 없이 얘기할 수 있어요」 젊은 벨가드 부인이 말했다. 「게다가 이건 진심이에요――내 착상이기도 하고」

「저런, 그걸 착상이라고 불러요?」 젊은이가 중얼거렸다.

「그런데 트리스트람 부인의 말로, 당신이 전쟁터에서 싸웠다고 하던데요?」 싱트레 부인이 입을 열었다.

「그렇소. 하지만 그건 사업은 아니었지요!」

「지당한 말이오!」 젊은이가 말했다. 「전쟁이 아니었더라면 내가 땡전 한 푼 없는 신세가 되지 않았을 텐데」

「당신이 그렇게 자만심이 강하다는 게 사실인가요?」 잠시 후 뉴만이 싱트레 부인에게 물었다. 「이미 그런 말을 들었거든요」

싱트레 부인은 미소를 지었다. 「저를 그렇게 생각하세요?」

「참, 내가 어떻게 판단하겠어요. 만일 나한테 그렇게 대하려면, 미리 말해 줘요. 그렇지 않으면 내가 눈치채지 못할 테니까요」

싱트레 부인은 웃음을 지었다. 「그건 궁지에 몰렸을 때나 부려야죠!」

「난 그걸 바라지 않아요. 나한테 잘 대해 줘요」

싱트레 부인은 뉴만의 속셈을 두려워한 듯 웃음을 멈추고, 머리를 반쯤 돌린 채 그를 보았다.

「트리스트람 부인이 당신에게 사실 그대로 얘기했을 테죠」 뉴만이 말을 계속했다. 「난 당신에 대해 잘 알고 싶소. 오늘 여기 온 건 단지 의례적인 방문이 아니고, 당신이 나를 다시 초대하도록 만들기 위해 왔어요」

「부디 자주 오세요」 싱트레 부인이 말했다.

「그렇다면 집에 있을 건가요?」 뉴만이 계속 물었다. 이 말은 자신에게조차 다그치는 말로 들렸지만, 실상 그는 다소 흥분한 상태였다.

「그러길 바래요?」

뉴만은 자리에서 일어나 코트 소매로 모자를 훔치며 말했다. 「그렇다면 다시 만날 수 있겠지요」

「뉴만 씨를 다시 초대해요, 오빠」 싱트레 부인이 말했다.

발렌틴은 무례함과 세련미가 기묘하게 섞인 야릇한 웃음을 지으며 뉴만을 샅샅이 훑어보았다. 「당신은 용감한 사람인가요?」 그는 미심쩍은 눈으로 뉴만을 빤히 쳐다보며 물었다.

「글쎄요, 그렇게 되길 바라죠」 뉴만이 대답했다.

「그런 것 같군요. 그렇다면 다시 방문해요」

「초대치고는 굉장하군요!」 싱트레 부인은 어딘가 고통이 배인 듯한 미소를 띠며 중얼거렸다.

「나는 뉴만 씨가 방문하길 바래」 젊은이가 말했다. 「특히 나한테 큰 즐거움이 될 테니까. 만일 한 번이라도 내가 없을 때 이 분이 왔다면 난 정말 쓸쓸할 거야. 하지만 이 분은 틀림없이 용기가 있어. 당당한 심장을 가진 분이지!」 그러고 나서 그는 뉴만에게 악수를 청했다.

「당신을 보러오는 게 아니라 싱트레 부인을 만나러 올 거요」 뉴만이 대꾸했다.

「그래도 더 큰 용기가 필요할 텐데요」

「그만해요, 발렌틴!」 싱트레 부인이 애원하듯 말했다.

「단연코」 젊은 벨가드 부인이 소리쳤다. 「여기서 정중하게 말할 수 있는 사람은 나뿐이에요! 나를 만나러 오세요. 어떤 용기도 필요치 않으니까」

뉴만은 이 말에 전혀 동의할 수 없다는 웃음을 짓고 자리를 떠났다. 싱트레 부인은 자신을 우아하게 드러내려는 젊은 벨가드 부인의 도전을 받아들이지 않았지만, 불안한 모습으로 사라져가는 방문객을 물끄러미 보았다.

제7장

싱트레 부인을 방문한 지 약 일주일이 지난 어느 날 저녁 매우 늦게 뉴만의 하인이 젊은 벨가드 백작의 명함을 가져왔다. 잠시 후 방문객을 맞으러 간 뉴만은 휘황한 거실 한가운데 서서 벽장식에서 카펫에 이르기까지 실내를 눈여겨보고 있는 벨가드의 모습을 보았다. 활기차고 흥겨운 느낌을 주는 그의 얼굴을 보며 뉴만은 「도대체 이 친구는 무엇 때문에 웃고 있을까?」 하고 자문했지만, 입 밖으로 말을 꺼내지 않았다. 싱트레 부인의 오빠 되는 이 인물은 좋은 친구인데다, 그들이 굳건한 우정을 바탕으로 서로를 이해해야 될 운명이라는 예감이 들었기 때문이다. 그러므로 웃어야 할 일이 있다면 힐끗 보기만 하면 될 뿐이었다.

「먼저」 젊은이는 손을 내밀며 말했다. 「내가 너무 늦게 온 게 아닐까요?」

「어째서 그렇다는 거죠?」 뉴만이 물었다.

「함께 담배를 피우기에 말이오」

「담배를 피우려면 일찍 왔어야죠. 난 담배를 피우지 않소」

「당신은 강인한 사람이군요!」

「그러나 담배는 가지고 다니죠」 뉴만은 말을 덧붙였다. 「앉아요」

「물론 여기서는 담배를 피울 수 없겠는데요」 벨가드가 말했다.

「그게 무슨 문제죠? 방이 너무 작소?」

「너무 커서 탈이죠. 무도장이나 교회에서 흡연하는 기분일 거요」

「그 때문에 방금 웃었나요?」 뉴만이 물었다. 「방 크기 때문이었소?」

「크기만이 아니오」 벨가드가 대답했다. 「장대한 실내와 조화는 물론, 세세한 아름다움 때문이죠. 그건 감탄의 미소였어요」

뉴만은 잠시 벨가드를 바라보며 「그래서 매우 추하다는 뜻인가요?」라고 물었다.

「추하다뇨? 장엄한걸요」

「내겐 마찬가지로 들려요」 뉴만이 말했다. 「아무튼 자리에 앉아요. 나를 만나러 온 건 우정에서 우러나왔다고 여기고 싶소. 굳이 올 필요가 없었을 텐데 말이오. 여기 있는 어느 것이라도 당신 마음에 든다면 내 기분이 더욱 즐거울 거요. 마음껏 큰 소리로 웃어봐요. 방문객들이 즐거워하는 모습을 보고 싶으니까. 단지 이 요청만은 해야겠소. 농담을 하려거든 가급적 빨리 설명을 해주시오. 난 어떤 의미도 빠트리고 싶지 않거든요」

벨가드는 담담하면서도 난처한 표정으로 뉴만을 응시했다. 그는 손으로 뉴만의 소매를 잡고 무슨 말을 하려는 듯이 보였지만, 갑자기 자제하고 의자에 몸을 기댄 채 담배 연기를 내뿜었다. 이윽고 침묵을 깨고 그가 말했다. 「당신을 만나러 온 건 분명히 우정에서 나왔어요. 하지만 여기로 찾아올 수밖에 없었답니다. 내 누이가 방문해 달라는 부탁을 했는데, 그건 나에게 법이나 다름없어요. 나는 이 근처에 있었고, 당신 방이라고 여겨진 곳의 불빛을 목격했죠. 정식으로 방문할 시간은 아니지만, 단순히 인사치레로 온 게 아니므로 미안하진 않아요」

「자, 여기 실물 그대로의 모습이 있소이다」 뉴만은 다리를 쭉 뻗으며 말했다.

「어째서 나를 마음껏 웃기는지 모르겠소」 젊은이가 말을 계속했다. 「난 분명히 굉장히 잘 웃는 사람이거든요. 별로 잘 웃지 않는 것보다 낫겠지만 말이오. 하지만 함께 웃든 각자 웃든, 우리가——이런 말을 해야 될지 모르지만——교제하는 게 적절한 건 아니겠지요. 그런데 솔직히 말하자면 난 당신에게 흥미를 느껴요!」 벨가드가 하는 모든 말은 세상 물정에 밝은 매끄러운 언변이었고, 손색없는 영어 구사와 상관없이 그가 프랑스인임을 나타냈다. 그러나 뉴만은 자리에 앉아 이처럼 유창한 언변을 듣는 가운데 상대방의 말이 기계적으로 세련된 것만이 아님을 깨달았다. 지금 뉴만을 찾아온 인물에겐 단연코 호감을 가질 만한 면이 있었다. 벨가드는 더할 나위 없이 완전한 외국인이었고, 만일 뉴만이 미국 서부의 대초원에서 만났더라면 서부식으로 「안녕하슈?」라고 반기는 게 더욱 적당할 인물이었다. 그런데 벨가드의 인상에는 인종이 다르기 때문에 생겨난 넘을 수 없는 간격을 메꾸는 가공의 다리 같은 데가 있었다. 그는 보통 신장보다 작았으며, 건장하고 활달했다. 뉴만이 나중에 알았지만, 발렌틴 드 벨가드는 몸이 건장한 나머지 자신이 둔해질까 무척 두려워했다는 것이다. 그는 비만을 두려워했고, 배꼽을 드러내지 못할 만큼 키가 작았다. 하지만 그는 끈질긴 열정으로 승마와 검술은 물론, 체조 연습도 했다. 누군가 「참 보기 좋군요!」 하고 인사했다면 그는 깜짝 놀라 금방 얼굴이 창백해지는데, 그런 말은 자신에게 큰 의미가 부여되기 때문이었다. 양쪽 귀 위로 솟구친 그의 머리는 둥글고, 숱이 많은 머리카락은 촘촘한 비단결 같았으며, 넓은 이마는 낮게 보였고, 게다가 코는 짧았다. 또한 그의 콧수염은 동화 속에 나오는 아이처럼 섬세했다. 이러한 모습은 독단적이고 예민한 형태라기보다, 풍자적이면서도 뭔가 탐색하는 것처럼 보였다. 그는 외모에서가 아니라, 내성적인 기미가 전혀 없는 밝고 깨끗한 표정의 눈과 함께, 미소 짓는 투가 자신의 누이와 흡사했다. 벨가드의 얼굴에서 두드러진 면은 솔직하고, 열정적이며, 당당하리 만큼 강한 활력이었다. 그것은 마치 손잡이를 젊은 사람의 영혼에 맡겨, 손이 닿을 때마다 커다랗고 맑은 소리를 울려대는 종과 같았다. 그의 민첩하고 옅은 갈색 눈에는 자신의 내면을 숨기지 않는다는 것을 보장하는 암시가 담겨 있었다. 그는 가구를 아끼려고 방의 모퉁이에서 지내지 않고, 한가운데서 정면으로 진을 치고 집을 활짝 열어놓을 인물이었다. 그가 웃을 때면, 컵을 비우면서 그것을 엎는 동작, 즉 자신에게 남겨진 마지막 즐거움을 선사한다는 느낌을 주었다. 벨가드는 뉴만으로 하여금 어린 시절 기묘하고 깜찍한 장난——예컨대 신체 각 부위의 관절을 부러뜨리는 소리를 내든가, 아니면 입술을 오므려 호루라기 소리를 내던——을 하던 친구로부터 느꼈던 친밀감을 자아냈다.

「누이는」 벨가드가 말했다. 「내가 여기를 방문하여 지난번 내가 힘들게 심어논 인상을 지워야 한다고 했어요. 내가 미치광이라는 인상을 두고 하는 말이지만. 일전에 내가 무척 이상하게 행동한 데 충격을 받았나요?」

「조금은 그랬소」 뉴만이 대답했다.

「내 누이도 그렇다고 하더군요」 벨가드는 담배 연기가 만든 소용돌이 사이로 잠시 뉴만을 바라보았다. 「사정이 그렇다면 그건 지난 일로 해두는 게 낫겠어요. 당신이 나를 구태여 미치광이로 생각하게 만들진 않았으니까요. 난 오히려 좋은 인상을 주려고 했죠. 아무튼 내가 바보짓을 했다면 그건 신의 섭리에요. 더 이상 변명을 늘어놓는다고 내게 득이 될 건 없겠지만 말이오. 우리가 계속 만나게 되면 내가 그렇게 아둔한 인물이 아니라는 게 분명해질 테죠. 나를 이따금 제정신이 드는 미치광이 정도로만 여겨요」

「무슨 얘기를 하려는지 짐작돼요」 뉴만이 말했다.

「내가 온전할 때는 의식이 매우 또렷하답니다」 벨가드가 대답했다. 「하지만 내 얘기를 하려고 여기 온 건 아니오. 오히려 당신에게 몇 가지 묻고 싶군요. 허락해 주시겠죠?」

「질문을 듣고 나서 결정하겠소」 뉴만이 대답했다.

「여기에 혼자 사나요?」

「당연하죠. 누구와 함께 산단 말이오?」

「우선은」 벨가드는 미소를 띠고 말했다. 「질문만 하고 대답은 않겠어요. 즐거움을 누리려고 파리에 왔나요?」

뉴만은 잠시 입을 다물고 있다가 부드럽게 천천히 말했다. 「누구나 그런 질문을 하는구려! 끔찍스럽게도 어리석게 들리는군요」

「그러나 어쨌든 나름의 이유가 있겠죠」

「사실은 그런 목적으로 왔어요! 어리석긴 하지만 사실이 그렇소」

「지금 즐거움을 누리고 있나요?」

여느 다른 미국인처럼 뉴만은 외국인에게 굽신거리지 않는 것이 좋다고 생각했다. 「그저 그래요」 그가 대답했다.

벨가드는 아무 말 없이 담배 연기를 내뿜었다. 「나 자신으로 본다면」 그가 말했다. 「전적으로 당신 편이랍니다. 당신을 위해 할 수 있는 건 기꺼이 하겠어요. 편리한 대로 나를 찾아요. 알고 싶은 사람이나, 보고 싶은 게 있소? 파리에서 즐거움을 누리지 못하면 유감이죠」

「난 정말 파리에서 즐기고 있어요!」 뉴만은 호기 있게 말했다. 「무척 고마운 제의로군요」

「솔직히 말하면」 벨가드는 말을 계속했다. 「이런 제안을 하는 내 꼴이 말이 아니오. 이건 상당한 호의가 되겠지만 다른 의미는 없어요. 당신은 성공한 사람이고 나는 실패작이니까, 내가 당신을 돕겠다고 말한다면 주객이 전도된 거죠」

「어떤 면에서 본다면 당신이 실패작은 아니겠죠?」 뉴만이 물었다.

「아, 그렇다고 비극적인 실패작은 아니오!」 젊은이가 웃으며 외쳤다. 「나는 높은 곳에서 추락하지도 않았고, 요란하게 실패하지도 않았거든요. 당신은 분명히 성공한 사람이겠지요. 재산을 모았고, 건물을 지었으며, 게다가 재력과 상업적 수단을 구비했으니까요. 당신은 안락한 곳을 찾을 때까지 세상을 두루 여행할 수 있고, 이미 획득한 안락을 누리며 편안히 쉴 수도 있어요. 사실 그렇지 않나요? 그렇다면 정반대의 경우를 생각해 봐요. 여기 있는 나를 두고 말이오. 난 어떤 것도 이룬 게 없고, 아무것도 할 수 없어요!」

「어째서 그렇죠?」

「그건 긴 얘기랍니다. 언젠가 말할 날이 오겠지만, 아무튼 내 말이 맞죠? 당신이 성공한 사람이라는 게 말이오. 내가 상관할 바는 아니지만 당신은 재산을 모았겠죠? 간단히 말해, 당신은 부자가 아닌가요?」

「어리석게 들리기는 매일반이오」 뉴만이 말했다. 「제기랄, 부자란 없소!」

「나는 철학자들이 공언하는 걸 들었어요」 벨가드는 웃으며 말했다. 「가난한 사람은 없는 법이라고요. 하지만 당신의 공식은 한 걸음 더 나아간 듯하군요. 고백컨대, 난 대체로 성공한 사람들을 좋아하지 않아요. 많은 재산을 모은 영리한 사람들이란 무척 공격적인 데가 있다고 생각하기 때문이죠. 그런 사람들은 내 비위를 상하게 할 뿐만 아니라, 나를 불편하게 만들어요. 그런데 당신을 보는 순간 나는 중얼거렸어요. 〈함께 지내볼 만한 사람이군. 성공을 했다지만 거만하지는 않아. 지독하게 눈에 거슬리는 프랑스식의 허영은 없는데〉라고 말이오. 간단히 말해 당신에게 호감을 느꼈어요. 난 우리가 무척 다르다고 확신해요. 비슷한 생각을 하거나, 비슷하게 느낄 만한 화제가 있다고 여기지 않으니까요. 하지만 오히려 그런 점 때문에, 다시 말해 서로가 너무나 달라 싸울 수 없다는 사실 때문에 우리가 잘 지낼 수 있다고 생각해요」

「나는 남과 싸운 적은 없어요」 뉴만이 대꾸했다.

「그렇다구요? 때로는 그것이 의무가 되거나, 적어도 즐거움은 돼요. 나는 한창 나이에 두어 번 유쾌하게 싸운 적이 있어요!」 이런 일을 회상하며 벨가드가 지은 보기 좋은 미소는 관능적인 강렬함을 드러냈다.

이 말을 시작으로 벨가드는 뉴만의 집에 오랫동안 머물렀다. 두 사람은 이글거리며 타오르는 난로 위에 발 뒤꿈치를 얹고 앉아, 멀리 떨어진 종각에서 아침 시각을 알리는 작은 종이 점점 크게 울리는 소리를 들었다. 발렌틴 드 벨가드는 스스로의 고백대로 언제나 대단한 재담가였지만, 이번에는 특히 수다스러웠다. 같은 혈통의 사람들은 항상 미소로써 호의를 전달하는 것이 그가 속한 민족의 전통이었다. 발렌틴은 매우 공손한 만큼이나 지속적인 열정을 지니고 있지 않았기 때문에, 그의 우정은 결코 성가신 일이 되는 법이 없었다. 게다가 그는 오랜 역사를 가진 가문의 표본이었음에도 불구하고, 전통이(이 말이 사용되었기 때문에) 자신의 기질 속에 불유쾌한 경직성을 조금도 심어놓진 않았다. 마치 레이스를 걸치고 진주 목걸이를 한 나이 든 귀부인처럼, 전통은 그의 사교성과 세련된 행동에 감싸여버렸다. 발렌틴은 프랑스에서 말하는 이른바 신사인데다 가장 순수한 혈통을 가졌으며, 또한 규정할 수만 있다면 그의 생활 규칙이란 신사의 역할을 감당하는 것이었다. 이것은 그에게 보통의 자질을 구비한 젊은이를 느긋하게 사로잡기에 충분한 일로 보였다. 발렌틴의 성품은 이론이 아닌 본능에 기초를 두었고 그의 성격이 너무나 다감했던 나머지, 어떤 면에서 다소 연약하고 예리하게 보일 수 있는 귀족적 덕목도 자신이 관심을 기울이면 극히 온정적으로 변했다. 젊은 시절 발렌틴은 저속한 취향에 젖어, 자신의 어머니로 하여금 아들이 잘못된 길로 빠져 가문을 더럽히지나 않을까 하는 극심한 두려움을 갖게 만들었다. 결과적으로 발렌틴은 자신이 응당 배우고 훈련받아야 할 이상의 몫을 가졌지만, 그를 가르친 사람들은 더 이상의 진전을 거두지 못했다. 그들이 발렌틴의 유유하고 자연스런 성품을 수그러들게 할 수 없었던 탓에, 그는 젊은 귀족들 가운데 조심성은 없을망정 가장 운이 좋은 사나이로 남았다. 그는 어렸을 적 너무나 활동이 제한되었기 때문에 지금은 집안의 규제에 극도의 적개심을 품었다. 이 같은 집안의 규제 속에서 비록 발렌틴에게 경솔한 구석이 있다고 하더라도, 가문의 명예가 그의 손에 달린 것이 가족의 다른 구성원에게 있는 것보다 더욱 안전할 뿐만 아니라, 때가 되면 집안 사람들이 이를 목격하게 될지도 모른다. 그의 언변에는 거의 소년 같은 수다와, 세상 물정에 밝은 사람이 갖는 침착함과 분별력이 묘하게 혼합되어 있었다. 뉴만이 나중에 알았지만, 발렌틴은 라틴족의 젊은이들이 종종 그렇듯이, 어느 땐 흥겨울 만큼 젊게 보이다가 다시 깜짝 놀랄 만큼 성숙하게 보였다. 뉴만의 생각으로 미국에서 스물다섯 살에서 서른 살에 이르는 젊은이라면 머리는 노쇠해도 마음이나 도덕감만은 싱싱한 데 비해, 이곳의 젊은이들은 머리는 싱싱해도 마음은 매우 노화되어 낡아빠진 도덕감만 남아 있을 뿐이었다.

「내가 부러워하는 건 당신의 자유랍니다」 벨가드가 말했다. 「다시 말해, 당신의 넓은 활동 영역과 마음대로 오고 갈 수 있는 자유, 그리고 자신들을 끔찍스럽게도 심각히 여기면서 뭔가 잔뜩 기대하는 사람들을 주변에 별로 두고 있지 않다는 사실이지요」 그는 한숨을 쉬며 말을 덧붙였다. 「나는 경탄할 만한 어머니의 감시 아래 살고 있거든요」

「그건 당신 스스로의 결함이잖소. 무엇이 당신을 마음대로 하지 못하게 한단 말이오?」 뉴만이 물었다.

「그렇게 말하기란 쉬워요! 나한테는 모든 게 방해가 될 뿐이오. 우선 나는 무일푼이랍니다」

「내가 처음 세상을 전전할 때도 마찬가지였소」

「아, 하지만 당신의 가난이 곧 재산이었죠. 당신은 미국인이므로 태어날 때 상태 그대로 머문다는 게 불가능해요. 그리고 가난하게 태어났기 때문에——내 말이 맞겠죠!——부자가 돼야 한다는 건 피할 수 없는 노릇이오. 당신은 사람들이 부러워할 만한 위치에 있었고, 주위를 둘러보면 세상이 그저 다가가 붙잡기만 하면 되는 일들로 가득 차 있다고 할 수 있겠죠. 내가 스무 살이 되었을 때 주위를 돌아보니 온통 〈손을 떼시오!〉라는 딱지가 붙어 있더군요. 그런데 기막힌 일은 그것이 단지 내게만 겨누어져 있다는 거였어요. 나는 벨가드 가문에 속하기 때문에 사업을 할 수도, 돈을 벌 수도 없었어요. 벨가드 가문이기 때문에 정치에 뛰어들 수도 없었고요. 우리 가문은 정치 가문을 싫어했으니까요. 게다가 둔치였기 때문에 문학에 발을 들여놓지도 못했죠. 나는 부유한 소녀와 결혼할 수도 없었답니다. 벨가드 가문에서 평민과 결혼한 사람은 누구도 없었으니 내가 시작한다는 게 적절치 않았거든요. 그래도 어딘가에 닻을 내려야만 되었죠. 하지만 우리 계층에서 결혼할 수 있는 상속녀란 그냥 얻을 수 있는 게 아니랍니다. 말하자면, 가문이나 재산이 비등해야 돼요. 그래서 내가 할 수 있는 일이란 교황을 위해 싸우러 가는 것뿐이었어요. 나는 엄숙하게 그 일을 수행하다 신의 사도처럼 카스텔피달도[32] 전투에서 부상을 입었죠. 그건 하느님이나 나한테 어떤 도움도 되지 않았음을 알 수 있었어요. 로마는 틀림없이 칼리귤라 황제[33] 시절엔 매우 즐거운 장소였겠지만, 이후에는 슬프게도 쇠퇴해 버렸답니다. 나는 성(聖) 안젤로 성(城)에서 3년 간을 보내다 세속적인 생활로 되돌아 왔어요」

「그래서 당신은 직업이 없군요——아무런 하는 일도 없이!」 뉴만이 말했다.

32) 이탈리아 동남부에 위치한 도시.
33) 1세기 로마의 황제.

「아무 일도 하지 않아요! 그저 놀기로 되었으니까. 사실대로 말하자면 줄곧 놀았지요. 방법만 알면 누구나 할 수 있는 일이거든요. 그러나 당신은 그걸 영원히 계속할 순 없어요. 아마도 나는 앞으로 5년쯤은 그렇게 보내겠죠——그 이후에는 흥미를 잃겠지만. 그 다음에는 무엇을 해야 될까요? 내 생각엔 수도승이 될 것 같소. 진지하게 허리띠를 두르고 수도원에 들어갈 생각도 있는데, 그건 오랜 관습인데다 매우 좋은 거죠. 사람들은 우리처럼 인생을 잘 이해하거든요. 금이 갈 때까지 항아리를 불에 굽다가, 아무 일도 없다는 듯이 선반에 올려놓잖소」

「당신은 매우 종교적이군요?」 뉴만은 자신의 물음에 야릇한 효과를 불어넣듯 말했다.

이 물음에 담긴 익살스러운 요소를 분명히 이해한 벨가드는 매우 침착하게 뉴만을 바라보았다. 「나는 독실한 가톨릭 신도거든요. 나는 교회를 존중하고, 성모 마리아를 숭배합니다. 악마도 두려워하고요」

「아, 그렇다면」 뉴만이 말했다. 「좋은 팔자로군요. 현세에서 즐거움을 누리고, 내세에서는 영생을 누리잖소. 그렇다면 무엇 때문에 불평을 하죠?」

「불평도 즐거움의 일부가 되니까요. 그런데 당신의 상황에는 나를 초조하게 만드는 무엇이 있어요. 당신은 내가 부러워한 최초의 사람이니까요. 그건 특이하지만 사실이랍니다. 나는 자신들이 가졌을지도 모를 부자연스러운 장점 외에 돈과 두뇌까지 구비한 사람들을 많이 알아왔어요. 하지만 어쨌든 그 사람들이 나의 느긋한 기분을 방해한 적은 없었지요. 그런데 당신은 내가 마땅히 가졌어야 될 어떤 점을 구비하고 있어요. 그건 돈도, 두뇌도 아니에요——의심할 나위없이 당신의 두뇌는 뛰어나겠지만 말이오. 그건 6피트나 되는 당신의 신장도 아니랍니다. 비록 내가 2인치쯤 더 컸더라면 좋았을 테지만요. 그건 바로 당신이 가진 세상사에 느긋한 태도를 말해요. 어렸을 적 나의 아버지가 일러주시기를, 사람들이 벨가드 가문을 식별하는 건 바로 그 같은 태도 때문이라고 하셨죠. 아버지는 그 점에 주의를 환기시켜 주셨지만, 그것을 함양하라는 충고를 하지 않으셨죠. 그건 우리가 성장하면서 저절로 몸에 배인다고 생각했기 때문이에요. 나는 언제나 그런 느낌이 들었기 때문에 그런 태도가 배였다고 생각했어요. 인생에서 내 위치는 이미 정해졌기 때문에 그것에 몰두하기란 쉬운 듯했어요. 하지만 내가 이해하듯, 당신은 자신의 위치를 스스로 구축했어요. 일전에 말했듯이, 욕조를 만들어 돈을 번 당신 모습은 어떻든 편안한 자세로 높은 곳에서 만사를 굽어보는 사람처럼 느껴져요. 마치 자신이 상당한 주식을 소유하고 있는 철도를 이용하여 여행하는 사람처럼 세상을 누빈다고나 할까요. 당신은 나로 하여금 뭔가 빠트리고 있다는 느낌을 갖게 해요. 그게 뭘까요?」

「그건 정직하게 일했다는 자랑스러운 의식이겠죠. 욕조를 만들었다든가 하는 것 말이오」 뉴만은 농담 반 진담 반으로 대답했다.

「그건 아니오. 나는 심지어 훨씬 많은 일을 한 사람들도 만났거든요. 욕조는 물론, 비누――커다란 막대 모양의, 강한 향기가 나는 노란 비누――까지 만든 사람들이었죠. 하지만 그 사람들은 나를 기분 좋게 한 적이 없는걸요」

「그렇다면 사람을 우쭐하게 하는 건 미국 시민의 특권이겠죠」 뉴만이 대답했다.

「그럴지도 몰라요」 벨가드가 대답했다. 「그러나 나는 전혀 우쭐대지도 않고, 상당한 주식을 소유했다는 티를 내지 않는 미국인들을 보았답니다. 하지만 그들을 부러워한 적은 없어요. 내가 부러워하는 건 오히려 당신이 이룬 성취라고 생각해요」

「이것 참」 뉴만이 말했다. 「나를 너무 추켜세우는군요!」

「그런 건 아니오. 당신은 자만심이나 겸손과는 무관해요. 이런 것은 당신이 가진 느긋한 태도의 일부일 따름이죠. 사람들은 오직 자신들이 뭔가 잃을 게 있을 때 자만하고, 얻을 게 있을 때 겸손한 법이랍니다」

「나한테 있어서 잃을 게 뭔지 모르겠소」 뉴만이 말했다. 「그러나 확실히 얻을 게 있기는 해요」

「그게 뭔데요?」 뉴만의 방문객이 물었다.

뉴만은 잠시 주저했다. 「당신과 좀더 친숙해지면 말하겠소」

「그날이 빨리 오기 바래요! 내가 도움이 될 수 있다면 좋겠네요」

「아마 당신 도움이 필요할 거요」 뉴만이 말했다.

「내가 당신 명령에 따른다는 걸 명심해요」 벨가드는 이렇게 대답하고 잠시 후 떠났다.

이후 3주 동안 뉴만은 몇 차례나 벨가드를 만났다. 그리고 공식적으로 영원한 우정을 맹세하지는 않았지만 두 사람은 일종의 동지애를 확립했다. 뉴만에게 있어 벨가드는 이상적인 프랑스인이었고, 자신이 알고 있는 신비스러운 영향력을 가진 전통과 낭만을 구비한 프랑스인이었다. 벨가드는 당당하고, 포용력 있고, 유쾌하며, 다른 사람들에게 끼친 효과보다(다른 사람들이 매우 즐거울 때조차) 스스로 일으킨 효과에 더욱 즐거워했다. 그는 또한 매우 돋보이는 사교적 미덕의 대가인데다 아주 유쾌하게 기분을 돋구는 인물로, 자신이 최상의 미녀에 대해 말할 때보다 더욱 황홀한 술어로써 간간이 언급하는 뭔가 신비스럽고 성스러운 일——그것은 단지 훌륭하기는 하나, 다소 시대에 뒤떨어진 명예의 상(像)이라고 볼 수 있다——에 몰두했다. 그는 누가 보더라도 유쾌한 인물이었고, 활기에 차 있었다. 인간의 구성 요소를 이루는 혼합물을 생각해 본다면, 뉴만이 머릿속으로 쉽사리 예견하지 못할 정도로 벨가드의 성격에는 정당하게 평가되어야 할 점이 있었다. 벨가드는 모든 프랑스인들이 공허하고 무게가 없는 형체라는 뉴만의 확고한 전제를 조금도 수정하게 만들지 않았으며, 단지 가벼운 소재가 가장 조화로운 혼합물로 변모될 수 있음을 상기시켰다. 실상 이들 두 인물만큼이나 서로 다른 성향도 없었지만, 그들의 차이는 결과적으로 확연한 우정의 기초가 되었을 뿐만 아니라 그것이 갖는 명징한 특징은 각자에게 커다란 즐거움을 주었다.

발렌틴 드 벨가드는 앙주 생 오노레로(路)에 위치한 옛날 가옥의 지하에 살았다. 그의 자그만 방은 저택의 뜰과 그 뒤켠으로 펼쳐진 오래된 정원 사이에 있었다. 그곳은 크고, 햇빛이 들지 않고, 습기찬 이런 정원이 어떻게 협소한 주거지 사이에 공간을 확보했을까 하는 궁금증을 자아내면서도 뒤 창문을 통해 드러다보면 예기치 않게 나타나는 그런 장소였다. 벨가드의 방문에 대한 답례로 그를 찾았을 때 뉴만은 적어도 상대방의 거처가 자신의 거처만큼이나 웃음거리가 된다고 생각했다. 하지만 그곳의 기이한 모습은 오스만 대로에 위치한 뉴만의 번쩍거리는 거실과 달랐다. 그곳은 천장이 낮고, 어두컴컴하며, 어딘가 위축된 듯했고, 또한 골동품이 널려 있었다. 비록 가난한 귀족이었지만 벨가드는 탐욕스런 수집가였다. 그의 벽은 녹슨 갑옷과 더불어 고대(古代) 화판과 대형 접시로 덮였으며, 복도는 빛바랜 양탄자로 깔려 있었고, 바닥에는 짐승 가죽이 있었다. 방안의 여기저기에 프랑스 실내장식 기술로 야단스럽게 우아함을 강조한 달갑지 못한 증좌가 보였다. 컴컴한 실내에서 아무것도 보이지 않는 창문이 커튼으로 가리워진 채 깊숙히 위치했고, 현란한 꽃줄 장식 때문에 앉을 수도 없는 소파와, 주름 장식과 가두리 장식 휘장으로 덮인 불기가 사라진 벽난로의 모습이 보였다. 젊은이의 소유물은 그림과도 같은 부조화를 이루었고, 그의 거처에 분간하기 어려운 향수 냄새가 뒤섞인 담배 냄새가 감돌았다. 뉴만은 거기가 지내기에 습기차고 음울하다는 생각을 했고, 서로 어울리지 않은 채 제각기 놓인 가구의 모습을 보고 놀랐다.

프랑스의 관습에 따라 벨가드는 자신에 대해 매우 관대하게 말했고, 그의 사생활의 신비를 가차없이 벗겼다. 그는 불가피하게 여성들에 대해 많은 이야기를 했으며, 기쁨과 고통의 장본인이나 다름없는 그들을 감상적이고 반어적인 호칭으로 불렀다. 그는 번쩍이는 눈으로, 「오, 여인이여, 여인이여, 나를 이 지경으로 만들어놓다니!」 하고 외치곤 했다. 「내가 몰두했던 어리석고 우둔한 짓 가운데 그 무엇도 가슴에 닿지 않아. 모두가 똑같아!」 이런 넋두리에 뉴만은 습관적인 침묵을 지켰다. 대체로 여성에 관하여 상세히 말한다는 것은 뉴만에게 항상 비둘기 울음이나 원숭이 울부짖음과 같은 짓거리로 여겨졌고, 완전히 발달된 인간의 심성과도 어긋나는 일로 간주되었다. 그러나 아량 있는 이 젊은이는 냉소가가 아니었다. 젊은이의 자신감은 뉴만에게 큰 즐거움을 준 동시에, 그를 언짢게 하지도 않았다. 「난 정말 이렇게 생각해요」 벨가드가 말했다. 「대부분의 내 또래와 다름없이 타락했다고 말이오. 내 또래 사람들은 완전히 타락했거든요!」 그는 자신의 여자 친구들에 관해 굉장히 많은 사실을 이야기했다. 비록 그들의 숫자가 많고 다양하지만, 대체로 해로운 점보다 좋은 점이 많다고 털어놓았다.

「그러나 당신은 이걸 충고로 생각해선 안 돼요」 벨가드가 말을 덧붙였다. 「그 점에서 난 정말 신빙성 없는 권위자인 셈이오. 여성들에게 편견이 있으니까. 난 이상주의자랍니다!」 뉴만은 무심코 미소를 띠며 상대방의 말에 귀를 기울였고, 자신의 기분이 좋았던 나머지 즐거워했다. 그러나 뉴만은 스스로 짐작하지 못했던 사실, 즉 여성으로부터 어떤 장점을 발견한 이 프랑스인의 생각을 마음속으로 거부했다. 벨가드는 화제를 자전적인 방향에 국한시키지 않았다. 그는 대체로 자신의 삶에서 일어났던 문제에 관해 뉴만에게 질문을 던졌고, 뉴만은 상대방이 비축한 것보다 훨씬 많은 이야기를 들려주었다. 사실상 뉴만은 처음부터 시작하여 모든 삶의 변화를 통하여 자신에게 일어났던 일을 진술했고, 자기 친구의 고지식함이나 습관적인 점잔이 그의 이야기에 설명을 요구할 때마다 즐겁게 이야기의 농도를 높였다. 뉴만은 과거 미국 서부에서 둥근 철제 화로에 둘러앉아 사람들과 유머를 나누는 동안, 허풍이 수그러지지 않고 과장되어 가는 것을 지켜보았기 때문에, 자신의 상상력을 계속 부풀려 가는 법을 배웠던 것이다. 벨가드의 태연한 태도는 끝내 자기방어를 비웃는 꼴이 되고 말았다. 왜냐하면 만사에 형통한 프랑스인의 명성을 유지한다는 것은 모든 일을 한꺼번에 의심해야 되기 때문이었다. 결과적으로 뉴만은 해묵은 확실한 진리를 상대방에게 확신시키는 것이 불가능함을 알았다.

「그러나 세세한 건 문제가 아니랍니다」 벨가드가 말했다. 「당신은 분명히 놀랄 만한 모험을 했을 뿐만 아니라, 인생의 진기한 면도 보았거든요. 내가 여기 있는 대로를 오락가락하며 시간을 보낼 때 당신은 미국 대륙 전역을 다녔어요. 당신은 철저히 세상 물정에 밝은 사람이오! 정말 힘겨운 시간도 보냈고, 어렸을 적에 저녁 끼니를 벌기 위해 모래를 긁어 모았거나, 아니면 금광 캠프에서 입에 넣지도 못할 고기를 씹는 따위의 무척 즐겁지 못한 체험도 했어요. 당신은 한 번에 열 시간씩 숫자를 계산하며 서 있었고, 다른 좌석에 앉은 어여쁜 여자를 보기 위해 감리교회의 설교가 끝날 때까지 가만히 있었다고 했죠. 이 모든 건 흔히 하는 말로 다소 딱딱한 일이겠죠. 그러나 어쨌든 당신은 대단한 일을 했고, 대단한 사람이오. 자신의 의지로 돈을 벌었으니까. 방탕한 생활로 자신을 낭비하지 않았고, 사회복지를 위해 재산을 내던진 것도 아니었소. 당신은 만사를 손쉽게 하죠. 전혀 없는 척하면서도 실제로는 서너 개쯤의 편견이 있는 나보다 편견이 적어요. 게다가 강하고 자유로운 몸이니 얼마나 행복해요! 그러나 도대체」 젊은이는 결론적으로 말했다. 「그런 모험을 겪고서 다른 어떤 일이 남아 있겠소? 실제 그런 게 필요하다면 지금보다 나은 세상에서나 가능하겠죠. 여기서 당신이 할 만한 일은 전혀 없거든요」

「나는 뭔가 있으리라 생각해요」 뉴만이 말했다.

「그게 뭐죠?」

「글쎄, 나중에 얘기하겠소!」 뉴만은 머뭇거리며 말했다.

이렇게 하여 뉴만은 마음에 새겨둔 화제를 입 밖으로 꺼내는 것을 하루 하루 연기했고, 그러는 동안 점차 실제로 여기 익숙해졌다. 다시 말해, 그는 세 번씩이나 싱트레 부인을 방문한 것이다. 이런 상황에서 뉴만은 두 차례나 싱트레 부인이 집에 있는 모습을 보았는데, 그녀는 매번 다른 방문객과 함께 있었다. 싱트레 부인을 찾는 많은 방문객들은 매우 수다스러웠고, 그녀의 관심을 끌기 충분했다. 하지만 그녀는 뉴만에게 가끔씩 모호한 미소를 보내며 약간의 주의를 기울였다. 그러한 모호함이 그 당시는 물론, 이후에도 뉴만을 가장 기쁘게 만든 의미를 지녔고, 그의 머릿속에 충만한 즐거움을 부여했다. 뉴만은 묵묵히 앉아 싱트레 부인을 찾는 방문객들의 출입은 물론, 그들이 나누는 인사와 한담(閑談)까지 지켜보았다. 그는 마치 연극에 참여하여 자신의 말이 다른 인물에게 방해라도 되는 듯한 느낌을 가졌다. 때때로 뉴만은 그들이 나누는 연극 대사를 음미할 교본이라도 가졌더라면 했고, 흰 모자를 쓰고 분홍 리본을 맨 여자가 다가와 2프랑짜리 교본 한 권을 꺼내는 모습을 보는 듯한 생각을 했다. 그곳을 찾아온 어떤 숙녀들은 뉴만을 매우 유심히——혹은 매우 부드럽게——보았으며, 다른 사람들은 그의 존재를 전혀 모르는 것 같았다. 남자들은 싱트레 부인만 바라보았지만, 그건 어쩔 수 없는 노릇이었다. 왜냐하면 그녀를 아름답다고 여기든 않든, 아름다운 선율이 사람의 귀를 채우듯 싱트레 부인은 남의 시선을 사로잡았기 때문이다. 뉴만은 그녀와 겨우 스무 마디의 말밖에 나누지 않았지만, 어떤 장엄한 약속과도 필적할 수 없는 인상에 압도되었다. 싱트레 부인은 그곳에 있는 사람들과 함께 출연하는 연극의 일부처럼 보였지만, 아무튼 그녀는 무대를 채우고 있는 인물 가운데 가장 돋보이는 존재였다. 그녀가 서 있든, 그곳을 떠나는 친구들과 함께 문으로 걸어가 그들이 나갈 때 무거운 커튼을 위로 올리든, 그들을 배웅하며 서서 마지막 인사를 하든, 아니면 팔짱을 끼고 의자 뒤로 기대어 앉아 눈을 감고 미소만 짓든 간에, 싱트레 부인은 뉴만으로 하여금 언제나 자기 앞에 두고 싶은 느낌을 주었다. 다감하고 풍성한 느낌으로 여기저기 움직이는 그녀의 모습이 암시적이나마 그를 위한 것이라면 좋았을 테지만, 그것이 직접 뉴만을 염두에 두었더라면 더욱 좋았으리라. 싱트레 부인은 키가 컸으나 야위었고, 활동적이면서도 정적인 면이 있었으며, 우아하면서도 단순하고, 솔직하면서도 신비스러웠다! 무엇보다 뉴만의 관심을 끌었던 것은 신비감——말하자면, 그녀가 무대에서 내려왔을 때——이었다. 그가 어떤 근거로 이러한 신비감을 언급하는지 명확히 말할 수는 없었다. 만일 시적인 형태로 자신의 마음을 표현하는 습관이 있었더라면 뉴만은 싱트레 부인을 지켜보는 동안, 차지 않은 달 표면에 나타나는 희미한 원의 형상을 보았노라고 했을지도 모른다. 싱트레 부인은 과묵하지 않고 오히려 흐르는 물처럼 진솔했지만, 뉴만은 그녀가 스스로 생각지도 못한 특질을 지녔다고 확신했다.

뉴만은 여러 가지 이유로 벨가드에게 이런 일을 언급하진 않았다. 한 가지 이유는 어떤 행동에 앞서 자신이 언제나 우회적이고, 추론적이며, 명상적인 태도를 취했다는 점이다. 뉴만은 무슨 일을 할 때 항상 적당히 했다고 느끼는 사람처럼 지나친 열정을 드러내지 않았다. 그리고 단지 아무 말도 하지 않았다는 사실이 기쁜 나머지, 자신의 일에 더욱 몰두하고 흥분했다. 그런데 어느 날 벨가드와 함께 레스토랑에서 식사를 하면서 그들은 오랫동안 자리에 앉아 있었다. 테이블에서 일어나면서 벨가드는 남은 저녁 시간을 선용하기 위해 당드라 부인을 만나러 가자고 했다. 당드라 부인은 몸집이 작은 이탈리아 여인으로, 난봉꾼에다 짐승 같은 인물로 그녀의 인생을 확실한 고통에 몰아넣은 프랑스 남자와 결혼하였다. 남편은 그녀의 돈을 탕진했고, 좀더 호사스런 즐거움을 구할 방도가 마땅치 않고 따분할 때마다 그녀를 구타하곤 했다. 그녀는 벨가드를 포함한 몇몇 사람들에게 자신의 몸 어딘가에 있는 시퍼런 멍을 보여주기도 했다. 마침내 그녀는 남편과 별거하고, 변변치는 못했지만 약간의 돈을 긁어 모아 파리에 살게 되었는데, 그녀가 머무는 곳은 가구가 딸린 자그만한 저택이었다. 그녀는 항상 남들의 거처를 찾았고, 호기심이 어린 듯 다른 사람들을 방문했다. 당드라 부인은 예쁘고, 무척이나 천진하며, 매우 특징적으로 말하는 인물이었다. 이러한 여성과 친분을 맺은 벨가드의 주장에 따르면, 자신이 가진 관심의 원천은 그녀의 삶이 어떻게 될지 궁금한 데 있다고 했다. 「그 부인은 가난하고, 예쁘고, 바보 같아요」 벨가드가 말했다. 「그녀가 갈 길은 단 하나밖에 없을 거요. 딱하기는 하나 어쩔 수 없죠. 나는 그녀에게 6개월을 주겠어요. 그녀가 나한테 두려움을 느낄 건 없지만, 난 과정을 지켜보고 있어요. 사태가 어떻게 진전될지 지켜보는 것만도 흥미롭거든요. 그래요, 난 당신이 무슨 말을 할지 알아요. 이 무시무시한 파리라는 곳이 사람의 심장마저 얼어붙게 한다는 거겠죠. 하지만 실제로 이곳은 사람의 감각을 촉진시키고, 결국엔 세련된 관찰력을 기르게 돼요! 이 작은 체구의 여자가 펼치는 단막극을 지켜보는 건 지금의 내겐 지적 쾌락이나 다름없어요」

「만약 그녀가 투신이라도 한다면」 뉴만이 말했다. 「당신이 저지해야겠죠」

「저지한다구요? 어떻게 말이오?」

「그녀에게 좋은 충고를 해줘요!」

벨가드는 웃음을 지었다. 「이런, 맙소사! 상황을 생각해 봐요! 당신이 직접 충고하는 게 어때요」

이 일이 있은 후 뉴만은 벨가드와 함께 당드라 부인을 만나러 갔다. 그녀를 만나고 나오면서 벨가드는 친구를 나무랐다.

「당신이 별렀던 충고는 어디 갔소? 난 한마디도 듣지 못했는데」
「난 포기했소」 뉴만이 짧게 대답했다.
「그렇다면 나와 다를 바 없군요!」 벨가드가 말했다.
「아니, 난 그녀가 겪게 될 일로부터 〈지적 쾌락〉을 찾지는 않아요. 그녀가 사양기에 접어들기를 조금도 바라지 않거든요. 오히려 그 반대죠. 그런데」 잠시 후 뉴만이 물었다. 「당신 누이더러 그 부인을 만나도록 하는 게 어떻겠소?」
이 말을 듣고 벨가드는 뉴만을 응시했다. 「당드라 부인을 만나보라구요? 내 누이더러 말인가요?」
「당신 누이는 매우 요령 있게 말할 것 같은데」
벨가드는 갑자기 무거운 표정으로 머리를 흔들었다. 「내 누이는 그런 부류의 사람을 만날 수 없어요. 당드라 부인은 무가치한 사람이니까 결코 만날 수 없어요」
「생각컨대」 뉴만이 말했다. 「당신 누이는 스스로 좋아하는 사람을 만나겠죠」 그러고 나서 뉴만은 싱트레 부인과 좀더 친숙해진 다음, 그녀로 하여금 체구가 작고 가엾은 이탈리아 여인을 만나게 하리라고 결심했다.
벨가드와 식사를 마친 후 뉴만은 다시 당드라 부인을 찾아가 그녀의 슬픔과 상처에 대한 이야기를 듣자는 친구의 제안에 반대했다. 「더욱 근사한 생각이 있어요」 뉴만이 말했다. 「나와 함께 집으로 간 다음 난롯가에서 남은 저녁 시간을 보내요」
벨가드는 이야기가 길게 이어질 듯하면 언제나 좋아했기 때문에, 두 사람은 곧 널찍한 뉴만의 방에 놓인 갖가지 장식 위로 불꽃을 튀기며 이글거리는 화염을 지켜보며 자리에 앉았다.

제8장

「당신 누이에 관해 얘기해 봐요」 뉴만이 불쑥 말을 꺼냈다.

벨가드는 돌아서서 갑작스럽게 뉴만을 힐끗 바라보았다. 「생각컨대, 당신은 지금까지 한 번도 그걸 묻지 않았잖소」

「나도 잘 알고 있어요」

「나를 믿지 못했기 때문이라면 당신이 옳아요」 벨가드가 말했다. 「나는 누이에 관해 이성적으로 말할 순 없어요. 너무나 흠모하니 말이오」

「할 수 있는 대로 말해 봐요」 뉴만이 말을 거들었다. 「자, 시작해요」

「글쎄, 우린 절친한 친구 같죠. 오레스테스와 엘렉트라[34] 이래로 볼 수 없었던 오빠와 여동생 사이라고나 할까요. 당신도 내 누이가 어떤지 알잖소. 키도 크고 늘씬하며, 밝고 당당하고 우아한, 위대한 숙녀나 천사와 다를 바 없죠. 자존심과 겸손은

34) 희랍 신화에 나오는 아가멤논과 클리템네스트라의 아이들. 이들 자매는 자신들의 아버지를 살해하고 어머니와 결혼한 인물에게 복수를 한다.

물론, 독수리와 비둘기의 특질을 동시에 갖추었답니다. 내 누이는 거대한 결함 때문에 돌로 변하지 못하고 사람이 되어, 낭만적인 의상을 걸친 동상처럼 보이죠. 내가 말할 수 있는 사실은, 누이의 얼굴 표정과 시선과 미소와 목소리가 당신이 바라는 모든 장점을 그대로 구비하고 있다는 점이오. 그건 굉장한 거죠. 대체로 어떤 여인이 매우 매력적일 때면 나는 〈요주의〉라고 말해요. 그런데 클레어는 매력이 클지언정, 당신이 팔짱을 낀 채 자신을 물 흐르는 대로 맡겨두어도 좋을 인물이랍니다. 당신은 안전할 테니까요. 누이는 참으로 훌륭해요! 난 절반쯤이라도 그처럼 완전하고 빈틈없는 여자를 여태 보지 못했소. 모든 걸 지녔으니까요. 내가 말할 수 있는 건 이뿐이오! 틀림없어요」 벨가드는 결론을 맺듯 말했다. 「내가 좀 광적으로 말한 것 같죠」

뉴만은 친구의 말을 심사숙고하듯 잠시 침묵을 지켰다. 「그녀가 그렇게 훌륭하다는 거요?」 마침내 그가 말을 반복했다.

「더할 나위 없이 훌륭해요!」

「친절하고, 자비롭고, 부드럽고, 관대하다구요?」

「관대함 그 자체죠. 친절함으로 말하자면 그 누구도 따를 수 없어요!」

「그녀는 영리한가요?」

「내가 아는 여자 가운데 가장 지적이죠. 나중에 어려운 문제를 가지고 접근해 봐요. 그 이유를 알게 될 테니까」

「그녀는 남들의 찬사를 좋아해요?」

「그렇다고 할 수 있죠!」 벨가드가 외쳤다. 「어떤 여자가 찬사를 싫다고 하겠어요?」

「아, 여자들이 찬사를 너무나 좋아하면 그걸 위해 온갖 어리석은 짓을 하는 법인데」

「난 누이가 찬사를 〈너무나〉 좋아한다고 하진 않았소!」 벨가드는 흥분했다. 「그렇게 어리석은 말을 했다면 하늘이 용납하지 않을 거요. 누이는 정도가 지나친 여자가 아니랍니다! 만일 누이가 추하다고 해야 한다면, 지나칠 만큼 추하다는 의미가 절대 아니오. 누이는 남들을 기쁘게 하는 걸 좋아하고, 당신이 기뻐하면 감사히 여길 거요. 설령 당신이 기뻐하지 않을지라도, 누이는 일을 덮어두고 당신이나 그녀 자신에 대해 나쁜 점을 생각하진 않아요. 내 짐작엔, 그럴지라도 누이는 천상의 성자가 되기 바랄 거예요. 왜냐하면 누이는 분명히 성자들이 찬동하지 않는 방법으로 다른 사람들을 기쁘게 하는데 무력하니까요」

「그녀는 심각한 편인가요, 아니면 그 반대인가요?」 뉴만이 물었다.

「모두예요. 어느 한쪽이 아니거든요. 언제나 똑같기 때문이죠. 누이의 명랑함에는 심각함이 있고, 심각함 속에 명랑함이 깃들어 있죠. 그렇다고 특별히 명랑해야 될 까닭은 없지만」

「불행하다는 뜻이오?」

「그렇게 말하진 않겠어요. 불행이란 어떻게 받아들이느냐에 달려 있으니까. 그리고 클레어는 성모 마리아가 계시를 통해 전해 준 비법에 따라 만사를 받아들여요. 불행하다는 건 즐거운 일은 아니겠지만, 누이에게도 예외는 아니랍니다. 그래서 만사에 행복해지도록 자신의 상황을 조절해 왔어요」

「그렇다면 철학자란 말인가요?」 뉴만이 물었다.

「아뇨, 매우 멋진 여자일 따름이오」

「아무튼 지금까지의 처지는 유쾌하지 못했을 테죠」

벨가드는 잠시 머뭇거렸는데, 이것은 그에게 매우 보기 드문 행동이었다. 「이봐요, 내 집안의 내력을 파고들겠다면 난 그대가 받아들일 용의가 있는 이상을 말해야 돼요」

「괜찮아요, 난 받아들일 용의가 있으니까」 뉴만이 응답했다.

「그렇다면 우린 특별한 회동을 준비해야 되겠죠. 되도록 빨리 말이오. 지금으로선 단지 클레어가 장미 덤불 위에서 잠자지 않았다는 걸로 충분해요. 그녀는 열여덟 살 때 전도가 양양하리라고 기대되었던 결혼을 했지만, 그 결혼은 연기와 악취만 잔뜩 남긴 채 금방 꺼져버린 램프처럼 돼버렸답니다. 남편인 싱트레 씨는 나이가 예순 살이나 되는 혐오스런 늙은이였어요. 하지만 다행히도 그 사람은 얼마 살지 못했지만, 집안 사람들이 그가 남긴 돈에 탐을 내고 미망인에게 소송을 제기하여 상황을 무척 어렵게 만들었죠. 그들이 제기한 소송엔 그럴 만한 까닭이 있었어요. 왜냐하면 몇몇 친척들의 재산을 위탁받았던 싱트레 씨가 매우 불법적인 일을 저질렀던 것으로 드러났으니까요. 그러나 재판이 진행되는 과정에서 너무나 메스꺼운 그의 사생활이 노출되자, 내 누이는 실망한 나머지 더 이상 싸움을 포기하고 재산에서 손을 떼었답니다. 하지만 이 일은 용단이 필요했어요. 왜냐하면 누이는 자신에게 대항하는 시댁 사람들과, 투쟁을 강요하는 친정 사람들 사이에서 이중의 시련을 겪었기 때문이죠. 어머니와 형님은 그들의 생각에 누이의 권리라고 간주한 몫을 고수하기 바랬어요. 그러나 누이는 완강히 반발했고, 그러다 마침내 자유를 얻었죠. 단지 한 가지 약속을 걸고 재판을 포기하는 데 어머니의 동의를 구했지만」

「그게 뭔데요?」

「앞으로 10년 동안 자신에게 요구되는 일이면 무엇이든 한다는 거죠. 결혼만 제외하고 말이오」

「그녀는 남편을 무척 혐오했소?」

「얼마 만큼 혐오했는지 아무도 몰라요」

「그 결혼은 무시무시한 당신네 방식으로 거행되었어요?」 뉴만이 말을 계속했다. 「본인의 동의도 받지 않고, 두 집안에 의해 이루어졌나요?」

「그건 소설의 한 부분이 될 만해요. 누이는 결혼하기 한 달 전 처음으로 싱트레 씨를 보았거든요. 그때는 모든 일이 세세한 데까지 결정되고 난 후였죠. 누이는 그 남자를 보았을 때 얼굴이 새파래졌고, 결혼 당일까지 그렇게 되었어요. 결혼 전날 밤 누이는 혼절했고, 밤새도록 흐느꼈죠. 어머니는 누이의 두 손을 잡고 앉아 있었고, 형님은 방안을 오락가락했답니다. 난 사태가 너무나 혐오스럽다고 외치며, 누이가 즉각 거부한다면 나도 동조하겠다고 말했죠. 하지만 내 일에나 전념하라는 말을 들었고, 누이는 싱트레 백작 부인이 되고 말았어요」

「당신 형은 매우 훌륭한 젊은이임에 틀림없어요」 뉴만이 생각에 잠기며 말했다.

「젊지는 않지만 훌륭한 사람이죠. 나이가 쉰 살이 넘었으니 나보다 열다섯 살이나 많답니다. 누이와 나에게는 아버지나 다름없어요. 매우 특출하고, 행동은 프랑스에서도 최고랍니다. 그리고 무척 영리하기도 할뿐더러, 정말 박식해요. 형님은 한 번도 결혼한 적이 없는 프랑스 공주에 관한 역사를 쓰고 있어요」 벨가드는 매우 엄숙하게 뉴만을 똑바로 바라보며 마음속에 감춘 게 없거나, 적어도 거리낄 게 없다는 눈빛으로 말했다.

뉴만은 뭔가 이상함을 느끼고 대뜸, 「당신은 형을 좋아하지 않겠군요」라고 말했다.

「뭐라구요」 벨가드는 정중하게 말했다. 「훌륭한 가문의 사람들은 언제나 우애가 좋은 법이오」

「글쎄, 난 그 사람을 좋아하지 않아요!」 뉴만이 대답했다.

「형님을 알게 될 때까지 기다려 봐요!」 이 말과 함께 벨가드는 미소를 지었다.

「당신 어머니 또한 매우 특출한 분이죠?」 뉴만은 잠시 쉬었다가 물었다.

「어머니로 말하자면」 벨가드는 매우 무거운 표정으로 말했다. 「난 최고의 존경심을 가지고 있답니다. 매우 특별난 분이니까. 가까이 대면하면 그걸 느끼지 않을 수 없을 거요」

「어머니는 영국 귀족의 딸 같기도 하던데」

「성(聖) 던스탄 백작 가문의 딸이랍니다」

「던스탄 백작은 매우 오래된 가문인가요?」

「그저 그래요. 16세기쯤이나 될까요. 하지만 아주 옛날로 거슬러 올라가는 건 내 아버지 쪽이죠. 가문을 연구하는 사람들도 숨을 헐떡거릴 지경이니까. 그러다 그들은 샤를마뉴[35]쯤에서 헐떡이며 부채질이나 하다가 포기하고 말죠. 우리 가문은 거기서 시작돼요」

「틀림없소?」 뉴만이 물었다.

「잘못될 가능성은 있어요. 적어도 서너 세기 정도는 그럴 수 있으니까요」

「당신네들은 항상 오래된 가문끼리 결혼해 왔소?」

「대체로 그래요. 오랜 시간이 흐르는 사이 약간 예외는 있었지만요. 17, 18세기에 서너 명의 벨가드 가문 사람들이 중산층 출신의 아내를 얻었죠. 변호사의 딸도 있었어요」

「변호사의 딸이라구요. 나쁘진 않군요, 그렇죠?」 뉴만이 물

35) 9세기 로마 제국의 황제.

었다.

「끔찍한 일이죠! 중세 시대에 우리 가문의 누군가는 그보다 더 했죠. 코페츄아 왕[36]처럼 거지 소녀와 결혼했으니 말이오. 사실은 그게 더 나았어요. 새나 원숭이와 결혼하는 것과 다를 바 없고, 여자 집안에 대해 전혀 생각할 필요도 없었거든요. 우리 가문의 여자들은 항상 처신을 잘했어요. 빛좋은 귀족 가문으로 출가한 적이 없으니까요. 내가 알기로, 우리 가문의 여자들 가운데 걸맞지 않는 결혼을 한 기록은 한 건도 없었어요」

뉴만은 잠시 이 말을 생각하다 물었다. 「처음 나를 만나러 왔을 때 당신이 어떤 도움이라도 베풀겠다고 했죠. 내가 언젠가 당신이 할 일을 언급하겠다고 한 걸 기억해요?」

「기억하느냐고요? 궁금해서 안달이 날 지경인데」

「좋소. 이번엔 당신 차례요. 당신 누이가 나한테 호감을 가지도록 힘을 써봐요」

벨가드는 미소를 띠며 뉴만을 응시했다. 「이런, 난 누이가 이미 당신에게 호감을 가졌다고 확신하는데요」

「겨우 서너 차례 만나고 판단한단 말이오? 그건 별로 좋지 못해요. 난 뭔가 더 이상을 원해요. 난 상당히 많은 생각을 했기 때문에 당신에게 말할 결심이 됐소. 나는 정말 싱트레 부인과 결혼하고 싶어요」

벨가드는 재빨리 짐작을 하며 뉴만을 바라보았는데, 말로 부탁을 한 뉴만에게 미소로 답했다. 그는 뉴만의 마지막 말을 듣고 계속 앞을 응시했지만, 그 미소는 두세 번 묘한 형상을 거듭했다. 그것은 분명히 순간적으로 확장될 것처럼 보이다 순식간

36) 거지 소녀와 사랑에 빠진 전설의 왕.

에 억제되었다. 그런 다음 잠깐 동안 머뭇거리다 사라진 미소는 천천히 소멸되면서도 무례를 범하지 않으려는 듯이 진지한 모습을 띠었다. 발렌틴 백작의 얼굴에 분명히 극도의 놀라움이 나타났지만, 그는 이런 표정이 무례가 될지 모른다고 생각했다. 그렇다고 달리 어떤 행동을 취할 수 있을 것인가? 그는 마음의 동요 때문에 선반 앞에 서서 계속 뉴만을 바라볼 뿐이었다. 발렌틴은 일반적으로 생각하는 것보다 훨씬 더 오랫동안 할말을 궁리했다.

「내 요청을 들어줄 수 없다면」 뉴만이 말했다. 「그렇다고 말해요!」

「다시 한번 들어봅시다. 명확하게 말이오」 벨가드가 대답했다. 「당신도 알다시피 이건 매우 중대한 문제거든요. 내 누이와 결혼하기 바라기 때문에 당신을 옹호해야 된다는 거죠? 내 말이 맞나요?」

「정확히 말해, 나를 옹호해야 된다고 하진 않았소. 그건 내 스스로 해야 되니까. 하지만 가끔씩 나를 위해 유리한 말을 해줘요. 내가 호감을 갖고 있다는 걸 그녀가 알게끔 말이오」

이 말을 듣고 벨가드는 가볍게 웃었다.

「결국 내가 원하는 건」 뉴만이 말을 이었다. 「내 마음속에 품은 걸 당신이 알도록 하는 것뿐이오. 그게 당신이 기대하는 바가 아니겠소? 난 여기 관례에 따라 행동하고 싶소. 만일 특별히 취해야 될 행동이 있다면 가르쳐줘요. 그렇게 할 테니까. 난 적절한 형식을 밟지 않은 채 절대로 싱트레 부인에게 접근하지 않겠어요. 만일 당신 어머니를 찾아가 애기해야 된다면 그렇게 하겠어요. 당신 형에게도 마찬가지고. 당신이 권하는 사람이면 누구에게든 그렇게 하겠어요. 여기서 달리 아는 사람이 없기 때문에 맨 먼저 당신에게 말한 거요. 하지만 이 일이 사교적 의무라면 난 물론 기뻐요」

「그래요. 알겠어요」 벨가드는 자신의 턱을 가볍게 쓰다듬으며 말했다. 「이 일엔 당신 느낌이 맞아요. 그리고 나한테 맨 먼저 말해주어 기뻐요」 그는 말을 멈추고 머뭇거리다 다시 몸을 돌려 온 방안을 천천히 걸었다. 뉴만은 일어서서 두 손을 호주머니에 넣고 벽난로 선반에 기대 서서 벨가드가 걷는 모습을 지켜보았다. 젊은 프랑스인은 돌아와 앞에 섰다. 「이건 기막힌 일이군요」 그가 말했다. 「난 놀라지 않는 시늉은 하지 않겠소. 난 말이오, 굉장히! 흠, 아무튼 안심이오!」

「이런 뉴스는 항상 놀라운 거죠」 뉴만이 말했다. 「당신이 무엇을 했든 사람들은 결코 준비되지 않은 상태거든요. 하지만 당신이 그렇게도 놀랐다면, 난 적어도 당신이 기뻐하길 바래요」

「자!」 벨가드가 말했다. 「난 이제 정말 솔직해져야 되겠어요. 기뻐해야 할지, 겁을 먹어야 할지 모르겠어요」

「당신이 기뻐하면 좋겠소」 뉴만이 말했다. 「그러면 내 용기도 날 테니까. 당신이 겁에 질린다면 유감이오. 그렇지만 낙담하지는 않겠어요. 당신이 잘해 낼 거니까 말이오」

「맞아요. 당신이 취할 수 있는 태도는 바로 그뿐이오. 정말 진심인가요?」

「진심이 아니라면 내가 프랑스인이라고 말해도 좋아요. 그런데 어째서 당신이 겁에 질려야 되오?」

벨가드는 혀끝을 내밀고 뒤통수에다 손을 올려 재빨리 머리카락을 위아래로 쓰다듬었다. 「당연하죠. 일례를 들자면, 당신은 귀족이 아니잖소」

「제길, 난 아니오!」 뉴만이 소리쳤다.

「당신에게 작위가 있을 것 같지 않은데」 벨가드가 조금 심각하게 말했다.

「작위라구요? 그게 뭔데요?」 뉴만이 물었다. 「백작, 공작, 후작 같은 것 말인가요? 나는 그런 건 하나도 몰라요. 누가 그걸 가졌고, 누가 가지지 않았는지 모른단 말이오. 하지만 난 귀족이라고 말할 수 있어요. 당신이 무슨 의미로 말했는지 정확히 모르겠지만, 그건 멋진 어휘이고 생각이오. 나는 귀족의 권리를 요구해요」

「하지만 당신은 보여줄 게 뭐가 있죠? 무슨 증빙이라도 있소?」

「당신이 원하는 것이라면 뭐든지 가능해요! 하지만 내가 귀족이라는 걸 입증하기 위해 무슨 행동을 취한다고 생각지 말아요. 그걸 입증해야 될 사람은 당신이니까」

「그건 쉬워요. 당신은 욕조를 만들었다죠」

뉴만은 잠시 앞을 응시했다. 「그래서 내가 귀족이 아니란 말이오? 이해할 수 없군요. 그렇다면 내가 하지 못한, 내가 할 수 없는 일이 뭔지 말해 봐요」

「싱트레 부인과 같은 여성에겐 요구한다고 해서 결혼할 수 있는 것은 아니오」

「내가 자격이 없다는 말로 들리는군요」 뉴만이 천천히 말했다.

「냉정히 말하자면 그렇소!」

벨가드는 잠시 머뭇거렸고, 뉴만의 깊은 시선은 다소 강렬해졌다. 뉴만은 마지막 언급에 잠시 아무런 대답도 하지 않았고, 약간 얼굴이 달아올랐다. 그러다 눈을 들어 그는 천장에 그려진 홍안의 아기 천사를 쳐다보며 서 있었다. 「물론 요구만으로 결혼하려는 게 아니오」 이윽고 뉴만이 입을 열었다. 「먼저 내 자신이 받아들여질 수 있도록 해야죠. 우선 그녀가 나를 좋아해야 되니까요. 하지만 내가 시도마저 못할 만큼 자격이 없다는 건 다소 놀랍소」

벨가드는 당혹감과 동정심과 장난기가 한데 섞인 표정을 지었다. 「그렇다면 당신은 내일이라도 곧장 어느 공작 부인에게 가서 결혼해 달라고 할 수 있겠소?」

「나와 어울릴 거라는 생각이 든다면 그렇게 하겠지요. 하지만 난 매우 까다롭기 때문에 그런 사람이 나에게 전혀 어울리지 못할지도 몰라요」

벨가드의 장난기가 발동하기 시작했다. 「그녀가 거절한다면 당신은 틀림없이 놀라겠죠?」

뉴만은 잠시 머뭇거렸다. 「그렇다고 대답하면 오만하게 들리겠지만, 난 그럴 거라고 생각해요. 나는 매우 그럴듯한 제안을 할 테니까」

「어떤 제안인가요?」

「그녀가 원하는 것이라면 무엇이든 할 생각이오. 내 기준에 부합되는 여성을 손에 넣게 되면 무엇이든 베풀 작정이거든요. 난 오랫동안 그런 여성을 찾아왔고, 그런 여성이 흔치 않다는 사실을 알고 있소. 내가 요구하는 자질을 갖춘다는 건 어렵게 보일 테지만, 그런 어려움이 사라진다면 그만한 보상이 따를 거요. 내 아내는 좋은 처지에 놓일 테고, 난 좋은 남편이 된다고 말해 두겠소」

「당신이 요구하는 자질이란 어떤 건가요?」

「선과 미와 지성과 훌륭한 교육과 우아한 인간미 따위죠. 한 마디로 훌륭한 여성에게 필요한 모든 요소랍니다」

「그리고 귀족 태생이란 점도 분명히 들어가겠죠」 벨가드가 말했다.

「그런 게 있다면 반드시 덤으로 넣어야죠. 많을수록 좋으니까!」

「당신이 보기에 내 누이는 이 모든 자질을 구비했나요?」

「그녀는 내가 찾던 여성이오. 내 꿈의 실현인 셈이니까」

「그리고 당신은 매우 훌륭한 남편이 될 거란 말이죠?」

「그 점을 바로 당신이 전해 주기 바라오」

벨가드는 손으로 잠시 동료의 팔을 잡고 머리를 갸우뚱하며 머리부터 발끝까지 상대를 쳐다보았다. 그런 다음 껄껄 웃으며, 그는 허공에다 다른 한 손을 흔들어 대며 몸을 돌렸다. 그는 온 방안을 걷다 다시 돌아와 뉴만 앞에 섰다. 「모든 게 무척 흥미롭군요. 매우 묘한 느낌도 들고. 방금 말한 건 내 자신을 위해서가 아니라, 나의 전통과 미신을 위해 말했어요. 나로서는 정말 당신의 제안이 기뻐요. 처음에는 놀랐지만, 생각할수록 더 많은 걸 느끼게 돼요. 당신이 나를 이해하지 못하니까 뭔가 설명해 보려는 건 힘든 일이오. 아무튼 당신이 안타까워해야 될 까닭은 없구려. 큰 손해 날 일도 없고」

「설명해야 될 일이 있다면 내게 하시오! 난 눈을 부릅뜨고 듣고서 최선을 다해 이해할 테니까」

「괜찮소」 벨가드가 말했다. 「그건 내게 유쾌한 일이 못 되니 포기하겠어요. 나는 처음 본 순간부터 당신을 좋아했고, 앞으로도 충실할 거요. 마치 당신을 후원할 수 있는 것처럼 이런 얘기를 한다는 게 무척 혐오스런 일이지요. 일전에 난 당신을 부러워한다고 말했소. 여기서 하는 말로 〈압도〉되었다는 느낌이죠. 난 조금 전까지만 해도 당신을 잘 몰랐거든요. 그러니 일을 그냥 내버려둡시다. 입장이 바뀌면, 당신이 꺼내지 않은 말은 한마디도 않겠어요」

벨가드는 스스로 언급한 신비로운 기회를 포기하면서도 자신이 매우 관대하게 행동했다고 느꼈는지 알 수 없지만, 그렇더라도 그의 관대함이 상대방에게 감지되지 못했기 때문에 아무런 보답을 받지 못했다고 해야 되리라. 뉴만은 자신의 감정을 자극하는 젊은 프랑스인의 위력을 깨닫지 못했고, 도피하거나 쉽게 달아날 생각도 이제 하지 않았다. 그는 친구에게 감사의 눈길조차 보내지 않고, 「그래도 내 눈은 열려 있소」라고 말했다. 「당신 가족들과 친구들이 나를 경멸할 거라고 했죠. 나는 사람들이 남을 경멸하는 게 정당한 사유가 되는지를 별로 생각해 본 적이 없소. 그렇기 때문에 즉석에서 문제를 결정할 수 있어요. 다른 사람들처럼 사물을 보면 아무런 도움이 되지 않거든요. 그래서 당신이 알고 싶다면, 난 최상의 인물이나 다름없다고 생각해요. 어떤 사람들이 그런 부류에 속하는지 아는 체하지 않겠소. 그 점에 대해 별로 생각해 본 적이 없으니까. 사실 난 언제나 자신에 대해 다소 호의적인 느낌을 가지고 있어요. 그건 성공한 사람에게 피할 수 없는 거죠. 그렇더라도 내가 오만하다는 건 인정하겠어요. 오만하다고 분명히 말하지 않는 이유는 내가 다른 사람만큼 높은 위치에 있지 않기 때문이오. 이건 피해야 될 추측이지만, 당신이 그렇게 생각하도록 했다는 걸 명심해요. 난 궁지에 몰린다거나, 자신을 정당화해야 된다는 생각을 조금도 하지 않았어요. 당신들이 그렇게 만든다면 최선을 다하겠소만」

「그렇지만 당신은 조금 전, 우리가 하는 말로 내 어머니와 형님의 비위를 맞출 거라고 했잖아요?」

「제길!」 뉴만이 소리쳤다. 「난 공손해지고 싶은걸요」

「좋소!」 벨가드가 답했다. 「일이 진척되면 무척 재미있겠군요. 이렇게 매정하게 말해서 미안하오. 그러나 이건 분명히 구경거리임에 틀림없소. 무척 흥미롭기도 하고. 그렇지만 이 문제와 별도로 난 당신 입장에 공감하고 있어요. 할 수 있는 한, 나는 관객은 물론 배우도 되겠어요. 당신은 멋진 사람이니까 난 당신을 믿고 옹호하겠소. 당신이 내 누이를 인정하고 있다는 사실이 곧 내가 요구하는 증거가 될 테니까요. 사람은 누구나 동등해요. 특히 멋을 아는 사람이 그렇죠!」

「싱트레 부인은 결혼하지 않기로 작심했나요?」 이윽고 뉴만이 물었다.

「내 생각은 그래요. 그러나 당신이 싫어서 그러는 게 아니오. 누이의 마음을 바꿀 사람은 당신이죠」

「어려울 것 같군요」 뉴만이 무겁게 말했다.

「쉬울 거라고 보지 않소. 대체로 나는 미망인이 다시 결혼해야 하는 이유를 모르겠어요. 내 누이는 결혼의 혜택을 이미 보았거든요. 자유를 획득한데다, 자신을 성찰할 기회를 가졌으니 말이오. 또한 장애물도 제거했는데 어째서 다시 자신을 속박해야 되죠? 아마 동기는 야망에 있겠지만요. 어떤 남자가 누이에게 대단한 지위를 제공하고, 그녀를 공주나 대사 부인쯤으로 만든다면 보상이 충분하다고 생각할 테죠」

「싱트레 부인은 그렇게 야망이 커요?」

「그걸 누가 알겠소?」 몸을 깊숙이 움츠리며 벨가드가 말했다. 「누이에 관해 모든 걸 알고 있는 체하지는 않겠어요. 내 생각에, 굉장한 사람의 아내가 된다는 기대에 누이의 마음이 동할지도 모른다는 거죠. 하지만 어떤 면에서 본다면, 누이가 무엇을 하든 쉽게 일이 이루어질 것 같지 않군요. 너무 자신감을 갖지 말아요. 그렇다고 너무 의심하지도 말고. 정확히 말해 당신이 성공을 거둘 최상의 기회는 누이의 마음에 특별하고, 예견할 수 없는 독창적 존재가 돼야 한다는 점이오. 다른 사람의 흉내를 내지 말고, 완전히 독자적인 행동을 해봐요. 반드시 뭔가 얻어질 테니까. 일이 어떻게 될지 난 무척 궁금해요」

「충고해 줘서 매우 고맙소. 그리고」 뉴만은 웃으며 말을 덧붙였다. 「내가 당신한테 즐거움을 줄 수 있다니 기뻐요」

「즐거움 이상인걸요」 벨가드가 응답했다. 「오히려 고무적이죠. 나는 내 관점에서 보고, 당신은 당신 관점에서 보니까. 아무튼 변화를 위한 거라면 무엇이든 상관없어요! 그런데 어제까지만 해도 나는 턱이 빠져라 하품만 하며, 하늘 아래 새로운 일이란 하나도 없다고 뇌까렸어요. 당신이 구혼자의 신분으로 우리 집안에 들어오는 모습을 보는 게 새로운 일이 아니라면, 내 말이 실수였겠죠. 그 점에 대해 말하겠어요. 난 좋든 싫든 그걸 달리 부르지 않고 그냥 새롭다고 표현하겠어요」 그러고 나서 발렌틴 드 벨가드는 자기 말에 담긴 신기한 느낌에 압도된 나머지, 불 앞에 놓인 깊숙한 팔걸이 의자에 몸을 던지고 강렬하고 확고한 미소를 지으며, 장작 불꽃 속에서 어떤 비전을 읽는 듯이 보였다. 잠시 후 그가 고개를 들며 말했다. 「자, 시작해 봐요. 내 소망을 알 테니까. 내 말을 이해하지도 못하고, 내가 뭘 하려는지도 모른다면 정말 유감이오」

「이런」 뉴만이 웃으며 말했다. 「잘못된 일은 애당초 그만둬요. 일을 내게 맡기든가, 아니면 깡그리 무시하든가 해요. 나는 양심에 거리낄 행동은 하지 않을 거요」

벨가드는 다시 일어섰다. 그는 분명히 흥분했고, 눈은 여느 때보다 더욱 이글거렸다. 「당신은 절대로 이해하지 못할 거요.

절대로」 그가 말했다. 「당신이 성공을 거두어 내가 도운 게 판명된다면, 응당 내가 받을 감사의 표시는 하지 않아도 좋소. 당신은 언제나 정말 멋진 사람이지만, 나한테 감사하진 않을 테죠. 하지만 그건 중요하지 않아요. 왜냐하면 내 스스로 거기서 기쁨을 얻을 테니 말이오」 그러고 나서 그는 너털웃음을 터뜨리며, 「영문을 모르는 것 같군요」라고 말했다. 「겁에 질린 표정인데요」

「당신을 이해하지 못한 게 유감이오. 기막힌 농담의 의미를 놓친 것 같은데」

「내가 우리 집안 사람들이 매우 이상하다고 말한 걸 기억하겠죠」 벨가드가 말을 이었다. 「거듭 경고하지만 우리는 이상한 사람들이에요! 어머니도, 형님도 이상하지만, 난 더욱 그렇다고 확실히 믿고 있어요. 내 누이조차 약간 이상한 사람이라고 느끼게 될 거요. 고목에는 굽은 가지가 있게 마련이며, 오래된 가문에는 기묘한 틈새가 있고, 오래된 민족은 괴상한 비밀을 가지는 법이지요. 우리 가문의 역사가 8백 년이나 되었다는 사실을 기억해요!」

「좋은 말이군요」 뉴만이 말했다. 「그게 바로 내가 유럽에 온 까닭이죠. 당신네들은 내 계획에 부합돼요」

「그렇다면 악수라도 나눌까요」 벨가드가 손을 내밀며 말했다. 「이것으로 홍정이 됐군요. 당신을 받아들이고, 당신 주장을 옹호하겠소. 당신을 무척 좋아하기 때문이지만, 그게 유일한 이유는 아니랍니다」 벨가드는 뉴만의 손을 잡고 곁눈질로 그를 보며 서 있었다.

「다른 이유는 뭐죠?」

「나는 반대파의 입장에 있어요. 누군가를 싫어하니까요」

「당신 형 말인가요?」 뉴만이 담담하게 물었다.

벨가드는 속삭이듯 〈쉿!〉 하고 손가락을 입술로 가져갔다. 「역사가 오랜 민족은 괴상한 비밀을 가졌어요! 어서 행동에 착수하여 내 누이를 만나봐요. 그리고 내가 당신 입장에 공감한다는 걸 확신해요!」 이 말을 하고서 그는 자리를 떠났다.

뉴만은 불 앞에 놓인 의자에 털썩 앉아 오랫동안 불꽃을 응시했다.

제9장

다음달 뉴만이 싱트레 부인을 만나러 갔을 때, 하인은 그녀가 집에 있다고 일러주었다. 뉴만은 평소처럼 차갑게 보이는 큰 계단을 올라간 다음 금빛 도금이 바래 벽이 모두 작은 문틀로 된 듯한 위층의 넓은 현관을 통해, 자신이 이미 들어가 본 적이 있던 거실로 안내되었다. 그곳에는 아무도 없었지만, 곧 백작부인이 나오실 거라고 하인이 말했다. 거기서 기다릴 동안 뉴만은 지난밤 이후 벨가드가 자기 누이를 보았는지, 그리고 만일 보았다면 뉴만과 나눈 대화를 언급했는지 곰곰이 생각했다. 이런 경우 싱트레 부인이 그를 맞이한다는 것은 용기를 북돋우는 일이었다. 뉴만은 자신이 품었던 극도의 찬사와, 그녀의 두 눈에 심은 이러한 인상을 싱트레 부인이 알고 들어올지 모른다고 생각하자 두려움마저 느꼈다. 하지만 그런 느낌이 언짢은 것만은 아니었다. 싱트레 부인의 얼굴은 여전히 아름다운 모습을 띨 것이며, 그가 마음속에 품었던 청혼을 어떻게 받아들일지언정, 그것을 경멸하거나 왜곡하지 않을 것이라고 미리 확신했다. 뉴만은 만일 싱트레 부인이 그의 가슴 밑바닥을 읽고서 자신이 가진 호의의 정도를 가늠할 수만 있다면 매우 친절하게 되리라고 느꼈다.

마침내 오랜 간격을 두고 싱트레 부인이 들어오자, 뉴만은 그녀가 주저하고 있지나 않을까 하고 생각했다. 그녀는 여느 때와 같은 솔직한 미소를 띠고 손을 내밀었다. 그녀는 곧장 부드럽고 빛나는 눈으로 뉴만을 쳐다보며, 담담한 목소리로 그를 만나 기쁘고, 그간 잘 지냈느냐고 말했다. 뉴만은 싱트레 부인에게서 이전에 발견했던 어떤 면, 즉 세상과 접촉하여 마모된 수줍은 인간의 향기——그러나 가까이 갈수록 더욱 진하게 느껴지는 향기——를 감지했다. 이 머뭇거리는 듯한 수줍음은 분명하고 확실한 그녀의 태도를 더욱 돋보이게 했을 뿐만 아니라, 피아니스트의 정교한 터치에 비유될 수 있는 성취나 아름다운 재능처럼 보였다. 실상 뉴만에게 특히나 인상적이고 그를 매료시킨 것은, 사람들이 예술가를 두고 말할 때 쓰는 이른바 싱트레 부인의 〈권위〉였다. 뉴만은 항상 아내를 통하여 자신을 완성시켜야 한다면 그녀로 하여금 스스로의 권위를 사용하여 그를 세상에 내세워야 된다고 느꼈다. 실로 유일한 문제는 악기가 완벽할수록 사람과, 악기를 사용하는 천재 사이의 거리를 너무나 벌여놓는다는 점이었다. 싱트레 부인은 정교한 교육을 받았고, 어렸을 적엔 신비스런 문화적 의식과 과정을 두루 겪었으며, 고상한 사교적 요구에 따라 유연한 태도를 갖게 되었다는 느낌을 주었다. 이미 확언했듯이, 이 모든 것은 그녀를 진귀하고도 소중한 존재, 뉴만이 말했듯이 매우 값비싼 품목일 뿐만 아니라, 자신의 주위에 최상의 것을 구비하려는 야심을 가진 남자로 하여금 극히 기뻐하게 할 만한 소유물로 보이도록 했다. 그러나 은밀한 행복을 염두에 두고 문제를 고려했을 때, 뉴만은 싱트레 부인처럼 정교한 혼성체에서 어떻게 자연과 예술의 경계선을 그을지 의심스러웠다. 그녀가 가진 특별한 의도는 몸에 배인 훌륭한 태도와 어디서 구분될까? 세련됨은 어디서 끝나고, 진실은 어디서 시작될까? 뉴만은 이 모든 것이 혼합된 찬미의 대상인 여인을 기꺼이 받아들일 태세가 돼 있는 가운데 마음속으로 이러한 질문을 해보았다. 그는 매우 안전하게 그렇게 할 수 있고, 틈이 날 때 천천히 이 문제를 음미해 보려고 했다.

「당신 혼자 있는 모습을 보게 돼 기뻐요. 알다시피 난 이전엔 이런 행운을 누리지 못했거든요」

「그렇지만 이전에 당신은 스스로의 행운에 매우 만족한 듯이 보였어요」 싱트레 부인이 말했다. 「당신은 혼자 즐거워하며, 자리에 앉아 저의 방문객들을 관찰했었죠. 그들을 어떻게 생각했나요?」

「아, 그 숙녀들은 무척이나 고상하고 우아했죠. 놀라울 만큼 기민한 재치를 지녔다고 생각해요. 하지만 내가 주로 생각했던 건, 그들이 나로 하여금 당신을 흠모하게 만들었다는 것뿐이오」 이것은 뉴만의 입장에서 별로 능숙하지 못한 기술인 여성에 대한 공대만은 아니었다. 그것은 단지 자신이 원한 바를 결심하고, 그것을 위해 적극적으로 발걸음을 내딛는 행동적인 남아의 본능이었다.

싱트레 부인은 가볍게 놀라며 눈썹을 치켜올렸다. 그녀는 분명히 그렇게 열렬한 찬사를 기대하지 않았던 것이다. 「어머, 이런 경우」 그녀가 웃으며 말했다. 「제가 혼자 있는 걸 당신이 발견한 건 제겐 행운이 아니네요. 누군가 빨리 들어왔으면 좋겠어요」

「난 그렇게 되지 않길 바래요」 뉴만이 말했다. 「당신에게 특별히 할 얘기가 있거든요. 오빠를 만났소?」

「네, 한 시간 전에 봤어요」

「지난밤 나와 만났다고 하던가요?」

「그러더군요」

「그리고 우리가 나눈 얘기에 대해서 언급하던가요?」

싱트레 부인은 잠시 머뭇거렸다. 뉴만이 이런 질문을 하자 그녀는 앞으로 전개될 일이 필요하기는 하나 유쾌한 일이 아니라고 여긴 듯 약간 얼굴이 창백해졌다. 「오빠를 통해 전갈을 남겼나요?」 이윽고 그녀가 물었다.

「정확히 말해 전갈은 아니오. 나를 도와 달라고 했거든요」

「그 도움이란 당신에 대한 찬사를 읊조리라는 뜻인가요?」 싱트레 부인은 마음을 편하게 먹은 듯 가볍게 웃으며 물었다.

「그렇소, 그게 실질적인 문제죠」 뉴만이 말했다. 「당신 오빠가 나에 대한 찬사를 읊조렸던가요?」

「당신에 대해 무척 좋게 말했어요. 하지만 그게 당신의 특별한 간청에 의한 거라면, 물론 삭감해서 들어야겠지만요」

「그건 아무런 차이가 없어요」 뉴만이 응답했다. 「확신이 없었다면, 당신 오빠는 나를 좋게 말하지 않았을 테죠. 그 점에 있어 그 사람은 너무나 정직해요」

「진심이세요?」 싱트레 부인이 말했다. 「오빠를 칭찬해서 저를 즐겁게 해주려는 건가요? 좋은 방법이라고 해야겠네요」

「나로서는 무슨 방법이든 성공만 거둘 수 있다면 좋은 거죠. 내게 도움이 된다면 하루 종일 당신 오빠 칭찬을 하겠소. 그 이는 고상한 사람인걸요. 나를 돕기 위해 무엇이든 하겠다고 약속했고, 나에게 믿음을 갖게 했으니 말이오」

「너무 칭찬하지 마세요」 싱트레 부인이 말했다. 「당신에게 별 도움이 되지 못할 테니까요」

「물론 내 일은 내 스스로 해야 된다는 걸 잘 알고 있어요. 그런 기회를 원할 따름이죠. 당신 오빠가 말한 다음 당신이 나를 만나는 데 승낙한 건 좋은 기회나 다름없어요」

「그래서 지금 당신을 만나고 있잖아요」 싱트레 부인은 천천히, 엄숙하게 말했다. 「오빠에게 그렇게 하겠다고 약속했기 때문이에요」

「당신 오빠에게 축복을 내려요!」 뉴만이 외쳤다. 「지난밤 내가 말한 건 이래요. 즉, 난 여태껏 보아온 어떤 여성보다 당신을 흠모한다는 점과, 당신을 정말 아내로 삼고 싶다는 거였어요」 뉴만은 한치의 동요도 없이 직선적이고 확고하게 말했다. 그는 완전히 터득한 자신의 생각으로 충만되었고, 비할 데 없이 떳떳한 마음으로 함빡 우아함을 갖춘 싱트레 부인을 내려다보았다. 아마도 이러한 특별한 어조와 태도는 그가 우연히 발견할 수 있었던 것 가운데 최상이었으리라. 그렇지만 싱트레 부인이 지은 가볍고 강요된 듯한 미소는 뉴만의 말을 듣는 가운데 사라졌고, 그녀는 입술을 벌린 채 마치 비극의 가면처럼 엄숙한 얼굴로 그를 바라보며 앉아 있었다. 뉴만이 겪도록 만든 장면에서 무척이나 고통스러운 무엇이 분명히 그녀에게 엿보였다. 하지만 그녀는 참을 수는 없어도, 화를 내고 말하지 않았다. 뉴만은 싱트레 부인의 마음을 아프게 했는지 의심스러웠고, 자신이 표현하려 했던 너그러운 헌신이 어째서 언짢게 되었는지 짐작할 수 없었다. 그는 자리에서 일어나 한 손을 벽난로 선반 위에 얹고 기대며 그녀의 앞에 섰다. 「이런 말을 하기에는 당신을 만난 적이 너무나 적다는 걸 알고 있어요」 그가 말했다. 「그렇기 때문에 내 말이 무례하게 들릴지 모르겠소. 이게 내 불행인 셈이오! 처음 당신을 보았을 때 그걸 말할 수도 있었죠. 실제 난 이전에 당신을 만난 적이 있어요——상상 속에서 말이오. 그러니까 당신은 오랜 친구 같아요. 따라서 내 말이 단순한 객기나, 찬사나, 허튼 소리는 아니랍니다. 나는 그런 식으로 말할 수도 없고, 방법도 몰라요. 설령 할 수 있다고 해도 당신에게는 그렇게 하진 않을 거고. 그런 말도 심각하게 들릴 테니까요. 나는 당신을 알 뿐만 아니라, 당신이 얼마나 아름답고 흠모할 만한 여성인지도 알고 있는 느낌이랍니다. 언젠가는 더욱 잘 알게 되겠지만, 지금은 막연한 느낌이죠. 당신이 비할 데 없이 완벽하다는 점을 제외하고, 당신은 내가 찾아왔던 여성이오. 나는 어떤 주장이나 맹세도 하지 않겠지만, 당신은 나를 믿을 수 있어요. 이 모든 것을 말하기에 때가 너무 이르다는 점도 알고 있소. 이건 거의 공격적인 행동이거든요. 그렇지만 가능한 좀 시간을 가져봐요. 생각할 시간을 원한다면——물론 그렇겠지만——빨리 시작할수록 내게 더 이로울 테니까. 당신이 나를 어떻게 생각하는지 모르겠지만, 내게 큰 비밀은 없어요. 내가 어떤 사람인지 알겠죠. 당신 오빠는 내 집안 내력과 직업이 나에게 이롭지 못하고, 당신 집안이 훨씬 높은 위치에 있다고 하더군요. 그건 물론 내가 이해하지도 못하고, 받아들일 수도 없는 생각이죠. 하지만 당신은 그런 데 신경을 쓰지 않겠죠. 장담하건대, 난 매우 건실한 사람이고, 마음만 먹으면 몇 년 내 지체 없이 내가 누구며, 무엇을 하려는지 설명하겠소. 당신이 나를 좋아할지 아닐지는 스스로 결정하면 돼요. 당신은 자기 앞에 무엇이 있는지 보고 있잖소. 솔직히 나에게 숨겨진 결함이나 비열한 속임수 따위는 없다고 믿고 있어요. 그저 친절할 뿐이죠! 나는 남자가 여자에게 줄 수 있는 모든 걸 당신에게 주겠소. 나는 실제 무척 많은 재산을 가졌어요. 허락한다면 언젠가 상세히 일러주겠어요. 만일 당신이 화려한 것, 돈이 부여할 수 있는 모든 화려한 것을 원한다면 가질 수도 있어요. 그리고 당신이 포기할지도 모르는 부분에 관해 그 공간이 메워질 수 없다고 지레 짐작은 말고 단지 나한테 맡겨두어요. 내가 당신을 돌볼 테니까. 나는 당신이 필요로 하는 것을 알게 되겠죠. 내 힘과 재간이 모든 것을 해결할 거요. 난 강한 사람이오! 자, 이제 내 마음에 품은 걸 말했어요! 이쯤 하는 게 낫겠죠. 내 말이 언짢게 들렸다면 정말 사과하겠소. 그렇지만 일을 분명히 해두는 게 얼마나 나은지 생각해 봐요. 원하지 않는다면 지금 대답하지 말고, 그냥 생각만 해둬요. 원하는 만큼 천천히 말이오. 물론 나는 하고 싶은 말의 절반도 못했고, 할 수도 없어요. 특히 당신에 대한 찬사가 그렇죠. 하지만 나를 호의적으로 봐줘요. 그래야 공정하지 않겠어요」

뉴만이 여태껏 했던 가운데 가장 긴 말을 하는 동안 싱트레 부인은 시선을 그에게 고정시켰고, 그 시선은 마침내 무엇에 홀린 듯 응시로 확대되었다. 뉴만이 말을 멈추자 그녀는 눈을 내리깔고 잠시 바닥과 자기 앞을 똑바로 쳐다보며 앉아 있었다. 그러고는 천천히 자리에서 일어났는데, 유난히 관찰력이 있는 사람이라면 그녀의 움직임이 약간 떨리고 있음을 알아차렸으리라. 그녀는 여전히 매우 심각하게 보였다.「당신의 제안에 무척이나 감사해요」싱트레 부인이 입을 열었다.「매우 이상하게 들리겠지만, 당신이 더 이상 기다리지 않고 말을 해주시니 기뻐요. 이 문제는 이제 언급하지 않는 게 낫겠어요. 당신이 한 모든 말에 감사해요. 제겐 큰 영광이죠. 그렇지만 전 결혼하지 않기로 결심했답니다」

「아, 그렇게 말하지는 말아요!」 뉴만은 간청하고 어루만질 듯한 억양으로 매우 천진난만하게 소리쳤다. 그녀는 몸을 돌려 뉴만에게 등을 돌린 채 잠시 멈춰 서 있었다. 「잘 생각해 봐요. 당신은 너무나 젊고 아름다우며, 자신뿐만 아니라 다른 사람까지 행복하게 만들 사람이오. 당신이 자유를 잃을까 두려워한다면, 이곳에서의 자유, 즉 당신이 지금 누리는 삶은 내가 제공하는 것에 비한다면 무서운 속박이라고 장담할 수 있어요. 당신이 여태껏 생각해 보지도 못한 일들을 하게 될 테니 말이오. 나는 넓은 세상에서 당신이 원한다면 어디든 데리고 가겠소. 당신은 불행하잖소? 불행하다는 느낌을 내게 던지고 있거든요. 당신이 불행하거나 불행해질 권리는 없어요. 내가 개입하여 끝장내 버릴 테니까」

싱트레 부인은 뉴만으로부터 시선을 돌린 채 잠시 그곳에 서 있었다. 뉴만의 어투에 그녀의 마음이 움직였다는 것은 가능했다. 언제나 무척이나 온화하며, 뭔가 캐묻는 듯한 뉴만의 목소리는 너무나 사랑받는 어린아이에게 말하는 것처럼 점차 부드럽고 감미로운 설득으로 변해 갔다. 뉴만은 그녀를 지켜보며 서 있었다. 이윽고 다시 몸을 돌린 그녀가 이번에는 상대를 쳐다보지 않으려는 흔적이 역력한 표정으로 침착하게 말을 꺼냈다.

「결혼을 하지 못하는 데는 실로 많은 이유가 있답니다」 싱트레 부인이 입을 열었다. 「그건 당신에게 설명할 수 있는 것보다 더 많아요. 행복으로 말하자면 전 무척 행복한걸요. 당신 제의는 제가 말할 수 없는 여러 이유 때문에 더욱 낯설게 들리네요. 물론 당신은 그걸 실현하기 위한 완벽한 권리를 갖고 있겠죠.

그렇지만 전 그걸 받아들일 수 없답니다. 그건 불가능해요. 이 문제에 대해 다시는 언급하지 말아 주세요. 약속을 못하신다면, 다시는 오지 말라고 부탁할 수밖에 없네요」

「어째서 불가능하죠?」 뉴만이 되물었다. 「처음에 당신은 그것이 실제로 이루어지지 못한다고 생각하겠죠. 난 당신이 처음부터 기뻐하리라고 기대하지 않아요. 하지만 잠시 그것에 관해 생각해 본다면 만족하게 될 거라고 믿어요」

「전 당신을 몰라요」 싱트레 부인이 말했다. 「제가 당신에 관해 얼마나 아는 바가 없는지 생각해 보세요」

「물론 아는 게 거의 없겠죠. 그렇기 때문에 당장 통첩을 하란 게 아니오. 단지 아니라고 대답하지 말고, 날더러 희망만 품게 해주시오. 당신이 원한다면 난 언제까지 기다릴 테니까. 그러다 당신이 나를 더욱 이해하고 알게 되면, 장래 남편감으로 봐줘요. 그러고 나서 마음을 정하면 돼요」

싱트레 부인의 머리가 뭔가 빠르게 움직이는 듯이 보였다. 그녀는 뉴만의 눈길 아래 자신에게 던져진 질문을 계속 측정하며 뭔가 결심하려고 했다. 「지금부터 당신에게 이 집을 떠나 다시는 오지 말라고 하지는 않겠어요」 그녀가 말했다. 「저는 당신 말에 귀를 기울이겠어요. 이것이 당신에게 희망을 줄지도 모르겠군요. 당신 말이 설득력이 있기 때문에, 저는 스스로의 판단에 앞서 당신 말을 들어왔어요. 당신을 장래 남편으로 받아들이는 데 동의해야 한다는 말을 오늘 아침에 들었더라면, 전 그 말을 한 사람이 제정신이 아니라고 생각했을 거예요. 전 지금 당신 말을 듣고 있어요. 당신도 알다시피!」 그러고 나서 그녀는 잠시 손을 뻗어, 호소하는 듯한 가냘픔을 아주 가볍게 표시하는 몸짓으로 두 손을 떨구었다.

「그래요, 내가 할 수 있는 말은 모두 했소」 뉴만이 입을 열었다. 「난 당신을 무한히 신뢰해요. 사람이 생각할 수 있는, 당신의 모든 훌륭함을 두고 하는 말이오. 나와 결혼하면 당신이 평안을 누릴 거라고 굳게 믿어요」 그는 미소를 지으며 말을 이었다. 「방금 말했듯이, 나한테 나쁜 의도는 없어요. 당신을 위해 많은 일을 할 수 있거든요. 당신에게 내가 낯익은 사람도 아닐뿐더러, 세련되지도, 섬세하지도, 정확하지도 않다고 생각된다면, 그건 사정을 모르는 이야기랍니다. 난 섬세한 사람이오! 두고 보면 알게 될 거요!」

싱트레 부인은 약간 멀리 걸어가 창문 앞 도자기 화분 속에 자라고 있는 커다란 진달래 앞에 멈춰 섰다. 그리고 꽃 하나를 꺾어 손가락으로 비틀며 다시 걸어왔다. 그런 다음 그녀는 조용히 앉았는데, 그런 태도는 뉴만이 좀더 말을 해야 된다고 동의하는 것처럼 보였다.

「어째서 당신의 결혼이 불가능하다고 해야 되죠?」 뉴만이 말을 계속했다. 「현실적으로 그걸 불가능하게 만드는 건 당신이 결혼한 상태에 놓여 있을 때뿐인데. 과거 결혼 생활이 불행했기 때문인가요? 그렇다면 그건 당신이 다시 결혼해야 될 더욱 큰 이유가 돼요. 아니면 당신 가족들이 압력을 행사하고, 간섭하고, 화나게 하기 때문인가요? 그건 당신이 결혼해야 될 또다른 이유가 돼요. 당신은 완전히 자유로워져야 되고, 결혼이 그렇게 만들어야 해요. 난 당신 가족에게 반대하는 어떤 말도 하지 않을 테니 이해해요!」 뉴만은 통찰력 있는 관찰자로 하여금 미소짓게 할지도 모를 진지한 표정을 띠며 말을 덧붙였다. 「집안 사람들에 대해 당신이 어떻게 느끼든 상관없어요. 그리고 방법을 아는 한, 그들의 마음에 들게끔 난 당신이 바라는 무엇이든 하겠소. 맹세코!」

싱트레 부인은 다시 일어나 뉴만이 서 있는 벽난로 쪽으로 갔다. 그녀의 얼굴에서 고통과 당혹의 표정이 씻겨졌고, 적어도 이번에는 그녀의 표정이 습관이나 의도든가, 아니면 기교나 자연의 탓으로 돌려야 될지 뉴만이 당황스러울 필요가 없을 모습으로 환히 빛났다. 그녀는 우정의 영역을 넘어 자신의 주위를 돌아보며, 무한히 펼쳐진 영역을 새로이 발견한 여인처럼 보였다. 억제되고 조절된 감정이 여느 때처럼 그녀의 시선에 서린 광채와 뒤섞였다. 「당신을 다시 만나는 걸 거절하진 않겠어요」 그녀가 말했다. 「당신 말의 상당 부분이 제게 즐거움을 주었기 때문이랍니다. 하지만 한 가지 조건을 걸고 만나겠어요. 당분간 똑같은 말을 더 이상 꺼내지 말아야 돼요」

「얼마 동안이죠?」

「6개월 동안요. 엄숙히 약속해야 돼요」

「좋소, 약속하겠어요」

「그럼, 잘 가요」 이 말과 함께 싱트레 부인은 손을 내밀었다.

뉴만은 뭔가 더 할말이 있는 듯이 잠시 손을 잡았지만, 단지 그녀를 바라보다 그곳을 떠났다.

그날 저녁 뉴만은 대로에서 발렌틴을 만나 인사를 나눈 뒤, 몇 시간 전에 싱트레 부인을 만났다는 말을 전했다.

「알고 있소」 발렌틴이 말했다. 「본가(本家)에서 식사를 했거든요」 그리고 얼마 동안 두 사람은 묵묵히 서 있었다. 뉴만은 자신의 방문이 어떤 확연한 인상을 남겼는지 묻고 싶었으며, 발렌틴 또한 묻고 싶은 것이 있었다. 발렌틴이 먼저 입을 열었다.

「내가 간섭할 바는 아니지만 대체 내 누이에게 뭐라고 말했나요?」

「기꺼이 말해 주겠소」 뉴만이 대답했다. 「난 결혼 제의를 했어요!」 뉴만이 말했다.

「벌써 말이오!」 그러고 나서 젊은이는 휘파람을 불며, 묻는 듯한 억양으로 말을 덧붙였다. 「〈시간은 금이로다!〉 이게 미국에서 하는 말이죠? 그리고 싱트레 부인은요?」

「내 제의를 받아들이지 않았어요」

「그런 식으로 대하면 안 되죠」

「그렇지만 난 다시 만날 작정이오」 뉴만이 말했다.

「오, 여인이여, 정말 이상하도다!」 발렌틴은 이렇게 소리친 다음 멈춰 서서, 팔을 뻗어 뉴만을 껴안으며 외쳤다. 「그대를 존경하오! 그대는 이른바 단독 성공을 거두었소이다! 지금 당장 내 형님에게 데려가야겠소」

「당신이 좋다면 언제든 상관없어요!」 뉴만이 말했다.

제10장

뉴만은 자신의 친구인 트리스트람 부부를 계속 빈번히 만났다. 트리스트람 부인의 설명에 귀를 기울인다면, 뉴만이 자신에게 보다 나은 교제를 위해 그들을 냉소적으로 무시했다고 생각되었던 것이다. 「우리에게 경쟁자가 없는 한 그럭저럭 지낼 수는 있어요. 하지만 당신의 인기가 치솟고, 당신은 매일 서너 번의 저녁 초대에 응할 권리를 가졌기 때문에, 우리는 궁지에 몰리게 된 셈이에요. 당신이 한 달에 한 번쯤 우리를 보러 오는 게 나는 좋다고 확신해요. 난 당신이 봉투에 명함을 넣어 우리를 초대하지 않을지도 모른다고 생각하죠. 그렇게 되면 봉투에 상장(喪章)을 둘러주세요. 마지막 남은 내 환상의 종말이 될 테니까」 트리스트람 부인은 이처럼 신랄한 말로 뉴만이 그들을 홀대했다고 훈계했지만, 실제 그들에 대한 뉴만의 태도는 가장 모범적이면서도 충직했다. 물론 트리스트람 부인은 농담을 했고, 그녀의 심각함에는 항상 뭔가 우스꽝스러운 면이 담겨 있듯 그런 농담에는 언제나 아이러닉한 요소가 내포되었다.

「당신이 나를 허물없이 대해 주었다는 사실이야말로」 뉴만이 말했다. 「내가 당신에게 충실히 대해 왔다는 증거가 되죠. 지나치게 허물없이 굴면 체신을 잃는다고 하잖소. 정말이지, 나는 그 동안 너무 가볍게 처신했어요. 만일 내가 조금이라도 자존심을 가졌더라면, 잠시나마 떨어져 있었을 거요. 그리고 당신이 저녁 초대를 했을 때, 난 보레알스카 공주에게 간다고 말했어요. 하지만 즐거움과 관련된다면 난 어떤 자존심도 안중에 없답니다. 그리고 당신이 나를 보려는 마음을 갖도록——단지 험담할 목적으로 나를 찾는다고 하더라도——당신이 선택하면 무엇이든 동의하겠어요. 나는 스스로 파리 제일의 속물임을 인정하겠어요」

사실 뉴만은 자신이 소개받은 호기심 많은 폴란드 숙녀인 보레알스카 공주로부터 개인적인 초대를 받았지만, 그날은 항상 트리스트람 부인의 집에서 식사를 한다는 구실로 거절을 했다. 따라서 그가 처음 맺은 우정에 충실하지 못했다는 것은 자신의 친구인 트리스트람 부인이 만들어낸 다소 왜곡된 이론에 불과했다. 트리스트람 부인은 자신이 이따금 겪는 도덕적 초조감을 설명하는 이론을 필요로 했는데, 만일 이러한 설명이 온당치 못하다면 그녀가 더욱 심층적인 분석가라는 점이 고려되어야 될 것이다. 그녀는 뉴만으로 하여금 주체할 수 없을 만큼 급류에 몰아넣고, 자신의 재빠른 행동에 다소 느긋해하는 기색이었다. 실상 지금까지 그녀의 행동은 매우 성공적이었고, 너무나 영리하게 게임을 했기 때문에, 자신의 의도대로 일이 이루어지기 바랬던 것이다. 때가 무르익자 뉴만은 트리스트람 부인에게 그녀의 친구인 싱트레 부인이 〈만족스러운〉 인물이라고 말했다. 이런 형용사는 낭만적이 아니었지만, 트리스트람 부인은 본질적으로 바닥에 깔린 감정을 어려움 없이 간파했다. 뉴만의 짧은 말에 깃든 온화하고 솔직한 태도와, 의자 등받이에 머리를 기대고 반쯤 감은 눈에서 나오는 호소할 듯하면서도 표현할 수 없는 모습은 지금껏 그녀가 보아온 가운데 원숙한 마음을 가장 웅변적으로 표현하는 것처럼 보였다. 프랑스식 어구를 빌리자면, 뉴만은 그녀의 느낌으로 무척이나 감성이 풍부했다. 하지만 뉴만의 절제된 환희는 그녀 스스로가 몇 달 전에 아주 자유롭게 보여주었던 열성에 야릇한 효과를 던졌다. 트리스트람 부인은 현재 싱트레 부인에 대하여 완전히 비판적 견해를 가지려 했고, 또한 자신의 친구인 그녀가 모든 덕목을 갖추었다는 말에 책임을 지려고 하지 않았다. 「겉으로 보이는 만큼 훌륭한 여성은 어디에도 없는걸요」 트리스트람 부인이 말했다. 「셰익스피어가 데스데모나를 두고 〈까다로울 만큼 섬세한 베니스인〉이라고 한 말을 상기해 봐요. 싱트레 부인도 까다로울 만큼 섬세한 파리인이거든요. 물론 그녀는 매력적인 여성인데다 너무나 많은 장점을 구비하고 있기는 해도 내 말을 귀담아 듣는 게 좋을 거예요」

트리스트람 부인은 세느강 건너편에 있는 친구인 싱트레 부인에게 질투심을 느낀 나머지, 뉴만에게 이상적인 아내감을 소개해 주면서도 다른 마음을 품지 못한 자신의 무심함을 뒤늦게 발견한 것일까? 아무튼 이러한 의문은 어쩔 수 없이 생겨난 것이지만, 이에나 가에 살고 있는 몸집이 작고, 일관성이 없는 이 여인은 극복하기 힘들 정도로 지적으로 자신의 태도를 바꾸고 싶은 욕구를 느꼈다. 그녀는 강렬한 상상력을 가졌고, 어느 땐 확신을 능가하는 선명한 의식으로 자신이 소중히 지켜온 신념을 완전히 뒤집을 수 있다고 생각했다. 그녀는 정당하게 사고

하는데 지쳐버렸지만, 그 때문에 문제될 것은 없었다. 왜냐하면 그릇된 사고에도 지쳐버렸기 때문이다. 이처럼 신비스러운 괴팍함을 지니면서도 그녀는 이따금 칭송할 만한 정의로움을 발휘하기도 했는데, 뉴만이 싱트레 부인에게 공식적으로 청혼했다고 언급하자 그 정의가 다시 번득였다. 뉴만은 자신이 싱트레 부인에게 했던 말을 몇 마디로 반복했고, 트리스트람 부인의 대답에 긴 설명을 붙였다. 그녀는 이 말을 무척 흥미롭게 들었다.

「하지만 결국에는」 뉴만이 말했다. 「축하할 일은 하나도 없어요. 그건 승리가 아니거든요」

「그게 무슨 말이죠?」 트리스트람 부인이 반문했다. 「그건 커다란 승리에요. 그녀가 첫 마디에 말문을 막고서 당신에게 다시는 얘기를 꺼내지 못하도록 하지 않았다는 사실이 곧 커다란 승리라구요」

「그건 모르겠소」

「물론 당신은 모를 거예요. 절대로! 당신에게 다른 사람의 흉내를 내지 말고 머리에 떠오르는 대로 행동하라는 말을 했을 때, 난 당신이 그렇게도 재빨리 행동하리라고 생각지 않았어요. 겨우 대여섯 번 방문하고서 청혼을 하리라고는 꿈도 꾸지 않았다구요. 대체 싱트레 부인이 당신을 좋아하도록 무슨 짓을 한 거죠? 그냥 꼿꼿이 앉아 있지는 않았겠죠? 그녀를 응시했나요? 그래도 그녀는 당신을 좋아했겠네요」

「그건 두고 볼 일이오」

「아뇨, 그건 입증되었어요. 어떻게 될런지는 물론 두고 봐야 되겠지만. 당신이 소란을 떨지도 않고 청혼했다는 건 싱트레 부인이 꿈에도 생각지 못할 일이었거든요. 당신은 그런 말을 하면서도 그녀의 마음속에 어떤 생각이 스쳤는지 알지 못했을 거예요. 그러니 만일 그녀가 실제로 당신과 결혼한다면, 그것은 여성에게 일어나는 모든 인간사의 평범한 이치에 따라 이루어졌다고 할 테죠. 당신은 싱트레 부인에게 관대한 견해를 가졌다고 생각하겠지만, 당신을 받아들이기 앞서 그녀가 너무나 이상한 생각을 했다는 사실을 알지도 못할 거예요. 지난번 당신 앞에 섰을 때 싱트레 부인은 그러한 생각에 휩싸였겠죠. 마음속으로는 불과 몇 시간 전만 해도 품어볼 수 없었던 일에 대해 〈아무렴 어때〉 하고 말했을 테지만. 그녀는 선회축 위에 놓인 것처럼 무수히 많은 편견과 전통 위에서 방향 전환을 하면서, 여태껏 바라보지 않았던 곳을 쳐다본 거죠. 생각해 보면, 당신의 행동에는 뭔가 매우 멋들어진 게 있던 것 같군요. 당신에게 그녀와 대면하여 자신의 행운을 시험해 보라고 권유했을 때 난 물론 당신을 좋게 생각했어요. 그리고 당신이 저지른 죄과에도 불구하고, 난 여전히 그렇게 생각하고 있답니다. 하지만 그런 여자에게 이 같은 행동을 하도록 만들다니, 난 당신이 어떤 사람이며 무슨 짓을 했는지 정말 모르겠네요」

「내 행동에는 매우 멋들어진 게 있었죠!」 뉴만은 트리스트람 부인이 한 말을 반복하며 웃으며 말했다. 그는 자신의 행동에 멋진 것이 담겨 있었다는 말을 들으며 극도의 만족을 느꼈다. 뉴만은 스스로 그 점에 대해 아무런 의심도 하지 않았지만, 세상 사람들이 싱트레 부인을 찬미하고 있다는 사실에 벌써 가치를 부여했다. 왜냐하면 이것은 그녀를 소유함으로써 갖는 영예를 더욱 높여주기 때문이었다.

이 대화가 있은 직후 발렌틴은 뉴만을 집안의 다른 사람들에게 소개하기 위해 그를 대학로의 본가로 데리고 갔다. 「당신은 이미 소개가 되었답니다」 발렌틴이 말했다. 「그리고 화제에 오르기 시작했어요. 내 누이는 당신의 잇달은 방문을 어머니에게 언급했는데, 당신이 찾아왔을 때 한 번도 어머니가 없었던 것은 우연이었죠. 나는 당신이 엄청난 재산을 가진 미국인이며, 아주 뛰어난 아내감을 찾고 있는, 세상에서 가장 멋진 사람이라고 말했어요」

「싱트레 부인이 지난번 나와 나눈 얘기를 당신 어머니에게 전했을까요?」 뉴만이 물었다.

「말하지 않았으리라 확신해요. 누이는 자신의 생각을 마음속에 품고만 있으니까요. 하지만 당신은 나머지 가족들에게는 자신의 생각을 말해야 돼요. 사업에서 크게 성공했고, 괴팍한 구석도 별로 없으며, 게다가 솔직히 클레어를 흠모하고 있다는 등, 당신에 대해 많은 사실이 알려져 있기는 하죠. 당신이 지난번 내 누이의 거실에서 본 적이 있던 내 형수는 당신에게 호감을 품은 듯이 보이더군요. 당신을 보고서 대단히 특출하다고 말했으니까요. 그래서 내 어머니도 당신을 만나고 싶어하죠」

「나를 비웃겠다는 심산일까요?」 뉴만이 말했다.

「절대로 그렇지는 않아요. 만일 내 어머니가 당신을 좋아하지 않는다면, 우스꽝스럽게 환심을 사려고 하진 말아요. 내 경고를 명심해요」

이 대화는 저녁에 이루어졌고, 30분 후 발렌틴은 뉴만이 여태껏 들어가 보지 못했던 대학로에 살고 있는 미망인인 노(老) 벨가드 후작 부인[37]의 거실로 그를 안내했다. 그곳은 무척이나 넓고, 천장이 높은 방이었다. 실내에는 정교하게 만든 육중한

37) 싱트레 부인의 어머니를 지칭함.

조형물이 보였고, 벽의 상단과 천장을 따라 희뿌연 회색이 칠해져 있었다. 문지방과 의자 등받이는 무척 바랜 듯했지만, 정성스럽게 수선한 주단으로 장식되었다. 그리고 바닥에는 꽤 낡긴 했지만 아직도 부드럽고 두터운, 밝은색의 터키산(産) 카펫이 깔려 있었다. 이와 함께 열 살쯤에 그려진 듯한 노 벨가드 후작 부인의 아이들 초상화가 각각 붉은 실크로 된 오래된 휘장에 걸려 있었다. 그 방은 대화를 나누기에 적합할 만큼 밝았는데, 이상한 구석에 놓여진 대여섯 개의 촛불이 상당한 거리를 두고 떨어져 있었다. 벽난로 근처에 있는 깊숙한 안락의자에는 검은 옷을 입은 나이 든 부인이 앉아 있었고, 방의 다른 끝에는 한 사람이 야단스러운 왈츠를 연주하며 피아노에 걸터앉아 있었다. 뉴만은 피아노에 있는 사람이 젊은 벨가드 후작 부인임을 알아차렸다.

발렌틴이 자신을 소개하자 뉴만은 벽난로 옆에 있는 나이 든 부인에게 걸어가 악수를 했다. 뉴만은 희고 섬세하며 나이 든 얼굴에다, 높은 이마와 작은 입, 그리고 아직도 젊음의 신선함을 간직한 차갑고 푸른 눈을 가진 부인의 모습을 일별했다. 노부인은 뉴만을 쳐다보며 영국인다운 적극성을 띠고 악수에 응했다. 그런 태도는 뉴만으로 하여금 그녀가 성 던스탄 백작의 딸이라는 느낌을 갖게 했다. 그녀의 며느리는 연주를 멈추고 뉴만에게 상냥한 미소를 지었다. 뉴만이 자리에 앉아 주위를 돌아보는 사이, 발렌틴은 젊은 후작 부인에게 다가가 손에다 입맞춤을 했다.

「지난번에 당신을 만났어야 했소」 노부인이 말했다. 「내 딸을 여러 번 방문했다죠」

「그렇습니다」 뉴만은 미소를 지으며 대답했다. 「이제 싱트레 부인과는 막역한 사이랍니다」

「진행이 빨랐군요」

「하지만 제가 원하는 만큼 빠르지는 않았소」 뉴만이 당당하게 말했다.

「오, 당신은 야망이 매우 크군요」

「그렇다고 해야겠죠」 뉴만은 미소를 띠며 말했다.

노부인이 차갑고 선명한 눈으로 그를 바라보자, 뉴만은 상대가 자신의 적수가 될 수 있다고 생각하며 그녀의 인물됨을 살피려고 그 시선에 응수했다. 그들의 눈이 얼마 동안 마주쳤다. 그러자 노부인은 무표정한 얼굴로 먼 곳을 향해 시선을 돌리며 말했다. 「나도 야심이 강해요」

뉴만은 노부인의 인물됨을 살피는 것이 쉽지 않다고 느꼈는데, 체구가 작은 그녀는 뭔가 불가사의하고 가공스러운 분위기를 풍겼다. 노부인은 자신의 딸과 닮은 데가 있으면서도 몹시 달랐다. 싱트레 부인의 혈색은 그녀의 어머니와 비슷했고, 눈썹과 코의 섬세함은 극히 유전적이었다. 하지만 싱트레 부인의 얼굴은 더욱 크고 넓었으며, 특히 그녀의 입은 다행히도 무겁게 보이는 어머니의 입과 차이가 있었다. 두툼하면서 꼭다문 노부인의 작은 입술은 마치 구스베리를 삼켰거나, 아니면 40년 전 미인열전(美人列傳)에 등장했던 숙녀인 에멀린 아델링이 자신의 귀족적 우아함을 완결짓는데 필요할 〈오, 내 사랑, 그건 안 돼요!〉라는 말을 내뱉을 때보다 더 크게 벌릴 수 없을 것처럼 보였다. 뉴만의 눈에 싱트레 부인의 얼굴은 미국 서부의 대초원에서 휘몰아친 바람으로 갈라진 구름 사이의 간격만큼이나 유쾌하고 넓은 표정을 지녔다. 하지만 창백하고, 강렬하며, 근엄한 노부인의 표정은 딱딱한 시선과 선을 긋는 듯한 미소로 말미암아, 서명과 함께 봉인된 문서가 아니면, 양피지와 잉크와 자로 그은 선으로 만들어진 것처럼 보였다. 뉴만은 노부인의 모습을 보는 순간, 속으로 「인습과 예절에 충실한 사람이군!」 하고 말했다. 「이 사람은 영구히 정해진 운명 속에 살고 있겠지. 하지만 어떻게 그 속에서 편히 지내고, 그곳을 자신의 낙원처럼 생각할까? 그녀는 거기가 마치 꽃피는 에덴 동산인 양 배회하며, 이정표에 새겨진 표현들——예컨대 〈이건 점잖은 거야〉 또는 〈이건 불손한데〉 같은——을 볼 때 마치 나이팅게일의 소리를 듣거나 장미꽃 향기를 맡는 것처럼 황홀하게 발길을 멈추겠지」 노부인은 작고 검은 벨벳 두건을 턱 아래에 매었고, 검은색의 낡은 모직 숄을 두르고 있었다.

「당신은 미국인이오?」 이윽고 노부인이 입을 열었다. 「난 미국인을 여러 명 본 적이 있는데」

「파리에도 여러 명이 있답니다」 뉴만이 익살스럽게 대답했다.

「아, 그래요?」 노부인이 말했다. 「내가 미국인들을 만났던 곳은 영국 같기도 한데, 아무튼 파리는 아니었소. 여러 해 전 피레네 산[38]에서 보았던 게 분명해요. 미국 여성들이 무척 아름답다는 말을 들었지만, 그들 가운데 한 여성은 매우 아름다웠어요. 용모가 대단히 수려했으니까! 그녀는 내게 누군가의——누군지는 잊었지만——소개장을 건네며 자신을 소개했어요. 나는 그 후 오랫동안 그 편지를 보관했는데, 아주 이상한 표현들이 많았죠. 하지만 속으로 글귀의 일부를 파악하곤 했어요. 그건 너무나 오래전 일이라 지금은 모두 잊었소. 그런 후 더 이상 미국인들을 만난 적이 없어요. 내 며느리는 미국인을 본 적이

---

38) 프랑스와 스페인 사이의 산맥.

있을 거요. 그 애는 남의 일에 관심이 많아 누구라도 만나거든요」

이때 젊은 부인이 아주 가느다란 허리를 잡고, 한가롭게 몰두하는 시선으로 앞을 살피며 걸어나왔다. 무도회용으로 만들어진 것이 분명한 드레스에서 바스락거리는 소리가 들렸다. 독특한 외모를 가진 그녀는 못생긴 듯하면서도 아름다웠는데, 선명한 눈매에다 입술은 이상스러울 정도로 붉었다. 그녀는 뉴만으로 하여금 자신의 친구인 니오슈 양을 떠올리게 했다. 세상일이 뜻대로 되지 않았던 그 젊은 여자는 이런 모습이 되려고 했을까 하고 뉴만은 생각했다. 발렌틴은 젊은 부인이 입은 드레스의 치렁치렁한 자락을 밟지 않으려는 듯이 껑충 뛰면서 멀찌감치 뒤에서 걸어왔다.

「어깨 뒷부분은 조금 더 노출해야 돼요」 발렌틴이 매우 근엄하게 말했다. 「지금 입은 드레스처럼 주름 칼라를 세우는 것도 좋을 텐데」

젊은 부인은 벽난로 선반 위에 놓인 거울을 향해 등을 돌리며, 발렌틴의 주장을 확인하려는 듯이 뒤를 응시했다. 거울은 낮게 걸려 있었지만, 옷이 닿지 않은 넓은 살갗만 비추었다. 젊은 후작 부인은 손을 뒤로 가져간 다음 허리 부분까지 드레스를 당기며 물었다. 「이렇게 말인가요?」

「다소 나아졌소」 발렌틴은 똑같은 어조로 말했다. 「하지만 아직도 상당히 미흡한 데가 있어요」

「문제될 건 없어요」 이 말과 함께 그녀는 노부인을 바라보며 물었다. 「어머님, 지금 방금 저를 뭐라고 불렀나요?」

「남의 일에 관심이 많다고 했단다」 노부인이 대답했다. 「하지만 또다른 이름이 있기도 하지」

「남의 일에 관심이 많은 사람이라뇨? 그게 무슨 뜻이에요?」

「매우 아름다운 사람이란 말이죠」 뉴만이 불어를 감지하고 과감하게 말했다.

「그건 듣기 좋은 칭찬이지만 해석은 틀렸어요」 젊은 후작 부인이 대꾸했다. 그녀는 잠시 뉴만을 바라보다, 「춤을 추세요?」 라고 물어보았다.

「전혀 몰라요」

「정말 매력이 없군요」 그녀는 짤막히 대답하고서 거울에 비친 자신의 뒷모습을 다시 보려고 몸을 돌렸다.

「파리를 좋아해요?」 노부인이 물었다. 그녀는 미국인과 어떻게 대화해야 좋을런지 생각하고 있음에 분명했다.

「좋아하고 말고요」 뉴만이 대답했다. 그런 다음 그는 다감한 어조로 말을 덧붙였다. 「당신은 좋아하지 않소?」

「뭐라고 말할 수 없군요. 나의 집과 친구들에 대해서는 알지만, 파리에 대해선 몰라요」

「저런, 그러면 많은 걸 잃는 셈인데」 뉴만이 동정적으로 말했다.

노부인은 뉴만을 응시했다. 자신이 무엇을 잃은 데 이처럼 동정을 받아본 적은 처음이라고 생각했다.

「난 가진 것에 만족하고 있소이다」 노부인이 위엄있게 말했다.

그 순간 뉴만은 다소 서글퍼 보이기조차 하는 방의 이곳 저곳을 둘러보았다. 작고 두텁게 짜맞춘 판벽널이 있는 높다란 여닫이 창문과, 그 사이에 걸려 있는 파스텔로 그려진 서너 개의 18세기 초상화의 창백한 색상이 눈에 띄었다. 뉴만은 실로 많은 것을 소유하고 있는 노부인의 만족감이 꽤나 당연하다고 대답해야 되었지만, 다음 순간 화제가 중단될 동안 이런 생각이 머리에 떠오르지 않았다.

「그럼 됐어요, 어머니」 발렌틴이 벽난로 선반에 다가와 몸을 기대며 말했다. 「제 친구 뉴만을 어떻게 생각하세요? 제가 말했던 대로 훌륭한 친구죠?」

「뉴만 씨와 제대로 시간을 갖지도 못했단다」 노부인이 대답했다. 「이 사람의 훌륭한 예의에 대해서 뭐라고 말할 수가 없구나」

「어머니는 이런 문제에 뛰어난 판단가랍니다」 발렌틴이 뉴만에게 말했다. 「당신이 어머니를 만족시켜 드린다면 일단 성공한 셈이오」

「언젠가는 그렇게 되겠죠」 뉴만은 노부인을 바라보며 말했다. 「난 아직 아무것도 못했으니까요」

「내 아들 말에 귀를 기울일 필요는 없소. 그 애는 생각이 뒤죽박죽이라 당신을 곤경에 몰아넣을 거니까요」

「그래도 난 그를 좋아해요. 여부가 없죠」 뉴만은 부드럽게 말했다.

「그 애가 재미가 있어 그런가요?」

「그럼요. 완벽할 만큼이죠」

「이 말을 들었지, 발렌틴?」 노부인이 말했다. 「네가 뉴만 씨에게 재미가 있다고?」

「아마 우리 모두가 결국 그렇게 되고 말 거예요!」 발렌틴이 외치듯 말했다.

「당신은 다른 내 아들을 반드시 만나봐야 돼요」 노부인이 뉴만에게 말했다. 「그 애가 훨씬 낫지요. 하지만 당신에게 재미있는 사람은 못 될 거요」

「그건 장담할 수 없어요!」 발렌틴이 반사적으로 중얼거렸다.

「하지만 우리는 금방 알게 될 거예요. 아, 여기 존경스러운 형님이 들어오시는군!」

곧장 문이 열리고 한 신사가 들어왔는데, 뉴만은 그의 얼굴을 기억할 수 있었다. 그 사람은 뉴만이 처음 싱트레 부인에게 접근하려고 했을 당시 그를 좌절시킨 장본인이었다. 발렌틴은 형에게 다가가 잠시 바라본 다음 그의 팔을 잡고 뉴만에게 데리고 갔다.

「이 분이 내 훌륭한 친구인 뉴만 씨랍니다」 발렌틴이 매우 부드럽게 말했다. 「알아 두어야 될 분이죠」

「뉴만 씨를 알게 되어 기뻐요」 후작은 악수를 하지 않고 고개만 약간 숙이며 말했다.

뉴만은 벨가드 후작에게 답례를 하며 속으로, 「전해 듣던 대로 성가신 인물인데」라고 말했다. 이것은 처음 그의 마음속에 일기 시작한 추측론의 출발점이 되었다. 뉴만은 고인(故人)이 된 이 집안의 후작이 꽤 온후한 인물이었고, 쉽게 살아가려는 그의 성향이 지금 난롯가에 앉아 있는 딱딱한 부인의 남편으로 어렵다는 점을 느꼈을지도 모른다고 생각했다. 비록 아내인 노벨가드 부인과 맏아들은 한패였겠지만, 만일 고인이 아내로부터 편안함을 얻지 못했더라도 자신을 빼닮은 두 아이들로부터 그것을 찾았을지도 모를 일이었다.

「동생이 당신 얘기를 하더군요」 벨가드 후작이 말했다. 「게다가 내 누이와 만나고 있다니 우리가 응당 만날 때도 됐어요」 그는 자신의 어머니에게 고개를 돌려, 정중히 몸을 굽혀 손에다 입맞춤을 한 다음, 벽난로 앞에 자리를 잡고 섰다. 길고 갸름한 얼굴에다 마루가 높은 코, 그리고 작고 흐릿한 눈매를 가진 그의 모습은 흡사 영국인처럼 보였다. 그의 수염은 청순하고 윤택이 흘렀으며, 잘생긴 턱의 중간에는 틀림없이 영국 혈통으로 보이는 큰 보조개가 있었다. 벨가드 후작은 철두철미 〈위엄〉 있게 보였으며, 세련되고 꼿꼿한 동작에는 고상하면서도 근엄한 구석이 있었다. 뉴만은 심각한 표정을 이처럼 잘 구사하는 기술을 여태껏 본 적이 없었기 때문에, 장엄한 건물의 전경을 볼 때처럼 한 걸음 뒤로 물러나고 싶은 충동을 느꼈다.

젊은 후작 부인은 남편이 분명히 자기를 무도회에 데려다주기를 기다리고 있었던 것처럼 「어베인」 하고 말했다. 「난 준비가 다 되었다는 걸 명심하세요」

「좋은 생각인데요」 발렌틴이 중얼거렸다.

「좋을 대로 해요」 벨가드 후작이 대답했다. 「먼저 뉴만 씨와 좀 대화를 하도록 해주시오」

「아, 파티에 갈 작정이라면 나한테 신경 쓰지 말아요」 뉴만이 나섰다. 「나와는 다시 만날 수 있을 겁니다. 정말 대화를 나누고 싶다면 난 기꺼이 시간을 내겠소」 뉴만은 모든 질문에 선선히 대답하며 요구를 들어줄 생각을 분명히 했다.

벨가드 후작은 균형 잡힌 자세로 벽난로 앞에 서서 하얀 손으로 자신의 선명한 수염을 쓰다듬었다. 그는 막연하고 의미 없는 미소에 담긴 날카롭고 관찰력이 번득이는 눈으로 스치듯이 뉴만을 바라보았다. 「아주 좋은 제안이군요」 후작이 말했다. 「내가 알기로 당신은 시간 내기가 힘든 직업을 가졌다죠? 당신은, 그러니까 말하자면, 사업을 하는 분이 아닌가요?」

「사업을 한다구요? 그건 아니오. 당분간 사업에서 손을 뗐소. 그냥 〈빈둥거리고〉 있는걸요. 완전히 자유롭죠」

「그럼 휴가를 즐기는 셈이군요」 벨가드 후작이 끼어들며 말했다. 「〈빈둥거린다〉고 했죠. 그래요, 그런 표현을 들어본 적이 있어요」

「뉴만 씨는 미국인이야」 노부인이 설명했다.

「형님은 뛰어난 인종연구가랍니다」 발렌틴이 말을 첨가했다.

「인종연구가라구요?」 뉴만이 말했다. 「아, 흑인들의 해골 따위를 수집하는가 보군요」

후작은 동생을 응시하며 자신의 다른쪽 수염을 쓰다듬었다. 그런 다음 뉴만에게 돌아서 여전히 세련된 태도로 물었다. 「당신은 즐거움을 얻으려고 여행해요?」

「난 이리저리 돌아다니며 여행하고 있답니다. 물론 그러다가 많은 즐거움을 얻죠」

「무엇이 가장 흥미롭던가요?」 후작이 물었다.

「글쎄, 모든 게 흥미로워요」 뉴만이 말했다. 「난 그리 특별한 사람은 아니거든요. 내가 가장 관심을 가진 건 제조업이죠」

「그게 당신의 본업인가요?」

「달리 본업이 있다고 말할 순 없어요. 가능한 짧은 시간에 최대한 돈을 버는 게 본업인 셈이오」 뉴만은 마지막 말을 매우 조심스럽게 했다. 그는 필요하다면 신빙성이 있는 재산 명세서라도 공개하고 싶었다.

벨가드 후작이 유쾌하게 웃었다. 「당신이 성공하기 빌겠소」

「난 적당한 나이에 돈을 벌었어요. 보다시피, 난 그다지 나이가 많지 않거든요」

「파리는 돈을 쓰기에 무척 좋은 곳이죠. 여기서 많이 즐겨요」 그러고 나서 벨가드 후작은 장갑을 꺼내 손에 꼈다.

후작이 하얀 가죽 장갑을 끼는 모습을 잠시 바라보는 동안, 뉴만은 이상한 기분이 들었다. 벨가드 후작의 호의는 마치 함박눈송이가 부드럽게 흩어지는 듯한 움직임으로, 그의 고상한 침착함으로부터 흩날리는 것 같았다. 뉴만은 그것이 싫지가 않았다. 후작이 선심을 쓰는 체한다는 느낌은 없었고, 또한 뉴만 자신이 그렇게 멋진 조화를 깨트리고 싶은 충동도 특별히 일지 않았다. 단지 그는 갑작스레 자기 앞에 선명히 나타난 어떤 힘과 맞부딪치는 느낌이 들었는데, 그것은 자신이 싸워 나가야 하는 것이라고 발렌틴이 말한 적이 있었다. 뉴만은 이 힘에 대응하겠다는 선언으로 자신을 충분히 과시함으로써 무한한 힘을 부르짖고 싶었다. 만일 이런 충동이 심술궂다거나 악의 있는 것이 아니라면, 그 속에 익살스런 기대가 내포되었다는 사실이 덧붙여져야 되리라. 뉴만이 그런 의도가 전혀 없는데도 불구하고 지금 자신을 맞이하고 있는 사람들이 충격을 받는다면, 그는 기꺼이 미소로 받아넘길 태세가 되었다.

「파리는 한가로운 사람에게 더할 나위 없이 좋은 곳이오」 뉴만이 말했다. 「아니면 당신 가족이 오랫동안 여기 정착하여 사람들을 사귀고, 주위와 관계를 맺는다고 하더라도 마찬가지가 되겠죠. 또한 이처럼 큰 저택과 아내와 아이들, 어머니, 누이, 그리고 안락한 것들을 두루 구비하면 더욱 좋겠지만요. 이렇게 서로 붙어 있는 방에서 함께 지내는 건 내 방식은 아니오. 그렇지만 난 한가한 사람은 아니랍니다. 그렇게 해보려고 했지만 잘 되지 않더군요. 그건 내 성미에 맞지도 않소. 일을 해야만 하는 고질적 습관이 있거든요. 그런데 나는 자신의 소유라고 할 만한 집이나 가족이 없어요. 내 누이들은 5천 마일이나 떨어져 있고, 어머니는 내가 아주 어렸을 적에 돌아가셨죠. 그리고 나한테는 아직 아내도 없답니다. 있다면 좋겠지만! 보다시피, 난 자신이 해야 될 일을 정확히 알지도 못해요. 나는 당신들처럼 책을 좋아하지도 않고, 외식이나 오페라 관람에도 지쳤어요.

사업에 몰두할 때가 그리워요. 난 젖먹이나 다름없을 때부터 돈을 벌기 시작했거든요. 불과 몇 달 전까지만 해도 손에서 일을 놓아본 적이 없어요. 우아한 여가란 내게 힘든 일이죠」

뉴만의 말이 끝나자 듣고 있던 사람들은 잠시 깊은 침묵에 빠졌다. 발렌틴은 호주머니에 손을 넣은 채 뉴만을 뚫어지게 바라보다가, 천천히 조용한 걸음으로 밖으로 나가버렸다. 후작은 자신의 장갑을 계속 끌어당기며 여전히 친절한 미소를 짓고 있었다.

「정말 젖먹이 때부터 돈을 벌기 시작했어요?」 후작이 물었다.

「별로 다를 바 없죠. 어린 소년 시절부터니까요」

「책을 좋아하지 않는다고 했는데」 벨가드 후작이 말했다. 「하지만 어린 시절 공부할 기회를 갖지 못했다고 말하는 편이 낫겠지요」

「그게 맞는 말이죠. 난 열 살 되던 날부터 학교를 그만두어야 했으니까요. 그렇게 하는 게 더 나은 길이라고 생각했소. 그렇지만 나중에 가서 지식을 습득할 수 있었어요」 뉴만은 확신에 찬 어조로 말했다.

「누이가 있다고 했죠?」 노부인이 물었다.

「그렇소, 둘이랍니다. 아주 훌륭한 여성들이오!」

「누이들은 고생을 덜 했으리라 믿어요」

「서부 여자들이 그러하듯 그들은 매우 일찍 결혼을 했어요. 그걸 고생이라고 부를 수야 없겠지만. 그 가운데 한 명은 서부에서 가장 큰, 합성고무로 만든 가옥을 소유한 사람과 결혼했답니다」

「아, 당신은 합성고무로 집도 짓나요?」 노부인이 물었다.

「식구가 불어나면 집을 늘릴 수도 있겠네요」 긴 흰색 숄을 두른 젊은 후작 부인이 말했다.

뉴만은 껄껄 웃으며 그의 매형이 살고 있는 집은 큰 목조 건물이며, 자신은 합성고무를 대규모로 제조하여 판매한다고 설명했다.

「집의 애들이 비오는 날 튈레리 궁전[39]에 놀러갈 때 작은 합성고무 신발을 신고 간답니다」 젊은 후작 부인이 말했다. 「당신 매형이 만든 건지도 모르겠네요」

「그럴 수도 있겠죠」 뉴만이 말했다. 「매형 회사에서 만든 제품이라면 품질은 틀림없어요」

「그렇다면 낙담할 필요는 없잖소」 벨가드 후작은 막연하나마 세련된 태도로 말했다.

「그런 뜻이 아니오. 나에겐 거창한 계획이 있는데, 그 때문에 고민이랍니다. 그게 내 일이기도 하죠」 이렇게 말한 다음 뉴만은 머뭇거리면서도 재빨리 머릿속으로 생각하며 잠시 침묵을 지켰다. 그는 요점을 분명히 말하고 싶었지만, 그렇게 하기 위해선 달갑지 못한 투로 말을 꺼내야 되었다. 「아무튼」 그는 노부인에게 말했다. 「내 계획을 말하겠소. 아마 도와줄 수 있을 거요. 난 아내를 맞이하고 싶어요」

「아주 좋은 계획이군요. 하지만 난 중매쟁이가 아니오」 노부인이 응답했다.

뉴만은 일순간 그녀를 바라보다가 진지하게 말했다. 「당신이 나를 도와줄 수 있을 텐데요」

노부인은 뉴만이 지나치게 진지하다고 생각한 듯했다. 그녀는 불어로 뭔가 날카롭게 중얼거리며 아들을 응시했다. 그때 방

---

39) 장대한 정원으로 유명한 파리의 궁전.

문이 활짝 열리며 발렌틴이 빠른 걸음으로 다시 들어왔다.

「전할 말이 있어요」 발렌틴이 형수에게 말했다. 「클레어가 무도회에 가기 전에 기다려 달라고 하더군요. 함께 갈 거래요」

「클레어가 함께 간다고!」 젊은 후작 부인이 소리쳤다. 「별일이네!」

「마음을 바꾸었나 봐요, 30분 전에. 지금 머리 장식을 끝내고 있으니까요!」 발렌틴이 말했다. 「그 애가 무엇에 홀렸다는 거냐?」 노부인이 엄숙한 표정으로 말했다. 「지난 3년 동안 세상 구경도 못했는데. 그런데 나와 상의도 없이 30분 만에 그런 결정을 내렸단 말이냐?」

「저한테는 상의했어요, 어머니. 5분 전에 말이죠」 발렌틴이 대답했다. 「그리고 전 누이에게 말했답니다. 그처럼 아름다운 여자가——누이는 정말 아름답잖아요——산 채로 매장되어야 할 이유가 없다고」

「클레어에게 어머니와 상의하라는 말을 했어야지」 벨가드 후작이 불어로 말했다. 「이건 매우 이상한 일인데」

「전 누이를 모든 사람들에게 보내겠어요!」 발렌틴이 말했다. 「저기 오는군!」 그러고 나서 그는 열려진 문으로 걸어가 입구에서 싱트레 부인의 손을 잡고 안으로 맞아들였다. 싱트레 부인은 하얀 드레스를 입고 있었지만, 발까지 늘어뜨려진 길다란 푸른색 망토는 은빛 단추로 어깨에 고정되었다. 그러나 망토는 뒤로 넘겨져 희고 긴 팔이 드러났으며, 숱이 많고 아름다운 머리에는 한 줄의 다이아몬드가 반짝거렸다. 심각한 표정을 한 싱트레 부인의 모습은 다소 창백하게 보였지만, 그녀는 주위를 둘러보다 뉴만을 보고 미소를 지으며 손을 내밀었다. 뉴만은 그녀가 너무나 아름답다고 생각했다. 싱트레 부인은 잠시 방의 한가운데 서서 눈길을 마주치지 않고 무엇을 해야 될지 주저하는 모습이 분명했기 때문에, 뉴만은 정면에서 바라볼 수 있었다. 그러다 그녀는 벽난로 옆에 놓인 육중한 의자에 앉아 자신을 빤히 쳐다보는 어머니에게 다가갔다. 그녀는 등을 돌린 다음 망토를 잡고서 자신의 드레스를 보여주었다.

「제 모습이 어때요?」 싱트레 부인이 물었다.

「대단하구나」 노부인이 대답했다. 「불과 사흘 전에 특별히 나를 생각해서라도 뤼지냥 공작 부인의 저택에 가자고 말했을 때, 넌 아무데도 가지 않겠다는 입장을 고수할 거라고 했지. 입장을 고수한다는 게 이런 행동이냐? 다른 사람은 왜 차별하지? 오늘 밤에 누구를 기쁘게 할 작정이냐?」

「제 자신을 기쁘게 해주려고 해요, 어머니」 이 말과 함께 싱트레 부인은 몸을 숙여 노부인에게 입맞춤을 했다.

「난 갑작스러운 일을 좋아하지 않아」 어베인이 말했다. 「특히 손님이 보는 앞에선 더욱 그렇지」

뉴만은 이 순간 뭔가 말을 하고 싶었다. 「싱트레 부인과 함께 방으로 들어간다면 예고해야 될 필요가 없겠소!」

벨가드 후작은 긴장을 풀지 않은 채 미소를 띠며, 자신의 누이에게 몸을 돌려 말했다. 「네 오빠의 생각을 고려하지 않은 칭찬이라는 걸 알아야지. 자, 서둘러」 이 말과 함께 후작은 싱트레 부인에게 팔을 건네며 서둘러 그녀를 밖으로 데리고 갔다. 발렌틴도 젊은 후작 부인에게 똑같은 행동을 했다. 그녀는 분명히 시누이가 입은 무도회 의상이 자기 것보다 훨씬 못하다고 생각한 듯했지만, 그 때문에 큰 쾌감을 얻지는 못한 듯이 보였다. 그녀는 작별의 미소로써 미국인 방문객의 눈빛으로부터 한 줄기 위안을 구하려고 했으며, 뉴만의 눈에서 신비스런 광채를 감지하고 자신이 찾던 바를 발견했노라고 위로했을지도 모른다.

노부인과 홀로 남게 된 뉴만은 잠시 아무 말도 하지 않고 서 있었다. 「당신 딸은 너무나 아름답군요」 이윽고 그가 입을 열었다.

「매우 이상한 데가 있어요」 노부인이 대꾸했다.

「그런 말을 들으니 기쁘군요」 뉴만이 미소를 지으며 말했다. 「나한테 희망을 갖게 하니까요」

「희망이라뇨?」

「언젠가 나와 결혼하는 데 동의한다는 뜻이죠」

노부인이 천천히 일어났다. 「그렇다면 이게 정말 당신이 말한 계획인가요?」

「그렇죠. 도와주겠소?」

「도와주겠느냐구요?」 노부인은 잠시 뉴만을 쳐다보고 머리를 흔들며 부드럽게 말했다. 「안 돼요!」

「그렇다면 이 때문에 고통을 겪을 건가요? 아니면 그냥 내버려두겠소?」

「당신은 말 뜻을 모르고 있군요. 난 무척 자존심이 강하고, 참견하기 좋아하는 늙은이오」

「그래요? 난 아주 부자랍니다」 뉴만이 대답했다.

노부인은 바닥을 뚫어지게 바라보았다. 뉴만은 그것이 자신의 무례한 말에 분개할 이유를 생각하는 것이라고 여겼다. 하지만 노부인은 마침내 고개를 들며 간단히 말했다. 「얼마나 부자인가요?」

뉴만은 프랑화(貨)로 환산되었을 때 달러화의 합계액이 갖는 굉장한 어감으로 자신의 수입을 숫자로 표현했다. 그는 자신의 재산 상황에 대하여 몇 마디를 덧붙였는데, 이것은 그의 재산을 완벽하게 보이도록 했다.

노부인은 묵묵히 듣고 있다가 마침내 입을 열었다. 「정말 솔직하군요. 나도 마찬가지가 될 거요. 당신을 괴롭히는 것보다 도와주는 편이 나을 것 같소. 그게 더 쉬울 테니까」

「어떤 조건이든 감사합니다」 뉴만이 말했다. 「하지만 지금으로선 나에게 긴 고통을 준 셈이오. 그럼 안녕히!」 이 말과 함께 뉴만은 그곳을 떠났다.

제11장

지난번 여행에서 돌아온 후 뉴만은 너무나 많은 일로 분주했기 때문에 니오슈 씨와 함께 불어 교습을 다시 시작하지 못했다. 하지만 니오슈는 자신의 후원자가 결코 알지 못할 불가사의한 방법으로 뉴만의 소재를 파악하고, 매우 신속하게 그를 만나러 왔다. 몸집이 작고 옹색한 이 자본주의자는 여러 번이나 뉴만을 방문했다. 그는 과분할 정도의 보수를 받고 있다는 비굴한 느낌 때문에 위축된 듯이 보였으며, 몇 번에 걸쳐서라도 문법에 맞는 정확한 지식을 전달하여 자신이 진 빚을 갚고자 하는 표정이 역력했다. 실상 자신이 걸친 코트와 모자의 바랜 광택이 서너 달 더 솔질한다고 해서 달라질 것도 아니지만, 니오슈 씨는 몇 달 전과 마찬가지로 꽤 우수에 젖어 있었다. 하지만 빈궁한 노인의 영혼은 여름 동안 어려운 일을 더 겪은 것처럼 더욱 초라하게 보였다. 뉴만은 궁금한 듯 노에미 양의 안부를 물었는데, 니오슈 씨는 처음에는 말을 하지도 못하고 애처로운 침묵으로 그를 바라보기만 했다.

「묻지 마십시오」 마침내 니오슈 씨가 입을 열었다. 「전 앉아서 그 애를 지켜보지만, 속수무책이랍니다」

「딸이 무슨 일이라도 저질렀소?」

「그건 정말 몰라요. 줄곧 함께 있지는 않았으니까요. 전 그 애를 이해할 수 없답니다. 뭔가 생각이 있는 모양인데, 무엇을 하려는지 알 수 없어요. 도무지 속을 헤아릴 수 없거든요」

「루브르에는 계속 나가요? 나한테 건넬 작품을 만들고 있는 건가요?」

「거기에 나가고는 있지만, 전 작품은 하나도 보지 못했어요. 이젤에 뭔가 놓여 있던데, 선생님이 주문한 그림처럼 보이더군요. 그렇게 고맙도록 주문을 하셨으니 최선을 다해야 될 텐데, 그 애는 열의가 없답니다. 전 뭐라고 말할 수도 없고 그저 애가 두려울 뿐이죠. 지난 여름 어느 날 저녁 그 애를 샹젤리제로 데려갔는데 거기서 끔찍한 말을 하더군요」

「뭐라고 했나요?」

「그걸 얘기하지 못하는 이 애비를 용서해 주십시오」 니오슈 씨는 무명천으로 된 손수건을 펼쳤다.

뉴만은 니오슈 양을 만나기 위해 다시 루브르를 방문해야겠다고 다짐했다. 그는 자신이 주문한 작품이 어디까지 완성되었는지 궁금했지만, 젊은 여자의 신상에 어떠한 변화가 있었는지가 더욱 궁금했다. 뉴만은 어느 날 오후 웅대한 박물관으로 가서 몇몇 전시실을 서성거리며 무익하게 그녀를 찾아다녔다. 그가 이탈리아 대가들의 작품이 걸려 있는 길다란 복도로 발걸음을 옮겼을 때 갑작스럽게 발렌틴과 마주쳤다. 젊은이는 너무나 반갑게 인사를 하며, 뉴만을 만난 것이 예상할 수 없었던 행운이라고 말했다. 하지만 지금 자신의 기분이 최악의 상태였기 때문에 누군가에게 화풀이를 하고 싶노라고 했다.

「이런 아름다운 작품들에 둘러싸여 있으면서도 기분이 좋지 않다는 거요?」 뉴만이 물었다. 「난 당신이 그림을 좋아할 거라고 생각했소. 특히 오래된 검은색 그림 말이오. 여기 당신의 기분을 돋울 만한 두어 개의 그림이 있는데」

「아, 오늘은 안 돼요」 발렌틴이 대답했다. 「그림을 볼 기분이 아니거든요. 그림이 아름다울수록 더욱 보기가 싫은걸요. 그림에 있는 저 커다란, 응시하는 눈과 딱딱한 자세도 짜증스러워요. 마치 내가 말을 걸고 싶지도 않은 사람들로 가득 찬 방에서 벌어지는, 지루하기 짝이 없는 대형 파티에 참석하고 있는 기분이랍니다. 이 그림들의 아름다움을 어떻게 받아들여야 할까요? 이건 정말 따분하고, 저건 더 한심스런 혹평을 받을 만하군요. 난 너무나 권태로워요. 심술궂다는 기분이 들기도 하고」

「루브르가 그렇게 짜증스럽다면 도대체 왜 여기에 왔소?」 뉴만이 물었다.

「그건 권태가 작용했기 때문이죠. 난 끔찍스러운 영국인 외사촌을 만나려고 왔거든요. 이 여자는 남편 일로 일주일 간 파리에 와 있는데, 여기서 볼 만한 것을 내게 소개시켜 달라는군요. 정말이지, 12월에 초록색 크레이프 보넷을 쓰고, 길다란 부츠 밖으로 삐져나온 가죽끈을 동여맨 여자의 모습을 상상해 봐요! 어머니는 나한테 그들이 즐겁게 머무를 수 있도록 뭔가 해주라고 당부했어요. 그래서 오늘 오후에 시골 숙소의 안내인처럼 행동하기로 했답니다. 2시에 여기서 만나기로 했는데, 20분 동안이나 기다리고 있는 중이죠. 그런데 왜 아직 오지 않는 걸까요? 그래도 내 사촌은 마음대로 움직일 발은 있을 텐데 말이오. 난 약속이 어긋났다고 화를 내야 할지, 아니면 해방되었다고 기뻐해야 될지 모르겠군요」

「내가 당신 입장이라면 화를 낼 거요」 뉴만이 대꾸했다. 「그들이 아직 나타나지 않았기 때문에 당신 분노가 여전히 유효해요. 그런데 만일 기뻐하다 그들이 나타난다면 어떻게 하겠소?」

「정말 좋은 충고로군요. 난 이미 기분이 좋아졌어요. 그들이 나타나면 분노는 품겠지만, 발길 닿는 대로 가라는 말을 하고 당신과 동행하겠어요. 여기서 당신이 랑데뷰를 할 계획이 아니라면 말이오」

「정확히 말해 랑데뷰는 아니오」 뉴만이 말했다. 「하지만 난 그림을 보러 온 게 아니라, 사실은 만날 사람이 있어 왔어요」

「짐작컨대 여자일 테죠?」

「젊은 여자예요」

「좋아요」 발렌틴이 말했다. 「어울리지도 않는 초록색 모자를 쓰고, 발 모양이 제멋대로가 아닌 여자를 만나길 빌겠소」

「발 모양은 모르겠지만, 손은 아주 예쁘더군요」

발렌틴이 한숨을 쉬었다. 「그 말을 들으니 내가 자리를 비켜주어야 할 것 같군요」

「여기서 그 젊은 여자를 찾을 수 있을지 모르겠어요」 뉴만이 말했다. 「그리고 당신과 곧장 헤어지고 싶지도 않소. 그 여자에게 당신을 소개하는 게 탐탁스러울 것 같진 않지만, 그녀에 대한 당신 의견을 듣고 싶어요」

「예쁜 여잔가요?」

「만나보면 그렇다고 생각할 거요」

벨가드는 그의 친구와 팔짱을 끼며 말했다. 「당장 나를 그 여자에게 데려다줘요! 예쁜 여자가 내 판결을 기다린다니 낯이 뜨겁소」

뉴만은 자신이 걸어왔던 방향으로 부드럽게 이끌려 갔지만, 발걸음은 빠르지 않았다. 그는 머릿속으로 골똘한 생각에 빠졌는데, 두 명의 남자가 이탈리아 대가들의 그림이 걸려진 긴 화랑을 지나갔다. 뉴만은 잠시 화려한 전경을 찬찬히 살펴본 후, 같은 학파의 그림이 걸려진 왼편의 작은 공간으로 발길을 옮겼다. 거기에는 사람들이 거의 보이지 않았고 방 끝에는 니오슈 양이 이젤 앞에 앉아 있었지만, 그녀는 작업을 하고 있지 않았다. 그녀는 팔레트와 붓을 옆에 내려놓고서 두 손을 무릎 위에 포개고 의자 등에 기대어 앉았다. 그녀는 자기에게 등을 돌린 채 그림 앞에 서 있는 건너편 두 여자를 물끄러미 보았다. 찬란한 의상을 걸친 이들은 분명히 상류 사회 여성처럼 보였으며, 길다랗게 뒤로 끌리는 실크 옷자락과 현란한 장식이 매끄러운 바닥에 드리워졌다. 니오슈 양이 바라보고 있던 것은 바로 이들이 걸친 의상이었다. 비록 무슨 생각을 했는지 알 수 없어도 그녀는 번쩍거리는 바닥에다 치렁치렁한 의상을 드리우고 다니는 것이 어떤 대가도 치를 만한 행복이라고 혼자서 말했는지 모른다. 아무튼 그녀는 뉴만과 그의 친구를 발견하고 사색을 멈추었다. 재빨리 그들을 바라보고 난 그녀는 약간 얼굴을 붉히며 자리에서 일어나 이젤 앞에 섰다.

「당신을 만나려고 일부러 여기까지 왔어요」 뉴만이 악수를 청하며 서투른 불어로 말했다. 그러고는 여느 미국인처럼 정중하게 발렌틴을 소개했다. 「발렌틴 드 벨가드 백작을 소개하겠소」

발렌틴이 인사를 하자 니오슈 양은 그가 귀족 작위를 가졌다는데 깊은 인상을 받은 듯했으며, 우아하고 짧은 응답이 자신의 놀람을 감추지 않았다. 그녀는 손을 올려 섬세하게 보이는 머리카락을 쓸어넘기면서 뉴만에게 몸을 돌려 급히 이젤 위에 놓인 캔버스를 뒤엎었다. 「저를 잊으신 건 아니겠죠?」 그녀가 물었다.

「잊을 리가 없죠」 뉴만이 말했다. 「어떻게 그런 말을 해요」

「사람을 기억하는 데는 여러 가지 방법이 있거든요」 그러고 나서 그녀는 입에서 어떤 〈판결〉을 내뱉을 신사 같은 모습으로 서 있는 발렌틴을 빤히 바라보았다.

「내게 줄 작품을 완성했소?」 뉴만이 물었다. 「일이 힘들지 않던가요?」

「아뇨, 전 아무것도 하지 않았어요」 이 말과 함께 니오슈 양은 팔레트를 집어들고 아무렇게 물감을 섞기 시작했다.

「하지만 당신 아버지의 말로 매일 여기 온다고 하던데」

「마땅히 갈 데가 없기 때문이죠! 적어도 여기는 여름 내내 시원한걸요」

「그렇다면 여기서」 뉴만이 말했다. 「뭔가 하고 있었겠군요」

「전에 말했잖아요」 그녀가 부드럽게 대답했다. 「그림을 그릴 줄 모른다고요」

「그런데 지금 당신의 이젤에는 뭔가 우아한 게 놓여 있군요」 발렌틴이 말했다. 「그걸 나한테 보여주겠소?」

니오슈 양은 손가락을 펼쳐 두 손을 캔버스 뒤쪽으로 밀어넣었다. 그것은 뉴만이 예쁘다고 말한 적이 있고, 또한 여기저기 배인 물감 자국에도 불구하고 지금 발렌틴도 찬미하는 손이었다. 「제 그림은 우아하진 않아요」 그녀가 말했다.

「그렇다면 당신에게 우아하지 않은 유일한 부분이군요」 발렌틴이 정중하게 대답했다.

니오슈 양은 작은 캔버스를 집어들고 아무 말 없이 건네주었다. 발렌틴이 그것을 보자 그녀가 말했다. 「선생님이 잘 판단하시겠죠」

「물론이오」 발렌틴이 말했다. 「잘 판단할 수 있어요」

「아시겠지만, 제 그림은 정말 형편없어요」

「저런!」 어깨를 으쓱이며 발렌틴이 말했다. 「어디 한번 볼까요」

「제가 도저히 그림을 그릴 수 없다는 걸 아시겠죠」 그녀가 계속 말했다.

「솔직히 그렇다고 해야겠소이다」

니오슈 양은 화려한 두 여인의 의상을 다시 바라보았다. 여기서 위험을 무릅쓰고 다시 추측해 본다면, 그녀는 이 여인들을 바라보면서도 줄곧 발렌틴을 주시했던 것이다. 아무튼 그녀를 주시하면서 발렌틴은 마구 더럽혀진 캔버스를 내려놓고 눈썹을 치켜올리며, 뉴만에게 쯧쯧 하고 혓소리를 냈다.

「지난 몇 달 동안 어디에 있었죠?」 니오슈 양이 뉴만에게 물었다. 「멋진 여행이라도 했나요?」

「물론이오」 뉴만이 말했다. 「충분히 즐겼어요」

「정말 반가운 얘기네요」 니오슈 양이 아주 상냥하게 말했다. 그리고 다시 장난삼아 캔버스에 색칠을 하기 시작했다. 그녀는 심각한 동정의 빛을 띠었는데, 그 모습은 기묘하게도 아름다웠다.

발렌틴은 그녀가 아래를 보는 동안 다시 친구에게 눈짓을 했다. 그는 의미심장한 표정을 지으며, 동시에 손가락을 재빠르게 허공 속에 흔들었다. 그는 분명히 니오슈 양에게 굉장한 관심을 보였지만, 여운을 남기며 다른 곳으로 눈길을 돌렸다.

「여행 얘기 좀 해줘요」 그녀가 속삭이듯 말했다.

「난 스위스로 갔었죠. 제네바와 작은 마을인 체르맷에도 갔고, 취리히와 그 밖의 곳도 둘러보았어요. 그리고 베니스로 내려갔다가, 독일을 둘러보고, 라인강으로 내려와 네델란드와 벨기에로 여행했죠. 정기순회였어요. 불어로 뭐라고 하죠, 정기순회란 말을?」 뉴만이 발렌틴에게 물었다.

니오슈 양은 잠시 발렌틴을 응시하다 엷은 미소를 띠며 말했다.「한꺼번에 너무 많은 얘기를 했기 때문에 뉴만 씨가 한 말을 알아들을 수 없네요. 저한테 그걸 옮겨주시겠어요?」

「머릿속에 떠오르는 대로 말하고 싶소」 발렌틴이 대답했다.

「안 돼요」 뉴만이 서투른 불어로 엄숙하게 말했다.「당신은 비관적으로 말하는 버릇이 있으니 니오슈 양에게 얘기하지 말아요. 꾸준히 일만 하라고 하면 되니까」

「프랑스 사람들은」 발렌틴이 그녀에게 말했다.「아첨에 소질이 없어요!」

「전 아첨 따위는 싫은걸요. 진실만 원해요. 그리고 전 진실을 알고 있거든요」

「내가 말하는 건 그림보다 더 나은 일거리가 있다는 얘기오」 발렌틴이 말했다.

「저는 진실을 알아요, 안다구요」 니오슈 양이 반복해서 말했다. 그러고 나서 그녀는 붉은 물감 덩어리에 붓을 담근 다음, 아직 완성되지도 않은 자신의 그림에다 수평으로 커다랗고 서투른 선을 그었다.

「뭘하는 거요?」 뉴만이 물었다.

니오슈 양은 아무런 대답 없이 캔버스의 중앙에 수직으로 또 다른 진홍색 선을 그어 십자가와 흡사한 형상을 만들었다.「이건 진실의 표시에요」 이윽고 그녀가 말했다.

두 남자는 서로 바라보았고, 발렌틴은 순간 얼굴빛으로 뭔가 말하려는 듯했다. 「그림을 망쳐놓았잖소」 뉴만이 말했다.

「너무나 잘 알고 있어요. 이렇게 하고 싶었을 뿐이에요. 전 그림에 손도 대지 않고 온종일 바라보고만 있었답니다. 그랬더니 꼴도 보기 싫더군요. 무슨 일이라도 생길 것만 같았죠」

「그렇게 해놓고 보니 전보다 훨씬 마음에 드네요」 발렌틴이 말했다. 「지금 이대로가 훨씬 흥미로워요. 뭔가 사연이 있으니까. 이 그림을 팔 건가요?」

「제가 가진 건 모두 팔 거예요」 니오슈 양이 대답했다.

「이 그림은 얼마죠?」

「1만 프랑이랍니다」 그녀는 무표정하게 대꾸했다.

「니오슈 양이 지금 작업하고 있는 건 모두 내가 주문한 거요」 뉴만이 발렌틴에게 말했다. 「그건 내가 몇 달 전에 주문한 그림의 일부거든요. 그러니 당신은 이 그림을 가질 수 없어요」

「이 그림은 아무런 의미도 없는걸요」 그녀는 발렌틴을 바라보며 말하고서, 그림 도구를 챙기기 시작했다.

「이 만남이 우아한 기억이 될 겁니다」 발렌틴이 니오슈 양에게 말했다. 「어디로 갈 건가요? 오늘 일은 모두 끝냈어요?」

「아버지가 절 데리러 오실 거랍니다」 니오슈 양이 응답했다.

이 말을 끝맺는 순간 그녀의 뒤에 있는 루브르의 희고 거대한 석조 계단으로 통하는 문이 열리더니 니오슈 씨가 나타났다. 그는 평상시와 마찬가지로 질질 끄는 발걸음으로 들어와, 자기 딸의 이젤 앞에 서 있던 두 신사에게 굽신거렸다. 뉴만은 그와 아주 반갑게 악수를 나누었고, 발렌틴도 지극한 경의를 표하며 인사에 답했다. 노에미 양이 화구를 챙길 동안 기다리고 서 있던 노인은, 그녀가 보넷과 망토를 착용하는 모습을 지켜보는 발렌틴에게 온화하고도 홀기는 시선을 던졌다. 발렌틴은 자신의 세심한 관찰을 구태여 숨기려고 하지 않았으며——이렇게 주목하는 것이 언제나 훌륭한 태도가 되는 셈이지만——마치 음악을 듣는 것처럼 아름다운 여자를 바라보았다. 니오슈 씨는 마침내 한 손에 딸의 화구를, 그리고 다른 손에는 더럽혀진 캔버스를 들고 엄숙하고 당황스러운 시선으로 캔버스를 바라본 다음 문으로 걸어갔다. 노에미 양은 젊은 두 남자에게 공작 부인과 같은 인사를 하고 아버지를 따라나섰다.

「자」 뉴만이 말했다. 「저 여자를 어떻게 생각해요?」

「정말 특출하군요, 제기랄!」 발렌틴은 반사적으로 중얼거렸다. 「저 여자는 너무나 특출해요」

「난 저 여자가 가련하게 돈만 쫓는 것처럼 보이는데」 뉴만이 말했다.

「그런 사람이 아니오. 오히려 반대죠. 자질을 갖추고 있거든요」 그러고 나서 발렌틴은 뭔가 생각하는 눈빛으로 벽에 걸린 그림들을 멍하니 쳐다보며 천천히 걷기 시작했다. 그의 상상력에 니오슈 양이라는 〈자질〉로 만들어진 젊은 여성이 겪은 모험담보다 더욱 큰 호소력은 없는 것처럼 보였다. 「너무나 흥미로운 여자요」 그는 계속 말했다. 「미인형이기도 하고」

「미인형이라구요? 대체 무슨 뜻이오?」 뉴만이 물었다.

「예술적 관점에서 하는 말이죠. 그 여자는 예술가랍니다. 물론 형편없는 그림을 두고 하는 말은 아니오」

「하지만 그 여자는 아름답진 않아요. 난 그녀가 예쁘다고 생각하지 않았어요」

「자신의 목적을 달성하기에 족할 만큼 예쁘죠. 얼굴과 외모에 모든 것이 나타나요. 만일 그녀가 더욱 예뻤더라면, 상대적으로 덜 영리했겠죠. 그녀의 영리함이 자신이 가진 매력의 중요한 부분인걸요」

「그렇다면」 뉴만은 자신의 친구가 노에미 양에 대해 곧장 철학적인 해석을 하는 데 흥미를 느끼고 물었다. 「무엇 때문에 그 여자의 영리함이 그렇게도 특출하게 보였소?」

「그녀는 인생의 척도를 가지고 있어요. 그리고 뭔가 되려는, 다시 말해 어떤 대가를 치르고서라도 성공하려는 결심이 확고해요. 물론 그녀의 그림은 시간을 벌려는 속셈에 불과해요. 때가 오기를 기다리는 거니까. 세상에 발을 내딛고 포부를 펴려고 하죠. 자신이 살고 있는 파리를 알고 있는 저 여자는 야망에 관한 한 누구도 따르지 못해요. 하지만 나는 결심과 능력 면에 있어 그녀가 무척 보기 드문 인물이란 걸 확신해요. 한 가지 재능에서 그녀는 타의 추종을 불허하죠. 그건 완벽한 냉혹함을 말해요. 그녀는 정말 차가운 성격을 가졌지만, 그건 큰 강점이죠. 그래요, 그녀는 장차 유명 인사가 될 거랍니다」

「맙소사!」 뉴만이 말했다. 「그 예술적 관점이란 게 한 남자의 혼줄을 빼놓고 말았군요! 제발 엉뚱한 상상은 그만해요. 노에미 양과 겨우 15분 만나고서 그런 상상을 하다니. 더 이상 그런 생각은 하지 말아요」

「뉴만 씨」 발렌틴이 온화하게 말했다. 「난 당신네들 사이를 끼여들 생각은 없어요」

「그런 문제가 아니오. 그 여자와는 아무런 상관도 없어요. 사실 난 그녀를 별로 좋아하지 않아요. 빈궁하고 나이 든 노인을 좋아할 따름이죠. 그 사람을 위해서라도 당신의 이론을 시험하려는 건 중단해요」

「그 여자를 데리러 왔던 초라하고 나이 든 신사를 위해서라구요?」 발렌틴이 발길을 멈추며 말했다. 그는 「아니오」라는 뉴만의 대답에 미소를 지으며 계속 말했다. 「당신은 잘못 생각하고 있어요. 그 사람을 염려할 건 없어요」

「당신은 그 불쌍한 신사가 자기 딸의 수치스런 모습을 보면서도 기쁨을 느낀다고 비난하는 거요」

「두고 볼 일이오!」 발렌틴이 말했다. 「그 사람은 누구죠? 무엇을 하고 있나요?」

「겉으로 보이는 모습 그대로랍니다. 무척 가난하긴 하지만, 매우 고상한 사람이오」

「그렇겠죠. 난 정확히 보았어요. 그 사람을 정당하게 판단할 수 있어요. 그는 인생에 실패했고, 여기서 하는 말로 불행을 겪었어요. 그는 매우 의기소침해 있고, 자신에게 딸은 과분해요. 하지만 그는 매우 존경할 만하죠. 60여 년 동안 정직하게 살아왔으니까요. 난 이 모든 걸 완벽하게 알았답니다. 난 같은 울타리에 있는 친구들과 파리 토박이들을 알거든요. 그래서 당신과 협약을 맺고 싶소」 뉴만이 협약이란 말에 귀를 기울이자 발렌틴은 계속하여 말했다. 「그 노인은 딸이 부정한 여자가 되기보다 착한 여자가 되기 바라죠. 하지만 최악의 사태가 오면 노인은 버지니우스[40]처럼 행동하지는 않을 거요. 성공이 모든 걸 합리화하니까. 노에미 양이 두각을 나타내면 그녀의 아버지는, 글쎄요, 우리가 하는 말로 한시름 놓게 되겠죠. 그녀는 두각을 나타낼 거고, 노신사의 앞날은 보장되는 거죠」

「난 버지니우스가 무슨 짓을 했는지 모르지만, 니오슈 씨는 노에미 양을 총으로 쏴버릴 거요. 그렇게 되면 그의 노후는 안락한 감옥에서나 보장되겠죠」

40) 정절을 보호하기 위해 자기 딸을 살해한 희랍의 아버지.

「난 냉소적인 인간이 아니랍니다. 어디까지나 관찰자일 따름이죠」 발렌틴이 대꾸했다. 「난 노에미 양에게 관심이 있어요. 매우 특출하니까요. 만일 명예와 예의 때문에 그 여자를 영원히 뇌리에서 떨쳐내야 할 마땅한 이유가 있다면 기꺼이 그렇게 하겠어요. 노인의 민감한 마음에 대한 당신의 짐작은 어느 때까지는 근거가 있겠죠. 난 그 노인에 대한 당신 생각이 바뀌었다고 말할 때까지 다시는 그녀를 만나지 않겠소. 그 사람이 생각이 깊다는 명확한 증거를 보인다면 당신은 파문을 제기하겠죠. 내 말에 동의해요?」

「그 사람을 매수할 작정이오?」

「그렇다면 그가 매수될 만한 인물이라는 뜻인가요? 노인은 그 대가로 상당한 금액을 요구할 텐데, 그건 공정하지 못해요. 난 기다릴 따름이죠. 당신은 이 흥미로운 부녀(父女)를 계속 지켜보고 나한테 직접 새로운 소식을 전해 줘요」

「좋소」 뉴만이 말했다. 「만일 노인이 사기꾼으로 판명되면 당신이 하고 싶은 대로 해요. 난 손을 뗄 테니까」

「그 여자 자신을 위해서 마음을 놓아도 좋아요. 장차 내게 어떤 손해를 끼칠지 모르지만, 난 그녀에게 절대로 해를 끼치지 않을 거요」

「나한테는」 뉴만이 말했다. 「당신들 두 사람은 서로 잘 맞는 짝이 될 듯싶소. 당신이나 그 여자는 모두 악당이오. 니오슈 씨와 나는 파리 유일의 덕망가가 되겠지만 말이오」

이 말이 끝나자마자 발렌틴은 자신의 경솔함에 대한 벌로서 뾰족한 물건으로 등을 찔리게 되었다. 그는 재빨리 뒤돌아보며 그 무기가 초록색 얇은 보넷을 쓴 여자가 휘두른 양산이었음을 알았다. 발렌틴의 영국인 사촌은 안내인도 없이 헤매다 잔뜩 불평을 늘어놓고 있었음에 분명했다. 뉴만은 발렌틴을 그들에게 맡겼지만, 자신이 품은 생각에 무한한 신뢰를 보냈다.

제12장

싱트레 부인의 집안에 소개를 받고 사흘이 지난 다음, 뉴만은 저녁 무렵 귀갓길에 테이블 위에서 벨가드 후작의 명함을 발견했다. 다음날 뉴만은 노 벨가드 부인이 그를 저녁 식사에 초대한다는 내용이 담긴 쪽지를 받았다.

뉴만은 응당 자신이 지켜야 할 다른 약속을 어기면서까지, 이 초대에 응했다. 그는 이전에 노부인이 자신을 맞이했던 방으로 안내되었고, 여기서 모든 가족들에게 둘러싸인 위엄 있는 노부인을 보았다. 방을 밝히고 타닥거리며 타오르는 벽난로의 불빛이 낮은 의자에 앉아 발끝을 쭉 펴고 있는 부인의 자그마한 분홍색 슬리퍼에 반짝거렸다. 이 여인은 다름 아닌 젊은 벨가드 부인이었다. 싱트레 부인은 오빠인 어베인의 어린 딸을 무릎에 안고 방의 맞은편에 앉아 있었지만, 그녀는 아이에게 재미있는 이야기를 들려주고 있었음에 분명했다. 발렌틴은 형수 곁에 앉아 담배 한 모금을 피우며, 그녀의 귀에 대고 뭔가 지껄였다. 후작은 격식을 차리며 대기하는 자세로, 머리를 꼿꼿이 세우고 뒷짐을 진 채 벽난로 앞에 서 있었다.

노부인은 뉴만을 맞이하기 위해 자리에서 일어났다. 그러한 모습에는 미세하나마 자신의 겸손을 측정할 수 있는 면모가 엿보였다. 「보시다시피 여기는 우리 가족뿐이오. 다른 사람은 누구도 초대하지 않았어요」 노부인은 위엄 있게 말했다.

「그렇게 해주시니 정말 기뻐요. 훨씬 정감 있는 자리로군요」 뉴만은 이렇게 응답하며 후작에게 「안녕하세요」라고 악수를 청했다.

벨가드 후작은 친절하게 보였지만, 위엄에도 불구하고 초조한 기색이었다. 그는 방을 서성거리다 길다란 창 밖을 내려다보면서 몇 권의 책을 집었다 제자리에 꽂아두었다. 젊은 벨가드 부인은 가만히 앉아 뉴만을 쳐다보지도 않은 채 손을 내밀었다.

「저런 태도가 냉정하다고 생각되겠죠」 발렌틴이 큰 소리로 말했다. 「하지만 그건 냉정한 게 아니라 따뜻하게 맞이하는 거랍니다. 당신을 친근하게 대한다는 의미니까요. 형수는 지금 나를 싫어하는데도 계속 바라보잖아요」

「내가 계속 바라보고 있다면, 당신을 싫어하는 게 당연하죠!」 젊은 부인은 발렌틴에게 소리치듯 말했다. 「내가 악수하는 투가 뉴만 씨의 마음에 들지 않는다면 다시 하겠어요」

하지만 뉴만은 이미 방의 건너편에 있던 싱트레 부인에게 걸어가고 있었기 때문에, 이런 매력적인 특혜가 소용이 없었다. 싱트레 부인은 악수를 나누면서 뉴만을 바라보았지만, 어린 조카딸에게 하던 이야기를 계속했다. 이야기는 서너 대목이 남아 있었는데, 분명히 매우 중요한 부분인 듯했다. 싱트레 부인이 미소를 머금고 나직한 목소리로 말하자, 어린 조카는 눈을 동그랗게 뜨고 그녀를 응시했다.

「그러나 마침내 젊은 왕자는 아름다운 플로라벨라와 결혼했단다」 싱트레 부인이 말했다. 「그리고 그녀를 분홍색 하늘 나라로 데려가 함께 살았지. 거기서 너무나 행복하여 모든 고통을 잊고서, 날마다 500마리의 흰 생쥐들이 이끄는 상아 마차를 타고 외출했단다. 가엾은 플로라벨라는」 그녀는 뉴만을 보며 설명했다. 「너무나 많은 고생을 했거든」

「플로라벨라는 6개월 동안 아무것도 먹지 못했어요」 어린 블랑슈가 말했다.

「그렇지. 하지만 6개월이 지난 후에는 저기 있는 긴 의자만큼 커다란 건포도 케익을 가졌단다」 싱트레 부인이 말했다. 「그래서 다시 힘을 찾았지」

「기막힌 일이군요!」 뉴만이 말했다. 「아이를 매우 좋아하나요?」 그는 분명히 그렇다고 생각했지만, 싱트레 부인이 직접 입으로 말하는 것을 듣고 싶었다.

「아이들과 얘기하는 걸 좋아해요」 싱트레 부인이 대답했다. 「아이들과 얘기할 때는 어른들과 얘기할 때보다 훨씬 진지하게 할 수 있거든요. 제가 블랑슈에게 한 얘기는 허튼소리지만, 그건 바깥에서 나누는 대개의 말보다 훨씬 진지한걸요」

「그렇다면 내가 블랑슈 또래라고 생각하고 얘기해 주면 좋겠는데」 뉴만이 웃으며 말했다. 「간밤의 무도회는 즐거웠소?」

「옴짝도 못할 만큼 즐거웠답니다」

「바깥에서 하는 속된 말을 당신이 쓰고 있군요」 뉴만이 말했다. 「믿을 수 없네요」

「만일 즐겁지 않았더라면 제게 문제가 있는 거죠. 무도회는 매우 훌륭했고, 사람들도 모두 친절했어요」

「그건 다소 가책을 느낄 일이었어요」 뉴만이 말했다. 「당신이 어머니와 오빠를 화나게 했던 것 말이오」

싱트레 부인은 아무런 대답 없이 잠시 뉴만을 바라보았다. 「맞아요」 이윽고 그녀가 대답했다. 「전 스스로 감당할 수 있는 것보다 더욱 많은 행동을 취했어요. 전 용기도 없는걸요——소설 주인공은 아니니까요」 그녀는 이 말을 다소 부드럽게 강조했다가 어조를 바꾸었다. 「저는 아름다운 플로라벨라의 고통을 겪을 것 같지 않아요」 그녀는 말을 덧붙였다. 「훌륭한 보상이 기다린다고 하더라도 말이에요」

저녁 식사가 준비되자 뉴만은 노부인의 옆에 앉았다. 차가운 복도 끝에 위치한 식사를 하는 방은 어두컴컴했고, 식사는 간단하면서도 훌륭했다. 뉴만은 싱트레 부인이 식사를 주문하는 것과 관계 있는지 궁금했지만, 아마 그럴지도 모른다고 생각했다. 주위에 역사가 오랜 벨가드 가문의 여러 사람들이 모인 가운데 그들과 함께 앉게 되자, 뉴만은 자신의 위치가 갖는 의미를 자문해 보았다. 노부인은 그를 환대하고 있는 것일까? 자신이 유일한 손님이라는 사실이 그의 위상을 높여주는 것일까, 아니면 그 반대일까? 이들은 다른 사람들에게 그를 소개하는 것을 부끄럽게 여길까, 아니면 자신들이 가진 마지막 호의를 갑작스럽게 보여준다는 표시를 하고 싶어하는 것일까? 뉴만은 몸을 도사리고 주위를 둘러보며, 이런저런 짐작을 해보았다. 하지만 동시에 그는 다소 무관심한 태도를 보였다. 그들이 어떻게 생각하든 지금 그는 여기에 있고, 게다가 싱트레 부인은 맞은편에 있지 않은가? 자신의 양편에 커다란 촛대를 둔 그녀는 앞으로 한 시간쯤 그대로 앉아 있게 되므로, 그것으로 족하리라. 식사는 너무나 엄숙하고 격식을 갖추었기 때문에, 뉴만은 이것이 바로 역사가 오랜 가문의 식사법인지 궁금했다. 노부인은 머리를 높이 들고서, 작고 가늘게 주름진 하얀 얼굴에 특이하게도 날카롭게 보이는 눈매를 식탁에 고정시키고 있었다. 후작은 미술이야말로 깜짝 놀랄 개인적인 비밀을 노출시키지 않기 때문에 대화를 나누기에 적합한 소재라고 결정한 듯이 보였다. 그는 뉴만이 유럽의 박물관을 섭렵했다는 이야기를 듣고서, 이따금 루벤스가 그린 인체의 살빛이나, 산소비노[41]의 훌륭한 취향에 대해 세련된 경구를 내뱉았다. 그러한 태도는 마치 매우 고상한 화제를 언급하여 분위기가 정화되지 않는다면 뭔가 불유쾌한 일이 발생할지도 모른다는 불안감을 띠고 있었다. 「도대체 이 사람은 무엇을 두려워하는 것일까?」라고 뉴만은 자문해 보았다. 「아마도 내가 잭 나이프로 자기를 푹 찌를지도 모른다고 생각하는 것일까?」 아무튼 후작이 극히 불유쾌하다는 사실에 눈을 감는다는 것은 무익한 일이었다. 뉴만은 개인적으로 한 번도 남에게 강한 혐오감을 품어본 적이 없었고, 주위 사람들의 이상한 성격에 신경을 써본 일도 없었다. 그러나 여기에 자신이 어쩔 수 없이 대적할 수밖에 없는 사람이 있었다. 벨가드 후작은 격식과 문구와 자세를 구비했을 뿐만 아니라, 무례함과 음모로 가득 찬 인물로 보였다. 그는 뉴만으로 하여금 마치 대리석 바닥에 맨발로 서 있는 느낌을 갖게 했지만, 뉴만은 자신의 소망을 이루기 위해 완벽하게 서 있을 수 있다고 느꼈다. 뉴만은 그가 이 집안에 받아들여졌다는 사실을 싱트레 부인이 어떻게 생각할지 궁금했다. 가능한 눈에 띄는 행동을 별로 바라지 않는다는 투로 우아한 표정을 띤 그녀의 얼굴만으로 판단할 수는 없었다. 젊은 벨가드 부인은 언제나 같은 태도였다. 그녀는 항상 뭔

41) 16세기 이탈리아의 조각가.

가 몰두해 있으면서도 산만했고, 모든 것에 귀를 기울이면서도 아무것도 듣지 않는 듯했다. 그녀는 자신의 드레스와 반지와 손톱을 들여다보며 다소 따분한 듯했으며, 주위 사람들로 하여금 자신에게 이상적인 사교적 오락이 무엇인지 판별하기 어렵게 만들었다. 이 점에 있어서 뉴만은 나중에서야 가닥을 잡을 수 있었다. 발렌틴조차 평상시의 기지를 발휘하지 못하고, 자신의 쾌활함이 변덕스럽고 강요된 느낌을 주었지만, 뉴만은 대화가 흐르면서 그가 흥분해 있음을 알아차렸다. 발렌틴의 눈은 보통 때보다 더욱 강렬한 빛을 띠고 있었다. 아무튼 이 모든 여파로 뉴만은 생애 처음으로 정신을 차릴 수 없었다. 그는 자신의 말과 행동에 신경을 썼고, 싸움이 되지 않을지언정 예기치 못한 사태에 대비해야 된다고 다짐했다.

저녁 식사를 마친 후 벨가드 후작은 뉴만에게 담배를 피우자고 제안하며, 작고 다소 퀴퀴한 방으로 그를 안내했다. 그 방의 벽에는 무늬를 눌러 박은 작은 가죽으로 된 낡은 벽걸이 천과, 녹슬은 무기 전리품 장식이 있었다. 뉴만은 담배를 사양하고 긴 의자에 앉았다. 그 사이 후작은 벽난로 앞에서 담배 연기를 내뿜었고, 발렌틴은 자리에 앉아 연한 담배 연기 사이로 한 사람씩 번갈아 쳐다보았다.

「더 이상 잠자코 있을 순 없어요」 마침내 발렌틴이 입을 열었다. 「먼저 당신에게 축하 소식을 전하겠소. 형님은 제단 주위를 빙빙 돌면서 할말을 찾지 못한 신부처럼 요점을 간추려 말하기 힘든 분이니까요. 내 말은 당신이 누이 남편으로 인정되었다는 뜻이오」

「발렌틴, 좀 점잖게 굴어!」 후작이 콧마루를 실룩이며 극히 미묘한 노여움을 띤 표정으로 중얼거렸다.

「우린 가족회의를 열었어요」 발렌틴이 말을 계속했다. 「어머니와 형님이 함께 숙의했고, 내 의견도 전적으로 배제되진 않았죠. 어머니와 형님은 초록색 덮개가 씌워진 테이블에 앉아 있었고, 형수님과 나는 벽에 붙은 긴 의자에 앉았어요. 마치 입법회의 같았죠. 우린 차례로 자신의 의견을 얘기했는데, 모두들 당신을 후하게 평가했어요. 형수님은 당신이 어떤 사람인지 미리 말을 듣지 않았더라면 공작으로 오인할 뻔했다고 하더군요. 그러니까 캘리포니아 공작쯤으로 말이죠. 나는 당신이 신중하고, 겸손하며, 잘난 체하지 않고, 게다가 미세한 호의에도 감사할 줄 아는 사람임에 틀림없다고 했소. 그리고 당신이 자기 분수를 알고 있을 뿐만 아니라, 절대로 이중적인 행동을 하지 않는다고 확신 있게 말했죠. 그러니 당신이 공작이 아니라고 하더라도 문제가 될 건 없어요. 당신네 나라에 없는 칭호니까. 설령 그런 게 있다고 하더라도, 당신은 영리하고 활동적인 사람이니 분명히 최상의 칭호를 가졌을 거요. 나는 여기까지 말했을 뿐이지만, 당신에게 유리한 인상을 남겼다고 생각해요」

벨가드 후작은 무겁게 느껴질 만큼 차갑게 동생을 바라보며 칼날처럼 날카로운 미소를 비쳤다. 그런 다음 그는 코트 소매에 붙은 담배불을 털어내고서 잠시 천장 모서리를 응시하다, 조끼 주머니에 하얀 손을 넣었다. 「내 동생의 경솔함을 사과하겠소」 후작이 말했다. 「재치가 부족한 탓에 당신을 무척 당황스럽게 만들 일이 다시 생길지도 모르겠군요」

「난 재치가 부족한 게 아니라 하나도 없는데」 발렌틴이 말했다. 「정말로 당황했나요, 뉴만 씨? 그랬다면 내 형님이 다시 즐겁게 해줄 거요. 형님은 정말 기교가 섬세한 분이거든요」

「이런 말은 유감이지만, 발렌틴은」 후작이 말을 계속했다.

「같은 또래의 젊은이들이 갖는 어법과 행실을 보여준 적이 없답니다. 그건 오랜 전통을 극히 존중하는 자신의 어머니에게 커다란 고통이 되어왔죠. 하지만 그가 다른 사람을 개의치 않는다는 사실만은 분명히 알아둬요」

「아, 괜찮소」 뉴만이 기분 좋게 말했다. 「이 사람이 무슨 말을 하려는지 난 알아요」

「옛날 호시절에는」 발렌틴이 입을 열었다. 「후작과 백작이 자신들이 임명한 어릿광대를 불러다놓고 농담을 하며 즐거워했어요. 그런데 요즘은 백작을 앉혀놓고 어릿광대 놀이를 하는 체격이 우람한 민주주의자를 볼 수 있거든요. 그건 고무적인 현상이죠. 하지만 난 확실히 타락한 인간이 되었소」

벨가드 후작은 잠시 바닥을 응시하다 말했다. 「어머니가 알려주시더군요. 지난밤 당신이 말했던 내용 말이오」

「내가 당신 누이와 결혼한다는 거죠?」 뉴만이 응답했다.

「당신이 결혼을 바란다는 거요」 후작이 천천히 말했다. 「누이인 싱트레 백작 부인과 말이오. 청혼은 중대한 문제이기 때문에 어머니는 엄청나게 많은 생각을 했소. 그래서 나에게 상의했고, 나는 이 문제를 매우 진지하게 성찰했어요. 당신이 생각하는 이상으로 고려해야 될 일이 무척 많답니다. 우리는 이 문제에 대해 다각도로 검토했고, 여러 가지를 저울질했지요. 우리의 결론인즉, 당신의 청혼을 긍정적으로 받아들인다는 겁니다. 어머니는 나한테 이런 결정을 당신에게 전달해 주기 바랬소. 이 문제에 대해 어머니가 직접 할 말씀이 있을 거요. 아무튼 당신은 가족의 일원인 우리들에게 받아들여졌어요」

뉴만은 자리에서 일어나 후작에게 다가갔다. 「나에게 어떤 방해도 하지 않겠다는 뜻인가요? 그리고 무조건 나를 돕겠다는 건가요?」

「난 누이에게 당신을 받아들이도록 권고할 작정이오」

뉴만은 손을 얼굴로 가져가 지긋이 눈을 눌렀다. 이 약속은 대단한 것이었지만, 뉴만은 기쁨을 느끼면서도 가만히 서서 벨가드 후작의 입에서 허락을 받는다는 사실로 말미암아 언짢은 기분이 들었다. 더욱이나 벨가드 후작이 자신의 구혼과 결혼에 참견한다는 생각이 불쾌하기만 했다. 그러나 뉴만은 자신이 예상했던 이러한 난관쯤은 헤쳐나갈 결심을 했기 때문에, 초기 단계에서 소란을 피우고 싶지는 않았다. 그는 잠시 가만히 있다가 다소 무미건조한 어조로, 「정말 감사하오」라고 말했는데, 나중에 발렌틴은 이 말이 매우 당당하게 들렸다고 전했다.

「그 약속은 적어두겠소」 발렌틴이 말했다. 「난 맹세를 기록해 두니까」

벨가드 후작은 다시 천장 모서리를 응시했다. 그는 분명히 할말이 더 있는 듯이 보였다. 「우리가 내린 결정은 어머니와 나에게 모두 쉬운 게 아니었음을 밝혀두겠어요. 이런 결정은 우리가 예상하지 못한 거죠. 내 누이가 신사, 아니 사업가와 결혼하다니 참으로 진기한 일이오」

「그래서 내가 당신에게 말했죠」 발렌틴은 손가락으로 뉴만을 겨냥하며 말했다.

「진기하다는 느낌이 완전히 사라진 건 아니오. 고백하지만」 후작은 계속해서 말했다. 「아마도 그건 결코 완전히 사라지지 않을 거요. 하지만 후회스러운 건 아닐 테죠」 그러고 나서 후작은 다시 희미한 미소를 지었다. 「아마도 진기하다는 느낌을 우리가 용인해야 될 때가 오겠죠. 무척이나 오랜 세월 동안 우리 집안에는 진기한 일이 없었거든요. 이런 의견을 어머니에게 말씀드렸는데, 주목할 가치가 있다고 기꺼이 인정하시더군요」

「내 형님은」 발렌틴이 끼여들며 뉴만에게 말했다. 「단지 당신이 현혹되지 않도록 하려고 이 자리에 있는 게 아니랍니다. 이런 말은 해야 되겠지만, 추상적인 논리를 배려한다는 점에서 어머니는 아주 뛰어난 분이시죠. 당신은 그처럼 놀라운 제안을 어머니가 우아한 태도로 받아들였다고 확신해요? 어머니가 이따금 얼마나 끔찍스러울 만큼 날카로운 분인지 알 거요. 오히려 어머니는 〈그런 말은 당치도 않소!〉라고 하시지 않던가요? 그렇게 말하는 데는 충분한 이유가 있지 않을까요?」

「다른 이유도 검토되었소」 후작은 발렌틴을 외면했지만, 목소리는 분명히 떨리고 있었다. 「몇 가지 이유는 우리의 생각보다 나았어요. 우리는 보수적이오, 뉴만 씨. 하지만 고집불통은 아니랍니다. 우리는 아무런 구애도 받지 않고 이 문제를 판단했거든요. 틀림없이 모든 일이 순조롭게 되어가겠죠」

뉴만은 팔짱을 낀 채 벨가드 후작으로부터 눈을 떼지 않고, 그의 말을 들으며 서 있었다. 「순조롭게 되어간다고요?」 뉴만은 완강하고 단조로운 억양으로 말했다. 「그렇게 되지 못할 이유라도 있다는 말인가요? 만일 그렇게 되지 못한다면 당신 잘못이겠죠. 난 당연히 그렇게 되리라고 생각해요」

「형님의 말은 시간이 흐르면 당신이 변화에 익숙해질 거라는 뜻이죠」 이 말과 함께 발렌틴은 다시 담뱃불을 붙이기 위해 걸음을 멈추었다.

「무슨 변화죠?」 뉴만은 똑같은 어조로 물었다.

「형님」 발렌틴이 매우 무겁게 말했다. 「뉴만 씨가 무슨 말인지 깨닫지 못하고 있어요. 우린 확실히 말해야 돼요」

「내 동생이 너무 무례를 범하는군요」 벨가드 후작이 말했다.

「심각한 요령 부족이 다시 나타난 거랍니다. 더 이상 그런 말을 하지 말아야 된다는 게 어머니의 뜻이자 내 뜻이기도 해요. 내 누이의 남편으로 받아들여진 사람은 우리 식구나 마찬가지인 만큼 더 이상 설명해야 될 일이 있어선 안 되겠죠. 생각컨대, 양쪽에서 조금만 주의를 기울인다면 모든 일이 쉽게 될 거요. 이게 바로 내가 말하려고 했던 점이죠. 다시 말해, 우리는 이미 취한 행동을 잘 이해하고, 당신은 우리가 고수한 결정을 믿어도 좋다는 거죠」

발렌틴은 허공에다 두 손을 흔들고 자신의 얼굴을 감쌌다. 「난 정말로 요령 부족이오. 하지만 형님이 대체 무슨 말을 하는지 알고 있겠죠!」 이 말과 함께 그는 긴 웃음을 터뜨렸다.

벨가드 후작의 얼굴이 조금 달아올랐다. 하지만 그는 속된 마음의 동요를 용납하지 않으려는 듯이 머리를 쳐들었다. 「당신은 나를 이해하리라고 믿어요」 그가 뉴만에게 말했다.

「아뇨, 조금도 이해할 수 없소」 뉴만이 대답했다. 「하지만 개의치 말아요. 상관하지 않을 테니까. 사실 당신을 이해하지 않는 편이 더 나을 거요. 당신이 무슨 말을 하려는지 모르겠지만 그건 내게 전혀 어울리지도 않을 겁니다. 난 당신 누이와 결혼하고 싶을 뿐이오. 가능한 빨리 말이죠. 그 밖에 어떤 것에도 신경을 쓰고 싶지 않아요. 알다시피 난 당신과 결혼하는 게 아니잖소. 내가 허락을 받았다면, 그게 바라는 전부가 돼요」

「허락이란 말은 어머니로부터 직접 듣는 게 나을 거요」 후작이 말했다.

「좋소, 가서 듣도록 합시다」 이 말과 함께 뉴만은 거실로 돌아가려고 했다.

벨가드 후작은 뉴만이 먼저 지나가도록 몸을 비켰다. 그런 다음 뉴만이 나가자 그는 문을 닫고 발렌틴과 남게 되었다. 뉴만은 발렌틴의 대담한 빈정거림 때문에 다소 당황했지만, 자기에게 도움을 주는 체하는 벨가드 후작의 의도를 쉽사리 간파할 수 있었다. 뉴만은 무례함을 느낄 수 없게 하는 강한 공손함을 충분히 식별할 기지를 지녔기 때문이다. 그러나 뉴만은 발렌틴의 악의 없는 불손한 말로부터 자신에 대한 섬세한 동정심을 따뜻하게 느꼈으며, 그의 친구가 여기에 중압감을 가져야 한다는 점에 마음이 걸렸다. 뉴만은 몇 발자국 옮기다 복도에 잠시 멈추어 서서, 벨가드 후작의 불평이 새어 나오는지 귀를 기울였으나 고요만 흐를 뿐이었다. 이런 고요함은 약간 불길한 듯했지만, 뉴만은 자신이 그들의 말을 엿들을 권리가 없다고 생각하고 거실로 돌아갔다. 그가 자리를 비운 사이 몇몇 사람이 와 있었으며, 그들은 무리를 지어 방의 군데군데 흩어져 있었다. 이들 가운데 두세 명은 거실 옆에 있던 젊은 후작 부인의 거실로 들어갔는데, 그곳은 이미 불이 밝혀졌고, 문이 활짝 열려 있었다. 노부인은 늘 앉던 벽난로 옆 의자에 앉아, 가발을 쓰고 1820년경에 유행했던 통이 큰 흰 목도리를 두른 나이 지긋한 노신사와 이야기를 나누고 있었다. 싱트레 부인은 목도리를 두른 노신사의 부인으로 보이는 늙은 여인의 사연을 듣느라 머리를 숙였다. 늙은 여인은 빨간 공단 드레스에다 소매 없는 모피 코트를 걸치고, 이마에는 황옥으로 장식된 머리띠를 두르고 있었다. 젊은 벨가드 부인은 뉴만이 들어오자 함께 앉아 있던 무리들을 벗어나 저녁 식사 전에 앉았던 자리로 돌아갔다. 그런 다음 그녀는 손을 약간 흔들어 주위에 맴돌던 담배 연기를 걷어내고 뉴만을 응시했는데, 그것은 자신이 뉴만과 이야기를 나누려고 자리를 옮겼음을 암시했다. 뉴만이 다가가 자리에 앉자, 젊은 후작 부인은 그를 즐겁고 당황스럽게 만들었다.

「난 당신의 비밀을 알아요」 젊은 후작 부인은 서툴지만 매력적인 영어로 말했다. 「당신은 그걸 숨길 필요가 없어요. 우리 아가씨와 결혼하고 싶어하죠? 멋진 선택이에요. 당신 같은 남자는 키가 크고 마른 여자와 결혼해야 돼요. 내가 당신에게 유리한 발언을 했다는 사실을 알아야 해요. 내게 빚을 진 거라구요!」

「싱트레 부인에게 이미 말을 했소?」 뉴만이 물었다.

「아뇨, 그렇지는 않아요. 그게 이상하다고 생각될지 모르지만, 아가씨와 난 친밀한 사이는 아니랍니다. 어쨌든 나는 남편과 시어머니에게 이야기를 했죠. 당신을 확실히 받아들일 수 있다고 말했어요」

「정말 감사하군요」 뉴만이 웃으며 말했다. 「하지만 과연 그럴까요?」

「그 점을 잘 알고 있어요——비록 내 말은 한 마디도 믿지 않겠지만. 하지만 나는 당신이 이 집안으로 들어오기 바래요. 우린 서로 친구가 되어야 해요」

「나도 그걸 확신해요」 뉴만이 말했다.

「그렇게 확신하지는 마세요. 당신이 싱트레 부인을 정말 좋아한다면, 나를 좋아하지는 않을 거니까. 아가씨와 나는 푸른색과 분홍색만큼이나 달라요. 하지만 당신과 나는 공통점을 가지고 있는걸요. 난 결혼을 통해 이 집안에 발을 들여놓았고, 당신도 같은 방법을 이용하려고 하니 말이에요」

「아니, 그렇지는 않아요!」 뉴만이 말을 가로막았다. 「난 이 집안에서 싱트레 부인을 데려가려고 할 따름이오」

「좋아요. 그물을 던지기 위해선 물 속으로 들어가야 하는 법이죠. 우리 입장은 비슷해요. 그걸 비교해 볼 수도 있을 거예요. 내 남편을 어떻게 생각하세요? 이상한 질문이죠, 그렇지 않나요? 하지만 난 더욱 이상한 질문도 할 수 있는걸요」

「아마도 더욱 이상한 질문에 대답하기가 쉬울 거요」 뉴만이 말했다. 「나한테 질문을 해도 좋소」

「어머나, 잘도 빠져나가시네. 저기 있는 나이 든 로쉬피델르 백작이라도 별수없겠네요. 난 당신이 기회가 주어지면 완벽한 귀족이 될 수 있다고 사람들에게 말했죠. 난 남자들에 대해서 어느 정도 알고 있답니다. 게다가 당신과 나는 같은 진영에 속해요. 사실 난 사나운 민주주의자예요. 이 나라 역사의 상당 부분은 내 친정 집안의 내력이 되기도 해요. 물론 당신은 내 집안에 대해 들어보지도 못했겠죠. 영광이 넘치는 집안이에요! 어쨌든 내 친정이 시댁보다 훨씬 훌륭하답니다. 하지만 난 가계(家系)에 대해서 조금도 개의치 않아요. 단지 시대에 맞춰 살고 싶을 뿐이죠. 난 혁명가에다 과격파이며, 시대의 총아이기도 해요! 난 당신을 능가한다고 자부해요. 난 어디서 왔든 영리한 사람을 좋아하고, 어디에서나 즐거움을 누리죠. 난 왕의 통치를 못마땅하게 여기지는 않아요. 비록 온 세계가 그렇게 생각하는 건 사실이지만요. 물론 지금의 말에 신경을 써야겠죠. 하지만 만일 이것을 발설하면 당신에게 보복을 할 거예요」 젊은 벨가드 부인은 동정적인 어조로 꽤 오랫동안 열변을 토했는데, 분출할 듯한 그녀의 열정은 자신의 숨겨둔 마음을 밖으로 드러낼 기회가 좀처럼 드물었음을 암시했다. 자신이 한 말이 실제 정도가 지나쳤기 때문에, 그녀는 뉴만이 어떤 사람들과 어울릴지라도 결코 자기를 두려워하지 않을 것이라고 생각했다. 젊은 벨가드 부인의 의견에 따르면 〈강인한 사람〉, 즉 강한 시민은 전세계 어디서나 힘이 평등하다는 것이다. 그녀의 이야기를 들으면서 뉴만은 어리둥절하고 짜증스러움을 느꼈다. 젊은 벨가드 부인과, 그녀가 주장하는 평등에 개의치 않으리라고 생각하면서 뉴만은 도대체 이 여인이 무슨 생각을 품는지 궁금했다. 뉴만이 이해한 바로, 이 부인은 잘못을 저지르고 있었다. 다시 말해, 우스꽝스럽게 재잘대는 여자는 분명히 웅대한 열정에 몰두해 있는, 지각 있는 남자와 맞수가 될 수 없는 법이었다. 젊은 벨가드 부인은 갑자기 말을 멈추고 부채를 흔들며 날카롭게 뉴만을 보았다. 「당신이 날 믿지 않는다는 걸 알아요」 그녀가 말했다. 「당신은 지나치게 경계심을 품고 있어요. 공수동맹을 맺지 않을래요? 당신은 매우 잘못 생각하고 있어요. 난 도울 수 있는 입장인데」

뉴만은 그녀에게 감사하다는 말과 함께, 앞으로 분명히 도움을 청할 테니 두고 보라고 대답했다. 「그러나 무엇보다」 그가 말했다. 「혼자 해야 될 일은 혼자 해야죠」 이 말과 함께 뉴만은 싱트레 부인에게 합류했다.

「로쉬피델르 부인에게 당신이 미국인이라는 사실을 말하려던 참이었어요」 싱트레 부인이 뉴만이 나타나자 말했다. 「당신이 미국인이라는 사실이 무척 흥미로우신가 봐요. 이 부인의 아버지는 18세기 미국의 독립전쟁을 돕기 위해 프랑스 군대를 이끌고 건너갔다고 해요. 그래서 언제나 미국인을 무척 만나고 싶어 했는데, 오늘 저녁까지 한 번도 성공하지 못했다는군요. 당신은 이 부인이 만나게 된 최초의 미국인이 될 거예요」

로쉬피델르 부인의 얼굴은 늙어서 여윈 모습이었다. 그녀는 아래턱이 쳐졌기 때문에 입술을 다물 수 없었고, 목소리는 인상적이었지만 불분명한 후음(喉音)으로 이어졌다. 그녀는 홈이

패인, 은으로 정교하게 만든 고풍스런 안경을 치켜올리며 아래위로 뉴만을 살펴보았다. 그런 다음 무슨 말을 했는데, 뉴만은 공손히 듣기는 해도 전혀 알아들을 수 없었다.

「로쉬피델르 부인은 자기도 모르는 새 미국인들을 만난 게 틀림없다고 했어요」 싱트레 부인이 설명했다. 뉴만은 이 부인이 아마도 알지 못하는 사이에 굉장히 많은 것을 보았다고 생각했다. 노부인은 다시 중얼거리며——싱트레 부인이 이 말을 옮겼지만——자신이 미국인들을 보았을 것이라고 단언했다.

바로 이때 노 벨가드 부인과 이야기를 나누던 노신사가 자신의 팔로 그녀를 당기며 다가왔다. 그의 아내는 뉴만을 가리키며 흥미로운 출생에 대해 설명하는 듯했다. 나이가 들어 얼굴이 불그스레하고 포동포동한 로쉬피델르 씨는 뉴만의 생각에 니오슈 씨와 버금갈 만큼 매우 깔끔하고 명확한 발음으로 말했다. 노신사는 소개를 받은 다음, 노령의 우아함이 배인 특이한 동작으로 뉴만에게 몸을 돌렸다.

「당신은 절대로 내가 처음 본 미국인은 아니야」 노신사가 말했다. 「기억하건대, 내가 세상에서 거의 최초로 보았던 사람이 미국인이었거든」

「정말이오!」 뉴만이 친근하게 물었다.

「그 사람이 유명한 프랭클린 박사야」 로쉬피델르 씨가 말했다. 「물론 그때 나는 매우 어렸지만, 그 사람은 여기서 큰 환대를 받았지」

「뉴만 씨가 받은 것보다 더 큰 환대는 아니었겠지요」 노 벨가드 부인이 말했다. 「난 이 분의 팔을 잡고 다른 방으로 가고 싶은데, 프랭클린 박사에게 이보다 큰 특전은 베풀 수 없을 거요」

뉴만은 노 벨가드 부인의 요구에 응하면서, 그녀의 두 아들이 거실로 돌아왔음을 알았다. 그는 자신이 떠난 다음 방에서 벌어진 일을 추측하느라 잠시 두 사람의 얼굴을 유심히 살폈다. 그러나 후작은 여느 때와 다름없이 꼿꼿하고 당당한 모습이었으며, 발렌틴은 몸에 배인 자포자기한 태도로 여자들의 손에 입맞춤을 했다. 노부인은 큰아들을 힐끗 쳐다보았는데, 그녀가 내실 문지방을 지날 때 그가 곁에 있었다. 방에는 이제 어떤 사람도 보이지 않았고, 은밀한 분위기가 감돌았다. 노부인은 뉴만에게서 팔을 떼고 한 손으로 큰 아들의 팔을 잡고서, 꼿꼿이 머리를 든 채 작은 아랫입술을 깨물며 가만히 서 있었다. 뉴만은 이것을 보지 못했지만, 이 순간 노부인의 모습은 의심할 바 없이, 몸에 배인 권위와 사교 관례에 따라 압도할 듯한 위엄——노부인의 몸집이 작고, 쇠락한 나이였음에도 불구하고——을 풍겼다.

「아들이 내가 하려던 말을 전한 것으로 압니다」 노부인이 뉴만에게 말했다. 「또한 우리가 간섭하지 않으리라는 것도 알고 있겠지요. 나머지는 당신에게 달렸소」

「벨가드 후작이 내가 이해할 수 없는 몇 가지 애기를 하더군요」 뉴만이 말했다. 「하지만 난 이해했어요. 당신이 나를 내버려둔다면 정말 고맙겠습니다」

「내 아들이 쉽게 하지 못했을 말을 한 가지 덧붙이고 싶어요」 노부인이 대꾸했다. 「내 마음의 평안을 위해서라도 이 말을 해야 되겠어요. 우리는 무리하게 양보를 했을뿐더러, 당신에게 커다란 호의를 베풀었소」

「당신은 어머니만큼 구변이 좋더군요, 그렇죠?」 뉴만은 곁에 있던 후작을 향해 말했다.

「어머니만큼 좋은 건 아니오」 후작이 대답했다.

「난 말을 되풀이할 수 있어요. 정말 고맙다고 말이오」

「내가 말해 두는 편이 낫겠소」 노부인이 말을 계속했다. 「난 자존심이 강하고, 거리낄 게 없는 사람이오. 내가 틀릴 수도 있겠지만, 변화를 모색하기에 너무 늙었어요. 적어도 난 이것을 알고 있기 때문에 어떤 위선도 용납하지 않아요. 내 딸이 자존심이 세지 않다고 좋아할 건 없어요. 나와 방식은 다르지만, 그 애도 나름대로 자존심이 있으니까. 이 점을 염두에 두는 편이 좋을 거요. 당신이 제대로 보았든 그렇지 않든 발렌틴마저 자존심이 있어요. 직접 보았겠지만, 어베인도 자존심이 세요. 난 때때로 그 애가 자존심을 내세우지 않는다고 생각해요. 하지만 그 애를 바꿀 수 없어요. 가장 훌륭한 아이랍니다. 이 나이 든 어머니를 끔찍하게 대하니까요. 아무튼 우리 집안 모두가 자존심이 세다는 사실을 충분히 얘기했소. 당신이 어떤 사람들과 어울리게 되었는지 알아두는 게 필요하니까 말이오」

「좋습니다」 뉴만이 말했다. 「내게는 자존심이 없다는 것만 말할 수 있겠네요. 난 당신들을 상관하지 않습니다! 하지만 당신은 내가 달갑지 않다는 투로 말하는군요」

「난 딸이 당신과 결혼하는 걸 달갑게 여기지 않으므로 좋은 척하지도 않겠소. 당신이 그런 걸 상관하지 않는다면 더욱 좋겠소만」

「난 우리가 싸우지 않을 거라는 협정을 맺기만 바라겠어요」 뉴만이 응답했다. 「이 일에 손을 떼고 나를 내버려둬요. 나는 너무나 진지하기 때문에, 낙담을 하거나 손을 뗄 위험은 전혀 없어요. 난 줄곧 당신 눈앞에 보이게 될 텐데, 그게 싫다면 미안할 따름이죠. 당신 딸을 위해——그녀가 나를 받아들인다면——난 남자로서 할 수 있는 모든 것을 할 거요. 이런 약속을, 아니 서약을 하게 되니 기쁘군요. 당신 편에서도 똑같은 서약을 해야 될 것 같은데 말이오. 약속을 파기하지는 않겠죠?」

「〈파기〉라니 무슨 뜻인지 모르겠소」 노부인이 말했다. 「생각컨대, 그건 벨가드 집안의 누구도 범하지 않았던 행동이오」

「우리 언약은 변치 않아요」 어베인이 말했다. 「이미 언약을 했거든요」

「좋소. 그렇다면」 뉴만이 말했다. 「당신의 자존심이 매우 세다는 사실이 정말 기쁘군요. 당신이 약속을 지킬 거라는 믿음을 갖게 하니까요」

노부인은 잠시 침묵을 지키다 갑자기 큰 소리로 말했다. 「뉴만 씨, 난 당신을 언제나 정중히 대하겠소. 하지만 결단코 당신을 좋아하지는 않을 거요」

「너무 확신하지는 마세요」 뉴만은 웃으며 대답했다.

「당신이 베풀 호의 때문에 내 기분이 바뀔 거라고 생각하지 말고, 나를 안락의자로 데려다 주겠소?」 그러고 나서 노부인은 뉴만의 팔을 잡고 거실로 돌아가 자신이 늘 앉던 자리에 앉았다.

로쉬피델르 씨와 그의 부인은 떠날 채비를 하고 있었고, 싱트레 부인과 중얼거리듯 말하는 어느 노부인의 대화도 끝이 났다. 뉴만이 다가서자 싱트레 부인은 누구와 말해야 될지 몰라 주위를 돌아보며 서 있었다.

「당신의 어머니가 내게 여기 자주 왕래해도 좋다고 했소. 매우 심각하게 말했지만」 뉴만이 말했다. 「난 여기 자주 올 작정이오」

「당신을 볼 수 있게 되어 기쁘네요」 싱트레 부인은 짤막하게 대답한 다음 말을 이었다. 「당신이 왕래하는 문제가 그처럼 심각하다는 사실이 매우 이상하다고 생각되겠죠」

「그렇소, 다소간은」

「당신이 처음 저를 보러 온 날, 발렌틴이 우리가 매우 이상한 집안이라고 말했던 걸 기억하세요?」

「그건 처음 왔을 때가 아니고 두번째였죠」

「맞아요. 그때 발렌틴은 저를 난처하게 만들었죠. 하지만 당신을 더욱 잘 알게 된 지금, 그 말이 옳다는 생각이 들어요. 자주 들르시면 알 거예요!」 그러고 나서 싱트레 부인은 발길을 돌렸다.

뉴만은 다른 사람들과 이야기하며 잠시 그녀를 바라보다 떠났다. 그는 계단 끝까지 배웅을 해준 발렌틴과 마지막으로 악수를 했다. 「드디어 허락을 얻어냈군요」 발렌틴이 말했다. 「여기까지의 과정이 쉽지는 않았겠죠」

「난 지난 어느 때보다 당신 누이를 좋아해요. 하지만 나 때문에 더 이상 형에게 신경을 쓰지 말아요」 뉴만이 덧붙여 말했다. 「난 개의치 않으니까요. 당신들이 담배를 피운다고 내가 그 방을 떠난 다음 형에게 호된 야단을 맞지 않았소?」

「형님이 야단을 칠 때는」 발렌틴이 말했다. 「가혹하게 해요. 하지만 난 형님과 대면하는 독특한 방법이 있답니다. 어머니와 형님은 내 예상보다 훨씬 빨리 결정을 내렸어요. 난 그걸 이해할 수가 없어요. 뭔가 잔뜩 대비를 해놓고 있음에 틀림없어요. 그건 당신이 부자이기 때문에 받는 예우가 돼요」

「그래요? 그게 바로 나를 받아들인 가장 중요한 이유가 되는군요」 뉴만이 말했다.

뉴만이 발길을 돌리자 발렌틴이 그를 잡고 약간 냉소 띤 시선으로 쳐다보았다. 「지난 며칠 사이에 당신의 친구인 니오슈 씨를 만났는지 궁금하군요」

「그 사람이 어제 우리 집에 왔어요」 뉴만이 대답했다.

「무슨 말을 하던가요?」

「특별한 말은 없었어요」

「호주머니에서 총 끄트머리라도 보이지 않던가요?」

「뭘 알고 싶소?」 뉴만이 다그쳤다. 「난 그 사람이 평소보다 생기가 있다고 생각했어요」

발렌틴이 웃음을 터뜨렸다. 「그 말을 들으니 안심이 되는군요! 내기에서 내가 이긴 겁니다. 노에미 양은 사람들이 하는 말로 마침내 독립을 선언했거든요. 아버지의 보호를 벗어났답니다. 그녀가 바깥 세상으로 발길을 돌렸는데도 니오슈 씨가 생기가 있다니! 그렇게 함부로 판단하지 말아요. 나는 루브르에서 만난 이래 그녀를 본 적도, 소식을 들은 적도 없어요. 그 여자는 내가 아닌 다른 구원자를 만난 거요. 바다의 괴물로부터 안드로메다를 구해 그녀와 결혼한 페르세우스 같은 남자죠. 이런 문제에 대해서 항상 그렇듯이 내 예상은 정확하답니다. 이제 당신은 내게 항변하겠죠?」

「항변할 말이 없소!」 뉴만은 환멸을 느끼며 중얼거렸다.

뉴만은 더 이상 말하지 않았고, 발렌틴은 자신의 본가로 돌아가려고 한 손을 문 위에 얹다가 갑자기 소리쳤다. 「하지만 난 지금 그 여자를 만나게 될 거요! 그녀는 너무나 특출하니까요——너무나도!」

제13장

뉴만은 대학로를 종종 방문하기로 한 약속, 아니 협약을 지켰으며, 이후 6주 동안 헤아릴 수 없을 만큼 싱트레 부인을 만났다. 그는 자신이 사랑에 빠진 것이 아니라고 달래 보았지만, 뉴만을 세심히 지켜본 사람이라면 이를 인정하지 않을 것이다. 뉴만은 적어도 낭만적인 열정이 없어지거나, 더 커진다고 여기지 않았다. 그의 생각으로 사랑이란 인간을 바보로 만들게 하지만, 현재 자신의 감정은 어리석음이 아니라, 분별 있고, 차분하며, 정당한 방향으로 가는 현명함이었다. 뉴만은 세느강 왼편 둑에 자리잡은 회색 저택에 살고 있는, 더할 나위 없이 우아하고, 민감하며, 동시에 자신을 사로잡는 여인을 향한 애정이 끓어오름을 느꼈다. 이러한 애정은 매우 빈번히 긍정적 의미의 고통으로 변했는데, 이것은 분명히 인간의 감정이 과학적으로 설명되는 현상을 자신이 여태 모르고 있었다는 증거가 된다. 가슴이 중압감으로 짓눌려 있을 때면, 그것이 황금이든, 납이든 문제가 되지 않는다. 아무튼 행복이 고통과 동일시되는 영역으로 몰입하면, 인간은 지혜의 위력이 일시적으로 정지된다는 점을 인정하게 된다. 뉴만은 싱트레 부인을 너무나 갈구했던 나머지, 앞으로 그녀를 위해 베풀 수 있으리라고 생각한 어떤 것도 현재 자신이 쌓아 올린 경지를 넘지 못했다. 싱트레 부인은 뉴만에게 자연과 환경의 절묘한 소산으로 여겨졌기 때문에, 앞으로의 일을 이리저리 궁리하는 가운데 그는 끊임없이 그녀의 개성 있는 조화의 미를 함부로 축소하거나 훼손하지나 않을까 하고 숨을 죽였다. 쉽게 말하면, 뉴만의 애정이란 싱트레 부인의 있는 모습 그대로가 너무나 그를 흡족하게 했으므로 그녀와 인생사의 고통을 중재해 보려는 자신의 생각은 마치 갓난아이의 잠을 깨우지 않으려는 젊은 어머니의 정성에 비견되었다. 뉴만은 단지 마법에 걸렸을 뿐이며, 그는 누군가 흔들면 저절로 멈추어 버리는 자동악기인 양 마법을 다루었다. 그가 안전하게 숨어 엿볼 수 있는 신성한 동맹자로부터 손짓을 기다리는 가운데, 모든 인간의 기질 속에 숨겨진 애타는 쾌락을 이보다 잘 나타내는 증거는 없었다. 뉴만은 마침내 순수하고, 자유롭게, 그리고 가슴 깊이 현재 상태를 향유했다. 싱트레 부인의 개인적 특성들——예컨대 빛을 발하는 두 눈의 감미로움, 섬세한 얼굴의 움직임, 물기 머금은 깊숙한 목소리——이 그의 의식을 가득 채웠다. 자신의 행위에 만족하여, 지력을 모아 대리석 여신을 응시했던 그 옛날의 장미 왕관을 쓴 희랍인이라고 할지라도 은밀한 조화에 탐닉하는 지혜를 이보다 완전히 드러낼 수 없으리라.

뉴만은 싱트레 부인과 격렬한 사랑을 나누지도 않았고, 감상적인 언변도 늘어놓지 않았다. 그는 당분간 싱트레 부인이 주지시킨 금지구역에 한 번도 발을 들여놓지 않았다. 하지만 그럼에도 불구하고 날이 갈수록 자신이 싱트레 부인을 얼마나 흠모하는지 그녀가 더욱 잘 알게 되었으리라는 위안감이 생겼다. 뉴만은 그다지 말을 잘하는 편이 못 되었지만 많은 말을 했고, 또한 싱트레 부인으로 하여금 많은 이야기를 하도록 하는 데 완벽한 성공을 거두었다. 뉴만은 말로든 침묵으로든, 그녀를 지겹게 하는 것을 두려워하지 않았다. 자신이 이따금 싱트레 부인을 지겹게 했든 않았든 간에, 대체로 그녀는 뉴만이 당혹스런 망설임이 없기 때문에 더욱 그를 좋아했을지 모른다. 뉴만이 그곳에 앉아 있을 동안 종종 찾아오는 그녀의 방문객들은, 키가 크고, 몸이 가늘며, 말이 없는 남자가 느긋한 태도로 있는 모습을 보았을 것이다. 하지만 이 남자는 때때로 아무도 익살을 떨지 않을 때 혼자 웃음을 터뜨리고, 정교한 재담에 직면하면 입을 닫아버리는데, 이러한 재담을 이해하기에 그의 문화적 배경이 너무나 부족했던 것이다.

여기서 덧붙여야 될 사실은 뉴만이 전혀 알지 못하는 화제의 숫자가 너무나 많았다는 것과, 그가 알지 못하는 화제에 완벽히 입을 다물었다는 점이다. 뉴만은 색다른 화제도 별로 갖지 못했고, 자신이 비축해 둔 관용구나 언변도 너무나 부족했다. 반면에 그가 귀담아 들어야 될 부분이 많았지만, 자신이 짐작하는 화제의 중요성이란 그것에 대하여 얼마만큼 명쾌하게 말할 수 있느냐와 무관했다. 이런 가운데 뉴만은 결코 지겨워하지 않았고, 그곳에는 침묵이 불유쾌함을 의미한다고 가정할 만큼 실수를 저지를 사람도 없었다. 그러나 여기서 뉴만이 묵묵히 있을 동안 무엇이 그를 즐겁게 했는지 분명히 말하기란 어려웠을 것이다. 단지 많은 사람들에게 진부한 이야기가 된 사실들이 뉴만에게 진귀한 매력이 되었다고 간주되지만, 그가 받은 새로운 인상을 완전히 나열하기란 상당한 놀라움이 될지도 모른다. 뉴만은 싱트레 부인에게 많은 이야기를 들려주었다. 그는 미국에 관해 이야기하면서, 다양한 지방 기구와 상업적인 관습이 어떻게 작동되는지 설명했다. 싱트레 부인은 뉴만의 말에 흥미를 느꼈다고 판단되었지만, 이러한 사실은 누구도 미리 확인할 수 없었다. 싱트레 부인 자신의 말로 비추어 본다면, 뉴만은 그녀가 스스로 이야기를 즐기고 있다고 분명히 확신했다. 이것은 트리스트람 부인이 말했던 싱트레 부인에 대한 인상을 다소 수정했다. 뉴만은 싱트레 부인이 이루 말할 수 없을 만큼 명랑한 성격을 타고났음을 알았다. 그는 싱트레 부인이 수줍음이 많다고 처음 말했던 것이 옳다고 느꼈다. 자신이 처한 상황과 잔잔한 미모가 손쉽게 예의 바른 행동으로 표출되는 여인의 경우 수줍음이란 훨씬 큰 매력이 될 뿐이었다. 뉴만에게 이러한 그녀의 매력이 얼마 동안 지속되었고, 그것이 사라졌을 때조차 배후에서 한동안 똑같은 작용을 하는 뭔가를 남겨놓았다. 이것이야말로 트리스트람 부인이 얼핏 보았던 눈물겨운 비밀일까? 다시 말하면, 자신의 친구인 싱트레 부인의 침묵과, 높은 신분과, 심오함에 대하여 윤곽이 무거운 스케치를 그려야 했던 남모를 비밀일까? 뉴만은 이런 짐작을 했지만, 시간이 흐를수록 싱트레 부인의 비밀이 무엇일까 하는 궁금증이 감소했고, 또한 비밀 자체가 그녀에게 얼마나 혐오스러운지 더욱 확신했다. 싱트레 부인은 분명히 양지의 여인이었지, 음지의 여인은 아니었다. 그녀의 타고난 성격은 남다른 과묵이나 신비스러운 우수가 아니라, 적당한 사색은 할지언정, 솔직하고, 쾌활하며, 눈부신 행동에 다름 아니었다. 뉴만은 분명히 그녀를 원상으로 되돌려 놓는 데 성공했다. 그는 자신을 이처럼 숨막히는 비밀에 대한 해독제로 생각했으며, 사실 무엇보다 그녀로 하여금 숨막힐 듯 한 비밀을 가져야 할 필요성으로부터 찬연히 벗어나도록 했다. 뉴만은 이따금 싱트레 부인이 약속을 정하면, 벨가드 집안의 차가운 난롯가에서 함께 저녁 시간을 보냈다. 그럴 때면 그는 눈을 가늘게 뜨고 방을 둘러보며, 가족들 앞에서 항상 누군가와 이야기하는 자신의 연인을 지긋이 바라보곤 했다. 노 벨가드 부인은 난로가에 앉아 자기 곁으로 다가오는 사람이면 누구든 단아하면서도 차갑게 이야기를 나누면서, 굼뜨고 불안정한 눈으로 방을 둘러보다 뉴만에게 눈빛이 향해지면 갑자기 분출하는 수증기와 같은 느낌을 주었다. 노부인과 악수를 나눌 때 뉴만은 항상 웃으며, 오늘밤도 「나를 참아줄 수 있겠어요?」라고 물었다. 그러면 노부인은 웃지도 않고, 다행스럽게도 자신은 언제나 의무를 다할 뿐이라고 대답했다. 트리스트람 부인에게 노부인에 관한 이야기를 한 적이 있던 뉴만은, 철저한 악당과 사이좋게 지내기란 언제나 쉬운 법이므로 결국 노부인과 좋게 지내기란 무척 용이한 일이라고 말했다.

「그 우아한 용어가 바로 노 벨가드 후작 부인을 지칭하는 건가요?」 트리스트람 부인이 물었다.

「글쎄요」 뉴만이 대답했다. 「그녀는 사악하고 늙은 죄인일 테죠」

「그 죄가 뭔데요?」 트리스트람 부인이 물었다.

「그 여자가 어떤 사람을 살해했는지는 의심의 여지도 없소—— 물론 의무감 때문이었겠지만」

「당신은 어째서 그런 두려움을 갖나요?」 트리스트람 부인은 한숨을 쉬었다.

「난 두려워하는 게 아니오. 그녀를 호의적으로 말하고 있는 거죠」

「당신이 가혹해지고 싶을 때면 무슨 말을 하겠어요?」

「난 다른 사람에게 언제나 가혹해지려고 해요. 특히 큰 아들인 후작에게 그렇소. 그는 내가 도저히 받아들일 수 없는 사람이니까」

「그 사람이 무슨 짓을 했나요?」

「정확히 알 수는 없소. 그건 끔찍하리만큼 사악할 뿐만 아니라, 비열하고 음험하며, 대담한 행동이었다는 말로도 부족해요. 노부인의 잘못이었다면 속죄가 될 수도 있었겠지만 말이오. 그는 살인을 저지르지 않았다고 하더라도, 적어도 다른 사람이 저지를 동안 돌아서서 모른 체했을 겁니다」

이것은 〈미국적인 유머〉를 변덕스럽게 구사하는 하나의 예에 불과했지만, 이 같은 불유쾌한 가정에도 불구하고 뉴만은 벨가드 후작과 편안하고 친밀한 대화를 계속하려고 했다. 자신이 개인적으로 사람들과 접촉하는 한, 뉴만은 구태여 그들을 용서해 줄 거리를 찾으려고 하지 않았다. 그는 단지 스스로를 위로하기 위해, 그들이 우선 좋은 친구들이라고 여기려는 상상력을 발휘할 수 있었던 것이다. 뉴만은 후작을 그런 사람 가운데 하나로 대하려고 최선을 다했다. 게다가 그는 이성적으로 자신이 겉으로 보이는 만큼 터무니없는 바보가 아니라고 솔직히 믿었다. 뉴만의 친근감은 결코 성가신 것은 아니었다. 또한 그의 평등 의식은 공격적 취향이나 미학적 이론이 아니라, 언제나 일정하게 유지되는 신체적 욕구만큼이나 자연스럽고 유기적이었기 때문에 품위 없는 열정에 머물지 않았다. 뉴만이 사회적 척도에서 자신이 갖는 상대적 위치를 태연히 받아들이는 것은 필경 벨가드 후작의 눈에 거슬렸다. 왜냐하면 후작은 자신의 모습이 장차 집안 사람이 될지 모를 인물의 내면에 생경하고 밋밋한 형태로 반사되었음을 알았는데, 이것은 그의 지적 반사경에 투사된 인상적인 현상과 극히 배치되었기 때문이다. 후작은 잠시도 방심하지 않고, 자신이 분명히 인식한 뉴만의 〈진입〉에 대하여 판에 박은 공손함으로 응수했다. 반면에 늘 방심하고 무절제한 질문과 추측에 한껏 빠져 있던 뉴만은 때때로 자신을 맞이하는 인물이 의식적으로 짓는 비꼬는 듯한 미소를 대해야 했다. 이따금 그는 벨가드 후작이 무엇 때문에 빙긋 웃고 있는지 알아차리고 당황했다. 후작의 미소는 뉴만에겐 아마도 대단히 많은 감정 사이의 타협으로 보였다. 후작은 미소를 짓는 한 공손했지만, 그러한 공손은 필연적이었다. 더욱이 그 미소는 자신에게 정중함에 지나지 않았으며, 뭔가 우호적이고 애매한 여운을 남겼다. 미소란 반대——그것은 무척 심각한 의미가 되니까——도 아니며, 무엇에 대한 동의——이것은 굉장히 복잡한 상황을 가져올 수 있다——도 아니었다. 따라서 그 미소는 이런 위기 상황에서 점잔을 빼려는 후작의 개인적 품위를 은폐했을 뿐이었다. 실로 그의 이러한 태도가 아니었다면 틀림없이 집안의 영광이 순식간에 사라졌을지도 모를 일이었다. 후작이 취하는 모든 태도에는, 자신과 뉴만 사이에 의견 교환이 있을 수 없다고 선언하는 듯했다. 그는 숨을 죽이며 뉴만이 내뿜는 민주주의의 향기를 흡입하지 않으려고 했다. 뉴만은 유럽 정치에 능통하지 못했지만 자신의 주변에 무슨 일이 생기는지 대체적인 사실을 알고 싶었기 때문에, 벨가드 후작에게 여러 번이나 정치에 대한 견해를 물어보았다. 그러나 후작은 온화하면서도 간결한 어조로 자신은 가급적 정치를 혐오할뿐더러, 상황이 점차 악화되어 이 시대가 완전히 썩었노라고 대답했다. 이것은 잠시 뉴만으로 하여금 벨가드 후작에게 우호적인 느낌을 갖게 했다. 그리하여 뉴만은 세상이 생기를 잃었다고 생각하는 상대방을 동정하며, 다음 번 그를 만났을 때 시대의 밝은 면을 부각시키려고 결심했다. 후작은 즉각 자신에게 오직 한 가지 정치적 확신만으로 족하다고 대답했는데, 그것은 부르봉 왕가의 앙리 5세가 프랑스 왕위의 절대권을 갖는다는 신념이었다. 뉴만은 상대방을 응시하다 이후 벨가드 후작과 정치에 대한 대화를 중단했다. 뉴만은 겁에 질린 것도, 체면이 손상된 것도 아니었으며, 후작의 말이 즐거운 것은 더욱 아니었다. 그는 마치 벨가드 후작으로부터 어떤 괴상한 식사 취향, 예컨대 생선뼈나 호두껍질을 보고 식욕을 느낄 때와 같은 기분이 들었다. 이런 상황에서 뉴만은 물론 식사에 관한 질문조차 하지 않았다.

어느 날 오후 싱트레 부인을 방문했던 뉴만은, 그녀에게 무슨 일이 있으므로 잠시 기다려 달라는 요청을 하녀로부터 받았다. 그는 잠시 방안을 서성거리며 싱트레 부인의 책을 집어들고, 꽃 향기를 맡아보며, 그녀의 사진(그것이 굉장히 예뻤다고 생각했다)을 쳐다보았다. 이윽고 문이 열리는 소리가 들리자 뉴만은 고개를 돌렸다. 문지방에는 이곳을 들락거리며 뉴만이 여러 번 만난 적이 있던 나이 든 여인이 서 있었다. 그녀는 키가 컸고, 몸매가 꼿꼿했으며, 검은 옷을 입고 있었다. 그녀는 뉴만이 조금만 지식이 있었더라면 자신이 프랑스 여인이 아니라고 충분히 확신시켜 줄 모자를 쓰고 있었다. 왜냐하면 그것은 순전히 영국식으로 만든 모자였기 때문이다. 그녀는 창백하고, 품위 있는, 낙심을 한 얼굴과, 청명하면서도 단조로운 영국인 눈매를 가졌다. 하녀는 잠시 동안 물끄러미, 그리고 소심하게 뉴만을 쳐다본 다음, 짧고 똑바른 영국식 인사를 했다.

「싱트레 부인이 잠시만 기다려주시길 바란답니다」 하녀가 말했다. 「부인은 방금 들어오셨거든요. 곧 옷을 갈아입으실 거예요」

「괜찮소. 부인이 원하는 한 기다릴 테니까」 뉴만이 대답했다. 「서두르지 말라고 전해 주시오」

「감사합니다」 하녀는 부드럽게 말하고 나서 밖으로 나가지 않고 방으로 들어왔다. 그녀는 잠시 주위를 둘러보고 곧장 테이블 쪽으로 가서 책과 장신구를 정돈하기 시작했다. 뉴만은 여인의 고상한 외모에 깊은 인상을 받은 나머지, 상대를 하녀로 부르기가 부담스러워짐을 느꼈다. 뉴만이 천천이 앞뒤로 걸어다닐 동안, 그녀는 잠시 테이블 정리를 하고 커튼을 바로 펴느라 분주했다. 그러나 거울 앞을 지날 때 뉴만은 거기에 비친 모습을 보고 그녀가 열심히 일을 하는 것이 아니라, 그를 물끄러미 보고 있음을 깨달았다. 뉴만은 그녀가 분명히 뭔가 말하고 싶어 함을 감지하고 말을 권유했다.

「당신은 영국인이오?」 뉴만이 물었다.

「네, 선생님」 그녀는 민첩하면서도 부드럽게 대답했다. 「윌트셔[42]에서 태어났답니다」

「그렇다면 파리를 어떻게 생각해요?」

「글쎄요, 파리에 대해 별로 생각하진 않았어요」 그녀는 똑같은 어투로 대답했다. 「여기 온 지도 무척 오래되었으니까요」

「무척 오래 있었다구요?」

「40년도 넘었지요. 에멀린 아가씨와 함께 왔으니까요」

「노 벨가드 부인 말인가요?」

42) 영국 남부의 마을.

「그렇습니다. 그분이 결혼을 하자 함께 왔거든요. 전 마님의 시종이었지요」

「그러면 줄곧 함께 지냈소?」

「네, 줄곧 여기서 지냈지요. 마님은 어린 사람을 시종으로 구했답니다. 보시다시피 전 상당히 나이를 먹었거든요. 이제 일상적인 일은 하지도 못해요. 그저 잡일이나 거들고 있지요」

「그래도 상당히 건강하고 좋아보이는데요」 뉴만은 그녀의 꼿꼿한 자태와 뺨에 어린 기품 있는 장밋빛 혈색을 보고 말했다.

「다행히도 아픈 데는 없답니다. 제가 할 일이 빤히 보이는데 숨을 헐떡이고, 쿨럭거리며 집안을 돌아다닐 수야 없잖아요. 하지만 이제 나이를 먹어 감히 말을 건넬 수도 없네요」

「괜찮소. 거리낌없이 해요」 뉴만은 호기심을 느끼며 말했다. 「나를 두려워할 필요는 없어요」

「선생님은 친절하시네요. 전에 뵌 적이 있어요」

「계단에서 말인가요?」

「네, 백작 부인을 만나러 오셨을 때였지요. 전 양해도 구하지 않고, 오시는 걸 자주 눈여겨보았답니다」

「그렇군요. 무척 자주 왔으니까요」 뉴만이 웃으며 대답했다. 「그걸 눈여겨보려고 정신을 바짝 차릴 필요는 없었을 텐데」

「전 즐거운 마음으로 눈여겨보았답니다」 나이 든 하녀가 진지하게 말했다. 그러고 나서 그녀는 얼굴에 이상한 표정을 띠고 뉴만을 바라보며 서 있었다. 거기에는 본능적으로 배인 복종과 겸손이 엿보였는데, 그것은 습관이 되어버린 분수 있는 처신과, 자신의 〈위치〉를 알고 있다는 태도였다. 하지만 거기엔 아마도 자신이 일찍이 보지 못했던 뉴만의 친근한 접근에서 비롯된 온건한 대담성은 물론, 낡은 격식을 무시하는 태도가 담겨 있었다. 이것은 마치 새로운 시종이 왔기 때문에 노부인의 시종이었던 자신이 마침내 본연의 상태로 돌아가야 한다는 뜻인지도 몰랐다.

「당신은 집안 사람들에게 굉장한 관심을 가지고 있군요?」 뉴만이 말했다.

「관심이 깊어요. 특히 백작 부인에게 그렇지요」

「그건 기쁜 일이오」 뉴만이 말했다. 잠시 후 그는 미소를 지으며 말을 덧붙였다. 「나도 그렇소!」

「그러리라고 짐작했지요. 우린 이러한 것을 눈여겨보고서 나름의 생각을 갖지 않을 수 없답니다. 그렇지 않을까요?」

「하녀의 입장에서 말인가요?」

「고루한 말씀이군요. 머릿속이 그런 문제로 뒤섞일 때 전 자신을 하녀라고 생각지 않습니다. 아무튼 저는 백작 부인에게 너무나 얽매어 있거든요. 부인이 제 자식이라고 하더라도 이보다 더 사랑할 수는 없을 거예요. 그 때문에 제가 이렇게 대담하게 구는 거랍니다. 선생님이 부인과 결혼하고 싶어한다고 하더군요」

뉴만은 자기와 대화를 나누는 여성을 눈여겨보고서, 그녀가 남에 대한 말을 좋아하는 것이 아니라, 열의가 있는 인물로 판단하고 마음을 놓았다. 그녀는 열성적이고, 호소력이 있으며, 사려 깊은 인물로 보였다. 「그건 맞아요」 뉴만이 말했다. 「난 싱트레 부인과 결혼하고 싶소」

「그렇다면 부인을 미국으로 데려가실 건가요?」

「원하는 곳이면 어디든지 데려갈 거요」

「멀수록 더욱 좋겠죠!」 나이 든 여인은 갑자기 격렬하게 소리쳤다. 그러다 스스로 자제하면서, 모자이크 문진(文鎭)을 집어들고 검은 앞치마로 닦기 시작했다. 「저는 이 집안이나 가족들에게 누를 끼치고 싶지는 않습니다. 하지만 가엾은 백작 부인에게는 큰 변화가 있는 게 좋으리라고 생각해요. 여긴 너무나 슬픈 곳이거든요」

「맞아요, 정말 생기 없는 곳이오」 뉴만이 동조했다. 「그러나 싱트레 부인은 명랑해 보이더군요」

「부인은 바로 선(善) 자체라고 할 수 있답니다. 그녀가 이전의 무수한 날보다 지난 2개월 동안 더욱 명랑했다는 말을 들으시면 싫지 않겠지요」

뉴만은 이 말을 자신의 구혼에 대한 밝은 전망으로 간주하고 기뻐했지만, 의기양양한 표정은 억제했다. 「싱트레 부인이 이전에는 우울하게 지냈소?」 뉴만이 물었다.

「가련한 아가씨 같으니. 충분히 그럴 만한 이유가 있었지요. 싱트레 씨는 그처럼 감미롭고 여린 아가씨에게 맞는 남편이 아니었거든요. 그래서 제가 말씀드린 대로, 이곳은 슬픔에 잠겨 버렸답니다. 제 소견으로 아가씨는 여기를 벗어나는 편이 훨씬 나을 거예요. 이렇게 말하는 걸 용서하신다면, 저는 아가씨가 선생님과 결혼하길 바래요」

「나도 마찬가지요!」 뉴만이 응답했다.

「하지만 아가씨가 즉각 마음을 정하지 못하더라도 용기를 잃지 말아야 돼요. 그것이 제가 부탁하고 싶은 거예요. 제발 포기하지 마십시오. 어느 때든 여자에게 접근하는 데는 대단한 모험이 따른다는 걸 나쁘게 받아들이지 않겠지요. 더욱이 여자가 한번의 실수를 겪었을 때는 더욱 그러하답니다. 전 아가씨가 선량하고, 친절하며, 존경할 만한 신사분과 결혼할 수 있다면 즉각 마음을 굳히는 게 좋으리라 생각해요. 이 집안에선 선생님을 좋게 말하고 있어요. 이런 말을 해도 좋을지 모르지만 저는 선생님의 얼굴이 좋아요. 고인이 된 백작과 너무나 다른 외모를 가졌으니까요. 그 사람은 키가 5피트도 되지 않았거든요. 사람들의 얘기로 선생님의 재산이 어마어마하다고 하던데, 그게 나쁠 리야 없겠지요. 그러니 인내심을 가지고 때가 오기를 기다리도록 부탁드립니다. 제가 이런 말을 드리지 않으면 아무도 하지 못할 거예요. 물론 전 어떤 약속도 할 수는 없어요. 아무런 책임을 질 수도 없고요. 하지만 전 기회가 그다지 나쁘지 않다고 생각해요. 저는 조용한 구석에서 지내는 연약하고 늙은 여자일 따름이지만, 여자의 마음은 여자가 아는 법이죠. 그래서 백작 부인을 이해해요. 그녀가 세상에 태어났을 때 제 팔에 안았지만, 첫번 결혼식은 제 생애에서 가장 슬픈 날이었어요. 그래서 그녀는 제게 또다른, 훨씬 희망찬 결혼식을 보여주어야 될 책무가 있답니다. 선생님이 확고한 입장을 견지하신다면——아마 그러실 테지요——그런 날을 볼 수 있으리라고 생각해요」

「당신 말을 들으니 정말 힘이 솟는군요」 뉴만이 진심으로 말했다. 「사람은 너무 많은 것을 가질 수 없는 법이지만, 나는 입장을 고수할 거요. 싱트레 부인이 나와 결혼한다면 당신은 우리와 함께 지내야 돼요」

이 말을 듣고 그녀는 부드럽지만 생기 없는 눈으로 이상한 듯이 뉴만을 쳐다보았다. 「한 집에서 40여 년을 살고 나서 이런 말을 하는 게 무정한 것 같지만, 전 여기를 떠나고 싶어요」

「괜찮소. 그렇게 말하기에 적당한 시간이오」 뉴만이 힘주어 말했다. 「40여 년이 지나면 사람은 변화를 원하는 법이니까」

「정말 친절하시군요」 충실한 하녀는 다시 가볍게 무릎을 굽혀 인사하고 물러날 채비를 했다. 그러다 그녀는 잠시 머뭇거리며 소심하면서도 핏기 없는 미소를 지었다. 뉴만은 낙담을 하고서, 약간 쑥스럽고 짜증난 듯이 손가락을 조끼 주머니 속에 넣었다. 이러한 움직임을 눈치채며 그녀가 말했다. 「제가 프랑스 여인이 아니라서 다행이에요. 그랬더라면 전 비록 늙기는 했지만, 뻔뻔스럽게 억지 웃음을 지으며 이렇게 말했을 테지요. 〈선생님, 정보란 정말 가치 있는 것이죠〉라고요. 하지만 저는 공손히 영국식으로 얘기하겠어요. 제 말이 실제 가치 있다고 말이죠」

「얼마나 가치가 있소?」 뉴만이 물었다.

「쉽게 생각해 보세요. 제가 이런 말을 했다는 걸 백작 부인에게 알리지 않겠다고 약속하겠어요」

「좋소, 그게 전부라면」 뉴만이 응답했다.

「그게 전부예요. 감사해요, 선생님. 안녕히 계십시오」 그녀가 다시 한번 볼품없는 여인의 모습으로 되돌아가듯 물러가자, 싱트레 부인이 반대편 문으로 들어섰다. 싱트레 부인은 다른 문의 휘장이 흔들리는 것을 보고서 뉴만에게 누구와 담소했는지 물었다.

「영국 여성이오!」 뉴만이 잘라 말했다. 「검은 옷에다 모자를 쓰고, 무릎을 약간 굽혀 인사를 하며, 자신의 생각을 너무나 잘 표현하는 나이 든 부인이었어요」

「무릎을 굽혀 인사를 하고, 자신의 생각을 잘 표현하는 나이 든 부인이라구요? 아, 불쌍한 브레드 부인이로군요. 당신이 그녀를 꼼짝 못하게 만들었다는 걸 우연히 알게 됐어요」

「차라리 케이크 부인이라고 부르는 게 낫겠어요」 뉴만이 말했다. 「그게 더욱 달콤할 테니까. 그녀는 케이크처럼 달콤한 여자였소」

싱트레 부인은 잠시 뉴만을 쳐다보았다. 「당신에게 뭐라고 얘기했던가요? 그녀는 훌륭한 사람이지만 다소 침울한 편이죠」

「당신 곁에서 오랫동안 지낸 탓인지 몰라도」 뉴만이 즉각 대답했다. 「난 그녀가 좋아요. 당신이 태어난 후 함께 있었다고 하던데」

「맞아요」 싱트레 부인이 짤막히 대답했다. 「브레드 부인은 매우 충실해요. 전 그 사람을 신뢰해요」

뉴만은 싱트레 부인에게 그녀의 어머니와 어베인에 대한 어떤 느낌도 말하지 않았을 뿐만 아니라, 그들로부터 받은 인상에 대한 암시도 주지 않았다. 그러나 그의 생각을 이미 짐작했다는 듯이, 싱트레 부인은 뉴만이 그녀의 집안 사람들에 대해 말할 수 있는 기회를 모두 조심스럽게 비켜갔다. 그녀는 집안에서 어머니가 내리는 명령을 일절 언급하지 않았으며, 또한 오빠인 어베인이 갖는 견해를 들먹이지도 않았다. 그렇지만 발렌틴에 대한 이야기를 나누면서, 그녀는 남다른 애정을 감추지 못했다. 뉴만은 때때로 악의 없는 질투심으로 그녀의 말에 귀를 기울이며, 오빠에 대한 따뜻한 언급이 자신에게 넘어오기 바랬다. 한번은 싱트레 부인이 의기양양하게 그녀의 생각으로 극히 명예롭게 여겨지는 일을 발렌틴이 수행했다고 말했다. 그것은 집안의 오랜 친구에게 베푼 일인데, 여느 때의 발렌틴이 할 수 있는 것보다 더욱 〈진지한〉 행동이었다는 것이다. 뉴만은 그런 일을 알게 되어 기쁘다고 말하고서, 마음을 터놓고 이야기했다. 싱트레 부인은 귀를 기울이다, 「당신이 제 오빠인 발렌틴에 대해 얘기하는 투가 마음에 들지 않아요」라고 말했다. 놀란 뉴만은 자신에게 어떤 악의도 없다고 말했다.

「너무나 친절하시네요」 싱트레 부인이 대답했다. 「그건 아무런 값어치도 없는 친절이에요. 마치 어린아이에게나 보여줄 수 있는 친절이죠. 그건 당신이 오빠를 존중하지 않는다는 말과 같아요」

「존중이라구요? 난 당연히 그렇다고 생각하는데」

「그렇다구요? 스스로 확신하지도 못한다면 존중이 아니죠」

「당신은 오빠를 존중하나요?」 뉴만이 말했다. 「당신이 그렇다면 나도 마찬가지요」

「누군가를 사랑한다면 그건 대답할 필요도 없어요」

「그렇다면 나한테 묻지 말았어야 했어요. 난 당신 오빠를 정말로 좋아하니까」

「오빠가 당신을 즐겁게 해주었겠죠. 하지만 당신은 오빠를 닮고 싶지 않은 거죠」

「나는 누구도 닮고 싶지 않아요. 누굴 닮는다는 건 너무나 힘든 일이니까」

「무슨 뜻이죠?」 싱트레 부인이 물었다. 「누굴 닮는다는 게」

「그 사람으로부터 기대되는 바를 행한다는 뜻이죠. 의무를 다한다는 뜻이기도 하고」

「하지만 그건 단지 그 사람이 매우 훌륭할 때죠」

「글쎄, 훌륭한 사람이야 셀 수 없을 만큼 많겠지요」 뉴만이 대답했다. 「발렌틴은 내게 과분할 정도랍니다」

싱트레 부인은 묵묵히 있다가 이윽고 입을 열었다. 「제겐 과분하지 못해요. 전 오빠가 뭔가 일을 하길 바래요」

「어떤 일을 할 수 있을까요?」 뉴만이 물었다.

「아무것도 없어요. 그러나 오빠는 매우 현명해요」

「아무것도 하지 않고 행복하다는 건 현명하다는 증거가 돼요」

「사실 전 발렌틴이 행복하다고 생각하지 않아요. 그는 현명하고, 너그럽고, 대담하지만, 그걸 어떻게 증명하겠어요? 오빠의 삶에는 뭔가 슬픈 면이 있어요. 때때로 저는 불길한 예감을 갖는답니다. 까닭은 모르겠지만 뭔가 큰 고통이 있을 것 같은 예감이 들어요. 아마도 불행한 최후 같은 것이겠죠」

「걱정하지 말고 나한테 맡겨요」 뉴만은 유쾌하게 대답했다. 「내가 지켜보고, 해악을 물리칠 테니까」

어느 날 저녁 젊은 벨가드 부인의 거실에서 사람들이 나눈 대화가 눈에 띌 만큼 시들해졌다. 벨가드 후작은 미끈한 성채의 절도 있는 파수꾼처럼 말없이 서성거렸고, 노부인은 난롯불을 응시하며 앉아 있었다. 젊은 벨가드 부인은 커다란 자수 무늬를 짜고 있었다. 보통 이맘 때면 서너 명의 방문객들이 있었지만, 오늘은 격렬한 폭풍우 때문에 가장 성의껏 찾아오는 사람들마저 발길이 끊겼다. 고요히 흐르는 시간 속에서 으르렁거리는 바람 소리와 함께 내리치는 빗방울 소리가 선명하게 들렸다. 뉴만은 시계를 쳐다보며 꼼짝도 하지 않고 앉아, 11시가 될 때까지 머물기로 했다. 싱트레 부인은 그곳에 있는 사람들에게 등을 돌린 채, 유리창에 이마를 대고 커튼이 올려진 창가에 잠시 서서 칠흙 같은 어둠을 내려다보았다. 그러다 갑자기 그녀는 젊은 벨가드 부인을 향해 돌아섰다.

「제발」 싱트레 부인은 특이한 열정으로 말했다. 「피아노에 가서 뭐든 쳐봐요」

젊은 벨가드 부인은 자수판을 치켜들고, 그 속에 있는 작고 하얀 꽃을 가리켰다. 「나한테 이 일을 중단하라고 하지 말아요. 한창 걸작을 만들고 있는 중인데. 이 꽃이 곧 향긋한 냄새를 풍길 거예요. 난 황금빛 비단실로 향기를 불어넣고 있는 중이거든요. 그래서 잔뜩 긴장하고 있는 터라 멈출 수가 없네요. 아가씨가 직접 무엇이든 연주해 봐요」

「언니가 있는데 나보고 연주하라는 건 우스운 일이죠」 싱트레 부인이 응답했다. 그러다 다음 순간 그녀는 피아노 쪽으로 가서 격렬하게 건반을 두드리며, 한동안 멋지고 빠른 연주를 했다. 연주가 멈추자 뉴만은 피아노로 가서 그녀에게 다시 한 번 연주하도록 요청했다. 싱트레 부인은 머리를 가로 저었지만, 뉴만이 계속 고집을 부리자 입을 열었다. 「전 당신 때문에 연주했던 게 아니었어요. 제 자신을 위해 했으니까요」 이 말과 함께 그녀는 다시 창가로 돌아가 밖을 보다가 곧 방을 나가버렸다. 뉴만이 떠나려 할 때 늘 그랬듯이 어베인이 세 계단 아래까지 따라나섰다. 계단 아래에는 하인이 뉴만의 코트를 들고 서 있었으며, 그가 코트를 입는 순간 싱트레 부인이 현관을 가로질러 다가왔다.

「금요일에 집에 있을 건가요?」 뉴만이 물었다.

싱트레 부인은 이 물음에 대답하기 앞서 잠시 뉴만을 쳐다보며 말했다. 「당신은 제 어머니와 큰 오빠를 싫어하죠?」

뉴만은 잠시 망설이다 부드럽게 「아니오」라고 대답했다.

싱트레 부인은 난간에 손을 얹고 첫번째 계단을 응시하며 올라가려고 했다.

「알겠어요. 금요일에 집에 있을 거예요」 이 말과 함께 그녀는 넓고 침침한 계단으로 올라갔다.

금요일이 되어 뉴만이 집으로 들어서자, 싱트레 부인은 어째서 그가 자신의 집안 사람들을 싫어하는지 말해 달라고 했다.

「집안 사람들을 싫어한다구요?」 뉴만이 소리쳤다. 「정말 끔찍한 소리군요. 난 그렇게 말하지 않았는데. 만약 그랬더라도 당신 뜻과는 달라요」

「우리 집안 사람들을 어떻게 생각하는지 말해 줘요」 싱트레 부인이 말했다.

「난 당신 외에 누구도 생각하지 않소」

「그건 당신이 우리 집안 사람들을 싫어하기 때문이겠죠. 사실 대로 말해 줘요. 제 기분이 상하진 않을 테니까요」

「정확히 말해서 난 당신 큰오빠를 좋아하지 않아요」 뉴만이 대답했다. 「생각해 보니 그렇더군요. 그런데 이렇게 말한들 무슨 소용이 있겠소? 난 잊어버렸는데 말이오」

「당신은 정말 성격이 좋군요」 싱트레 부인이 진지하게 말했다. 그러고 나서 그녀는 마치 벨가드 후작에 대한 험담을 유도한다는 인상을 피하려는 듯이, 몸을 돌려 뉴만에게 앉으라는 시늉을 했다.

그러나 뉴만은 그대로 서 있다가 입을 열었다. 「사실 보다 중요한 문제는 당신 어머니와 큰오빠가 나를 좋아하지 않는다는 거요」

「아뇨, 그렇지는 않아요」

「그들이 잘못 생각하고 있지 않을까요?」 뉴만이 물었다. 「난 남들로부터 미움받을 사람은 아니라고 생각해요」

「남들로부터 호감을 받는 사람일지라도 미움을 받을 수 있다고 생각해요. 그런데 오빠가」 그녀는 말을 덧붙였다. 「당신을 화나게 하진 않았겠죠?」

「그렇게 했소. 가끔씩이긴 하지만」

「당신은 한 번도 내색을 하지 않았잖아요」

「그럴수록 더욱 좋은 게 아닐까요」

「그래요, 그건 맞아요. 어머니와 오빠는 당신에게 매우 잘 대해 준다고 생각하는걸요」

「분명히 나를 훨씬 거칠게 다룰 수도 있었겠죠」 뉴만이 말했다. 「난 솔직히 깊이 감사하고 있소」

「당신은 관대하시네요」 싱트레 부인이 말했다. 「그건 기분 좋은 입장은 아닐 텐데요」

「그들에게 그렇다는 건가요? 내게는 그렇지 않은데」

「저한테 그렇다는 말이에요」

「그들의 죄가 용서받게 되면 그럴 필요는 없겠죠!」 뉴만이 말했다. 「그들은 내가 자신들만큼 선량하지 않다고 생각해요. 사실은 선량한데 말이오. 하지만 우린 그런 문제로 다투지는 않을 거요」

「뭔가 언짢은 말을 하지 않고선 당신 말에 차마 동의할 수 없네요. 아마도 이해하지 못할 테지만, 당신에 대해 좋지 않은 선입견이 있답니다」

뉴만은 자리에 앉아 잠시 싱트레 부인을 쳐다보았다. 「난 정말 이해가 되지 않소. 하지만 당신이 말했으니 믿어야겠군요」

「그건 빈약한 이유로군요」 그녀는 미소를 지으며 말했다.

「아니, 매우 합당한 이유죠. 당신은 고상한 정신과 기준을 지녔어요. 그런데 당신에겐 모든 일이 자연스럽고 거리낄 게 없어요. 마치 격식을 갖춘 사진을 찍으려고 앉아 있는 양, 당신은 세상의 험한 구석을 모르는 듯이 보여요. 당신은 나를 돈벌이에 혈안이 된 채, 인생에서 어떤 생각도 하지 못하는 사람으로 여길 테죠. 그것이 어느 정도 맞기는 해도 전부는 아니오. 비록 정확히 모르지만, 사람은 뭔가 일을 해야 돼요. 나는 돈벌이에 신경을 썼지만, 특별히 돈을 좋아해 본 적은 없소. 그건 내가 달리 할 일이 없었기 때문이고, 게다가 게으름을 피우는 건 나한테 맞지도 않았어요. 나는 다른 사람들에게나, 자신에게 매우 관대했소. 사람들이 요구하는 일이면 대부분 수락했으니까요. 그렇다고 그들이 악당이란 뜻은 아니오. 당신 어머니와 오빠에 대해 말하자면, 내가 싸울 수 있다고 여기는 한 가지 점이 있어요. 난 그들로 하여금 극구 내 칭찬을 해달라고 당신에게 요청하는 게 아니라, 그들이 당신을 내버려두도록 요구하는 거요. 만일 그들이 나에 관해 좋지 못한 얘기를 당신에게 했다면, 난 호되게 꾸짖어야 마땅하겠죠」

「당신이 말한 대로 어머니와 오빠는 제게 간섭하지 않아요. 당신에 대해 나쁘게 말하지도 않았고요」

「그렇다면」 뉴만이 소리쳤다. 「난 그 사람들이 참으로 훌륭하다고 단언해요」

싱트레 부인은 뉴만의 외침에 뭔가 놀라는 듯이 보였다. 아마도 그녀는 뭔가 응답을 할 수 있었을지 모르나, 그 순간 문이 활짝 열리면서 입구를 가로질러 어베인이 들어왔다. 그는 뉴만을 보고 놀라는 체했지만, 그 표정은 드물게 보이는 자신의 쾌활한 모습을 잠시 감출 뿐이었다. 뉴만은 그처럼 유쾌한 후작의 표정을 본 적이 없었는데, 창백하고 침침한 그의 안색이 겉으로 쉽게 드러나지 않을 만큼 변한 듯했다. 후작은 누군가 다른 사람이 들어오도록 문을 열었으며, 이윽고 뉴만이 본 적이 없는 한 신사의 팔에 몸을 기대며 노 벨가드 부인이 나타났다. 뉴만은 이미 자리에서 일어나 있었고, 자신의 어머니 앞에서 늘 그러하듯 싱트레 부인도 일어섰다. 다정스럽게 뉴만을 반긴 후작은 천천히 손을 비비며 멀찌감치 떨어져 있었다. 노부인은 자신의 동반자와 함께 앞으로 걸어와 위엄 있는 태도로 뉴만에게 고개를 끄덕이며, 낯선 신사로 하여금 딸에게 인사를 하도록 팔을 놓아주었다.

「얘야」 노부인이 말했다. 「네가 모르는 친척인 디프미어 경

(卿)을 데리고 왔단다. 이 사람은 우리 사촌인데, 자신이 오래 전에 했어야 될 일을 오늘에야 했지. 우리에게 인사하러 온 거란다」

싱트레 부인은 미소를 지으며 디프미어 경에게 손을 내밀었다. 「이건 매우 뜻밖이오」 느림보 귀족이 말했다. 「그런데 내가 서너 주 이상 파리에 머물기는 이번이 처음이거든요」

「그럼 여기에 얼마나 머물렀나요?」 싱트레 부인이 물었다.

「지난 2개월 동안이었소」

이 두 마디의 말은 건방진 행동으로 비춰질 수 있었지만, 디프미어 경의 얼굴을 훔쳐보면――분명히 싱트레 부인을 만족시켰듯이――순진무구한 표정만이 감돈다는 것을 느끼게 될지도 모른다. 주위 사람들이 자리에 앉자 그들이 나누는 대화에 끼지 못한 뉴만은 새로운 방문객을 관찰하는 데 몰두했다. 그러나 디프미어 경의 신변에 관한 관찰은 그다지 확대되지 않았다. 그는 33세 가량의 체구가 변변치 못한 인물인데다, 대머리에 작달막한 코를 가졌으며, 턱 위로 앞이빨이 드러나지 않았다. 더욱이 그의 푸른 눈은 둥글고 천진난만하게 보였고, 턱에는 몇 개의 뾰루지가 나 있었다. 그는 매우 수줍어했고, 가장 손쉽게 휴식을 취하려는 듯 갑자기 괴상한 소리로 숨을 내쉬며, 껄껄 웃기도 하였다. 디프미어 경의 인상에는 대단히 단순하면서도 소박한 면이 엿보였고, 과거에 교육의 혜택을 받지 못한 느낌을 주었다. 그는 파리가 엄청나게 흥미로운 곳이기는 하지만, 실제로 누릴 수 있는 오락 면에서는 더블린을 능가할 수 없다고 말했다. 그는 심지어 더블린이 런던보다 좋다고 찬양하면서 싱트레 부인이 거기에 가본 적이 있는지 물었고, 언젠가 그들 모두 함께 가게 되면 자신이 아일랜드의 스포츠를 보여주겠노라고 했다. 디프미어 경은 낚시를 하러 늘 아일랜드에 갔으며, 오펜바하[43]의 새로운 오페라를 보러 파리로 왔다. 이런 공연은 더블린에서 볼 수도 있지만, 기다릴 수 없었던 것이다. 그는 또한 파리 제일의 공연을 아홉 번이나 보았다고 털어놓았다. 싱트레 부인은 등을 뒤로 기대고 팔짱을 낀 채, 보통 외부 사람에게 드러내는 것보다 더욱 눈에 띌 만큼 의아한 표정으로 디프미어 경을 바라보았다. 반면에 노부인은 딱딱한 미소를 지었고, 후작은 가벼운 오페레타 가운데 자신이 좋아하는 작품이 「가자 라드라」라고 말했다. 디프미어 경의 말을 듣고 나서 노부인은 공작과 추기경, 백작 부인과 바바라 여사의 소식에 관해 잇달아 질문을 했다. 그가 15분 정도 시들한 답변을 늘어놓자, 뉴만은 떠나려고 일어섰다. 후작은 현관 쪽으로 세 발자국 따라나섰다.

「저 사람은 아일랜드인이오?」 뉴만은 방문객이 있는 곳으로 고개를 끄덕이며 물었다.

「그의 어머니는 피누캐인 경의 딸이었죠」 후작이 대답했다. 「그는 아일랜드에 굉장히 많은 부동산이 있어요. 무척 특이한 상황이지만, 직계든 방계든 남자 상속인이 없었기 때문에 그의 어머니인 브리짓 여사가 모든 걸 물려받았답니다. 하지만 디프미어 경은 영국에서 작위를 받았고, 그곳에 엄청난 재산이 있어요. 매력적인 젊은이죠」

뉴만은 아무런 대답도 하지 않았지만, 후작이 정중히 물러가려고 할 때 그를 잡고 말했다. 「당신에게 감사의 말을 해야 되겠소. 그처럼 세심하게 우리의 약속을 지켜주었을 뿐만 아니라, 내가 당신 누이와 잘돼 갈 수 있게끔 도와주었으니 말이오」

---

43) 19세기 프랑스의 오페라 작곡가.

후작은 뉴만을 응시했다. 「사실 난 자랑할 만한 일은 아무것도 하지 않았소」

「이런, 겸손할 건 없어요」 뉴만이 웃으며 대꾸했다. 「나는 스스로의 힘만으로 잘 해낼 수 있다고 우쭐대진 않아요. 당신 어머니에게도 마찬가지고!」 그러고 나서 뉴만은 자신을 쳐다보는 후작을 남겨두고 발길을 돌렸다.

제14장

다음 번 대학로를 방문했을 때, 뉴만은 운이 좋게도 싱트레 부인이 혼자 있는 모습을 발견했다. 그는 명확한 의도를 가지고 왔으므로 주저하지 않고 행동으로 옮겼다. 더욱이 싱트레 부인은 뭔가 간절히 기다리는 모습이었다.

「난 지난 6개월 동안 당신을 만나러 왔어요」 뉴만이 말했다. 「그리고 약속대로 당신에게 결혼이란 말을 입에 담지도 않았소. 당신이 그렇게 요구했으니 따를 수밖에 없었지만. 이보다 더 충실할 수야 없었겠죠?」

「당신은 정말 훌륭하게 행동했어요」 싱트레 부인이 대답했다.

「하지만 이제는 태도를 바꿔보려고 해요」 뉴만이 말했다. 「그렇다고 무모한 행동을 하겠다는 뜻은 아니지만, 원점으로 돌아가려고 해요. 이미 원점에 있는 상태니 제자리만 맴돈 셈이오. 아니 오히려 난 처음 상태에서 벗어난 적이 없소. 당시에 원했던 걸 줄곧 바래왔으니까. 지금에 와서야 그걸 더욱 확신할 수 있어요. 난 자신뿐만 아니라, 당신에 대해서도 더욱 확신하고 있소. 비록 3개월 전에 믿을 수 없던 걸 조금이라도 알게 되었다고 말할 수 없지만, 난 당신을 더욱 잘 알게 되었어요. 당신은 내가 상상하고 바랄 수 있는 모든 것, 아니 그 이상이랍니다. 이제 당신은 나를 알고, 또한 알아야만 돼요. 당신이 최상의 것을 보았다고 할 순 없지만, 나의 가장 역겨운 모습을 보았으니 만큼 모든 걸 생각해 봐요. 내가 단지 기다리기만 했다는 점을 틀림없이 알았을 테니, 내 태도가 바뀐다고 생각할 수야 없겠지요. 이제 뭐라고 얘기할 건가요? 모든 게 명백하고 합당하며, 내가 인내심 있고 사려 깊기 때문에 이제 보상을 받을 만하다고 해봐요. 그런 다음 나에게 당신의 손길을 건네요. 싱트레 부인, 제발 그렇게 해요」

「저는 당신이 단지 기다리기만 했다는 걸 잘 알아요」 싱트레 부인이 입을 열었다. 「그리고 이 날이 올 줄도 분명히 알았어요. 전 여기에 대해 상당히 많은 생각을 했답니다. 처음에는 약간 두려웠지만 이제 그렇지도 않아요」 그녀는 잠시 말을 멈추었다가 다시 계속했다. 「차라리 다행이에요」

싱트레 부인은 나즈막한 의자에 앉아 있었고, 뉴만은 가까이 있는 긴 의자에 앉았다. 뉴만은 약간 몸을 숙여 싱트레 부인의 손을 잡았지만, 그녀는 잠시 동안 가만히 있었다. 「그건 나의 수고가 헛되지 않았다는 뜻이로군요」 뉴만이 말했다. 싱트레 부인은 잠시 뉴만을 쳐다보았는데, 그녀의 눈에는 눈물이 가득했다. 「나와 함께 지내면」 그는 말을 계속했다. 「당신은 평온할 거요」 뉴만은 흥분되어 있으면서도 비유를 찾느라 잠시 머뭇거렸다. 그러다 그는 간단하면서도 엄숙하게 말했다. 「마치 당신 아버지 품 속에 있는 것처럼 말이오」

싱트레 부인은 여전히 뉴만을 바라보았고, 눈물이 멈추지 않았다. 그러다 갑자기 그녀는 의자 옆에 있는 소파 팔걸이에 얼굴을 묻고 소리없이 흐느꼈다. 「전 너무나도 약해요, 너무나도」

뉴만은 그녀가 읊조리는 말을 듣고, 「그게 바로 나한테 의존해야 될 더욱 합당한 이유가 되는 거죠」라고 말했다. 「무엇 때문에 고통을 겪소? 여기 당신을 괴롭힐 건 전혀 없어요. 난 당신에게 행복만 가져다주겠소. 그렇게도 믿기 어려운가요?」

「당신에겐 모든 일이 단순하게 보여요」 싱트레 부인은 머리를 들고 말했다. 「하지만 세상일은 그렇지 않거든요. 전 너무나 당신을 좋아해요. 6개월 전에도 그랬지만, 지금은 확신할 수 있어요. 당신도 그렇게 말했지만, 오히려 뭔가 단순하기 때문에 결혼을 결정하는 일이 쉽지 않아요. 생각해야 될 일이 너무나 많은걸요」

「생각해야 될 일은 한 가지뿐이오. 그건 우리가 서로 사랑한다는 사실이죠」 싱트레 부인이 침묵을 지키자 뉴만은 재빨리 말을 이었다. 「좋소, 당신이 이걸 받아들일 수 없더라도 그렇다고 말하지는 말아요」

「차라리 아무것도 생각하지 않는 편이 낫겠죠」 마침내 그녀가 말했다. 「아무런 생각 없이 두 눈을 감고 체념하는 편이 나을 테죠. 하지만 그럴 수는 없어요. 저는 차갑고, 나이 들고, 비겁한 사람이에요. 더욱이 다시 결혼한다는 건 생각해 본 적도 없어요. 그런데도 당신 말에 귀를 기울이다니 이상할 따름이죠. 어렸을 적엔 자신의 선택으로 자유로이 결혼한다면 어떻게 할까 했는데, 그때는 당신과 전혀 다른 유형의 사람을 생각했답니다」

「그건 내게 나쁜 얘기가 아니로군요」 뉴만은 활짝 미소를 지으며 말했다. 「당신 취향이 형성되지 않았을 때였으니 말이오」

뉴만의 미소는 싱트레 부인으로 하여금 미소를 짓게 했다. 「당신 취향은 형성되었나요?」라고 물으며 그녀는 어조를 바꾸어 말했다. 「당신은 어디서 살려고 해요?」

「당신이 원하는 곳이면 세상 어디든 상관없어요. 우리는 그 문제를 쉽게 해결하고 말 테니까」

「어째서 당신에게 이런 걸 묻는지 모르겠군요」 싱트레 부인은 잠시 후 입을 열었다. 「별로 생각해 보지도 않았는데 말이에요. 당신과 결혼한다면 전 어디든지 살 수 있다고 생각했을 따름이죠. 당신은 제게 대하여 잘못 생각하고 있답니다. 제가 굉장히 많은 걸 요구하고, 남보란 듯이 살아야 한다고 생각하시겠죠. 그런 일을 실현하기 위해 당신이 온갖 수고를 할 태세가 되어 있다는 것도 확신해요. 하지만 그건 매우 독단적인 생각이죠. 저는 그것을 입증할 어떤 행동도 취하지 않았거든요」 그녀는 다시 말을 멈추고 뉴만을 쳐다보았다. 싱트레 부인의 뒤섞인 말과 침묵이 너무나 달콤한 나머지, 뉴만은 찬란한 일출을 바라는 심정만큼 그녀를 재촉하고 싶었다. 「당신이 우리와 다르다는 사실이 처음엔 어렵고 힘들었지만, 그것이 어느 날 제게 대단한 기쁨으로 여겨졌답니다. 사실 전 당신이 다르다는 점이 기뻐요. 하지만 이렇게 말했더라도 아무도 저를 이해하지 못할 거예요. 그건 제 가족만 의미한 게 아니랍니다」

「사람들이 나를 두고 이상한 괴물이라고 했을 테지요, 그렇죠?」 뉴만이 말했다.

「제가 당신과 함께 결코 행복해 질 수 없을 거라고 말했겠죠. 당신은 너무나 달라요. 오히려 너무나 다르기 때문에 제가 행복해질 수 있다고 말하겠죠. 하지만 사람들은 보다 합당한 이유를 붙일 수 있을 거예요. 저의 유일한 이유는」 그녀는 다시 말을 멈추었다.

그러나 일출이 무르익는 이 순간 뉴만은 결정적인 말을 하고 싶은 충동을 느꼈다. 「당신의 유일한 이유는 나를 사랑한다는 거요!」 그가 능숙한 몸짓으로 중얼거리자, 말이 궁해진 싱트레 부인이 동조하는 듯이 보였다.

뉴만은 다음날 다시 그곳에 왔는데, 집으로 들어오다 현관에서 친구인 브레드 부인과 마주쳤다. 그녀는 품위 있고 느긋한 태도로 배회하고 있었으며, 뉴만의 눈길이 자신에게 고정되자 가볍게 무릎을 굽혀 인사했다. 그러고 나서 그녀는 뉴만을 맞이한 하인에게 돌아서서, 몸에 배인 의연함과 고르지 못한 영어 악센트를 섞어 위엄 있게 말했다. 「이제 물러가도 좋아요. 이 신사분은 내가 안내할 테니까」 그러나 이 같은 말에도 불구하고 브레드 부인의 목소리는 명령조의 어조가 익숙하지 않은 것처럼 다소 떨렸다. 그녀에게 무례한 눈길을 던진 하인이 천천히 걸어나간 다음 뉴만은 이층으로 안내되었다. 계단은 절반쯤에서 작은 단(壇)을 만들며 굽어졌고, 나무 모퉁이에는 18세기에 만든 무표정한 님프 상(像)이 억지 웃음을 띠며 창백하고 금이 간 모습으로 서 있었다. 브레드 부인은 여기에 멈춰 서서 수줍은 듯 상냥하게 자신의 동반자를 바라보았다.

「전 좋은 소식을 가지고 있어요」 그녀가 중얼거리듯 말했다.

「당신이 그걸 가장 먼저 알 충분한 권리가 있소」 뉴만이 말했다. 「정말 따뜻한 관심을 가지고 있군요」

브레드 부인은 돌아서서 마치 놀리듯 님프 상의 먼지를 털기 시작했다.

「나를 축하해 주고 싶어하는 것 같군요」 뉴만이 말했다. 「정말 고맙소」 그러고 나서 그는 말을 덧붙였다. 「지난번에는 내게 큰 즐거움을 주었어요」

브레드 부인은 분명히 확신한 듯 몸을 돌렸다. 「제가 어떤 말을 들었는지 짐작하지 못하시겠죠. 전 짐작만 했을 뿐이지만, 선생님이 들어설 때 모습을 보고 제 짐작이 맞았다고 확신했어요」

「상당히 예리하군요」 뉴만이 말했다. 「난 당신이 모든 걸 태연히 지켜보았다고 믿어요」

「다행히 전 바보는 아니랍니다. 게다가 뭔가 짐작도 했거든요」

「그게 뭔가요?」

「말할 필요는 없어요. 선생님이 믿으실 거라고 생각하지 않으니까요. 어쨌든 즐거운 일이 못 돼요」

「그렇다면 즐거운 것만 얘기해 주시오」 뉴만이 웃으며 말했다. 「당신이 처음에도 그렇게 했으니까」

「좋아요. 모든 일은 빨리 끝날수록 좋다는 데 동의하시겠죠」

「우리가 빨리 결혼할수록 좋다는 말인가요? 나한테는 분명히 훨씬 낫죠」

「그건 누구에게나 더 좋은 일이 돼요」

「당신에게도 좋은 일이 되겠죠. 당신이 우리와 함께 지내게 될 거라는 사실을 알고 있겠죠」

「정말 감사해요. 하지만 전 자신에 대해 생각하는 게 아니랍니다. 감히 말씀드리자면, 선생님이 시간을 끌지 말도록 요구하는 것 뿐이에요」

「당신은 누군가를 두려워해요?」

브레드 부인은 계단 위를 올려보다가 다시 아래를 내려다보았다. 그녀는 님프의 귀에도 감각이 있는 양 먼지 낀 님프 상을 쳐다보며 말했다. 「전 모든 사람이 두려워요」

「정말 불안정하군요!」 뉴만이 말했다. 「당신이 말하는 〈모든 사람〉이 내 결혼을 막으려고 한단 말이오?」

「전 이미 너무나 많은 사실을 발설한 것 같네요」 브레드 부인이 응답했다. 「이미 했던 얘기를 취소하지 않겠지만, 더 이상 어떤 말도 할 수 없답니다」 그녀는 다시 계단 위로 올라가 싱트레 부인의 거실로 뉴만을 안내했다.

뉴만은 싱트레 부인이 홀로 있지 않다는 것을 알고 무언중에 저주의 말을 뇌까렸다. 그녀의 옆에는 어머니가 앉았고, 방의 한가운데는 젊은 벨가드 부인이 보넷에다 망토를 두른 채 서 있었다. 노부인은 손으로 팔걸이의 손잡이를 움켜잡고 의자에 기대앉아, 꼼짝도 하지 않고 뉴만을 응시했다. 그녀는 뉴만의 인사도 의식하지 못한 듯이 골똘히 생각에 빠져 있었다. 뉴만은 속으로 노부인이 자기 딸의 약혼 선언을 차마 믿지 못한다고 생각했다. 그러나 싱트레 부인은 뉴만에게 손을 내밀며, 그가 뭔가 이해해야 된다는 표정을 지었다. 그것은 경고일까, 아니면 요청일까? 그녀는 무슨 말을 하려는 것일까, 아니면 입을 다물겠다는 것일까? 뉴만은 이런 생각 때문에 당혹했으며, 젊은 벨가드 부인이 예쁘게 싱긋 웃는 모습에서도 어떤 짐작을 하지 못했다.

「저는 어머니에게 말씀드리지 않았어요」 싱트레 부인이 뉴만을 쳐다보며 불쑥 말했다.

「무슨 말을 했다고?」 노부인이 다그쳤다. 「넌 내게 말을 한 게 별로 없잖아. 전부 얘기해야 돼」

「그건 저도 마찬가지에요」 젊은 벨가드 부인이 가볍게 웃으며 말했다.

「내가 대신 얘기하겠소」 뉴만이 나섰다.

노부인은 다시 뉴만을 응시한 다음, 딸에게 몸을 돌리며 부드럽게 물었다. 「넌 이 사람과 결혼할 거냐?」

「그래요, 어머니」 싱트레 부인이 대답했다.

「정말 다행히도 당신 딸이 동의했소」 뉴만이 말했다.

「언제 이런 약속이 이루어졌지?」 노부인이 물었다. 「나는 이 소식을 우연히 듣게 되는 것 같구나!」

「내 긴장된 생활은 어제로서 끝이 났답니다」 뉴만이 말했다.

「그렇다면 내 긴장은 얼마나 오래 갈 거냐?」 노부인이 딸에게 물었다. 그녀는 화가 난 기색이 아니었지만, 냉혹하고 고상한 노여움을 띠며 말했다.

싱트레 부인은 바닥을 응시하며 묵묵히 서 있었다. 「이제 끝났어요」 그녀가 말했다.

「내 아들은 어디 있느냐? 어베인 말이야」 노부인이 말했다. 「네 오빠를 불러 이 소식을 알려주어라」

젊은 벨가드 부인은 손으로 종을 당기는 줄을 잡았다. 「그이는 저와 함께 몇 군데를 돌아볼 참이었거든요. 전 서재의 문을 아주 부드럽게 두드리려고 했죠. 하지만 저한테 올 거예요!」 이 말과 함께 그녀가 종을 당기자 브레드 부인이 침착하고 궁금한 표정으로 나타났다.

「어베인을 불러오너라」 노부인이 말했다.

그러나 뉴만은 견딜 수 없을 만큼 확고한 투로 뭔가 말하고 싶은 충동을 느꼈다. 「후작에게 여기 오라고 전하시오」 그가 말하자 브레드 부인은 조용히 물러갔다.

젊은 벨가드 부인은 시누이에게 가서 그녀를 껴안고 활짝 웃으며 뉴만에게 고개를 돌렸다. 「아가씨는 매력적이에요. 축하해요」

「나도 축하하오」 노부인이 지극히 엄숙하게 말했다. 「내 딸은 참으로 훌륭해요. 결점도 있지만, 난 그걸 모르겠소」

「어머니는 농담을 자주 하시지 않는 편이지만」 싱트레 부인이 말했다.「한 번 하실 때면 끔찍할 정도랍니다」

「아가씨는 정말 매혹적이죠」 젊은 벨가드 부인은 머리를 갸우뚱하고 시누이를 바라보며 말했다.「축하해요」

싱트레 부인은 돌아서 자수판을 집어들고 열심히 바느질을 시작했다. 몇 분 간 침묵이 흐르다 벨가드 후작이 들어오자 끊어졌다. 후작은 장갑을 낀 손으로 모자를 들고 왔으며, 방금 도착한 듯한 발렌틴이 뒤따라 왔다. 벨가드 후작은 한 차례 주위를 둘러보고서 평소처럼 깍듯이 예의를 갖추며 뉴만에게 인사했다. 발렌틴은 어머니와 누이에게 인사한 다음, 뉴만과 악수를 나누며 꽤나 궁금한 눈길을 던졌다.

「어서 오세요!」 젊은 벨가드 부인이 소리쳤다.「엄청난 소식이 있어요」

「얘야, 네 오빠에게 직접 말하렴」 노부인이 딸에게 말했다.

싱트레 부인은 자수판을 들여다보다가 눈을 들어 오빠를 바라보았다.「전 뉴만 씨의 청혼을 받아들이기로 했어요」

「당신 누이가 동의했소」 뉴만이 말했다.「보시다시피 난 결국 이렇게 될 줄 알았어요」

「정말 기뻐요」 후작이 여느 때보다 온화하게 말했다.

「나도 마찬가지요」 발렌틴이 뉴만에게 말했다.「형님과 난 정말 기뻐요. 난 비록 결혼할 수는 없어도, 이해할 수 있어요. 물구나무 서는 법을 몰라도 훌륭한 곡예사에게 갈채는 보낼 수 있거든요. 누이여, 정말 이 결합을 축하해」

후작은 한동안 자신의 모자를 바라보며 서 있다가 말문을 열었다.「우리는 마음의 준비를 해왔지만, 일이 이렇게 되고 보면 누구든 일말의 감회가 없지 않는 법이오」 그러고 나서 그는 침착하게 미소를 지었다.

「난 마음의 준비가 완전히 되지 못한지라 감회 따위는 없어」 후작의 어머니가 말했다.

「이걸 어떻게 표현해야 될지 모르겠소」 뉴만은 후작과 달리 웃으며 말했다. 「난 생각보다 훨씬 행복해요. 이게 당신들이 보여준 행복의 광경인지 모르겠소만!」

「그렇게 과장할 건 없어요」 노부인은 자리에서 일어나 손으로 딸의 팔을 잡으며 말했다. 「이 정직한 노인이 자신의 아름다운 외동딸을 빼앗기는 데도 고마워할 거라고 생각지 말아요」

「저는 어쩌고요, 어머니」 젊은 후작 부인이 새침을 떨며 말했다.

「그럼요, 당신도 매우 아름답소」 뉴만이 말했다.

「그러면 결혼식은 언제죠?」 젊은 벨가드 부인이 물었다. 「전 무슨 드레스를 입을 건지 생각하는데 한 달은 걸려요」

「의논을 해야겠지」 노부인이 말했다.

「결혼 날짜는 의논한 다음 알려주겠소!」 뉴만이 소리쳤다.

「틀림없이 의견 일치는 될 거요」 어베인이 말했다.

「싱트레 부인과 의견을 달리하면 당신은 정말 부당한 사람이 돼요」

「자, 어베인」 젊은 벨가드 부인이 말했다. 「난 곧장 의상점으로 가야겠어요」

노부인은 딸의 팔을 잡고 서서 그녀를 응시하다 가벼운 한숨을 내쉬며 중얼거렸다. 「아니, 이럴 줄 몰랐어! 당신은 운이 좋은 사람이오」 그녀는 뉴만을 돌아보고 의미심장하게 고개를 끄덕이며 말을 덧붙였다.

「잘 알고 있습니다!」 뉴만이 대답했다. 「난 지금 말할 수 없을 만큼 자부심을 느껴요. 지붕 꼭대기에서 소리라도 지르고 싶군요. 그리고 행인들을 붙잡고 이 소식을 전하고 싶소」

노부인은 입술을 모으며, 「제발 그러지는 말아요」라고 말했다.

「사람들이 많이 알수록 더욱 좋은 거죠」 뉴만이 기세등등하게 말했다. 「난 아직 여기서 이 사실을 알리지 않았지만, 오늘 아침 미국으로 전보를 보냈거든요」

「전보를 보냈다구요?」 노부인이 중얼거렸다.

「뉴욕, 세인트 루이스, 샌프란시스코 등으로 말이오. 아시다시피 그곳은 미국의 주요 도시들이죠. 내일은 여기 친구들에게도 알릴 거요」

「친구가 많소?」 노부인이 물었다. 그녀의 어조는 뉴만이 충분히 헤아리지 못할 만큼 무례했다.

「나한테 악수세례와 축하 인사를 해줄 정도는 족히 돼요. 물론」 뉴만은 잠시 후 말을 덧붙였다. 「당신 친구들로부터 받게 되는 건 제외하고요」

「내 친구들은 전보 따위는 이용하지 않을 겁니다」 노부인은 이 말과 함께 자리를 떠났다.

후작은 자신의 아내가 상상의 나래를 펴고, 의상점에서 보란 듯이 실크 옷자락을 나부끼고 있을 동안 뉴만과 악수를 나누었다. 그는 뉴만이 일찍이 들어본 적 없는 설득력 있는 악센트로 「날 믿어요」라고 말하고 아내와 함께 나갔다.

발렌틴은 거기 서서 자신의 누이를 보다가 뉴만에게 시선을 돌렸다.

「두 사람 모두 진지하게 생각한 줄로 믿어요」 발렌틴이 말했다.

싱트레 부인은 미소를 지으며 대답했다. 「우리는 오빠가 가진 사고력도, 심원한 마음도 없지만 최선을 다했을 뿐이에요」

「좋아, 난 두 사람을 진심으로 존경하겠어」 발렌틴이 대답했다. 「당신네 두 젊은이는 정말 매력적이오. 하지만 난 독신으로 남아 있어도 족할 사람들로 구성된 소수의 선택된 계급, 말하자면 우아한 집단에 두 사람이 묶여 있기를 원치 않소. 이들은 희귀한 인간들이거든요. 세상의 소금이라고나 할까. 하지만 난 비위에 거슬리는 말을 하려는 게 아니오. 결혼하는 사람들이 너무나 아름다울 때도 있으니까」

「오빠는 여자들은 결혼을 해야 하고, 남자들은 결혼해선 안 된다고 주장해요」 싱트레 부인이 말했다. 「어쩌려고 그러는지 모르겠어요」

「누이여, 난 그대를 숭배하면 될 뿐이외다」 발렌틴은 열정적으로 말하며 작별을 고했다. 「이만, 안녕」

「당신은 결혼할 수 있는 사람을 숭배해 봐요」 뉴만이 말했다. 「언젠가 당신을 위해 짝을 맺어줄 테니까. 이러다 난 사도가 될지도 모르겠는데」

발렌틴은 문지방까지 갔다가 무거운 표정으로 잠시 뒤돌아보았다. 「난 결혼할 수 없는 사람을 숭배해요!」 이 말과 함께 그는 휘장을 내리고 그곳을 떠났다.

「사람들이 좋아하지 않는군요」 뉴만은 싱트레 부인 앞에 홀로 서서 말했다.

「네」 그녀는 잠시 후 입을 열었다. 「그건 사실이에요」

「그래서 마음에 걸리나요?」 뉴만이 물었다.

「그래요!」 그녀는 머뭇거리며 말했다.

「내가 실수를 했군요」

「어쩔 수 없죠. 어머니가 즐거워하셔야 될 텐데」

「도대체」 뉴만이 물었다. 「당신 어머니는 어째서 즐거워하지 않소? 당신더러 나와 결혼하도록 허락했는데 말이오」

「사실이에요. 그걸 이해할 수 없네요. 하지만 당신이 말한 대로, 전 그게 마음에 걸려요. 당신은 이걸 미신이라고 부를 수 있겠지만」

「그건 당신이 얼마나 자신을 괴롭히느냐에 달려 있소. 그렇다면 난 그걸 끔찍히도 지겨운 일이라고 부르겠어요」

「명심하겠어요」 싱트레 부인이 말했다. 「그게 당신을 괴롭히진 않을 거예요」 그러고 나서 그들은 결혼 날짜에 대해 이야기했고, 싱트레 부인은 가급적 빨리 날짜를 정하려는 뉴만의 소망에 솔직히 동의했다.

뉴만이 보낸 전보에 즉각 응답이 왔다. 그는 단지 세 통의 전보를 발송했을 뿐인데도 여덟 통이나 되는 축하전문을 받았다. 뉴만은 이 전문을 호주머니에 넣고서 노 벨가드 부인을 만났을 때 꺼냈다. 솔직히 말하면 이것은 약간 악의가 담긴 공격이었지만, 그것이 어느 만큼 용서될지는 객관적으로 판단해야 될 것이다. 이유를 충분히 알 수는 없었지만, 뉴만은 자신이 전보를 보낸 사실에 대하여 노부인이 언짢아 했음을 알았다. 반면 싱트레 부인은 즐거워했다. 축하전문이 대부분 유머를 띤 내용이었기 때문에 그녀는 스스럼없이 웃고 나서, 뉴만에게 그것을 보낸 사람들의 성격에 대해 물어보았다. 목표가 이루어진 뉴만은 자신의 승리를 분명히 해야 한다는 특이한 욕구를 느꼈다. 그는 벨가드 집안 사람들이 입을 다물고 몇몇 사람들에게만 이 소식을 알린다고 믿을 만한 근거가 있었다. 그래서 만일 팔을 걷고 나선다면, 그의 표현대로 다른 사람들이 알게끔 떠들썩하게 일을 벌릴 수도 있다는 생각에 스스로 즐거워했다. 따돌림을 당하는 일을 좋아할 사람은 없는 법이지만, 뉴만은 기고만장하지 않았어도 그다지 마음의 상처를 입지 않았다. 뉴만은 자신의 경사를 퍼뜨리고 싶은 다소 공격적 충동에 대해 충분히 변명할 수 없었을뿐더러, 그의 감정은 보통 때와 달랐다. 그는 한번만이라도 콧대 높은 벨가드 집안 사람들로 하여금 자신의 존재를 인정하게 만들고 싶었는데, 그런 기회가 언제 올지 몰랐던 것이다. 실상 뉴만은 지난 6개월 동안 노부인과 그녀의 큰아들이 그의 머리 위를 굽어보는 듯한 느낌을 가졌으며, 이제 이들을 출발선상에 끌어내 놓고 자신이 금을 긋는 즐거움을 맛볼 차례가 되었다고 굳게 다짐했다.

「그건 천천히 술을 따르면서 병이 비어가는 광경을 보는 거나 마찬가지죠」 뉴만은 나중에 트리스트람 부인에게 말했다. 「그 사람들은 나에게 그들의 팔꿈치를 흔들어 술을 엎지르게 만들고 싶은 기분이 들도록 했으니까」

이 말을 듣고 트리스트람 부인은 그들을 그냥 내버려두고, 뉴만의 방식대로 일을 처리하는 것이 좋겠다고 대답했다. 「그 사람들의 입장도 고려해야죠」 그녀가 말했다. 「그들이 우물쭈물하는 건 당연한 일이에요. 그들은 당신이 청혼했을 때 문제가 없다고 생각했을 거랍니다. 하지만 이들은 상상력을 구비하지 않았기 때문에 앞날을 투시할 수 없었던 거죠. 그래서 이제 다시 뭔가 시작하려고 하겠죠. 하지만 이들은 명예를 생각하는 사람들이므로 필요한 행동이면 무엇이든 할 거예요」

뉴만은 눈을 가늘게 뜨고 잠시 생각에 잠겼다.

「난 무지막지하게 굴지는 않아요」 뉴만이 응답했다. 「그걸 입증하기 위해 난 그들 모두에게 연회를 베풀겠소」

「연회라구요?」

「당신은 겨울 내내 내가 거처하는 곳의 번들거리는 거대한 방들을 보고 비웃었죠. 그것이 쓸모 있다는 걸 보여주겠소. 난 파티를 열 거요. 여기서 이보다 더 장대한 일이 뭐가 있겠어요? 난 훌륭한 오페라 가수들과 프랑스 극단의 일급 배우를 모두 고용하겠소. 그래서 멋진 여흥을 마련할 거요」

「그러면 누구를 초대할 건가요?」

「당신이 맨 먼저죠. 그 다음에는 노부인과 큰 아들이 될 거고. 그러고 나서 그 집에서든 다른 곳에서든 만난 적이 있는 노부인의 모든 친구들과, 나에게 최소한의 예의를 차린 사람들 전부죠. 그들 가운데 있었던 모든 공작들과 부인들도 초대할 거요. 물론 내 친구는 몽땅 불러올 거랍니다. 키티 업존 양, 도라 핀치 양, 패커드 장군, C. P. 해치 양, 그리고 나머지 사람들도 모두 포함되죠. 모든 사람들은 무엇 때문에 초대되는지 알게 돼요. 싱트레 백작 부인과의 약혼을 축하하기 위한 거죠. 내 생각이 어때요?」

「우선은 끔찍하군요!」 트리스트람 부인이 말했다. 잠시 후 그녀는 「감미롭네요!」라는 말을 덧붙였다.

바로 다음날 저녁 뉴만은 노부인의 거실로 갔는데, 노부인은 자식들에게 둘러싸여 있었다. 그는 노부인에게 2주일 후 저녁 자신의 집으로 와 달라고 정중히 요청했다.

노부인은 잠시 뉴만을 응시하다 「선생」 하고 말했다. 「대체 나한테 무엇을 하겠다는 건가요?」

「내가 초대한 몇몇 사람들에게 당신을 소개시키고 나서, 매우 편안한 의자에 앉힌 다음 마담 프리졸리니의 노래를 듣도록 하겠소」

「콘서트라도 열겠다는 뜻인가요?」

「그와 비슷한 거죠」

「많은 사람들을 데려올 건가요?」

「모두 내 친구들이오. 당신 친구들과 딸의 친구들도 있으면 좋겠소. 난 약혼을 축하하고 싶으니까 말이오」

이 순간 노부인의 얼굴이 창백해지는 듯이 보였다. 노부인은 18세기에 만들어진 섬세한 모양의 퇴색한 부채를 펼쳐 원유회의 광경이 그려진 그림을 들여다보았는데, 거기에는 기타를 들고 노래하는 여인과 화환을 쓴 헤르메스[44]를 둘러싸고 한 떼의 무리들이 춤을 추고 있었다.

「우린 바깥 출입을 별로 해본 적이 없소」 후작이 중얼거렸다. 「불쌍한 아버님이 돌아가신 후로 말이오」

「하지만 사랑하는 아버님은 여전히 가슴속에 살아계신걸요」 후작의 아내가 말했다. 「전 초대장이 오기만 기다리겠어요」 젊은 부인은 따뜻하면서도 자신 있는 표정으로 뉴만을 힐끗 쳐다보았다. 「전 굉장한 연회가 될 걸로 확신해요」

뉴만의 관심이 온통 노부인에게 집중되었던 탓에, 그의 정중한 행동과 상관 없이 이 여인의 요구는 즉석에서 받아들여지지 않았다. 이윽고 노부인은 미소를 띠며 말했다. 「난 당신 혼자 연회를 베풀도록 내버려둘 수 없소. 내가 먼저 베풀기 전까지 말이오. 당신을 우리 친구들에게 소개하고 싶으니만큼 그들 모두를 초대하겠어요. 사실 이건 내가 염두에 두었던 거요. 일이란 순서대로 해야 되는 법이니까. 25일쯤 우리 집으로 와요. 정확한 날짜는 곧 알려주겠소. 우린 마담 프리졸리니 같은 훌륭한

44) 희랍 신화에 나오는 제우스의 아들로서 풍요의 신으로 일컬어진다.

인물을 초대할 수는 없지만, 그래도 훌륭한 사람들이 꽤 있답니다. 그런 다음 당신이 베푸는 연회에 대하여 이야기해도 좋겠지요」 노부인은 이야기를 하면서 더욱 따뜻한 미소를 띠고, 빠르고 열정적으로 말했다.

이런 제안은 언제나 그의 심성을 자극했기 때문에 뉴만이 뿌리칠 수 없었다. 뉴만은 노부인에게 25일이든, 언제든 기꺼이 가겠다고 대답하면서, 자신의 친구들을 노부인의 집에서 만나든, 그의 집에서 만나든 상관없노라고 했다. 그런데 뉴만의 관찰력이 비상하다고 말한 바 있지만, 지금의 경우 그는 노부인과 큰아들이 서로 교환하는 미묘한 눈짓을 눈치채지 못했다는 점을 언급하지 않을 수 없다. 이것은 물론 뉴만의 말에서 드러나는 순진성을 입증하는 것이다.

발렌틴은 그날 저녁 뉴만과 함께 밖으로 걸어나왔다. 대학로를 얼마간 벗어나자 발렌틴은 깊은 생각에 잠기며 말했다. 「어머니는 정말 강한 분이야, 정말로」 그는 뉴만이 미심쩍어하자 이렇게 설명했다. 「어머니는 궁지에 몰렸어요. 하지만 당신은 생각조차 못했을 테죠. 25일에 베풀겠다는 연회는 순간적인 발상이랍니다. 그걸 베풀 생각조차 하지 못했으니까요. 하지만 그것이 당신의 제안을 물리칠 수 있는 유일한 방도가 되므로 곧장 처방을 내린 거죠. 내 표현을 용서해요. 하지만 당신도 보았듯이, 눈 하나 깜박하지 않고 일을 해치웠어요. 어머니는 너무나 강해요」

「이런!」 뉴만은 발렌틴의 말에 흥미와 연민을 동시에 느끼며 착잡한 마음으로 말했다. 「난 그런 연회를 조금도 개의치 않소. 기꺼이 행동으로 옮길 테니까」

「아니, 아니」 발렌틴은 집안의 궁지를 약간 떨쳐버린 듯한 태도로 말했다. 「이제 곧 일이 벌어지게 돼요. 그것도 매끄럽게 말이오!」

제15장

니오슈 양이 아버지의 보호를 벗어났다는 발렌틴의 선언과 함께, 심각한 재앙에 몰린 그녀의 아버지가 마음이 초조해졌다고 당치도 않게 진단한 사실은, 니오슈 씨가 과거 자기에게 불어를 배웠던 뉴만과의 만남을 지연시키는 실제적 설명이 되었다. 발렌틴이 니오슈 씨의 철학을 다소 냉소적으로 해석하는 데 동의한다는 것은 뉴만에게 모멸감을 안겨주었다. 지금의 상황으로 보건대 노인이 고상한 절망감에 빠져들지 않았다는 암시가 있기는 해도, 뉴만은 상대방이 생각보다 훨씬 통렬한 고통을 겪을지 모른다고 생각했다. 니오슈 씨는 습관적으로 2, 3주에 한 번씩 궁색하게나마 예의를 차려 뉴만을 방문하곤 했다. 따라서 그의 발길이 끊긴 것은 자신의 슬픔을 가라앉히려는 노력을 은폐하려는 극히 우울한 마음의 증좌가 될지 몰랐다. 뉴만은 곧 발렌틴으로부터 노에미 양의 새로운 활약에 관한 몇 가지 내용을 상세히 듣게 되었다.

「그 여자가 특출하다고 내가 말했죠」 발렌틴은 자신의 관찰을 좀체 늦추지 않고 말했다. 「이 같은 연기를 할 수 있다는 게 그걸 증명해요. 그 여자에게 다른 기회도 있었겠지만, 아무튼 가장 나은 기회를 포착하기로 마음을 정한 거죠. 한동안 그 여자는 당신이 그런 기회를 제공해 줄지 모른다고 생각하고 경의를 표했지만, 그게 아니었거든요. 그래서 인내심을 모아 얼마간 더 기다린 거예요. 마침내 기회가 왔고, 그녀는 두 눈을 번쩍 뜨고 행동으로 옮겼죠. 그 여자는 분명히 순진하진 않을 지라도 나름의 품위는 가지고 있답니다. 당신이 그녀를 미심쩍은 처녀로 생각했더라도, 그 여자는 자신의 목표를 확고히 견지하고 있어요. 그건 어떤 논리로써도 막을 수 없답니다. 적어도 그녀는 자신과 동등하다고 생각되는 상대를 획득할 때까지 스스로의 명예를 지킬 확고한 결심이 되어 있으니까요. 그녀는 자신과 동등하다고 생각되는 상대를 높게 설정했어요. 이제 그런 이상이 충족된 게 분명해요. 50세가 된, 머리가 벗겨진 귀머거리가 바로 그런 상대일 테죠. 어쨌든 돈을 챙기기에 적합하니까」

「도대체 당신은 어디서」 뉴만이 물었다. 「이런 기막힌 정보를 얻었소?」

「대화를 통해서죠. 천박한 내 습성을 기억해 보면 알 거예요. 생 로슈로(路)에서 초라하게 작은 가게를 차리고 장갑 세탁업을 하는 젊은 여자와 얘기를 나눈 끝에 알았어요. 니오슈 씨는 안마당을 건너, 여섯 계단 위에 있는 같은 집에 살고 있어요. 노에미 양은 지난 5년 동안 청소도 제대로 안 된 이 가게 문지방을 들락거렸고, 장갑 세탁업을 하는 작은 여자와 오랜 친구 사이였답니다. 그 여자는 내 친구와 친밀한 사이인데, 내 친구는 결혼을 하고서 그런 사람들과 관계를 끊어버렸죠. 난 이따금 내 친구와 함께 그 여자를 만나곤 했기 때문에, 말끔히 청소된 작은 창틀 뒤로 그녀를 본 순간 기억이 났어요. 나는 먼지 한 톨없는 깔끔한 장갑을 끼고 있었지만, 가게로 들어가 두 손을 들고 〈아가씨, 이걸 세탁하면 어떨까요?〉라고 말했죠. 그러자 그녀는 곧장 〈백작님〉 하고 말하면서, 〈제가 무료로 세탁해 드리겠어요〉라고 대답하더군요. 그 여자는 즉각 나를 알아보았고, 난 지난 6년 동안 그녀에게 일어났던 일을 귀담아들어야 했죠. 그런 다음 난 그녀의 이웃 소식을 얘기해 달라고 했어요. 그 여자는 노에미 양을 흠모해 왔지만, 아무튼 방금했던 얘기를 내게 해주었죠」

니오슈 씨의 모습이 다시 보이지 않은 채 한 달이 지나갔다. 《피가로》[45]에서 매일 아침 두세 건의 자살 사건을 읽던 뉴만은, 치유될 수 없는 굴욕 때문에 노인이 세느강에 몸을 던져버린 것이 아닐까 하고 염려했다. 그는 수첩에다 니오슈 씨의 주소를 적어두고, 어느 날 그 부근으로 발길을 옮기며 자신의 의구심을 최대한 해소하기로 작심했다. 수첩에 적어둔 번지를 따라 생 로슈로 근처의 집으로 간 뉴만은 깔끔하게 펼쳐진 장갑이 가지런히 널린 뒤켠으로 보이는 건물의 1층에서 발렌틴이 말했던 인물을 유심히 보았다. 실내복을 입은 창백한 여자는 자신과 친밀한 귀족이 다시 지나가길 기다리는 듯이 거리를 엿보고 있었다. 하지만 뉴만은 그녀에게 가지 않고, 문을 지키던 여자에게 니오슈 씨가 집에 있는지 물어보았다. 문에 있던 여자는 늘 대답하던 대로, 자신의 집에 세든 사람이 조금 전 밖으로 나갔노라고 했다. 이 순간 그녀는 창문에 붙은 작고 네모난 구멍을 통해 뉴만이 듬직한 재산가에다, 뭔가 밝힐 수는 없어도 5층에

45) 파리의 일간지.

세든 사람의 구차한 형편을 해결해 주리라고 판단하고서, 니오슈 씨가 보통 오후 시간을 보내는 파트리 카페에 막 도착했을 것이라고 말했다. 뉴만은 고맙다는 인사를 하고, 왼쪽으로 돌아 두번째 모퉁이에 있는 파트리 카페에 도착했다. 그는 잠시 머뭇거리며, 나이 들고 불쌍한 니오슈 씨를 〈추적〉하는 일이 아무튼 다소 비열한 짓이 아닐까 하고 생각했다. 하지만 뉴만의 머릿속으로, 신중하게 설탕물을 한 모금 마시며 자신의 쓸쓸함을 달래지 못하는 수척하고 몸집이 작은 70대 노인의 형상이 언뜻 스쳐갔다. 문을 열고 들어서자 짙은 담배 연기 외에는 아무것도 볼 수 없었지만, 조금 시간이 흐르면서 구석진 곳에서 니오슈 씨의 모습이 보였다. 노인은 깊숙한 술잔에 담긴 것을 휘젓고 있었으며, 맞은편에는 어떤 여자가 앉아 있었다. 그녀는 뉴만에게 등을 돌렸지만, 니오슈 씨는 단번에 자신을 찾아온 방문객을 알아보았다. 뉴만이 다가가자 노인은 천천히 일어서며, 여느 때보다 더욱 어두운 낯빛으로 응시했다.

「당신이 마시고 있는 펀치가 뜨거운 거라면」 뉴만이 말했다. 「당신이 죽은 게 아니로군요. 좋소, 꼼짝하지 말아요」

니오슈 씨는 손을 내밀지도 못하고, 턱을 늘어뜨린 채 앞을 바라보며 서 있었다. 노인의 맞은편에 있던 여자는 자리에 앉은 채 몸을 돌려, 생기 있게 머리를 흔들고 위를 쳐다보았다. 그녀는 바로 잘생긴, 노인의 딸이었다. 그녀는 날카롭게 뉴만을 쳐다보며 자신을 어떻게 보고 있는지 살핀 다음, 뭔가 발견한 듯이 우아하게 말했다. 「안녕하세요, 선생님. 여기로 오시겠어요?」

「선생님——선생님이 저를 뒤따라 왔나요?」 니오슈 씨가 매우 부드럽게 물었다.

「당신에게 무슨 일이 생겼는지 알아보려고 집으로 갔어요.

몸이 좋지 못할지도 모른다고 생각했거든요」 뉴만이 대답했다.

「선생님은 늘 친절하시군요」 노인이 말했다. 「네, 저는 몸이 좋지 못하죠. 아파요」

「이 분께 앉으시라고 하세요」 니오슈 양이 말했다. 「웨이터, 의자를 가져다 줘요」

「괜찮다면 앉으시겠어요?」 니오슈 씨는 긴장한 탓이지 더욱 묘한 악센트로 말했다.

뉴만은 상황을 끝까지 지켜보는 편이 낫겠다고 생각하며 테이블 끝에 앉았다. 니오슈 양은 뉴만의 왼쪽에 있었고, 그녀의 아버지는 다른 쪽에 있었다. 「물론, 뭘 드셔야죠?」 마데이라[46] 산(産) 포도주를 홀짝이던 니오슈 양이 말했다. 뉴만이 별 생각이 없다고 말하자 그녀는 미소를 지으며 아버지에게 고개를 돌렸다. 「정말 영광스럽네요, 그렇죠? 이 분은 단지 우리를 위해 오신 거라구요」 그러자 니오슈 씨는 단숨에 독한 술 한 잔을 들이키며, 더욱 눈물이 글썽대는 눈빛으로 밖을 바라보았다. 「하지만 절 위해 오신 건 아니겠죠?」 니오슈 양이 말을 계속했다. 「여기서 저를 찾으리라고 기대하진 않았겠죠?」

뉴만은 니오슈 양의 외모가 바뀌었음을 알았다. 그녀는 매우 우아하고 전보다 예뻤으며, 나이는 한두 살 많은 듯했지만 더욱 격조 있게 보였다. 그런 모습은 한마디로 〈숙녀 같다〉는 표현이 적합할지도 몰랐다. 그녀의 옷은 은근한 색상이었고, 각고의 노력 끝에 얻어진 우아함을 띠며 사치스럽고 절제된 화장을 했다. 뉴만은 지금 니오슈 양의 침착한 몸가짐이 너무 터무니없다고 여기며, 이 젊은 여인이 매우 특출하다고 말했던 발

---

46) 아프리카 서북단에 위치한 섬.

렌틴에게 동의했다. 「그렇소, 사실 당신을 보러온 건 아니오. 그리고 당신을 만나리라고 기대하지도 않았소. 내가 듣기로」 잠시 후 뉴만이 말을 덧붙였다. 「당신이 아버지를 버렸다고 하던데」

「어머나, 끔찍해라!」 니오슈 양은 미소를 머금고 외쳤다. 「자기 아버지를 버릴 사람이 어디 있겠어요? 그와 정반대되는 증거가 여기 있잖아요」

「그렇군요, 납득이 가는 증거로군요」 뉴만은 니오슈 씨를 힐끗 보며 말했다. 노인은 애원조의 희미한 눈빛으로 곁눈질을 한 다음, 빈 술잔을 들고 다시 술을 마시는 시늉을 했다.

「누가 그렇게 말했나요?」 니오슈 양이 다그치듯 말했다. 「전 잘 알아요. 벨가드 씨였겠죠. 왜 그렇다고 말을 못해요? 솔직하지 못하시네요」

「당황스럽군요」 뉴만이 말했다.

「설명해 볼까요? 전 벨가드 씨가 선생님에게 말했다는 걸 알아요. 그 사람은 제게 관하여 너무나 많은 걸 알고 있든가, 적어도 그렇다고 생각하는걸요. 저에 대한 걸 알아내려고 상당히 애를 썼지만, 절반쯤은 사실이 아니에요. 무엇보다 전 아버지를 버리지 않았잖아요. 저는 아버지를 무척 좋아해요. 그렇지 않나요, 아버지? 벨가드 씨는 매력적인 젊은이랍니다. 그보다 더 영리하기란 불가능하죠. 전 그 사람에 대해 많은 걸 알고 있거든요. 선생님이 다음에 만나시면 이 말을 전해도 좋아요」

「아니오」 뉴만은 억세게 싱긋 웃으며 말했다. 「그런 말 따위는 믿지 않소. 전하지도 않겠어요」

「좋을 대로 하세요」 니오슈 양이 말했다. 「전 선생님을 믿지 않아요. 벨가드 씨에게도 그럴 거구요. 그 사람은 제게 상당한 관심을 가지고 있죠. 마음대로 하게 내버려둘 수밖에 없지만요. 선생님과 대조적이랍니다」

「그럼요, 나와 상당히 다르죠. 그건 틀림없소」 뉴만이 말했다. 「그런데 정확히 말해 무슨 뜻인지 모르겠군요」

「말하자면 이런 거죠. 우선 그 사람은 제게 한 번도 결혼 지참금이나 남편감을 찾는 데 도와주겠다고 한 적이 없어요」 니오슈 양은 말을 멈추고 미소를 지었다. 「이건 그 사람에게 별로 유리할 게 없죠. 왜냐하면 전 선생님의 요청을 뿌리치지 않았거든요. 그런데 선생님은 어째서 그처럼 이상한 제안을 했나요? 제게 미련도 없으면서 말이에요」

「아니, 난 미련이 있어요」 뉴만이 말했다.

「어째서죠?」

「당신이 괜찮은 젊은이와 결혼한다면 나한테 큰 기쁨이 될 테니까」

「겨우 6천 프랑 수입으로 말인가요!」 니오슈 양이 소리쳤다. 「절 위한다는 게 고작 그래요? 선생님은 여자를 잘 모르시는 것 같네요. 그건 여자를 위하는 게 아니에요. 그렇게는 안 돼요」

뉴만은 약간 흥분한 나머지 얼굴이 달아올라 「이것 참!」 하고 소리쳤다. 「이건 좀 심하잖소. 내가 그렇게 비열했는지 모르지만」

니오슈 양은 모피 토시를 집어들며 미소를 지었다. 「어쨌든 선생님을 화나게 한 건 대단한 일이네요」

니오슈 양의 아버지는 테이블 위에 팔꿈치를 괴고, 앞으로 숙인 머리를 두 손으로 받치며 파리하고 하얀 손가락으로 두 귀를 누르고 있었다. 노인은 이런 자세로 꼼짝도 하지 않고 빈 술잔 바닥을 바라보았지만, 뉴만은 그가 어떤 말도 듣지 않는다고 생각했다. 니오슈 양은 털재킷의 단추를 채우고 의자를 뒤로 밀쳤다. 그리고 사치스러운 겉모습을 의식하듯, 옷의 주름 장식을 힐끗 내려다본 다음 뉴만을 바라보았다.

「당신이 정직한 소녀로 남아 있었더라면 더욱 좋았을 텐데」 뉴만은 조용히 말했다.

니오슈 씨는 계속 술잔 바닥을 바라보고 있었는데, 그 순간 그의 딸이 여전히 용맹스러운 미소를 띠며 자리에서 일어섰다. 「제가 대수롭지 않은 여자로 보인단 말인가요? 전 요즘 세상 여자처럼 굴지 않을 테니 당분간 판단하지 마세요. 전 성공할 거예요. 그게 제 뜻이니까요. 전 떠나겠어요. 이 따위 카페에서 서성대고 싶지 않거든요. 선생님이 불쌍한 제 아버지에게 무엇을 바라는지 알 수 없지만, 아버지는 지금 너무나 편안해요. 그건 아버지 탓은 아니겠죠. 안녕히 계세요」 니오슈 양은 모피 토시로 노인의 머리를 톡톡 치며 잠시 뉴만을 쳐다보았다. 「벨가드 씨에게 전해 주세요. 제 소식이 궁금하면 직접 와서 물어보라구요!」 이 말과 함께 그녀는 돌아서서, 흰 에이프런을 두르고 고개를 숙이며 문을 활짝 열고 서 있는 웨이터 곁을 지나갔다.

니오슈 씨는 꼼짝도 하지 않고 자리에 앉아 있었으며, 뉴만은 무슨 말을 해야 될지 몰랐다. 노인은 바보처럼 비참하게 보였다. 「딸을 총으로 쏴버리지 않을 작정이로군요」 이윽고 뉴만이 입을 열었다.

꼼짝도 하지 않던 니오슈 씨는 눈길을 올려 뉴만에게 길고 특이한 표정을 지었다. 그것은 모든 것을 고백하는 듯하면서도 동정을 원치 않는다는 표정이며, 동시에 자신이 동정을 받지 않고 살아갈 수 있는 체하는 것도 아니었다. 그 표정은 구두 바닥에 금방 밟힌다고 느끼면서도 너무나 납작한 모양 때문에 눌러도 뭉개지지 않으리라고 여기는, 사람에게 무해한 곤충의 마음 상태를 표현하는 것처럼 보였다. 니오슈 씨의 눈빛은 도덕적인 단조로움을 드러냈다. 「저를 굉장히 업신여기겠죠」 노인은 힘없는 목소리로 말했다.

「아니오」 뉴만이 대답했다. 「이건 내가 상관할 바가 아니잖소. 만사를 느긋이 생각하는 게 현명해요」

「지금까지 전 너무나 그럴듯한 말만 늘어놓았어요」 니오슈 씨는 말을 덧붙였다. 「그런 말을 할 때는 진심이었답니다」

「당신이 총으로 딸을 쏴버리지 않는 게 정말 기뻐요」 뉴만이 말했다. 「난 당신이 스스로 목숨을 끊을까 봐 걱정했소. 그 때문에 당신을 찾아온 거지만」 그러고 나서 뉴만은 코트 단추를 잠그기 시작했다.

「아뇨」 니오슈 씨가 대답했다. 「선생님은 저를 경멸하시겠지만, 전 어떻게 설명해야 될지 모르겠어요. 다시는 만나지 않으려고 했는데」

「어째서죠. 그건 당치도 않아요」 뉴만이 말했다. 「친구를 그런 식으로 버려서는 안 돼요. 게다가 지난번 나를 만나러 왔을 때 퍽 유쾌했잖소」

「네, 기억해요」 니오슈 씨는 생각에 잠기며 말했다. 「전 열병을 앓았거든요. 그러니 무슨 말과 행동을 했는지 알지도 못해요. 그건 헛소리였겠죠」

「이제 훨씬 진정이 되었군요」

니오슈 씨는 묵묵히 있다가 「무덤처럼 고요한가요?」라고 부드럽게 말했다.

「지금 매우 불행해요?」 뉴만이 물었다.

니오슈 씨는 천천히 이마를 문지르다, 빈 술잔을 곁눈질로 바라보며 머리카락을 약간 뒤로 쓸어넘겼다. 「그래요. 하지만 그건 옛날 이야기죠. 항상 불행했으니까요. 딸애는 마음이 내키면 좋은 일이든, 나쁜 일이든 해치우고 말아요. 전 그저 뒷처리나 할 뿐이고 의욕이 없답니다. 사람이 의욕이 없다면 침묵을 지켜야죠. 전 이제 더 이상 선생님을 괴롭히지 않을 겁니다」

「글쎄요」 뉴만은 노인의 유창한 철학에 다소 비위가 상해 말했다. 「당신 뜻대로 하면 되잖소」

니오슈 씨는 경멸을 받을 각오가 된 듯이 보였지만, 뉴만의 가벼운 찬사에 힘입어 애매한 호소를 했다. 「아무튼」 그가 입을 열었다. 「그 애는 제 딸이랍니다. 그러니 계속 보살펴야죠. 하지만 잘못이라도 저지르면 어쩌죠? 정도의 차이야 있겠지만, 잘못된 길로 빠지는 건 참으로 쉬운 일이거든요. 전 그 애에게 도움을 줄 수도 있는데」 니오슈 씨는 말을 중단하고 멍하니 뉴만을 응시했다. 뉴만은 노인의 머릿속이 다소 편해졌으리라고 생각했다. 「제 경험을 나누어줄 수도 있죠」 니오슈 씨가 말을 덧붙였다.

「당신 경험이라구요?」 뉴만은 우습기도 하고 놀랍기도 해서 물었다.

「사업에서 얻은 경험이죠」 니오슈 씨가 엄숙하게 말했다.

「아, 그렇군요」 뉴만이 웃으며 대답했다. 「그건 딸에게 상당한 도움이 될 텐데!」 그러고 나서 그는 작별 인사를 하며, 불쌍하고 바보스러운 노인에게 손을 내밀었다.

니오슈 씨는 뉴만이 내민 손을 잡고 벽에 기대었다. 그는 잠시 손을 잡고 뉴만을 올려다보았다. 「선생님은 제 재치가 사라졌다고 생각하실 테죠」 노인이 말했다. 「그건 당연해요. 제게 항상 두통이 있으니까요. 설명할 수 없는 이유 때문이죠. 그런데 딸애는 너무나 강해요. 마음 내키면 어디든 저를 끌고 가니까요. 하지만 여기에는——여기에는」 노인은 말을 멈추고 뉴만을 올려다보았다. 작고 흰 그의 눈이 확대되면서 어둠 속의 고양이 눈처럼 잠시 반짝거렸다. 「사실은 그렇지 않아요. 전 그 애를 용서 못해요, 절대로!」

「그럼요. 용서해서도 안 돼요」 뉴만이 대꾸했다. 「그녀는 잘못된 길로 빠졌소」

「끔찍해요, 끔찍해」 니오슈 씨가 말했다. 「그런데 진실을 알고 싶으신 거죠? 전 그 애를 증오한답니다! 저는 딸의 요구대로 할 따름이지만, 더욱 그 애를 증오해요. 오늘 그 애는 제게 300프랑을 가져다 주더군요. 여기 조끼 주머니에 돈이 있어요. 전 이제 그 애를 잔인하리만큼 증오해요. 아니, 절대로 용서 못해요」

「그런데 왜 돈을 받았소?」 뉴만이 물었다.

「그걸 받지 않았더라면」 니오슈 씨가 대답했다. 「더욱 증오했을 테니까요. 그게 비참한 거죠. 아니, 저는 용서 못해요」

「딸에게 상처나 내지 말아요!」 뉴만은 웃으며 말하고 그곳을 떠났다. 거리로 가려고 카페 유리창을 따라 걷고 있을 때, 그는 노인이 다시 술잔을 채우려고 침울한 몸짓으로 웨이터를 부르는 모습을 보았다.

파트리 카페를 방문하고 일주일이 지난 후 뉴만은 발렌틴을 방문했는데, 다행히도 그가 집에 있었다. 뉴만은 니오슈 씨 부녀(父女)를 만났다는 이야기를 전하며, 발렌틴이 노인을 정확히 판단했다고 말했다. 뉴만은 이전에 이들 부녀가 사이 좋게 지내는 모습을 보았기 때문에 노인의 곤경이 이론에 불과하다고 말한 적이 있었기 때문이다. 뉴만은 자신의 실망감을 토로하면서 니오슈 씨가 스스로 이상을 견지해 주었더라면 하고 아쉬움을 나타냈다. 「이상을 견지한다구요」 발렌틴이 웃으며 말했다. 「그 사람이 견지할 이상이란 없어요. 니오슈 씨의 시야에서 유일하게 눈에 띄는 건 몽마르트 언덕[47]인데, 그곳은 품위 있는 장소가 아니거든요. 평지에서 등산을 할 수야 없잖겠소」

「그 사람 말로」 뉴만이 대꾸했다.「자신의 딸을 용서하지 않겠다고 했어요. 그 여자는 그것도 모를 테지만」

「일이 이렇게 진척된 걸 노인이 응당 좋아하지 않았다고 생각해야 돼요」 발렌틴이 응답했다.「니오슈 양은 우리가 전기(傳記)를 읽고 나서 알게 되는 위대한 예술가들과 비슷해요. 이들이 처음 집을 나설 때 집안 내에서 극심한 반대를 겪듯이 말이오. 이런 사람들의 재능은 가족들로부터 인정받지 못하지만, 세상 사람들은 정당하게 평가해요. 니오슈 양은 재능이 탁월해요」

「이런, 이런」 뉴만은 참지 못하고 입을 열었다.「당신은 형편없는 여자를 너무 진지하게 여기고 있소」

「나도 알아요. 하지만 마땅히 생각해 볼 거리가 없다면, 형편없는 여자라도 생각해야 돼요. 전혀 진지하지 않는 것보다 하찮은 일이라도 진지한 편이 낫거든요. 난 이 형편없는 여자에게 마음이 끌려요」

「그 여자도 그걸 알고 있던데요. 당신이 돌아다니며 그녀에 관해 캐묻고 있다는 걸 알고 매우 즐거워하고 있었어요. 난 다소 화가 치밀었지만」

「화가 치밀었다구요」 발렌틴이 웃으며 응수했다.「난 조금도 그렇지 않는걸요!」

「그처럼 욕심 많고 하찮은 여자 때문에 고통을 겪을 바에야 난 차라리 죽어버리겠소!」 뉴만이 말했다.

---

47) 파리 세느 강변의 환락구역.

「예쁜 여자를 위해서라면 언제나 고통을 겪을 수 있죠」 발렌틴이 제동을 걸었다. 「니오슈 양은 내 호기심을 충족시키고 있으니만큼 그녀가 즐거우면 나도 즐거운 법이오. 그런데 사실은 그 여자가 그다지 즐거워하고 있지 않거든요」

「직접 가서 말하는 편이 낫겠소」 뉴만이 응답했다. 「그 여자가 그런 말을 남겼거든요」

「상상력이 대단하군요」 발렌틴이 말했다. 「난 5일에 세 번 그 여자를 만나고 있는 중이죠. 매력적인 인물이니까. 우리는 셰익스피어와 음악 따위를 얘기해요. 그녀는 굉장히 영리하고 호기심이 많은 타입이죠. 전혀 상스럽지도 않고, 그렇게 굴려고 하지도 않아요. 결심이 확고하니까요. 그녀는 자신을 잘 가꾸려 한답니다. 극도로 완벽한데다, 고풍(古風)의 음각(陰刻)으로 새겨진 작은 바다 요정의 형상만큼이나 단단하고 윤곽이 뚜렷해요. 마치 자수정과 조금도 다를 바 없는 정서와 마음을 지녔다고 분명히 말할 수 있거든요. 그 여자는 다이아몬드로도 자국을 낼 수 없답니다. 정말 기막히게 예쁘고——사실 당신이 그 여자를 안다면 황홀할 정도로 예쁘다는 걸 알게 돼요——총명하고, 결심이 강하고, 야심차고, 부도덕하고, 눈빛 하나 까닥 않고서도 남자를 질식시킬 수 있을 만큼 단연코 흥미로운 인물이죠」

「나무랄 데 없는 매력의 일람표로군요」 뉴만이 말했다. 「범인을 쫓는 탐정이 지니는 명세서라고나 할까. 〈흥미롭다〉는 말보다 다른 어휘로 규정해야 되겠소」

「과연 그게 가장 적합한 어휘로군요. 난 그 여자가 칭찬할 만하다거나 사랑스럽다고 하지 않아요. 그렇다고 아내나 누이가 되기를 바라지도 않죠. 하지만 그녀는 매우 진기하면서도 정교한 기계 조각 같아요. 그게 어떻게 작동되는지 난 보고 싶은걸요」

「글쎄, 매우 진기한 기계는 나도 본 적이 있어요」 뉴만이 말했다. 「그런데 바늘 공장에서 도시 출신의 신사를 보았죠. 그 사람은 기계에 바짝 다가갔다가 포크에 찍힌 것처럼 정교하게 집혀 올라가더니, 곧장 기계에 삼켜져 조각조각 잘려버리고 말더군요」

노부인이 외부 사람들에게 뉴만을 소개하기로 한 연회에 대해 그와 흥정을(이 표현이 정확하겠지만) 하고 나서 사흘이 지난 다음, 저녁 늦게 집으로 들어온 뉴만은 테이블 위에서 노부인이 이번 달 27일 저녁 10시 자신의 집에서 연회를 베푼다고 알리는 두툼한 카드를 보았다. 뉴만은 이 카드를 거울틀에 끼워넣고 흐뭇하게 바라보았다. 이것은 흡족한 승리의 표시이자, 자신의 목표가 이루어졌음을 알리는 증거 문서처럼 보였다. 뉴만이 의자에 길게 발을 뻗고 사랑스러운 듯이 카드를 바라보고 있을 때 발렌틴이 들어왔다. 발렌틴의 시선은 뉴만을 따라가다 그의 어머니가 보낸 초대장에 머물렀다.

「한쪽 구석에 뭐라고 적혀 있소?」 발렌틴이 물었다. 「통상적인 〈음악〉이나 〈춤〉이나, 아니면 〈활인화(活人畵)〉 따위는 아닌데? 〈미국인 한 명〉이라고 적어놓았을 법한데 말이오」

「걱정 말아요. 나는 여러 명의 미국인을 데리고 갈 테니까」 뉴만이 대답했다. 「오늘 트리스트람 부인이 카드를 받고서 초청을 수락했다고 하더군요」

「트리스트람 부인이 남편과 함께 오게 되면 당신을 응원하겠군요. 어머니는 카드에 〈미국인 세 명〉이라고 적었는지 몰라요. 아무튼 당신에게 흥미가 없지는 않을 거예요. 게다가 프랑스에서 가장 뛰어난 사람들도 많이 만나게 되겠죠. 오랜 혈통과 높은 지위를 가진 사람들이랍니다. 그들 가운데 어떤 사람들은 끔찍스런 바보거든요. 난 그런 자들을 조심하라고 충고하고 싶어요」

「난 좋아할 것 같은데」 뉴만이 대답했다. 「요즘 난 모든 사람과 모든 것을 좋아할 태세가 돼 있거든요. 무척 기분이 좋은 상태랍니다」

발렌틴은 잠시 말없이 뉴만을 보고 나서, 여느 때와 달리 피곤한 태도로 의자에 털썩 주저앉았다. 「행복하겠구려!」 그는 한숨을 내쉬며 말했다. 「너무 덤비지 않도록 조심해요」

「만일 누군가 덤비려 한다면 그냥 내버려두겠어요. 거리낄 게 없으니까」

「그럼 정말 내 누이와 사랑에 빠졌소?」

「물론이오!」 뉴만이 머뭇거리며 말했다.

「내 누이도 그런가요?」

「짐작컨대 그렇소」 뉴만이 대답했다.

「당신은 어떤 마법을 썼어요?」 발렌틴이 물었다. 「어떻게 사랑을 한 거죠?」

「아, 난 일반적 규칙 따위는 가지고 있지 않아요」 뉴만이 말했다. 「무엇이든 통하기만 하면 되니까」

「아무도 그렇게 생각하지 못할 테지만」 발렌틴은 웃으며 대꾸했다. 「당신은 놀라운 사람이군요. 몇십 마일 거리를 한 걸음에 갈 수 있는 구두를 신은 것처럼 말이오」

「오늘밤 상의할 일이 있어요」 뉴만은 여기에 응답하며 말했다. 「당신에게 짓궂은 구석이 있지만, 내 결혼식이 끝날 때까지 일체 소란을 피우지 말아요. 그러고 나서 생활이 안정되면 난 모든 일을 담담히 받아들일 수 있겠죠」

「그러면 언제 결혼식을 해요?」

「6주 후에 할 거요」

발렌틴은 잠시 후 입을 열었다. 「그렇다면 장래에 대해 정말 자신이 있나요?」

「그럼요. 난 정확히 내가 원하는 바를 알았고, 무엇을 구비했는지도 알거든요」

「당신이 행복해질 거라고 확신해요?」

「확신이라구요?」 뉴만이 말했다. 「그렇게 어리석은 질문엔 어리석은 대답이 나올 수밖에 없군요. 난 분명히 확신해요!」

「어떤 것도 두렵지 않소?」

「무엇을 두려워해야죠? 당신이 폭력적인 수단으로 나를 죽이지 않는 한, 내게 상처를 주지 못해요. 당신이 그렇게 한다면 실로 엄청난 배신이 될 거고. 기왕 살 바에야 나는 잘 살려고 해요. 난 병 따위로 죽을 수는 없어요──우스꽝스러울 만큼 강하니까. 늙고 병들어 죽는 일도 당분간 없을 거예요. 난 아내를 극진히 보살필 테니까 잃지 않을 거요. 내 돈의 일부나 상당 부분을 잃을 수는 있겠지만, 그건 중요하지 않아요. 난 두 배라도 벌 수 있으니 말이오. 그런데도 무엇을 두려워해야죠?」

「미국인 사업가가 프랑스 백작 부인과 결혼한다는 게 실수가 될지 모른다고 생각하지 않소?」

「백작 부인에겐 그럴지도 모르지만 사업가에겐 틀린 말이죠. 만일 나를 염두에 두고 하는 말이라면! 하지만 내가 말하는 백작 부인은 실망하지 않을 거요. 내가 행복을 책임질 테니까!」 뉴만은 마치 큼직한 화톳불을 피워놓고 행복에 찬 확신을 축하하고 싶은 충동을 느낀 듯 자리에서 일어나 활활 타오르는 화로에 두 개의 통나무를 던져 넣었다. 발렌틴은 순식간에 타오르는 불길을 잠시 바라보다가 한 손으로 머리를 괴고 우울하게 한숨을 내쉬었다.「머리가 아픈가요?」뉴만이 물었다.

「슬픈 기분이 들어요」발렌틴이 프랑스식으로 단순하게 말했다.

「슬프다고요? 당신이 요전날 밤에 말했듯이, 사모하지만 결혼할 수 없는 여자 때문이오?」

「정말 내가 그런 말을 했나요? 나중에 생각하니 무슨 말을 했는지 모르겠더군요. 누이인 클레어 앞에서라면 어림도 없었을 텐데. 하지만 그런 말을 했을 때 나는 우울했어요. 지금도 우울하긴 하지만. 당신은 어째서 나를 그런 여자에게 소개시켜 주었소?」

「이런, 노에미 양 때문이로군요, 그렇죠? 맙소사! 설마 그 여자 때문에 상사병에 걸린 건 아니겠죠?」

「상사병이라고요? 그렇게 장엄한 열정은 아니오. 하지만 냉혹한 꼬마 사탄이 내 머릿속에 틀어박혀 작고 가지런한 이빨로 나를 갉아먹고 있어요. 난 머리가 돌아버려 끔찍한 일을 저지를 것만 같아요. 너무나 기분이 침울해요——혐오스러울 만큼이나. 그 여자는 유럽에서도 으뜸갈 만큼 돈만 쫓는 귀여운 건달이랍니다. 그런데 이 여자가 내 머릿속을 빙빙 돌면서 마음의 평화를 휘젓고 있어요. 이건 당신이 가진 고귀하고 후덕한 애정과 너무나 상반돼요. 기분이 나쁠 만큼 대조적이오! 한창 나이에 내가 할 수 있는 일이 고작 이뿐이라는 사실이 슬플 따름이죠. 간단히 말해 난 멋진 인간이잖소? 당신 경우와 달리 나한테는 앞날이 보장되지 않아요」

「당장 그 여자를 물리쳐요」뉴만이 말했다.「다시는 근처에 얼씬거리지도 말고. 그러면 당신 앞날은 보장될 테니까요. 미국으로 건너오면 난 당신에게 은행 일자리를 마련해 주겠소」

「그 여자를 물리치라고 말하기란 쉬워요」 발렌틴은 가볍게 웃으며 말했다. 「난 그처럼 예쁜 여자를 버릴 수 없답니다. 사람은 공손해야 돼요. 노에미에게조차 그렇소. 더욱이 내가 그 여자를 두려워한다는 인상을 심어줄 수야 없잖아요」

「그렇다면 당신은 공손과 허영 사이에서 수렁으로 더욱 깊이 빠져들겠죠? 그런 것은 모두 보다 나은 일을 할 때 써봐요. 내가 당신을 그 여자에게 소개시켜 주고 싶지 않았다는 사실도 기억해요. 당신이 고집을 부렸으니 할 수 없었지만, 난 다소 속이 상했어요」

「당신을 나무라지 않아요」 발렌틴이 말했다. 「정말이지, 무슨 일이 있어도 그 여자를 알게 된 걸 후회하지 않아요. 정말 특출한 여자니까요. 새처럼 가뿐하게 날개를 펴는 모습이란 기가 막히죠. 이보다 더 나를 즐겁게 하는 여자는 없을 거예요. 그런데 잠깐」 그는 곧 말을 이었다. 「그 여자는 간접적으로라도 당신을 즐겁게 하진 못하겠죠. 그러니까 이런 화제는 공정하지 못하군요. 뭔가 다른 얘기를 해봐요」 발렌틴은 다른 화제를 끄집어 냈지만, 5분도 못되어 대담하게 화제를 다시 니오슈 양에게 돌렸다. 뉴만은 발렌틴이 니오슈 양의 태도를 생생하게 묘사할 뿐만 아니라, 그녀의 재기발랄한 언사에 대하여 예를 들고 있음을 알았다. 이런 말은 불과 6개월 전만 하더라도 터무니없고, 놀랄 만큼 냉소적인 마돈나 그림을 그렸던 젊은 여자에겐 과분한 칭찬이었다. 그러다 발렌틴은 갑작스레 말을 중단하고 생각에 잠긴 채, 얼마 동안 아무 말도 하지 않았다. 그가 떠나려고 일어섰을 때도 생각은 여전히 니오슈 양을 맴돌고 있음이 분명했다. 「그렇소, 그 여자는 무서운 꼬마 괴물이오!」 발렌틴이 마지막으로 말했다.

제16장

그 후 열흘은 뉴만이 여태껏 경험한 가운데 가장 행복한 날들이었다. 그는 싱트레 부인을 매일 만나면서도, 노부인이나 장차 처남이 될 어베인은 한 번도 보지 않았다. 그러자 싱트레 부인은 이들의 모습이 보이지 않은 데 대해 적절히 사과해야 된다고 생각한 듯했다. 「어머니와 오빠는 디프미어 경에게 파리 안내를 하느라 많은 시간을 보내고 있어요」 진지하게 이 말을 하는 그녀의 표정에는 미소가 깃들어 있었고, 그 미소는 말이 계속되면서 더욱 깊어졌다. 「아시다시피 그 사람은 우리의 일곱 번째 사촌이랍니다. 피는 물보다 진하다고 하잖아요. 게다가 그 사람은 꽤나 흥미롭죠!」 그러고 나서 싱트레 부인은 생긋 웃었다.

뉴만은 젊은 벨가드 부인을 두세 번 만났는데, 그녀는 마치 즐거운 일을 찾지 못해 안달하듯 항상 넋나간 모습으로 서성거렸다. 그녀는 은밀히 금이 간 채색된 향수병과 같은 느낌을 주었지만, 어베인에게 아내로서 헌신하고 있다는 사실 때문에 뉴만은 점차 친근감을 가졌다. 벨가드 후작의 아내가 되는 이 여인은 특히나 방종적인 태도로 갈증난 것처럼 미소 짓는, 작고 우스꽝스런 브루넷 여자[48]와 닮았던 탓에 뉴만의 동정심을 샀다. 젊은 후작 부인은 이따금 요염함이 더욱 정교하게 숨겨진 나머지 순진함으로 표현되는 긴박한 표정으로 뉴만을 바라보곤 했다. 그녀는 분명히 뉴만에게 뭔가 묻거나, 말하려고 했기 때문에 그는 궁금증을 가졌다. 그러나 뉴만은 젊은 후작 부인에게 말할 기회를 주는 데 주저했다. 왜냐하면 그녀의 대화가 만일 자신의 무미건조한 결혼 운세와 관련되어 있다면, 그가 도움을 줄 방도를 모르기 때문이었다. 그러나 뉴만은 어느 땐가 그녀가 불안한 눈빛으로 주위를 둘러본 다음 그에게 다가와, 조금은 열정적이고 나지막한 목소리로, 「당신이 내 남편을 싫어한다는 걸 알아요. 딱 한 번만 당신이 옳다고 기꺼이 인정하겠어요. 혼응지[49]에 붙은 시계 같은 남자와 결혼한 이 가련한 여인을 가엾게 여겨주세요!」라고 말하는 모습을 상상했다. 그러나 어떤 행위는 상황에 따라 노골적으로 비열하게 보일 수도 있으므로, 뉴만은 예의상 어떻게 반응해야 될지 모른 채, 몸을 도사리는 외에 달리 방도가 없었다. 그는 벨가드 집안 사람들로 하여금 자신이 집안 내에서 뭔가 꺼림직한 짓을 했다는 말을 하게끔 만들고 싶지 않았다. 아무튼 젊은 벨가드 부인은 뉴만의 결혼식에 입을 드레스에 대해 알려주곤 했는데, 그녀는 상상력을 발동하여 자신의 머릿속에서 여러 번이나 재단사를 만났음에도 불구하고 아직도 전체적인 구도가 만들어지지 않은 듯했다. 「내가 팔꿈치 부근의 소맷자락에 푸르스름한 단을 대어 달랬다고 부

48) 피부가 검고 머리와 눈빛이 갈색인 여자.
49) 송진과 기름을 섞어 만든 딱딱한 종이.

탁한 걸 당신에게 말한 적이 있죠. 그런데도 오늘까지 그게 전혀 되어 있지 않아요. 어떻게 될지 모르겠어요. 오늘은 연한 핑크색을 보니, 푸른색도 핑크색도 마음에 차지 않는 심란한 상태가 됐지 뭐예요. 그래도 팔꿈치에 단은 대어야 하는 건데」

「차라리 연두색이나 노란색으로 해요」 뉴만이 대꾸했다.

「그건 말도 안 돼요!」 젊은 후작 부인이 소리쳤다. 「연두색 단은 당신 결혼을 망칠 거랍니다. 당신 아들은 사생아가 될 거고!」

싱트레 부인은 외부 사람들 앞에서 고요히 행복에 젖은 모습이었다. 그런 표정을 보고서 뉴만은 외부 사람들이 물러나고 그들만 남게 되면, 그녀가 행복에 겨워 어쩔 줄 모른다고 복에 겨운 생각을 했다. 싱트레 부인은 매우 부드럽게 말했다. 「전 당신에게 즐거움을 느낄 수 없네요. 저를 꾸짖거나, 잘못을 고칠 기회를 준 적이 없으니까요. 그건 따져봐야 되겠어요. 전 그저 즐기려고만 했으니 말이죠. 하지만 당신은 조금도 끔찍한 일을 저지르진 않을 거예요. 절망적일 만큼 악의도 없구요. 그건 저한테 아무런 흥미도 주지 못하니까 정말 바보스러운 짓이죠. 저는 차라리 다른 사람과 결혼하는 게 낫겠어요」

「이런, 내가 큰 잘못을 저질렀군요」 뉴만은 싱트레 부인의 말에 응답했다. 「내 결함을 심각하게 여기지 말아요」 그러고 나서 뉴만이 스스로 꾸짖지 않겠다고 장담하자, 그녀는 매우 만족스러워했다. 「내가 얼마나 열렬히 당신에게 욕심을 내는지 알기라도 해요!」 뉴만이 말했다. 「그런데 어째서 내가 욕심을 내는지 좀 알 것 같소. 당신을 곁에 둔다는 건 나의 모든 생각을 바꾸어놓기 때문이죠. 지금의 나만큼 자신의 행운을 기뻐할 사람은 아무도 없어요. 당신은 지난 한 주일 동안 마치 내가 아내에게 요구해도 무방할 만큼 당당한 태도를 보였답니다. 그리고 내 아내가 응당 해야 될 말을 했고, 똑같은 걸음으로 방을 서성거렸으며, 의상에 대해서도 똑같은 취향을 갖고 있었어요. 요컨대, 당신이 내 기대에 부응한다는 뜻이오. 당신에게 말하건대, 난 후한 점수를 주었소」

이 말이 싱트레 부인의 마음을 다소 무겁게 했는지 이윽고 그녀가 입을 열었다. 「전 분명히 당신의 기대에 부응하지 못해요. 그 기대가 너무나 높으니까요. 저는 당신이 생각하는 사람은 아니랍니다. 그보다 훨씬 정도에 미흡해요! 당신이 이상으로 삼은 여자는 훌륭한 사람일 거예요. 어떻게 하면 그처럼 완벽한 상태에 도달할 수 있을까요?」

「결단코 보통 사람과 같을 수는 없겠죠」 뉴만이 대답했다.

「당신이 말하는 여자는」 싱트레 부인이 말을 계속했다. 「실제 제가 이상으로 삼은 것보다 훨씬 정도가 높아요. 당신은 그게 매우 능숙한 찬사라는 걸 알고 있나요? 좋아요, 그렇다면 그 여자를 제 자신으로 삼겠어요!」

뉴만이 약혼을 발표한 이후 클레어를 만난 트리스트람 부인은 다음날 그의 행운이 어리석기 짝이 없노라고 했다. 「우스꽝스럽게도」 트리스트람 부인이 말했다. 「당신은 마치 평범한 여자와 결혼이라도 하듯 마냥 즐거워해요. 난 이것을 남들이 부러워할 만한 결합이라고 부르고 싶은데도, 당신은 아무 대가도 치르지 않고 그냥 차지했어요. 이런 일은 대개 타협의 산물인데, 당신은 아무런 장애 없이 모든 걸 손에 넣었어요. 그러면서도 남 보란 듯이 행복할 테죠」 뉴만은 유쾌하고 고무적인 그녀의 어투에 감사했다. 어떤 여자도 이보다 더 고무적이거나 사기를 저하시킬 말을 하지 않았기 때문이다. 하지만 친구인 트리스트람이 말하는 투는 달랐다. 그는 아내의 요청으로 이미 싱트레 부인을 방문했던지라 뉴만에게 자신의 탐험에 관해 설명했다.

「이번에는 자네의 백작 부인에 대한 의견을 들으려고 하지 말게」 트리스트람이 말했다. 「난 무심코 발을 들여놓다 실수했으니 말일세. 그런데 자네가 결혼하려는 여자에 대해 친구로부터 정탐한다는 건 매우 비열한 짓이야. 자네는 무슨 말이든 들을 자격이 있겠지만 말일세. 내가 무슨 말이라도 한다면 자네는 냉큼 고자질을 할 거고, 다음에 내가 찾아가면 그 여자는 즉각이 경멸스런 인간을 비웃겠지. 그렇지만 자넨 싱트레 부인에게 고자질을 할 위인이 되지 못한다고 해두는 게 합당하겠지. 만일 그런 짓을 했다면, 난 그 여자의 비상한 자비심에 호소할 수 밖에 없을 거야. 그 여자는 매우 멋진 인물인데다 무척 공손했어. 내 아내와 그 여자는 손을 맞잡고 서로 귀여워 죽겠다는 듯이 소파에 앉았지. 싱트레 부인은 나 역시 귀여워 죽겠다는 암시를 하듯 계속 미소를 보내더군. 장담컨대, 그 여자는 과거 내게 소홀했던 점을 보상하려고 했어. 매우 쾌활하고 사교적인 여자였다네. 그런데 불행히도 그 여자는 자기 어머니에게 우리를 소개해야 된다는――자기 어머니가 자네의 친구들을 알고 싶다는――생각을 떠올렸지. 난 그 여자의 어머니를 알고 싶지 않았기 때문에, 아내더러 밖에서 기다릴 테니 혼자 들어가 보라는 말을 할 작정이었네. 그러나 아내는 평소처럼 지독한 재간을 발휘하여 내 의도를 간파하고서 눈짓으로 굴복시켰다네. 그래서 그들이 팔짱을 끼고 행진하듯 들어가자 나도 따라갔지. 우리는 고상한 엄지손가락을 만지작거리며 안락의자에 앉은 노부인을 보았다네. 노부인은 머리부터 발끝까지 내 아내를 훑어보더군. 하지만 그 상황을 두고 공정히 말하자면, 아내는 노부인의 맞수가 되었어. 아내는 노부인에게 우리가 뉴만 씨와 굉장히 친한 사이라고 말했지. 노부인은 잠시 쳐다보더니 〈오, 뉴만 씨 말이군요! 내 딸은 뉴만 씨와 결혼하기로 마음을 정했어요〉라고 하더군. 그러자 싱트레 부인은 다시 아내를 어루만지며, 뉴만 씨와 만남을 주선하여 인연을 맺게 해준 사람이 바로 이 귀여운 여인이라고 말했지. 그러자 노부인은 내 아내에게 〈오, 미국인 사위를 얻은 데 감사해야 될 사람이 바로 당신이었군요〉라고 대답하며, 〈참으로 현명한 발상이었어요. 정말 고맙소〉라고 말을 덧붙였어. 그러고 나서 노부인은 나를 쳐다보다 이윽고, 〈당신도 제조업에 종사해요?〉라고 묻더군. 나는 늙은 마녀가 타고 다니는 빗자루를 만들고 있다고 말하고 싶었지만 아내가 가로막고 대답했지. 〈후작 부인, 제 남편은 직업도, 일도 없이 떠돌아다니며 세상에 별로 보탬이 되지 못하는 불행한 계층에 속한답니다〉라고 말일세. 아내는 노부인을 골려주려고 나를 내동댕이친 셈이야. 그러자 노부인은 〈우리 모두는 자신의 의무를 가지고 있어요〉라고 하지 않았겠나. 그러자 아내는 〈그런 의무 때문에 먼저 자리를 떠나게 되어 죄송해요〉라고 말하고, 우리는 다시 서둘러 떠났다네. 하지만 자넨 정말 막강한 장모를 가졌더군」

「괜찮네」 뉴만이 말했다. 「장모는 나를 그냥 내버려두니까」

27일 저녁 때맞춰 뉴만은 노부인이 베푸는 연회에 참석했다. 대학로에 있는 오랜 저택은 오늘따라 이상하게도 휘황스럽게 보였다. 바깥문으로부터 비춰지는 불빛 주위로 한 떼의 사람들이 마차가 굴러 들어오는 광경을 지켜보며 서 있었고, 뜰은 이글거리며 타오르는 환한 횃불로 빛났으며, 주랑 현관은 심홍빛으로 덮여 있었다. 뉴만이 도착했을 때 소수의 사람들만 있었다. 젊은 후작 부인과 그녀의 두 딸은 계단 꼭대기에 있었는데, 그곳 모퉁이에는 엷은 청황색의 낡은 님프 상이 식물 그늘 사이로 모습을 드러냈다. 자주색의 멋진 레이스를 걸친 노부인은 반다이크가 그린 귀부인처럼 보였으며, 싱트레 부인은 흰 드레스를 입고 있었다. 노부인은 장엄하고 격식적인 태도로 뉴만을 맞이했고, 주위를 둘러보며 가까이 서 있던 몇몇 사람들을 불렀다. 그들은 발렌틴이 상류 계층 사람이라고 불렀던 노신사들이었는데, 이들 가운데 두세 명은 수장(綬章)과 성장(星章)을 차리고 있었다. 이들이 신중하고 민첩하게 다가오자 노부인은 자신의 딸과 결혼하게 될 뉴만을 소개하고 싶다고 말하고 나서, 세 명의 공작과 세 명의 백작과 한 명의 남작(男爵)을 잇달아 소개했다. 이 신사들은 고개를 숙이고 유쾌한 미소를 지었으며, 뉴만은 「만나게 되어 반갑습니다」라는 인사와 함께 덤덤히 악수를 나누었다. 뉴만은 싱트레 부인을 쳐다보았지만, 그녀는 그를 바라보지 않았다. 여러 사람들이 모인 가운데 각자 비평가 앞에서 자신의 역할을 평가받듯이, 뉴만이 자의식 때문에 끊임없이 싱트레 부인을 의식해야 되었다면, 그녀가 한번도 눈길을 돌리지 않았다는 사실은 상대를 신뢰하는 유쾌한 증거임을 알게 되었을 것이다. 물론 뉴만은 이런 생각을 하지 않았지만, 그럼에도 불구하고 이러한 상황에서 싱트레 부인이 그의 손놀림 하나까지 빠트리지 않고 보았다는 말을 해두는 편이 나을지 모른다. 젊은 벨가드 부인은 엷은 초승달과 보름달 따위의 거대한 은빛 달무리로 뒤덮인 새빨간 크레이프로 대담하게 장식된 옷을 입고 있었다.

「내 드레스에 대해 아무 말도 하지 않는군요」 젊은 벨가드 부인이 뉴만에게 말했다.

「내 느낌에」 뉴만이 응답했다. 「마치 망원경을 통해 당신을 들여다보는 기분이오. 꽤나 이상한 일이지만」

「만일 그게 이상하다면 오늘의 연회와 어울릴 테지요. 하지만 난 거룩한 몸은 아니랍니다」

「나는 당신 옷을 보고서 한밤중의 하늘이 그렇게 새빨간 줄은 몰랐어요」

「그게 내 독창성이죠. 누구나 푸른색은 고를 수 있지 않겠어요. 클레어는 열댓 개의 작고 섬세한 달무늬가 있는 귀여운 푸른색을 골랐을 테지만요. 하지만 난 새빨간색이 훨씬 흥미롭다고 생각해요. 이런 생각이 달빛처럼 들리지 않나요」

「달빛과 유혈이라……」 뉴만이 대꾸했다.

「월하(月下)의 살인은 어때요」 젊은 벨가드 부인은 웃으며 말했다. 「몸단장을 하기에 제격이군요! 기왕 제대로 하려면 내 머리카락에 다이아몬드 칼날이 꽂혀 있어야 돼요. 그런데 저기 디프미어 경이 오는군요」 잠시 후 그녀는 다시 말을 덧붙였다. 「저 사람이 무슨 생각을 하는지 알아야 돼요」 디프미어 경이 무척이나 붉은 안색으로 웃으며 다가오자 젊은 벨가드 부인이 말했다. 「디프미어 경은 나와 클레어 가운데 누구를 더 좋아할지 결정하지 못했거든요. 클레어는 사촌이라 좋아하고, 난 아니기 때문에 좋아하죠. 하지만 이 분이 클레어를 사랑할 권한은 전혀 없지만, 나는 완전히 자유로운 몸이죠. 약혼한 여인을 사랑하는 건 매우 잘못된 일이지만, 결혼한 여인을 사랑하지 않는 건 큰 잘못이에요」

「그렇군요. 결혼한 여인을 사랑하는 건 매우 유쾌한 일이겠죠」 디프미어 경이 응답했다. 「결혼을 졸라대지 않을 테니까」

「다른 여자들은 그렇게 하나요? 처녀들 말이오」 뉴만이 질문을 했다.

「암, 물론이죠」 디프미어 경이 대답했다. 「영국에서는 모든 여자들이 남자를 붙들고 결혼을 졸라대요」

「그러면 남자는 잔인하게 거절하겠죠」 젊은 벨가드 부인이 말을 이었다.

「당연하죠. 알다시피 요구한다고 해서 아무 여자와 결혼할 수야 없잖겠소」 디프미어 경이 응답했다.

「당신 사촌은 그런 요구는 하지 않을 거예요. 뉴만 씨와 결혼하니까」

「그건 경우가 달라요!」 디프미어 경이 웃었다.

「생각컨대, 당신이 그녀를 받아들일 수도 있겠네요. 그러다 보면 결국 당신이 나를 택할 수도 있을 테고」

「아, 일이 순조롭다면 난 우선 순위 따위는 따지지 않소」 젊은 영국인이 말했다. 「둘다 가지면 되니까」

「어머나, 끔찍해라! 난 그런 식으로 끌려가진 않겠어요. 당신과 좀 떨어져 있어야겠군요」 젊은 벨가드 부인이 외쳤다. 「뉴만 씨가 훨씬 낫죠. 이 분은 선택하는 법을 알고 있거든요. 마치 실을 바늘에 꿰듯 꼼꼼히 선택한다니까요. 이 분은 생각할 수 없을 만큼 싱트레 부인을 좋아해요」

「하지만 내가 그녀의 사촌인데야 어쩔 수 없겠죠」 디프미어 경은 뉴만에게 노골적으로 유쾌하게 말했다.

「그건 나로서도 어쩔 수 없소」 뉴만은 되받아 웃으며 응답했다. 「싱트레 부인도 마찬가지가 될 거요!」

「그럼 내가 그녀와 춤을 추어도 어쩔 수 없겠군요」 디프미어 경은 고집을 부리듯 단순하게 말했다.

「내가 먼저 춤을 추어야 할 수밖에 없겠죠」 뉴만이 응답했다. 「그러나 불행히도 나는 춤을 출 줄 몰라요」

「그건 방법을 몰라도 할 수 있는 거랍니다. 그렇지 않나요?」 젊은 벨가드 부인이 귀족에게 말했다. 그러나 디프미어 경은 남들에게 웃음거리가 되지 않기 위해서라도 남자라면 반드시 춤추는 법을 알아야 된다고 대답했다. 바로 이 순간 어베인이 느릿느릿한 걸음으로 뒷짐을 진 채 나타났다.

「정말 굉장한 연회로군요」 뉴만이 즐겁게 말했다. 「이 고가(古家)가 매우 찬연히 보이는데요」

「당신이 흡족하다면 우리도 만족해요」 후작은 어깨를 으쓱하다 몸을 앞으로 숙이며 말했다.

「모든 사람들이 흡족한 걸로 생각해요」 뉴만이 응답했다. 「사람들이 집으로 들어오면서 저기 천사처럼 아름답게 서 있는 당신 누이를 맨 먼저 목격했는데, 흡족하지 않을 까닭이 없잖소」

「그럼요, 내 누이는 매우 아름답죠」 후작은 엄숙하게 대답했다. 「하지만 당연히 당신에게만큼 커다란 만족의 원천이 되진 않을 거요」

「그럼요, 난 만족해요. 대만족이오」 뉴만은 느릿한 발음으로 이 말을 하고 나서 주위를 둘러보며 말을 덧붙였다. 「자, 이제 말해 줘요. 당신 친구가 누군지」

벨가드 후작은 머리를 숙이고 아랫입술에 손을 올린 채 가만히 주위를 돌아보았다. 그는 손으로 천천히 아랫입술을 부비기 시작했다. 뉴만이 어베인과 함께 서 있던 곳으로 한 떼의 사람들이 몰려오자 그 방은 금방 만원이 되어 휘황한 광경을 만들었다. 그런 호화스런 풍경은 여인들의 빛나는 어깨와 사치스런 보석은 물론, 그들이 입고 있는 우아하고 육감적인 의상에서 비롯되었다. 그러나 벨가드 저택의 정문은 당시 프랑스의 운명을 좌우했던 나폴레옹 왕가의 하수인들에게 냉혹하리만큼 굳게 닫혀져 있었기 때문에 군복을 입은 사람들은 한 명도 보이지 않았고, 미소를 지으며 환담을 나누는 대부분 사람들의 낯빛에도 조화의 아름다움이 조금도 깃들지 않았다. 그럼에도 불구하고 뉴만이 상당수 사람들의 낯빛에 비친 나름의 우호적이고, 의미심장하며, 암시적인 태도를 관상가처럼 면밀히 관찰하지 못한 것은 유감스런 일이었다. 만일 이 모임이 다른 성격이었다면, 이런 사람들은 뉴만을 기쁘게 하지 못했을지도 모른다. 왜냐하면 그는 이런 모임이 아니라면 여자들이 예쁜 구석도 없을 뿐더러, 남자들은 능글맞게조차 보일 것이라고 생각했기 때문이다. 하지만 지금 뉴만은 오직 유쾌한 인상만 받아들이고 싶은 마음이었다. 이곳에 있는 사람이면 누구나 휘황한 모습이라고 생각한 그는 이러한 표정들이 부분적으로 자신의 덕택이라는 듯이 보였다. 「몇몇 사람들에게 당신을 소개하겠어요」 잠시 후 벨가드 후작이 말했다. 「사실 꼭 그렇게 하고 싶은데, 괜찮을 테지요?」

「당신이 원한다면 누구하고라도 악수하겠소」 뉴만이 대답했다. 「당신 어머니는 방금 대여섯 명의 노신사에게 나를 소개시켰어요. 똑같은 사람들과 다시 만나지 않도록 조심해요」

「어머니가 소개시켜 준 사람들이 누구였나요?」

「이런, 난 벌써 잊어버렸소」 뉴만은 웃으며 말했다. 「여기 있는 사람들은 모두 똑같아 보이니까요」

「하지만 그 사람들은 당신을 잊어버리지 않았을 텐데요」 이 말과 함께 후작은 방을 가로질러 걸었다. 뉴만은 사람들 틈바구니에서 후작 가까이 있으려고 그의 팔을 잡았지만, 후작은 얼마간 입을 다물고 똑바로 걸어갔다. 마침내 접견실과 붙은 방의 끝에 도달했을 때 뉴만은 매우 육중한 안락의자에 앉아 있는 몸집이 기괴한 부인 앞에 당도했음을 알았다. 그 주위에는 여러 사람들이 반원형으로 서 있었고, 이 작은 무리들은 후작이 가까이 가자 둘로 갈라졌다. 벨가드 후작은 한 걸음 앞으로 다가선 다음, 언젠가 뉴만이 본 대로 교회 좌석에 들어서면서 가만히 서 있는 신사들처럼 자신의 모자를 입술까지 올리고는 잠시 입을 다물고 유순한 듯이 서 있었다. 실로 이 부인은 사람들이 숭배하는 성직자와 무척이나 흡사한 태도를 지녔으며, 대단히 늠름하고 침착한 모습이었다. 뉴만에게 이 부인의 형상은 가공스러웠다. 그는 당혹스런 마음으로 세 갈래로 갈라진 그녀의 턱과, 작고 예리한 눈빛과, 겉으로 드러나는 거대한 가슴과, 깃털 장식과 보석이 엄숙하게 번쩍이는 관(冠)과, 둥그렇게 펼쳐진 공단으로 만든 페티코트를 바라보았다. 자신의 주변에 구경꾼처럼 사람들이 모여 있는 이 독특한 형상의 여인은, 뉴만으로 하여금 마치 전람회에서나 보는 뚱보 여자를 연상시켰다. 그녀는 작고 또렷한 눈매로 처음 보는 사람들을 응시했다.

「공작 부인」 후작이 말했다. 「이미 소문을 들으셨겠지만, 우리의 친구인 뉴만 씨를 소개하겠습니다. 우리에게 가장 가까운 분들에게 뉴만 씨를 소개하려고 하는데, 공작 부인에게 맨 먼저 해야겠지요」

뉴만이 공손한 태도를 취하고 있을 동안, 공작 부인은 작고 날카롭긴 했지만 귀에 거슬리지 않는 목소리로 「암, 좋지, 좋아」 하고 대답했다. 「난 이 사람을 보기 위해 일부러 왔다네. 이런 찬사를 제대로 받아주면 좋으련만. 내 몸집을 바라보기만 해도 응답이 될 거야」 공작 부인은 포용력 있는 시선으로 몸을 들썩거리며 말했다. 자신의 비만한 체구를 두고 농담하는 공작 부인이라면 거리낌 없이 무슨 말이라도 할 수 있을 것 같았지만, 뉴만은 할말이 궁했다. 공작 부인이 일부러 뉴만을 보러 왔다는 말을 듣는 순간, 주위를 둘러싸고 있던 신사들이 몸을 돌려 호기심 어린 태도로 그를 바라보았다. 후작이 신비스런 엄숙함을 띠고 뉴만에게 이들의 이름을 하나씩 언급하자 신사들은 각기 고개를 숙여 인사했다. 이들은 모두 프랑스에서 이름난 가문의 사람들로 보였다. 「정말 당신을 만나보고 싶었소」 공작 부인이 말을 계속했다. 「이건 당연한 거니까요. 우선 나는 당신이 결혼할 사람을 무척이나 좋아해요. 그 애는 프랑스에서 가장 매력적인 인물이니만큼 매우 잘 대해요. 그렇지 않으면 나한테서 질책을 받을 테니까. 하지만 당신은 선량해 보이는군요. 난 당신이 매우 특출한 사람이라고 들었소. 당신에 관해 온갖 진기한 얘기를 들었으니 말이오. 자, 이런 말이 사실이겠죠?」

「당신이 무슨 말을 들었는지 난 모르겠소」 뉴만이 대꾸했다.

「당신에겐 명성이란 게 있을 테지요. 우리는 당신이 변화무쌍하고 색다른 경력을 쌓았다고 들었거든요. 오늘날 50만 인구를 거느린, 당신이 거대한 서부에서 10년 전쯤에 세웠다는 도시는 어떤 곳인가요? 50만이 맞나요? 당신은 이 번창하는 개척지를 혼자 소유하여 엄청난 부자가 되었겠지요. 만일 당신이 담배를 피우지 않겠다고 맹세하는 새로운 이주민 모두에게 무료로 땅과 집을 내놓지 않았더라면 더욱 큰 부자가 되었을 텐데요. 이렇게 나가면 당신은 3년 내 미국 대통령이 될 거라고 하더군요」

공작 부인은 매끄럽고 침착한 언변으로 〈명성〉이란 말을 우스꽝스럽게 말했는데, 뉴만에게 그것이 마치 노련한 여자 희극배우가 지껄이는 우스운 연극 대사처럼 들렸다. 그녀가 말을 멈추기도 전에 뉴만은 참을 수 없다는 듯이 껄껄 웃었다. 「공작 부인, 공작 부인」하고 후작이 마치 위로하듯 중얼거렸다. 서너 명의 사람들이 대체 누가 공작 부인에게 웃음을 터뜨리고 있는지 알아보려고 방문 쪽으로 다가왔다. 그러나 공작 부인은 자신의 말을 남들이 귀담아듣는다는 사실을 확신하고, 수다스런 여성으로서 남들의 기분에 구애받지 않는다는 듯이 부드럽고 평온하며 확신에 찬 태도로 말을 계속했다. 「하지만 난 당신이 매우 특출하다는 걸 알고 있소. 이 선량한 후작과 그의 훌륭한 어머니의 사랑을 받았으니 특출할 수밖에 없겠지요. 이들은 모든 세상 사람들에게 도도하기 그지 없어요. 매우 깐깐하니까요! 내 자신도 지금 이 순간 이들의 호감을 사고 있는지 확신을 못하는 형편이오. 그렇잖소, 후작? 그런데 뉴만 씨, 당신에게 듣기 좋은 말이겠지만 사람은 미국 백만장자가 되고 볼 일이오. 하지만 당신의 진정한 성공은 싱트레 백작 부인의 호감을 샀다는 데 있어요. 그 애는 동화에 나오는 공주만큼 까다로우니까. 그러니 당신의 성공은 기적이라고 할 만해요. 비밀이 뭔가요? 여기 있는 모든 신사들 앞에서 공개하라고 요구하진 않겠어요. 하지만 언젠가 내게 와서 당신 재능의 진면목을 보여주시오」

「비밀은 싱트레 부인에게 있어요」 뉴만이 대답했다. 「그러니까 그녀에게 물어야 돼요. 그건 엄청난 자비심에 있겠지만요」

「멋진 말이오!」 공작 부인이 말했다. 「그게 가장 먼저 꼽을 수 있는 장점이죠. 그런데 후작, 어째서 이 신사를 벌써 데리고 나가지?」

「아직 수행해야 될 임무가 남아 있답니다」 후작은 손으로 다른 무리들을 가리키며 말했다.

「무슨 말인지 알 것 같군. 어쨌든 이 신사를 만났으니 소망을 이룬 셈이야. 이제 이 사람은 자기가 현명치 못하다고 감히 말할 수 없겠지. 그럼 이만」

자신의 안내자와 함께 걸어나가며 뉴만은 공작 부인이 어떤 사람인지 물어보았다. 「프랑스에서 가장 위대한 분이오」 후작이 대답했다. 그러고 나서 후작은 장차 집안 사람이 될 뉴만을 스무 명 정도에게 소개했는데, 이들은 분명히 성품 때문에 택해진 듯했다. 어떤 경우에는 이런 성품이 개개인의 용모에 잘 나타나 있었고, 다른 경우에는 곁에 있는 후작이 간결하면서도 인상적인 표현으로 그들의 성품을 밝히는 데 도움을 주었기 때문에 뉴만은 고마움을 느꼈다. 이들 가운데는 몸집이 크고 당당한 남자들도 있었고, 작고 거들먹거리는 인물들도 있었다. 노란 레이스에 진기한 보석을 두른 추한 모습의 여인들과, 보석은 일체 두르지 않고 하얀 어깨만 드러낸 예쁜 여인들도 있었다. 모든 사람들은 뉴만에게 극도의 관심을 보이며 미소를 지었고, 그를 알게 되어 즐겁다는 표정이었다. 이들은 손은 활짝 펼치면서도 손가락에 동전을 끼고 있는 것처럼, 품격 있는 사회에 깃든 부드러운 듯한 견고함을 드러내며 뉴만을 바라보았다. 마치 미녀와 야수의 이야기에 대한 자매편인 양 후작이 곰을 다루는 사람의 역할을 했다면, 전체적인 인상은 곰이 사람의 형상과 흡사한 모습을 지녔다고 볼 수 있을 것이다. 뉴만은 후작의 친구들로부터 받는 환대가 매우 〈흡족〉하다고 생각했기 때문에 더 이상 바랄 게 없었다. 아무튼 눈에 띌 만큼 공손한 대접을 받는다는 일은 유쾌하였고, 적절하게 구사된 예의에 곁들어진 기지(機智)가 정성스럽게 다듬은 콧수염 아래로 읊어지는 소리를 듣는 것도 즐거웠다. 더욱이 총명하게 보이는 프랑스 여성들이——그들은 한결같이 그렇게 보였지만——자신들과 이야기를 나누던 상대로부터 몸을 돌려, 싱트레 부인과 결혼할 낯선 미국인을 찬찬히 보면서 전시품처럼 놓인 뉴만에게 우아한 미소로 답례하는 모습도 즐거운 광경이었다. 한바탕 미소를 짓고 다른 즐거움에 몰두하다 눈을 돌린 뉴만은 후작의 눈길이 자신을 무겁게 바라보고 있음을 깨달았다. 그리하여 한순간 그는 멈칫하며 자문했다.「내가 바보처럼 행동했던 걸까? 아니면 애완용 개처럼 뒷다리로 걸었을까?」이 순간 뉴만은 방의 맞은편에 있던 트리스트람 부인을 발견하고, 벨가드 후작에게 손을 흔들며 작별하고 그녀에게 다가갔다.

「내가 너무 오만하게 굴었나요?」뉴만이 물었다.「내 턱이 마치 도르래의 끝 부분에 묶인 것처럼 보였던가요?」

「당신은 어처구니없을 만큼 행복에 겨운 사람처럼 보였어요」트리스트람 부인이 대답했다.「그게 당신의 본래 모습이겠죠. 난 지난 십여 분 동안 당신을 지켜보았거든요. 그리고 벨가드 후작의 모습도 지켜보았는데, 그 사람은 역겨운 표정이었어요」

「그럴수록 후작에게는 낫겠지요」뉴만이 말했다.「하지만 나는 관대해질 거요. 더 이상 그 사람을 괴롭히진 않겠지만, 어쨌든 난 매우 행복해요. 그러니 여기서 가만히 있지 못하겠어요. 내 팔을 잡고 함께 걸어봅시다」

뉴만은 트리스트람 부인을 방 한가운데로 인도했다. 상당히 많은 사람들이 오늘의 연회에 오느라 제각기 장식을 하고 당당하게 방을 누볐던 나머지, 다소 퇴색된 듯한 그들의 고상함이 빛을 발하기 시작했다. 트리스트람 부인은 주위를 돌아보며 함께 있던 손님들에 대해 부드럽고 날카로운 평을 늘어놓았지만, 뉴만은 분명히 대답하지 않았다. 그의 생각은 다른 곳에 있었기 때문에 그녀의 말이 귀에 들어오지 않았던 것이다. 뉴만은 자신이 성공을 거두었고, 원했던 것을 손에 넣었다는 유쾌한 생각에 도취되었으며, 자신이 바보처럼 보이지 않았을까 하는 순간적인 염려도 사라진 채 느긋한 만족감만 남았다. 그는 원했던 바를 손에 넣은 것이다. 언제나 성공의 향취는 그에게 몹시도 유쾌했고, 그것을 자주 경험할 수 있다는 것은 행운이었지만, 그 향취가 지금처럼 감미롭고, 찬란하고, 암시적이고, 흥겨웠던 적은 일찍이 없었다. 이 모든 것——조명, 꽃, 음악, 한 무리의 사람들, 휘황한 모습의 여인들, 보석, 그리고 모든 사람들이 분명히 낯선 말을 중얼거리는 생소함——이 그가 목표를 달성하고, 자신의 생각대로 일을 감행했다는 생생한 상징이자 확신이었다. 뉴만의 미소가 여느 때보다 컸다면, 그것은 흑막이 있는 허영은 아니었다. 그는 무능한 사람으로 보여지거나, 성공을 자신에게 국한시키고 싶지 않았던 것이다. 만일 그가 남의 눈에 띄지 않게 지붕에 뚫린 구멍으로 지금의 장면을 내려다볼 수 있었다면, 이 광경을 더욱 즐겼을지도 모른다. 그것은 자신의 성공에 의미를 부여하며, 그가 모든 체험을 쏟았던 인생에 대한 느긋한 느낌을 심화했을 것이다. 바로 지금은 승리의 잔이 가득한 순간이었다.

「참으로 멋진 파티로군요」 트리스트람 부인이 잠시 걸음을 멈추고 말했다. 「달리 눈에 거슬릴 만한 게 없네요. 단지 내 남편이 벽에 기대어 누군가를 공작으로 착각하고 말을 걸고 있는 것만 빼놓고 말이죠. 하지만 그 사람은 기껏해야 램프 수리공 정도겠죠. 당신은 그들을 떼어놓을 수 있다고 생각해요? 그럼 램프를 넘어뜨려 봐요!」

뉴만은 트리스트람이 재간 있는 수리공과 말을 나누는 것이 하등 문제가 되지 않는다고 여겼기 때문에 이런 요구에 어떻게 응답해야 될지 몰랐다. 그러나 이때 발렌틴이 다가왔다. 뉴만은 몇 주 전 그를 트리스트람 부인에게 소개했고, 트리스트람 부인의 장점을 조심스럽게 살핀 발렌틴은 이후 몇 차례 그녀를 방문했던 적이 있었다.

「당신은 키츠의 〈무자비한 미녀〉[50]란 시를 읽어본 적이 있나요?」 트리스트람 부인이 발렌틴에게 물었다. 「당신은 이 시의 주인공을 생각나게 하네요」

> 오, 홀로 창백히 헤매이는 갑옷 입은 기사여,
> 무엇 때문에 괴로워하는가?

「내가 외롭다면, 그건 당신 곁에 있지 못하기 때문이죠」 발렌틴이 대꾸했다. 「게다가 뉴만 씨를 제외하고 행복한 표정을 짓는 건 남자가 취할 태도가 아니거든요. 오늘밤의 주인공은 뉴만 씨이므로 당신과 나는 뒤로 물러서야 해요」

「당신은 지난 봄 내게 언약했죠」 뉴만은 트리스트람 부인에게 말했다. 「6개월만 지나면 내가 엄청난 격분에 쌓이게 될 거라고 말이오. 그런 시간이 임박한 것 같지만, 지금 내가 가장 손쉽게 할 수 있는 거친 행위란 당신에게 차가운 커피나 가져다 주는 정도예요」

「나는 우리가 매사에 당당하게 행동해야 된다고 했어요」 발렌틴이 말했다. 「난 커피 따위는 언급하지도 않아요. 어쨌든 모든 사람들이 여기 있고, 방금 내 누이는 어베인이 정말 존경스럽다고 말했어요」

「정말 좋은 사람이죠」 뉴만이 말했다. 「난 그 이가 당신의 형

50) 초자연적인 요부에 대한 사랑 때문에 멸망한 남자의 이야기를 다룬 존 키츠의 시.

이기 때문에 좋아해요. 그런데 나는 당신 어머니에게 가서 뭔가 공손한 말을 해야겠소」

「기왕 할 바에는 매우 공손하게 해요」 발렌틴이 대꾸했다. 「그런 느낌을 갖는 게 마지막이 될지도 모르니까!」

뉴만은 노 벨가드 부인의 허리를 껴안을 태세로 걸어갔다. 그는 여러 개의 방을 지나 이윽고 첫번째 접견실의 소파에 앉아 있는 노부인을 발견했는데, 그녀의 옆에는 젊은 친척인 디프미어 경이 있었다. 젊은이는 두 손을 주머니에 넣은 채 다소 따분한 듯이 보였고, 앞으로 발을 내밀고 신발 끝을 응시하고 있었다. 노부인은 그에게 뭔가 열심히 말했고, 자신이 했던 말에 대한 대답을 기다리거나, 아니면 그 효과를 기다리고 있는 것처럼 보였다. 그녀는 두 손을 무릎 위에 포갠 채, 품위 있게 노여움을 억제하는 양 귀족 친척의 단순한 외모를 바라보았다.

뉴만이 가까이 오자 디프미어 경은 고개를 들어 눈을 마주치며 안색을 바꾸었다.

「흥미로운 만남을 방해한 것 같군요」 뉴만이 말했다.

노부인이 일어서자 옆에 있던 사람도 동시에 일어났다. 노부인은 손으로 그의 팔을 잡고 잠시 아무런 대답도 하지 않고 있다가, 뉴만이 침묵을 지키자 미소를 띠며 말했다. 「매우 흥미로운 만남이었다고 디프미어 경이 말하는 게 예의겠지요」

「아, 난 예의 따위는 차리지 않아요!」 귀족이 대꾸했다. 「흥미로운 건 사실이지만」

「노부인이 당신을 누그러뜨릴 만한 충고를 한 모양이죠?」 뉴만이 물었다.

「나는 이 사람에게 굉장한 충고를 했답니다」 노부인은 맑고 차가운 눈매로 뉴만을 응시하며 말했다. 「어떻게 받아들일지 스스로 결정할 문제지만 말이오」

「무조건 충고를 받아들여요!」 뉴만이 외쳤다. 「오늘밤 후작 부인이 당신에게 주는 충고는 무엇이든 귀담아들을 만해요. 후작 부인은 오늘밤 즐겁고 편안한 기분으로 말할 수밖에 없으니까 그게 바로 훌륭한 충고가 되는 거죠. 그런데 후작 부인, 모든 일이 찬란하고 성공적으로 진행되고 있음을 아시겠죠. 당신이 베푼 연회는 굉장해요. 참으로 훌륭한 발상이었어요. 내가 베풀려고 했던 것보다 훨씬 낫소」

「당신이 흡족하다면 나도 만족해요」 노부인이 말했다. 「내 소망은 당신을 기쁘게 하는 거요」

「그렇다면 조금만 더 나를 기쁘게 해주겠소?」 뉴만이 물었다. 「우리의 귀족 친구를 잠시 내버려둬요. 그러면 분명히 여기를 떠나 춤이라도 출 테니까. 그런 다음 나와 팔짱을 끼고 여러 방을 순회해요」

「내 소망은 당신을 기쁘게 하는 거랍니다」 노부인이 말을 되풀이하고 디프미어 경을 놓아주자, 뉴만은 그녀의 고분고분한 태도에 다소 당황했다. 「이 젊은이가 현명하다면」 노부인이 말을 덧붙였다. 「내 딸을 찾아가 춤을 청하겠지요」

「지당한 충고로군요」 뉴만은 몸을 숙이면서 웃으며 말했다. 「그러한 충고라면 분부대로 따라야겠죠」

디프미어 경이 이마를 문지르며 떠나자 노부인은 뉴만과 팔짱을 꼈다. 「정말 매우 유쾌하고 사교적인 연회로군요」 그들이 순회하듯 걸어나갈 때 뉴만은 말했다. 「모든 사람이 서로 알고, 서로 만나 즐거워하는 듯이 보이는군요. 후작은 내게 많은 사람들을 소개해 주었소. 나는 이 집안 사람이나 된 듯한 기분이오」 뉴만은 뭔가 훨씬 다감하고 편안한 말을 하려고 하며 말을 계속했다. 「이것은 언제나, 그리고 매우 유쾌하게 기억될 연회요」

「내 생각에 우리 모두가 잊지 못할 연회인 듯해요」 노부인은 간결하면서도 분명한 어조로 말했다.

노부인이 발길을 내딛자 사람들이 길을 비켰고, 어떤 사람들은 몸을 돌려 그녀를 쳐다보았다. 노부인은 이루 헤아릴 수 없을 만큼 많은 인사와 악수를 받고 비길 데 없이 섬세한 위엄을 띠며 이 모두에 답례했다. 하지만 그녀는 모든 사람들에게 미소를 띠긴 했지만, 마지막 방에서 큰아들을 볼 때까지 한 마디도 하지 않았다. 그러고 나서 그녀는 뉴만에게, 「이만하면 충분하겠지요, 선생」이라고 신중하고 부드럽게 말하며 후작에게 몸을 돌렸다. 후작은 두 손을 내밀어 노부인의 손을 잡고, 가장 부드럽고 경외하는 태도로 자리에 안내했다. 그것은 가장 화목한 집안의 모습처럼 보였으므로 뉴만은 신중하게 물러갔다. 그는 잠시 여러 방을 서성거리며 자유롭게 배회하고, 자신의 큰 키로 대부분의 사람들을 제압하며, 어베인이 소개시켜 준 무리들과 다시 인사를 나누고, 유유자적하게 침착을 과시했다. 뉴만은 이 모두가 극히 유쾌함을 알았다. 가장 유쾌한 일에도 끝이 있기 마련이지만, 연회의 환락도 점차 끝나기 시작했다. 마지막 선율이 울리자 사람들이 작별 인사를 하기 위해 노부인을 찾고 있었다. 노부인을 찾는 데 다소 어려움이 있는 듯했지만, 뉴만은 그녀가 현기증을 느껴 일찍 연회장을 떠났다는 말을 들었다. 그는 어떤 숙녀가 「노부인은 오늘밤의 여흥에 압도된 거야. 오늘밤의 여흥이 얼마나 힘들었을까!」 하는 소리를 들었다.

그러나 뉴만은 노부인이 금방 정신을 차리고 출입문 근처의 안락의자에 앉아, 자리에서 일어나지 말도록 만류하는 귀부인들로부터 작별 인사를 받고 있음을 알았다. 그래서 뉴만은 싱트레 부인을 찾아 나섰다. 그는 빠른 왈츠의 흐름 속에서 휘휘 지나가는 싱트레 부인의 모습을 여러 차례 보았지만, 그녀의 확고한 지시에 따라 연회가 시작된 이래 한 마디의 말도 나누지 않았다. 집 전체가 활짝 열린 듯했고, 약간의 사람들이 떼를 지어 있기는 했지만 1층의 방들 역시 열려진 채였다. 뉴만은 시끄러운 무리들로부터 벗어났다는 느낌에 감사하는 것처럼 보이는 몇몇 흩어진 남녀를 바라보며 여기저기 어슬렁거리다 정원으로 문이 열려진 작은 온실로 발길을 옮겼다. 온실 끝부분은 식물에 가려지지 않은 깨끗한 유리판으로 덮여 있고 그 위로 겨울 별빛이 보였기 때문에, 거기에 서 있으면 마치 몸이 허공으로 사라질 느낌이었다. 그곳에는 지금 어떤 숙녀와 신사의 모습인 두 사람이 서 있었다. 숙녀는 등을 돌리고 있었지만, 뉴만은 멀리서 그녀가 싱트레 부인이라고 금방 알 수 있었다. 그가 망설이고 있을 동안, 그녀는 뉴만이 있다는 것을 분명히 느끼고 뒤돌아보았다. 그녀는 잠시 뉴만을 바라보다, 다시 옆에 있는 사람에게 몸을 돌렸다.

「뉴만 씨에게 말하지 않은 게 유감이군요」 싱트레 부인은 부드럽지만 뉴만이 알아들을 수 있는 어조로 말했다.

「괜찮다면 말해요!」 이렇게 대답한 것은 디프미어 경의 목소리였다.

「제발 내게 말해 봐요!」 뉴만은 다가서며 말했다.

디프미어 경은 무척 얼굴이 달아오른 모습이었고, 말리듯이 장갑을 비틀어 팽팽한 밧줄 모양으로 만들었다. 짐작컨대 그것은 격렬한 감정의 표시였고, 여기에 상응하는 동요의 흔적이 싱트레 부인의 얼굴에 역력한 것처럼 보였다. 두 사람은 굉장히 열띤 대화를 나누었음에 분명했다. 「제가 당신에게 얘기할 건 단지 이 분의 명예와 관계되는 거예요」 싱트레 부인은 뉴만에게 매우 솔직한 미소를 지으며 말했다.

「그렇게 말해 봐야 이 분이 좋아할 것도 아닐 텐데」 귀족은 어색하게 웃으며 대꾸했다.

「말해 봐요. 비밀이 뭔가요?」 뉴만이 다그치듯 물었다. 「털어놔요. 난 비밀 따위는 싫으니까」

「우리에겐 달갑지 못한 일도 있고, 좋아하는 일도 하지 못할 때가 있는 법이죠」 혈색 좋은 젊은 귀족이 여전히 웃으며 말했다.

「그건 당신의 명예에 관한 거지, 누구나 그렇다는 건 아니에요」 싱트레 부인이 디프미어 경에게 말했다. 「그래서 전 할말이 없는걸요. 납득하겠죠」 그녀가 이 말을 덧붙이며 손을 내밀자 영국인은 수줍은 듯 충동적으로 손을 잡았다. 「그럼 가서 춤을 추세요!」 그녀가 말했다.

「좋소, 춤추고 싶어 몸살이 났는데! 가서 좀 비틀대야 하겠소」 그러고 나서 그는 우울한 웃음을 지으며 걸어나갔다.

「당신들 사이에 무슨 일이 있었소?」 뉴만이 물었다.

「지금은 말할 수 없어요. 당신을 불행하게 만들 일은 아니에요」

「저 자그만 영국인이 당신을 사랑하려고 했어요?」

그녀는 망설이다 심각하게 말했다. 「아니에요! 그 분은 매우 정직한 사람인걸요」

「하지만 당신은 흥분하고 있어요. 뭔가 일이 있는 모양인데」

「다시 말하지만 당신을 불행하게 만들 일은 아니에요. 제 흥분은 가라앉았답니다. 언젠가 당신에게 말하겠지만, 지금은 안 돼요!」

「좋소. 고백하지만」 뉴만이 말했다. 「유쾌하지 못한 얘기는 듣고 싶지 않아요. 난 모든 것에 만족하고 있으니까. 무엇보다 당신에게 말이오. 난 모든 여인들을 보았고, 그 가운데 상당수와 얘기를 나누었지만, 당신에게만 만족할 뿐이오」 싱트레 부인은 크고 부드러운 시선으로 잠시 뉴만을 바라보다 별이 빛나는 하늘로 눈길을 옮겼다. 그들은 잠시 말없이 나란히 서 있었다. 「나 때문에 만족한다고 말해 봐요」 뉴만이 말했다.

그는 잠시 동안 대답을 기다려야 했지만, 마침내 낮고 또렷한 목소리로 「전 매우 행복해요」라는 말을 들었다.

그러자 곧 다른 곳에서 몇 마디 말이 들려왔기 때문에 그들은 뒤를 돌아보았다. 「싱트레 부인이 감기라도 들지 않을까 걱정했습니다. 그래서 숄을 가져왔지요」 브레드 부인이 손에 하얀 피륙을 들고 애원하는 듯한 모습으로 서 있었다.

「고마워요」 싱트레 부인이 대답했다. 「찬 별들을 보면 한기가 느껴져요. 숄을 가져올 필요는 없어요. 집으로 들어갈 테니까」

그녀가 발길을 돌려 실내로 들어가자 뉴만도 따라갔다. 브레드 부인은 공손하게 길을 비켜주며 서 있었다. 뉴만이 나이 든 하녀 앞에서 잠시 걸음을 멈추자 그녀는 묵묵히 인사를 하며 그를 쳐다보았다. 「그래요. 당신은 우리와 함께 살아야 돼요」 뉴만이 말했다.

「좋으실 대로 하세요」 그녀가 대답했다. 「그러나 아직은 두고 봐야죠!」

제17장

뉴만은 음악을 좋아했기 때문에 자주 오페라를 보러 갔다. 노 벨가드 부인이 베푼 연회가 있은 지 이틀이 지난 저녁, 그는 여태껏 상연된 것을 본 적이 없던 「돈 죠바니」[51]를 보려고 막이 오르기 전 무대 앞 좌석을 점유했다. 뉴만이 탐닉한 휴식 방법이란 이따금 널찍한 칸막이 관람석을 차지하고 한 떼의 친구들을 초대하는 것이었다. 그는 친구들을 불러 모아 극장으로 안내하든가, 높다란 마차를 타고 드라이브를 하든가, 아니면 멀리 떨어진 레스토랑에서 식사를 하는 일 따위를 즐겼다. 뉴만은 사람들을 대신하여 돈을 지불하는 일을 좋아했고, 터놓고 말하자면 남들에게 〈대접〉하기를 즐겼다. 이것은 소위 말하는 돈 자랑은 아니었다. 오히려 뉴만은 사람들 앞에서 돈을 주무르는 것을 무척 혐오했으며, 실상 개인적으로는 남들이 보는 데서 몸치장을 할 때 느끼는 감정만큼이나 돈에 대해 겸허한 태도를 가졌

51) 1787년에 발표된 모차르트의 오페라.

다. 하지만 말끔하게 옷을 차려입는 것이 그에게 어떤 충족감을 주듯이, 돈을 이용하여 즐거움을 도모하는 일도(그는 매우 은밀히 이것을 즐겼다) 은근한 만족감을 가져왔다. 많은 무리의 사람들을 움직여 멀리 데려가든가, 특별 수송 수단을 마련하든가, 객차와 증기선 따위를 전세 내는 것은 일을 과감히 진행하는 뉴만의 성미에 맞았고, 또한 그가 느끼는 환대감을 더욱 생동감 있고 요령껏 구사하는 듯이 보였다. 방금 언급했던 공연이 있기 며칠 전 저녁, 뉴만은 마담 알보니[52]의 공연을 보려고 도라 핀치 양을 포함한 여러 명의 친구를 초대했다. 하지만 뉴만 근처의 칸막이 관람석에 앉아 있던 도라 핀치 양이 막이 오르내리는 사이는 물론, 공연이 한참 무르익을 때 여러 번이나 열을 내어 소곤댔기 때문에, 뉴만은 마담 알보니의 성량이 빈약하고 날카로울 뿐만 아니라, 그녀가 노래하는 대사에 킥킥대는 웃음이 상당히 섞였다는 짜증스러운 기분이 되고 말았다. 이런 일이 있은 다음 뉴만은 당분간 혼자서 오페라를 보겠다고 다짐했다.

「돈 죠바니」 첫번째 막의 커튼이 내려졌을 때, 뉴만은 자리에 앉아 극장 건물을 둘러보기 위해 몸을 돌렸다. 이윽고 그는 어느 칸막이 관람석 가운데 어베인과 그의 부인이 앉아 있음을 알았는데, 젊은 후작 부인은 오페라 글라스를 쥔 채 매우 부산하게 실내를 휘둘러 보고 있었다. 뉴만은 그녀가 자신을 보았다고 생각하고서 자리에서 일어나 인사를 하려고 했다. 어베인은 꼼짝도 않고 기둥에 기대어 서서 한 손을 조끼 윗주머니에 넣고, 다른 손으로 허벅지에 놓인 모자를 쥔 채 똑바로 앞을 응시하고 있었다. 막 자리를 떠나려 했을 때 뉴만은, 프랑스에서 부

52) 19세기 후반 이탈리아 출신의 오페라 가수.

당하게도 〈욕조〉라고 불리워지는 작은 칸막이 관람석이 들어선 눈에 잘 띄지 않는 구역에서 어떤 얼굴을 목격했다. 그것은 흐릿한 불빛과 거리에도 불구하고 식별이 가능한 젊고 예쁜 여인의 얼굴이었고, 그녀의 머리는 분홍색 장미와 다이아몬드로 치장되었다. 이 여인도 실내를 둘러보며, 세련되고 우아한 자태로 위아래로 부채를 흔들고 있었다. 그녀가 부채를 내려놓자 부드럽고 하얀 두 어깨와 장밋빛 드레스의 가장 자리가 뉴만의 시야에 들어왔다. 그녀의 옆에는 어깨에 밀착되듯 가까이, 불그스름한 얼굴과 셔츠 칼라를 매우 낮게 만든 어느 젊은이가 여자의 주의에도 아랑곳없이 매우 진지하게 이야기를 하면서 앉아 있었다. 그곳을 보는 순간 뉴만의 의구심이 사라졌는데, 예쁘고 젊은 여자는 바로 노에미 니오슈 양이었다. 뉴만은 그녀의 아버지도 함께 있으리라 생각하고 칸막이 관람석의 깊숙한 곳을 응시했지만, 자신이 본 바로 달리 젊은이의 이야기를 듣는 사람은 없었다. 이윽고 뉴만은 자리를 벗어나 노에미 양이 있는 아래층의 특별석 아래로 지나갔다. 뉴만이 다가오는 모습을 보며 그녀는 목례하고 미소를 지었는데, 그 미소는 자신이 거둔 세속적인 성공에도 불구하고 여전히 착한 소녀임을 보장한다는 암시였다. 뉴만은 로비 한가운데를 걸어가다, 갑자기 긴 의자에 앉아 있는 신사 앞에 걸음을 멈추었다. 신사는 무릎 위에 팔꿈치를 괴고 있었고, 다소 우울한 기미로 사색에 빠져 앞으로 몸을 기대어 바닥을 응시했다. 그러나 머리를 숙이기는 했지만 뉴만은 그가 누군지 알아차리고 곧 옆에 앉았다. 고개를 든 신사는 표정 있는 인상을 한 발렌틴이었다.

「대체 뭘 골똘히 생각하고 있소?」 뉴만이 물었다.

「엄격히 말하자면, 골똘히 생각할 수밖에 없는 문제죠」 발렌틴이 대답했다. 「나의 엄청난 우울함에 대해서랍니다」

「지금은 문제가 뭔가요?」

「지금의 문제는 여느 때처럼 바보가 아니고 내가 다시 정상적인 인간으로 되돌아왔다는 거죠. 하지만 나는 진정으로 저 여자를 차지할 기분이 되었어요」

「저기 분홍색 드레스를 입고 계단 아래 특별석에 앉아 있는 젊은 여자 말인가요?」 뉴만이 물었다.

「저 분홍색이 참으로 휘황하다고 생각지 않나요?」 발렌틴은 대답 대신 이렇게 말했다. 「그것이 저 여자를 갓짜낸 우유만큼이나 희게 보이게 하거든요」

「희든 검든 당신 좋을 대로겠지만, 더 이상 저 여자를 만나지 않겠다고 하지 않았던가요?」

「그건 아니오. 내가 왜 포기해야 되죠? 난 마음을 고쳐 먹었지만 저 여자는 그렇지 않아요. 어쨌든 저 여자는 상스럽기 그지없어요. 하지만 저 여자는 여전히 흥미로울 뿐이고, 사람은 흥밋거리가 있어야 하는 법이오」

「아무튼 저 여자가 당신에게 몹시 언짢게 보였다니 기뻐요」 뉴만이 대꾸했다. 「지난밤 당신은 저 여자를 묘사하느라 온갖 멋진 말들을 몽땅 삼켜버렸지요. 당신은 그녀를 사파이어, 토파즈, 자수정 따위에 비교했어요. 정확한 보석 이름이 뭐였더라?」

「기억나지 않아요」 발렌틴이 말했다. 「아마도 홍옥이었겠죠. 하지만 지금 저 여자는 나를 우습게 보지 못할 거요. 자신에겐 진정한 매력은 없으니까. 그런 인간에게 실수한다는 건 참으로 저급한 일이죠」

「축하해요」 뉴만이 대뜸 말했다. 「당신 눈에서 콩꺼풀이 떨어지게 되었으니 크나큰 승리로군요. 이제 한결 기분이 좋아질 거요」

「물론 그래야죠!」 발렌틴은 유쾌하게 대답하고 나서 몸을 가다듬고 곁눈질로 뉴만을 보았다. 「당신이 나를 비웃는다고 생각해요. 난 당신이 우리 가족의 한 사람이 아니었다면 꾸짖을 텐데」

「아니, 난 당신 가족의 한 사람도 아니지만, 비웃지는 않아요. 나를 나쁘게 만들지 말아요. 당신은 너무나 현명하고 바탕이 훌륭하기 때문에 저급한 일에 쓸데없이 시간을 써서 안 돼요. 공연히 니오슈 양에게 신경을 쓰지 말아요! 너무나 어리석은 짓이니까. 그 여자에 대해 심각하게 생각하지 않겠다고 했잖소. 하지만 조금이라도 그녀를 염두에 두고 있다면 심각하게 생각한다는 증거죠」

발렌틴은 자리에 앉은 채 몸을 돌렸다. 그는 이맛살을 찌푸리고 무릎을 문지르며 잠시 뉴만을 쳐다보았다. 「당연한 말이긴 해요. 하지만 저 여자는 정말 예쁜 팔을 가졌어요. 오늘 저녁까지 내가 그것을 몰랐다는 걸 믿겠어요?」

「하지만 여전히 상스럽기 그지없다는 걸 기억해요」 뉴만이 말했다.

「맞아요. 일전에 그녀는 내가 있는 데서 자기 아버지를 구박하는 고약한 성미를 드러냈죠. 그 여자가 그럴 줄 몰랐기 때문에 난 낙담했어요. 아——!」

「당연해요. 그 여자는 자기 아버지를 현관 깔개로 취급하니까요」 뉴만이 대꾸했다. 「난 그녀를 처음 보았을 때 알았지만」

「그건 다른 문제죠. 늙고 불쌍한 거지라면 그녀가 마음대로 생각할 수 있겠지만요. 하지만 자기 아버지를 마구 대한다는 건 비열해요. 난 아연실색하고 말았어요. 그건 그녀의 아버지가 세탁부에게서 주름 장식이 있는 페티코트를 찾아 오지 않았기 때문에 생긴 일이었어요. 그녀의 아버지가 이 우아한 의무를 잠시 소홀히 했던 모양이죠. 그녀는 마치 뺨이라도 후려칠 듯한 태도였답니다. 그녀의 아버지는 코트 자락으로 모자를 털면서 멍한 듯이 보이는 작은 눈으로 딸을 응시하며 서 있었어요. 마침내 그가 몸을 돌려 한마디 말도 없이 나가버리자, 나는 그녀에게 자신의 아버지에게 그렇게 말하는 건 몹쓸 짓이라고 했어요. 그러자 그녀는 자신의 성미가 사나워질 때마다 말해 주면 고맙겠노라고 하더군요. 그녀는 엄청나게 나를 신뢰한 듯했지만, 난 행실을 바로 잡는 수고를 할 수 없다고 말했죠. 행실이란 좋은 본보기를 따라 이미 만들어진다고 생각하니까. 난 그녀에게 실망했지만 극복할 거요」

발렌틴이 유쾌하게 말하자 뉴만은 유머가 섞인 진지한 태도로, 「그 점에선 시간이 특효약이죠!」라고 대답했다. 뉴만은 잠시 침묵을 지키다 어조를 바꾸어 말을 덧붙였다. 「지난번에 내가 했던 말을 생각해 봐요. 어딘가 일자리를 마련할 테니 나와 함께 미국으로 건너가요. 당신은 명석한 두뇌를 제대로 사용하면 돼요」

발렌틴은 온화하게 얼굴을 찡그렸다. 「마음속으로는 당신 말에 동의해요. 은행 일자리를 말하나요?」

「갈 데야 많아요. 하지만 당신에겐 은행이 가장 품격 있는 곳이라고 믿소」

발렌틴은 껄껄 웃었다. 「이봐요, 그거나 이거나 다를 바가 어디 있겠소! 사람이 타락하게 되면 정도의 문제는 따지지 않는 법이라오」

뉴만은 잠시 묵묵히 있다가 냉담하게 말했다. 「당신은 성공에 정도가 있다는 걸 알게 될 거요」

발렌틴은 팔꿈치를 무릎에 괴고 다시 앞으로 몸을 숙였다. 그는 지팡이로 바닥을 긁다가 마침내 고개를 들며 말했다. 「당신은 정말 내가 뭔가 해야 된다고 생각해요?」

뉴만은 손으로 동료의 팔을 잡고 눈꺼풀을 날카롭게 모으며 잠시 그를 바라보았다. 「일단 시작을 해봐요. 당신이 그런 일을 하기에 적합하지 않을런지 모르나, 그렇게 되면 함께 다른 길을 모색해요」

「당신은 내가 정말 돈을 벌 수 있다고 생각해요? 난 조금이라도 돈을 가진다는 게 어떤 느낌인지 알고 싶어요」

「내가 시키는 대로 해요. 그러면 부자가 될 테니까」 뉴만이 말했다. 「생각해 봐요」 그러고 나서 그는 시계를 보고 젊은 벨가드 부인이 있는 좌석으로 가려고 했다.

「맹세코 생각해 보겠소」 발렌틴이 대답했다. 「나는 가서 반 시간쯤 모차르트 음악을 듣겠어요. 음악을 들으면 언제나 생각이 잘되니까요. 그 점에 대해 깊이 생각해 보겠어요」

뉴만이 좌석으로 갔을 때 후작은 부인과 함께 있었다. 그는 여느 때처럼 온순하고 고상할 뿐만 아니라 빈틈없이 보였지만, 적어도 뉴만에게 이런 태도가 평소보다 더욱 돋보였다.

「오페라는 어땠어요?」 뉴만이 물었다. 「주인공의 역할이 어땠나요?」

「우리는 모두 모차르트가 어떤 인물인지 알고 있답니다」 후작이 대답했다. 「그러니 오늘 공연에서 받은 인상만으로 말할 수 없지요. 모차르트는 젊고, 신선하고, 화려하고, 능숙해요. 아마도 너무나 능숙한 게 흠이지만, 유감스럽게도 오늘 공연에는 여기저기 거친 구석이 있었어요」

「나는 오페라의 결말이 어떻게 될지 무척이나 궁금해요」 뉴만이 말했다.

「당신은 마치 《피가로》에 실린 연재물을 얘기하는 것 같군요」 후작이 말했다. 「이전에 분명히 오페라를 본 적이라도 있소?」

「한 번도 없었지요」 뉴만이 대답했다. 「기억나는 게 하나도 없으니 말이죠. 오늘 오페라에 등장하는 도나 엘비라[53]는 싱트레 부인을 연상하게 해요. 그녀의 상황을 두고 하는 말이 아니라, 노래가 그렇다는 뜻이죠」

「매우 놀라운 구별이군요」 후작이 피식 웃었다. 「하지만 싱트레 부인이 버림받을 가능성은 전혀 없어요」

「그럴 염려야 없겠죠!」 뉴만이 말했다. 「하지만 이 오페라의 주인공은 어떻게 될까요?」

「악마가 빙빙 돌다가」 젊은 벨가드 부인이 응답했다. 「그를 낚아채 가겠죠. 내 짐작에 절리나[54]는 당신으로 하여금 나를 연상하게 했겠네요」

「나는 잠시 로비에 가겠소」 후작이 말했다. 「그러면 당신은 돈 페드로[55]가 나를 닮았다고 말할 수 있을 거요」 그는 이렇게 말하고 밖으로 사라졌다.

젊은 후작 부인은 벨벳으로 된 발코니의 돌출부를 잠시 응시하다 중얼거렸다. 「돌로 변한 게 아니라 나무로 변했는데」 뉴만은 그녀의 남편이 앉았던 빈 좌석을 차지했지만, 젊은 후작 부인은 아무런 반대도 하지 않았다. 그러고 나서 그녀는 갑자기

53) 「돈 죠바니」에서 주인공 돈 쥬앙에 의해 버림받은 애인 가운데 한 명.

54) 「돈 죠바니」에서 돈 쥬앙이 유혹하려고 했던 시골 소녀.

55) 「돈 죠바니」의 마지막 장면에서 돌에서 환생하여 돈 쥬앙을 지옥으로 보낸 인물.

몸을 돌려, 뉴만의 팔에다 접은 부채를 올려놓고 말했다.「와주셔서 매우 기뻐요. 당신에게 부탁을 하고 싶었답니다. 지난 목요일 시어머니가 베푼 연회에서 말하려고 했는데, 당신이 기회를 주지 않더군요. 그날 당신은 무척 기분이 좋았기 때문에 내 부탁을 들어줄 거라고 생각했죠. 그렇다고 지금 당신이 무척 음울하게 보인다는 뜻은 아니에요. 이건 당신이 약속해야 하는 건데, 지금이 바로 약속을 받아낼 시간이죠. 당신은 결혼해 버리면 아무 짝에도 쓸모없는 존재가 되니까. 그럼 약속해 줘요!」

「난 사전에 검토하지 않고 어떤 서류에도 서명하지 않아요. 먼저 서류를 보여줘요」

「아뇨, 눈을 꼭 감고 서명해야 돼요. 내가 당신 손을 잡아줄 테니까. 어서요, 자승자박하기 전에. 당신에게 뭔가 즐거운 일을 할 수 있는 기회를 준 데 내게 감사해야 될 거예요」

「그게 그렇게 즐거운 일이라면」 뉴만이 말했다.「차라리 결혼한 뒤에 하는 게 낫겠소」

「바꾸어 말하면」 젊은 벨가드 부인이 소리쳤다.「그럴 마음이 전혀 없다는 거죠. 당신은 아내를 두려워하는군요」

「아, 본질적으로 떳떳한 일이 아니라면」 뉴만이 응답했다.「난 꼼꼼하게 파고 들진 않겠어요. 그렇지 않다면 결혼 후에 해 보겠소」

「당신 말은 논리학 논문처럼 들리는군요. 게다가 영어로 씌어진 논리학처럼 딱딱하게 말이죠!」 젊은 벨가드 부인은 큰 소리로 말했다.「그럼 당신이 결혼한 다음에 약속해요. 어차피 난 당신을 그렇게 만들고 말 테니까」

「그럽시다. 내가 결혼한 다음에」 뉴만은 담담하게 말했다.

젊은 후작 부인이 그를 바라보며 잠시 머뭇거렸기 때문에, 뉴만은 다음에 어떤 말이 나올지 궁금했다. 「내 인생이 어떤 건지 당신이 안다고 생각해요」 이윽고 그녀가 입을 열었다. 「나는 아무런 즐거움도 없어요. 아무것도 보지도 못하고, 하지도 못해요. 포에티에[56] 같은 시골에 살 듯이 그냥 파리에 살고 있다구요. 시어머니는 나를 뭐라더라, 〈소일꾼〉이라고 부르며 내가 미심쩍은 곳을 쏘다닌다고 나무라죠. 가만히 앉아 손가락으로 조상들을 헤아리는 것만으로도 내게 충분한 즐거움이 될 수 있다고 생각한 거죠. 하지만 어째서 내가 조상 걱정을 해야 하나요? 조상들은 분명히 나를 걱정하지 않는데 말예요. 나는 눈에 짙은 차광기를 달고서 살고 싶진 않아요. 사물은 보라고 만들어졌으니까. 당신도 알다시피 내 남편은 원칙을 가지고 있어요. 그 목록의 첫번째가 튈레리 궁전이 지독히 천박하다는 거죠. 튈레리 궁전이 천박하다면 그 원칙이 한심한 셈인걸요. 나도 마음만 먹으면 그런 원칙 따위는 만들 수도 있어요. 그것이 가계(家系)에서 나오는 거라면, 난 친정 가계만 들춰보면 최상의 원칙들이 우르르 쏟아진다구요. 아무튼 나는 멍청한 부르봉 왕조[57]보다 현명한 보나파르트 왕조가 좋아요」

「알겠소. 당신은 궁정에 가길 바라는군요」 뉴만은 그녀가 손쉽게 왕궁에 가기 위해 미국 공사관에 도움을 요청해 주기 바란다고 막연히 짐작했다.

그러자 젊은 후작 부인은 깔깔 웃어댔다. 「당신은 도무지 감을 잡지 못하는군요. 튈레리 궁전엔 혼자서도 갈 수 있어요. 내가 가기로 작정하면 그곳 사람들이 정말 환영할 텐데. 난 조만간 궁전에서 카드릴곡(曲)으로 춤을 출 거랍니다. 난 당신이 무

56) 파리 교외의 도시.
57) 나폴레옹이 집권하기 전 프랑스를 통치했던 왕가.

슨 말을 하려는지 알아요. 〈어떻게 감히?〉라고 생각할 테지만, 나는 그렇게 하겠어요. 나는 남편을 두려워해요. 그 사람은 부드럽고, 매끄럽고, 흠잡을 데 없이 완벽하지만, 난 그 이를 끔찍하리만큼 두려워해요. 어쨌든 나는 튈레리 궁전에 가겠어요——이번 겨울은 아니고, 다음 겨울도 아니겠지만. 그 동안 난 살아 있어야 돼요. 우선은 어디론가 가고 싶어요. 그게 내 꿈이랍니다. 나는 발 뷸리에로 가고 싶어요」

「발 뷸리에가 뭐죠?」 뉴만은 건성으로 물었다.

「라틴 쿼터[58]에 있는 무도장이죠. 학생들이 애인과 춤을 추는 곳이랍니다. 그런 얘길 들어본 적이 없다고 시침떼진 마세요」

「아, 그래요. 난 들어본 적이 있소. 이제 기억나네요, 가본 적이 있으니까. 그런데 거길 가려고 해요?」

「바보스럽고 천박하지만, 당신이 좋아할 만한 곳이죠. 어쨌든 나는 가보고 싶어요. 그곳에 가보았던 몇몇 내 친구들이 굉장히 재미난 장소라고 했거든요. 내 친구들은 어디든지 가니까요. 집에 앉아 허송세월하는 사람은 나밖에 없는걸요」

「당신은 지금 집에 있는 것 같진 않은데」 뉴만이 말했다. 「그리고 정확히 말하자면 허송세월한다고 할 수는 없잖소」

「난 지루해 죽겠어요. 지난 8년 동안 일주일에 두 번씩 오페라를 보러갔어요. 내가 뭔가 요구할 때마다, 〈부인, 오페라를 보러갈 수 있겠죠?〉라는 말에 말문이 막혀버린답니다. 나처럼 취향이 고상한 여자는 보다 나은 걸 원할 수 없나요? 그런데 오페라 좌석은 내 결혼 계약에 포함되어 있는걸요. 그래서 오게 되었지만요. 오늘밤 당장 팔레 로얄로 갔어야 마땅한데, 남편은

---

58) 파리의 학생 구역.

궁정의 부인들이 거기에 너무 많이 온다고 가지 않으려고 해요. 그렇다면 남편이 나를 뷸리에라도 데려다줄 거라고 생각하겠죠. 그 사람은 그곳이 고상한 무도장을 형편없이 모방한 데 지나지 않다고 말해요. 하지만 난 남편이 말하는 고상한 무도장 따위엔 가지 않기 때문에 차선책으로 뷸리에라도 가려는 거죠. 어쨌든 그건 내 소망이자 움직일 수 없는 생각인걸요. 당신은 누구보다 비타협적이지만, 내가 부탁하는 건 단지 팔짱을 끼고 싶다는 거죠. 이유는 모르지만 어쨌든 그래요. 그건 내가 해결할 문제죠. 이러다 어떤 위험에 처할 수도 있겠지만, 그건 내 문제예요. 게다가 운명은 용감한 사람에게 호의를 베푼다죠. 나를 따돌리지 마세요. 이것도 내 소망인걸요!」

뉴만은 껄껄 웃었다. 그에게는 벨가드 후작의 아내이자 십자군의 딸이며, 6백 년의 영광과 전통을 짊어진 가문의 자손이자, 젊은 남자들을 뭉게버리는 수백 명의 젊은 여성들을 동경하는 이 여인이 가엾게 보였다. 이것은 도덕론자의 담론처럼 보였지만, 그것에 설교를 늘어놓을 시간이 없었다. 왜냐하면 다시 막이 올라 후작이 돌아왔고, 뉴만도 자리로 가야 되기 때문이었다.

뉴만은 노에미 양이 있는 특별석에 발렌틴이 자리잡고 있는 모습을 보았다. 발렌틴의 앞에는 이 젊은 여자와, 그녀가 데리고 온 사람이 있었기 때문에 자세히 살펴보기만 하면 그의 모습이 눈에 띄게 되었다. 다음 막이 끝나자 로비에서 발렌틴을 만난 뉴만은 그에게 미국으로 이민이 가능할지 물어보았다. 「당신이 정말 잘 생각해 보았다면 보다 나은 일자리를 구할 수도 있어요」

「괜찮은 제안이군요」 발렌틴이 응답했다. 「난 저 여자를 생각했던 게 아니라, 음악을 듣고 있었을 뿐이오. 오페라 장면을 생각지도 않고, 무대를 보지도 않고, 당신 제안을 곰곰이 생각해 보았거든요. 처음엔 그건 너무나 환상적으로 여겨졌죠. 그러다가 오케스트라에서 들리는 바이올린 선율이——난 그걸 식별할 수 있어요——스쳐가듯 말했어요. 〈어째서 안 되는 거지?〉라고요. 그러자 갑자기 빠른 움직임으로 모든 바이올린이 이 말을 받았고, 지휘봉이 고동치며 허공에다 이 말을 띄우는 것처럼 보였어요. 〈어째서 안 되는 거지?〉라고요. 난 분명히 말할 수도 없고, 이유도 모르겠어요! 어째서 내가 뭔가 해서는 안 되는지 모르겠어요. 그건 참으로 근사한 제안으로 보였는데. 난 이따위 일에 식상했으니까 트렁크에 달러화(貨)를 가득 채워 돌아올 수도 있겠죠. 게다가 그건 흥미로울 것 같았어요. 사람들은 나를 세련된 사람이라고 부르고 있지만, 내가 사업에서 수완을 발휘할지 누가 알겠소? 이건 참으로 낭만적이고 그림 같은 일이오. 그 때문에 내 전기(傳記)가 빛을 보겠지만. 내가 불리한 주위 상황을 극복한, 뛰어나고 강인한 사람처럼 보이겠죠」

「남들에게 어떻게 보일지 신경 쓸 건 없소」 뉴만이 대답했다. 「한 밑천을 마련하게 되면 항상 뛰어나게 보이니까요. 내 말에 주목하고 다른 사람들에게 얘기하지 않는다면 당신이 부자가 되지 못할 하등의 이유도 없어요」 이 말과 함께 뉴만은 동료와 팔짱을 끼고, 사람들의 왕래가 드문 복도를 얼마간 거닐었다. 뉴만의 상상력은 이 총명하고 고집센 친구를 일류 사업가로 변신시킬 생각으로 타오르기 시작했으며, 그는 잠시 전도사의 열정 같은 영적인 열망을 느꼈다. 그 열정은 부분적으로 본다면, 눈앞에 보이는 투자되지 않은 자본으로 인하여 생겨난 막연한 조바심에서 비롯되었다고 할 수 있다. 발렌틴이 구비한 총명한 지성은 보다 높은 목적으로 사용되어야 하는데, 뉴만의 경험으로 볼 때 최상의 길은 그가 초월적 지혜를 발휘하여 철도 회사의 주식을 주무르는 일이었다. 그러자 발렌틴에게 개인적으로 느낀 다감함 때문에 뉴만의 열정이 갑자기 솟구쳤다. 그가 발렌틴에게 느낀 연민은 결코 이 귀족에게 이해될 수 없음을 잘 알고 있었다. 미국에 건너가면 사람들의 산책로가 곧 대륙이 되고, 대로(大路)가 뉴욕에서 샌프란시스코까지 뻗어 있는 마당에, 발렌틴이 광택을 낸 구두를 신고서 고작 앙주로와 대학로 사이에 있는 〈이탈리아〉 대로를 오락가락하는 것을 인생의 전부라고 생각하는 데 뉴만은 연민을 느껴야 했다. 더욱이 발렌틴에게 돈이 결핍되어 있다는 사실이 괴이하리만큼 고통스럽게 보였기 때문에 뉴만은 굴욕감마저 느꼈다. 그것은 기본 학식에 있어서 달리 비난 받을 데가 없는 친구의 무지가 저지른 행동만큼이나 그를 아프게 했다. 사람은 세상에서 응당 알아야 될 일이 있기 마련인데, 이런 경우 그가 나서서 말을 해야 마땅했다. 하지만 그렇기 때문에 세상사에 느긋해지고 싶다면 응당 돈을 가져야 하는 법이지만, 돈이란 일단 벌고 볼 일이었다. 뉴만에게 투자 자체가 위세를 부리는 합당한 근거가 되는 것이 아님을 말해야 되겠지만, 철도 회사에 상당한 투자를 하지 않고서도 이런 위세를 부리는 데는 우스꽝스러울 만큼 변칙적인 면이 보였다. 뉴만은 발렌틴에게 말했다. 「난 뭔가 당신이 할 일을 만들어 출세시켜 보겠소. 당신에게 적합한 대여섯 가지 일자리를 알고 있으니까. 당신은 신바람 나는 일자리를 찾게 될 거요. 새로운 인생에 적응하는 데 다소 시간이 걸리겠지만 멀잖아 적응하게 되겠죠. 그래서 6개월만 지나면――당신이 직접 이런저런 일을 해본 다음――좋아질 거예요. 그런 다음 당신 누이를 미국으로 데려오면 당신에게 무척 즐거울 테죠. 당신 누이도 마찬가지일 테고. 그렇게 합시다」 뉴만은 부드럽게 발렌틴의 팔을 잡으며 말했다. 「당신에게 새로운 인생이 시작될 거요. 그냥 가만히 있으면 내가 올바른 길로 인도하겠소」

뉴만은 이처럼 달콤한 말을 얼마간 더 계속했고, 두 사람은 15분 가량 어슬렁거렸다. 발렌틴은 뉴만의 말에 귀를 기울이며 여러 가지 질문을 했지만, 그런 질문이란 팔을 걷고 돈벌이에 나서는 일에 그가 얼마나 순진한 생각을 가졌는지 드러냈기 때문에 뉴만은 껄껄 웃고 말았다. 발렌틴 자신도 아이러니와 호기심이 뒤섞여 혼자 웃음을 지었지만, 그는 심각한 표정으로 일확천금의 꿈을 이루는 전설을 뉴만이 평이하게 서술하자 매혹되었다. 하지만 미국으로 건너가 사업을 하여 〈새로운 인생〉을 개척한다는 사실은 대담하고, 독창적이며, 귀가 솔깃한 일이었으나, 발렌틴은 객관적으로 자신이 그런 일을 감당하리라고 보지 않았음은 물론이다. 그래서 막간 음악의 종료를 알리는 벨이 울리자 그가 환한 미소와 더불어 내뱉은 말에는 영웅심리 같은 데가 배여 있었다. 「좋소, 당신 마음대로 하구려! 당신에게 맡길 테니 나를 항아리에 적셔 금으로 만들어 봐요」

그들은 둥근 모양으로 된 아래층의 특별석을 감싸고 있는 복도로 걸어왔다. 발렌틴은 자신의 손을 손잡이에 얹은 채 노에미양이 앉아 있는 좁고 어두운 좌석 앞에 걸음을 멈추었다. 「무슨 짓이오? 거기 들어갈 건가요?」 뉴만이 물었다.

「당연하죠」 발렌틴이 대답했다.

「당신 좌석이 없소?」

「있기는 하지만 마구간 같은 곳이죠」

「그렇더라도 그곳에 가는 게 낫겠군요」

「물론 거기서도 그 여자가 잘 보이죠」 발렌틴이 담담하게 말했다. 「그런데 오늘밤 그녀의 모습은 특이해요. 하지만」 그는 잠시 후 말을 덧붙였다. 「지금 당장 그녀에게 되돌아가는 데는 특별한 이유가 있거든요」

「이런, 마음대로 하구려」 뉴만이 대꾸했다. 「정신이 나갔군요!」

「아니, 사실을 말하자면 이렇소. 그 여자의 관람석에는 내가 지금 들어가 골려줄 젊은이가 있거든요. 난 이 친구를 골려주려고 해요」

「유감이군요. 그 가련한 친구를 그냥 버려둘 수 없을까요?」

「그건 안 돼요. 응분의 이유가 있으니까. 그 관람석은 그 친구의 차지가 아니었거든요. 노에미 양이 혼자 들어와 거기에 앉자 내가 찾아가 말을 걸었는데, 잠시 후 그녀는 나에게 좌석 안내원이 가져간 자신의 코트 주머니에서 부채를 꺼내달라고 했어요. 그래서 잠깐 자리를 비운 사이 이 친구가 나타나 내가 앉았던 노에미 양의 옆자리를 차지했어요. 내가 다시 나타난 게 비위에 거슬렸던지 이 친구는 역력히 불쾌한 표정을 짓더군요. 무례하기 짝이 없었어요. 그녀가 어디서 그런 인간을 알게 되었는지 모르겠지만 야비한 친구였지요. 그 친구는 술까지 마시고 있었는데, 자기 분수를 알고 있을 거예요. 방금 오페라의 두번째 막에서 이 친구는 다시 사내답지 못하게 굴었어요. 난 10분 정도만 만나려고 해요. 그러면 이 친구는 꼼짝없이 난처한 입장에 빠질 테니까. 정말이지, 이 야비한 친구가 나를 좌석에서 쫓아냈다고 생각하게 내버려둘 수야 없잖겠소」

「이봐요」 뉴만은 타이르듯 말했다. 「얼마나 유치한 짓이오! 그 여자 때문에 싸움을 걸지는 않을 것 같았는데」

「그 여자는 하등 관계없어요. 나는 싸움을 걸 생각도 없구요. 난 약한 자를 못살게 굴거나 성미 급한 사람도 아니랍니다. 단지 신사라면 반드시 해야 될 행동을 하려는 거죠」

「잘난 짓이오!」 뉴만이 말했다. 「반드시 해야 될 행동이 있다는 게 당신 나라 사람들의 문제요. 좋소」 그가 말을 덧붙였다. 「간단히 말하지만 이 따위 짓을 하려고 한다면, 난 미리 당신을 미국으로 보내버리겠어요」

「좋을 대로 해요」 발렌틴이 대꾸했다. 「하지만 내가 미국으로 가더라도 이 친구를 피해 달아났다는 인상을 주어선 안 되겠죠」

그러고 나서 그들은 헤어졌다. 막이 끝나자 뉴만은 발렌틴이 아직도 특별석에 있는 모습을 보았다. 뉴만은 그를 만나려고 다시 천천히 복도로 걸어나갔다. 뉴만이 노에미 양의 좌석 가까이 갔을 때 그의 친구가 지나가는 모습이 보였는데, 노에미 양의 옆에 앉았던 젊은이가 뒤따라 가고 있었다. 두 사람이 빠른 걸음으로 로비의 구석진 곳까지 걸어간 다음 걸음을 멈추고 이야기하는 모습이 보였다. 그들 각자의 태도는 꽤 조용한 듯했지만, 흥분한 탓인지 얼굴이 달아오른 낯선 사람은 손수건으로 열심히 얼굴을 닦았다. 바로 그때 뉴만이 서 있던 특별석의 문이 왼쪽으로 약간 열렸기 때문에, 그는 안에서 분홍색 드레스 자락을 보고 즉시 들어갔다. 그러자 노에미 양이 고개를 돌려 환한 미소로 뉴만을 반겼다.

「어머나, 드디어 저를 만나려고 결심하셨나요?」 노에미 양이 소리쳤다. 「무례한 행동은 아니니까 안심해요. 선생님은 절묘한 순간에 저를 발견했지 뭐예요. 앉으세요」 그녀의 뺨에는 홍조가 감돌았고 눈빛은 현저한 생기를 띠었기 때문에 뭔가 대단한 소식이 있을 것처럼 느껴졌다.

「여기서 어떤 일이 벌어졌죠!」 뉴만은 자리에 앉지도 않고 말했다.

「선생님은 절묘한 순간에 저를 발견하신 거예요」 그녀는 말을 되풀이했다. 「두 명의 신사가――그 가운데 한 명이 선생님 덕택으로 알게 된 발렌틴 씨였죠――경솔한 하인 때문에 방금 말다툼을 했답니다. 칼을 맞대지 않고선 해결할 수 없을 만큼 크게 다툰 거라구요. 그래서 결투를 하려는 거죠. 짜릿하게요!」 노에미 양은 작은 손으로 손뼉을 치며 외쳤다. 「여자를 자극하는 데는 이게 최고랍니다!」

「발렌틴이 당신 때문에 결투한다는 말은 아니겠죠!」 뉴만은 역겹다는 듯이 말했다.

「아무렴 어때요!」 이 말과 함께 그녀는 딱딱한 미소를 띠며 뉴만을 쳐다보았다. 「정말이지, 당신은 숙녀에게 점잖지 못하시군요! 하지만 선생님이 이 사태를 막을 수만 있다면, 전 원망 따위는 들어도 좋아요. 그러니 해결해 보세요!」

뉴만은 비록 짧은 말이기는 하지만 여기서 옮길 수 없는 저주의 말을 내뱉았다. 그 말은 「이것 참!」 하는 감탄사로 시작되지만, 그 뒤에는 네 글자로 된, 지리적인――아마도 보다 정확히 말한다면 신학적인――어휘가 따르는 표현이었다. 뉴만은 더 이상 격식을 차리지 않고 그녀가 입은 분홍색 드레스를 못 본 체하고 밖으로 나왔다. 복도에서 뉴만은 발렌틴과 그의 동료가 자신을 향해 걸어오고 있는 모습을 보았는데, 발렌틴의 옆에 있는 인물은 조끼 주머니 속으로 명함을 집어넣고 있었다. 질투심 많은, 노에미 양의 숭배자로 보이는 이 인물은 두터운 코와 돋보이는 푸른 눈에다, 독일인의 생김새와 커다란 회중시계줄을 차고 있는 키가 크고 건장한 청년이었다. 그들이 다시 좌석으로 돌아오자 발렌틴은 보란 듯이 고개를 숙이며 상대편에게 먼저 들어가도록 했다. 뉴만은 발렌틴과 이야기를 나누고 싶다는 암시를 보내며 그의 팔을 잡았지만, 발렌틴은 잠시 후 함께 있게 될 것이라고 대답했다. 발렌틴은 건장한 청년을 따라 좌석으로 들어간 다음 잠시 후 미소를 띠며 다시 나타났다.

「그 여자가 무척 재미있어 하더군요」 발렌틴이 말했다. 「우리가 그녀의 존재를 돋보이게 만들 거라고 해요. 난 어리석게 굴고 싶지는 않지만, 그건 매우 가능하다고 봐요」

「그래서 싸우기로 했단 말이오?」 뉴만이 물었다.

「이봐요, 그렇게 역겹다는 표정을 짓지 말아요. 이건 내가 선택한 일이 아니잖소. 사태는 어쩔 수 없이 되고 말았어요」

「내가 그렇다고 말했잖소」 뉴만은 고통스럽게 말했다.

「그 친구에게도 그렇게 말했어요」 발렌틴은 미소를 띠며 대꾸했다.

「그 사람이 당신에게 무슨 짓을 했죠?」

「이봐요, 그건 중요하지 않아요. 아무튼 그 친구는 심한 말을 했고, 난 대응한 것뿐인데」

「하지만 나는 꼭 알아야겠소. 매형이 될 입장에서 나는 당신이 이토록 우스꽝스런 일에 휘말려들게 할 순 없어요」

「정말 고맙군요」 발렌틴이 대답했다. 「난 하나도 숨길 일이 없지만, 지금 이 자리에서 세세하게 언급할 수 없어요」

「그렇다면 여기를 떠납시다. 바깥에 나가 내게 말해 줄 수 있을 테니까요」

「그건 안 돼요. 여기를 떠날 수는 없어요. 어째서 내가 황급히 달아나야 하죠? 난 다시 좌석으로 가서 끝까지 공연을 볼 거요」

「생각이 다른 곳에 있는데 공연을 즐길 수 있을 것 같소?」

발렌틴은 잠시 뉴만을 쳐다보았다. 그는 다소 안색이 변했지만, 미소를 띠며 뉴만의 팔을 가볍게 쳤다. 「당신은 너무나 단순해요! 큰 일을 앞두고 태연해야 되는 법이라오. 내가 할 수 있는 가장 태연한 길은 곧바로 좌석으로 돌아가는 거요」

「이것 참」 뉴만이 말했다. 「그 여자가 당신이 거기 있는 걸 봐주기 바라겠죠. 당신의 그 평온한 모습 말이오. 나는 그렇게 단순하지 않아요! 이건 미친 짓이오」

발렌틴이 자신의 주장을 굽히지 않았기 때문에 두 사람은 원래 좌석으로 되돌아가 끝까지 공연을 보았고, 노에미 양과 성미 급한 그녀의 숭배자 역시 자리를 지켰다. 공연이 끝나자 뉴만은 다시 발렌틴에게 돌아가 함께 거리로 나섰다. 발렌틴은 자신의 마차에 함께 타야 된다는 뉴만의 제의를 뿌리치고 도로 가장자리에서 걸음을 멈추었다. 「난 혼자 가겠소. 이 문제를 맡길 두어 명의 친구를 구해야 되니까요」

「그건 내가 맡겠소」 뉴만이 단언했다. 「나한테 맡겨요」

「매우 고마운 일이지만 그건 불가능해요. 무엇보다 방금 말했다시피, 당신은 내 누이와 결혼하니까 형이나 다름없어요. 그것만으로 당신은 자격이 없답니다. 공정성을 의심받게 될 테니까. 또한 이것을 제외하고도 당신은 이런 일에 동조하지 않을 거라고 난 충분히 생각할 수 있어요. 어떻게든 회합을 막으려고 할 거니까 말이오」

「당연히 그래야죠」 뉴만이 말했다. 「당신 친구라면 누구든지 그렇게 할 거요」

「그야 의심할 나위 없겠죠. 그들은 적당한 구실을 대라고 종용하겠지요. 하지만 당신은 너무나 선량하니까 그런 말도 할 수 없겠지만」

뉴만은 잠시 입을 다물었다. 그는 몹시 화가 났지만, 자신의 간섭이 소용없음을 알았다. 「이런 기막힌 짓거리를 언제 시작할 건가요?」

「빠를수록 낫겠죠」 발렌틴이 대꾸했다. 「희망컨대, 모레쯤이 될 거요」

「좋소」 뉴만이 말했다. 「난 분명히 사실을 알아야 돼요. 모른 체 내버려둘 수는 없으니까」

「당신에게 모든 사실을 기꺼이 밝힐 거요」 발렌틴이 말했다. 「일이 매우 단순하니까 꾸물거릴 필요는 없어요. 하지만 이제 지체 없이 내 친구들을 찾는 데 온 힘을 쏟아야 해요. 나는 급히 마차를 탈 테니 당신은 내 거처로 가서 기다리는 게 좋겠어요. 난 한 시간 후에 가겠소」

뉴만은 어쩔 수 없이 동의를 하고 친구를 보낸 다음, 앙주로에 있는 그림 같이 작은 발렌틴의 거처로 갔다. 발렌틴은 돌아온 지 한 시간이나 되었지만 이미 적합한 친구를 하나 찾았을 뿐만 아니라, 자신과 결투하는 상대방도 한 명의 동행인을 확보할 책임을 맡게 되었다고 말했다. 어둠 속에서 뉴만은 꺼져가는 벽난로에 장작을 던지며 앉아 있었고, 어지럽게 널려진 작은 거실 위로 꿈틀대는 불길이 환상적인 빛과 그림자를 만들었다. 뉴만은 극장에서 노에미 양의 좌석으로 돌아간 발렌틴과 그의 호주머니에 있는 명함의 주인공——스트라스부르그[59] 출신의 스태니슬라스 캡이라는 인물——사이에 벌어진 일을 친구로부터 묵묵히 들었다. 남들에게 아는 체하기를 좋아한 이 젊은

59) 프랑스 북동부에 위치한, 과거 알사스 지역인 바스 라인의 수도.

여자는 극장에서 자신의 맞은편에 있던 친구를 발견하자 그가 신사답게 자기를 찾아오지 않은 데 불쾌감을 표시했다고 했다. 그러자 그녀의 옆에 있던 스태니슬라스 캡이, 「그 친구는 그냥 내버려둬요! 우리 관람석엔 이미 사람들이 너무 많아요」라고 소리쳤다는 것이다. 그러고 나서 발렌틴이 오자 그는 의기양양하게 노려보았고, 발렌틴은 즉각 「이 관람석에 사람이 많다면 당신이 사라져 숫자를 줄이는 게 낫겠소」라고 대꾸했다. 「그렇다면 오히려 당신이 사라지는 게 낫겠군요!」라고 캡이 소리치자, 발렌틴은 「당신을 지옥으로 밀어버리면 좋겠소!」라고 대답했던 것이다. 노에미 양은 어쩔 줄 모르고 「정말 소동을 피우고 신문에라도 나버려요! 캡 씨, 이 사람을 쫓아내요. 아니, 발렌틴 씨, 지옥이든 오케스트라가 있는 곳이든 상관하지 말고 이 사람을 내던져버려요! 당신들이 소란을 피우는 한, 무슨 짓을 하든 난 상관하지 않겠어요」라고 소리쳤다. 발렌틴은 더 이상 그들이 어떤 소란도 피우지 않겠다고 말한 다음 상대방에게 자신과 함께 복도로 나가자고 요구했으며, 복도에서 몇 마디 말을 교환한 다음 서로 명함을 교환했던 것이다. 스태니슬라스 캡은 매우 표정이 굳어 있었지만, 막무가내로 일을 처리하는 인물임이 분명했다.

「그 사람은 틀림없이 오만해요」 뉴만이 말했다. 「하지만 당신이 그 좌석으로 돌아가지 않았다면 이런 사태는 발생하지 않았을 텐데」

「어째서 그렇죠?」 발렌틴이 대답했다. 「사태로 미루어 보건대 내가 좌석으로 돌아간 건 극히 타당해요. 그 친구는 내 비위를 건드리려고 기회를 엿보고 있었던 거죠. 이런 경우——말하자면, 사태의 전말을 알게 되면——사람은 도발 행위에 대비해야 하는 법이오. 내가 좌석으로 돌아가지 않았다면 그 친구에게 〈아, 제가 실례를 했군요〉라고 말하는 셈이 되거든요」

「〈난 거들떠 보지 않을 테니 당신 혼자 처리하구려!〉라고 말하는 게 더욱 온당하지 않겠소. 당신을 거기로 유인한 건 단지 그 사람의 무례함 탓이니까요」 뉴만은 계속 말했다. 「당신은 그 여자 때문에 돌아간 게 아니라고 했잖소」

「이제 더 이상 그 여자는 언급하지 말아요」 발렌틴이 중얼거렸다. 「지겨운 사람이니까」

「좋소. 하지만 그 여자에 대해 그렇게 느끼고 있었다면 어째서 그냥 내버려두지 않았어요?」

발렌틴은 미소를 띠며 고개를 흔들었다. 「당신은 이 일을 완전히 이해하지 못해요. 그렇다고 내가 이해시킬 수도 없는 일이고. 그 여자는 상황을 파악했어요. 우리를 지켜보며 무슨 일이 벌어지는지 알았으니 말이오」

「누구나 그럴 권리는 있어요! 그게 무슨 문제가 돼요?」

「몰라서 물어요. 남자라면 여자 앞에서 물러설 순 없어요」

「난 그녀를 여자라고 부르고 싶지 않소. 당신 스스로도 그녀가 생명이 없는 존재라고 말했잖아요」 뉴만이 외쳤다.

「글쎄요」 발렌틴이 대꾸했다. 「사람의 취향에 대해 왈가왈부할 수야 없겠죠. 그건 감정의 문제인 동시에 명예감에 의해 결정되니까요」

「이런, 그 잘난 명예감 말이군요!」 뉴만이 소리쳤다.

「말해 봐야 헛일이죠」 발렌틴이 대꾸했다. 「사태는 돌이킬 수 없게 됐어요」

뉴만은 모자를 집어들고 발길을 돌렸다. 그리고 문에다 손을 얹고 걸음을 멈춘 다음, 「어떤 무기를 쓸 작정이오?」라고 물었다.

「그건 도전을 받은 친구가 결정할 문제죠. 내가 택하고 싶은 무기는 짧고 가벼운 칼이에요. 그걸 잘 다루니까요. 난 총에는 소질이 없답니다」

뉴만은 모자를 쓴 다음, 이마 위를 부드럽고 가볍게 긁고 나서 모자를 눌러썼다. 「난 권총이 낫겠소. 그러면 탄환 장전하는 법을 가르쳐줄 수 있을 텐데!」

발렌틴은 웃음을 터뜨렸다. 「지조에 대해 어느 영국 시인이 뭐라고 언급했던가요? 꽃이나 별을 두고 말했나요? 아니면 보석이었소? 당신은 이 세 가지를 몽땅 구비했군요!」 그러나 발렌틴은 자신의 결투 상대를 만나 모든 절차를 상세히 논의한 다음 내일 다시 뉴만을 만나기로 했다.

하루가 지나고 뉴만은 발렌틴으로부터 세 통의 간단한 편지를 받았다. 편지에는 그가 자신의 적과 함께 국경을 건너기 위해 제네바행 야간 특급열차를 타기로 했다는 내용과 더불어, 이러한 일정에도 불구하고 오늘밤 뉴만과 저녁 식사를 하겠다는 내용이 담겨 있었다. 오후에 뉴만은 싱트레 부인을 찾았지만, 그의 방문은 길지 못했다. 그녀는 뉴만이 이전에 보았을 때처럼 우아하고 동정심이 많은 표정이었지만, 슬픈 빛을 띠었다. 울어서 충혈된 눈을 추궁하자 그녀는 뉴만이 오기 전에 울고 있었다고 고백했다. 그녀는 두 시간 전에 발렌틴과 함께 있었는데, 그의 방문이 형언할 수 없는 아픔을 남겨놓았다고 말했다. 발렌틴은 웃고 잡담하는 가운데 나쁜 소식은 조금도 말하지 않았으며, 오히려 평소보다 더욱 따뜻한 태도를 보였다고 했다. 따라서 발렌틴이 보여준 동기로서의 따뜻함이 그녀의 마음을 움직였기 때문에 그가 떠나버리자 울음을 터뜨린 것이다. 그녀는 뭔가 이상하고 슬픈 일이 벌어질 것 같은 느낌이 들었지만, 그런 망상을 쫓아내려고 애를 쓴 나머지 머리만 아팠노라고 했다. 물론 뉴만은 발렌틴이 계획하고 있는 결투에 대해 굳게 입을 다물었지만, 그의 극적인 재능은 싱트레 부인이 가진 불길한 예감을 말끔히 해소시켜 줄 만큼 예리한 말을 구사하는 데는 역부족이었다. 떠나기 전에 뉴만은 싱트레 부인에게 발렌틴이 자신의 어머니를 만났는지 물어보았다.

「만났어요. 하지만 어머니로 하여금 눈물을 흘리게 하진 않았답니다」

발렌틴이 곧장 기차를 탈 수 있도록 여행 가방을 꾸려 저녁 식사를 한 곳은 뉴만의 거처였다. 그의 결투 상대는 어떤 구실도 대지 않았기 때문에 발렌틴의 입장에서도 분명히 다른 제안이 없었다. 발렌틴은 자신의 상대에 대해 몰랐던 사실을 알았는데, 상대는 스트라스부르그에 있는 부유한 양조업자의 아들이자 상속인이었고, 또한 다혈질에다 살벌한 기질의 젊은이였다는 것이다. 그는 아버지의 양조장을 방만하게 운영했으며, 주위에 괜찮은 사람으로 알려지기는 했지만, 식사를 하다 남들과 곧잘 다툰다고 했다. 「그러니 기대할 게 뭐가 있겠소?」 발렌틴이 물었다. 「맥주를 퍼마시며 자라온 친구에게 샴페인이라니 우습지 않겠소」 발렌틴은 결투 수단으로 권총을 택했다고 말했다. 그는 놀라운 식욕으로 저녁 식사를 했고, 긴 여정을 앞두고 일부러 평소보다 더 많이 먹었다. 그는 거리낌 없이 뉴만에게 조금 색다르게 생선 소스를 만드는 법을 제시하면서, 요리사에게 이것을 언급할 가치가 있다고 말했다. 하지만 생선 소스 따위를 생각할 겨를이 없던 뉴만은 우울한 기분에 잠겼다. 그는 자리에 앉아 사랑스럽고 영리한 자신의 친구가 타고난 식도락을 차분하게 음미하며 식사해 나가는 모습을 지켜보자, 스태니슬라스와 노에미 양과 같은 하찮은 인물 때문에 유쾌하고 젊은 인생을 한갓 웃음거리로 만들기 위해 먼 길을 떠나는 이 우아한 인간의 어리석음에 격한 기분이 들었다. 뉴만은 지금에 와서야 얼마나 발렌틴을 좋아했는지 알았기 때문에 무력감으로 더욱 분노가 자극되었다.

「그런데 이런 일은 잘될 수도 있을 거요」 뉴만이 마침내 입을 열었다. 「하지만 난 분명히 까닭을 모르겠소. 당신이 가지 못하게 막을 수 없어도, 항의쯤은 할 수 있겠죠. 난 맹렬하게 항의하겠소」

「이봐요, 소란 피우지 말아요」 발렌틴이 말했다. 「이런 마당에 소란을 피우면 꼴불견이오」

「당신의 결투 자체가 꼴불견이잖소」 뉴만이 응답했다. 「마음대로 해요! 정말 형편없는 수작이오. 그럴 바엔 터놓고 악대라도 대동하고 가구려. 참으로 야만스럽고 부패한 짓이오」

「난 이 마당에 이론적으로 결투를 옹호할 순 없어요. 이건 우리의 관습이니 탓할 수 없잖소. 합당한 명분 외에도 결투란 이처럼 따분하고 단조로운 시대에 분명코 추천할 만한 낭만적인 매력을 가졌다고 생각해요. 그건 고상한 시대의 유물이니 누구든 고수해야죠. 분명히 말하지만 결투란 잘못된 게 아니랍니다」

「고상한 시대라니 당치도 않아요」 뉴만이 대답했다. 「그렇다면 조상이 당나귀라면 당신도 응당 당나귀가 돼야 한단 말이오? 나로서는 우리가 참는 게 좋다고 생각해요. 지금은 감정이 너무 고조됐으니 말이오. 그렇다고 지나치게 고분고분할 필요는 없겠지만. 설령 당신의 조상이 나를 불쾌하게 하더라도 난 잘 구슬릴 수 있어요」

「이봐요」 발렌틴이 미소를 띠며 말했다. 「수모를 당하고도 어떻게 만족할 수 있겠소. 그걸 되갚아 주는 게 훌륭한 해결책이오」

「이런 일을 만족이라고 불러요?」 뉴만이 반문했다. 「저 거친 인간을 죽이는 게 만족이 된단 말이오? 아니면 당신이 죽는 게 스스로 욕구충족이라도 되나요? 누군가 당신을 치면 되받아 쳐 버리고, 당신을 욕되게 하면 호되게 야단을 쳐버려요」

「야단을 치라구요, 법정에서 말인가요? 그건 너무나 비열해요!」 발렌틴이 말했다.

「비열한 건 상대편이지 당신은 아니오. 그리고 이 문제에 대해 당신이 하는 짓은 정말 못마땅해요. 당신은 이런 일에 말려들기에 너무나 선량해요. 난 당신이 세상에서 가장 쓸모 있거나, 영리하거나, 아니면 가장 사랑스러운 사람이라고 말하진 않아요. 하지만 당신은 너무나 선량하기 때문에 창녀 따위로 말미암아 신세를 망쳐서는 안 돼요」

발렌틴은 조금 얼굴을 붉혔다가 금방 웃고 말았다. 「설령 그렇게 될지라도, 난 스스로 신세를 망치지는 않을 거요. 사람의 명예란 상이한 두 가지 방식으로 측정될 수 없는 법이죠. 한 번 명예가 손상되면 세세한 사정은 고려되지 않거든요」

「더욱 미련한 말이군요!」 뉴만이 말했다.

발렌틴은 웃음을 멈추고 심각한 표정을 지었다. 「더 이상 얘기하지 말아요. 그래도 얘기한다면 당신이 내 입장을 고려하지 않는다고 생각할 테니까」

「무엇이 그렇다는 건가요?」

「이 문제에 대해서죠. 사람의 명예에 대해서 말이오」

「좋을 대로 생각해요. 당신이 그것에 매달릴 동안 난 당신 걱정을 하겠소. 비록 당신이 그럴 가치가 없더라도 말이오. 하지만 제발 무사히 돌아와요」 뉴만은 잠시 후 말을 덧붙였다. 「그러면 당신을 용서할 테니까. 그런 다음」 발렌틴이 떠나려고 하자 뉴만은 말을 이었다. 「당신을 곧장 미국으로 데려가겠소」

「좋소」 발렌틴이 대답했다. 「내가 새로운 장(章)을 넘겨야 한다면 이건 지난 내용을 마지막으로 장식하는 셈이로군요」 이 말과 함께 그는 담배를 피워 물고 떠나버렸다.

발렌틴이 나가고 문이 닫히자 뉴만은, 「저주 받을 여자 같으니!」라고 중얼거렸다.

제18장

뉴만은 다음날 싱트레 부인을 만나기 위해 정오의 조찬 후에 도착하도록 방문 시간을 맞추었다. 현관 앞에 있는 저택의 뜰에 노 벨가드 부인의 네모난 구식 마차가 서 있었고, 문을 열어준 하인은 뉴만의 질문에 약간 당황하고 머뭇거리는 어투로 대답했다. 바로 그때 브레드 부인이 평소와 같은 창백한 얼굴로 크고 검은 보넷과 숄을 걸치고 하인 뒤에 나타났다.

「무슨 문제가 생겼어요?」 뉴만이 물었다. 「백작 부인은 집에 있지 않소?」

브레드 부인은 뉴만을 응시하며 앞으로 걸어나왔다. 뉴만은 그녀가 매우 섬세하게 봉인된 편지를 손가락 사이에 쥐고 있는 것을 보았다. 「백작 부인이 선생님에게 전갈을 남겼답니다. 바로 이것이죠」 브레드 부인이 편지를 건네자 뉴만은 그것을 받아 쥐었다.

「이걸 남겼다구요? 부인은 집에 없어요? 멀리 떠났소?」

「멀리 떠날 거예요. 여기를 떠나야 하니까요」 브레드 부인이 대답했다.

「여기를 떠난다구요!」 뉴만이 소리쳤다. 「무슨 일이 생겼소?」

「전 아무 말도 드릴 수 없답니다」 브레드 부인은 바닥을 내려다보며 말했다. 「하지만 저는 이럴 때가 오리라고 생각했어요」

「무엇이 왔다는 말이오?」 뉴만은 다그치듯 물었다. 그는 편지를 뜯으며 질문을 계속했다. 「부인은 집에 있소? 지금 눈에 띄지 않던가요?」

「부인은 오늘 아침 선생님을 만나지 않을 거예요」 늙은 하녀가 대답했다. 「즉각 떠나야 하니까요」

「어디로 간단 말이오?」

「플뢰히에르[60]로 가요」

「플뢰히에르로 간다구요? 하지만 난 틀림없이 그녀를 볼 수 있겠죠?」

브레드 부인은 잠시 망설이다 두 손을 깍지 끼며 말했다. 「부인에게 안내해 드리겠어요!」 이 말과 함께 그녀는 앞장을 서서 2층으로 올라갔다. 계단 꼭대기에서 그녀는 발길을 멈추고, 메마르고 슬픈 눈으로 뉴만을 응시했다. 「부인에게 편안히 대해 줘요. 이루 말할 수 없이 불행한 상태에 있답니다!」 그러고 나서 그녀는 싱트레 부인의 방으로 갔는데, 뉴만은 당황하고 놀란 나머지 급히 뒤를 따라갔다. 브레드 부인이 방문을 활짝 열자 뉴만은 벌어진 문의 끝에 있는 커튼을 밀쳤다. 싱트레 부인은 방 한가운데 서서 창백한 얼굴로 여행을 떠날 옷차림을 하고 있었다. 그녀의 뒤에 있는 벽난로 앞에는 어베인이 자신의 손톱을 살피며 서 있었고, 가까이 있는 안락의자에 몸을 파묻은 그

60) 파리 근교의 도시.

의 어머니는 뉴만이 들어오자 즉각 눈을 돌렸다. 방을 들어서는 순간 뉴만은 자신이 어떤 사악한 존재 앞에 놓인 듯한 느낌을 가졌다. 그는 마치 밤의 적막 속에서 울부짖는 소리를 들을 때처럼 놀라고 고통스러운 기분이었다. 뉴만은 싱트레 부인에게 곧장 나아가 그녀의 손을 잡았다.

「무슨 일이오?」 뉴만이 당당하게 물었다. 「무슨 일이 생겼소?」

어베인은 이 모습을 바라보다 자리에서 일어나 뒤에 있던 어머니의 의자에 몸을 숙였다. 뉴만의 갑작스러운 침입은 이들 모자(母子)를 당황스럽게 했음에 분명했다. 싱트레 부인은 가만히 서서 뉴만을 바라보았다. 지금까지 그녀가 뉴만을 주시했던 눈길에는 온 정성이 담겨진 듯했지만, 현재의 눈길에는 뭔가 바닥 모를 깊이가 있었다. 비탄에 빠진 싱트레 부인의 현재 모습은 뉴만이 여태껏 보아왔던 가운데 가장 애처로웠다. 뉴만은 매우 격한 마음이 되어 맹렬한 기세로 옆에 있던 사람들에게 덤벼들 태세를 했지만, 싱트레 부인은 자신의 손을 잡고 있는 그의 손을 붙들며 제지했다.

「매우 슬픈 일이 벌어졌어요」 싱트레 부인이 말했다. 「전 당신과 결혼할 수 없답니다」

뉴만은 싱트레 부인의 손을 놓고, 그녀와 다른 사람들을 차례로 응시하며 서 있었다. 「어째서 그렇다는 거요?」 그가 재빨리 물었다.

싱트레 부인은 미소를 지으려고 했지만 오히려 이상한 표정이 되어버렸다. 「어머니에게 물어 봐요. 그리고 오빠에게도」

「어째서 나하고 결혼할 수 없다는 거죠?」 뉴만은 그들을 바라보며 물었다.

노부인은 자리에서 꼼짝도 하지 않았지만 안색은 딸처럼 창백했고, 후작은 아래를 내려다 보고 있었다. 노부인은 잠시 아무런 말도 하지 않았지만, 예리하고 청명한 눈으로 과감하게 뉴만을 바라보았다. 후작은 일어나 천장을 쳐다보며 부드럽게, 「그건 불가능하지!」라고 말했다.

「당치도 않은 일이야」 노부인이 말했다.

뉴만은 웃음을 터뜨리며 외쳤다. 「당신들은 나를 조롱하고 있군요!」

「얘야, 시간이 없단다. 그러다 기차를 놓칠걸」 후작이 싱트레 부인에게 말했다.

「이런, 당신 미쳤소?」 뉴만이 물었다.

「아뇨, 그렇게 생각지 마세요」 싱트레 부인이 말했다. 「하지만 전 떠나야 돼요」

「어디로 간단 말이오?」

「시골로 가요. 플뢰히에르로. 혼자 있기 위해서죠」

「나를 떠난다구요?」 뉴만이 천천히 물었다.

「이제 당신을 볼 수 없어요」 싱트레 부인이 대답했다.

「이제라니. 어째서 그렇죠?」

「부끄러워 말할 수 없어요」 싱트레 부인은 짤막하게 대답했다.

뉴만은 후작을 향해 돌아섰다. 「부인에게 무슨 짓을 했소? 도대체 이게 뭐요?」

뉴만은 사물을 낙관하는 버릇에서 생겨난 담담한 태도를 유지하려고 애를 쓰며 물었다. 그의 흥분은 수영복이 벗겨진 사람처럼 자신을 더욱 필사적으로 만들 뿐이었다.

「그건 제가 당신을 포기했다는 뜻이랍니다」 싱트레 부인이 말했다. 「정말이에요」

싱트레 부인의 얼굴은 너무나 슬픈 표정을 띠었던 나머지 자신의 말을 충분히 확인할 수 없도록 만들었다. 뉴만은 엄청난 충격을 받았지만 아직도 그녀에게 조금의 분노도 품지 않았다. 그는 놀라고 당황했으며, 노부인과 아들의 존재는 마치 야경꾼이 쥔 손등의 섬광처럼 자신의 눈을 후려칠 것처럼 느껴졌다. 「우리 둘만 있을 수 없겠소?」 뉴만이 물었다.

「그건 고통만 더할 뿐이에요. 전 당신을 보지 않으려고 했답니다. 그냥 달아나야 해요. 그래서 편지를 썼지만요. 안녕!」 그러고 나서 싱트레 부인은 다시 손을 내밀었다.

뉴만은 두 손을 호주머니에 넣고 말했다. 「당신과 함께 가겠소」

싱트레 부인은 두 손으로 뉴만의 팔을 잡았다. 「마지막 부탁이니 들어주시겠어요?」 이렇게 호소하며 뉴만을 바라보는 그녀의 눈에는 눈물이 가득했다. 「혼자서 가도록 해줘요. 평화롭게 가도록 말이에요. 이건 평화가 아니라 죽음이겠지만, 저 혼자 사라지게 해줘요. 그럼, 안녕!」

뉴만은 머리카락 사이에 손을 넣고 천천히 머리를 쓰다듬으며, 가늘게 뜬 눈으로 앞에 있는 세 사람을 하나씩 바라보며 서 있었다. 그의 입술은 굳게 다물어졌고, 나란히 붙은 양 입술은 언뜻 자신이 미소를 짓는 듯이 보이게 했다. 흥분 때문에 뉴만이 더욱 필사적이 된다고 언급했지만, 지금 그의 표정은 음울할 정도로 필사적이었다. 「후작, 이건 당신이 지나치게 간섭한 결과라고 봐요」 뉴만이 천천히 말했다. 「당신이 간섭하지 않겠다는 말이 생각나는군요. 나를 좋아하지 않는다는 건 알지만, 그건 하등 관계없는 일이오. 당신은 내게 간섭하지 않겠다는 약속을 했소. 당신의 명예를 걸고서 맹세했다고 생각하는데, 그 말을 기억해요?」

후작은 눈썹을 치켜들었지만, 평소보다 더욱 기품 있게 보이려고 결심을 한 듯했다. 그는 두 손을 어머니가 앉은 의자의 등받이에 올려놓고, 마치 강단이나 설교단의 모서리에 기대듯 몸을 앞으로 숙였다. 그는 미소를 띠지 않았지만, 엄숙한 표정에는 부드러움이 감돌았다. 「잠깐」 후작이 입을 열었다. 「난 누이의 결정에 간섭하지 않겠다고 분명히 말했어요. 난 그 약속을 엄밀히 지켰소. 그렇지 않니, 얘야?」

「호소할 것 없다」 노부인이 말했다. 「그만하면 충분해」

「아무튼 부인은 분명히 나를 받아들였어요」 뉴만이 대꾸했다. 「그건 너무나 명백하니까 부정할 수 없을 거요. 적어도」 그는 싱트레 부인을 향해 돌아서 어조를 바꾸어 말을 덧붙였다. 「당신은 분명히 나를 받아들인 거죠?」

뉴만의 어조에 배인 무엇이 깊은 감동을 준 탓인지 싱트레 부인은 두 손으로 얼굴을 감싸며 돌아섰다.

「그런데 당신은 지금 간섭을 하고 있어요. 내 말이 맞죠?」 뉴만이 후작에게 물었다.

「난 그때나 지금이나 누이에게 영향을 끼치려고 한 적은 없어요. 과거에도 아무런 설득을 하지 않았고, 지금도 마찬가지요」

「그렇다면 당신네들은 무슨 방법을 사용했소?」

「우린 집안의 권위를 사용했을 뿐이오」 노부인이 낭랑하게 울리는 목소리로 대답했다.

「그렇군요」 뉴만이 외쳤다. 「이 사람들이 권위를 사용했다는데」 그는 싱트레 부인에게 몸을 돌리며 말을 계속했다. 「그게 무엇이죠? 어떻게 사용했소?」

「어머니가 명령을 내리셨답니다」 싱트레 부인이 대답했다.

「나를 포기하라는 명령이었겠죠. 알겠소, 그래서 당신이 복종을 했군요. 그런데 어째서 복종했소?」 뉴만이 물었다.

싱트레 부인은 곁눈질로 노부인을 바라보았다. 그녀의 눈은 노부인을 샅샅이 살폈다.「전 어머니를 두려워해요」

노부인은 재빨리 일어서며 외쳤다.「이건 당치도 않아!」

「더 이상 말하고 싶진 않아요」 싱트레 부인은 이렇게 말하고 문을 향해 돌아서서 다시 손을 내밀었다.「조금이라도 저를 불쌍히 여긴다면 제발 혼자 가도록 내버려둬요」

뉴만은 조용하면서도 확고하게 그녀의 손을 잡으며,「당신이 가는 곳으로 내려가겠소」라고 말했다. 싱트레 부인이 나가자 다시 커튼이 드리워졌고, 뉴만은 긴 한숨을 쉬며 가까이 있는 의자에 주저앉았다. 그는 두 손을 의자 팔걸이에 올려둔 채, 노부인과 어베인을 바라보며 의자 등받이에 몸을 기대었다. 긴 침묵이 흐르는 동안 이들 모자(母子)는 고개를 높이 들고서 보기 좋은 눈썹을 치켜뜨고 나란히 서 있었다.

「그래도 당신네들은 구별을 하는 모양이죠?」 이윽고 뉴만이 말했다.「설득과 명령을 구별하나요? 그건 매우 교묘하지만 당신네들이 하는 짓은 명령에 가까워요. 오히려 일을 망친 거요」

「우리 입장을 밝히는 데 하등 반대할 이유가 없어요」 후작이 응답했다.「우리는 처음부터 이것이 당신에게 분명히 이해되리라고 보지 않았거든요. 오히려 당신이 우리를 온당하게 평가하지 않을 거라고 생각하니까요」

「난 당신들을 온당하게 볼 거요」 뉴만이 말했다.「그러니 걱정하지 말고 말해 보시오」

노부인은 자신들의 입장을 규정하는 데 동의하지 않겠다는 듯이 손으로 아들의 팔을 잡았다.「이건 쓸데없는 짓이오」 그녀가 말했다.「당신에게 납득시키려고 이 문제를 다시 설명한다는 게 말이오. 이건 당신이 결코 납득할 수 없는 일이니까. 실망이란 유쾌한 일은 아니지만 당신에게 실망스럽겠지요. 난 이 일을 매우 조심스럽게 생각하면서 잘 처리해 보려고 했소이다. 그러다 머리만 아프고, 잠도 제대로 자지 못했어요. 우리가 무슨 말을 하든, 당신은 스스로 박대를 받았다고 생각할 테지요. 그러고 나서 자신이 입은 피해를 친구들에게 퍼뜨릴 거고. 하지만 우리는 그걸 두려워하지 않소. 게다가 당신 친구들은 우리 친구들이 아니니까 문제될 건 없어요. 당신 마음대로 생각해도 좋지만, 단지 난폭하게 굴지 않았으면 좋겠어요. 내 인생에서 어떻든 난폭한 꼴을 본 적이 없었을뿐더러, 이 나이에 새삼 시작될 일도 아니니까 말이오」

「당신이 해야 될 말이 고작 그래요?」 뉴만은 자리에서 천천히 일어서며 물었다.「후작 부인, 당신처럼 영리한 사람의 수작치고는 빈약하군요. 자, 다시 말해 봐요」

「어머니는 평소처럼 정직하고 대담하게 요점을 지적했소」 후작은 회중시계의 쇠줄을 만지작거리며 말했다.「하지만 몇 마디 덧붙이는 게 낫겠어요. 물론 우리는 당신과의 약속을 깨트렸다는 비난을 전적으로 부인해요. 당신이 내 누이의 호감을 사도록 완전히 내버려두었고, 누이더러 당신의 청혼을 결정하도록 맡겼으니까요. 그래서 내 누이가 당신을 받아들였을 때, 우리는 아무 말도 하지 않았어요. 따라서 우리는 전적으로 약속을 지킨 셈이오. 우리가 나서야겠다고 결심한 건 나중의 일이었소. 말하자면, 그건 전적으로 다른 이유 때문이었지만. 아마도 우리가 진작 나섰더라면 문제가 쉬웠을 테지만, 당신도 알다시피 실제 우리는 여태 어떤 행동도 취하지 않았어요」

「어떤 행동도 취하지 않았다구요?」 뉴만은 자신의 말에 담긴 희극적 어조를 의식하지 못한 채 후작의 말을 되풀이했다. 그는 후작이 했던 말을 깡그리 잊어버렸지만, 뻐기는 듯한 상대방의 태도가 콧노래처럼 들렸다. 깊고 단순한 분노에 휩싸인 뉴만에게 이 문제가 거친 농담이 아니라는 점과, 자기 앞에 있는 사람들이 비정하리만큼 완벽하게 진지하다는 사실만이 이해되었다. 「내가 이것을 그냥 받아들일 거라고 생각해요?」 뉴만이 물었다. 「당신 말에 내가 꿈쩍이라도 할 것 같소? 내가 당신 말을 진지하게 들을 거라고 생각해요? 당신은 제정신이 아니오!」

노부인은 손에 든 부채로 손바닥을 톡톡 쳤다. 「이걸 받아들이지 못한다면 떠나면 돼요. 당신이 어떻게 행동하든 하등 문제될 게 없어요. 내 딸은 당신을 포기했으니까」

「그건 사실이 아니오」 뉴만은 잠시 숨을 들이쉬며 말했다.

「장담하건대, 누이의 말은 사실이오」 후작이 응답했다.

「가련한 여인 같으니! 대체 당신네들은 그녀에게 어떤 비열한 짓을 했소?」 뉴만이 소리쳤다.

「진정해요, 진정해!」 후작이 중얼거렸다.

「그 애가 당신에게 말했었죠」 노부인이 말했다. 「내가 명령했다고」

뉴만은 무겁게 머리를 흔들었다. 「이런 일은 생길 수도 없어요. 사람을 이런 식으로 이용하면 안 되는 법이오. 당신네들은 그럴 권리도, 힘도 갖지 않았소」

「내 힘은」 노부인이 말했다. 「아이들을 복종하게 만드는 데 있소이다」

「오히려 당신을 두려워하도록 만드는 데 있겠죠. 당신 딸이 그렇게 말했으니까. 정말 이상한 일이지만, 어째서 딸이 당신을 두려워하죠?」 뉴만은 잠시 노부인을 바라본 다음 말을 이었다.「거기에는 비열한 술책이 있겠죠」

노부인은 뉴만의 말에 귀를 기울이지도, 관심을 쏟지도 않는 것처럼 당당하게 그의 시선을 맞받았다.「난 최선을 다했소」노부인은 조용히 말했다.「더 이상 참을 수 없더군요」

「우리는 대담한 실험을 했어요!」후작이 말했다.

뉴만은 후작에게 걸어가 손으로 목을 잡고 엄지손가락으로 숨통을 누르고 싶은 기분이었다.「당신들이 나를 어떻게 대했는지 말할 필요조차 없어요」그는 말했다.「물론 당신들도 그걸 알고 있소. 하지만 적어도 당신 친구들을 두려워해야죠. 일전에 나한테 소개시켜 준 모든 사람들 말이오. 그들 가운데 무척 좋은 사람들도 있어요. 분명코 정직한 인물들이 있을 테니까」

「친구들은 우리를 이해해요」후작이 대꾸했다.「그들 가운데 우리와 뜻을 달리할 집안은 하나도 없소. 그리고 어쨌든 우리는 다른 어떤 사람들로부터 행동의 실마리를 취하지 않아요. 벨가드 집안은 언제나 모범이 되어왔으니만큼 남들을 상관하지 않는 거요」

「누군가 이런 본보기를 세우기 전까지 당신네들은 오랫동안 기다려야 될 거요」뉴만이 소리쳤다.「대체 내가 무슨 잘못을 저질렀소? 당신들의 의견을 바꿀 이유라도 제공했나요? 내게 등을 돌릴 일이 생겼어요? 도무지 이해할 수 없어요」

「우리의 견해는」노 벨가드 부인이 말했다.「정확히 말해 처음과 똑같아요. 우리는 당신에 대해 어떤 악의도 없어요. 당신의 그릇된 행동을 비난하려는 건 더욱 아니오. 솔직히 고백하건대, 우리가 관계를 맺은 이래 당신은 내 기대에 부응하지 못했어요. 우리가 반대하는 건 당신의 성격이 아니라 내력이죠. 실제 우리는 장사치와 어울릴 수 없답니다. 불행히도 그렇게 할 수 있다는 생각을 했지만 그건 큰 잘못이었지요. 그래도 우리는 생각을 고수하기로 결정하고 당신에게 모든 혜택을 주었던 거랍니다. 분명히 말하지만, 당신은 날더러 일관성이 없다고 탓할 하등의 이유도 없어요. 우리는 분명히 일을 깊숙이 추진했어요——당신을 우리 친구들에게까지 소개했으니 말이오. 사실로 말하자면, 내 생각에 나를 좌절시킨 것은 바로 그 때문이었어요. 즉, 난 지난 목요일 밤 이 방에서 벌어진 광경에 아연실색하고 말았소. 내 말이 불유쾌하게 들린다면 용서하시오. 하지만 이런 설명을 하지 않고는 우리 마음도 편치 않소이다」

「우리의 신의에 대해 말하자면」 후작이 말했다. 「일전에 세상 사람들 앞에서 당신과 언약을 맺은 것보다 더 나은 증거가 없어요. 우리는 스스로 속박을 하려고 했으니까요. 두 손을 묶고서라도 말이오」

「하지만」 후작의 어머니가 말을 덧붙였다. 「우리의 눈을 뜨게 하고, 우리가 맺은 결합을 파기하도록 만든 건 지난번 연회였죠. 우리는 그날 참으로 마음이 편치 못했어요! 당신도 알겠지만」 그녀는 잠시 후 말을 덧붙였다. 「우리는 이미 경고를 했어요. 즉, 우리가 매우 자존심이 세다고 말이오」

뉴만은 모자를 집어들고 무턱대고 닦기 시작했지만, 격한 경멸감 때문에 아무런 말도 할 수 없었다. 「당신네들 자존심은 별게 아니오」 이윽고 그가 입을 열었다.

「이 모든 문제에서」 후작이 미소를 띠며 말했다. 「우린 겸손하게 대했을 뿐이오」

「필요한 말은 다했으니 더 이상 논쟁할 건 없어요」 노부인이 말했다. 「내 딸이 당신을 포기했다고 말했다면 모든 게 끝난 셈이오」

「당신 딸에 대해 납득할 수 없어요」 뉴만이 말했다. 「당신이 무슨 짓을 했는지 알고 싶소. 당신이 권위를 들먹이며 딸에게 명령했다는 건 듣기 좋은 말에 불과해요. 그녀가 맹목적으로 나를 받아들이지 않았듯이, 맹목적으로 나를 포기하지도 않을 거요. 난 아직도 그녀가 실제로 나를 포기했다고 믿지 않소——나와 이 문제를 상의할 때까지 말이오. 하지만 당신은 그녀를 위협하고, 들볶고, 상처를 주었어요. 대체 무슨 짓을 한 거죠?」

「난 별로 한 게 없소!」라고 노부인이 말했지만, 뉴만이 나중에 생각해 보니 그 어조에는 서릿발이 비쳤다.

「우리가 이런 설명을 하는 까닭은」 후작이 말했다. 「당신이 난폭한 말을 자제할 거라고 분명히 이해했기 때문임을 명심하시오」

「난 난폭하지 않아요」 뉴만이 대답했다. 「난폭한 사람은 바로 당신이오! 하지만 지금 당신에게 할말이 남았는지 모르겠소. 당신은 분명히 내가 당신네들로부터 받은 호의에 감사하고, 다시는 성가시게 굴지 않겠다는 약속과 함께 사라져버리기를 바라겠죠」

「우리는 당신이 현명하게 행동하기 바라오」 노부인이 말했다. 「당신은 그걸 이미 보여주었고, 그런 태도 때문에 우리가 이렇게라도 대해 주는 거요. 사람이 굴복할 때가 되면 따라야 하는 법이오. 내 딸이 꼼짝없이 물러난 마당에 이런 소란을 피운다고 무슨 소용이 있겠소?」

「당신 딸이 꼼짝없이 물러났는지 두고 봐야 될 거요. 당신 딸과 나는 아직도 매우 가까운 사이이고, 변한 건 하나도 없어요. 이미 말했듯이, 난 이 문제를 그녀와 숙의하겠소」

「그럴 필요는 없어요」 노부인이 말했다. 「난 딸을 너무나 잘 알고 있으니까. 그 애가 한 번 말을 꺼내면 그걸로 끝이오. 게다가 나한테도 약속을 했어요」

「그녀가 한 약속이 당신 약속보다 훨씬 값어치가 있다는 건 분명해요」 뉴만이 말했다. 「그렇지만 난 그녀를 포기하지 않겠소」

「마음대로 하구려! 하지만 그 애가 당신을 만나기조차 거부하면――아마도 그럴 테지만――당신 지조는 그야말로 플라토닉하게 되겠지요」

불쌍한 뉴만은 자신의 느낌보다 더욱 자신감이 있는 척했다. 실상 싱트레 부인의 이상쩍을 만큼 강렬한 표정이 그의 가슴에 냉기를 몰고 왔으며, 아직도 뇌리에 각인된 그녀의 얼굴은 무서울 정도로 선명하게 자신이 뭔가 단념해야 한다는 이미지를 심었다. 뉴만은 현기증으로 말미암아 갑작스런 무력감을 느낀 나머지, 몸을 돌려 문에 손을 얹은 채 가만히 서 있었다. 그러고 나서 그는 앞을 똑바로 응시하며 찰나적으로 주저하다가, 어조를 바꾸어 말을 내뱉았다. 「그렇다면 이 일이 나한테 어떻게 될지 생각해 봐요. 그녀를 내버려둬요! 당신네들은 어째서 나를 그렇게 못마땅하게 여기죠? 대체 나한테 무슨 문제가 있소? 난 당신네들을 해치지는 못해요. 설령 그렇게 할 수 있다고 하더라도 행동으로 옮기지 못할 거요. 나는 이 세상에서 가장 거부감이 없는 사람이오. 내가 장사치라면 어떻소? 대체 당신네들 생각이 뭔가요? 장사치가 문제가 된다구요? 그렇다면 당신네들이 바라는 어떤 사람이라도 되겠소. 그리고 당신들에게 장사에 대해 일체 말하지 않겠어요. 더 이상 묻지 않을 테니 그녀를 내버려둬요. 난 그녀를 데리고 멀리 가겠어요. 그러면 당신들이 다시는 나를 보거나, 소식을 듣지도 못할 거요. 당신들이 원한다면 나는 미국에 머물러 있겠어요. 그리고 다시는 유럽으로 돌아오지 않겠다는 서류에 서명이라도 하겠소! 내 소망은 그녀를 잃지 않겠다는 것뿐이오!」

노부인과 그녀의 아들은 분명히 비꼬는 듯한 눈짓을 교환했다. 그러고 나서 어베인이 말했다.「그런 제안은 종전의 말과 하등 다를 바 없어요. 우리가 다감한 외국인으로서의 당신을 만나는 데 하등 반대할 이유가 없죠. 그리고 우리는 내 누이로부터 영구히 떨어져 있을 생각은 추호도 없소. 단지 우리가 반대하는 건 결혼이오. 그렇게 된다면」이 말과 함께 후작은 피식 웃었다.「내 누이는 결혼한 것보다 나을 테니까」

「그렇다면 좋아요」뉴만이 말했다.「당신네가 말한 장소가 어딘가요? 플뢰히에르라고 했던가요? 그곳이 언덕 위에 있는 오래된 도시 근처라는 건 알아요」

「정확히 맞췄어요. 포에티에는 언덕 위에 위치해 있으니까!」노부인이 대답했다.「얼마나 오래된 도시인지는 모르겠소. 당신에게 숨길 일도 아닌데」

「포에티에라고 했나요? 좋소」뉴만이 말했다.「난 즉시 싱트레 부인을 뒤따라 가겠어요」

「벌써 기차가 끊겼을 텐데요」어베인이 말했다.

「난 특별 열차를 부탁하겠소!」

「부질없이 돈 낭비하는 짓이 될 뿐이오」노부인이 말했다.

「돈 낭비가 될지 아닐지는 사흘 후에 논의해도 충분해요」이렇게 대답하고 나서 뉴만은 머리에 쓴 모자를 가볍게 치면서 그곳을 떠났다.

뉴만은 즉시 플뢰히에르로 출발하지 않았다. 그는 계속되는 일에 너무나 어처구니없는 상처를 입은 나머지 파리의 경계를 벗어날 때까지 앞을 보며 강을 따라 곧장 걸어갔다. 그의 내부에 울렁거리며 끓어오르는 분노가 타올랐다. 그는 자신의 인생에서 이토록 완전히 훼방을 받은 적이 없었을뿐더러, 다른 사람에게 질책을 받거나, 자신의 표현대로 단숨에 〈낙담〉을 해본 적이 없었다. 뉴만은 참을 수 없는 느낌으로, 천천히 걸어가면서 손에 든 지팡이로 가로수와 가로등 기둥을 후려치며 속으로 분노를 삭였다. 자신이 그렇게 환호하며 의기양양하게 싱트레 부인을 차지한 다음 그녀를 잃는다는 것은, 그의 행복에 손상을 입히는 만큼이나 자신의 자존심에 대한 커다란 모욕이었다. 남들의 간섭과 명령 때문에, 다시 말해 뻔뻔스러운 노부인과, 〈권위〉를 내세우며 끼여든 우쭐대는 허영꾼인 그녀의 아들로 말미암아 그의 여인을 잃다니! 그것은 너무나 터무니없이 비참한 일이었다. 뉴만은 벨가드 집안의 뻔뻔스러운 배신을 단호하게 영원한 파멸로 몰아넣으려고 했기 때문에 그것을 오래 생각할 겨를이 없었다. 하지만 싱트레 부인의 변절은 그를 놀라고 혼란스럽게 만들었다. 물론 그 비밀에는 해답이 있겠지만, 그것을 찾는 일은 허사였다. 불과 사흘 전만 하더라도 그녀는 뉴만이 심어준 믿음만큼이나 아름답고 고요한 별빛을 받으며 그의 곁에 서서 다가올 결혼을 기대하며 참으로 행복하다는 말을 하지 않았던가? 그녀의 변화는 무엇 때문일까? 어떤 지옥의 비약을 삼켰길래 그렇게 갑자기 변했을까? 불쌍한 뉴만은 그녀가 정말 변했을지도 모른다는 극심한 불안감에 시달렸다. 싱트레 부인에 대한 찬미 때문에 그녀의 배신은 더욱 무거운 느낌을 주었던 것이다. 하지만 뉴만은 싱트레 부인이 불행하다고 여겼던 탓에 그녀를 거짓된 인물로 매도하지 않았다. 그는 세느강의 다리를 건너, 쭉 뻗은 부두를 따라 무작정 걸어갔다. 기분 좋은 오퇴이[61]의 시골 풍경이 눈앞에 나타나자 뉴만은 벌써 파리를 벗어나 교외에 와 있음을 알았다. 그는 마침내 발길을 멈추고, 유쾌한 시골 풍경을 도외시한 채 주위를 둘러보다가 천천히 돌아서서 느릿느릿 왔던 길을 되돌아갔다. 뉴만은 트로카데로라고 알려진 환상적인 제방을 따라 걸으며, 욱신거리는 아픔 속에서도 자신이 트리스트람 부인의 집 근처에 있음을 알았다. 그는 이처럼 고통받고 있을 때 트리스트람 부인이 따뜻한 위로의 말을 해줄 것이라고 생각하고서, 자신의 분노를 토로할 필요를 느껴 그녀의 집으로 향하는 길목에 접어들었다. 트리스트람 부인은 혼자 있었고, 방에 들어서는 뉴만을 보는 순간 무엇 때문에 왔는지 알겠다고 말했다. 뉴만은 아무런 말없이 그녀를 바라보며 무겁게 앉아 있었다.

「그 사람들이 말을 번복했군요!」 그녀가 입을 열었다. 「글쎄요, 당신은 이상하게 생각할지 모르지만 난 그날 밤 뭔가 심상찮은 기분이 들었어요」 이윽고 뉴만이 이야기를 꺼내자, 트리스트람 부인은 그를 응시하며 귀를 기울였다. 뉴만의 말을 듣고 나서 그녀는 나직하게, 「그 사람들은 싱트레 부인을 디프미어 경과 결혼시키려고 해요」라고 말했다. 이 말을 듣고 뉴만은 그녀를 빤히 쳐다보았다. 그는 트리스트람 부인이 디프미어 경에 대한 모든 것을 알고 있다는 사실을 몰랐던 것이다. 「하지만 그녀가 응하진 않을 거예요」라고 트리스트람 부인은 말을 덧붙였다.

「그런 애송이와 결혼한다구요!」 뉴만이 소리쳤다. 「맙소사! 그렇다고 하더라도 그녀는 왜 나를 뿌리쳤을까요?」

「단지 그런 이유만은 아니랍니다」 트리스트람 부인이 대답했

61) 파리 교외의 전원 도시.

다.「그 사람들은 실제로 더 이상 당신을 용서할 수 없었던 거죠. 당신을 받아들일 수 있다는 자신들의 용기를 과대평가했던 거예요. 공정하게 판단하면, 그들의 용기에는 고상한 구석이 있었다고 해야겠죠. 아무튼 추상적이긴 해도 그들이 받아들일 수 없던 건 당신의 상업적 배경이었어요. 그건 실제로 귀족다운 생각이죠. 그들은 당신의 돈을 원하기는 했어도, 이런 생각 때문에 단념하고 말았어요」

뉴만은 슬픔에 겨운 듯 얼굴을 찌푸렸다가 다시 모자를 집어 들었다.「당신이 내 기분을 북돋아줄 거라고 생각했어요!」그는 어린아이처럼 슬픈 기색으로 말했다.

「미안해요」트리스트람 부인은 매우 부드럽게 대답했다.「그래도 난 당신에게 미안함을 느껴요. 특히나 당신의 고통을 속속들이 이해하니까요. 결혼 제의는 내가 먼저 했다는 걸 잊지 않아요. 나는 싱트레 부인이 디프미어 경과 결혼할 생각이 있다고 보지 않는답니다. 사실 그 사람은 겉보기와 달리 싱트레 부인보다 어리지는 않아요. 서른세 살이나 되니까요. 난 귀족열전(貴族列傳)을 들춰보고 알았답니다. 하지만 이건 상관없는 일이에요. 난 그녀가 그렇게 끔찍하고 잔인할 만큼 남을 기만한다고 믿지 않아요」

「그녀에 대해 어떤 험담도 하지 말아요」뉴만이 간청했다.

「불쌍한 여인 같으니. 잔인한 건 사실이죠. 물론 당신은 그녀를 뒤쫓아 가서 강렬하게 호소하겠지요. 그런데 지금의 당신은」트리스트람 부인은 남들을 평가하는 특유의 대담한 태도로 말을 계속했다.「입을 다물고서도 극히 유창하게 보인다는 사실을 알고 있나요? 여자라면 그런 당신에게 대적하기 위해 머릿속의 생각을 확고히 다져놓아야 되겠어요. 난 잘못을 저질러 당신으로 하여금 유창한 언변을 늘어놓게 만들었으면 좋겠어요! 어쨌든 싱트레 부인을 만나 그녀가 나한테조차 수수께끼 같은 존재라고 말하세요. 집안의 명령이 그녀를 어디까지 몰고갈지 난 무척 궁금해요」

뉴만은 팔꿈치를 무릎에 괴고 두 손으로 머리를 감싼 채 잠시 앉아 있었다. 트리스트람 부인은 자애심에다 철학을 곁들이고, 동정에다 비판을 곁들여 계속 뉴만의 기분을 누그러뜨렸다. 이윽고 그녀가 「그런데 발렌틴 백작은 이 일에 대해 무슨 말을 했나요?」라고 묻자 뉴만은 깜짝 놀랐다. 그는 아침 이후로 발렌틴은 물론, 스위스 국경으로 떠나는 그의 용무에 대해 생각하지 않았던 것이다. 이런 생각 때문에 다시 마음이 불안해진 뉴만은 그곳을 떠났다. 그가 곧장 자신의 거처로 왔을 때 현관 테이블 위에 전보가 와 있었으며, 거기에는(날짜와 장소와 함께) 다음과 같은 내용이 적혀 있었다. 〈난 중상을 입었소. 가능한 빨리 와주시오. 발렌틴 드 벨가드.〉 뉴만은 이 비참한 소식과, 플뢰히에르로 떠나는 여행을 늦추어야 될 필요성 때문에 신음 소리를 냈다. 하지만 그는 겨우 시간을 내어 싱트레 부인에게 짧게 몇 줄을 적었다.

나는 당신을 포기하지 않았어요. 그리고 실제 당신이 나를 포기했다고 믿지도 않아요. 난 이런 일을 이해할 수 없지만, 우린 함께 문제를 해결해야 돼요. 나는 치명상을 입고서 멀리 있는 친구를 만나러 가야 되므로 오늘 당신을 뒤쫓아 가지 못해요. 하지만 내 친구로부터 떠나게 되면 곧장 당신에게 가겠어요. 그런데 그 친구가 바로 당신의 오빠라는 사실을 말하지 못할 까닭이야 없겠죠.

크리스토퍼 뉴만

이 글을 쓰고 난 다음 뉴만은 간신히 제네바로 가는 야간 특급열차를 탈 수 있었다.

제19장

뉴만은 필요할 때면 꼼짝도 하지 않고 앉을 수 있는 탁월한 재능을 구비했는데, 스위스로 가는 길에 그것을 발휘할 기회를 가지게 되었다. 시시각각 밤의 시간이 흐르는데도 잠이 오지 않았지만, 그는 눈을 감은 채 객차 구석에서 꼼짝하지 않고 앉아 있었다. 이러한 뉴만의 모습을 동료 여행객들이 매우 예민하게 지켜보았다면 그가 실제 잠을 잔다고 부러워했을지 모른다. 아침이 다가오자 육체적 피로보다 정신적 피로의 여파 탓으로 실제로 졸음이 왔다. 뉴만은 두 시간 정도 잠을 자다가 깨어나 눈 덮인 쥬라[62] 산봉우리와 새벽 햇살로 붉게 물들어 오는 뒤켠의 하늘에 시선이 머물렀다. 그러나 차가운 산도, 붉게 물들인 하늘도 그의 눈에 들어오지 않았다. 뉴만의 의식은 즉각 자신이 당한 피해로 다시 욱신거렸다. 그는 차가운 아침 여명 속에 기차가 제네바에 닿기 30분 전 발렌틴이 전보에서 적은 역에 내렸

62) 프랑스와 스위스 국경에 있는 산맥.

다. 졸리는 듯한 역장이 손등을 들고서 코트에 달린 모자를 덮어 쓴 채 플랫폼에 나와 있었고, 그의 가까이에 서 있던 신사는 뉴만을 만나기 위해 앞으로 걸어 나왔다. 이 인물은 키가 크고 마른 체구에 창백한 얼굴과 검은 눈을 가졌으며, 단정한 콧수염에다 산뜻한 장갑을 낀 40세 가량의 남자였다. 그는 매우 무거운 표정으로 모자를 벗고 뉴만의 이름을 불렀다. 뉴만은 응답을 하고 「당신이 벨가드 씨의 친군가요?」라고 물었다.

「우리는 이 슬픈 시간을 함께 나누게 되었소」 신사가 말했다. 「나는 지금 환자 곁에 있는 그로시오 씨와 함께 이런 우울한 일에 벨가드 씨를 돕게 되었어요. 그로시오 씨는 파리에서 당신을 만난 적이 있다고 하더군요. 하지만 그 사람은 나보다 간호를 잘하기 때문에 불쌍한 친구 곁에 남게 되었지요. 벨가드 씨는 당신을 학수고대하고 있어요」

「그럼 상태가 어떤가요?」 뉴만이 물었다. 「중상인가요?」

「의사는 그를 나무랐죠. 우리는 외과의사를 데려왔답니다. 하지만 벨가드 씨는 극히 양호한 상태로 죽음을 맞이할 것 같소. 나는 지난밤 가장 가까이 있는 프랑스 마을로 사제(司祭)를 부르러 갔어요. 사제는 한 시간 정도 환자와 함께 시간을 보내고서 퍽 만족했어요」

「이 일을 어쩌나!」 뉴만은 신음 소리를 냈다. 「차라리 의사가 만족해야 될 일인데! 그런데 환자가 나를 볼 수 있을까요. 나를 알아볼까요?」

「30분 전에 내가 떠날 때, 환자는 밤새 고열에다 한잠도 못 잔 탓이라 잠에 빠졌어요. 하지만 우리는 볼 수 있어요」 그러고 나서 뉴만의 동료는 역에서 나와 마을로 가는 길을 안내했다. 그는 걸어가면서 자신들이 묵고 있는 곳이 초라하기 짝이 없는 스위스 여관이지만, 처음에 기대했던 것보다 벨가드를 훨씬 편안하게 할 수 있었다고 설명했다. 「우리는 옛 전우들이죠」 발렌틴의 친구가 말했다. 「우리들 가운데 한 명이 다른 사람을 간호하는 게 처음은 아니랍니다. 그건 매우 비열한 상처였지만, 특히 비열한 건 상대가 전혀 상처를 입지 않았다는 사실입니다. 그 친구가 한껏 장전한 총알이 총구를 뚫고 나와 벨가드의 심장 바로 아래 왼편 옆구리를 관통했어요」

그들이 어슴푸레하여 앞을 분간하기 어려운 새벽녘 마을 거리의 거름더미 사이로 조심스럽게 걸어갈 동안, 뉴만이 새로 알게 된 사람은 결투에 대해 상세히 설명했다. 결투의 조건은 맨 처음 상호간의 총격으로 둘 중 한 명도 총상을 입지 못한다면 두번째 사격이 실시된다는 것이었다. 뉴만의 곁에 있는 사람의 확신으로, 발렌틴이 맨 처음 쏜 총알은 정확히 의도한 대로 상대편의 살점을 긁고 가볍게 팔을 스쳤다는 것이다. 반면 상대편이 쏜 총알은 발렌틴의 몸에서 10인치는 족히 벗어났다고 했다. 그러자 상대편의 대리인들은 또 한 번의 사격을 요구하여 허락을 받았는데, 여기서 발렌틴의 총알은 빗나갔고, 알사스 출신의 젊은이가 쏜 총알은 명중되었다는 것이다. 「땅에 쓰러진 모습을 보았을 때」 뉴만의 제보자가 말했다. 「난 그가 호락호락하지는 않을 줄 알았죠. 그런데 그건 매우 아둔한 생각이었어요」 발렌틴은 즉시 여관에 실려 갔고, 상대편과 친구들은 어디론가 사라졌다는 것이다. 관할 경찰 당국은 매우 당당한 태도로 여관에서 일행을 보살피며 긴 구술 증언을 끌어냈지만, 유혈이 작았기 때문에 매우 점잖게 눈감아 준 듯했다. 뉴만은 발렌틴의 가족에게 통지했는지 물었지만, 전날 저녁 늦게까지 발렌틴이 그렇게 하는 것에 반대했다는 사실을 알았다. 발렌틴은 자신의 상처가 위험한 지경이라는 사실을 믿지 않으려고 했다. 그러나 사제와 면담한 후 그가 승낙하자 어머니에게 전보가 발송되었다는 것이다. 「하지만 노부인은 서둘러야 해요」 뉴만의 안내자가 말했다.

「정말 끔찍한 사건이오!」 뉴만이 말했다. 「내가 얘기할 수 있는 건 이뿐이오!」 그는 거역할 수 없는 심정으로 엄청난 혐오감이 담긴 어조로 말했다.

「그렇다면 당신은 이런 일을 인정하지 않나요?」 뉴만의 안내자는 호기심이 어린 세련된 어조로 물었다.

「인정하느냐구요?」 뉴만이 소리쳤다. 「엊그제 밤 거기서 발렌틴을 보았다면 내 옷장에 가두고 말았을 거요!」

발렌틴의 옛 전우는 눈을 크게 뜨며, 플루트 소리 같은 휘파람을 불면서 무거운 표정으로 머리를 위아래로 두세 번 흔들었다. 그들이 여관에 도착하자 나이트캡을 쓴 뚱뚱한 하녀가 손등을 들고 문에 서서, 뉴만의 뒤에서 터덜거리며 걸어오는 짐꾼에게 여행가방을 받았다. 발렌틴은 집 뒤쪽의 1층에 머물고 있었는데, 뉴만의 동료는 바닥이 돌로 된 통로를 따라가 조용히 문을 열었다. 그런 다음 그가 손짓을 하자 뉴만은 앞으로 나아가 방안을 들여다 보았다. 방은 갓이 하나뿐인 촛불로 밝혀져 있었고, 촛불 곁에 실내복을 입은 그로시오 씨가 잠이 든 채 앉아 있었다. 뉴만은 이 사람이 발렌틴과 함께 있는 모습을 여러 번 본 적이 있는데, 그는 작고 통통하며 혈색이 좋았다. 침대 위에는 발렌틴이 눈을 감은 채 창백하고 고요히 누워 있었지만, 그의 형상은 지금까지 이러한 모습을 한 번도 보지 못했던 뉴만에게 큰 충격이었다. 그로시오 씨의 동료는 건너편에 있는 열린 문을 가리키며, 만일의 경우에 대비하여 의사가 대기하고 있다고 속삭이듯 말했다. 발렌틴이 잠들어 있거나, 아니면 그렇게 보이는 한 당연히 가까이 갈 수 없었기 때문에, 뉴만은 방에서 나와 잠이 덜 깬 하녀의 안내를 받았다. 그녀는 뉴만을 위층의 방으로 데려가 노란 옥양목으로 된 널다란 베개받이가 이불처럼 덮인 침대로 안내했다. 침대에는 이불이 없었지만 뉴만은 자리에 누워 서너 시간 동안 잠을 잤다. 그가 잠에서 깨어났을 때는 이미 환한 아침이 되어 태양이 창문을 가득 메웠고, 바깥에서는 암탉이 우는 소리가 났다.

뉴만이 옷을 입을 동안 그로시오 씨와 그의 동료가 보낸 사람이 방으로 찾아와 함께 아침 식사를 하고 싶다는 말을 전했다. 이윽고 뉴만은 아래층에 있는, 바닥이 돌로 덮인 작은 식당으로 내려갔는데, 나이트캡을 벗은 하녀가 거기서 식사 준비를 하고 있었다. 지난밤의 절반을 환자 간호를 한 사람치고는 놀라울 만큼 생기가 감도는 그로시오 씨는 손을 비비며 아침 식사 테이블을 유심히 보고 있었다. 뉴만은 그와 다시 이야기를 나누면서, 발렌틴이 아직 자고 있다는 것과 함께 꽤 평온하게 밤을 보낸 의사가 지금 곁에 있다는 사실을 알았다. 뉴만은 그로시오 씨의 동료가 다시 나타나기 전에 그의 이름이 르도 씨였고, 그가 벨가드를 알게 된 것은 교황의 경보병으로 함께 복무했던 시절이었음을 알았다. 르도 씨는 교황권 지상론자로 알려진 명망 있는 주교의 조카였는데, 이윽고 그는 이 특이한 상황과 조화를 이루려는 흔적이 역력히 비치는 몸단장을 하고 나타났다. 그는 자신들이 머물고 있는 숙소에서 차린 비길데 없이 훌륭한 아침 식사에 지극히 경탄하며 무거운 표정을 가라앉힌 듯했다. 자신의 주인에게 시중들 기회를 전혀 갖지 못했던 발렌틴의 하인은 경쾌한 파리인의 손길로 주방일을 돕고 있었다. 또한 두 명의 파리인들은 아무리 상황이 암울할지라도 대화를 계속하는 민족적 재능을 유감없이 발휘하려고 했다. 르도 씨는 가엾은 벨가드에게 짤막한 찬사를 보내고, 그를 자신이 지금까지 알았던 영국인 가운데 가장 매력적인 인물이라고 말했다.

「당신은 그를 영국인이라고 불러요?」 뉴만이 물었다.

르도 씨는 잠시 미소를 지은 다음 경구처럼 말했다. 「그는 영국인 이상이랍니다. 영국 숭배자니까요!」 뉴만은 스스로 그렇게 생각해 본 적이 없다고 담담하게 말하자, 그로시오 씨는 가련한 벨가드를 추도하기에는 실제로 너무 이르다고 응답했다. 「그건 확실해요」 르도 씨가 대답했다. 「하지만 오늘 아침 뉴만 씨에게 이런 말을 드리지 않을 수 없군요. 즉, 지난밤 우리가 아끼는 친구의 행동처럼, 사람이 자신의 구원에 대하여 그처럼 잘 가늠하면 다시 이 세상에 돌아와 자신의 구원을 위태롭게 하는 건 참으로 애석하다고 말이오」 르도 씨는 열렬한 가톨릭 신도였지만, 뉴만은 그에게 진기한 성미가 있다고 생각했다. 낮에 보니 그의 안색은 상냥하면서도 억센 기미를 띠었고, 무척이나 크고 가느다란 코는 마치 스페인 초상화처럼 보였다. 그는 결투에서 부상을 입은 사람이 즉각 신부(神父)를 볼 수만 있다면, 결투란 매우 완벽한 장치라고 생각하는 듯했다.

르도 씨는 발렌틴이 사제와 면담한 데 흡족한 듯했지만, 그의 대화는 조금도 경건한 빛을 띠지 않았다. 그는 분명히 탁월한 적응력을 가졌으며, 모든 점에서 세련되고 취향이 뛰어났다. 그는 항상 미소를 머금고(그 미소로 말미암아 코 아래 있는 콧수염이 치켜 올라갔지만) 설명할 태세였다. 말하자면 살아가는 방식을 터득한 것이 자신의 특기로 보였는데, 그 속에는 죽는 방법을 터득하는 것도 포함되었다. 그러나 겉으로 드러내지 못하는 분노를 품고 곰곰이 생각했을 때, 뉴만은 르도 씨가 죽는 방법을 터득했다는 것은 자신이 아닌 다른 사람을 염두에 둔 성향임을 알았다. 르도 씨와 매우 다른 성향을 가진 그로시오 씨는 자신의 친구가 가진 종교적 열정이, 남들이 접근하지 못하는 고상한 마음의 표현일 뿐이라고 간주하는 듯이 보였다. 그는 분명히 발렌틴의 삶을 끝까지 즐겁게 하기 위해 유쾌하고 부드러운 태도로 온 정성을 기울이며, 환자로 하여금 가급적 파리에 있는 이탈리아 대로를 생각하지 않도록 노력했다. 하지만 그는 참으로 솜씨 있게 총을 쏜 어설픈 양조업자의 아들에 대한 신비감에 사로잡혔다. 그로시오 씨는 기껏 양초 심지를 자르는 솜씨 이상의 일은 할 수 없다고 고백했다. 하지만 그는 양초 심지를 자르는 일이 저주받을 살인행위나 다를 바 없기 때문에, 지금의 상황에서 마음이 내키지 않는다고 재빨리 말을 덧붙였다. 그는 오히려 잘 드러나지 않는 살점을 골라 작은 공 따위로 두들기는 일이라면 했을지도 몰랐다. 발렌틴과 결투를 벌인 스태니슬라스는 실로 형편없이 서툰 인물이었지만, 그런 양조업자의 아들과 결투를 허용하는 세상일이란 얼마나 어처구니없는가! 이것은 그로시오 씨가 즉각 이끌어낸 철학이었다. 그는 르도 씨의 어깨 너머 창문을 통해 여관 맞은편 길 끝에 서 있는 가느다란 나무를 계속 응시하면서 자신의 팔을 벌려 거리를 측정하고는, 기왕 일이 벌어진 마당에 머릿속으로 사격 연습이라도 해보는 것이 타당하다고 은밀히 생각한 듯이 보였다.

뉴만은 사람들과 어울릴 기분이 아니었다. 그는 먹지도, 말하지도 못했고, 마음 한가운데 슬픔과 분노가 솟구쳤으며, 이중의 슬픔이 주는 중압감은 견디기 힘들 정도였다. 그는 음식이 담긴 접시를 응시하며 자리에 앉아 안절부절못하며, 한순간 발렌틴이 자기를 알아보고서 그가 싱트레 부인과 잃어버린 행복을 찾으러 자유롭게 가도록 허용해 주기 바라다가, 다음 순간 이기적이고 조급한 소망을 버리지 못하는 자신을 두고 머릿속으로 비열한 짐승이라고 부르짖기도 했다. 뉴만은 자신이 너무나 남들과 어울리지 못한다고 생각했다. 그의 첨예한 의식과 남들에게 던진 인상을 심사숙고하지 않는 버릇마저도 자신으로 하여금 틀림없이 그의 동료들이 어떻게 불쌍한 벨가드가 이 말없는 미국인을 임종에까지 두어야 될 만큼 좋아하게 되었는지 궁금하리라는 생각을 가로막게 하지 못했다. 아침 식사 후 뉴만은 혼자서 마을로 산책을 나가 우물과, 거위와, 열린 헛간문과, 짤까닥 소리를 내는 나막신 끝에 엄청나게 긴 양말 뒤꿈치를 드러낸 볕에 그을은 허리가 굽어진 노파와, 작은 길 한 모퉁이에 나타난 눈 덮인 알프스와 자줏빛 쥬라 산맥의 아름다운 경치 등을 보았다. 날은 화창했고, 이른 봄의 기운이 대기와 햇빛에 스며들었으며, 겨울의 습기가 오두막 처마에서 방울방울 떨어졌다. 짹짹대는 병아리와 뒤뚱거리는 거위 새끼들은 물론, 모든 자연에는 소생과 광명이 충만했다. 그러나 바보처럼 가엾고, 다감하고, 쾌활한 벨가드에게는 오직 죽음과 매장만이 기다릴 뿐이었다. 뉴만은 마을 교회까지 걸어가 그 옆에 있는 조그만 공동묘지로 들어갔다. 그는 바닥에 앉아 주위에 세워진 어색한 형상의 묘비를 보았는데, 그것은 모두 음산하고 흉칙했기 때문에 죽음의 무정함과 싸늘함을 느끼지 않을 수 없었다. 그가 여관으로 돌아와 보니 르도 씨는 자신이 작은 정원으로 옮겨놓은 조그만 초록빛 테이블에서 담배를 피우며 커피를 마시고 있었다. 뉴만은 의사가 아직도 발렌틴과 함께 있다는 사실을 알고, 르도 씨에게 자신이 환자를 좀 편하게 할 수 있겠는지를 물었다. 불쌍한 친구에게 도움이 되고 싶은 그의 간절한 소망은 쉽게 이루어졌고, 의사는 아주 기뻐하며 잠자리에 들었다. 의사는 얼굴 모습이 영리하게 보였을 뿐만 아니라 젊고 다소 쾌활했는데, 그의 단추 구멍에는 국가에서 받은 무공훈장의 리본이 매여 있었다. 뉴만은 의사가 물러나기 전에 일러준 말을 주의 깊게 들었고, 잠을 자지 않고 환자를 간호하는 데 도움이 된다고 권유한 해묵은 『위험한 관계』라는 조그만 책자를 기계적으로 건네받았다.

발렌틴은 여전히 눈을 감은 채 누워 있었고, 그의 상태에 눈에 띌 만한 변화는 없었다. 뉴만은 환자의 옆에 앉아 오랫동안 세심히 지켜보았다. 그러자 자신의 처지에 대한 여러 가지 생각으로 초점을 잃은 뉴만의 눈은 창문에 달린 듬성듬성한 순면 커튼을 걷어 모습을 드러낸 알프스산에 머물렀고, 창문을 통해 실내로 들어온 햇볕은 붉은 타일을 깐 바닥에 네모꼴로 비쳤다. 뉴만은 희망적인 생각을 해보려고 애를 썼지만 별 성과가 없었다. 그에게 일어났던 일은 사납고 맹렬하게 실제적 재앙, 즉 운명 그 자체의 힘과 오만을 구사하는 듯이 보였다. 그것은 부당하고 소름 끼치는 일이었지만, 그는 무방비 상태였다. 이윽고 정적을 깨트리는 소리와 함께 뉴만은 발렌틴의 목소리를 들었다.

「그렇게 심각한 표정을 짓는 건 나 때문이 아닐 테죠!」 뉴만은 몸을 돌려 발렌틴이 그대로 누워 있는 모습을 보았다. 하지만 발렌틴은 눈을 뜨고 있었으며, 미소까지 지으려 했다. 그는 꺼져가는 듯한 기운으로 뉴만의 악수에 답례를 했다. 「난 15분 동안이나 당신을 지켜보았어요」 발렌틴이 말했다. 「당신은 천둥처럼 어두운 표정을 하고 있더군요. 나한테 엄청난 환멸을 느꼈을 테죠——두 말할 나위도 없겠지만. 나도 마찬가지요!」

「아니, 난 당신을 책망하지는 않소」 뉴만이 말했다. 「다만 무척 기분이 좋지 않을 뿐이오. 그런데 몸은 어때요?」

「점점 나빠져요! 사람들이 사후 절차는 모두 해결한 모양이죠?」

「그건 당신이 해야 될 일이오. 마음만 먹으면 좋아질 수도 있으니까」 뉴만은 단호하게 기운을 차리며 말했다.

「이봐요, 이 마당에 내가 무엇을 할 수 있겠소? 그렇게 한다는 자체가 무리한 행동이 되는데 말이오. 그런 일은 옆구리에 당신 모자만큼 큰 구멍이 뚫려, 한 치만 움직여도 출혈이 되는 사람에게는 당치도 않는걸요. 난 당신이 올 줄 알았어요」 그는 말을 계속했다. 「잠에서 깨어나 여기서 당신을 만나야 된다는 걸 알았어요. 그래서 난 놀라지도 않아요. 하지만 지난밤 나는 매우 초조했답니다. 당신이 올 때까지 어떻게 버티어낼지 몰랐거든요. 이렇게 관에 든 미라처럼 가만히 있어야 했지만. 당신은 나한테 마음을 새롭게 가지라고 했죠. 그렇게도 해보았어요! 여기서 지난 스무 시간이나 말이에요. 그건 마치 스무 날처럼 느껴지더군요」 벨가드는 천천히 꺼져가는 어조로 말했지만 뉴만은 충분히 알아들을 수 있었다. 하지만 그는 극도의 고통에 시달리는 것이 역력했고, 마침내 눈을 감았다. 의사가 긴박한 지시를 했으므로 뉴만은 환자가 조용히 안정을 취하기를 바랐다. 「이것 참」 발렌틴이 말했다. 「내일을 위해서라도 뭘 좀 먹고 마셔야 되는데……」 이 말과 함께 그는 다시 말을 중단했다. 「아니, 내일이 아니고 오늘이겠죠. 난 먹고 마실 수는 없지만 말은 할 수 있어요. 이 마당에 모든 걸 포기한다고 달라질 게 뭐가 있겠소? 그런 거창한 말은 꺼내지도 말아야죠. 나는 항상 수다스러웠거든요. 하느님, 최종 심판일에 어떻게 말해야 될까요?」

「그게 바로 지금 조용히 해야 될 이유죠」 뉴만이 말했다. 「우린 당신이 얼마나 말을 잘하는지 알고 있으니까」

그러나 발렌틴은 아랑곳하지 않고 빈사 상태에서 나오는 희미하고 느릿느릿한 어투로 말을 계속했다. 「당신이 내 누이를 만났기 때문에 보고 싶었어요. 이 일을 알고 있던가요? 누이가 여기로 올까요?」

뉴만은 당황했다. 「그럼요. 지금쯤은 당연히 알고 있을 거요」

「당신이 말하지 않았나요?」 이렇게 묻고 나서 발렌틴은 다시 입을 열었다. 「누이로부터 어떤 소식을 가져오지 않았소?」 그의 눈길은 부드럽고도 예리하게 뉴만을 응시했다.

「당신 전보를 받은 다음에는 만나지 못했어요」 뉴만이 대꾸했다. 「편지만 보냈거든요」

「그런데도 당신에게 아무런 답장도 하지 않았단 말이오?」

뉴만은 싱트레 부인이 파리를 떠났다는 말을 하지 않을 수 없었다. 「그녀는 어제 플뢰히에르로 갔어요」

「어제——플뢰히에르라고요? 어째서 거기에 갔죠? 오늘이 무슨 요일이오? 그리고 어제는? 그렇다면 난 누이를 볼 수 없겠군요」 발렌틴은 슬프게 말했다. 「플뢰히에르는 너무나 먼 곳이오!」 그런 다음 그는 다시 눈을 감았다. 뉴만은 경건히 도움을 청하며 조용히 앉아 있었지만, 발렌틴이 분명히 이유를 묻거나 궁금증을 품기에 너무나 허약하다는 사실을 알고 안도를 했다. 하지만 이윽고 발렌틴이 말했다. 「그럼 어머니——그리고 형님——는 올까요? 그들도 플뢰히에르에 있나요?」

「그 사람들은 파리에 있지만 나는 누구도 보지 못했소」 뉴만이 대답했다. 「만일 당신 전보를 제대로 받았다면 오늘 아침 출발했을 테죠. 그렇지 않으면 야간 특급열차를 기다려야 될 거고. 그렇게 되면 내가 도착했던 시간에 오겠죠」

「어머니와 형님은 나를 나무라겠죠. 틀림없이」 발렌틴이 중얼거렸다. 「그들은 지독한 밤을 보낼 거니까요. 그리고 어베인 형님은 새벽 공기를 좋아하지 않아요. 나는 지금까지 정오 전에——아침 식사 전에——형님을 본 기억이 없답니다. 그 시각에 형님을 본 사람은 아무도 없어요. 그 시간에 형님이 뭘 하는지도 몰라요. 매우 다른 사람이니까. 아마 후손들이라면 알지 몰라도 그걸 누가 알겠어요. 그 시간은 형님이 서재에서 집필하는 공주열전에 몰두하는 때죠. 하지만 아무튼 나는 그들을 부르러 보내야 했어요. 내 말이 맞죠? 그리고 거기 당신이 앉은 곳에 어머니를 앉도록 하고 작별 인사를 할 거요. 난 지금껏 알지 못했던 어머니의 면모를 발견하고 놀랄지도 몰라요. 당신이 내 어머니를 안다고 생각하지 말아요. 어머니는 당신을 놀래줄지도 모르니까. 어쨌든 클레어를 볼 수 없다면 난 어떤 일에도 상관않겠어요. 난 줄곧 생각해 왔는데——꿈에서도 말이오. 누이는 한 번도 말하지 않았는데 어째서 오늘 플뢰히에르로 갔을까요? 무슨 일이 생겼나요? 아, 내가 이런 모습으로 여기 있다는 걸 짐작이라도 해야 할 텐데. 날 실망시킨 건 이게 평생 처음이에요. 가엾은 클레어!」

「우린 아직 결혼한 사이가 아니란 걸 당신도 알잖소——당신 누이와 나 말이오」 뉴만이 말했다. 「그녀는 아직 자신의 행동을 모두 설명하지 않았어요」 그러고 나서 그는 간신히 미소를 지었다.

발렌틴은 잠시 뉴만을 보았다. 「두 사람이 다투었소?」

「그건 아니오, 절대로!」 뉴만이 외쳤다.

「그렇게 말하다니 정말 행복하군요!」 발렌틴이 말했다. 「당신은 행복할 거요――정말로!」 이 같은 갑작스러운 아이러니는 무의식적으로 나왔음에도 예민한 위력을 발휘했으며, 여기에 대한 응답으로 불쌍한 뉴만은 무기력하고 멍한 시선을 던질 뿐이었다. 발렌틴은 오히려 밝은 눈으로 뉴만을 계속 응시하다 입을 열었다. 「그런데 당신에게 뭔가 문제가 생긴 모양이로군요. 방금 당신을 쳐다보았는데 결혼할 사람 같은 얼굴이 아니었어요」

「이봐요」 뉴만은 말했다. 「어떻게 내가 그런 얼굴을 할 수 있겠어요? 거기 누워 있는 당신을 보면서 아무런 도움도 주지 못하는 내 자신의 모습을 즐긴다고 생각해요?」

「이런, 기뻐할 사람은 당신인데 그런 권리를 내팽개치지 말아요! 당신의 지혜는 내가 증명할 테니까. 누구에겐가 〈내 말이 맞지 않소?〉라고 말하는 사람치고 우울한 인간이 있던가요? 당신이 바로 그런 사람이죠. 자신이 하는 말을 믿고 있으니까. 곰곰이 생각해 보니 당신은 아주 좋은 말을 했어요. 하지만 나도 항상 이치는 생각하고 있기 때문에 이런 말을 하는 거요」

「나는 응당 해야 될 일을 못하고 있어요」 뉴만은 말했다. 「뭔가 달리 행동해야 했는데」

「예를 들면요?」

「글쎄, 다른 어떤 일이겠죠. 난 당신을 어린 소년으로 취급해야 했어요」

「그래요, 난 지금 매우 어린 소년이나 다름없소」 발렌틴이 대답했다. 「오히려 갓난아기보다 못해요. 갓난아기는 무력하지만 대개 앞날에 대한 희망이라도 있거든요. 난 그런 희망도 없잖아요, 맞죠? 사회는 별로 값어치가 없는 사람에게 관심을 두지 않는 법이오」

뉴만은 격한 마음의 동요로 자리에서 일어나 친구에게 등을 돌리고 창문으로 걸어간 다음 무심히 바깥을 보았다. 「그러지 말아요. 당신 뒷모습을 좋아하지 않으니까」 발렌틴이 말했다. 「난 항상 다른 사람의 뒷모습을 유심히 관찰해 왔는데, 당신 모습은 기운이 빠졌군요」

뉴만은 발렌틴의 침대 곁으로 돌아가, 조용히 해달라고 했다. 「제발 조용히 하고 빨리 회복해요. 그게 당신이 할 일이니까. 몸을 회복하고 나를 도와줘요」

「당신이 곤경에 처해 있다고 내가 말했죠! 어떻게 도울 수 있나요?」 발렌틴이 물었다.

「당신이 회복되면 알려주겠소. 당신은 언제나 호기심이 많았지만, 지금은 몸이 회복되어야 할 까닭이 있소!」 뉴만은 단호하고 힘차게 대답했다.

발렌틴은 눈을 감고 오랫동안 가만히 누워 있었다. 그는 잠이 든 것처럼 보였지만, 반 시간쯤 지나자 다시 말을 시작했다. 「당신이 언급했던 은행 일자리에 대해서는 미안하게 생각해요. 내가 로스차일드 같은 명망 있는 은행가가 될지 누가 알겠소? 하지만 난 은행가로 태어난 건 아니오. 은행가란 쉽사리 죽지 않는 법이니까. 당신은 내 목숨이 매우 가볍다고 여기지 않나요? 심각한 얘기로 들리지는 않겠지만, 이건 참으로 혐오스런 일이오. 마치 파티에 초대해 준 여자에게 본심과 달리 가겠다고 우겼을 때, 그 여자가 속마음도 모르고 〈정말이에요――이렇게 빨리 떠나시나요? 오신 지 얼마 되지도 않는데!〉라는 말을 듣는 거나 같아요. 적어도 인생은 나한테 그처럼 정중한 말조차 하지 않았어요!」

뉴만은 얼마 동안 아무런 말을 하지 않다가 갑자기 입을 열었다. 「이건 정말 액운이오. 내가 겪은 것 가운데 최악이죠. 난 유쾌하지 않은 말은 조금도 하고 싶지 않지만 어쩔 도리가 없소. 나는 전에 사람이 죽는 모습도——그리고 총에 맞는 모습도——본 적이 있어요. 하지만 그건 언제나 극히 자연스럽게 보였으며, 그 사람들은 당신만큼 영리하지도 않았어요. 이건 정말 저주스러워요! 당신은 뭔가 나은 일을 할 수도 있었는데. 이건 분명히 인생을 가장 초라하게 끝맺는 거요!」

발렌틴은 무기력하게 앞뒤로 손을 흔들었다. 「그렇게 몰아세우지 말아요! 이건 단연코 비열한 일이기는 하지만. 당신은 포도주 깔때기의 끝부분만큼 협소한 작은 밑바닥을 봤으니 말이오. 난 당신 생각에 동의해요!」

발렌틴이 이 말을 하고 나서 잠시 후 의사가 반쯤 열린 문을 통해 머리를 내밀었다. 그는 발렌틴이 깨어 있음을 알아차리고 방으로 들어와 맥박을 짚었다. 의사는 머리를 흔들며 환자가 너무 많은 말을——열 배쯤이나——했다고 단언했다. 「말도 안 돼요!」 발렌틴이 대답했다. 「죽음을 선고받은 사람이 말을 많이 했다니 당치도 않아요. 신문에 실린 처형 기사도 읽어본 적이 없소? 죄수에게는 항상 많은 사람들이——변호사, 기자, 신부 등——배치되어 말을 시키지 않던가요? 어쨌든 이건 뉴만 씨의 잘못은 아니오. 그 사람은 저기 묵묵히 앉아 있으니까」

의사가 환자의 상처를 다시 세척해야 될 시간이라고 말했다. 그러자 이 까다로운 수술을 이미 목격했던 그로시오 씨와 르도 씨가 일을 돕기 위해 뉴만의 자리를 차지했다. 자리에서 물러난 뉴만은 이들로부터 어베인의 전보가 도착했다는 말을 들었는데, 여기서 보낸 전보가 너무 늦은 탓으로 그가 아침 기차를 타지 못하고 저녁에 어머니와 함께 출발한다는 내용이 담겨 있다고 했다. 뉴만은 아무 생각 없이 다시 마을로 걸어가 두세 시간 정처 없이 다녔다. 그날은 몹시도 길게 느껴졌다. 그는 날이 저물자 여관으로 돌아와 의사와 르도 씨와 함께 저녁 식사를 했다. 발렌틴의 상처 세척은 꽤나 큰 수술이었으나, 의사는 거듭된 수술을 그가 어떻게 견디어냈는지 도무지 이해하지 못했다. 그러고 나서 의사는 뉴만에게 벨가드 씨와 머물 수 있는 즐거움을 부득히 유보해 달라고 했다. 뉴만은 누구보다 분명히 환자를 자극할 수 있는 유쾌하면서도 불리한 입장에 있다는 것이다. 이 말을 듣고 묵묵히 포도주 한 잔을 마셨던 르도 씨는 벨가드가 어째서 이 미국인에게 그처럼 흥분했는지 의아스러워했음이 분명했다.

저녁 식사 후 뉴만은 자신의 방으로 올라가 오랫동안 환한 촛불을 응시하며 앉아, 아래층에서 발렌틴의 숨이 꺼져가고 있다고 생각했다. 이윽고 초가 전부 탔을 때 누군가 부드럽게 문을 두드리는 소리가 났다. 문을 열어보니 의사가 촛대를 든 채 어깨를 으쓱이며 서 있었다.

「환자가 좀 기운을 내야 할 것 같소!」 발렌틴의 의사가 말했다. 「환자가 당신을 보고 싶어하니 와주어야 되겠어요. 아무튼 오늘 밤을 넘기기가 어려울 것 같습니다」

뉴만이 되돌아 갔을 때 발렌틴의 방은 노변 위의 촛불로 밝혀져 있었다. 그는 뉴만에게 촛불을 밝히라고 간청했다. 「당신 얼굴을 보고 싶어요. 당신이 날 흥분시킨다고 하더군요」 뉴만이 요구를 수락하자 발렌틴은 말을 계속했다. 「흥분한 건 사실이지만 당신 때문은 아니랍니다. 내 혼자 생각일 따름이죠. 난 지금까지 무슨 생각을 했어요. 내가 당신 모습을 다시 볼 수 있게 거기 앉아줘요」 뉴만은 팔짱을 끼고 자리에 앉아 무거운 시선으로 친구를 굽어 보았다. 그가 이 우울한 희극에서 아무런 의미도 없는 역할을 맡고 있다는 느낌이 들었다. 발렌틴은 잠시 그를 쳐다보았다.「그렇소, 오늘 아침 내 생각이 옳았어요. 당신은 나한테 대한 생각보다 더욱 무거운 생각을 품고 있는 거죠. 자, 난 죽어가는 사람이니까 공연히 감추지 말아요. 내가 파리를 떠난 후 무슨 일이 생겼죠. 내 누이가 이 계절에 플뢰히에르로 갔다는 건 심상치 않아요. 왜 그랬을까요? 난 고통 때문에 계속 그걸 생각했어요. 그러니 당신이 말하지 않는다면 추측이라도 해야 될 판이오」

「당신에게 말하지 않는 게 낫겠소」 뉴만이 대답했다.「말해봐야 당신에게 어떤 도움도 되지 못할 테니까」

「나한테 말하지 않는 게 도움이 된다고 생각하면 매우 잘못된 거요. 당신 결혼에 심각한 문제가 생겼죠!」

「그렇소」 뉴만이 말했다.「내 결혼에 문제가 생겼어요」

「좋아요!」 그리고 발렌틴은 다시 입을 다물었다.「집안 사람들이 결혼을 가로막았겠죠」

「그렇소」 뉴만은 이렇게 말을 내뱉자 깊은 안도감을 느꼈다.「당신 어머니와 형이 약속을 파기했어요. 그들은 결혼이 불가능하다고 결정을 내렸죠. 내가 적합하지 않다고 본 모양이오. 그래서 약속을 취소했어요. 당신이 고집을 부리니까 내가 얘기했지만!」

발렌틴은 신음 소리와 함께 잠시 손을 올렸다 내렸다.

「당신 집안 사람들에 대해 달리 좋은 말을 하지 못한 게 유감이오」 뉴만은 말을 계속했다.「하지만 이건 내 잘못이 아니오. 당신의 전보가 도착했을 때 난 참으로 처참한 기분이었소. 피가 거꾸로 흐를 만큼 말이오. 그러니 지금의 내 기분이 어떤

지 짐작할 수 있겠죠」

발렌틴은 상처가 욱신거리는 듯 숨이 차 헐떡거렸다. 「약속을 파기했다고요!」 그는 이 말을 거듭 중얼거렸다. 「그리고 내 누이——내 누이는요?」

「당신 누이도 매우 불행해요. 나를 단념하기로 했으니까. 난 이유를 모르겠소. 그 사람들이 무슨 짓을 했는지 몰라도 뭔가 끔찍한 일임에 틀림없어요. 누이를 위해서라도 당신은 그들이 한 짓을 알아야 해요. 그 사람들은 그녀에게 고통을 주어왔어요. 난 그녀를 혼자 만나지 못하고 그들이 있는 데서 보았을 뿐이오! 어제 아침에 만났답니다. 그들은 퉁명스럽게 많은 말을 하더군요. 날더러 사업에만 관심을 쏟으라니 참으로 부당해요. 나는 화가 치밀어 속이 쓰리고 병이 든 기분이오」

발렌틴은 자리에 누워 앞을 응시하고 있었다. 그의 눈은 한층 밝게 빛났으며, 입술은 소리 없이 열렸고, 게다가 창백한 얼굴은 갑작스럽게 달아오른 듯했다. 뉴만은 이처럼 애처롭게 많은 말을 한 적이 없었다. 그러나 지금 가엾은 친구가 죽어가는 마당에 말을 건네며 고통을 겪는 가운데 그는 사람들이 기도하는 어떤 힘을 빌려 넋두리를 하는 느낌이 들었다. 그는 이처럼 치밀어 오르는 분노를 영적인 특권으로 여겼다.

「그리고 클레어는」 발렌틴이 입을 열었다. 「클레어는 당신을 포기했소?」

「사실 난 그걸 믿지 않아요」 뉴만이 말했다.

「절대로 믿지 말아요. 누이는 생각할 시간이 필요하니까 용서해 주시오」

「그녀가 가여워요!」

「불쌍한 클레어! 하지만 그들은——하지만 그들은」 발렌틴은 중얼거리다 다시 말을 멈추었다. 「그들을 만났다고 했죠. 그런데 면전에서 당신을 박대했다고요?」

「그렇소. 매우 단호했어요」

「그들이 무슨 말을 했어요?」

「나 같은 장사치를 인정할 수 없다고 하더군요」

발렌틴은 손을 뻗어 뉴만의 팔을 잡았다. 「그렇다면 그들이 한 약속은 어떻게 되죠? 당신과 맺은 관계 말이오?」

「그건 구별하더군요. 싱트레 부인이 나를 받아들일 때까지 약속이 유효하다고 말이오」

발렌틴은 얼굴의 홍조가 사라질 때까지 앞을 응시하며 누워 있었다. 「더 이상 어떤 말도 하지 말아요」 마침내 그가 말했다. 「나는 부끄러울 뿐이오」

「그렇다구요? 당신은 명예의 표본인데」 뉴만은 짤막히 대답했다.

발렌틴은 신음 소리를 내며 머리를 돌렸고, 잠시 아무 말도 하지 않았다. 그런 다음 그는 다시 몸을 돌려 안간힘을 내며 뉴만의 팔을 잡았다. 「정말 일이 힘들게 되어버렸군요. 정말이지, 내 집안 사람들——아니, 내 민족——이 이런 지경이 되었다면 내가 물러서야죠. 난 누이를 믿어요. 언젠가 누이가 해명할 테니 용서해 줘요. 설령 그렇게 할 수 없더라도 용서해 줘요. 누이는 지금껏 고통을 받았어요. 하지만 그 밖의 다른 사람들로 말하자면 이건 엄청난 잘못이오. 당신은 그걸 힘들게 받아들일 테죠? 아니, 당신더러 그렇게 말하도록 하는 것도 수치스러워요」 그는 눈을 감았고 다시 침묵이 흘렀다. 뉴만은 자신의 생각보다 더욱 비장한 기분이 솟구쳐 격한 기분이 들었다. 이윽고 발렌틴은 뉴만의 팔에서 손을 떼고 다시 그를 쳐다보았다.

「내가 사과하겠소」 그가 말했다. 「이해하겠어요? 여기 내 임종에서 집안 사람을 대신해서 사과하겠소. 어머니를 대신해서, 형님을 대신해서. 그리고 오랜 벨가드 집안을 대신해서 이렇게!」 그는 부드럽게 말을 덧붙였다.

뉴만은 무한한 친밀감을 표시하며, 대답 대신 발렌틴의 손을 잡고 가볍게 눌렀다. 발렌틴은 가만히 누워 있었고, 30분쯤 지나자 의사가 조용히 들어왔다. 그의 뒤에 있는 반쯤 열린 문을 통해 뉴만은 뭔가 궁금해하는 듯이 보이는 그로시오 씨와 르도 씨의 표정을 보았다. 의사는 발렌틴의 손을 잡고 지켜보며 앉아 있었다. 그는 아무런 몸짓도 하지 않았지만, 르도 씨가 먼저 바깥에 있는 누군가에게 신호를 보내자 두 명의 신사가 방으로 들어왔다. 이 사람은 사제였는데, 그는 하얀 냅킨으로 덮여진, 뉴만에게는 생소해 보이는 물건을 손에 쥐고 있었다. 사제는 키가 작았고, 둥근 얼굴에다 혈색이 붉었다. 그는 뉴만을 향해 작고 검은 모자를 벗으며 앞으로 걸어와, 자신이 가지고 온 물건을 테이블 위에 놓았다. 그런 다음 사제는 양손을 접어 몸에다 대고 가장 큰 안락의자에 앉았다. 다른 사람들은 사제가 때맞춰 왔다는 데 동감을 표시하며 시선을 교환했다. 그러나 발렌틴은 오랫동안 움직이지 않았으며, 시간이 흐르자 뉴만은 사제가 잠이 들었다고 생각했다. 이윽고 발렌틴이 갑자기 뉴만의 이름을 불렀다. 그의 친구가 다가가자 발렌틴은 불어로 말했다. 「당신은 혼자가 아니죠. 둘이서만 얘기하고 싶어요」 뉴만이 의사를 쳐다보자 의사는 사제를 보았고, 사제는 다시 의사를 돌아보았다. 그러자 의사와 사제는 함께 어깨를 으쓱거렸다. 「둘만 있게 해 주시오――5분만」 발렌틴이 말을 반복했다. 「제발 부탁해요」

사제는 가지고 온 물건을 들고서 동료들과 함께 나갔다. 뉴만은 그들이 나가자 문을 닫고 발렌틴의 침대 곁으로 되돌아 왔는데, 발렌틴은 이 모든 광경을 유심히 지켜보고 있었다.

「정말 끔찍한 짓이오」 뉴만이 곁에 앉자 발렌틴이 말했다. 「생각해 볼수록 끔찍한 짓이오」

「생각지도 말아요」 뉴만이 대꾸했다.

그러나 발렌틴은 아랑곳하지 않고 말을 계속했다. 「설령 집안 사람들이 다시 태도를 바꾼다고 하더라도 수치——비열함——는 그대로 남아요」

「그들이 태도를 바꾸지는 않을 거요!」 뉴만이 말했다.

「어떻게요?」

「그렇다면 당신이 그들의 태도를 바꾸도록 해봐요」

「당신에게 엄청난 비밀을 얘기할 테니 그걸 이용해 싸워봐요. 그들을 협박하여 굴복시켜야 돼요」

「비밀이라구요!」 뉴만은 말을 반복했다. 발렌틴이 임종의 순간에 〈엄청난 비밀〉을 털어놓는다는 사실이 한순간 충격을 주었기 때문에 뉴만은 멈칫했다. 그것은 부정한 방법으로 정보를 알아내는 것과 유사했을 뿐만 아니라, 열쇠 구멍을 통해 뭔가 엿듣는 것과 상통했다. 그러자 뉴만은 갑자기 노부인과 그녀의 아들을 〈굴복〉시킨다는 생각에 사로잡혀 발렌틴의 입술 가까이로 머리를 숙였지만, 죽어가는 사람은 얼마 동안 아무 말도 하지 않았다. 그는 자리에 누워, 반짝거리며 확대되어 고통을 머금은 눈으로 친구를 바라볼 뿐이었다. 뉴만은 그가 헛소리를 했다고 믿었지만, 이윽고 발렌틴이 입을 열었다.

「플뢰히에르에서였죠. 그건 악랄한 짓이었소. 나의 아버지에게 어떤 일이 생겼답니다. 나는 그게 뭔지도 모를뿐더러, 아는 게 수치스럽고 두려워요. 하지만 어떤 일이 생겼다는 건 알아요. 어머니도 알고, 형님도 알아요」

「당신 아버지에게 어떤 일이 생겼다고요?」 뉴만이 다급히 물었다.

발렌틴은 눈을 더욱 크게 뜬 채 뉴만을 바라보았다. 「아버지는 무사하지 못했어요」

「그게 무슨 말이오?」

그러나 발렌틴은 처음에는 이 말을 하기로 작정하기 위해, 다음에는 그것을 위해 기울인 엄청난 노력이 자신에게 마지막 남은 힘을 소진시킨 듯이 보였다. 발렌틴이 다시 침묵에 빠지자 뉴만은 그를 지켜보며 앉아 있었다. 「이해가 돼요?」 이윽고 발렌틴이 다시 입을 열었다. 「플뢰히에르에 가면 알아낼 수 있어요. 브레드 부인이 알고 있으니까 그녀에게 가서 내가 당신더러 물어보라고 했다고 전해요. 그런 다음 그 비밀을 내 집안 사람들에게 말하고 기다려봐요. 당신에게 도움이 될 테니까. 그렇지 않을 경우 모든 사람들에게 폭로해요. 그러면――그러면」 여기서 발렌틴의 목소리는 너무나 가냘픈 중얼거림으로 꺼져갔다. 「당신의 복수가 될 거요!」

이 말은 길고 부드러운 신음 속으로 사라졌지만, 뉴만은 할 말을 찾지 못한 채 깊은 감명을 받아 자리에서 일어났다. 그의 가슴은 격렬히 뛰고 있었다. 「고맙소」 그는 마침내 말했다. 「정말 고맙소」 그러나 발렌틴은 이 말을 듣지 못한 것처럼 가만히 있었고, 방안에는 침묵이 흘렀다. 마침내 뉴만이 문을 열자 사제가 성기(聖器)를 든 채 다시 들어왔고, 뒤를 이어 세 명의 신사와 발렌틴의 하인이 따라왔다. 그것은 긴 행렬과도 같았다.

제20장

차갑고 희미한 3월의 여명이 침대 곁에 모여 있던 작은 무리의 얼굴을 비추기 시작할 무렵 발렌틴 드 벨가드는 평온히 숨을 거두었다. 그리고 한 시간 후 뉴만은 여관을 떠나 제네바로 향했다. 그는 노 벨가드 부인과 그녀의 아들이 도착하는 자리에 있고 싶지 않았다. 그는 제네바에서 잠시 머물며 생각에 잠겼지만, 자신이 넘어져 바로 서지도 못한 채 자리에 앉아 아픈 곳을 어루만지고 있다는 느낌이 들었다. 뉴만은 싱트레 부인에게 몇 가지만 제외하고 오빠의 죽음에 대한 상황을 즉각 설명하고, 그녀가 가장 빠른 시간 내에 자신을 만나주기 바란다는 편지를 썼다. 르도 씨는 뉴만이 발렌틴의 유언장을 알 권리가 있다고 말했다. 그의 유언장은——발렌틴은 자신이 처분할 적지 않은 재산을 소유했다——플뢰히에르 교회 마당에 묻힌 아버지 옆에 묻혀 달라는 요청을 담고 있었다. 뉴만은 현재 벨가드 집안과의 관계 때문에 세상에서 가장 가까운 친구에게 현세에서 마지막 경배를 표시하는 일을 놓쳐서 안 된다고 다짐했다. 그는 자신이 발렌틴과 맺은 우정이 어베인이 품는 증오보다 깊다는 것과, 장례식에서 남의 시선을 피하는 일은 쉽다고 생각했다. 싱트레 부인의 답장은 뉴만으로 하여금 플뢰히에르에 도착하는 시간을 조정할 수 있도록 만들었다. 답장은 매우 간단했고, 내용은 다음과 같았다.

보내주신 편지를 잘 받았어요. 그리고 발렌틴과 함께 있어 준 데 감사해요. 제가 함께 있지 못한 사실이 이루 말할 수 없는 슬픔이었어요. 당신을 만나는 것은 제게 고통이 될 뿐이니까 당신이 말하는 찬란한 미래를 기다릴 필요가 없어요. 이제 모든 일이 끝났고, 앞으로도 찬란한 미래는 오지 않을 거예요. 먼저 연락만 주시고 편리할 때 오세요. 발렌틴은 금요일 여기서 묻히게 되고, 가족들도 남아 있을 거예요.

클레어 드 싱트레

이 편지를 받은 즉시 뉴만은 파리를 거쳐 포에티에로 갔다. 그가 멀리 남으로 여행하면서, 남쪽인 푸른 튜레인[63]을 지나, 멀리 반짝이는 르와르강[64]을 건너 목적지에 도착했을 때는 이미 초봄의 기운이 무르익었다. 그렇지만 뉴만이 이처럼 지형(地形)에 관심을 두지 않고 여행을 해본 적은 일찍이 없었다. 그는 포에티에에 있는 여관에 거처를 정하고, 다음날 아침 두 시간 가량 마차를 타고 플뢰히에르 마을로 갔다. 하지만 그는 다른 일에 몰두해 있기는 했어도, 그림 같은 이 고장의 풍경을 눈여겨보지 않을 수 없었다. 이곳은 프랑스에서 〈작은 마을〉로 불리는

63) 프랑스의 중서부 지역.
64) 프랑스에서 가장 긴 강.

고장이었다. 큰 언덕 기슭에 위치한 마을의 정상에는 중세에 세운 성의 폐허가 자리 잡았고, 튼튼한 성은 작은 부락을 이룬 마을을 방어하기 위해 언덕을 에워싼 성벽마저 마을로 흡수해버렸다. 교회는 잔디로 덮인 안뜰과 접한 옛날 성의 예배당에 불과했지만, 뜰의 가장 기묘한 구석에 작은 묘지가 있을 만큼 넓이가 넉넉했다. 여기서 잔디에 비스듬히 기울어진 묘비 자체가 잠이 든 것처럼 보였고, 잔잔히 굽어진 성벽 일부가 한쪽으로 묘비를 감싸고 있었으며, 이끼 낀 묘비덮개 아래 전면에는 초록빛 초원과 푸른 대지가 뻗어 있었다. 언덕 위를 따라 교회로 향하는 길은 마차가 들어갈 수 없었지만, 연변에는 농부들이 두세 겹을 이루고 서서 관을 멘 사람들을 따라 아들의 팔을 잡고 천천히 올라가는 노 벨가드 부인의 모습을 지켜보았다. 일반 조문객들 사이로 슬그머니 끼여든 뉴만은 검은 베일을 쓴 키가 큰 여인이 자기 앞을 지나가자 「백작 부인」 하고 중얼거렸다. 그는 장례식이 진행되는 동안 작고 컴컴한 교회에 서 있다가, 음울한 무덤 앞에서 발길을 돌려 언덕 아래로 내려왔다. 뉴만은 포에티에로 돌아와 인내와 불안이 미묘하게 교차되는 가운데 이틀을 보냈다. 사흘째가 되던 날 그는 싱트레 부인에게 오후에 방문하겠다는 쪽지를 보내고, 계획대로 다시 플뢰히에르로 갔다. 그는 마을변 여관에 마차를 맡긴 후, 싱트레 부인이 있는 저택을 찾기 위해 간단한 안내를 받았다.

여관 주인은 건너편 가옥들 위로 보이는 공원 꼭대기를 가리키며, 「저기 건너편에 있어요」라고 말했다. 뉴만은 낡고 작은 가옥들과 인접한 첫번째 교차로에서 오른쪽을 따라갔는데, 이윽고 그의 앞에 뾰족한 탑의 꼭대기가 나타났다. 그는 앞으로 계속 걸어가다 녹슬고 밀폐된 커다란 철문을 발견하고 잠시 걸음을 멈춰 문의 빗장 사이를 보았다. 도로 가까이 저택이 있다는 사실이 오히려 장점인 동시에 단점이 되었지만, 그 외관은 극히 인상적이었다. 뉴만은 나중에 이 고장에 대한 관광 책자를 보고서 이 저택이 앙리 4세[65] 시절까지 거슬러 올라간다는 사실을 알았다. 저택 앞에는 넓게 포장된 구역이 있었고, 모서리에는 초라한 농가 건물과 함께 검은 벽돌로 지은, 거대한 전경이 보이는 세월에 얼룩진 건물 한 채가 있었다. 이 건물에는 그다지 높지 않은 두 채의 건물이 날개처럼 붙어 있었고, 각각의 건물에는 환상적인 지붕이 덮인 작은 네델란드식 누각이 있었다. 저택의 뒤켠에는 두 개의 탑이 솟아 있었고, 그 뒤에는 파릇파릇한 느릅나무와 밤나무가 빽빽히 들어섰다.

하지만 그곳의 가장 큰 특징은 저택 아래로 흐르는 넓고 푸른 강이었다. 건물은 주위를 흐르는 물 가운데 있는 섬 위로 솟구쳐, 난간 없이 걸쳐진 이중 아치형의 다리와 함께 완벽한 외호(外濠)를 만들었다. 여기저기 장엄하고 선명한 굴곡이 있는 벽돌로 만든 둔탁한 담벽과, 날개처럼 붙은 건물의 작고 볼품없는 둥근 지붕과, 깊숙이 박힌 창문과, 이끼 낀 슬레이트로 된 길고 가파른 첨탑이 모두 고요히 물에 비쳤다. 문에서 벨을 누른 뉴만은 자신의 머리 위로 들려오는 커다란 녹슨 벨 소리에 깜짝 놀랐다. 문지기의 처소에서 나온 늙은 여자가 뉴만이 겨우 들어갈 수 있을 만큼 삐걱거리는 문을 열자, 그는 메마르고 앙상한 뜰과, 외호 위로 작게 금이 간 인도의 흰 널판지를 지나 안으로 들어갔다. 저택의 문 앞에서 잠시 기다릴 동안 뉴만은 플뢰히에르가 〈정비된〉 마을이 아닐뿐더러, 사람이 살기에 우

65) 16세기 말 프랑스를 통치했던 왕.

울한 장소라고 생각했다. 충분히 비교될 근거가 있었기 때문에 뉴만은 「여긴 마치 중국 감화원 같군」 하고 혼자 말했다. 이윽고 그가 대학로에서 본 적이 있던 하인이 문을 열어주었다. 표정 없는 하인의 얼굴이 그를 보는 순간 밝아졌는데, 그것은 딱히 이유는 댈 수 없어도 뉴만이 정복을 착용한 하인의 신임을 받은 탓인지 모른다. 하인은 한가운데 피라미드형의 식물들이 물통에 담겨 있고 주위가 온통 유리로 된 커다란 중앙 현관을 지나, 저택에서 가장 큰 접견실로 보이는 곳으로 뉴만을 안내했다. 엄청나게 큰 방의 문지방을 건너면서 뉴만은 자신이 여행 안내 책자를 손에 든 여행객이거나, 아니면 사례비를 바라는 관광 안내인 같은 기분이 먼저 들었다. 그러나 하인이 백작 부인을 모시러 간다는 말과 함께 그를 두고 가버리자, 뉴만은 기묘하게 조각된 서까래가 드리워진 어두운 천장과, 정교하고 고색창연한 장식용 커튼과, 거울처럼 광택을 낸 참나무로 만들어진 검은 마루를 제외하고 접견실에는 특별히 눈에 띌 만한 부분이 없다고 생각했다. 그가 서성거리며 얼마간 기다리다 방의 끝에서 몸을 돌렸을 때, 싱트레 부인이 멀리 있는 문을 통해 들어오는 모습이 보였다. 그녀는 검은 드레스를 입은 채 뉴만을 바라보며 서 있었다. 방이 넓어 그들 사이의 거리가 멀었기 때문에, 뉴만은 한가운데서 그녀를 만나기 전에 찬찬히 볼 수 있었다.

뉴만은 싱트레 부인의 외모가 변한 데 낙심했다. 창백하고, 눈썹이 쳐지고, 수척하고, 수도사처럼 딱딱한 복장을 한 그녀의 모습은 순수한 자태만 제외하고 지금까지 뉴만이 흠모해 온 눈부시게 우아한 인상과 조금도 닮은 데가 없었다. 싱트레 부인은 뉴만에게 시선을 고정했고, 그가 손을 잡도록 내버려두었다.

하지만 그녀의 두 눈은 마치 비오는 가을의 달처럼 보였고, 놀랍게도 손에는 생기가 없었다.

「당신 오빠의 장례식에 참석했소」 뉴만이 말했다. 「그리고 사흘을 기다렸지만, 더 이상 그럴 수 없었어요」

「기다린다고 해서 달라질 게 없어요」 싱트레 부인이 대답했다. 「하지만 그처럼 부당한 일을 당하고서도 기다려주셨다니 참으로 이해심이 많네요」

「내가 부당한 일을 당했다고 생각해 주니 고맙소」 뉴만은 이따금 극도로 무거운 의미가 담긴 이야기를 할 때 나오는 이상하고도 우스운 억양으로 말했다.

「그렇게 말해야 되지 않을까요?」 그녀가 물었다. 「저는 많은 사람들에게 정말 부당한 짓을 했다고 생각지는 않아요. 의식적으로 한 건 더욱 없고요. 하지만 당신에게 이처럼 힘들고 잔인한 짓을 하고서도 제가 드릴 수 있는 보상이란 〈알아요, 느끼고 있어요!〉라는 말뿐이랍니다. 보상치고는 너무나 인색하죠!」

「아, 그건 대단한 발전이오!」 뉴만은 격려를 받은 나머지 우아하게 미소를 지으며 말했다. 그는 절박한 눈빛으로 싱트레 부인을 쳐다보며 의자를 내밀었다. 싱트레 부인이 기계적으로 의자에 앉자 뉴만도 가까이 앉았지만, 곧 그는 불안한 듯 일어나 그녀의 앞에 섰다. 싱트레 부인은 안절부절못하는 상태에서 고통을 겪는 사람처럼 가만히 앉아 있었다.

「당신을 만난다고 해서 달라질 게 없다고 말했죠」 싱트레 부인은 말을 이었다. 「그래도 당신이 오시니까 무척 기뻐요. 이제 제 느낌을 말하겠어요. 이건 기적 같은 쾌락이지만, 제가 누릴 수 있는 마지막 쾌락이 되겠죠」 그러고 나서 그녀는 물기를 머금은 눈으로 뉴만을 응시하며 잠시 말을 중단했다. 「제가 얼마나 당신을 기만하고 상처를 주었는지 알아요. 그리고 얼마나 잔인하고 비겁했는지도 알고요. 당신만큼 생생히 알고, 뼈 속까지 느낄 수도 있어요」 이 말과 함께 그녀는 무릎에 꽉 쥐고 있던 손을 풀어 위로 올렸다가 다시 옆구리에 내려놓았다. 「당신이 그처럼 격앙된 감정으로 무슨 말을 하시더라도 제 자신에게 하는 말에 비하면 아무것도 아니랍니다」

「난 아무리 감정이 격앙될지라도」 뉴만이 대답했다. 「당신에게 심한 말을 한 적은 없어요. 내가 할 수 있는 최악의 말은 아직도 당신이 세상에서 가장 사랑스러운 여자라는 거요」 그러고 나서 뉴만은 싱트레 부인 앞에 다시 황급히 앉았다.

싱트레 부인의 얼굴에 배인 홍조는 창백하기까지 했다. 「그건 당신이 제가 돌아올 거라고 생각했기 때문이죠. 하지만 전 돌아가지 않아요. 당신이 여기에 온 건 그런 희망 때문이었겠지만, 정말 미안해요. 전 당신을 위해 무엇이라도 할 것 같았어요. 일을 저질러놓고 이런 말을 하는 게 뻔뻔스럽게 보이겠지만, 그렇다고 뻔뻔스럽게 여겨지지 않은 말을 어떻게 하겠어요? 당신에게 잘못을 저지르고 사과한다는 건 정말 쉬워요. 당신에게 잘못을 저지르지 말았어야 했지만」 그녀는 잠시 말을 멈추고 뉴만을 쳐다본 다음 말을 계속하겠다는 시늉을 했다. 「전 처음부터 당신 말에 귀를 기울이지 말아야 했어요. 그게 잘못이었죠. 좋을 게 없었으니까요. 그걸 느끼면서도 당신 말에 귀를 기울인 거지만, 당신 잘못도 있답니다. 당신을 너무나 좋아했고 믿었으니까요」

「그렇다면 지금은 믿지 않소?」

「어느 때보다 더욱 믿어요. 하지만 이제는 그게 중요하지 않아요. 전 당신을 포기했거든요」

뉴만은 주먹을 불끈 쥐고 무릎을 내려치며 외쳤다. 「어째서 그런가요, 어째서? 이유를 대봐요, 합당한 이유를. 당신은 아이도, 미성년자도, 바보도 아니잖소. 당신의 어머니가 시켰다고 해서 나를 팽개칠 수 없어요. 그런 이유는 당신답지 않아요!」

「그건 알아요, 저답지 않다는 걸. 그렇지만 제가 드릴 수 있는 건 그뿐이에요」 싱트레 부인은 손을 앞으로 내밀며 말했다. 「아무튼 저를 바보로 생각하고 잊어주세요! 그게 가장 손쉬운 길이 될 거니까」

뉴만은 자신의 명분이 상실되었다는 철렁한 느낌이 들었지만, 그래도 싸움을 포기하지 못한 채 자리에서 일어나 걸어나갔다. 그는 커다란 창문 앞에 서서 울퉁불퉁한 둑이 쌓인 강과, 건너편에 있는 격식적인 정원을 바라보았다.

뉴만이 몸을 돌리자 싱트레 부인은 일어나 멍하니 서 있었다. 「당신은 솔직하지 못해요」 뉴만이 말했다. 「그리고 정직하지도 못하고. 스스로 아둔한 척하지 말고 다른 사람들이 사악하다고 해야 돼요. 당신 어머니와 오빠는 거짓되고 잔인했어요. 나한테도 그랬지만, 틀림없이 당신한테도 그랬겠죠. 그런데 어째서 그들을 감싸려고 해요? 어째서 나를 그 사람들의 희생물로 삼으려고 하죠? 나는 거짓되지도, 잔인하지도 않소. 당신은 자신이 포기한 게 뭔지도 몰라요. 그게 뭔지 나는 말할 수 있지만, 당신은 그렇지 못해요. 그들은 당신을 협박하고 음모를 꾸미고 있어요. 그런데도 나는——」 뉴만은 두 손을 쥔 채 잠시 말을 멈추었다. 싱트레 부인이 돌아서 나가려고 하자 뉴만은 그녀를 따라가며 「일전에 당신은 어머니가 두렵다고 했죠」라고 말했다. 「그게 무슨 뜻이었소?」

싱트레 부인은 머리를 흔들었다. 「그 말을 기억해요. 나중에 가서 후회했지만요」

「어머니가 당신에게 강요했기 때문에 후회했겠죠. 도대체 당신 어머니는 무슨 짓을 했소?」

「아무것도 아니에요. 당신이 이해할 수 있는 일도 아닌걸요. 아무튼 전 당신을 포기했기 때문에 어머니에 대해 불평하면 안 돼요」

「당치도 않소!」 뉴만이 소리쳤다. 「그러지 말고 고백해요. 당연하지만, 솔직하고 진실되게 모든 걸 털어놔요. 그러면 당신이 나를 포기하지 않도록 매우 만족스럽게 문제를 논의해 볼 수 있으니까」

싱트레 부인은 꼼짝도 하지 않고 잠시 아래를 보다가 눈길을 돌리며 말했다. 「적어도 한 가지 유익한 점은 있어요. 당신이 보다 정확하게 저를 판단하도록 했으니까요. 당신은 과분할 만큼 저를 보아왔지만, 사실 전 어째서 당신이 그런 생각을 했는지 모르겠어요. 하지만 그건 저를 막다른 골목으로 몰아넣은 거나 다름없답니다. 저는 남들과 다름없는 평범하고 허약한 인간일 뿐이에요. 처음부터 당신에게 경고했으니까 이건 제 잘못이 아니에요. 하지만 당신에게 보다 분명히 경고해야 했어요. 제가 당신을 실망시키게끔 되어 있다는 걸 납득시켜야만 했어요. 그런데도 지나친 자존심 때문에 그렇게 하지 못한 거랍니다. 제가 얼마나 교만한지 알아줘요!」 싱트레 부인은 이런 상황에서도 뉴만에게 아름답다고 생각될 만큼 떨리는 목소리로 말했다. 「전 정직하기엔 너무나 교만하지만, 그렇다고 신의가 없을 만큼 교만하지도 않아요. 저는 소심하고, 차갑고, 이기적이에요. 거북한 게 두려워요」

「그렇다면 나와 결혼하는 게 거북하다는 말이군요!」 뉴만은 그녀를 쳐다보며 말했다.

싱트레 부인의 얼굴이 약간 붉어졌다. 그런 모습은 말로써 용서를 구하는 것이 무례가 된다면, 그녀가 입을 다물고서 적어도 뉴만이 자신의 행위를 가증스럽게 여긴다는 사실을 완벽히 알고 있음을 말하는 듯했다. 「그건 당신과 결혼하기 때문이 아니라, 결혼에 수반되는 모든 일이에요. 그건 단절이고, 저항이고, 혼자만의 행복을 고집하는 거랍니다. 제가 행복해져야 할 권리라도 있나요? 일이 이렇게 됐는데도——」 그러고 나서 그녀는 말을 멈추었다.

「무엇이 어떻다는 말이오?」 뉴만이 물었다.

「다른 사람들이 극심한 불행을 당하고 있는데도 말이에요」

「다른 사람들이라뇨?」 뉴만이 물었다. 「나를 제외한 다른 사람들이 당신과 무슨 관계가 있어요? 더욱이 방금 행복해지고 싶다고 하고서 그건 어머니에게 복종해야 가능하다고 말하고 있어요. 당신 스스로 모순을 드러내고 있잖소」

「그래요. 그건 제 모순이죠. 그래서 당신에게 우둔하게 보이겠죠」

「나를 비웃고 있군요!」 뉴만이 소리쳤다. 「나를 조롱하고 있어요!」

싱트레 부인은 물끄러미 뉴만을 쳐다보았다. 아마도 이 장면을 목격하는 사람이라면 그녀가 뉴만을 조롱했다고 고백함으로써 그들이 겪는 고통을 단번에 끝내야 할지 자문한다고 말할 수도 있으리라. 「아뇨, 전 당신을 조롱하지 않아요」 이윽고 그녀가 대답했다.

「당신이 총명하지도 않고」 뉴만은 말을 계속했다. 「허약하고, 평범하며, 지금껏 내가 믿어온 것과 전혀 다르다고 할지라도, 내가 당신에게 요구하는 건 영웅적이 아닌 매우 평범한 노력이오. 오히려 내 편에서 일을 용이하게 하기가 힘들어요. 터놓고 말하자면, 당신은 그런 노력조차 하지 않을 만큼 무심해요」

「저는 차가운 사람이랍니다」 싱트레 부인이 말했다. 「저기 흘러가는 강물처럼요」

뉴만은 지팡이로 마룻바닥을 세차게 친 다음 길고 음울한 웃음을 지으며 소리쳤다. 「좋아요, 좋아요! 당신은 지나친 행동을 하고 있어요――자신이 감당하지도 못할 말을 하기도 하고. 이 세상에서 당신처럼 서툴게 자신을 합리화하려는 여자도 없을 거요. 난 당신의 속셈이 뭔지 알아요. 다른 사람들을 위해 자신을 희생하는 거죠. 당신은 나를 진정으로 좋아하니까 조금도 나를 포기하고 싶지는 않을 거요. 나는 당신 마음을 알고 있소. 당신이 이미 보여주었으니까. 그리고 그걸 느낄 수도 있어요. 이젠 당신 좋을 대로 냉담해질 수도 있어요! 그 사람들이 고통을 주고 당신을 못살게 굴었겠죠. 이건 분노할 일이오. 그래서 나는 당신이 무절제하게 드러낸 관대함이 가져온 결과로부터 당신을 구해내겠소. 그래, 당신 어머니가 요구한다면 손이라도 자를 작정이오?」

싱트레 부인은 약간 놀란 듯이 쳐다보았다. 「일전에 전 어머니에 대해 너무나 맹목적으로 말했어요. 전 무엇이든 법적으로 어머니의 동의를 얻어낼 수 있답니다. 어머니는 제게 어떤 짓도 할 수 없을뿐더러, 하시지도 않았어요. 제가 어머니에 대해 언급했던 지나친 말은 한 번도 사용하시지 않은걸요」

「하지만 당신이 그렇게 느끼도록 만들었어요. 그건 틀림없소!」 뉴만이 말했다.

「그렇게 느끼도록 한 건 제 양심이에요」

「당신 양심은 다소 뒤죽박죽이 된 듯하군요!」 뉴만은 격렬히 소리쳤다.

「제 양심은 엄청난 고통을 겪어왔지만 이제는 말끔해졌어요」 싱트레 부인이 대답했다. 「저는 세속적 욕심이나 행복 때문에 당신을 포기한 건 아니랍니다」

「그렇다면 디프미어 경 때문에 나를 포기한 게 아니로군요」 뉴만이 대꾸했다. 「나는 그렇게 생각하는 체하지도 않을뿐더러, 당신을 자극하고 싶지도 않소. 그렇지만 그건 당신 어머니와 오빠의 소망이었죠. 당신 어머니는 자신이 베풀었던 악랄한 무도회에서——난 그 당시는 좋았지만, 지금은 생각만 해도 몸서리가 쳐요——그 친구를 당신에게 접근시키려고 무척 애를 썼죠」

「누가 그러던가요?」 싱트레 부인이 나직히 물었다.

「발렌틴은 아니오. 내가 추측으로 알아낸 거니까. 그 당시는 잘 몰랐지만 기억에 남아 있었소. 그리고 나중에 당신과 디프미어 경이 함께 온실에 있던 모습도 기억났어요. 그때 당신은 때가 되면 그 친구가 했던 말을 하겠다고 했죠」

「그건 이 일과 상관없어요」 싱트레 부인이 말했다.

「아무래도 좋소」 뉴만이 대꾸했다. 「게다가 난 짐작하고 있으니까. 그 정직한 영국인 친구가 당신 어머니의 뜻을 말했을 테죠. 그 친구는 나 같은 장사치가 아니므로 당신 상대로 적합하다고 말이오. 그 친구가 당신에게 뜻을 품고 있다면 당신 어머니가 나서서 당신을 설득하고 나를 밀어내겠죠. 디프미어 경은 별로 영리하지 못한 탓에 당신 어머니가 그 사람에게 상황을 자세히 설명해야 되었을 테고요. 그 친구는 당신을 〈무한히〉 흠모한다는 걸 알아주기 바랬어요. 하지만 그 친구는 비열한 술책에 휘말리는 게 싫어 당신에게 얘기했던 거요. 이게 이야기의 요지에요, 맞죠? 그러고 나서 당신은 정말 행복하다고 말했을 테고」

「어째서 우리가 디프미어 경에 대해 얘기하는지 모르겠네요」 싱트레 부인이 대답했다. 「그게 당신이 온 이유가 아니잖아요. 제 어머니에 관해 당신의 의심이 무엇이든, 무엇을 알고 있든 전 상관하지 않아요. 일단 지금처럼 마음이 정해진 마당에 이런 일을 논의하고 싶진 않아요. 이 마당에 무엇을 의논한다는 게 너무나 어리석어요. 우리는 힘닿는 데까지 잘살 수 있도록 서로 노력해야 돼요. 저는 당신이 다시 행복해질 거라고 믿어요. 가끔씩 저를 생각하면서도 말예요. 그렇게 되면 지난 일이 쉽지는 않았어도 제가 힘닿는 데까지 노력했다고 생각해 주세요. 저는 당신이 모르는 생각해야 될 일이 있어요. 제게도 감정이 있다는 뜻이죠. 저는 반드시, 아니 꼭 집안에서 요구하는 대로 해야만 돼요. 그렇지 않으면 저를 고통스럽게 할 거예요」 그녀는 격렬하게 소리쳤다. 「저를 죽일지도 모른단 말이에요!」

「당신의 감정이 뭔지 알겠지만 그건 미신일 따름이오! 결국 그건 내가 좋은 사람이라고 해도 상업적 배경을 가졌다는 느낌이죠. 그리고 당신 어머니의 존재가 곧 법이고, 오빠의 말은 곧 복음이며, 당신들 모두가 한통속이므로, 그 사람들이 당신에게 사사건건 간섭하는 게 끝없는 정당성을 가지게 된다는 거죠. 그건 내 피를 들끓게 해요. 당신 말이 맞아요. 이건 냉정한 일이니까. 하지만 지금 내 기분은」 뉴만은 가슴을 치며, 좀더 시적으로 말했다. 「타오르는 불과 같소!」

싱트레 부인의 넋나간 구혼자보다 냉철하게 이 광경을 관찰한 사람이라면 솟구치는 동요의 물결에도 불구하고 호소할 듯한 그녀의 조용한 태도가 맹렬한 노력의 결과임을 처음부터 분명히 느꼈으리라. 싱트레 부인은 처음에 자신의 목소리가 속마음을 드러낼까 두려워 나직히 말했지만, 뉴만의 마지막 말을 듣고 동요했다. 「그건 아니에요. 전 옳지도, 차갑지도 않아요! 제가 매우 나쁜 듯이 보이는 일을 한다면, 단순히 약하거나 허위 때문은 아니라고 믿어요. 뉴만 씨, 설명할 수 없지만 그건 종교와 같아요——정말이에요! 계속 고집하는 당신이 너무나 잔인하군요. 어째서 당신에게 저를 믿고, 불쌍히 여겨 달라고 요구할 수 없는지 모르겠어요. 그건 종교와 같아요. 우리 집안에는 저주가 깃들어 있어요. 그게 뭔지도 모를뿐더러, 이유도 모르니까 묻지 마세요. 우리 모두는 그걸 받아들여야 해요. 저는 너무나 이기적이었어요——저주로부터 달아나려고 했으니까요. 당신에게 호감을 가졌다는 걸 차치하고서라도 당신은 제게 큰 기회를 주었어요. 완전히 변모하여 사슬을 끊고 도망가기에 너무나 좋은 기회인 듯했죠. 그러면서도 전 당신을 흠모했지만 그건 어쩔 수 없었어요. 그 저주가 제게 되돌아 온걸요」 싱트레 부인은 이제 자신을 주체할 수 없었고, 그녀의 말은 긴 흐느낌으로 중단되었다. 「어째서 이런 끔찍한 일이 우리에게 일어났을까요? 어째서 우리가 그처럼 사랑하는데도 불구하고 한창 젊고, 명랑하고, 밝은 발렌틴이 짐승처럼 죽어야만 했을까요? 어째서 제가 이유를 물을 수도 없고, 알기도 두려운 일이 생겨났을까요? 어째서 제가 쳐다볼 수 없는 장소와, 들을 수 없는 소리가 존재할까요? 어째서 이처럼 힘들고 끔찍한 일을 당하여 선택하고 결정을 내릴 일이 제게 맡겨졌을까요? 전 그런 일에 적합한 사람이 아니랍니다. 대담하게 반항하는 성격이 못되니까요. 전 고요하고 자연스럽게 행복을 누리게끔 돼 있었어요」 이 말을 듣고 뉴만은 깊은 신음 소리를 냈지만, 싱트레 부인은 말을 계속했다. 「전 자신에게 주어질 일을 기쁘고 감사하게 받아들이도록 돼 있어요. 어머니는 항상 제게 잘 해주셨죠. 할 수 있는 말은 이뿐이에요. 저는 어머니를 판단할 수도, 비판할 수도 없는걸요. 그렇게 된다면 다시 저주를 받게 될 거예요. 전 변할 수 없는 사람이랍니다」

「아니오」 뉴만이 절박하게 말했다. 「당신은 변해야 돼요——내가 힘을 다해 끼여든다면!」

「당신은 남자니까 달라요. 어떻게든 극복할 수 있겠죠. 당신은 모든 위안을 받고 있어요. 당신은 태어나면서 줄곧 변화에 익숙해졌어요. 더욱이 전 언제나 당신 생각을 할 거예요」

「그런 말에 내가 아랑곳할 줄 알아요!」 뉴만이 소리쳤다. 「당신은 정말로 잔인해요. 어떻게 그럴 수 있소! 당신은 이 세상에서 가장 훌륭한 이성과 섬세한 감성을 구비했는지 모르지만 그건 하등 관계가 없어요. 당신의 존재는 수수께끼와 같소. 그렇게 냉담하고서 어떻게 사랑을 할 수 있는지 모르겠군요」

싱트레 부인은 눈물 젖은 눈으로 잠시 뉴만을 응시하며 말했다. 「그럼 제가 냉담하다고 생각하세요?」

뉴만은 그녀의 시선을 주시하다 불쑥 말했다. 「당신은 완벽하리만큼 결점이 없어요! 내 곁에 머물러 줘요!」

「물론 저는 냉정해요」 싱트레 부인은 말을 이었다. 「우리는 남들에게 상처를 줄 때마다 냉정해져요. 그렇지만 우린 상처를 주어야만 해요. 그게 세상이니까요——혐오스럽고 비참한 세상말이에요! 아!」 이 말과 더불어 그녀는 길고 깊은 한숨을 내쉬었다. 「그게 사실일지라도 당신을 알게 된 일이 기쁨이라고 말할 수도 없어요. 이 또한 당신에게 잘못을 범하는 셈이니까요.

제가 무슨 말을 하더라도 잔인하게 들리겠죠. 그러니까 더 이상 말하지 말고 그냥 헤어져요. 안녕히 가세요!」 그러고 나서 그녀는 손을 내밀었다.

뉴만은 싱트레 부인이 내민 손을 잡지 않고 서 있다가 눈을 들어 그녀를 바라보았다. 그는 격분의 눈물을 흘릴 것 같았다. 「무슨 짓을 하려는 거요?」 뉴만이 물었다. 「어디로 간단 말이오?」

「더 이상 고통을 주지도, 악(惡)을 생각지도 않는 곳으로 가요. 전 세상과 결별하려고 해요」

「그게 무슨 말이오?」

「저는 수도원으로 들어가요」

「뭐라구요!」 뉴만은 극심한 낙망 때문에 말을 되씹었다. 그 말은 마치 싱트레 부인이 병원에라도 들어가겠다는 것과 같았기 때문이다. 「수도원으로 간다구요, 당신이!」

「제가 당신을 떠나는 건 세속적 영달이나 쾌락 때문이 아니라고 말했잖아요」

하지만 뉴만은 여전히 이 말을 이해할 수 없었다. 「당신이 수녀가 되겠다는 건가요?」 그는 말을 이었다. 「독방에서——평생 동안——가운과 흰 베일을 두르고 말이오?」

「수녀가 되는 거예요——카르멜회[66] 수녀죠」 싱트레 부인이 대답했다. 「평생 동안, 하느님의 부름을 받아서 말이에요」

이것은 뉴만이 믿기에 너무나 암울하고 끔찍했으므로, 만일 싱트레 부인이 자신의 아름다운 얼굴을 손상하거나, 자신을 미치광이로 만들 약을 삼키겠다고 했다면 그가 어떤 행동을 취했

---

66) 로마 가톨릭의 일파. 엄격한 규율과 함께 명상과 신비적 체험을 중시한다.

을까 하는 느낌이 들었다. 그러자 꼭 잡은 뉴만의 손이 눈에 띌 만큼 떨리기 시작했다.

「오, 싱트레 부인, 제발 그만둬요! 간청하겠소! 원한다면 무릎이라도 꿇고 간청하겠어요!」

그녀는 자신의 손으로 뉴만의 팔을 잡고, 부드럽고 동정이 어리면서도 그를 안심시키려는 몸짓으로 말했다. 「당신은 이해하지 못해요. 잘못 생각하고 있어요. 그건 끔찍한 일이 아니라, 평화롭고 안전할 뿐이에요. 순수하고 아무런 잘못도 범하지 않는 사람들에게 이처럼 극심한 고통이 찾아오는 세상 밖으로 나가는 거니까요. 게다가 평생 동안이니까 축복이 아니고 뭔가요! 제게 다시는 고통이 찾아오지 않을 거예요」

뉴만은 의자에 털썩 앉아 깊고 분명치 않은 소리로 중얼거리며 싱트레 부인을 바라보았다. 이처럼 뛰어나고 비길 데 없이 우아한 가정적 여인이 고행의 누더기를 걸치고 수도원의 독방에서 자신을 매장하기 위해 뉴만이 제의한 모든 희망——그와, 그의 미래와, 행운과, 신뢰 등——으로부터 등을 돌려야 한다는 사실은 어처구니없을 만큼 냉혹하고 괴이한 일이 아닐 수 없었다. 이런 생각이 깊어지면서 뉴만이 갖는 기이한 느낌은 자신이 봉착한 어이없는 시련을 간접적으로 증명했다. 「당신——당신이 수녀가 된다구요!」 뉴만이 외쳤다. 「당신이 아름다운 자태를 잃고, 자물쇠와 철창 뒤켠에서 지낸다고! 안 돼, 절대로 안 돼. 이걸 어떻해!」 그러고 나서 그는 격렬하게 웃으며 갑자기 일어섰다.

「이건 막을 수 없어요」 싱트레 부인이 대답했다. 「그렇지만 당신에게 다소간 만족이 될 거예요. 제가 이 세상에서 여전히 당신 곁에, 하지만 당신 없이 살아갈 수 있을 것 같아요? 모든 일은 이미 결정되었어요. 부디 잘 계세요」

이 순간 뉴만은 싱트레 부인의 두 손을 잡아 자신의 손으로 감싸며 말했다. 「영원히 갈 거요?」 그녀의 입술이 알아듣기 어렵게 움직이자, 뉴만의 입술은 깊은 저주의 말을 뱉았다. 싱트레 부인이 고통스러운 듯 눈을 감자, 뉴만은 그녀를 당겨 가슴에 안고 하얀 얼굴에 입맞춤을 했다. 그녀는 순간적으로 저항하다 잠시 가만히 있었다. 그러고 나서 그녀는 힘을 주어 뉴만의 몸에서 떨어져, 길고 반짝거리는 마루 위로 급히 뛰어갔다. 그녀가 나가는 순간 문이 닫혀버렸고, 뉴만은 서둘러 자리를 떠났다.

제21장

포에티에에는 예쁜 공공 산책로가 있었다. 그 길은 주변으로 무성하게 나무가 심어지고, 옛날 영국 왕자들이 자신들의 땅이라고 싸워 차지한 비옥한 들판을 내려다보는 작은 도시가 웅크린 높다란 언덕 등성이로 뻗어 있었다. 뉴만은 다음날 대부분의 시간을 이 조용한 산책로를 천천히 오르내리며, 역사가 깃든 경관을 멍하니 바라보았다. 하지만 그는 이 역사적 경치가 탄광인지, 포도밭인지 분간하지도 못할 만큼 경황이 없었다. 그는 상념으로 도저히 수그러들지 않는 비탄에 빠졌다. 그는 돌이킬 수 없이 싱트레 부인을 놓쳐버릴까 두려워하면서도, 자신이 말했듯이 그녀를 깨끗이 포기할 방법을 찾지 못했다. 플뢰히에르와 그 주민들에게 등을 돌릴 수 없던 뉴만은 팔만 뻗으면 충분히 잡을 듯한 희망이나 보상의 씨앗이 어딘가에 반드시 꿈틀거릴 듯한 느낌을 가졌다. 그것은 마치 문에 손을 얹고 불끈 쥔 주먹으로 손잡이를 비틀고 있는 기분이었다. 그는 쿵하고 문을 치며 사람이 있는지 불러본 다음, 억센 무릎으로 힘차게 문을 누르며 온 힘을 다해 문을 흔들었건만 고요한 정적만 되돌아 온 느낌이었다. 하지만 그곳에는 뭔가 그를 잡고 있었고, 움켜쥔 손가락 속에 뭔가 느껴졌다. 이 고상한 도덕 구조물인 뉴만이 일격에 무너지기에 그의 욕망은 너무나 강렬했고, 자신이 세운 계획은 너무나 신중하고 성숙했으며, 행복에 대한 기대는 너무나 풍부하고 완전했다. 바로 이 모든 기초가 치명상을 입은 것 같았지만, 아직도 뉴만은 행복이라는 건물을 지탱하려는 고집스런 욕망을 가졌다. 그는 지금까지 알았던 것보다, 아니 응당 알았다고 생각했던 것보다 더욱 쓰라린 상처감으로 가슴이 들끓었다. 자신의 아픔을 받아들이며 뒤돌아보지 않고 발길을 돌린다는 것은 그가 도저히 감당할 수 없는 착한 천성의 발로였다. 뉴만은 계속 물끄러미 뒤돌아 보았지만, 자신이 본 것은 분노를 누그러뜨리지 못했다. 그는 진실하고, 관대하며, 자유분방하고, 인내심 있고, 편안한 마음으로 잦은 노여움을 참고, 끝없는 겸양을 발휘했다. 굴욕을 감수하고, 냉대와 생색과 조롱을 견디며, 또한 이것을 계약 조건 가운데 하나로 받아들이는 데 동의함으로써 이 모든 일을 아무런 대가 없이 수용했다는 사실은 분명히 어떤 사람에게라도 항의할 권리를 줄 수밖에 없었다. 어떤 사람이 장사치라는 이유 때문에 거절을 당하다니! 마치 그가 벨가드 집안과 관계를 맺은 이래 한 번이라도 노골적인 상행위를 했던 것처럼 그것을 언급했거나, 생각해 본 적이 있단 말인가! 그리고 벨가드 집안이 자신에게 속임수를 쓸 기회를 한치라도 높이지 못했을지라도, 그가 하루 오십 번이나 상행위를 저주하는 데 동의하지 않았단 말인가! 설령 상업적이라고 하는 것이 사람을 속이는 합당한 명분이 될지라도, 벨가드 집안은 자신들 스스로가 이름 붙인 계급과 하찮은 일을 고집하지 않는 진취적 방식을 얼마나 알고 있단 말인가! 자신이 당한 모욕을 고려해 본다면 뉴만이 지금까지 견디어 온 인내의 중압감은 너무나 힘겹게 보였다. 실상 지금까지는 자신의 구애(求愛)에 드리워진 청명한 비전으로 그의 분노는 겉으로 터뜨릴 만큼 깊지 않았다. 그렇지만 뉴만이 지금 느끼는 분노는 깊고 원한에 사무쳐 언제까지 지속될 것 같았다. 그는 자신이 부당하게 해를 입은 심성 좋은 사람으로 느껴졌다. 싱트레 부인의 행동은 일종의 경외감을 가져다주었지만, 그가 이러한 행동을 이해하거나 실제 동기를 느끼는 데 무력했다는 사실은 자신이 그녀에게 밀착시켰던 힘을 더했을 뿐이었다. 뉴만에게 있어서 싱트레 부인의 가톨릭 신앙이 문제가 된 적은 없었다. 왜냐하면 그에게 가톨릭 신앙은 이름뿐이었고, 그녀가 쌓아온 종교적 정서가 만든 형태에 불신을 표시한다는 일은 다소 허세를 부리며 열성적인 신교도인 체하는 듯이 보였기 때문이다. 만일 그처럼 훌륭하고 흰 꽃들이 가톨릭의 토양에서 피어날 수 있다면, 그 토양은 건강에 유해한 것만은 아닐 것이다. 그러나 가톨릭 신도가 된다는 것과 지금 당장 수녀가 된다는 것은 별개의 문제였다. 뉴만의 완전히 동시발생적인 낙관이 음울한 구세계의 편법과 부딪치는 데에는 애처롭게 희극적인 면이 있었다. 그를 위해서 뿐만 아니라, 장차 태어날 아이들의 어머니가 되기로 작정된 여인이 이처럼 비극적 익살로 마술처럼 사라져버린다는 것은 눈을 부빌 만한 일인 동시에 악몽이자 환영이며, 또한 짓궂은 장난이었다. 그러나 이것을 반증할 틈도 없이 시간은 지나갔고, 뉴만이 싱트레 부인에게 바친 격한 감정의 후유증만 남았다. 그는 싱트레 부인의 말과 모습을 기억해 곰곰이 되새겨 보며, 뭔가 미심쩍은 부분을 해소하고 항구적인 의미를 불어넣으려고 했다. 그녀가 일종의 종교라고 했던 느낌은 무슨 의미였을까? 그 종교란 단지 집안의 규율이었으며, 무자비하고 체구가 작은 그녀의 어머니가 지고한 여사제(女司祭)의 위치를 점유했던 것이다. 싱트레 부인의 유순함 때문에 일이 뒤틀리게 되었으나, 한 가지 분명한 사실은 집안 사람들이 그녀에게 힘을 사용했다는 점이다. 그녀의 유순함이 자신의 집안 사람들에게 보호막이 되려고 했으나, 뉴만은 그들이 무사하다는 데 화가 치밀었다.

24시간이 속절 없이 지난 다음날 아침, 뉴만은 플뢰히에르로 돌아가 노 벨가드 부인과 그녀의 아들을 다시 면담할 생각으로 벌떡 일어났다. 그는 지체하지 않고 자신의 결심을 실행에 옮겨, 포에티에의 여관에서 준비해 둔 작은 사륜마차를 타고 쭉 뻗은 길을 빠르게 지날 동안 가슴 깊이 담아둔 정보——불쌍한 발렌틴이 마지막으로 주었던——를 생각했다. 발렌틴이 그 정보를 이용하여 무엇인가 할 수 있다고 말했기 때문에 뉴만은 그것을 당장 입수하는 것이 좋겠다고 생각했다. 그가 최근 이 정보에 신경을 쓴 것은 물론 처음이 아니었다. 그것은 어렴풋이 어둡고 종잡을 수 없는 정보였지만, 뉴만은 무기력하지도, 두려워하지도 않았다. 발렌틴은 뉴만의 힘으로 안전하게 실마리를 풀 수 있는 결정적인 말은 하지 않았지만, 그에게 강력한 무기를 제공했음에 틀림없었다. 그러나 발렌틴이 실제 비밀을 말하지 않았을지라도 적어도 단서는 마련했다고 볼 수 있으며, 그 단서의 한쪽 끝은 기묘한 표정을 한 늙은 브레드 부인이 쥐고 있었다. 브레드 부인은 항상 뉴만에게 마치 비밀을 알고 있는 듯이 보였고, 뉴만은 그녀로부터 확고한 존경을 받았기 때문에 그 비밀을 공유할 수 있다고 생각했다. 뉴만은 자신이 상대해야 될 인물이 브레드 부인밖에 없다는 점에 마음이 편해졌지만, 자신이 찾아낼 비밀에 대한 한 가지 두려움은 그것이 생각보다 흉칙하지 않을지도 모른다는 느낌이었다. 그러자 노부인과 그녀 아들의 영상이 다시 그의 앞에 떠올랐다. 나란히 서서 어베인의 팔을 잡고 있는 노부인과, 그들의 눈에 각기 깃든 여전히 냉혹하고 딱딱한 모습이 생각되자 뉴만은 자신의 두려움이 근거가 없다고 속으로 외쳤다. 그 비밀에는 최소한 유혈의 흔적은 있으리라! 의기양양하게 플뢰히에르에 도착한 뉴만은, 냉철히 생각할 때 그의 구도에 따라 비밀을 폭로하겠다는 위협을 하면 벨가드 집안 사람들이 풀린 두레박처럼 우르르 소리를 내며 함락한다고 자족했다. 뉴만은 폭로할 비밀이 무엇인지 확인한 다음 핵심을 파악해야 한다는 사실을 기억했다. 그렇게 된다면 자신의 행복이 소생되지 못할 이유가 어디 있겠는가? 모자(母子)는 겁먹은 채 자신들의 사랑스러운 희생자를 포기하고 세상으로부터 달아날 테고, 혼자 남은 싱트레 부인이 그에게 돌아올 수밖에 없으리라. 기회를 주면 그녀는 바깥 세상으로 나와 광명을 찾고서, 뉴만의 거처가 곧 가장 안락한 수도원이 될 수 있음을 깨닫게 되리라.

뉴만은 전에 그랬듯이 마차를 여관에 맡겨두고 가까이 있는 저택까지 걸어갔지만, 정문에 도착했을 때 기묘한 느낌에 사로잡혔다. 그것은 얼핏 이상쩍게 보일 수도 있는 까닭 모를 그의 착한 심성에 연유했다. 뉴만은 잠시 그곳에 서서 창살을 통해 세월에 얼룩진 거대한 건물의 전경을 쳐다보며, 화려한 이름을 가진 어둡고 오랜 집안에서 어떤 범죄가 쉽게 이루어졌을까 하고 생각했다. 그 건물은 사람이 살기에 너무나 음울하게 보였던 나머지, 그는 결국 그 범죄가 폭압과 심한 고통을 수반했으리라고 혼자 말했다. 그러자 자신이 무서운 죄악의 쓰레기를 얼마나 더듬어야 될까 하는 생각이 갑자기 들었다. 심문자의 입장은 바뀌었고, 뉴만은 대등한 입장에서 벨가드 집안을 심문할 기회를 가져야 한다고 단언했다. 뉴만은 그들을 두렵게 만들지 않고, 공정한 감각에 직접 호소하리라고 다짐했다. 그래서 상대편이 이성적으로 접근하면 뉴만이 이미 알고 있는 것보다——그것만으로 충분하니까——더욱 흉칙한 비밀을 알 필요마저 없다고 생각했다.

문을 지키던 사람이 전처럼 고정된 틈 사이로 뉴만을 들여보내자, 그는 정원을 지나 외호 위에 걸쳐진 작고 녹이 슨 다리를 건넜다. 뉴만이 당도하기 전 저택 문이 열렸고, 뭔가 내밀한 기회를 제공하여 그의 공손함을 제압하려는 것처럼 브레드 부인이 기다리며 서 있었다. 그녀의 얼굴은 여느 때처럼 파도에 씻긴 바닷모래처럼 무표정했고, 검은 옷은 더욱 진한 색처럼 느껴졌다. 뉴만은 이상하리 만큼 무표정한 브레드 부인의 모습이 자신의 감정을 전달하는 수단이 된다는 점을 알았기 때문에, 힘없이 속삭이는 그녀의 말에 놀라지 않았다. 「다시 오실 줄 알았어요. 선생님을 기다리고 있었거든요」

「만나서 반갑군요. 당신은 내 친구죠」 뉴만이 말했다.

브레드 부인은 분명하지 않은 시선으로 뉴만을 쳐다보았다. 「선생님이 잘되기를 바랐지만 이제 가망 없는 바람이 되어버렸어요」

「그렇다면 그 사람들이 나한테 어떤 행동을 했는지 당신이 알고 있단 말이오?」

「그래요. 전 모든 걸 알아요」 브레드 부인이 무표정하게 말했다.

뉴만은 잠시 머뭇거렸다. 「모든 걸 안다구요?」

브레드 부인은 약간 번득이는 시선을 뉴만에게 건넸다. 「너무 많이 알아서 탈이지요」

「어떤 사람이라도 그렇게 될 수 없는 법인데, 아무튼 잘됐소. 난 노부인과 큰 아들을 만나러 왔어요」 뉴만이 말을 덧붙였다. 「그들이 지금 집에 있어요? 없다면 기다리겠소」

「마님은 항상 집에 계십니다」 브레드 부인이 대답했다. 「그리고 대개 후작님도 함께 있지요」

「그러면 둘 가운데 한 사람이나, 아니면 모두에게 내가 왔다고 전해 주시오」

브레드 부인은 머뭇거렸다. 「제 마음대로 해도 될까요?」

「마음대로 하는 게 정당화하는 길이죠」 뉴만은 세련되고 정중하게 말했다.

브레드 부인은 무릎을 굽혀 인사라도 하듯 주름진 눈썹을 떨구었지만, 상황이 너무나 심각했기 때문에 중도에서 인사를 멈추었다. 「다시 간청하러 오셨나요? 싱트레 부인이 오늘 아침 파리로 떠난 걸 모르시는군요」

「저런, 벌써 떠났소!」 그러고 나서 뉴만은 신음 소리를 내며 지팡이로 바닥을 두들겼다.

「카르멜이라는 수도원으로 곧장 갔어요. 선생님도 알 거예요. 마님과 후작님은 그걸 매우 언짢게 여기고 있답니다. 겨우 어젯밤에 얘기를 들었거든요」

「이런, 그렇다면 그녀가 사실을 숨겼단 말인가요?」 뉴만이 외쳤다. 「아무튼 좋소! 그래서 그들이 매우 분노했어요?」

「기뻐할 리야 없겠지요」 브레드 부인이 대답했다. 「하지만 언짢은 건 당연해요. 그 분들의 말로, 기독교계에선 카르멜 수녀들이 가장 끔찍하다고 하더군요. 그러니 선생님은 그 분들이 실제 인간도 아니라고 말할 테지요. 선생님으로 하여금 모든 걸 영구히 포기하게 만들었으니까요. 저는 그런 수도원에서 지낼 부인을 생각하면 울고 싶은 심정이랍니다」

뉴만은 잠시 그녀를 쳐다보았다. 「브레드 부인, 울지 말고 우린 행동해야 돼요. 가서 그들을 불러와요!」 그러고 나서 그는 들어가기 위해 앞으로 걸어갔다.

그러나 브레드 부인이 부드럽게 뉴만을 가로막고 말했다. 「한 가지만 더 부탁해도 될까요? 선생님이 발렌틴 씨의 임종에 함께 있었다고 들었어요. 그 이에 대해 한마디만 해주세요. 그 불쌍한 백작은 제 아이나 다름없는걸요. 한살박이 때 거의 제 품에 있었으니까요. 전 백작에게 말하는 법을 가르쳤는데, 백작은 무척 말을 잘했답니다! 이 불쌍하고 늙은 브레드에게 언제나 말을 잘했거든요. 자라서 세상맛을 알 때도 제게 언제나 친절히 말했어요. 그런데 그렇게 처참하게 죽다니! 술상인과 싸웠다고 하더군요. 도저히 믿을 수 없어요! 고통이 컸나요?」

「당신은 현명하고 다감한 사람이군요, 브레드 부인. 내 자식들이 당신 품에 있는 모습을 보고 싶소. 아직은 그럴 수 없겠지만」 이렇게 말하고 뉴만은 손을 내밀었다. 브레드 부인은 잠시 뉴만의 손바닥을 쳐다보다 기이한 동작에 홀린 듯 자신의 연약한 손을 내밀었다. 뉴만은 브레드 부인이 내민 손을 신중하면서도 굳게 잡으며 그녀를 응시했다. 「발렌틴에 대해 모든 걸 알고 싶은가요?」

「슬프지만 기꺼이 듣고 싶어요」

「모든 걸 말해 줄 수 있어요. 잠시 여기를 벗어날 수 있을까요?」

「이 저택 말인가요? 실은 모르겠어요. 한번도 그렇게 해본 적이 없었거든요」

「그렇다면 최선을 다해 한번 해봐요. 오늘 저녁 해질녘에 말이오. 언덕 위에 있는 낡은 교회 앞뜰의 폐허에서 만나요. 난 매우 중요한 얘기가 있으니까 거기서 기다리겠소. 당신처럼 나이 든 사람이면 쉽게 외출할 수 있어요」

브레드 부인은 입술을 벌린 채 의아한 듯이 뉴만을 쳐다보며 물었다. 「그건 백작으로부터 나온 얘긴가요?」

「그렇소. 임종시에 나온 얘기죠」 뉴만이 대답했다.

「그렇다면 가겠어요. 그 이를 위해 한번만 용기를 내겠어요」

브레드 부인은 뉴만이 이미 와본 적이 있는 커다란 접견실로 그를 안내하고서 용무를 수행하려고 물러났다. 뉴만은 오랫동안 기다리다 마침내 벨을 눌러 자신이 왔다는 사실을 거듭 알리려고 생각했다. 그가 주위를 돌아보며 벨을 찾는 순간 후작이 자신의 팔로 어머니를 부축하며 들어왔다. 뉴만은 발렌틴이 준 은밀한 암시에 따라, 자신의 적들이 무척 사악하게 보인다는 완벽한 확신을 스스로 다짐하며 냉정한 마음을 가졌다. 그들이 다가오는 동안 뉴만은 속으로 말했다. 「이제 실수가 없을 거야. 가면을 벗었으니 만큼 이들은 나쁜 무리야」 노부인과 그녀의 아들은 밤을 지새운 사람의 모습처럼 극도로 당황한 표시가 역력했다. 더욱이 자신들이 제거하려던 방해꾼과 마주치게 되었으니 뉴만에게 어떤 부드러운 눈길도 보내지 않은 것은 당연했다. 그들은 앞에 선 뉴만을 힐끗 보고서 시선을 돌렸다. 뉴만은 마치 무덤의 문이 갑자기 열리고 축축한 어둠이 내뿜어지는 듯한 느낌이 들었다.

「보시다시피 난 다시 왔소이다」 뉴만이 말했다. 「다시 한번 시도하려고 왔어요」

「만나게 되어 기쁘다거나, 이렇게 방문하는 당신 취향을 우리가 묻지 않으려는 듯이 보인다는 게 우습겠지요」 벨가드 후작이 대꾸했다.

「아, 취향에 대해선 언급하지 마시오」 뉴만은 웃으며 말했다. 「그렇지 않으면 당신 취향에 대해 화제가 미칠 테니까! 내 자신의 취향을 생각했더라면 분명히 당신을 만나러 오지도 않았을 거요. 게다가 당신의 소망대로 난 빨리 용건을 끝내려고 해요. 싱트레 부인을 자유롭게 놓아주겠다는 약속만 하면 난 당장 물러나겠소」

「우리는 당신을 만나야 될지 망설였소」 노부인이 말했다. 「우리는 이 같은 인사치례를 하지 않으려고 했으니까. 하지만 우리가 늘 그랬듯이 점잖게 행동해야 된다고 생각했지요. 그리고 우리와 감정이 같은 사람들이 단지 한 번쯤 죄책감을 가질 만한 약점이 있다는 걸 당신에게 알리고 싶군요」

「당신은 한 번쯤 약할 순 있겠지만, 헤아릴 수 없을 만큼 대담해질 거요」 뉴만이 대답했다. 「그렇지만 나는 대화를 할 목적으로 온 게 아니오. 단지 당신이 딸에게 당장 편지를 써 결혼을 반대한다는 입장을 철회해 준다면 나머지는 내가 책임지겠다는 말을 하려고 온 거요. 당신은 수녀가 되는 두려움을 나보다 잘 알기 때문에 딸이 수녀가 되는 걸 원치 않겠죠. 차라리 장사치와 결혼하는 게 낫지 않겠소. 이 일을 철회하고 당신의 축복 속에 그녀가 나와 결혼해도 좋다는 허락에 서명하여 봉인한 편지를 내게 주시오. 그러면 그 편지를 수도원에 있는 당신 딸에게 가져가 그녀를 데려오겠소. 이게 당신에게 주어진 기회요. 쉬운 조건이잖소」

「우리의 관점은 달라요. 이건 매우 어려운 조건이오」 어베인이 말했다. 그들은 여전히 방 한가운데 꼿꼿이 서 있었다. 「어머니도 딸이 뉴만 부인이 되기보다는 차라리 캐서린 수녀가 되는 게 낫다는 얘기를 당신에게 하실 텐데요」

그러나 노부인은 지극히 평온한 태도로 자신의 아들이 어머니를 위해 경구를 쓰도록 내버려두었다. 노부인은 달콤하게 웃으며 머리를 흔들고 말을 되풀이했다. 「그런데 뉴만 씨, 한번이라고요!」

이 같은 몸짓과 그에 수반된 어조는 뉴만이 여태껏 보았거나 들은 적이 있던 어떤 것보다 지극히 완고한 느낌을 주었다. 「어떻게 하면 당신에게 압력을 가할 수 있겠소?」 뉴만이 물었다. 「당신은 그게 뭔지 알고 있겠죠?」

「사별하여 슬픔에 잠긴 사람 앞에서 이런 말은 터무니없소」 후작이 대꾸했다.

「지금과 다른 때라면」 뉴만이 수긍했다. 「싱트레 부인이 현재 품은 생각이 시간을 재촉하더라도 당신의 반대에 무게가 실릴 수도 있겠지요. 그렇지만 난 당신이 했던 말을 상기했고, 당신이 남동생과 매우 다른 부류라고 간주했기 때문에 오늘 주저 없이 여기로 왔소. 둘 사이엔 어떤 관련성도 없더군요. 동생은 당신을 부끄러워했어요. 상처로 죽어가면서도 그 불쌍한 사람은 당신 행동에 대해 사과했어요. 어머니의 행동에 대해서도 마찬가지였죠」

뉴만의 말은 잠시 주먹으로 후려친 것 같은 효과를 가져왔다. 갑자기 얼굴이 달아오른 노부인과 그녀의 아들은 쇠붙이가 번득이는 듯한 시선을 교환했다. 뉴만은 어베인이 중얼거린 두 마디 말을 확실하게 알아듣지 못했지만, 울리는 소리로 보아 〈비열한 놈!〉이라는 말로 들렸다.

「당신은 살아 있는 사람을 별로 존중하지 않고」 노부인이 대꾸했다. 「죽은 사람만 존중하는군요. 순진한 내 아들에 대한 기억을 모독하거나, 욕되게 하지 말아요」

「난 진실을 말했을 뿐이고, 그것도 의도적으로 했어요. 분명히 반복하지만 당신 아들은 극심한 환멸을 느끼고 사과했답니다」

어베인은 기분 나쁜 듯이 얼굴을 찌푸렸지만, 뉴만은 그것이 불쌍한 발렌틴에 대한 달갑지 않은 이미지 때문이라고 생각했다. 그는 기습을 당한 나머지 순간적으로 동생에 대한 인색한 애정이 치욕으로 바뀌었던 것이다. 하지만 감지하지 못할 만큼 찰나적으로 노부인이 굴복하듯 말했다. 「뭔가 엄청난 오해를 하고 있군요. 내 아들은 이따금 경박하기는 해도, 결코 야비하지는 않아요. 그 애는 명예롭게 죽었소」

「당신은 뭔가 잘못 알고 있을 뿐이오」 후작은 다시 정신을 가다듬으며 말했다. 「당신은 불가능한 걸 우겨대고 있어요」

「난 불쌍한 발렌틴의 사과에 신경을 쓰지 않아요」 뉴만이 대답했다. 「그건 나를 기쁘게 하기보다 훨씬 고통스럽게 하니까요. 이런 잔학한 일은 그의 잘못이 아니었소. 그는 나뿐만 아니라 누구에게도 상처를 주지 않았죠. 참으로 명예로운 인간이었답니다. 하지만 그가 어떻게 명예를 간직했는지 알겠군요」

「내 불쌍한 동생이 임종시에 제정신이 아니었다는 점을 당신이 입증하려고 한다면, 우리는 이런 우울한 상황에서 어떤 일도 불가능하다고 말할 수밖에 없군요. 그러니 이쯤 해둡시다」

「그는 완전히 제정신이었소」 뉴만은 부드럽지만 극히 완고하게 말했다. 「난 그렇게 머리가 맑고 영리한 때를 본 적이 없으니까. 그처럼 기지가 넘치고 능력 있는 사람이 죽어가는 모습을 보는 건 큰 충격이었죠. 내가 얼마나 그를 좋아했는지 당신은 알 거요. 그리고 그가 제정신이었다는 사실을 입증할 수도 있어요」

뉴만이 말을 끝내자 노부인은 위엄 있게 자신을 가다듬으며 소리쳤다. 「이건 너무 지나치군요! 우리는 당신 얘기를 받아들이지 않겠소. 터무니없으니까. 어베인, 문을 열어」 이렇게 말하고 노부인은 오만한 동작으로 아들 쪽으로 돌아서서 방 끝으로 빠르게 내려갔다. 후작은 함께 걸어가 문을 열었지만, 뉴만은 선 채로 남아 있었다.

뉴만은 문을 닫고 나가는 어머니의 뒤에 서서 기다리는 후작에게 신호를 보내려고 손가락을 들고서, 여느 때보다 조용하게 천천히 앞으로 걸어갔다. 두 사람이 마주보며 서자, 뉴만은 자신이 받은 상처가 우습게 될 것 같은 묘한 느낌이 들었다. 「보시오」 뉴만이 후작에게 말했다. 「당신이 나를 박대하고 있다는 사실만이라도 인정해요」

벨가드 후작은 뉴만을 샅샅이 훑어보고 극히 섬세하게 목소리를 가다듬으며 말했다. 「나는 개인적으로 당신을 혐오해요」

「물론 나도 그렇게 생각해요. 하지만 예의상 말하진 않았죠」 뉴만이 말했다. 「내가 어째서 당신의 처남이 되려는지 이상한 노릇이지만 아무튼 그걸 포기할 수 없소. 한 번 더 시도하겠어요」 그는 잠시 말을 멈추었다가 입을 열었다. 「당신은 남에게 밝힐 수 없는 집안의 비밀을 가지고 있어요」 벨가드 후작은 계속 응시하고 있었지만, 그가 사람을 바라보는 모습이 늘 이상했기 때문에 뉴만은 그의 눈에 어떤 변화가 나타났는지 알 수가 없었다. 뉴만은 잠시 말을 중단했다가 다시 계속했다. 「당신 모자(母子)는 범죄를 저질렀소」 이 말을 듣고 벨가드 후작의 눈빛이 겉으로 드러날 만큼 변하며 꺼져버린 촛불처럼 깜박거렸다.

뉴만은 후작이 크게 놀랐다는 사실을 알 수 있었지만, 그 표정에는 찬탄할 만한 자제심이 엿보였다. 「계속하시오」 벨가드 후작이 말했다.

뉴만은 허공으로 손가락을 들어 약간 움직였다. 「계속하라고요? 당신은 떨고 있는데」

「어디서 이처럼 흥미로운 정보를 얻었소?」 후작은 매우 부드럽게 물었다.

「난 정확을 도모하기 위해 내가 말한 것보다 더욱 많은 사실을 알고 있는 척하지는 않겠소」 뉴만이 응답했다. 「지금으로서는 이게 전부요. 당신은 뭔가 숨겨야 될 일, 그리고 만일 알려지면 당신을 파멸에 몰아넣고 그토록 자랑스러워하는 가문의 이름을 더럽힐 일을 저질렀던 거요. 그게 뭔지 모르지만 난 알아낼 수 있소. 당신이 지금 같은 방식을 고집한다면 나는 반드시 알아낼 거고, 마음을 바꾸어 누이를 평화롭게 놓아주면 당신을 떠나겠소. 이만하면 거래가 될까요?」

후작은 아무렇지도 않다는 표정을 짓고 있었지만, 잘생긴 그의 용모에서 실마리를 찾는 일은 단계적으로 접근해야 될 작전이었다. 하지만 뉴만의 온화한 논법이 계속적인 압력을 행사했던지, 후작은 잠시 후 눈길을 돌렸다.

「동생이 얘기했군요」 후작은 생각에 잠긴 듯 서 있다가 고개를 들며 말했다.

뉴만은 잠시 머뭇거리다 입을 열었다. 「그렇소. 당신 동생이 말했어요」

후작은 보기 좋은 미소를 지었다. 「동생은 제정신이 아니라고 내가 말하지 않았던가요?」

「내가 비밀을 알아내지 못한다면 그렇겠죠. 하지만 내가 비밀을 알아낸다면 그는 정신이 말짱했던 셈일 테죠」

후작은 어깨를 으쓱이며 말했다. 「흥, 찾든 말든 좋을 대로 하시오」

「내가 협박한다고 생각해요?」 뉴만이 물었다.

「그건 당신이 판단할 일이오」

「아니, 때가 되면 당신이 판단해요. 잘 생각해 보고 모든 걸 돌이켜 봐요. 한두 시간을 줄 테니까. 하지만 수도원에서 싱트레 부인을 얼마나 빨리 수녀로 만들지 모르기 때문에 그 이상은 안 돼요. 당신 어머니와 상의해 보시오. 내 말에 겁을 먹든가 않든가는 어머니가 판단하겠죠. 당신만큼 쉽게 놀라지는 않겠지만, 두고 보면 알 거요. 나는 마을에 있는 여관에서 기다릴 테니까 가능한 빨리 알려주시오. 세시까지는 전해요. 종이에다 간단히 〈예〉 혹은 〈아니오〉라고 쓰면 돼요. 〈예〉라고 썼다면 당신이 거래를 수락하는 걸로 알겠소」 그러고 나서 뉴만은 문을 열고 밖으로 나갔다. 그는 꼼짝도 하지 않는 후작을 다시 한번 쳐다보며, 「마을에 있는 여관이오」라는 말을 반복하고 발길을 돌렸다.

뉴만은 천년의 역사를 지닌 가문에 대하여 불명예스런 망령을 상기시키는 데 따른 감정이 불가피했기 때문에 자신이 취한 행동에 극히 흥분했다. 하지만 그는 여관으로 돌아와 두 시간가량 신중하게 기다릴 결심을 했다. 그는 자신의 도전에 대한 응답이 어떤 의미에서 범죄를 자백하는 셈이 되므로, 어베인이 어떤 응답도 하지 않을 가능성을 생각했다. 먼저 예상되는 대응은 침묵이었지만, 그것은 다른 말로 하면 반항이 된다. 하지만 뉴만은 자신이 생각한 대로 그의 공격에 상대방이 무너지기 바랬다. 세시에 인편으로 전갈이 왔는데, 그 쪽지에는 어베인의 깔끔한 영어 필체로 씌어진 다음의 내용을 담고 있었다.

어머니와 나는 내일 누이의 결심을 확인하러 파리로 돌아가게 되었음을 알립니다. 당신의 대담스런 끈질김에 가장 효과적인 응답이 되겠지요.

앙리 어베인 드 벨가드

뉴만은 편지를 호주머니에 넣고 여관을 거닐었다. 그는 지난 주 대부분의 시간을 이렇게 거닐며 보냈다. 그는 날이 저물 때까지 프랑스 무기들로 장식된 작은 방의 길이를 계속 가늠하다가, 이윽고 브레드 부인을 만나려고 밖으로 나갔다. 폐허로 향하는 언덕 위의 길은 찾기 쉬웠고, 그는 길을 따라 걷다가 금방 꼭대기에 도달했다. 뉴만은 아치형으로 된 울퉁불퉁한 성벽 밑을 지나, 해질녘에 주변을 돌아보다 검은 옷을 걸친 늙은 부인을 찾았다. 성의 구내는 인적이 없었고, 교회 문은 열려 있었다. 뉴만은 작은 본당 가운데로 들어서면서 내부가 응당 더욱 어두워짐을 알았다. 그러나 몇 자루의 양초가 제단에서 깜박거렸기 때문에 그는 기둥 옆에 앉은 인물을 식별할 수 있었다. 좀처럼 보기 드문 화려한 옷을 입은 인물을 자세히 살펴본 결과, 뉴만은 그녀가 브레드 부인임을 알았다. 그녀는 크레이프로 매듭을 지은 크고 검은 실크 모자를 쓰고 있었고, 희미한 광택의 주름이 몸 주위에 배치된, 낡고 검은 공단 옷을 입었다. 그녀는 가장 기품 있는 의복을 입고 나타나는 것이 상황에 맞다고 판단했던 모양이다. 브레드 부인은 바닥에 눈을 고정시키고 앉아 있었지만, 뉴만이 앞으로 지나가자 그를 쳐다보며 일어섰다.

「부인은 가톨릭 신도인가요?」 뉴만이 물었다.

「아뇨, 전 영국 국교회 신도랍니다」 브레드 부인이 대답했다. 「그런데 여기가 바깥보다 안전할 거라고 생각했어요. 저녁에 밖으로 나와 본 적이 없거든요」

「우리 말을 엿들을 사람은 없기 때문에 안전할 거예요」 뉴만이 말했다. 그러고 나서 그는 성의 뜰로 되돌아가 분명히 폐허의 반대쪽으로 연결되는 듯이 보이는 교회 옆길을 따라갔다. 뉴만의 생각은 빗나가지 않았다. 그 길은 언덕 꼭대기를 따라 구불구불하게 나 있었고, 문으로 간주된 거친 틈새로 나타난 허물어진 벽 앞에서 멎었다. 뉴만은 틈새를 지나, 자신과 브레드 부인보다 더욱 조화를 이루었을지도 모르는 많은 열정적 남녀들이 안심하고 은밀한 대화를 나누기에 적합한 장소를 발견했다. 언덕은 급격한 경사로 끝이 났고, 꼭대기에는 두세 개의 돌 파편이 흩어져 있었다. 아래로 보이는 평원 너머에는 황혼이 타올랐고, 그 건너 멀지 않은 곳에는 성에서 비치는 두세 겹의 빛이 희미하게 보였다. 브레드 부인은 옷깃을 스치며 자신의 안내자를 따라 천천히 걸어왔으며, 뉴만은 어디선가 굴러온 돌 하나가 고정된 곳을 확인하고 그녀에게 앉도록 했다. 브레드 부인이 조심스럽게 응하자 뉴만도 옆자리에 앉았다.

제22장

「이렇게 와주어 너무나 고맙소」 뉴만이 말했다. 「당신에게 성가신 일이 되지 않기 바래요」

「저를 찾지 않으실 거라고 생각하진 않아요. 요즘 마님은 제가 옆에 있는 걸 달가워하지 않는답니다」 이러한 말은 늙은 부인에게 자신감을 심어주었다는 뉴만의 느낌을 확대시킨, 두근거리는 열정에서 나왔다.

「처음부터」 뉴만이 대답했다. 「당신은 내 계획에 관심을 가지고 있었어요. 당신은 내 편이었으니까. 분명히 말하건대, 그건 나를 기쁘게 했어요. 그리고 그 사람들이 내게 했던 행동도 알고 있기 때문에, 당신이 더욱 힘이 될 줄로 믿소」

「그 사람들은——이런 말을 드려야 할지 모르겠지만——온당하지 못한 행동을 했어요」 브레드 부인이 말했다. 「그렇지만 선생님은 불쌍한 백작 부인을 비난해선 안 돼요. 그 사람들이 사정 없이 몰아세웠으니까요」

「그 사람들이 무슨 짓을 했는지 알 수만 있다면 난 수백만 달러라도 내놓겠소!」 뉴만이 외쳤다.

브레드 부인은 저택에서 나오는 불빛에 멍하고 모호한 시선을 고정한 채 앉아 있었다. 「그 사람들은 부인의 감정을 건드렸죠. 그게 통하리라는 걸 알고 있었으니까요. 그녀는 섬세한 인간이랍니다. 그 사람들은 부인으로 하여금 사악한 느낌을 갖도록 만들었어요. 그녀는 너무나 선량할 따름이에요」

「부인으로 하여금 그런 느낌을 갖도록 만들었다구요」 뉴만은 천천히 이 말을 되풀이했다. 이 말은 한동안 그에게 지독한 술수를 생생하게 묘사하는 듯이 들렸다.

「그녀가 포기한 이유는 너무나 선량했기 때문이랍니다. 가련하고 어여쁜 숙녀 같으니!」 브레드 부인은 말을 덧붙였다.

「그렇지만 나보다는 그 사람들에게 더욱 잘된 일이겠죠」 뉴만이 말했다.

「그녀는 두려웠던 거예요」 브레드 부인은 매우 자신 있게 말했다. 「그녀는 언제나, 아니면 적어도 상당히 오랫동안 두려워했죠. 그건 실질적인 고통이었답니다. 그녀는 반점이 하나뿐인, 빛깔 좋은 복숭아와 같았지요. 눈에 띄지 않는 슬픈 반점이었죠. 선생님이 그녀를 햇빛 속으로 밀어넣는 순간 그 반점이 사라질 뻔했어요. 그러고 나서 그 사람들이 다시 그녀를 그늘 속에 밀어넣자 그 반점은 번지기 시작했어요. 그녀는 순식간에 사라진 거죠. 정말 섬세한 인물이었거든요」

싱트레 부인의 섬세함을 이처럼 괴상하게 증명하는 것이 기이했음에도 불구하고, 뉴만의 상처에 새로운 고통이 쏟아졌다. 「나도 알고 있소」 뉴만이 즉각 대답했다. 「그녀는 자신의 어머니에 대해 뭔가 나쁜 사실을 알았어요」

「아뇨, 선생님. 그녀는 아무것도 모르고 있답니다」 브레드 부인은 머리를 꼿꼿이 들고 저택 창문에 어른거리는 불빛을 응시한 채 말했다.

「그렇다면 뭔가 짐작을 했든가, 의심을 품었겠네요」

「그녀는 아는 걸 두려워했어요」 브레드 부인이 대답했다.

「하지만 아무튼 당신은 알고 있겠지요」 뉴만이 말했다.

브레드 부인은 두 손으로 무릎 위를 누르며, 천천히 모호한 눈빛을 뉴만에게 돌렸다. 「선생님은 그다지 진실하지 못하시네요. 저를 여기로 부른 건 발렌틴 씨 얘기를 하실 거라고 짐작했는데」

「아, 발렌틴에 대한 얘기는 할수록 좋아요」 뉴만이 말했다. 「그건 바로 내가 원하던 일이니까요. 말했다시피, 난 마지막까지 그와 함께 있었소. 그는 엄청난 고통을 겪었지만, 잘 참아냈어요. 무슨 뜻인지 알겠죠. 그는 밝고, 활력 있고, 영리했어요」

「아, 그 분은 언제나 영리했답니다」 브레드 부인이 말했다. 「그러면 그 사람이 선생님의 고통을 알고 있었나요?」

「그렇소. 그는 스스로 짐작하고 있었어요」

「그렇다면 어떻게 말했나요?」

「자신의 이름에 수치가 된다고 했어요. 하지만 그게 처음은 아니라고 하더군요」

「오, 하느님!」 브레드 부인이 중얼거렸다.

「그의 어머니와 형이 한때 머리를 맞대고 몹시 사악한 일을 꾸몄다고 하더군요」

「그런 말을 듣지 말았어야 했어요, 선생님」

「아마도 그렇게 했어야 되었겠죠. 하지만 난 귀담아들었기 때문에, 그 말을 잊을 수가 없어요. 이제 나는 그 사람들이 무슨 짓을 저질렀는지 알고 싶소」

브레드 부인은 가벼운 한숨을 쉬었다. 「그럼 이처럼 이상한 장소로 유인한 건 저더러 뭔가 털어놓으라는 뜻인가요?」

「겁먹지 말아요」 뉴만이 말했다. 「난 유쾌하지 못한 얘기를 하려는 게 아니오. 당신이 편한 대로――그리고 마음 내키면――말해 줘요. 하지만 이건 당신이 그렇게 해야 된다는 발렌틴의 마지막 소망이었다는 걸 기억해 두시오」

「그 분이 그렇게 말했나요?」

「그는 마지막 숨을 거두며 〈브레드 부인을 찾아가 내 말을 전해요〉라고 하더군요」

「어째서 직접 말하진 않았을까요?」

「숨이 꺼져가는 사람에겐 그건 너무나 긴 얘기였소. 그의 목숨이 다했던 거죠. 단지 내가 알기 바란다는 말만 할 수 있었으니까. 다시 말해, 내가 피해를 입었기 때문에 알아야 할 권리가 있다는 거요」

「하지만 그게 어떻게 선생님을 도울 수 있겠어요?」 브레드 부인이 말했다.

「그건 내가 결정할 문제죠. 발렌틴은 그럴 거라고 믿고서 내게 말했고, 당신 이름은 거의 마지막에 언급되었어요」

브레드 부인은 이 말에 큰 충격을 받은 듯이 보였다. 그녀는 깍지 낀 손을 천천히 위아래로 흔들었다. 「제 말이 실례가 된다면 용서하세요」 그녀가 말했다. 「지금 말씀은 엄연한 진실인가요? 전 선생님에게 이걸 요구해야 되지 않겠어요?」

「그건 엄연한 진실이니까 하등 예의에 어긋난 게 아니오. 맹세하겠소. 만일 그렇게 할 수만 있었다면, 발렌틴은 분명히 더욱 많은 사실을 말했을 거요」

「그래요. 더욱 많은 사실을 알았다구요!」

「그가 몰랐다고 생각해요?」

「어떤 사실을 알았는지 말하긴 힘들어요」 브레드 부인은 부드럽게 머리를 저으며 말했다. 「그 분은 비길 데 없이 영리해요. 선생님에게 자신이 알지 못한 사실을 알았던 것처럼 했을 뿐만 아니라, 차라리 모르는 게 나은 일은 알지 못한다고 믿게 했으니까요」

「그는 자기에게 줄곧 호의적으로 대해 준 형에 대해 뭔가 알고 있었을 거요」 뉴만은 자신의 느낌을 말했다. 「그는 후작으로 하여금 자신의 느낌을 의식하게 만들었지요. 이제 그가 원하는 건 나를 자신의 입장에 서도록 하는 거죠. 다시 말해, 그는 후작으로 하여금 내 느낌을 의식하게 만들 기회를 주려는 거요」

「이런 맙소사!」 늙은 하녀가 외쳤다. 「우리 모두는 참으로 사악한 존재로군요!」

「그건 모르겠소」 뉴만이 말했다. 「우리들 가운데 일부는 틀림없이 사악하겠죠. 나는 몹시도 화가 나고, 고통스럽고, 쓰라린 느낌이지만, 내 자신이 사악한지 모르겠어요. 나는 잔인하게 상처를 받아왔거든요. 그 사람들이 나를 해쳤기 때문에, 나도 복수하고 싶다는 사실을 부인하지 않겠어요. 오히려 그것이 당신이 가진 비밀을 알고 싶은 이유가 된다고 솔직히 말하겠소」

브레드 부인은 호흡을 멈춘 듯이 보였다. 「그 사람들의 비밀을 폭로하고, 치욕을 안겨주기 바란다는 건가요?」

「난 그들을 밑바닥까지 끌어내리고 싶소이다! 나는 형세를 역전시켜, 그 사람들이 내게 가했던 고통을 그대로 안겨주고 싶어요. 그들은 나를 끌어올려 세상 사람들이 주시하게 해놓고서 뒤로 몰래 다가와 이 막막한 구덩이 속으로 밀어넣었기 때문에, 난 이렇게 울부짖고 이를 갈며 누워 있어요! 나는 그 사람들의 모든 친구들 앞에서 놀림감이 되었지만, 훨씬 지독하게 앙갚음을 하겠소」

뉴만은 훨씬 열정적으로 이 모든 사실을 처음으로 크게 말했으며, 이 같은 열정적인 감정의 분출이 브레드 부인의 고정된 눈에 작은 두 줄기 불꽃을 일으켰다. 「선생님은 화를 낼 자격이 있어요. 하지만 싱트레 부인에게 치욕을 끼친다고 생각해 보세요」

「싱트레 부인은 산 채로 매장되었소」 뉴만이 외쳤다. 「도대체 그녀에게 뭐가 명예고 뭐가 불명예란 말이오! 이 순간 무덤의 문이 그녀의 등 뒤로 닫히고 있는데」

「그래요. 그건 너무나 끔찍한 일이랍니다」 브레드 부인이 신음하듯 중얼거렸다.

「그녀는 발렌틴처럼 내게 뭔가 기회를 주려고 떠났어요. 마치 의도적인 행동처럼 말이오」

「그건 분명해요」 이 솔직한 비난에 분명히 감명을 받은 듯이 브레드 부인이 말했다. 그녀는 잠시 침묵을 지키다 말을 덧붙였다. 「그러면 제 마님을 법정(法庭)에 세울 건가요?」

「법정은 그 여자의 신분 따위에 아랑곳하지 않아요」 뉴만이 대답했다. 「만일 그녀가 범죄를 저질렀다면, 법정에서는 단지 사악한 늙은이에 불과할 뿐이오」

「그렇다면 마님이 교수형에 처해지게 될까요?」

「그건 자신이 저지른 행동에 달렸겠지요」 그러고 나서 뉴만은 브레드 부인을 물끄러미 보았다.

「그렇게 되면 집안이 파산날 거예요」

「마땅히 파산나야 할 시점이오!」 뉴만은 웃으며 말했다.

「그렇다면 전 이 나이에 쫓겨나야 돼요!」 브레드 부인은 한

숨을 쉬었다.

「걱정 말아요. 내가 돌봐줄 테니까! 나와 함께 살면 돼요. 내 집에서 가정부든 뭐든 좋을 대로 해요. 평생 동안 생활을 보장할 테니까」

「친절하시게도 선생님은 모든 걸 생각하고 있군요」 이 말과 함께 브레드 부인은 곰곰이 생각에 잠겼다.

뉴만은 잠시 그녀를 지켜보다 갑자기 말했다. 「브레드 부인, 당신은 마님을 너무나 좋아하는군요!」

그녀는 재빨리 뉴만을 바라보았다. 「그런 말은 당치도 않아요. 전 마님을 좋아하는 게 제 임무의 일부가 된다고는 생각지 않아요. 전 오랫동안 마님을 충실히 섬겨왔거든요. 하지만 마님이 내일 죽게 되더라도 전 맹세코 눈물을 흘리진 않을 거랍니다」 잠시 후 브레드 부인은 말을 덧붙였다. 「저는 마님을 사랑할 이유가 전혀 없거든요! 마님이 가장 후하게 베푼 일은 저를 집 밖으로 내쫓지 않은 것뿐이랍니다」 뉴만은 브레드 부인이 점점 더 솔직해진다고 분명히 느꼈다. 구태여 말하자면, 색다른 장소에서 거리낌없이 백만장자와 말하는 미리 정해진 면담으로 인한 정신적 안정감 때문에 그녀의 완고한 습성이 벌써 누그러진 것이다. 뉴만의 타고난 날카로움은 자신의 역할이 단지 브레드 부인으로 하여금 여유를 가지고 이 기회를 최대한 이용하게 만들어야 한다고 경고했다. 그렇기 때문에 뉴만은 아무 말없이 부드럽게 그녀를 바라보기만 했다. 브레드 부인은 여윈 팔꿈치를 기대고 앉아 있다가 이윽고 말을 계속했다. 「마님은 제게 큰 잘못을 저질렀던 적이 있죠. 마님은 화가 나면 입이 거칠어지거든요. 그건 오래전이었지만, 전 결코 잊을 수가 없답니다. 그 일에 대해 전 어떤 사람에게 말해 본 적도 없고, 원한만 품고 있었어요. 제 성격이 나쁜 탓이겠지만 그 원한은 너무나 오랫동안 사무쳤죠. 아무런 소용이 없는데도 말예요. 하지만 그건 제가 살아 있는 동안 계속될 거랍니다. 죽기 전까지는 절대로 사라지지 않을 테죠!」

「그럼 당신의 원한이 대체 뭔가요?」 뉴만이 물었다.

브레드 부인은 눈을 떨군 채 머뭇거렸다. 「만일 제가 외국인이라면 선생님에게 이런 말을 하는 게 덜 부담스러울 테지요. 점잖은 영국 여자가 이런 말을 하기란 힘들어요. 그렇지만 때때로 전 너무나 외국식을 많이 취했다고 생각하거든요. 지금 말하려는 건 제가 아주 젊고, 지금과 다른 모습이었을 때 생긴 일이에요. 믿기 어려우시겠지만, 그 당시 전 불그레한 뺨에다 무척이나 영리한 소녀였답니다. 마님 역시 젊었고, 고인이 된 후작님은 그 가운데서도 가장 젊었어요. 제 말은 그 분이 살아가는 방식이 그렇다는 거죠. 그 분은 매우 높은 기상을 가진 호인이었답니다. 대부분의 외국인들처럼 그 분도 쾌락에 탐닉했고, 때로는 그걸 취하려고 다소 격이 떨어지는 행동도 했지요. 그 때문에 마님이 종종 질투를 했는데, 믿기 어려울 테지만 제한테까지 질투를 했답니다. 하루는 모자에 붉은 리본을 맨 저를 보고 마님이 다짜고짜 달려들어 떼라고 명령했어요. 마님은 제가 주인 어른의 관심을 끌기 위해 리본을 맸다고 나무랐지요. 무례를 했는지 모르지만, 전 정직한 소녀처럼 당당하게 말을 하고 후회하진 않았어요. 붉은 리본이 어쨌다는 거죠! 주인 어른의 관심을 끌기 위해 그랬다나요! 마님은 제가 그런 의도가 전혀 없다는 걸 나중에 알았지만, 자신의 생각을 한 번도 말하지 않았어요. 하지만 주인 어른은 달랐답니다!」 브레드 부인은 말을 이었다. 「전 붉은 리본을 떼고 서랍에 넣어둔 채 지금까지 보관

했어요. 그 리본은 이제 낡아 빛바랜 분홍색이 되고 말았지만, 그대로 남아 있어요. 제 원한 역시 사그라들어 빛을 잃기는 해도 여태 남아 있구요」 브레드 부인은 자신이 입은 검은 공단 보디스를 부드럽게 만졌다.

뉴만은 이 침착한 이야기를 흥미롭게 듣고 있었는데, 그의 태도가 브레드 부인의 기억의 골짜기를 노출시킨 듯했다. 그러고 나서 그녀가 조용히 앉아 자신의 진솔한 말을 회고하며 명상에 잠기자, 뉴만은 곧장 자신의 목표를 시도했다. 「그래서 노부인이 질투가 많았고, 죽은 후작은 신분에 관계 없이 예쁜 여자들을 좋아했다는 거군요. 난 그들 모두가 당신처럼 절도 있게 행동하지 않았기 때문에, 고인이 된 후작에게 가혹해선 안 된다고 생각해요. 하지만 세월이 흐르면서 노부인을 범죄자로 만든 건 질투 때문만은 아니었겠죠」

브레드 부인은 피곤한 듯 한숨을 쉬었다. 「우리는 끔찍한 낱말을 사용하고 있군요. 그러나 이제 상관없어요. 전 선생님이 어떤 생각을 품는지 알아요. 그리고 저는 아무런 의지도 없답니다. 제 의지란 이미 말했던 아이들의 의지일 뿐이지만, 이제 그들을 잃어버린걸요. 그 애들은 죽었거든요――둘다 말이에요. 그럴진대 제가 살아야 될 이유가 어디 있겠어요! 이제 그 집안 사람들이 대체 무엇이고, 전 그 사람들에게 무슨 의미가 있을까요? 마님은 지난 30여 년 동안 절 적대시해 왔거든요. 전 비록 지금의 후작을 보살핀 적은 없어도, 젊은 후작 부인에겐 뭔가 될 수 있다는 걸 기뻐해야 될까요. 후작이 갓난아기였을 때, 전 너무나 어렸던 나머지 사람들은 저한테 아기를 맡기지 않았지요. 그런데 후작의 아내는 저한테 품고 있는 생각을 자신의 하녀인 클라리세에게 말했답니다. 선생님은 그걸 듣고 싶으실 테지요」

「아무렴요」 뉴만이 말했다.

「그녀는 제가 아이들 공부방에 앉아 있기라도 한다면 그저 펜이나 훔치는 존재로 어울릴 거라고 했어요! 사정이 이쯤 되면 저도 격식을 차릴 필요가 없겠지요」

「지당한 말이오」 뉴만이 응답했다. 「계속 말해요, 브레드 부인」

그러나 브레드 부인은 곤란한 듯이 다시 잠자코 있었기 때문에 뉴만이 할 수 있는 일이란 팔짱을 끼고 기다리는 것뿐이었다. 그러나 마침내 그녀는 자신의 기억을 가다듬은 듯이 보였다. 「그 일은 돌아가신 후작님이 나이가 들고, 맏아들이 결혼한 지 2년이 되었을 때였어요. 여기 사람들의 말로 클레어 양의 혼기(婚期)가 찼을 때였죠. 후작님은 몸이 쇠약할 만큼 무척 건강이 나빴답니다. 마님은 싱트레 씨를 택했지만, 전 그 이유를 조금도 이해할 수 없었어요. 하지만 제 힘으로 알지 못하는 이유는 분명히 있었지요. 그런 걸 이해하려면 신분이 높아야 돼요. 늙은 싱트레 씨는 매우 신분이 높았기 때문에, 마님이 그 사람을 자신과 동등하게 여겼다는 말이 상당히 나돌았어요. 어베인 씨는 항상 그랬듯이 어머니에게 동조했구요. 문제는 마님이 결혼 지참금으로 내놓을 돈이 궁했다는 건데, 다른 신사들은 모두 상당한 액수를 요구했다고 하더군요. 이런 형편에 마땅한 사람은 싱트레 씨뿐이었죠. 자비로운 신의 뜻에 의해 그 사람이 구비한 유일한 장점이란 결혼 지참금을 많이 요구하지 않았다는 거였어요. 그 사람은 아마 무척 좋은 가문에서 태어났을 테지만, 확실히 인사와 언변에 매우 위엄이 있었답니다. 하지만 그건 그 사람이 가진 유일한 덕목이었죠. 물론 제가 한 번도 본 일이 없지만, 그 사람은 제가 소문에 들은 희극배우 모습 같았어요. 저는 그 사람이 얼굴에 화장을 했다는 걸 알았지요. 비록 정성들여 화장하긴 했어도, 전 그 모습을 좋아한 적이 없었어요! 후작님은 그 사람을 만나지 않을 수 없었지만, 그런 인물을 남편감으로 택하느니 차라리 클레어 양이 독신으로 지내야 한다고 선언했어요. 그래서 주인어른과 마님은 대판 싸움을 벌였고, 그 소리가 하인들의 처소에 있던 우리들 귀에까지 들렸지요. 사실대로 말하자면, 그 싸움이 처음은 아니었답니다. 그 분들은 사이가 좋지 않았어도, 자주 언성을 높이진 않았어요. 제 생각엔 그 분들 모두가 상대방의 행동에 고통받을 이유가 없다고 여겼거든요. 마님은 오래 전에 질투심을 극복했던지라 무관심할 따름이었죠. 이런 점에서 그 분들은 오히려 잘된 거예요. 후작님은 성격이 매우 느긋한 편이었고, 정말 신사다운 기질을 가졌어요. 그저 일년에 한 번 정도 화를 냈지만, 그럴 경우 극한까지 치달았죠. 하지만 언제나 상황이 끝나면 곧장 잠자리에 들곤 했답니다. 제가 말씀드린 이번 경우에도 후작님은 평상시처럼 침대로 갔지만 다시는 일어나지 못했어요. 저는 이 불쌍한 양반이 자업자득을 초래했다고 생각했는데, 그건 나이 든 사람들이 대체로 그렇지 않을까요? 마님과 어베인 씨는 침묵을 지켰지만, 전 마님이 싱트레 씨에게 벌써 편지를 썼다는 사실을 알았어요. 후작님의 용태는 계속 악화되어 의사들도 포기하고 말았답니다. 마님도 포기하고 말았지만, 사실대로 말하자면 기쁘게 포기한 거죠. 일단 주인어른의 간섭이 사라지자 마님은 마음먹은 대로 일을 처리할 수 있었거든요. 그리하여 불쌍하고 순진한 아이가 싱트레 씨에게 넘겨지게끔 모든 일이 결정되었어요. 선생님은 그 당시 그녀가 어떤 숙녀였는지 모르실 거예요. 그녀는 프랑스에서 가장 귀엽고 젊은 여성이었을뿐더러, 자기 주변에 벌어지는 일에 대해서는 백정에게 잡힌 어린 양만큼이나 몰랐답니다. 전 후작님의 방에서 간호를 했는데, 이곳 플뢰히에르에서의 가을이었어요. 그때는 두세 주일씩 집에 머무르는, 파리에서 온 의사가 있었지요. 다른 두 의사가 와서 진찰을 한 다음, 제가 말했듯이 후작님이 살아날 가망이 없다고 했어요. 그러고 나서 그들은 치료비만 챙기고 가버렸지만, 한 의사가 남아 힘닿는 데까지 치료했어요. 후작님은 스스로 죽지도, 죽고 싶지도 않다고 계속 울기만 했는데, 살아서 자기 딸을 돌보고 싶었던 거죠. 클레어 양과 그 당시 자작(子爵)이었던 발렌틴 씨는 모두 집에 있었답니다. 저도 알 수 있었지만, 그 의사는 현명한 사람이었기 때문에 후작님의 상태가 호전될 거라고 믿었어요. 의사와 저는 열심히 간호했는데, 어느 날 마님이 자신의 상복을 짓도록 명령을 내리는 순간 갑자기 환자의 용태가 호전되었지요. 실제로 환자는 계속 회복되어 마침내 위험에서 벗어났다고 의사가 말했어요. 환자를 괴롭힌 끔찍한 위경련이 점차 멈추면서 불쌍한 후작님은 다시 농담을 하기 시작했답니다. 의사는 환자에게 줄 약을 찾아냈는데, 그건 벽난로 위에 얹어둔 큰 병에 담긴 하얀 가루였어요. 전 유리 튜브를 통해 그걸 후작님에게 투여하곤 했고, 그 약은 항상 그 분을 편안하게 했어요. 그러고 나서 의사는 환자에게 통증이 있을 때마다 그 약을 복용시키라고 이르고는 가버렸지요. 그 이후로 매일 포에티에로부터 오는 작달막한 의사가 있기는 했어도, 우리는 집에 홀로 남게 되었지요. 마님과 불쌍한 남편과, 그리고 세 자녀들 말이에요. 젊은 벨가드 부인은 딸과 함께 친정으로 가버렸고요. 아시다시피 그녀는 매우 활기 있는 사람이잖아요. 하녀가 전하는 말로, 그녀는 사람이 죽어가는 곳에 있고 싶지 않다나요」 브레드 부인은 잠시 말을 멈추었다가 나직한 어조로 계속했다. 「짐작하다시피, 후작님의 상태가 호전되자 마님은 실망했어요」 그러고 나서 그녀는 다시 말을 멈추고 뉴만 위로 얼굴을 숙였다. 그들의 위로 어둠이 깔리자 그 얼굴이 점차 하얗게 보였다.

뉴만은 발렌틴의 마지막 말에 귀를 기울였을 때보다 더욱 강한 열정으로 브레드 부인의 말에 집중했다. 이따금 뉴만을 쳐다보는 그녀의 표정은 마치 우유 한 접시를 놓고 질질 끌며 즐기는 늙은 얼룩고양이를 연상시켰다. 심지어 그녀의 의기양양한 표정도 적당히 조절되고, 광적(狂的)인 기쁨을 표출하는 재능도 싸늘히 식어진 듯했다. 잠시 후 브레드 부인은 말을 계속했다. 「어느 날 밤 늦게 저는 서편 망루(望樓)에 위치한 크고 붉은 후작님 방에서 환자 곁에 앉아 있었지요. 주인어른이 다소 괴로워했기 때문에 전 의사가 처방한 약을 한 스푼 드렸어요. 초저녁에 거기에 머물렀던 마님은 한 시간 이상 침대 옆에 있다가, 저를 혼자 두고 나가버렸답니다. 마님은 자정이 지나서 돌아왔고, 큰 아들이 함께 있었어요. 그들은 침대로 가서 후작님을 보았고, 마님이 주인어른의 손을 잡았죠. 그러고 나서 마님은 저를 향해 후작님의 용태가 별로 좋지 않다고 했어요. 전 후작님이 아무런 말도 하지 않은 채 마님을 응시하며 누워 있던 모습을 기억해요. 그 순간 저는 침대 커튼 사이의 크고 검은 귀퉁이로 주인어른의 창백한 얼굴을 볼 수 있었답니다. 제가 주인어른의 용태가 그다지 나쁘지 않다고 말하자, 마님은 절더러 잠자리에 들라고 했어요. 마님이 주인어른과 함께 있겠다는 거였어요. 후작님은 제가 나가는 모습을 보자 신음 소리를 내며 떠나지 말라고 소리쳤어요. 그러나 어베인 씨는 문을 열면서 출구를 가리켰지요. 아시겠지만, 지금의 후작은 명령을 내리는 투가 거만해요. 그래서 명령에 복종하여 제 방으로 돌아갔지만, 전 마음이 편치 않았답니다. 어째서 그런지 말할 수 없었어요. 전 옷을 벗지도 않은 채 방에서 기다리며 귀를 기울이고 있었지요. 선생님이라면 어떻게 했을까요? 전 할말이 없었답니다. 분명히 불쌍한 주인어른은 곁에 아내와 아들이 함께 있었으므로 마음이 편했으리라고 생각했으니까요. 그렇지만 마치 후작님이 저를 찾으며 신음하는 소리가 들려올 것만 같았어요. 저는 귀를 기울였지만 아무것도 듣지 못했지요. 무척이나 고요한 밤이었는데, 그렇게 고요한 밤은 처음이었답니다. 그 적막감에 놀란 나머지 저는 방에서 나와 아래층으로 조용히 내려갔어요. 저는 후작님의 방 바깥에 있던 작은 방에서 서성거리는 어베인 씨의 모습을 보았어요. 그 이가 절더러 뭘 원하느냐고 묻길래 마님을 진정시키러 왔노라고 대답했지요. 그이는 자신이 마님을 진정시키겠다고 하며 제게 잠자리로 돌아가라고 명령했어요. 하지만 저는 돌아갈 마음이 내키지 않아 거기 서 있었는데, 그때 방문이 열리더니 마님이 나오시더군요. 무척이나 창백한 마님의 모습은 사실 매우 이상하게 보였답니다. 마님은 잠시 우리를 쳐다보고는 아들에게 팔을 내밀었지요. 그래서 아들이 다가가자 마님은 쓰러져 얼굴을 묻었어요. 전 재빨리 마님 곁을 지나서 방으로 들어가 후작님의 침대로 갔어요. 그 분은 하얗게 질린 채 송장처럼 눈을 감고 있더군요. 저는 손을 잡고 말을 건넸지만, 그 분은 죽은 사람처럼 느껴졌어요. 주위를 둘러보니 마님과 어베인 씨가 거기 있었어요. 마님은 〈불쌍한 브레드, 후작님이 돌아가셨어〉라고 말하지 않겠어요. 어베인 씨는 침대 곁에 무릎을 꿇고서 부드러운 목소리로 〈오, 아버지〉라고 말했어요. 전 너무나 이상하다고 생각한 나머지 도대체 어떤 일이 일어났고, 어째서 절 부르지 않았는지 물어보았지요. 마님은 아무 일도 생기지 않았고, 조용히 후작님 곁에 앉아 있기만 했다는 거예요. 마님은 잠이 들 거라고 생각하고서, 눈을 감고 얼마나 오랫동안인지 모르나 잠을 잤다고 했어요. 그리고 눈을 떠보니 후작님이 죽었다나요. 마님은 아들에게 〈죽음이야, 그렇고 말고〉라고 하시더군요. 어베인 씨는 즉시 포에티에에 있는 의사를 불러야 한다며, 자신이 마차로 데려오겠다고 했어요. 그이는 아버지의 얼굴에 입맞춤을 하고 난 다음 어머니에게도 입맞춤을 하고 사라졌지 뭐예요. 마님과 저는 침대 발꿈치에 서 있었어요. 하지만 불쌍한 후작님을 보았을 때 제 머릿속에는 그 분이 죽지 않고 기절했다는 느낌이 들었답니다. 그런데도 마님은 〈불쌍한 브레드, 이게 바로 죽음이야, 그렇고 말고〉라는 말만 되풀이했어요. 그래서 저는 〈네, 마님, 이건 분명히 죽음이군요〉 하고 제 생각과 반대되는 말을 했어요. 그렇게 해야 된다고 느꼈기 때문이에요. 그러자 마님이 의사를 기다려야 한다고 말했기 때문에 우리는 거기 앉아 기다렸지요. 그건 긴 시간이었답니다. 불쌍한 후작님은 꼼짝도 하지 않았고, 얼굴빛도 변하지 않았어요. 마님은 〈난 예전에 죽음을 목격한 적이 있어〉라고 말하며, 〈이처럼 끔찍했지〉라고 하시더군요. 저는 〈네, 마님〉 하고 대답하고서 계속 생각을 해보았지요. 밖에 나간 아들이 돌아오지 않은 채 밤의 시간이 흐르자 마님은 두려워했어요. 아들이 어둠 속에서 사고를 당했는지, 아니면 어떤 난폭한 무리를 만났는지 두려웠던 거예요. 그러다 마님은 안절부절못하고 아들이 돌아왔는지 뜰에서 지켜보기 위해 아래로 내려갔어요. 저는 거기에 홀로 앉아 있었고, 후작님은 미동도 하지 않았어요」

여기서 브레드 부인은 다시 말을 멈추었는데, 가장 예술적인 공상소설가도 이보다 더 효과적으로 말할 수 없었을 것이다. 뉴만은 마치 소설책 페이지를 넘기듯 조바심치며 외쳤다. 「그래서 그이가 죽었군요!」

「사흘 뒤 무덤에 묻혔지요」 브레드 부인은 간결하게 대답했다. 「아무튼 잠시 시간이 흐른 다음 저는 집 앞으로 나가 뜰을 내려다보았는데, 얼마 후 어베인 씨가 홀로 들어오는 모습이 보이더군요. 그이가 마님과 함께 위층으로 올라올 거라고 생각하며 잠시 기다렸지만, 그들이 아래에 머물렀기 때문에 전 후작님의 방으로 되돌아왔답니다. 전 침대로 가서 그 분을 불빛으로 비춰 보았는데, 어째서 제가 촛대를 그대로 들고 있었는지 몰랐어요. 후작님의 두 눈이 활짝 열려 있었거든요! 두 눈은 저를 응시하고 있었기 때문에, 전 그 분 옆에 무릎을 꿇고 앉아 손을 잡고서 제발 생사여부를 말해 달라고 간청했어요. 그 분은 여전히 오랫동안 저를 응시하다 귀를 가까이 대라고 손짓을 하시더군요. 〈난 죽게 돼〉라고 그 분은 말했어요. 〈난 죽게 돼. 아내가 나를 죽였어〉라고요. 저는 온몸을 떨었어요. 그 분을 이해할 수 없었거든요. 어떻게 된 건지 알 수도 없었고요. 그 분은 사람 모습 같기도 하고, 상상 속의 송장 모습 같기도 했어요. 전 그 분에게 〈하지만 이제 회복되실 거예요〉라고 말했죠. 그 분은 다시 무척이나 희미한 목소리로, 〈난 절대로 회복되지 않아. 다시는 저 여자 남편이 될 수 없어〉라고 중얼거렸어요. 그 분은 몇 마디 말을 덧붙였어요——아내가 자기를 살해했다는 거죠. 저는 마님이 어떤 행동을 했는지 물어보았지만, 그 분은 이렇게만 말했어요. 〈살인이야, 살인. 저 여자는 내 딸도 죽일 거야. 불쌍하고 가련한 아이까지.〉 그 분은 절더러 그걸 막아 달라고 하면서, 자신이 이제 죽음의 문전에 이르렀다고 하시더군요. 전 떠나기가 두려웠답니다. 제 자신도 죽은 느낌이었거든요. 갑자기 그 분은 제게 연필을 가져와 대신 무엇을 써 달라고 했어요. 하지만 저는 글을 쓸 줄 모른다고 대답했지요. 그 분은 자신이 글을 쓸 동안 침대에서 몸을 일으켜 세워 달라고 했지만, 전 절대로 그럴 수 없다고 했어요. 하지만 그 분에겐 힘의 원천이 된 어떤 공포감이 있었던 것 같았어요. 저는 방에서 연필과 종이와 책을 발견하고서, 책 위에다 종이를 올려놓고 그 분의 손에 연필을 쥐어 드린 다음 촛불을 가까이 가져갔답니다. 선생님은 이 모든 일이 참으로 이상하다고 생각하시겠지요. 사실이 그랬으니까요. 정말 이상한 건 그 분이 죽어간다고 믿고서 제가 글 쓰는 걸 열심히 도와주었다는 사실이에요. 저는 침대에 앉아 팔로 그 분을 감싸 일으켜 세웠어요. 전 스스로 매우 강하다는 생각을 가졌기 때문에 그 분을 일으켜 세울 수 있다고 믿었거든요. 어떻게 글을 썼는지 이상스러웠지만, 어쨌든 그 분은 부르르 떨리는 손으로 썼어요. 종이 한 면을 거의 메꾸다시피 했으니까요. 불과 삼사 분 정도였겠지만, 시간은 길게만 느껴졌답니다. 그 분은 계속 끔찍한 신음 소리를 내더군요. 그러고 나서 글을 다 썼다고 말하자, 전 베개를 받쳐드렸어요. 그 분은 자신이 쓴 종이를 제게 건네며, 그걸 접어 숨긴 다음 누군가 행동을 취할 사람에게 전하라고 하셨어요. 〈어떤 사람을 두고 하는 말씀이세요?〉라고 제가 물었죠. 〈행동을 취할 사람이 누구란 말예요?〉 하지만 그 분은 대답 대신 신음 소리만 냈어요. 너무나 허약한 나머지 말을 할 수 없었던 거죠. 잠시 후 그 분은 절더러 벽난로 위에 있는 병을 보라고 했어요. 전 그 병을 알았거든요. 위(胃)에 좋다는 하얀 가루였지요. 저는 다가가 병을 보았지만, 텅 비어 있었어요. 돌아와 보니, 그 분은 눈을 활짝 뜬 채 저를 응시하고 있더군요. 그러나 이윽고 눈을 감고서 그 분은 더 이상 말을 하시지 않았답니다. 저는 그 종이를 옷 속에다 감추었지요. 전 글을 쓴 적이 없어도 읽는 데는 문제가 없었는데, 그 종이에 무엇이 씌었는지 몰라요. 저는 침대 곁에 앉아 있었고, 거의 반 시간이 지나서야 마님과 아들이 돌아왔어요. 후작님은 그들이 떠날 때와 똑같은 모습이었고, 저는 그 동안의 일에 관해 한마디도 꺼내지 않았답니다. 어베인 씨의 말로, 의사는 임산부에게 갔지만, 곧 플뢰히에르로 오겠다는 약속을 했다는군요. 반 시간 후에 도착한 의사는 검진을 하자마자, 우리의 불안이 잘못된 거라고 말했어요. 불쌍한 주인어른의 상태가 썩 좋지 않기는 해도, 생명에 지장이 없다는 거죠. 의사가 이 말을 할 때 전 마님과 아들이 서로 눈짓을 하는지 보려고 유심히 관찰했지만, 그런 행동은 하지 않더군요. 의사는 후작님이 죽을 까닭이 없고, 상태가 계속 호전된다고 했어요. 그러고 나서 의사는 지난번에 후작님이 매우 건강했던 모습을 보고 떠났는데, 어떻게 상태가 갑자기 나빠졌는지 궁금해했지요. 마님이 의사에게 어베인 씨와 제게 했던 넋두리를 다시 늘어놓자, 의사는 마님을 쳐다보며 아무 말도 하지 않았어요. 그 의사는 다음날 종일 저택에 머물며 후작님 곁을 떠나지 않았어요. 전 여느 때처럼 그곳에 있었구요. 클레어 양과 발렌틴 씨가 아버지를 보러 왔지만, 후작님은 꼼짝도 하지 않았어요. 치명적인 마비라니 이상스러운 노릇이죠. 마님은 여전히 남편처럼 창백한 얼굴로 근처에 머물렀지만, 그 표정은 제가 본 바로, 자신의 명령과 의지가 무시당했 때 나타나는 실로 오만한 모습이었답니다. 마치 불쌍한 후작님이 마님의 의사를 무시한 것처럼 말예요. 하지만 그런 태도는 제게 두려움을 주었어요. 포에티에로부터 온 의사가 종일 후작님을 보살폈지만, 우리는 제가 말했듯이 플뢰히에르에 머물던, 파리에서 온 다른 의사를 기다렸답니다. 그날 아침 일찍 전보를 쳤기 때문에 그 의사는 저녁에 도착했지요. 그는 포에티에에서 온 의사와 밖에서 몇 마디를 나눈 다음, 후작님을 진찰하기 위해 함께 들어왔어요. 저는 그 의사와 함께 있었고, 어베인 씨도 마찬가지였어요. 마님은 파리에서 온 의사를 맞이하느라 방으로 들어오진 않았어요. 의사는 후작님 옆에 앉아 있었고, 전 거기서 의사가 후작님의 손목을 잡는 모습과, 작은 거울을 손에 쥐고 의사를 관찰하던 어베인 씨를 볼 수 있었어요. 〈틀림없이 좋아질 텐데〉라고 포에티에로부터 온 작달막한 의사가 말했지요. 의사가 〈틀림없이 회복될 겁니다〉라고 말한 얼마 후, 후작님은 잠에서 깨어나 눈을 뜨고 우리를 차례차례 바라보았답니다. 그 분이 매우 부드러운 눈길로 저를 보는 걸 알 수 있었죠. 바로 그때 마님이 발끝으로 걸어와 침대 곁으로 오더니 저와 큰아들 사이로 머리를 내밀었지 뭐예요. 후작님은 마님을 보고서 무척 길고 이상한 신음 소리를 냈어요. 그 분은 우리가 이해하지 못할 말을 했고, 경련을 일으킨 듯했어요. 그러다 온몸을 떨고 눈을 감자 의사가 벌떡 일어나 마님을 잡았답니다. 그 의사는 얼마 동안 다소 거칠게 마님을 잡고 있었어요. 후작님이 꼼짝도 하지 않은 채 죽었거든요! 이번에는 모든 사람들이 그 장면을 목격했어요」

뉴만은 마치 큼직한 살인 사건에 매우 중요한 증거 기록을 별빛 아래에서 읽는 기분이었다. 「그렇다면 그 종이는요?」 그는 흥분해서 말했다. 「거기에 무엇이 적혀 있었소?」

「그건 말할 수 없답니다」 브레드 부인이 대답했다. 「전 그걸 읽을 수 없었으니까요. 불어로 씌어졌기 때문이죠」

「그렇다면 여태껏 읽은 사람이 없었소?」

「어떤 사람에게도 부탁한 적이 없어요」

「여태껏 본 사람이 없었다구요?」

「만일 선생님이 보신다면, 맨 처음이 되는 거랍니다」

뉴만은 두 손으로 늙은 여인의 손을 기운차게 누르며 외쳤다.「정말 고맙소. 난 그걸 맨 처음 보는 사람이 되고 싶소이다. 그 종이를 다른 사람이 아닌, 내 수중에 넣고 싶어요! 당신은 유럽에서도 가장 현명한 여인이오. 그런데 종이를 어떻게 했소?」이 정보는 이상하게도 그에게 강한 느낌을 주었다.「나한테 빨리 넘겨요!」

브레드 부인은 위엄을 띠고 일어섰다.「그렇게 쉬운 일은 아니에요. 그걸 원하신다면 기다려야 돼요」

「하지만 난 기다리는 데 진절머리가 났소」뉴만은 다그치듯 말했다.

「전 분명히 오랜 세월을 기다려 왔는걸요」

「그건 사실이오──나를 기다려 왔으니까. 난 절대로 잊지 않겠소. 그런데 고인이 된 후작이 부탁했는데도, 당신이 그 종이를 다른 사람에게 보여주지 않은 까닭이 뭐죠?」

「그걸 누구한테 보여주어야 하나요?」브레드 부인은 슬픈 듯이 대답했다.「방법을 알기가 쉽지 않아 저는 수많은 밤 그걸 생각하며 뒤척였답니다. 6개월 후 클레어 양이 늙고 악덕한 남자와 결혼하게 되었을 때 공개할 뻔했지요. 종이에 담긴 내용을 이용하여 뭔가 행동을 취하는 게 임무라고 생각했지만, 전 굉장히 두려웠어요. 종이에 무엇이 씌었고, 얼마나 끔찍한 내용인지 몰랐거든요. 그리고 믿고 부탁할 사람도 없었던 거죠. 그 아름답고 어린 숙녀로 하여금 아버지가 그녀의 어머니를 두고 그처럼 치욕적인 글을 썼다는 사실을 알게 하는 건 친절치고는 잔인하죠. 제 생각으로 그랬으니까요. 그녀가 이런 사실을 알게 돼 불행한 것보다, 남편 때문에 불행한 편이 오히려 낫다고 생각했어요. 그래서 저는 아가씨와 발렌틴 씨를 위해 침묵을 지켰답니다. 말이 침묵이지 그건 정말 피곤한 노릇이었지요. 끔찍한 고통을 안겨주었고, 제 자신을 완전히 바꾸어놓았으니까요. 하지만 다른 사람들에겐 입을 다물었기 때문에, 이 시간까지 저와 불쌍한 후작님 사이에 있었던 일은 어떤 사람도 알지 못해요」

「하지만 분명히 의혹은 남는군요」 뉴만이 말했다. 「발렌틴은 어디서 그런 생각을 얻게 되었을까요?」

「그건 포에티에로부터 온 작달막한 의사 때문이랍니다. 그 사람은 매우 못마땅했던 나머지 큰 소문을 냈거든요. 그는 관찰력이 뛰어난 프랑스 사람이었는데, 매일 집으로 오면서 겉으로 드러난 것보다 더 많은 사실을 알게 된 듯했어요. 정말이지, 불쌍한 후작님이 마님을 쳐다보는 순간 돌아가신 건 누구에게라도 충격적이었을 거예요. 파리에서 온 의사는 훨씬 융통성이 있었기 때문에 다른 사람들의 입을 막았지요. 그럼에도 불구하고 발렌틴 씨와 클레어 양은 뭔가 엿듣고, 아버지의 죽음에 부자연스러운 점이 있다고 보았어요. 물론 자신들의 어머니를 탓할 수야 없었겠죠. 그리고 선생님에게 말했다시피, 전 철저히 입을 다물고 있었답니다. 이따금 발렌틴 씨는 저를 바라보곤 했는데, 그 눈빛은 마치 뭔가 물으려는 듯이 반짝거렸지요. 저는 그가 물어볼까 끔찍히 두려워 항상 고개를 돌려 일에만 몰두했어요. 만약 제가 입을 열면 그는 나중에 저를 미워할 테고, 그렇게 되면 자신을 지탱할 수 없을 거라고 확신했기 때문이에요.

한 번은 용기를 내어 발렌틴 씨에게 갔어요. 전 그에게 어렸을 적에 했듯이 입맞춤을 하고 말했어요. 〈그렇게 슬픈 표정을 해선 안 돼요, 도련님. 이 불쌍하고 늙은 브레드를 믿으세요. 이처럼 친절하고 잘생긴 분이 슬퍼할 일이 어디 있겠어요.〉 그런 다음 발렌틴 씨가 저를 이해했다고 생각했지요. 그는 제가 사정한다는 걸 알고, 나름 대로 마음을 정한 듯했어요. 제가 말하지 못할 사연을 품고 있듯이, 그 사람도 캐묻지 못할 의문을 가진 셈이죠. 우리는 모두 훌륭한 가문을 모독하고 싶진 않았거든요. 그리고 클레어 양도 마찬가지였어요. 그녀는 무엇이 일어났는지도 몰랐지만, 알려고 하지도 않았어요. 마님과 어베인 씨는 그럴 필요가 없었기 때문에 제게 어떤 질문도 하지 않더군요. 전 생쥐처럼 가만히 있었답니다. 제가 젊었을 때 마님은 저를 바람난 처녀라고 생각했는데, 이제는 바보라고 여긴 거죠. 그러니 제가 어떤 생각을 할 수 있겠어요?」

「그렇지만 포에티에로부터 온 작달막한 의사가 소문을 냈다고 했잖소」 뉴만이 말했다. 「아무도 그걸 믿지 않았나요?」

「저는 그 일에 대해서 아무것도 듣지 못했답니다. 아실 테지만 이처럼 낯선 나라에서 사람들은 언제나 추문을 퍼뜨리고 다녀요. 사람들은 마님에 대해 의혹의 눈길을 던지긴 했지만, 결국 무슨 말을 할 수 있겠어요? 후작님은 단지 병이 들어 죽은 거라고 알려졌으니까요. 다른 사람들과 마찬가지로 그 분도 죽을 권리가 있잖아요. 집안 사람들이 의사가 복통 때문에 오지 못했노라고 변명할 수야 없었죠. 그 작달막한 의사는 이듬 해 그곳을 떠나 보르도에서 개업했어요. 그러니 설령 사람들의 입에 오르내릴 만한 얘기가 있었더라도 사라지고 말았을 거예요. 그리고 마님에 대해선 귀를 기울일 추문거리가 있다고 생각하는 사람은 아무도 없었답니다. 무척이나 존경받는 분이니까요」
마지막 말을 듣고 나서 뉴만은 껄껄대며 웃음을 터뜨렸다. 브레드 부인이 그들이 앉았던 곳을 떠나자, 뉴만은 그녀에게 벽의 틈새를 통하여 집으로 가는 길을 안내했다. 「아무렴요」 뉴만이 말했다. 「그 사람은 정말 존경받을 만하죠. 하지만 그건 와르르 무너지고 말거요!」 그들은 교회 앞 공터에 도달하여 잠시 발길을 멈추고, 치밀한 음모를 꾸미는 사람처럼 친밀한 동지애로 서로를 쳐다보았다. 「하지만」 뉴만이 말했다. 「그녀가 남편에게 무슨 짓을 했을까요? 남편을 찔러 죽이거나, 독살한 건 아닐 텐데」
「그건 모르겠어요. 아무도 보지 못했으니까요」
「어베인 씨는 아닐 거요. 당신은 그 사람이 밖에서 서성거렸다고 했잖소. 아마도 열쇠 구멍을 통해 방안을 들여다 보았을 테지요. 하지만 그렇지는 않을 거요. 내 생각에 그들 모자(母子)가 공범일 것 같은데」
「저는 이따금 그걸 생각해 보았어요」 브레드 부인이 대답했다. 「전 마님이 남편에게 손을 대지 않았다고 확신해요. 그런 흔적은 어디에도 찾아볼 수 없었거든요. 저는 이런 방법일 수도 있다고 봐요. 즉, 주인어른은 발작적인 통증 때문에 약을 달라고 했지만, 마님은 이 요구에 응하지 않고 눈 앞에서 약을 쏟아 버렸을 거예요. 주인어른은 마님의 의도를 알았지만, 허약하고 무기력한 나머지 경악했겠지요. 〈나를 죽이려 하는군〉 하고 주인어른이 말하자, 마님은 〈그래요, 당신을 죽이겠어요〉라고 대답하고 자리에 앉아 주인어른을 노려보았을 테지요. 선생님도 마님의 눈빛을 아시겠지만, 그 눈빛은 주인어른을 죽이고도 남아요. 그 눈빛은 무섭게도 강한 의지를 담고 있잖아요. 꽃에 서린 서릿발처럼 말이에요」

「당신은 참으로 총명한 사람이오. 식견도 뛰어나고」 뉴만이 말했다. 「난 가정부로서 당신의 도움을 높이 평가할 거요」

그들은 언덕 아래로 내려갔으며, 기슭에 도달할 때까지 브레드 부인은 아무 말도 하지 않았다. 그녀의 곁에서 가볍게 걷던 뉴만은 하늘의 별들을 응시하며 머리를 뒤로 젖혔다. 그는 은하수를 따라 자신의 복수를 실행하는 듯이 보였다. 「그럼 선생님 얘기는 진담이에요?」 브레드 부인이 부드럽게 말했다.

「나와 함께 지낸다는 사실 말인가요? 물론이오. 난 끝까지 돌보아 주겠소. 당신이 더 이상 그런 사람들과 지낼 순 없어요. 이런 일이 있고 나선 불가능해요. 내게 그 종이를 건네주고, 그 사람들로부터 사라지면 돼요」

「이 나이에 새로운 거처를 찾는다는 게 너무나 경솔하네요」 브레드 부인은 애처롭게 말했다. 「하지만 선생님이 그 집안을 뒤엎어 놓을 작정이라면 전 차라리 거기서 나오고 말겠어요」

「걱정 말아요」 뉴만은 마치 풍부한 대안(代案)을 가진 듯이 유쾌한 어조로 말했다. 「설령 당신의 뜻이라고 할망정 난 경찰을 불러들이진 않을 거요. 노부인이 무슨 짓을 했든 법으로 포착할 수 없겠지만, 나한테는 그게 나아요. 내 손에서 모든 걸 처리할 수 있으니까!」

「선생님은 정말 용감한 분이군요」 브레드 부인은 커다란 보넷의 테두리 사이로 뉴만을 쳐다보며 중얼거렸다.

뉴만은 저택이 있는 곳까지 그녀와 함께 걸었다. 플뢰히에르에서 고된 하루를 보낸 마을 사람들을 위해 통행 금지를 알리는 종이 울렸고, 불꺼진 거리는 인적이 없었다. 브레드 부인은 반 시간 가량 후에 후작이 직접 쓴 글을 뉴만에게 가져다 주겠다고 약속했다. 그녀가 대문으로 들어가지 않으려고 했으므로, 그들은 꼬불꼬불한 좁은 길을 따라 공원의 벽 쪽에 있는 문으로 돌아서 갔다. 그녀는 열쇠를 가졌기 때문에 저택의 뒤편으로 들어가는 것이 가능했던 것이다. 뉴만은 담장 밖에서 그녀가 소중한 물건을 들고 나오기를 기다리겠다고 말했다.

뉴만은 어둠이 깔린 길에서 반 시간 남짓 기다리는 것이 너무나 길게 느껴졌지만, 생각할 일이 많았다. 마침내 담장문이 열리면서 브레드 부인이 한 손을 걸쇠 위에 얹고, 다른 손에는 작게 접어진 하얀 종이 한 장을 들고 서 있었다. 뉴만은 즉각 그것을 받아 조끼 주머니에 집어넣고 말했다. 「그럼 파리에서 만납시다. 당신의 미래를 보장할 테니까. 그리고 불쌍한 후작이 불어로 쓴 글을 당신에게 옮겨주겠소」 뉴만은 이 순간만큼 니오슈 씨의 불어 교습이 고마운 적이 없었다고 생각했다.

브레드 부인은 흐릿한 눈으로 종이가 사라지는 것을 주시하며 무거운 한숨을 쉬었다. 「제게 베풀 수 있는 일인 만큼 그 약속을 믿겠어요. 이제 저를 돌보아 주셔야 돼요. 선생님은 정말 진솔한 분이시네요」

「지금으로선」 뉴만이 말했다. 「정말 마음이 조급할 뿐이오!」 그러고 나서 그는 작별을 고하고 급히 숙소로 돌아갔다. 그는 포에티에로 돌아가도록 마차를 대기시키고 나서, 응접실 문을 닫고 벽난로 위에 있는 하나뿐인 램프를 향해 걸어갔다. 그는 종이를 끄집어 내어 재빨리 펼쳤는데, 그것은 연필 자국으로 덮였기 때문에 희미한 불빛 아래에서 얼핏 알아보기 어려웠다. 하지만 뉴만의 날카로운 호기심이 떨리는 듯한 표식으로부터 도출한 의미를 영어로 옮기자면 다음과 같다.

아내가 나를 죽이려고 일을 저질렀어. 난 지금 죽어가고 있어——끔찍하게. 내가 사랑하는 딸을 싱트레 백작과 결혼시키려는 목적이야. 난 힘을 다해 반항하고 저지했어. 내 정신은 온전해. 의사들과 브——부인에게 물어봐. 여기 오늘밤 나 혼자뿐이야. 아내가 나를 공격하여 죽음으로 몰아넣었어. 이건 문자 그대로 살인이야. 의사들에게 물어봐.

앙리—어베인 드 벨가드

제23장

뉴만은 브레드 부인과 면담을 끝내고 나서 둘쨋날 파리로 돌아왔다. 파리로 오기 전날 뉴만은 호주머니 속에 간직했던 작은 종이를 반복해서 읽으며 포에티에에서 시간을 보냈는데, 그는 이러한 상황에서 무엇을 어떻게 해야 될지를 생각했다. 그는 포에티에가 흥미로운 장소라고 생각하지 않았지만, 날이 너무나 짧게 느껴졌다. 오스만 대로에 위치한 자신의 거처로 다시 돌아온 뉴만은 대학로로 건너가 문을 지키던 하녀에게 노부인이 돌아왔는지 물어보았다. 하녀는 노부인이 어제 큰아들과 함께 도착했다고 대답하며, 뉴만이 안으로 들어가면 그들 모두를 만날 수 있다는 말을 덧붙였다. 하녀가 이렇게 말했을 때, 작고 얼굴이 창백한 늙은 여자가 흐릿한 벨가드 저택의 정문 앞으로 고개를 내밀며 야릇한 미소를 지었다. 그 미소는 뉴만에게 「용기가 있으면 들어와 봐요!」라고 암시하는 듯했다. 그녀는 분명히 현재의 집안 사정에 익숙할 뿐만 아니라, 집안의 맥박을 감지할 수 있는 위치에 있는 것처럼 보였다. 뉴만은 잠시 서서 콧수염을 비틀며 그녀를 바라보다 급히 발길을 돌렸다. 하지만 이것은 비록 그가 싱트레 부인의 집안 사람들 앞으로 곧장 나아가야 할지 의구심을 가지긴 했어도, 내부로 들어가기가 두려웠기 때문은 아니었다. 다시 말해, 그의 소심함과 버금가는 자신감이 ——아마도 지나친 자신감이었으리라——발길을 돌리게 했던 것이다. 뭔가 기습적인 행동을 계획하던 뉴만은 줄곧 그것을 생각하고 즐거운 기분이 되었다. 그는 우르르 소리를 내며 어렴풋이 섬광을 내듯이 자신의 희생물이 될 사람들의 머리 위로 곧장 기습적인 행동을 감행하는 느낌이 들었고, 위로 치켜든 그들의 창백한 얼굴을 자신이 바라보는 기분이었다. 이미 암시했듯이, 어떤 인간의 표본도 그에게 이처럼 무섭게 불붙은 즐거움을 가져다주지 못했지만, 뉴만은 치밀한 복수의 잔을 유유자적하게 기울이고 싶었다. 그가 자신이 휘몰아칠 바람을 목격하기 위해 어떻게 행동을 조절할지 정확하게 인식하는데 당황스러웠다는 점도 덧붙여야 되리라. 노 벨가드 부인은 분명히 그를 받아들이지 않을 것이므로, 그녀에게 명함을 보내는 일이 쓸데없는 짓이라고 간주했다. 그렇다고 노부인에게 다짜고짜 밀고 들어갈 수 없는 노릇이었다. 뉴만은 기껏 노부인에게 편지나 쓰겠다는 맹목적 만족밖에 모른다고 생각하니 화가 치밀었지만, 자신의 편지가 그녀를 만나게 할 단서가 될 수도 있다고 여기며 다소 위로를 했다. 그는 약간 지친 느낌으로 집으로 돌아갔다. 고백하건대, 복수심을 품는다는 것은 사람을 지치게 하기 때문에 약간은 피곤한 절차가 된다. 뉴만은 실크 무늬의 안락의자 속으로 자신의 몸을 던져 다리를 쭉 뻗었다. 그런 다음 그는 호주머니에 두 손을 넣고, 대로 맞은편에 있는 화려한 건물 위로 저물어가는 석양에 반사되는 광경을 주시하면서 머릿속으로 노부인에게 쓸 냉정한 편지를 꾸몄다. 그가 생각에 잠겨 있는 동안 하인이 문을 활짝 열며 엄숙하게 「브레드 부인이오!」라고 말했다.

뉴만은 기다렸다는 듯이 자리에서 일어났다. 이윽고 그는 별이 총총한 플뢰히에르의 언덕 꼭대기에서 자신과 유익한 대화를 나누었던, 소중하기 이를 데 없는 여인이 문지방에 서 있음을 보았다. 브레드 부인은 지난번 외출 때와 똑같은 몸단장을 하고 방문했는데, 뉴만은 그녀의 뚜렷한 외모에 깊은 인상을 받았다. 램프는 아직 켜지지 않았지만, 널따란 보넷 그늘 아래 비친 엷은 어둠으로 드러난 크고 엄숙한 그녀의 얼굴이 뉴만을 응시했다. 뉴만은 브레드 부인이 하녀라는 사실이 어울리지 않다고 느꼈다. 뉴만은 아주 친절하게 그녀를 맞아들인 다음 편히 쉬도록 했다. 그녀가 옛처녀처럼 이러한 지시에 응하는 태도에는 환희와 우수의 원천을 자극하는 듯한 면이 있었다. 그녀는 우왕좌왕대며 유희하지 않았지만, 그렇게 했다면 우스운 꼴이 되었을지도 모른다. 그녀는 겸허하게 보이려고 정성을 쏟았기 때문에, 쩔쩔매는 모습마저 가식으로 느껴졌을 것이다. 하지만 그녀는 새로난 대로에 위치한, 희극적 외관을 갖춘 방에 홀로 지내는 친절한 신사를 자신이 한밤중에 방문하리라고 꿈에도 생각하지 않았음에 분명했다.

「제가 마땅히 있어야 될 곳을 잊어버리지 않았을까 하고 걱정했답니다」 브레드 부인이 중얼거렸다.

「잊어버린다구요?」 뉴만이 외쳤다. 「당신이 잘 기억하고 있는데. 여기가 바로 당신이 머무를 곳이오. 당신은 이미 내 시중을 들고 있으며, 가정부로서의 급료는 2주 전에 시작되었소. 난 집을 돌보는 사람이 필요해요. 그러니 보넷을 벗고 머물러요」

「보닛을 벗으라구요?」 브레드 부인은 소심하고 융통성 없이 말했다. 「전 일을 시작할 채비도 갖추지 않았답니다. 가장 멋진 옷을 입고 집안일을 할 수야 없잖아요」

「옷에 대해선 신경 쓰지 말아요」 뉴만은 유쾌하게 말했다. 「더 멋진 옷을 가지게 될 테니까」

브레드 부인은 엄숙한 표정으로 뉴만을 응시했다. 그런 다음 마치 자신의 위태로운 입장을 스스로 밝히려듯, 윤기 없는 공단 스커트 자락 위로 손을 뻗으며 중얼거렸다. 「괜찮아요. 전 이 옷이 좋거든요」

「아무튼 당신은 그런 사악한 무리를 벗어나게 되었군요」 뉴만이 말했다.

「그럼요, 여기로 왔으니까요!」 그녀가 응답했다. 「제가 말할 수 있는 건 이뿐이에요. 여기 불쌍한 캐서린 브레드가 앉아 있어요. 여기는 낯선 곳이로군요. 잘 모르겠어요. 제가 이렇게 용감하리라고 생각하지 못했으니까요. 정말이지, 전 힘닿는 데까지 했답니다」

「괜찮소, 브레드 부인」 뉴만은 달래듯 말했다. 「불편할 까닭이 없어요. 이제 기운을 차릴 때가 됐잖소」

브레드 부인은 떨리는 목소리로 다시 말했다. 「그렇게 된다면 더욱 보기가 좋을 텐데요. 만일 제가──」 그녀의 목소리는 일순 떨리다 멈추었다.

「당신이 이런 일 따위를 깡그리 그만둔다면 말인가요?」 뉴만은 브레드 부인이 당장 일에서 벗어나고 싶어한다고 짐작하며 친절히 말했다.

「제가 모든 걸 그만둔다면 말이죠! 제 요구는 단지 죽을 때 신교도식으로 버젓하게 묻히는 거랍니다」

「묻힌다구요!」 뉴만은 웃음을 터뜨리며 외쳤다. 「정말이지, 지금 당신을 땅에 묻는다는 건 슬픈 허영에 불과해요. 보기 좋게 묻혀야 될 사람들은 그 악당들뿐인데. 당신이나 나처럼 정직한 사람들은 평생 동안 살 수 있어요――함께 말이오. 그런데 짐을 가지고 왔어요?」

「제 짐은 잠궈 두었지만, 아직 마님께 말씀드리지 않았어요」

「그럼 그녀에게 말하고 끝내버려요. 기회를 잃진 말아요!」 뉴만이 외쳤다.

「선생님의 뜻에 따르겠어요. 전 마님의 침실에 붙은 화장실에서 지루한 시간을 보내왔지만 이번이 가장 길게 느껴졌답니다. 마님은 절더러 은혜도 모른다고 책망하겠지만요」

「괜찮소」 뉴만이 말했다. 「당신이 그녀를 살인 혐의로 몰아세울 수만 있다면――」

「아뇨, 그럴 순 없어요. 그건 안 돼요」 브레드 부인은 한숨을 내쉬었다.

「당신은 그 일에 대해 아무 말도 하지 않을 건가요? 오히려 그게 낫겠죠. 나한테 맡겨요」

「만일 마님이 절더러 은혜도 모르는 늙은이라고 부른다면, 전 정말 할말이 없답니다. 하지만 그게 낫겠지요」 브레드 부인은 부드럽게 말을 덧붙였다. 「그 분은 마지막까지 제 마님이 될 거예요. 그 편이 더 의연한 태도가 되겠지요」

「그렇다면 당신이 나한테 온다면, 난 당신에게 신사로 남겠죠」 뉴만이 말했다. 「그게 더 의연한 태도가 될 거고!」

브레드 부인은 눈을 떨구고 자리에서 일어나 가만히 서 있었다. 그리고 시선을 올려 뉴만의 얼굴을 응시했고, 한동안 흐트러졌던 몸가짐이 다소 회복되었다. 그녀는 희미하나마 강렬한 태도로 오랫동안 뉴만을 유심히 보았기 때문에, 그는 당황한 나머지 구실을 찾아야 될 지경이었다. 이윽고 그녀는 뉴만에게 「안색이 좋지 않군요」 하고 부드럽게 말했다.

「당연한 일이지요」 뉴만이 대답했다. 「기분이 좋을 까닭이 없잖소. 매우 무심한 마음이 되다가 맹렬한 생각이 들기도 하고, 매우 무감각하다가 유쾌한 기분이 되기도 해요. 아무튼 마음이 혼란스럽소」

브레드 부인은 소리 없이 한숨을 쉬었다. 「생각을 한곳에 고정시키길 바라시면, 저는 선생님의 기분을 더욱 침울하게 해드릴 얘기를 할 수 있어요. 싱트레 부인에 관해서랍니다」

「나한테 무슨 할말이 있어요?」 뉴만이 다그치듯 물었다. 「그녀를 만났다는 말이오?」

브레드 부인은 머리를 흔들었다. 「그런 일은 한 번도 없을 거예요. 그게 무엇보다 침울한 일이지요. 제 말은 마님에 대해서도, 벨가드 후작에 대해서도 아니랍니다」

「그럼 싱트레 부인이 완전히 갇혔다는 뜻이로군요」

「그렇습니다」 브레드 부인은 매우 부드럽게 말했다.

이 말은 잠시 뉴만으로 하여금 심장의 고동소리를 멈추게 하는 듯했다. 그는 의자에 등을 기대고 늙은 부인을 응시했다. 「그 사람들이 싱트레 부인을 만나려고 애를 썼는데도 그녀가 응하지 않았다는 말인가요?」

「그녀가 거부했답니다――영원히! 저는 마님의 하녀로부터 들었지요」 브레드 부인이 말했다. 「하녀는 마님으로부터 그걸 들었다고 해요. 그런 말을 하녀에게 하다니, 마님은 충격을 받은 게 분명해요. 싱트레 부인은 이제 그들을 만나려고 하지 않아요. 그래서 지금이 그녀에게 유일한 기회랍니다. 조금만 시간이 흐르면, 그녀에겐 전혀 가망이 없을 거예요」

「그러니까 다른 여인들——어머니, 딸, 그리고 자매——에게도 마찬가진가요? 사람들이 그걸 뭐라고 부르죠?」

「바로 수도원의 규칙이라는 거죠. 명령이라고 할 수도 있고요. 카르멜 수도회처럼 엄격한 규칙을 가진 곳은 세상 어디에도 없답니다. 죄를 짓고 감화원에 갇힌 사악한 여자들도 카르멜 수도회 사람들과 견줄 수는 없어요. 카르멜 수녀들은 선생님이 말의 덮개로도 사용할 수 없는 낡아빠진 갈색 외투를 걸치고 있지요. 하녀가 그렇게 말했으니까요. 가련한 백작 부인은 부드러운 감촉의 드레스를 무척이나 좋아했는데. 한 번도 뻣뻣한 옷을 입어본 적이 없었어요! 그들은 맨 바닥에서 잠을 잔답니다」 브레드 부인은 뭔가 비교하려고 머뭇거리다 말을 계속했다. 「그들은 땜장이 아내들과 정말 다를 바 없어요. 모든 걸 포기하니까요. 불쌍한 유모들이 붙여준 이름까지 말예요. 다른 사람들은 말할 것도 없고, 부모, 형제, 자매까지도 포기해요」 그녀는 예민한 표정으로 말을 덧붙였다. 「그들은 갈색 외투 아래 수의를 걸치고, 밧줄로 허리를 감은 채 한겨울 밤에 일어나 성모 마리아 님께 기도하려고 추운 곳으로 간답니다. 성모 마리아 님은 엄한 분이시거든요!」

브레드 부인은 이처럼 무서운 사실을 설명하면서, 메마르고 창백한 눈으로 자리에 앉아 깍지 낀 손을 공단 옷의 무릎 위로 올려놓았다. 뉴만은 우울하게 한숨을 내쉬고, 몸을 앞으로 숙여 손에 머리를 괴었다. 벽난로 위에서 번쩍거리는 큰 시계 소리만이 긴 정적을 깨트릴 뿐이었다.

「그곳이 어딘가요? 수도원 말이오」 뉴만은 마침내 고개를 들며 말했다.

「두 군데에 건물이 있어요」 브레드 부인이 대답했다. 「마음이 편치는 않으시겠지만, 전 선생님이 알고 싶어하실 거라고 생각하여 알아보았답니다. 하나는 머시느 가(街)에 있는데, 싱트레 부인이 거기에 있다고 하더군요. 다른 하나는 이름 그대로 지옥로(地獄路)인데, 너무나 끔찍한 이름이지요. 그게 무엇을 의미하는지 아시겠지만」

뉴만은 일어나 긴 방의 끝까지 걸어갔다. 그가 돌아왔을 때, 브레드 부인은 자리에서 일어나 팔짱을 낀 채 난롯가에 서 있었다. 「그렇다면」 뉴만이 말했다. 「비록 모습을 볼 수 없을 망정 싱트레 부인 가까이로 갈 수 있을까요? 쇠창살을 통해서든 뭐든 그녀가 있는 곳을 볼 수 있을까요?」

모든 여성들이 사랑에 빠진 사람을 좋아한다는 말이 있기는 해도, 궤도 위의 행성 같은(브레드 부인은 여태껏 의식적으로 자신을 행성에 비유해 본 적이 없었다) 하인들의 본분으로 그녀의 몸에 배인 조화감도 모성적(母性的)인 비애를 누그러뜨리지 못했다. 그런 까닭에 브레드 부인은 한쪽으로 머리를 숙이며 자신을 새로이 고용한 사람을 응시했다. 아마도 그녀는 40여 년 전에 자신의 품에 뉴만을 껴안았으리라는 느낌을 잠시 가졌을지도 모른다. 이윽고 그녀가 입을 열었다. 「그건 별 도움이 되지 못해요. 그렇게 되면 그녀가 더욱 아득하게 느껴질 테니까요」

「아무튼 거기 가보고 싶어요」 뉴만이 말했다. 「머시느 가라고 했소? 그런데 그곳 사람들은 자신들을 어떻게 불러요?」

「카르멜 수도회원이라고 하죠」 브레드 부인이 대답했다.

「기억해 두겠소」

브레드 부인은 잠시 주저하다 말을 계속했다. 「선생님께 이 말을 드려야겠네요. 사람들이 그 수도원 내부의 예배당에 일요일 예배를 보러 들어갈 수 있어요. 거기 갇힌 불쌍한 사람들을 볼 수야 없겠지만, 그들이 부르는 찬송가 소리는 들을 수 있다고 해요. 그래도 찬송가를 부를 수 있다는 게 놀랍잖아요! 전 어느 일요일 용기를 내어 거기 가볼래요. 설령 몇십 명이 찬송가를 부른다고 하더라도 그녀의 목소리를 식별할 수 있을 것 같거든요」

뉴만은 자신의 방문객을 매우 감사한 마음으로 바라보고 손을 내밀어 악수했다. 「고맙소」 그가 말했다. 「누군가 내부에 들어갈 수 있다면 나도 그렇게 할 수 있겠지요」 잠시 후 브레드 부인이 물러가겠다고 공손히 제안하자, 뉴만은 그녀를 가로막고 손에 촛불을 쥐어 주었다. 「내가 사용하지 않는 방이 대여섯 개나 돼요」 그는 열린 문을 가리키며 말했다. 「한 번 둘러보고 선택해요. 당신이 가장 좋아하는 방에서 지낼 수 있으니까」 브레드 부인은 뜻하지 않은 행운에 주춤했지만, 마침내 뉴만의 부드럽고 확신에 찬 어조에 굴복하고서 떨리는 듯이 보이는 작은 초를 들고 어두운 구석으로 사라졌다. 그녀는 뉴만이 서성거리며 창 밖으로 펼쳐진 대로 위의 불빛을 보려고 이따금 멈추었다가 다시 걸어갈 동안 잠시 멍하니 서 있었다. 새로운 방을 탐색하려는 그녀의 흥미는 시간이 갈수록 분명히 커졌다. 하지만 이윽고 다시 나타난 브레드 부인은 벽난로 위에다 촛대를 얹었다.

「그래, 방을 하나 골랐소?」 뉴만이 물었다.

「방이라구요? 저 같은 늙은이에게 너무나 과분한 방들이었답니다. 번쩍거리지 않는 방은 하나도 없었거든요」

「그건 장식일 뿐이오」 뉴만이 대답했다. 「거기에 잠시만 머무른다면 저절로 벗겨질 텐데」 그러고 나서 뉴만은 음울한 미소를 지었다.

「그런데 벌써 벗겨진 부분도 있었어요!」 브레드 부인은 머리를 저으며 맞장구를 쳤다. 「거기로 간 다음 저는 주위를 둘러보려고 했어요. 선생님이 집안을 두루 알고 있다고 생각하지 않았으니까요. 그런데 구석진 곳들은 너무나 끔찍했어요. 선생님은 가정부가 필요해요——청소를 잘하는 깔끔한 영국 여자로요」

뉴만은 자신이 정확히 알지는 못해도, 집안을 방치했기 때문에 그것을 바로 잡는 일은 브레드 부인이 충분히 능력을 발휘할 직무라고 납득시켰다. 그녀는 다시 촛대를 높이 들고, 연민 어린 눈길로 방안을 둘러보았다. 그러고 나서 그녀는 자기에게 맡겨진 신성한 직분을 받아들이는 것이 노 벨가드 부인으로부터 결별한 자신을 지탱하는 길이 된다고 암시했다. 이 말을 한 다음 그녀는 가볍게 무릎을 굽혀 인사하고 물러갔다.

다음날 브레드 부인은 자신의 일용품들을 챙겨 돌아왔다. 거실로 들어가던 뉴만은 긴 의자 앞에서 허약한 무릎을 꿇고서 헤진 가장자리를 꿰매고 있는 그녀의 모습을 보았다. 뉴만이 브레드 부인에게 어떻게 이전 주인과 작별했는지 물어보자, 그녀는 걱정했던 것보다 쉬웠다고 대답했다. 「저는 정말 공손했지요. 그런데 선량한 여자가 사악한 사람 앞에서 떨어야 할 필요가 없다는 주님의 말이 생각났답니다」

「그건 당연한 이치요!」 뉴만이 외쳤다. 「그리고 당신이 나한테 간다는 사실을 노부인이 알던가요?」

「마님이 제가 어디로 가느냐고 물었기 때문에 전 선생님의 이름을 댔어요」

「그녀가 무슨 말을 하던가요?」

「마님은 저를 매우 유심히 보다가 안색이 매우 붉게 변했어요. 그러고는 절더러 떠나라고 하더군요. 전 떠날 준비가 되었기 때문에 영국인 마부에게 제 짐보따리를 가져오고, 마차를 불러 달라고 했어요. 그러나 제가 대문으로 내려갔을 때 문이 닫힌 걸 알았지요. 마님이 문지기더러 제가 나가지 못하도록 명령을 내렸더군요. 또한 무서울 만큼 교활한 체구를 가진 문지기의 아내에게도 명령을 내려, 마차를 타고 가 모임에 있는 벨가드 후작을 집으로 데려오게 했답니다」

뉴만은 무릎을 치며 환호하듯 외쳤다. 「정말 겁을 먹었군요, 정말로!」

「저도 겁이 났어요」 브레드 부인이 말했다. 「하지만 굉장히 화가 나기도 했구요. 전 거만하게 문지기를 쳐다보며, 그가 이 집에 발을 들여놓기 전에 30여 년 동안이나 이곳에 지낸 점잖은 영국 여자에게 무슨 권리로 폭력을 행사하느냐고 대들었답니다. 제가 너무나 당당했기 때문에 그 사람이 굴복하고 말더군요. 빗장을 당기고 저를 나가게 해주었으니까요. 그래서 전 마부에게 빨리 달리기만 하면 돈을 더 주겠노라고 했어요. 하지만 마부는 너무나 느렸어요. 전 축복받은 선생님의 문전에 결코 도달할 수 없을 것만 같았죠. 아직도 온몸이 떨리는걸요. 지금 바늘에 실을 꿰는 데 5분이나 걸렸답니다」

뉴만은 유쾌히 웃으며, 그녀가 원한다면 바늘에 실을 꿸 일감만으로 어린 하녀를 둘 수 있다고 말했다. 그러고 나서 그는 노부인이 정말 겁을 먹었다고 혼자서 중얼거리며 밖으로 나갔다.

뉴만은 지갑에 넣어둔 종이를 트리스트람 부인에게 보여주지 않았다. 그러나 파리로 돌아온 이후 그는 여러 차례 트리스트람 부인을 만났는데, 그녀는 자신으로 야기된 슬픈 상황보다 뉴만이 더욱 이상하게 보인다고 말했다. 그가 낙심하여 머리가 돌아버린 것일까? 뉴만은 아픈 기색이 있는 듯했지만, 트리스트람 부인은 그처럼 들뜨고 활달한 그의 모습을 본 적이 없다고 말했다. 뉴만은 어떤 날 고개를 숙인 채 다시는 웃지 않으리라고 굳게 결심한 사람처럼 앉아 있다가, 다른 날은 보기에도 민망할 만큼 웃음을 터뜨리며 자신에게조차 형편없는 농담을 하곤 했다. 만일 뉴만이 자신의 슬픔을 떨쳐내려고 애를 쓰고 있다면, 이것은 분명히 정도가 지나친 셈이었다. 트리스트람 부인은 그에게 제발 〈이상한〉 모습을 보이지 말라고 간청했다. 파국으로 끝난 일에 대한 책임을 다소 느끼기는 했어도, 그녀는 뉴만의 이상한 모습을 도저히 참아줄 수 없었던 것이다. 뉴만은 마음 내키면 우수에 잠길 수도 있을뿐더러, 극기의 모습도 보여줄 수 있었다. 그리고 트리스트람 부인에게 까다롭고 심술궂게 굴며, 어째서 자신의 운명에 그녀가 감히 참견했느냐고 물었다. 그녀는 이 말에 수긍하고 기꺼이 뉴만의 입장을 고려했다. 아무튼 극도로 불유쾌한 일이었기 때문에 그녀는 뉴만을 앞뒤가 맞지 않는 상태로 내버려둘 수 없었다. 마치 잠꼬대를 하는 사람 같은 그의 모습은 언제나 그녀를 놀라게 할 뿐이었다. 그렇지만 트리스트람 부인은 자기 앞에 펼쳐진 상황에 대한 도덕적 책임을 감수하고, 온 세상을 뒤집어서라도 싱트레 부인과 버금가는 인물을 뉴만에게 데려올 때까지 잠자코 있지 않겠노라고 했다.

「괜찮소」 뉴만이 대답했다. 「지금 우리는 공평한 입장이니까 새롭게 일을 착수하지 않는 게 좋아요! 당신이 언젠가 나를 매장할 수 있을지 몰라도, 결코 나와 결혼할 수는 없을 거요. 그건 너무나 힘든 일이니까요. 아무튼」 그는 말을 덧붙였다. 「이 점에 있어서 태도는 확고한데, 그건 내가 다음 일요일 머시느가에 있는 카르멜 수도원의 예배당으로 가고 싶다는 거요. 당신은 가톨릭 신부들 가운데 한 사람을 알고 있다죠. 대수도원장이라고 했던가요? 난 이곳에서 그 사람을 만난 적이 있어요. 큰 허리끈을 맨 자애로운 분이더군요. 그 사람더러 내가 수도원에 들어갈 특별 허가증이 필요하다고 말해요. 그게 허용되면 나한테 허가증을 한 장 가져다 줘요」

트리스트람 부인은 기뻐 생기가 넘치는 표정을 지으며 외쳤다. 「당신이 내게 뭔가 부탁한다는 게 너무나 기뻐요! 설령 수도원장이 이번 일 때문에 물러나더라도, 당신은 예배당에 들어갈 수 있을 거예요」 그러고 나서 이틀 후 그녀는 모든 일이 순조롭게 되었다고 말했다. 즉, 수도원장이 기꺼이 도움을 베풀었기 때문에, 수도원의 문에 공손히 나타나면 뉴만이 어떤 문제에도 봉착하지 않는다는 것이다.

제24장

일요일이 되기까지 아직 이틀이 남았지만, 그 동안의 조급함을 달래기 위해 뉴만은 머시느 가로 가서 싱트레 부인이 현재 거처하는 건물의 텅 빈 바깥 담벽을 응시하며 자신을 위로했다. 몇몇 여행객들도 기억했겠지만, 문제의 거리는 파리에서 가장 아담한 구역 가운데 하나인 몽소 공원과 인접했다. 이 구역은 수도하는 기관으로는 어울리지 않게 현대적인 넉넉함과 편리한 분위기를 발산했으며, 뉴만이 사랑했던 여인이 이 순간 남은 인생을 보내려고 맹세할지도 모를 창문 없고 신선한 넓은 공간은 우울하고 짜증 섞인 그의 시선에 자신이 두려워했던 것보다 분노가 솟구치지 않는 인상을 던졌다. 그 건물은 현대적으로 개조한 수도원의 분위기를 띠고 있었으며, 비록 파손되지는 않았어도 은밀한 생활이 상실감을 풍기지 않았고, 또한 단조롭기는 해도 명상이 즐거운 색조를 주는 은신처처럼 보였다. 뉴만은 자신이 당면한 현실이 이런 풍경과 무관함을 알았지만, 지금은 그런 느낌이 들지 않았다. 그 모습은 실제라고 하기에는 너무나 이상쩍고 조롱하는 듯이 보였으며, 자신의 체험과 관계없는 찢겨진 소설의 한 페이지처럼 보였다.

일요일 아침 트리스트람 부인이 알려준 시각에 뉴만은 검은 벽에 붙은 문의 종을 울렸다. 문이 즉시 열리자 뉴만은 자신을 내려다보는 둔탁하고 평범한 건물을 건너, 청결하고 차갑게 보이는 뜰로 안내되었다. 유쾌한 얼굴을 한 건장한 평수녀(平修女)가 수위가 있는 곳에서 나와 뉴만의 용건을 듣고 손으로 열린 예배당 문을 가리켰다. 그 건물은 뜰의 오른쪽을 점유했고, 그 앞에는 높은 계단이 있었다. 뉴만은 계단을 올라가 즉시 열려진 문으로 들어갔다. 예배는 아직 시작되지 않았고 실내의 불빛은 희미했지만, 그는 곧 내부의 형상을 식별할 수 있었다. 이윽고 뉴만은 그곳이 커다랗고 밀폐된 철제 칸막이에 의해 크기가 균등하지 않은 두 부분으로 나뉘어졌음을 알았다. 칸막이 앞쪽에는 제단이 놓였고, 제단과 입구 사이에는 몇 개의 벤치와 의자들이 놓여 있었다. 이 가운데 서너 개는 희미하면서도 미동도 하지 않는 인물들이 차지했는데, 뉴만은 곧 이들이 예배에 깊이 몰두하고 있는 여인임을 알았다. 예배당은 뉴만에게 매우 차갑게 보였으며, 향(香) 냄새 또한 마찬가지였다. 게다가 일렁거리는 촛불과 함께 여기저기 채색된 유리가 반짝거렸다. 뉴만은 자리에 앉았고, 기도하는 여인들은 등을 돌린 채 고요히 있었다. 뉴만은 이들도 자신과 같은 방문객이었고, 또한 싱트레 부인처럼 무정한 용기를 가지고 수녀가 되어버린 또다른 여인들을 애도하는 어머니요 자매라고 믿었기 때문에 그들의 얼굴이 보고 싶었다. 하지만 이들은 적어도 다른 사람들이 몸을 바쳐 택한 신앙심을 공유하고 있다는 점에서 뉴만 자신보다 처지가 낫다고 생각했다. 모두가 무척이나 조용한 가운데 서너 명의 사람들이 내부로 들어왔는데, 그 가운데 두 사람은 나이 든 신사였다. 뉴만은 제단 뒤의 칸막이에 시선을 고정했다. 그곳은 싱트레 부인이 있는, 말 그대로의 수도원이었다. 그러나 틈 사이로 어떤 불빛도 새어 나오지 않았기 때문에 그는 아무것도 볼 수 없었다. 뉴만은 자리에서 일어나 매우 조용히 앞으로 나아가 내부를 보려고 했지만, 칸막이 너머에는 미동도 하지 않는 어둠만이 있었다. 그가 자리로 돌아오자 신부와 두 명의 시동(侍童)이 들어와 예배를 시작했다.

뉴만은 그들이 음울한 증오심을 품고서 무릎을 꿇고 선회하는 동작을 지켜보았다. 그들은 싱트레 부인이 세상을 버리도록 돕고 가르쳐준 사람들로 보였으며, 큰 소리로 단조롭게 자신들의 승리를 읊조리고 있었다. 신부의 길고 음울한 영창(詠唱)은 뉴만의 신경을 자극하며, 그의 분노를 심화시켰다. 알아듣기 힘든 신부의 느릿한 말은 마치 뉴만을 겨냥하듯 도발적인 데가 있었다. 그러다 갑자기 냉혹한 창살 뒤편, 예배당의 깊숙한 곳으로부터 뉴만의 시선을 제단에서 떼게 만든 소리가 들렸는데, 그것은 여인들이 읊조리는 이상하고 애처로운 영창이었다. 그 소리는 부드럽게 시작되더니, 이윽고 점점 커져 비탄과 만가(輓歌)가 되었다. 카르멜 수녀들이 낼 수 있는 유일한 소리인 이 영창은 이미 묻어버린 애정과, 지상의 온갖 욕망이 갖는 허영에 대한 만가였다. 뉴만은 처음에 낯선 소리로 당황했던 나머지 가슴을 가눌 수 없었다. 그러다 이 영창의 의미를 이해하고 유심히 귀를 기울이자 그의 가슴이 두근거리기 시작했다. 그는 싱트레 부인의 목소리를 듣기 위해 귀를 기울이며 단조로운 곡조 가운데서 그 목소리를 찾았다고 생각했다.(그러나 싱트레 부인은 지금 모습을 드러낸 수녀들의 일원이 되기에 시간적 여유가 부족했으므로 뉴만의 생각은 잘못이었다.) 그 영창은 기계적이면서도 단조롭고 우울하게 반복되며 절망에 찬 억양으로 지속되었다. 끔찍하고 가공스러운 영창이 계속되자 뉴만은 모든 자제력을 동원해야 될 필요성을 느꼈다. 그는 점차 마음이 동요되면서 눈물을 흘릴 듯했다. 마침내 이처럼 혼동스럽고 비정한 비탄이 뉴만이나 싱트레 부인이 저버린 이 세상에서 한때 그처럼 감미롭게 생각되었던 목소리의 영구한 흔적이라는 느낌이 엄습하자 그는 더 이상 참을 수 없었다. 그는 급히 일어나 밖으로 나가며, 문지방에 잠시 멈춰 다시 우울한 가락을 듣다가 급히 뜰로 내려갔다. 뉴만이 내려왔을 때, 자신을 들여보내 준 붉은 뺨을 가진, 부채꼴의 주름 장식 머리 모양을 한 수녀가 문에서 들어오려던 두 명의 사람과 말을 나누는 모습이 보였다. 다시 보니, 그들은 노 벨가드 부인과 큰아들이었고, 뉴만에게 위안거리도 되지 않았던 싱트레 부인에게 가까이 갈 방법을 알아보려던 참이었다. 뉴만이 뜰을 건너자, 자신의 어머니를 안내하며 계단으로 오던 벨가드 후작이 그를 알아보았다. 노부인 역시 뉴만을 쳐다보았지만 그 모습은 아들과 흡사했다. 당황의 빛이 역력한 두 사람의 표정은 뉴만이 지금까지 본 어떤 모습보다 낙담과 굴욕의 빛을 띠었다. 이들은 분명히 뉴만에게 놀란 나머지 즉각 당당하게 행동하지 못했다. 뉴만은 수도원의 담벽을 벗어나 거리로 나가려는 일념으로 급히 그들 곁을 지나갔다. 뉴만이 다가가자 저절로 문이 열렸고, 그가 근처를 거닐 동안 문은 뒤에서 닫혔다. 거기 서 있었던 듯이 보인 마차가 길가로부터 방향을 선회하려고 했다. 뉴만은 잠시 멍하니 바라보다, 자신의 눈 앞에서 꿈틀대는 침침한 안개 사이로 마차에 앉은 숙녀가 그에게 고개를 숙이는 모습을 발견했다. 뉴만이 그녀를 알아보기도 전에 반쯤 덮개가 내려진 낡은 2인용 마차는 방향을 돌렸다. 그 숙녀는 매우 적극적으로 인사하며 미소를 띠었고, 곁에는 작은 소녀가 앉아 있었다. 뉴만이 모자를 들자 숙녀는 마부에게 멈추도록 요청했다.

마차가 도로 옆에 다시 멈추었을 때, 마차에 앉은 숙녀가 뉴만에게 손짓을 했다. 뭔가 과시하는 듯한 그녀의 손짓은 자신이 기품 있는 어베인의 부인임을 나타냈다. 뉴만은 그녀의 부름에 응하기 전에 잠시 망설이며, 다른 사람들을 도망치게 만든 자신의 어리석음을 탓했다. 그는 자기에게 해를 끼친 벨가드 집안 사람들을 붙잡을 방법을 생각하고 있던 참인데, 목전에서 그들을 놓쳐버린 자신이 어리석게만 느껴졌다. 그런데 자신에게 즐거움을 기약하는, 그들이 위임한 바로 그 감옥 담벽 아래보다 더 좋은 장소가 어디 있으랴! 뉴만은 너무나 당황했던 나머지 그들을 붙잡지 못했지만, 이제 문 앞에서 기다릴 각오가 되었다. 어베인의 부인이 다소 매력적이고 성급하게 거듭 손짓하자 뉴만은 마차를 향해 건너갔다. 그녀는 친절하게 뉴만을 쳐다보고 미소 지으며, 몸을 숙여 악수했다.

「어머나」 젊은 벨가드 부인이 말했다. 「당신의 분노 속에 나를 포함시키진 않았겠죠? 난 그 일과 아무런 상관도 없는걸요」

「아, 난 당신이 그 일을 막을 수 있다고 보진 않소!」 뉴만은 정중함이 배이지 않은 투로 대답했다.

「내 영향이 별 게 아니라는 당신 말이 사실 그대로인지라 화를 낼 수도 없네요. 아무튼 당신은 지금 유령이라도 만난 듯한 표정을 짓기 때문에 용서하겠어요」

「사실이 그렇소!」 뉴만이 말했다.

「그렇다면 내가 시어머니와 남편과 함께 안으로 들어가지 않은 게 다행이군요. 그 분들을 만났겠죠? 분위기는 화기애애했나요? 수녀들의 영창 소리는 어땠어요? 저주받은 사람들의 비탄처럼 들린다고 하더군요. 난 안으로 들어가지 않을 거예요. 조만간 그 소리를 들을 테니까. 불쌍한 클레어, 하얀 수의에다 커다란 갈색 외투를 걸치다니! 그게 카르멜 수녀들의 복장이거든요. 그녀는 항상 길고 헐렁한 옷을 좋아했는데. 하지만 클레어에 대하여 말해선 안 되겠네요. 단지 무척이나 미안하기 때문에 난 당신을 도울 수만 있다면 기꺼이 그럴 테고, 모든 사람들이 매우 초라하게 보인다고 말할 수밖에 없네요. 알다시피 난 이런 사태를 두려워했어요. 일이 닥치기 전 2주 동안 분위기를 감지했죠. 시어머니가 베푼 무도회에서 느긋한 당신 모습을 보았을 때, 나는 당신이 무덤 위에서 춤이라도 추는 게 아닌가 하는 느낌을 받았답니다. 하지만 내가 어떻게 할 수 있겠어요? 난 당신에게 내가 생각할 수 있는 모든 행운을 빌었죠. 그게 물론 충분하지는 않겠지만요! 그래요, 그 분들도 너무나 초라하게 보였어요. 난 이렇게 말하는 게 조금도 두렵지 않아요. 장담하건대, 모든 사람들이 그렇게 생각하고 있으니까요. 우리 모두가 그렇다는 건 아니죠. 당신을 다시 볼 수 없다는 게 유감이군요. 내가 당신을 참으로 좋은 동반자로 생각했다는 걸 아시겠죠. 난 시어머니를 기다릴 동안 마차에 당신을 태워 얼마간 달려볼 용의도 있답니다. 설령 남의 눈에 띄더라도——그 동안의 경과를 생각하면, 누구나 당신이 우리 집안에서 축출을 당했다고 생각할 테지만——내가 정도가 좀 지나쳤다고 생각하겠죠 뭐. 하지만 난 어딘가에서 이따금 당신을 만날 거예요, 아시겠죠?」이 말은 영어로 표현되었다. 「우리는 뭔가 재미있는 일을 꾸미려고 했잖아요」

뉴만은 어두운 눈빛으로 이 같은 위로의 속삭임을 들으며, 마차 문에 손을 얹은 채 서 있었다. 그는 젊은 벨가드 부인이 무슨 말을 했는지 거의 알지 못했고, 단지 내용도 없는 이야기를 그녀가 늘어놓았다는 것만 의식했다. 그러나 갑자기 이 부인의 사랑스런 고백 때문에 그녀를 유용하게 이용할 방법이 떠올랐다. 말하자면, 노부인과 후작을 붙잡는 데 그녀의 도움이 필요하게 될 것이다. 「그 사람들이 곧 돌아올 테죠?——당신 동행인들 말이오」 뉴만이 물었다. 「당신은 그들을 기다리고 있는 거죠?」

「그 분들은 예배가 끝날 때까지 있을 거랍니다. 더 이상 머무를 까닭이 없어요. 클레어가 만나기를 거부했으니까」

「난 그들과 얘기하고 싶소」 뉴만이 말했다. 「그러니 부탁대로 나를 도와줘요. 당신이 5분만 늦게 돌아오면 난 그들을 만날 기회를 갖게 돼요. 난 여기서 기다릴 테니까」

젊은 벨가드 부인은 부드럽게 인상을 찌푸리며 두 손을 움켜잡았다. 「이봐요, 무슨 짓을 하려는 거죠? 그 분들로 하여금 당신편에 서라고 할 작정인가요? 쓸데없는 짓이에요. 절대로 당신 편에 서지 않을 테니까!」

「그래도 난 얘기를 나누고 싶소. 그러니 내 요구를 들어줘요. 여기서 물러나 잠시 그들을 나한테 맡겨요. 두려워할 필요가 없어요. 난 사납게 굴지 않고 조용히 행동할 테니까」

「그래요, 당신은 참으로 침착하게 보이는군요! 그 분들의 담력이 약하다면 당신은 그 분들을 움직일 수 있겠지만, 사정이 그렇지 못해요! 하지만 난 당신이 제안한 것보다 더 나은 방법을 제시하겠어요. 그건 내가 나중에 돌아오겠다는 말이 아니에요. 난 어린 딸에게 산책을 시키러 몽소 공원으로 갈 테고, 그렇게 되면 그 구역으로 좀처럼 가지 않는 시어머니도 바람 쐴 기회를 갖겠지요. 내 남편이 시어머니를 모시고 올 동안, 우리는 공원에서 기다려야겠죠. 이제 나를 따라 오세요. 문 안에 들어서는 순간 난 마차에서 내릴 거예요. 당신은 한적한 곳에 앉아 쉬세요. 내가 그 분들을 당신 가까이 모시고 올 거니까요. 이건 당신을 위해 봉사하는 거랍니다! 나머지는 알아서 하세요」

이 제안은 뉴만에게 매우 적절한 듯이 보였기 때문에 그의 기운이 소생되었다. 뉴만은 어베인의 부인이 겉보기와 달리 바보가 아니라고 생각했다. 그가 즉시 따라가겠다고 약속하자 마차는 떠나버렸다.

몽소 공원은 조경이 뛰어난 곳이었지만, 뉴만은 공원에 들어서면서 봄의 기운이 완연히 퍼진 아름다운 식물들에게 별로 관심을 기울이지 않았다. 그는 즉시 젊은 벨가드 부인이 자신이 말했던 한적한 구석에 앉아 있는 모습을 보았다. 한편 젊은 벨가드 부인 앞의 오솔길에는 그녀의 딸이 작은 애완용 개와 하인을 곁에 두고, 마치 예절 교육이라도 받는 것처럼 서성거렸다. 뉴만은 어린아이의 어머니 곁에 앉았다. 그녀는 분명히 가련한 클레어가 가장 매력적인 유형의 여인이 아님을——만일 뉴만이 눈여겨보았다면——납득시킬 양으로 엄청나게 많은 말을 했다. 젊은 벨가드 부인은 클레어가 너무나 큰 키에 여위었고, 굳은 표정에 차가웠으며, 게다가 너무나 넓은 입과 좁은 코를 가졌다고 말한 다음, 그녀의 얼굴 어느 구석에도 보조개가 보이지 않는다고 덧붙였다. 클레어의 차가운 기질에 담긴 괴팍한 면은 무엇보다 그녀가 영국 혈통을 가졌기 때문이라는 것이다. 뉴만은 매우 초조한 나머지 자신의 희생자들이 나타날 때까지 숨을 죽이고 기다렸다. 그는 지팡이에 몸을 기댄 채, 무감각하게 젊은 후작 부인을 쳐다보며 가만히 앉아 있었다. 이윽고 그녀는 공원 문 쪽으로 걸어가 자신의 동반자들을 만나야겠다고 말했다. 그러나 발길을 돌리기 전 그녀는 시선을 떨구고 잠시 소매 레이스를 만지작거리며 다시 뉴만을 보았다.

「당신은 기억해요?」 젊은 벨가드 부인이 물었다. 「3주 전에 했던 약속 말예요?」 뉴만이 희미하게 기억을 더듬으며 약속이 뭔지 잊어버렸다고 고백하려 하자, 그녀는 뉴만이 그 당시 매우 진기한 대답——이후 전개된 사태로 미루어 그녀가 충분히 분노할 만한 대답——을 했다고 말했다. 「당신은 결혼 후 나를 무도회에 데려가겠다고 약속했죠. 결혼한 다음이라는 점을 분명히 했어요. 그러다 사흘 뒤에 당신 결혼은 파탄났지 뭐예요. 그 소식을 들었을 때 내가 맨 처음 중얼거린 말이 뭔지 알아요? 〈맙소사, 이제 그 사람은 나를 무도회에 데려가지 못할 거야!〉라는 거였죠. 그 다음에 난 당신이 이런 파멸을 예상하지 못했는지 실제 궁금했어요」

「이런」 하고 뉴만은 다른 사람들이 오는지 살펴보려고 길 아래를 내려다보며 중얼거렸다.

「난 천성이 착한 사람이랍니다」 젊은 벨가드 부인이 말했다. 「수도원에 틀어박혀 있는 수녀와 사랑에 빠진 신사에게 너무 많은 걸 요구해선 안 되겠죠. 게다가 우리 집안은 비탄에 빠진 상태라 무도회에 갈 수도 없구요. 하지만 그렇다고 해서 내가 포기한 건 아니에요. 상대는 정해졌답니다. 내게도 기사가 있으니까요. 당신도 아실 테지만 그 사람은 디프미어 경이죠! 내가 저녁 시간만 대면 그 사람은 아일랜드에서 일부러라도 달려올 거예요. 그게 숙녀를 위하는 길이니까!」

이 말을 하고 나서 젊은 벨가드 부인은 곧 어린 딸과 함께 걸어갔다. 뉴만은 자리에 앉아 있었지만 시간이 너무나 길게 느껴졌다. 그는 수도원 예배당에서 보낸 시간이 석탄처럼 작열하는 자신의 분노를 얼마나 강하게 자극했는지 알았다. 젊은 벨가드 부인은 뉴만을 기다리게 만들었지만, 그녀가 했던 말은 그대로 입증되었다. 이윽고 그녀는 어린 딸과 하인과 함께 길 끝에 다시 나타났고, 옆에는 후작이 자신의 어머니를 부축한 채 천천히 걸어오고 있었다. 뉴만이 꼼짝도 하지 않고 앉아 있을 동안 그들은 천천히 다가왔다. 비록 열정으로 인해 흥분했지만 뉴만은 타오르는 가스 버너의 심지를 내리듯 자제심을 발휘하며 표정을 가다듬었다. 그는 타고난 냉철함과 날카로움은 물론, 조심스러운 행동과, 언행일치와 초지일관된 태도에 줄곧 몰두해 왔으며, 지금처럼 뭔가 조치를 취하는 문제에 있어서도 껑충대며 날뛰는 행동이 네 발 달린 짐승이나 낯선 사람들이 할 일이라는 생각이 들었기 때문에, 아무리 정당한 분노라고 하더라도 바보처럼 날뛰는 짓은 무익하다고 스스로 경고했다. 노 벨가드 부인과 그녀의 아들이 가까이 오자 자리에서 일어난 뉴만은 담담한 느낌을 가졌다. 그는 멀리서 눈이 띄지 않도록 관목 옆에 앉아 있었지만, 벨가드 후작이 분명히 그를 알아보았다. 후작이 자신의 어머니와 함께 그대로 지나가는 길을 뉴만이 막자 그들은 걸음을 멈추지 않을 수 없었다. 뉴만이 모자를 가볍게 들어올리며 잠시 모자(母子)를 보았을 때, 그들은 놀람과 혐오감으로 안색이 창백해졌다.

「멈추게 해서 미안하오」 뉴만이 나직한 어조로 말했다. 「하지만 이런 호기를 놓칠 수야 없겠죠. 당신들에게 몇 마디 할말이 있는데 들어보겠소?」

후작은 뉴만을 노려본 다음 자신의 어머니를 향해 몸을 돌리며 말했다. 「뉴만 씨가 과연 들어볼 만한 얘기를 할 수 있을까요?」

「장담하지만, 난 뭔가 들려줄 게 있소이다」 뉴만이 대꾸했다. 「게다가 그건 내 의무이기도 하고, 통고 겸 경고가 되니까요」

「의무라구요?」 노부인은 불에 거슬린 종이처럼 얇은 입술을 꼬부리며 말했다. 「이건 당신 일이지 우리 일은 아니잖소」

이런 사이 젊은 벨가드 부인은 놀라움과 초조가 배인 몸짓으로 어린 딸의 손을 잡았다. 그것은 자신의 말에 몰두한 뉴만으로 하여금 극적인 효과를 갖게 만들었다. 「뉴만 씨가 남들이 보는 데서 소동을 부린다면」 젊은 벨가드 부인이 소리쳤다. 「전 이 아이를 데리고 가겠어요. 이런 좋지 못한 광경을 보기엔 이 아이가 너무나 어려요!」 그러고 나서 그녀는 즉각 발길을 돌렸다.

「내 말을 듣는 게 훨씬 이로울 거요」 뉴만이 말을 계속했다. 「내 말을 듣든 말든 사태는 당신네들에게 이롭지 못할 테니까. 아무튼 마음의 준비를 해야 될 거요」

「우리는 이미 당신의 위협을 들었어요」 후작이 말했다. 「그걸 어떻게 생각하는지 당신도 알겠지만」

「당신은 스스로 인정하는 것보다 훨씬 많은 생각을 하고 있군요. 그렇다면」 뉴만은 노부인의 고함에 응수하며 말을 덧붙였다. 「난 우리가 남들이 보는 장소에 있다는 걸 분명히 알아요. 그리고 알다시피 난 매우 조용한 사람인지라 행인들에게 당신네들의 비밀을 폭로하려는 게 아니오. 우선 이야기를 들을지도 모를 몇 사람 때문에 난 침묵을 지키겠소. 만일 지켜보는 사람들이 있다면 우리가 다감한 이야기를 나눌 뿐만 아니라, 내가 노부인의 뛰어난 미덕에 찬사를 보내고 있다고 생각할 거요」

후작은 지팡이로 땅을 세 번이나 치며 쉰소리로 말했다. 「길을 비켜주시오!」

뉴만이 즉각 이 요구를 받아들이자 벨가드 후작은 어머니와 함께 앞으로 걸어나왔다. 이때 뉴만이 말했다.「노부인은 반 시간만 지나면 정확히 내가 하려던 말이 무엇인지 모른 걸 후회할 텐데요」

노부인은 몇 걸음을 내딛다 이 말을 듣고 멈추었다. 그녀는 두 개의 반짝거리는 작은 얼음 방울 같은 눈빛으로 뉴만을 쳐다보았다. 떨리는 목소리를 숨기지 못한 노부인은 차갑게 살짝 웃으며 말했다.「당신은 물건을 팔려는 행상인 같군요」

「난 물건을 팔려는 게 아니오」뉴만이 응수했다.「그걸 당신에게 그냥 주겠소」그러고 나서 뉴만은 노부인을 똑바로 바라보며 가까이 갔다.「당신은 남편을 죽였어요」그는 속삭이듯 말했다.「말하자면, 한 번의 시도가 실패한 다음 다시 한번 더 시도하지 않고도 성공한 거죠」

노부인은 눈을 감고 잔기침을 했는데, 시치미를 떼는 모습이 실로 영웅적으로 보였다.「어머니」후작이 말했다.「이걸 정말 우스워해야 될까요?」

「그 다음이 더욱 흥미롭죠」뉴만이 말했다.「놓쳐선 안 될 내용이랍니다」

노부인의 눈은 예리함이 사라지고, 어딘가 고정된 채 생기가 없을 뿐이었다. 하지만 그녀는 얇고 작은 입술로 빼기는 듯한 미소를 지으며 뉴만의 말을 반복했다.「흥미롭다구요? 내가 누구라도 죽였단 말이오?」

「난 당신 딸을 두고 하는 말이 아니오」뉴만이 대꾸했다.「비록 그렇게 할 수도 있었겠지만요! 당신 남편은 당신이 한 짓을 알았어요. 나는 당신이 존재하리라고 생각지도 못했던 증거물을 입수했소」 그러고 나서 뉴만은 무섭도록 얼굴이 창백한——그가 그림에서 보았던 어떤 인물보다 더욱 창백해진 얼굴로——후작에게 몸을 돌렸다. 「앙리—어베인 드 벨가드 씨의 손으로 씌어졌고, 그 분의 서명이 담긴 종이죠. 부인, 그건 남편이 죽은 줄로 알고 당신이 떠난 다음 씌어졌소. 그리고 후작, 당신이 의사를 부르러——민첩하지도 못하게——간 다음이었어요」

후작은 그의 어머니를 쳐다보았지만, 노부인은 멍하니 주위를 보며 시선을 돌렸다. 그녀는 나지막한 어조로 「난 앉아야겠소」라고 말하며 뉴만이 앉았던 의자를 향해 걸어갔다.

「나와 단둘이 얘기하지 않겠소?」 후작은 이상스러운 표정을 지으며 뉴만에게 말했다.

「좋아요, 당신 어머니와 둘이서 얘기할 기회도 보장된다면 말이오」 뉴만이 대답했다. 「하지만 우선 당신과 얘기하겠소」

노부인은 강철처럼 차가운 태도와, 본능적으로 자신의 잠재력에 호소하는 〈용기〉를 웅변적으로 보여주는 동작으로 아들의 팔에서 손을 빼고 걸어가 벤치에 앉았다. 거기서 그녀는 무릎 위에 손을 포갠 채, 뉴만을 똑바로 쳐다보며 묵묵히 앉아 있었다. 노부인의 얼굴 표정은 뉴만이 얼핏 그녀가 지금 웃고 있다고 생각하게 만들 정도였다. 노부인의 앞으로 걸어가 우뚝 선 뉴만은 그녀의 우아한 자태가 내면의 동요로 뒤틀려 있음을 알았다. 하지만 동시에 노부인은 강인한 의지력으로 마음의 동요를 참았고, 딱딱한 시선에는 두려움이나 굴복의 빛은 한치도 담겨 있지 않았다. 그녀는 놀라긴 했어도 겁을 먹지 않았던 것이다. 뉴만은 그처럼 긴박한 장소에서 한 여자를——범죄자이든 아니든——보고서 마음이 전혀 움직여지지 않는 것이 가능하리라고 생각지 않았지만, 상대가 여전히 자기를 능가한다는

데 분노를 느꼈다. 노부인은 아들에게 시선을 던지며 입을 다물고, 자기에게 일을 맡겨보라고 명령하는 듯했다. 후작은 곁에 서서 뒷짐을 진 채 뉴만을 바라보았다.

「당신이 말하는 게 뭐요?」 노부인은 노련한 여배우도 박수를 보낼 만큼 침착을 유지하며 입을 열었다.

「내가 말한 그대로랍니다」 뉴만이 대답했다. 「남편이 죽은 줄로만 알고 당신이 떠난 후, 되돌아오기 전까지 몇 시간 사이에 씌어진 내용이죠. 그 분에겐 시간이 있었던 거죠. 당신은 그렇게 오랫동안 떠나지 말았어야 했소. 그 종이에 자기 아내의 살인 의도가 분명히 담겨 있었으니 말이오」

「어디 한 번 봅시다」 노부인이 말했다.

「그럴 줄로 생각하고 사본을 가져왔소」 그러고 나서 뉴만은 조끼 주머니에서 접어진 작은 종이를 꺼냈다.

「그걸 내 아들에게 줘요」 노부인이 말했다. 뉴만이 후작에게 종이를 건네자 후작의 어머니는 아들을 노려보며 「살펴보아라」 하고 짤막히 응답했다. 벨가드 후작의 눈은 숨기려고 해도 소용없을 만큼 창백하고도 진지한 빛을 띠었다. 그가 날렵한 모양의 장갑을 낀 손으로 종이를 펼쳐 내용을 읽을 동안 침묵이 흘렀다. 충분한 시간이 흘렀지만 후작은 여전히 한마디도 하지 않은 채 종이를 응시하며 서 있었다. 「원본은 어디에 있소?」 노부인은 자신의 초조함을 완전히 부정하는 듯한 목소리로 물었다.

「매우 안전한 장소에 있어요——물론 보여줄 수야 없지만. 당신은 그 종이를 손에 넣고 싶을 테죠」 뉴만은 의식적으로 야릇하게 말을 덧붙였다. 「하지만 이건 매우 정확한 사본이랍니다. 당연히 자필은 아니지만, 난 누구에겐가 보여주기 위해 원본을 간직하고 있소」

벨가드 후작이 마침내 고개를 들었지만 그의 눈은 여전히 진지했다. 「누구에게 보여줄 작정이오?」

「글쎄요, 맨 먼저 공작 부인을 생각하고 있어요」 뉴만이 대답했다. 「무도회에서 보았던 그 건장한 부인 말이오. 날더러 자기에게 찾아오라고 했거든요. 그 당시는 별로 할말이 없었지만, 이 작은 종이 때문에 뭔가 할말이 생긴 셈이오」

「그 종이는 네가 가지려무나」 노부인이 아들에게 말했다.

「마음대로 하구려」 뉴만이 대꾸했다. 「그걸 가지고 집으로 가서 어머니에게 보여줘요」

「공작 부인에게 보여준 다음 어떻게 할 작정이오?」 후작이 종이를 접으며 말했다.

「글쎄요, 여러 공작들에게 들고 가겠지요」 뉴만이 대답했다. 「그런 다음 여러 백작과 남작에게도 보여줄 거요. 금방 나를 따돌릴 속셈으로 당신이 내게 잔인하게 소개시켜 준 모든 사람들 말이오. 난 그 목록을 작성해 두었으니까」

노부인과 그녀의 아들은 잠시 아무 말도 하지 않았다. 노부인은 바닥에 시선을 떨구며 앉아 있었고, 벨가드 후작의 창백한 눈동자는 그녀의 얼굴에 고정되었다. 그러자 노부인은 뉴만을 바라보며 「할말을 다했소?」라고 물었다.

「아니, 몇 마디 더 보태고 싶군요. 내 의도가 뭔지 잘 알았으면 좋겠다는 말을 하고 싶어요. 이건 내 복수인 셈이죠. 당신은 세상 사람들——일을 신속히 해치울 목적으로 불러들인——앞에서 마치 내가 자격이 모자라는 듯이 취급했어요. 나는 세상 사람들에게 내가 아무리 나쁘다고 할지언정, 당신네들이 그런 말을 할 자격이 없다는 걸 보여주고 싶소」

노부인은 지나칠 만큼 냉정함을 유지하며 다시 잠자코 있다가 침묵을 깼다. 「당신의 공범자가 누군지 물을 필요도 없겠군요. 브레드 부인의 말로, 당신이 그녀를 고용했다고 하던데」
「브레드 부인이 매수되었다고 탓하진 마시오」 뉴만이 대답했다. 「그녀는 지금까지 당신의 비밀을 지켜왔어요. 그러니 당신에게 긴 휴식을 준 거요. 당신 남편은 바로 그녀의 눈앞에서 글을 썼어요. 그 분은 세상 사람들에게 내용을 공개해야 한다고 엄숙히 명령하며 그녀의 손에 종이를 쥐어주었소. 브레드 부인은 너무나 선량했던 나머지 그렇게 하지 못했을 뿐이오」
노부인은 잠시 머뭇거리는 듯하다가, 「그 여자는 내 남편의 정부(情婦)였소」라고 나직히 말했다. 이 말은 자신을 비하시키면서까지 취한 일종의 자기 방어였다.
「그걸 어떻게 믿겠어요」 뉴만이 대꾸했다.
노부인은 벤치에서 일어났다. 「내가 귀를 기울인 건 당신 의견 때문이 아니오. 달리 할말이 없다면 난 이런 기막힌 면담을 끝내야겠소」 이 말을 한 다음 노부인은 몸을 돌려 다시 후작의 팔을 잡았다. 「자, 뭔가 말해 봐라!」
벨가드 후작은 자신의 어머니를 내려다보며, 손으로 이마를 닦다가 부드럽게 달래듯이 말했다. 「무슨 말을 해야 될까요?」
「말할 건 오직 하나야」 노부인이 응답했다. 「이건 실제 우리의 산책을 가로막을 가치도 없다는 거지」
그러나 후작은 조금 더 말을 보탤 수 있다고 생각한 듯 뉴만에게, 「당신 서류는 위조요」라고 말했다.
뉴만은 머리를 약간 흔들며 조용히 미소를 지었다. 「벨가드 후작」 뉴만이 말했다. 「당신 어머니가 낫군요. 당신 어머니는 내가 당신들과 관계를 맺은 이래 줄곧 잘해 왔어요」 그는 노부인에게 말을 계속했다. 「당신은 굉장히 용기가 있어요, 부인.

당신이 나를 적으로 만든 건 정말 유감이오. 난 당신의 위대한 찬미자가 돼야 하는데」

「불쌍한 사람이군」 노부인은 불어를 사용하여 아들에게 말했다. 그러고는 자신이 이 말을 듣지 않았다는 듯이 「즉각 마차를 불러와」라고 명령했다.

뉴만은 물러서서 그들이 지나가도록 했다. 그가 잠시 지켜보고 있을 때, 어베인의 부인이 어린 딸을 데리고 그들을 맞이하러 길 옆에서 나왔다. 노부인은 허리를 구부리고 손녀에게 입맞춤을 했다. 「참으로 용기가 대단한 여자로군!」 하고 뇌까리며 뉴만은 다소 태연자약하면서도 좌절된 기분으로 집으로 돌아갔다. 노부인의 태도는 교만했지만, 생각해 보면 뉴만이 목격한 대로 그녀는 실제 안전하지도 않았지만 떳떳한 것은 더욱 아니라고 판단되었다. 그것은 단지 뻔뻔스러운 고자세일 뿐이었다. 「노부인이 내용을 읽을 때까지 기다려야지!」라고 중얼거린 뉴만은 곧 그녀로부터 소식을 듣게 되리라고 생각했다.

뉴만은 자신이 기대했던 것보다 빨리 소식을 들었다. 다음날 아침 정오가 되기 전, 그가 아침 식사 준비를 부탁하려는 참에 벨가드 후작의 명함이 전달되었다. 뉴만은 「노부인이 내용을 알고 밤새 잠을 설친 모양이군」 하고 혼자 말했다. 즉시 방문객을 맞이한 뉴만은 어처구니없는 사건 때문에 몹시 화가 난, 야만족의 우두머리를 접견하는 막강한 힘을 가진 대사(大使) 같은 태도를 띠고 들어서는 후작을 보았다. 아무튼 대사는 잠자리가 편치 못한 듯했으며, 흠잡을 데 없는 세심한 화장만이 그의 눈에 담긴 냉담한 적의와, 반점이 있는 정교한 얼굴 색조를 완화했다. 후작은 잠시 뉴만의 앞에 서서 호흡을 가다듬으며 숨을 쉬었고, 주인이 의자를 가리키자 가볍게 손가락을 흔들었다.

「단도직입적으로 말하겠소」 후작이 입을 열었다. 「그리고 솔직히 말하겠어요」

「좋을 대로 하시오」 뉴만이 응수했다.

후작은 잠시 방 주위를 둘러보며 말했다. 「어떤 조건이라면 그 종이를 내놓겠어요?」

「어떤 조건이라도 안 돼요!」 그러고 나서 뉴만은 머리를 갸우뚱하며 뒷짐을 진 채, 자신의 눈으로 후작의 흐릿한 시선을 탐색하며 말을 덧붙였다. 「이건 분명히 심사숙고할 가치도 없소」

벨가드 후작은 뉴만의 거절을 수긍하지 않으려는 듯 잠시 생각에 잠겼다. 「지난밤 어머니와 나는」 후작이 말했다. 「당신의 이야기에 대해 의논했어요. 우리는 당신이 가진 문서가」 그는 말을 주저했다. 「진짜라고 여겼다면 놀랄 테지요」

「당신과 함께라면 나는 놀라운 일에 익숙하다는 걸 잊은 모양이군요!」 뉴만은 웃음을 띠며 말했다.

「내 아버지의 기억에 바치는 최소한의 경배는」 후작이 말을 계속했다. 「쌓인 상처를 묵묵히 참아온 게 유일한 흠이었던 아내의 위신을 무자비하게 공격하는 장본인으로 알려져선 안 된다는 거랍니다」

「알겠소」 뉴만이 말했다. 「그건 당신 아버지 때문이군요」 그는 가장 즐거울 때 웃는 것처럼 입술을 꽉 다문 채 소리 없이 웃었다.

그러나 벨가드 후작은 중심을 잃지 않았다. 「이런 불행한 일이 밝혀지면 아버지의 절친한 친구들에게도 큰 슬픔이 돼요. 심지어 발열 때문에 정신이 혼미해질 수 있다는 확실한 의학적 증거도 생각해 볼 수 있어요. 물론 추측이긴 하지만. 아무튼 그분에게 누(累)가 될 거요, 분명히!」

「의학적 증거 운운하지 마시오」 뉴만이 말했다. 「의사들을 들먹일 필요가 없어요. 그 사람들도 당신을 들먹이지 않을 거니까 말이오. 내가 의사들에게 편지 쓴 적이 없다는 걸 당신이 알더라도 상관않겠소」

뉴만은 벨가드 후작의 무표정한 얼굴로부터 이러한 표현이 매우 적절했다는 흔적을 읽었다. 그러나 후작은 당당하리만큼 논리적인 자세를 유지했기 때문에, 이것은 뉴만의 추측에 불과할 가능성이 있었다. 「예를 들자면, 당신이 어제 말했던 공작부인은」 후작이 말했다. 「이런 일에 하등 놀라지도 않을 거요」

「걱정 마시오, 난 충분한 준비가 돼 있으니까. 그건 예상할 수 있는 일이죠. 그 밖의 다른 사람들도 놀라게 해줄 작정이오」

벨가드 후작은 잠시 장갑 뒷면에 있는 바늘자국을 들여다보며 고개를 숙인 채 말했다. 「우리는 당신에게 돈을 제공할 순 없어요. 쓸데없는 짓이 될 테니까」

뉴만은 발길을 돌려 방안을 몇 차례 왔다갔다하다 돌아왔다. 「나한테 무엇을 제공하겠소? 호의를 베풀어야 될 입장은 난데」

후작은 팔을 옆구리에 늘어뜨리고, 머리를 약간 높이 들었다. 「우리는 당신에게 기회를 제공할 수 있어요. 신사라면 마땅히 감사할 만한 기회 말이오. 분명히 결함은 있었지만 개인적으로 당신에게 아무런 해도 입히지 않은 그 분에 대한 추억에 엄청난 오점을 끼치는 걸 피할 기회죠」

「그 점에 대해 두 가지 할말이 있어요」 뉴만이 말했다. 「첫째는 당신이 언급한 〈기회〉에 관해선데, 당신은 나를 신사로 간주하지 않아요. 알다시피 이건 당신이 했던 말이오. 안타깝게도 둘다 통하는 규칙은 없는 법이죠. 둘째는, 한마디로 말해 당신이 지금 허튼 소리를 하고 있다는 거요!」

뉴만은 쓰라림 속에서도 이미 언급했듯이 자신의 면전에서 어떤 무례한 말도 하지 않겠다는 원칙을 지켜온 탓에 통렬히 내뱉은 말에 즉시 약간의 후회를 했다. 하지만 그는 재빨리 자신이 생각했던 것보다 더욱 담담하게 후작이 이 말을 받아들이고 있음을 알았다. 벨가드 후작은 정중한 대사 같은 태도로 상대방의 대답에서 불유쾌한 부분을 계속 무시해 버렸다. 그는 맞은편 벽에 걸린 황금빛 아라비아 장식을 응시하다, 스스로 다소 천박한 실내 장식에 포함된 크고 기괴한 물체라도 된 듯 즉각 뉴만에게 시선을 돌렸다.「당신에 관해 말하자면, 일이 순순히 되지 않을 거라고 알고 있을 테죠」

「그게 무슨 말이오?」뉴만이 물었다.

「당신 계획에 포함됐는지는 몰라도 당신은 자신을 비하하고 있어요. 당신은 우리에게 흙칠을 하려고 해요――그게 약간은 통하리라고 믿겠지만. 물론 우리는 그렇게 되지 않으리라고 봐요」후작은 의식적으로 명쾌한 어조로 설명했다.「그러나 당신은 이 기회를 통해 어쨌든 자신이 비열한 술책을 쓴다는 걸 과시하려고 하죠」

「그건 정말 근사한 비교로군요. 적어도 절반쯤은 말이오」뉴만이 말했다.「나는 뭔가 끈적거릴 기회를 가지고 있지만 술책 따위란 없어요. 문제를 파악하고 있으니까」

벨가드 후작은 잠시 자신의 모자를 들여다보며 말했다.「친구들은 모두 우리편이오. 그 사람들은 우리가 보여준 그대로 행동할 거요」

「그 사람들이 그렇게 말한다면 난 믿겠소. 그래도 나는 인간의 본성이 선하다고 생각해요」

후작은 다시 모자를 들여다보았다.「내 누이는 너무나 아버지를 좋아했어요. 당신이 이처럼 비열한 수작으로 이용하려는 몇 마디 내용을 누이가 안다고 생각해 보시오. 누이는 당당하게 그걸 넘겨달라고 요구하고서, 내용을 읽지도 않고 없애버릴 겁니다」

「충분히 그럴 수 있겠지요」 뉴만이 응답했다. 「하지만 그녀는 이 사실을 알지 못할 거요. 나는 어제 수도원으로 갔기 때문에 그녀가 품은 생각을 알거든요. 참으로 내 기분이 어떠했는지 당신도 짐작할 수 있겠지만」

벨가드 후작은 더 이상 할말이 없는 듯이 보였다. 하지만 그는 그곳에 있는 것만으로도 시비거리가 된다고 믿는 양 계속 꼿꼿하고 우아하게 서 있었다. 뉴만은 후작을 지켜보면서 핵심적인 문제에 한치의 양보도 않고 상대를 순순히 물러나도록 하고 싶은 모순적이고도 호의적인 충동을 느꼈다.

「당신이 찾아온 건 실패였소」 뉴만이 말했다. 「별로 제시한 게 없으니까」

「당신이 뭔가 제안해 봐요」 후작이 대답했다.

「내게 빼앗아 갔던 원래 모습대로 싱트레 부인을 돌려주시오」

벨가드 후작은 머리를 뒤로 젖히며 창백한 얼굴을 붉혔다. 「절대로 안 돼요!」 그가 말했다.

「그럴 수 없다구요?」 뉴만이 반문했다.

「설령 방도가 있다 하더라도 그렇게 하진 않겠소! 우린 누이의 결혼을 반대했던 심경에서 한치도 바뀐 게 없으니까」

「〈반대〉라니 좋은 말이군요!」 뉴만이 외쳤다. 「당신 스스로 부끄러워하지 않는다는 말만 하려고 여기 온 게 유감이오. 그럴 줄로 짐작했지만!」

후작이 문을 향해 천천히 걸어가자 뉴만은 따라가 문을 열었다. 「당신 제안은 무척이나 불쾌하오」 벨가드 후작이 말했다. 「너무나 명백한 사실이지만, 난 더 이상 할말이 없어요」

「내 생각으로도」 뉴만이 대답했다. 「할말을 다한 것 같소이다!」

벨가드 후작은 아버지의 명예를 유지하기 위해 어떤 방도를 취할지 자신의 재간을 샅샅이 찾듯 잠시 바닥을 내려다보며 서 있었다. 그는 차갑게 한숨을 쉰 다음, 후회스럽긴 하지만 고인(故人)이 저지른 비열한 행위에 대한 벌을 본인에게 전가시킨다는 시늉을 했다. 후작은 눈에 띄지 않게 어깨를 으쓱하고 현관에 있던 하인에게서 우산을 건네 받고서 신사다운 걸음으로 밖으로 나갔다. 문이 닫히는 소리를 들을 때까지 귀를 기울이며 서 있던 뉴만은 천천히 외쳤다. 「자, 이제 한숨 돌린 셈이야!」

제25장

뉴만이 우스꽝스런 공작 부인을 방문했을 때 그녀는 집에 있었으며, 콧대가 높고 금장식 손잡이가 달린 지팡이를 든 노신사가 막 떠나려고 하는 참이었다. 노신사는 물러가면서 느릿느릿 뉴만에게 존중의 눈길을 건넸는데, 뉴만은 그 사람이 노 벨가드 부인의 무도회에서 자신과 악수를 나누었던 신비스런 인상의 귀족들 가운데 한 사람이라고 생각했다. 꼼짝도 하지 않은 채 안락의자에 묻힌 공작 부인의 한쪽에는 커다란 꽃병이 있었고, 다른 쪽에는 분홍색 표지가 붙은 소설이 쌓여 있었다. 공작 부인은 대범하고 당당한 태도로 무릎 위에 커다란 주단을 덮고 있었지만, 모습이 무척 우아한데다 태도에는 신뢰감이 넘쳤다. 그녀는 놀랄 만큼 재치 있게 화제를 꺼내며, 뉴만에게 꽃과 책에 관한 이야기를 했다. 이와 함께 그녀는 연극과, 뉴만의 모국인 미국의 특이한 제도와, 파리의 습도와, 미국 여성들의 예쁜 혈색과, 프랑스에 대한 그의 인상과, 그리고 이곳 여성들에 대한 그의 견해 등을 이야기했다. 이 모든 화제는 단지 공작 부인의 입장에서만 말하는 장황스런 독백이었다. 그녀는 프랑스의 많은 여성들처럼 뭔가 미심쩍어하기보다는 긍정적인 태도를 지녔다. 그녀는 또한 재기 넘치는 말을 구사하며, 깔끔하게 포장된 유쾌하고 적절한 불어 구문을 사용하여 남들에게 매끄러운 견해를 표시하는 성향을 가졌다. 비탄에 잠겨 공작 부인에게 왔던 뉴만은 분명히 어떤 비탄도 인정되지 않는 분위기, 다시 말해 시린 고통이 결코 침투되지 못하고, 부드럽고 감미롭기는 해도 진부한 듯한 지적 향기만이 풍미하는 분위기에 자신이 감싸여 있음을 알았다. 뉴만은 벨가드 집안의 기만적인 연회에서 공작 부인의 모습을 지켜보았을 때의 느낌이 되돌아 왔는데, 그녀는 자신의 배역을 훌륭히 수행하는 희극에 등장하는 기막힌 노부인의 인상을 주었다. 잠시 후 뉴만은 공작 부인이 그들이 함께 알고 있던 친구들에 대하여 어떤 질문도 하지 않을 뿐더러, 자신이 그녀를 찾게 된 상황에 대해서도 전혀 언급하지 않음을 알았다. 그녀는 이러한 상황의 변화를 모른 체하지도 않았고, 뉴만을 위로하려는 시늉도 하지 않았다. 하지만 그녀는 벨가드 집안과 그들의 사악함이 마치 이 세상에 존재하지 않는다는 듯한 미소를 띠고 말하면서, 부드러운 색채의 모직 주단을 살폈다. 「이 부인은 뭔가 회피하려고 하는군!」 하고 뉴만은 중얼거렸다. 그러고 나서 공작 부인을 관찰하는 가운데 뉴만은 그녀가 어떻게 하면 무관심하게 보일까 하고 궁리하고 있음을 금방 깨달았다. 하지만 그녀는 능숙하게 일을 해치웠다. 자신만의 독특한 아름다움을 나타내는 그녀의 작고 맑은, 표정 있는 눈 속에 가장된 빛이라곤 조금도 없었다. 그 눈 속에는 뉴만이 일정 거리를 넘어오지 않을까 하는 우려의 느낌이 없었다. 「단연코 이 부인은 뭔가 썩 잘 해내고 있어」라고 뉴만은 뇌까렸다.

「이들은 과감히 한데 뭉치고 있는 거야. 그렇기 때문에 다른 사람이 믿든 말든 상호간에 신뢰를 가지고 있어」

이런 상황에서 뉴만은 공작 부인의 세련된 태도에 찬사를 보내지 않을 수 없었다. 정확히 말하자면, 그녀는 설령 뉴만의 결혼이 아직 가능하다고 하더라도 태연자약하게 자신의 기품을 유지할 것이며, 그러한 태도가 요지부동하리라는 느낌을 주었다. 그녀는 무슨 일이 생긴 나머지 누구도 알지 못할 이유 때문에 뉴만이 찾아 왔다고 짐작하며, 반 시간 가량 우아한 태도를 유지할지 몰라도 그 이후에 다시 그를 보려고 하지 않을 것이다. 자신의 이야기를 펼칠 기회를 미처 생각하지 못했던 뉴만은 예상했던 것보다 이런 일을 보다 냉정히 궁리했다. 그는 평소처럼 다리를 쭉 뻗고 느긋하면서도 소리 없이 키득거렸다. 그러고 나서 공작 부인이 자신의 어머니가 위대한 나폴레옹에게 면박을 준 이야기를 늘어놓자, 뉴만은 그에게 보다 흥미로운 프랑스 역사의 한 부분을 그녀가 회피한 것은 상대방의 기분을 신중히 배려한 탓일지도 모른다는 생각이 들었다. 아마도 그것은 공작 부인의 평소 태도가 아닌 미묘한 처신이리라. 공작 부인을 통해 자신의 태도를 더욱 확고히 하려는 생각에서 뉴만이 무슨 말을 하려는 순간, 또다른 손님이 왔다는 하인의 전갈이 있었다. 어느 이탈리아 왕자 같은 이름을 들으며, 공작 부인은 남들이 감지할 수 없을 만큼 약간의 싫은 내색을 하면서도 뉴만에게 재빨리 말했다. 「좀 기다려 주시겠어요? 잠깐이면 돼요」 이 순간 뉴만은 공작 부인이 결국 벨가드 집안의 문제를 자기와 함께 의논할 의향이 있다고 혼자 말했다.

찾아온 방문객은 작달막한 체구에 비해 지나치게 머리가 큰 사람이었다. 그는 칙칙한 낯빛과 짙은 눈썹을 가지고 있었는데, 눈썹 아래 비치는 눈빛은 확고하면서도 다소 도전적인 인상을 주었다. 그는 자신이 머리가 큰 불안정한 체구라는 사실을 은근히 암시했다. 뉴만에게 던진 말로 짐작해 보면 공작 부인은 방문객을 따분한 인물로 여긴 듯했지만, 거리낌 없는 그녀의 대화에서 이것은 분명히 드러나지 않았다. 공작 부인은 계속적으로 새로운 재담을 늘어놓으며, 매우 교묘하게 이탈리아의 지성(知性)과, 소렌토[67]에서 나오는 무화과 맛이 배인 특색 있는 어법을 구사했다. 그녀는 또한 이탈리아 왕국(무자비한 사르디니아 왕국의 지배에 염증을 내고, 이탈리아 반도 전역이 신성한 교황의 지배권에 완전히 복귀되기를 바라며)의 궁극적 미래를 예상했고,[68] 마지막으로 어느 공주의 애정 행각을 이야기했다. 방문객은 이야기를 듣고 나서 이 부분에 관해 자신이 뭔가 알고 있었기 때문에 약간의 수정을 했다. 이윽고 방문객은 자기의 머리 크기나, 다른 일에 대해 뉴만이 즐거워할 기분이 아니라고 스스로 확신한 듯, 자신을 따분하게 간주했던 터라 미처 준비할 겨를이 없었던 공작 부인과 열띤 논쟁을 벌였다. 그가 말한 어느 공주의 감상적인 흥망성쇠는 플로렌스 귀족 전체의 애정담에 관한 논쟁으로 확대되었다. 그 이유는 플로렌스에서 5주 정도 머문 적이 있던 공작 부인이 그것에 관해 많은 이야기를 들었기 때문이었지만, 이 문제는 이탈리아 사람들의 애정 자체를 검증하는 일과 결부되었다. 극히 이단적 견해를 가진 공작 부인은 이탈리아 사람들이 절대로 사랑에 빠지지 않는다는 자신의 생각을 피력하면서 그들이 가진 감수성의 부족을 몇 가지

67) 이탈리아 남부의 항구 도시.

68) 1861년 시실리 섬을 합병한 이후 사르디니아 왕국의 빅터 엠마뉴엘 2세가 이탈리아의 국왕이 되었다.

예로 설명한 다음, 마침내 이탈리아 사람들이 냉정하다고 단정해 버렸다. 방문객은 발끈하며 공작 부인을 면박했지만, 아무튼 그의 방문은 즐거운 일이 되었다. 그들의 대화에서 자연히 이탈된 뉴만은 두 사람을 지켜보며 머리를 약간 갸우뚱한 채 앉아 있었다. 공작 부인은 이야기를 하는 동안 이따금 뉴만에게 미소를 머금은 눈길을 던졌다. 그 눈길은 마치 프랑스인다운 우아한 태도로, 뭔가 핵심적인 말을 하는 것이 오로지 뉴만에게 달려 있음을 암시했다. 뉴만은 아무런 말도 하지 않았지만, 마침내 자신의 생각이 흔들렸다. 뭔가 진기한 느낌, 즉 자신의 용무가 어리석다는 갑작스러운 생각이 그를 엄습했던 것이다. 도대체 그는 공작 부인에게 결국 무슨 말을 해야 된단 말인가? 벨가드 집안은 배신자이고, 게다가 노부인이 살인자라는 사실을 이야기한들 무슨 소용이 있겠는가? 뉴만은 자신이 도덕 곡예를 하여 결과적으로 사물이 다르게 보이는 듯한 느낌을 가졌다. 그는 갑자기 자신의 의지가 굳어지며, 재빨리 침착을 회복한 기분이었다. 공작 부인이 그를 도와줄 수 있고, 그녀로 하여금 벨가드 집안 사람들을 나쁘게 여기도록 하는 것이 자신에게 위안이 된다는 환상을 품었을 때 도대체 그는 어떤 생각을 했을까? 공작 부인이 벨가드 집안에 대하여 갖는 견해가 무슨 의미가 있겠는가? 그것은 벨가드 집안이 그녀에 대해서 갖는 견해보다 조금은 더 중요할 따름이겠지만. 저 차갑고, 몸집이 땅땅하고, 부드럽고, 위장한 듯한 태도를 보이는 공작 부인이 그를 돕는다고? 그녀는 지난 20여 분 동안 그들 사이에 정중한 대화의 벽을 쌓은 다음, 뉴만이 결코 탈출구를 발견하지 못할 것이라고 분명히 즐거워했던 인물이 아니었던가? 뉴만은 지금 이처럼 득의양양하고 있는 사람들로부터 은총을 구하려 하며, 자신이 베풀 동정심도 없으면서 공작 부인에게 동정을 호소하는 것이 아닌가? 그는 무릎 위에다 팔을 내려놓고 자신의 모자를 응시하며 가만히 앉아 있었다. 그러자 귀가 간질거리며 자신이 하마터면 바보가 될 뻔했다는 생각이 들었다. 공작 부인이 귀를 기울이든 말든, 그는 이야기를 하지 않으리라고 생각했다. 벨가드 집안의 비밀을 폭로하기 위해 그가 다시 반 시간이나 앉아 있어야 된단 말인가? 저주받을 벨가드 집안이여! 뉴만은 자리에서 벌떡 일어나 공작 부인과 악수하려고 걸어나갔다.

「좀더 머물지 않겠소?」 공작 부인이 매우 우아하게 물었다.

「괜찮습니다」 뉴만이 대답했다.

공작 부인은 잠시 머뭇거리며 말했다. 「뭔가 특별히 할말이 있는 것 같은데요」

뉴만은 그녀를 바라보다 약간의 현기증을 느꼈다. 잠시 그는 다시 곡예를 하는 기분이었다. 체구가 작은 이탈리아 왕자가 뉴만을 도우려는 듯이 다가와 부드럽게 말했다. 「아, 부인, 그럴 사정이 없는 사람이 어디 있겠소?」

「뉴만 씨에게 허튼 말을 가르치지 말아요」 공작 부인이 말했다. 「이 사람은 순진하니까」

「그럼요. 난 허튼 말을 할 줄 몰라요」 뉴만이 대꾸했다. 「그리고 난 언짢은 말이면 무엇이든 하고 싶지 않아요」

「확실히 당신은 무척이나 신중하군요」 공작 부인이 미소를 띠며 말했다. 그러고 나서 그녀가 고개를 끄덕이며 작별 인사를 하자 뉴만은 그곳을 떠났다.

거리로 나오면서 뉴만은 도로 위에 잠시 서서, 자신이 결국 권총을 발사하지 않은 것이 바보짓이 아니었을까 하고 궁리했다. 그는 어떤 사람에게든 벨가드 집안에 대해 이야기한다는 것이 지극히 언짢은 행동이라고 판단했다. 이런 상황에서 가장 바람직한 행동이란 자신의 머릿속에서 그들을 씻어내고 다시는 생각하지 않는 것이었다. 지금까지 우유부단은 뉴만의 약점에 포함되지 않았지만, 이번 경우에도 오래 지속되지 않았다. 이 일이 있은 다음 사흘 동안 뉴만은 벨가드 집안을 생각하지 않거나, 적어도 하지 않으려고 했다. 트리스트람 부인과 함께 식사를 하면서 그녀가 벨가드 집안 사람들의 이름을 언급하자, 뉴만은 정색을 하고 이야기를 중단했다. 그의 행동은 친구인 트리스트람으로 하여금 자신의 위로를 피력할 수 있는 절호의 기회를 제공하게 만들었다.

트리스트람은 뉴만의 팔을 잡고 입술을 깨물며, 머리를 흔들어 대고 몸을 앞으로 숙였다. 「이봐, 사실은 자네도 알다시피 그런 일에 휩쓸려선 안 되는 법이야. 물론 그건 자네가 벌린 일이 아니고 전적으로 내 아내 탓이네만. 자네가 내 아내에게 야단을 치려고 한다면 난 물러나 있겠어. 내 아내를 힘껏 후려쳐도 무방해. 지금까지 살아오면서 아내가 나한테서 단 한 차례도 힐난받은 적이 없다는 걸 자네도 알고 있겠지. 난 아내가 그런 힐난을 들을 필요가 있다고 생각해. 자네는 어째서 내 말을 듣지 않았나? 내가 그런 일을 믿지 않는다는 걸 알면서도 말이야. 난 그걸 고작해야 깜찍한 망상일 뿐이라고 생각했지. 나는 돈 주앙이나 탕아 따위로 자처하지 않지만, 남자에 대해 어느 정도 안다고 자부해. 난 살아오면서 평판이 나쁘지 않은 여자를 혐오해 본 적이 없어. 예를 들자면, 난 아내에 대해서 조금도 현혹되지 않다네. 항상 의구심을 가지고 있으니까 말이야. 자네가 지금의 내 처지를 어떻게 생각하든, 난 적어도 눈을 부릅뜨고 일을 해치운다는 사실을 인정할 수밖에 없어. 지금 자네가 싱트레 부인이 들어 있는 상자 같은 곳에 빠졌다고 생각해 봐. 자네는 틀림없이 그 여자가 다루기 힘든 인물이라는 걸 알 거야. 장담하건대, 자네는 어디에서든 평안을 찾지 못할 걸세. 그건 벨가드 후작도 마찬가지야. 그 친구는 자네가 찾아가 사교적이며, 상식적인 얘기를 나눌 상대는 아니지. 그 친구가 여태껏 어떤 전제하에 자네와 얘기를 나누고 싶어하던가? 말하자면, 자네와 단둘이 시간을 가져보려고 하던가? 자네더러 저녁에 담배나 피우러 오라고 하던가? 아니면 자네가 여인네들을 순방하고 있을 때 집에서 음식이라도 들자고 하던가? 난 자네가 그 친구로부터 별로 격려를 받지 못했을 거라고 생각하네. 그리고 노부인으로 말하자면 그녀는 누구에게나 퍽 달갑지 않은 존재로 간주되지. 여기 사람들은 〈동정적〉이라는 심한 표현을 사용하고 있다네. 하긴 모든 일이 동정적이 되든가, 그렇게 되어야만 하지. 현재 노 벨가드 부인은 저기 있는 겨자 단지만큼이나 동정을 받고 있다네. 어쨌든 그 사람들은 냉혈한이라네. 난 그들이 베푼 무도회에서 그걸 무섭게 느꼈어. 마치 내가 런던탑 내부에 있는 병기 저장소를 서성거리는 느낌이 들었거든! 이봐, 이런 암시를 했다고 나를 야비한 인물로 생각하지 말게. 하지만 분명히 말하건대, 그 사람들이 원했던 건 자네의 돈이었어. 난 그 점에 대해 뭔가 알고 있지. 사람들이 언제 돈을 원하는지 알고 있으니까! 그 사람들이 어째서 자네의 돈을 포기했는지 모르겠어. 힘들지 않게 누군가의 돈을 갈취할 거라고 생각했는데 말이야. 그건 알아볼 가치도 없네. 아마도 먼저 손을 뗀 사람은 싱트레 부인은 아닐 거야. 틀림없이 노부인이 부추겼을 테니까. 그들 모녀(母女)는 정말 뗄 수 없는 관계가 아니었을까? 자네가 거기서 벗어난 게 다행임을 명심하게. 내 말이 지나쳤다면 그건 전적으로 자네를 너무나 아끼기 때문이라네. 그런 관점에서 본다면, 나는 콩코드 광장에 세워진 오벨리스크 탑[69]에 접근하듯 희미하나마 강력한 태도를 진작부터 보여주지 못한 게 아쉬웠을 따름이야」

뉴만은 트리스트람이 이처럼 열변을 토할 동안 생기 없는 눈빛으로 그를 응시하며 앉아 있었다. 그는 지금까지 트리스트람과 유지했던 대등한 관계를 이처럼 완전하게 탈피해 본 적이 없다고 간주했다. 트리스트람 부인은 더욱 광채를 띤 시선을 남편에게 던지면서도, 약간의 미소를 번득이며 뉴만을 향해 몸을 돌리며 말했다. 「당신은 적어도 매우 열성적인 아내가 저지른 경솔함을 내 남편이 교묘한 방법으로 보상한다는 점을 감안해야 돼요」

하지만 트리스트람이 교묘한 대화로 그를 돕지 않더라도, 뉴만은 벨가드 집안에 대해 다시금 생각했을 것이다. 뉴만은 자신이 입은 손실과 궁핍을 생각하지 않을 때만 머릿속으로 그들을 떨쳐버릴 수 있었고, 그 동안 지낸 날들이 아직 이 같은 불편한 중압감을 씻어내지 못했다. 트리스트람 부인은 공연히 뉴만의 기운을 돋구며, 그의 낯빛이 자신을 비참하게 만든다고 말했다.

「난들 어쩌겠소?」 뉴만은 떨리는 목소리로 말했다. 「모자에 상장(喪章)을 붙일 자격도 없는 홀애비가 된 기분인데. 아내 무덤 곁을 찾아갈 위안조차 갖지 못한 홀애비 말이오. 난 지금」 잠시 후 그가 말을 덧붙였다. 「아내가 살해되었는데도 아직 살인범들이 건재하다는 느낌이오」

트리스트람 부인은 즉시 대꾸하지 않았지만, 마침내 강요라

69) 고대 이집트의 람세스 2세를 기념하기 위하여 만들어진 탑으로 이집트에서 이송되어 파리에 세워졌다.

도 된 듯이 늘 입술에 배인 것과는 다른 미소를 띠며 말했다. 「당신은 행복을 확신하나요?」

뉴만은 잠시 응시하다 고개를 저으며, 「그렇지만은 않겠지요」라고 대답했다. 「그건 어려울 테지요」

「그럼요」 트리스트람 부인은 더욱 의기양양하게 말했다. 「난 당신이 행복할 거라고 믿지 않아요」

뉴만은 피식 웃었다. 「그럼 내가 응당 불행해야 된다고 해봐요. 그건 어떤 행복에 앞서 내가 취해야 될 불행이 될 테니까」

트리스트람 부인은 생각에 잠겼다. 「나는 응당 호기심을 가졌어요. 매우 이상하게 보일 테지만」

「나를 싱트레 부인과 결혼하도록 한 건 호기심 때문이었소?」

「약간은 그랬어요」 트리스트람 부인은 더욱 대담한 태도로 말했다. 뉴만은 정색을 한 다음 그녀에게 화난 표정을 짓고 돌아서 모자를 집어들었다. 그녀는 잠시 뉴만을 지켜보다 말했다. 「그건 무척 잔인하게 들리겠지만 사실은 달라요. 내가 벌린 거의 모든 일에 호기심이 내포되었으니까요. 나는 무엇보다 그런 결혼이 실제로 이루어질지 알아보고 싶었고, 그 다음에는 결혼이 성사되면 어떤 일이 일어날까 궁금했답니다」

「그래서 당신은 믿지 않았군요」 뉴만은 화를 내듯 말했다.

「아뇨, 난 믿었어요. 결혼이 성사되고 당신이 행복해질 거라고 말이죠. 그렇지 않았다면 난 철면피가 되었을 거예요. 하지만」 트리스트람 부인은 뉴만의 팔을 잡고 무거운 미소를 띠며 말을 계속했다. 「그건 대담한 상상력 때문에 생긴 최고의 모험이었어요!」

이윽고 트리스트람 부인은 뉴만에게 파리를 떠나 3개월 정도 여행을 해보라고 권유했다. 그녀는 장소를 바꾸는 것이 아무래도 좋을뿐더러, 스스로의 불행을 지켜보았던 주변을 벗어나면 마음도 진정된다고 말했다. 「난 정말」 뉴만이 대답했다. 「적어도 부담 없이 당신을 떠나는 게 좋을 거라고 느껴요. 당신은 더욱 냉소적으로 변한 나머지 내게 충격과 고통을 주었거든요」

「좋아요」 트리스트람 부인은 쉽게 예견할 수 있듯이 여유롭거나, 아니면 냉소적으로 응답했다. 「난 분명히 당신을 다시 만날 거예요」

뉴만은 기꺼이 파리를 벗어날 수 있었다. 그가 행복했던 시절 거닐면서 자신의 행복을 찬미하고, 드높은 광채를 발산할 것 같았던 찬란한 거리는 이제 자신의 패배를 간직하며 마치 조롱하듯 그의 패배를 굽어보았다. 뉴만은 장소에 구애받지 않고 어디론가 떠나고 싶은 생각으로 짐을 꾸렸다. 그러고 나서 어느 날 아침 우연히 그는 마차를 타고 기차역으로 갔다. 그는 기차역에서 볼로뉴[70]로 간 다음, 다시 영국 해변으로 갈 수 있었다. 흔들거리며 기차를 타고 뉴만은 자신의 복수가 어떻게 되었는지 스스로 물어보았다. 그러자 자신의 복수를 매우 안전한 곳에 일시적으로 묻어두었고, 시기가 올 때까지 그런 상태로 있을 것이라고 혼자 말했다.

뉴만은 〈계절〉이 무르익을 때 런던에 온 탓에 무엇보다 여기서 가슴속의 중압감을 떨칠 기분이었다. 그는 영국 전체를 통틀어 알고 있는 사람이 한 명도 없었지만, 거대한 도시 풍경이 무감각한 자신의 마음을 다소 씻어냈다. 거창한 것이면 무엇이든 호감을 품던 뉴만은 영국의 광대한 에너지와 산업을 목격하고 마음속에 느릿한 명상의 기운을 돋구었다. 현재 날씨는 기록으

70) 영국 해협에 위치한 프랑스의 항구 도시.

로 보더라도 영국에서 최적기였기 때문에, 뉴만은 오랫동안 걸으며 런던의 모든 방향을 탐색했다. 그는 켄싱턴 가든[71]과 인접 차도 곁에 오랫동안 앉아 행인과 말과 마차 따위를 지켜보았고, 또한 장밋빛 혈색의 영국 미인들과 굉장한 영국 멋쟁이들은 물론, 화려한 제복을 입은 하인들도 지켜보았다. 오페라를 보러간 뉴만은 그것이 파리보다 낫다고 생각했다. 그는 연극을 보았고, 자신이 귀를 기울이며 파악한 정교한 극중 대사에 놀라운 마력을 느꼈다. 뉴만은 자신이 묵고 있는 호텔의 급사가 추천한 장소를 여러 번이나 찾았고, 이러한 일로 급사와 친밀한 관계를 맺었다. 그는 윈저 숲에서 사슴을 보았으며, 리치먼드 힐[72]에서 본 템즈강의 광경에 경탄했다. 그는 또한 그리니치[73]에서 뱅어와 버터 바른 검은 빵을 먹었고, 켄터베리 성당의 짙푸른 그늘 속에서 산책을 했다. 그는 또 런던탑과 타소 부인의 전시장[74]을 관람했다. 어느 날 뉴만은 셰필드[75]로 가려고 했다가 생각을 바꾸었다. 자신이 어째서 셰필드를 찾아야 될까? 그는 식기 제조에 관심을 가질 이유가 없다고 느꼈다. 아무리 성공적인 기업이더라도 그 〈내부 사정〉을 들여다보고 싶은 마음이 없었던 뉴만은, 날카로운 감독관과 함께 가장 〈화려한〉 사업의 세세한 점을 이야기하는데 하등의 가치를 두고 싶지 않았던 것이다.

어느 날 오후 뉴만은 하이드 파크로 걸으며 천천히 차도 옆으로 움직이는 행인들 사이를 헤치고 나아갔다. 마차의 물결은

71) 런던의 공원. 원래는 켄싱턴 궁전이 있던 곳이다.
72) 런던의 교외 지역.
73) 런던 동남부 교외의 이름.
74) 밀랍으로 유명 인물의 모형을 만든 전시장.
75) 영국 북부 요크셔 지방의 도시. 14세기 이래 식기 제조로 유명하다.

여전했지만, 뉴만은 장엄한 마차를 타고 바람을 쐬는 낯설고 거무스름한 사람들을 보고서 여느 때처럼 경탄했다. 그들의 모습은 이따금 기괴한 우상과 숭배물들이 사원 밖으로 실려 나와, 일반인들에게 전시되기 위해 황금빛 마차로 해외로 운반된다는 동방과 남방의 국가들에 대하여 자신이 책에서 읽은 바를 상기시켰다. 뉴만은 빽빽히 들어선 구겨진 모슬린의 물결을 헤치고 나아가며, 높다란 깃털 모자 아래로 보이는 예쁜 뺨을 가진 수많은 여인들의 모습을 보았다. 그러고 나서 그는 무척이나 무거운 느낌을 주는 영국 나무의 밑둥에 놓인 작은 의자에 앉아, 조용한 눈매를 가진 많은 숙녀들을 관찰했다. 그들은——눈매가 차분하지 못한 다른 처녀들은 말할 것도 없지만——싱트레 부인과 함께 미(美)의 요술이 세상에서 사라졌다는 느낌만을 새삼 상기시키는 듯했고, 그가 갈구한 마음의 위안을 더욱 풍자하는 인상을 주었다. 뉴만이 얼마간 걷고 있을 때, 여름의 미풍에 밀려난 것처럼 바로 앞에 자신의 귀를 의심할 만큼 또렷이 읊어지는 파리 사람의 말소리가 들렸다. 목소리로 보건대 그들이 한때 낯익은 존재로 느껴졌기 때문에 눈길을 돌려보니, 뉴만과 같은 방향으로 걷고 있는 젊은 숙녀의 검은 머리와 함께 어깨가 평범한 우아한 자태가 기억났다. 그녀는 니오슈 양이었고, 더욱 빠른 신분 상승을 위해 런던에 온 것이 분명했다. 다시 쳐다보는 순간 뉴만은 그녀가 자신의 목표를 이루었다고 생각했다. 그녀의 말에 조심스럽게 귀를 기울이며, 입을 열지도 못할 정도로 도취된 신사가 곁에서 어슬렁거렸던 것이다. 뉴만은 그의 목소리를 듣지 않았지만, 잘 차려입은 영국인의 등 모습을 식별했다. 니오슈 양은 행인들의 관심을 끌었고, 지나가는 여인들이 그녀가 치장한 파리풍의 완벽한 자태를 보려고 몸을 돌렸다. 젊은 여인이 입은 커다란 폭포수 같은 스커트의 주름 장식이 그녀의 허리에서 뉴만의 발 아래로 스칠 듯이 흘러내렸기 때문에, 그는 주름 장식을 밟지 않으려고 피해야 되었다. 그가 실로 불필요할 만큼이나 확고한 동작으로 물러난 이유는 이처럼 니오슈 양을 흘깃 보기만 해도 불쾌감이 자극되기 때문이었다. 뉴만은 자신의 평정한 마음을 휘젓는 듯이 보인 그녀를 자신의 시야에서 몰아내고 싶었다. 그는 이 뻰뻰스러운 여인 때문에 젊은 목숨을 빼앗기고, 땅 속에 묻힌 지 얼마되지도 않은 발렌틴을 생각했다. 젊은 여인의 화려한 옷에서 나오는 향기가 메스꺼워 뉴만은 머리를 돌려 길을 비키려고 했다. 그러나 행인들이 밀려와 다소간 그녀 가까이 있었기 때문에 그는 니오슈 양의 말을 엿듣게 되었다.

「분명코 그 사람은 저를 찾을 거예요」 니오슈 양이 중얼거렸다. 「그 사람을 내버려둔 건 매우 잔인한 짓이죠. 그래서 당신은 저를 배은망덕한 인물로 생각하겠지만. 아마도 그 사람이 우리와 함께 왔더라면 좋았을 테죠. 하지만 그 사람의 기분이 썩 좋지 못해요」 그녀는 말을 덧붙였다. 「오늘 그 사람이 그다지 유쾌하지 못한 듯했거든요」

뉴만은 니오슈 양이 어떤 사람의 이야기를 하는지 궁금했지만, 그 순간 행인들 사이를 뚫고 나올 수 있었다. 뉴만은 아마도 그녀가 영국식 예법에 따라 짐짓 자신의 아버지를 염려하는 체한다고 생각했다. 그 가련한 노인은 아직 딸의 치마폭에서 악의 행로를 답습하는 것일까? 아니면 여전히 세상사에 대한 자신의 경험을 주절대며, 딸에게 통역을 해주려고 바다 건너 와 있는 것일까? 뉴만은 조금 걷다가 다시는 니오슈 양의 근처에 다가가지 않게끔 조심스럽게 발길을 돌렸다. 이윽고 그는 나무 아래 놓인 의자를 찾아보려고 했는데, 빈 의자를 찾기란 좀체 쉽지 않았다. 그가 탐색을 포기하려는 순간 한 신사가 자리에서 일어나는 모습이 눈에 띄었기 때문에, 뉴만은 주위를 돌아보지도 않고 그 자리에 앉았다. 그는 주위 사람들을 아랑곳하지 않고 한동안 거기 앉아 있었지만, 니오슈 양의 간악스런 생동감을 다시 목격한 탓에 노여움과 쓰라림으로 가슴속이 뒤엉켰다. 그러나 시선을 떨구고 얼마간 시간을 보낸 끝에 뉴만은 자신의 발 아래 있는 길에 작은 퍼그[76] 한 마리가 웅크리고 있음을 알았다. 그것은 흥미로운 발바리 족속 가운데, 작지만 완벽한 표본이었다. 곁에 있던 개는 작고 검은 주둥이를 킁킁대며 화려한 바깥 세계의 냄새를 맡고 있었고, 목덜미에 매인 커다란 장미 모양의 푸른 리본 때문에 탐색을 제지당한 채 뉴만의 옆에 있는 사람의 손에 얽매여 있었다. 이 인물에게 관심을 돌린 뉴만은 즉각적으로 자신이 작고 뚜렷한 하얀 눈매로 그를 응시하고 있던 인물의 주시 대상이 됨을 알았다. 뉴만은 즉각 이 눈매를 인식할 수 있었는데, 그는 한참 동안이나 니오슈 씨의 곁에 앉아 있었던 것이다. 뉴만은 막연하게나마 누군가 자신을 응시하고 있음을 느꼈지만, 그를 계속 응시했던 인물은 바로 니오슈 씨였다. 니오슈 씨는 뉴만의 시선을 회피할 양으로 꼼짝도 하지 않았던 듯이 보였다.

「이런 세상에!」 뉴만이 말했다. 「당신도 여기 있었소?」 그러고 나서 뉴만은 옆에 있던 인물이 여느 때보다 우울하고 맥 풀린 상태로 있음을 알았다. 니오슈 씨는 새로운 모자에다 가죽장갑을 꼈고, 의복도 과거보다 더 복고풍인 듯했다. 그의 팔에

76) 불독과 비슷한 발바리의 일종.

는 분명히 자신에게 맡겨진 여자의 작은 망토──흰 레이스로 테를 두른, 가볍고 화사한 조직으로 만들어진──가 걸쳐 있었고, 손에는 작은 개의 푸른 리본이 쥐어져 있었다. 그의 얼굴에는 망연한 두려움 외에 뉴만을 알아보았다는 표정도 전혀 보이지 않았다. 뉴만은 작은 개와 레이스로 만든 망토를 쳐다보고서 노인과 다시 눈을 마주쳤다. 「나를 알겠죠」 뉴만이 입을 열었다. 「진작 나한테 말을 걸 수도 있었잖소」 니오슈 씨는 여전히 아무 말도 하지 않았지만, 그의 눈에 희미한 물기가 머금은 듯이 보였다. 「난 생각지도 못했는데」 뉴만이 말을 계속했다. 「파리의 파트리 카페에서 떨어진, 이처럼 먼 곳에서 당신을 만날 줄은」 노인은 침묵을 지켰지만 뉴만이 그의 눈물을 자극했음이 분명했다. 그의 곁에 있는 인물이 시선을 고정시킨 채 앉아 있자 뉴만은 말을 덧붙였다. 「무슨 일인가요, 니오슈 씨? 당신은 이야기를 썩 잘하지 않았소. 나한테 불어 회화를 가르쳐준 것조차 기억하지 못해요?」

이 말을 듣고 니오슈 씨는 태도를 바꾸었다. 그는 몸을 구부려 작은 개를 들고 자신의 얼굴까지 치켜올린 다음, 작고 부드러운 개의 등에다 눈물을 훔쳤다. 「전 말을 걸지 않으려고 했답니다」 니오슈 씨는 개의 어깨를 내려다보며 말했다. 「선생님이 절 모르길 바랬어요. 자리를 비켰어야 했지만, 제가 움직이면 알아볼까 두려웠어요. 그래서 가만히 앉아 있었지요」

「당신은 뭔가 떳떳하지 못하군요」 뉴만이 말했다.

노인은 작은 개를 내려놓으며 조심스럽게 무릎 위에 얹었다. 그런 다음 그는 뉴만에게 계속 눈길을 고정시킨 채 머리를 흔들며 중얼거렸다. 「아뇨, 전 떳떳하답니다」

「그런데 왜 나한테서 슬며시 도망치려고 했소?」

「그건 말하자면, 선생님이 제 입장을 모르기 때문이지요」

「아, 언젠가 나한테 설명한 적이 있었어요」 뉴만이 말했다. 「하지만 상황이 호전된 것처럼 보이는데」

「호전되었다구요!」 니오슈 씨는 숨을 내쉬며 외쳤다. 「이걸 호전이라고 부르나요?」 그러고 나서 그는 팔에 든 물건을 힐끗 보았다.

「이런, 당신은 여행을 하고 있잖소?」 뉴만이 응답했다. 「이런 계절에 런던을 찾는 건 확실한 부(富)의 징표가 되는데」

이 잔인한 아이러니에 대한 대답으로 니오슈 씨는 작고 멍한 눈으로 뉴만을 응시하며, 다시 개를 자신의 얼굴 높이까지 들었다. 이 동작은 아둔한 데가 있었기 때문에, 뉴만은 노인이 편리하게도 우둔한 척하며 스스로 위로하려는 건지, 아니면 자신의 기지를 상실하여 사실상 굴욕의 대가를 치루려는 것인지 분간하지 못했다. 그러나 지금의 경우 불쌍한 노인은 전자가 아닌 후자에 가까웠기 때문에 뉴만은 다소 동정을 느꼈다. 자신에게 책임이 있든 없든 노인은 밉살스러울 만큼 해로운 자기 딸의 공범자나 다름없었다. 뉴만이 급히 떠나려고 하자, 눈물이 글썽이는 노인의 눈에서 간청의 빛이 비치는 듯했다. 「떠나시렵니까?」 노인이 물었다.

「내가 더 머물기 바래요?」 뉴만이 말했다.

「제가 진작 떠났어야 했는데——생각해 본다면요. 하지만 선생님이 그렇게 떠나시면 제 체면이 말이 아니랍니다」

「특별히 할말이 있소?」

니오슈 씨는 누군가 엿듣지 않는지 주위를 둘러본 다음 매우 부드럽고 분명한 어조로, 「전 딸 애를 용서하지 못해요!」라고 말했다.

뉴만은 피식 웃었지만, 노인은 한동안 그 웃음을 의식하지 못한 것처럼 보였다. 노인은 시선을 돌려 자신의 사무친 원한에 배인 추상적 형상을 멍하니 주시하는 듯했다. 「딸을 용서하든 말든 그건 별 문제가 아니오」 뉴만이 말했다. 「장담하건대, 그녀를 용서하지 못할 사람들이 달리 있으니까」

「그 애가 무슨 일을 저질렀나요?」 니오슈 씨는 다시 주위를 돌아보며 나직히 물었다. 「전 그 애가 무슨 짓을 하는지도 몰라요」

「그녀는 끔찍한 불행을 입혔소. 그게 뭔지는 문제가 아니오」 뉴만이 말했다. 「당신 딸은 남에게 해로운 존재니까 그걸 막아야 돼요」

니오슈 씨는 자신의 손을 슬그머니 들어 매우 부드럽게 뉴만의 팔을 잡았다. 「아무렴, 막아야죠」 그가 속삭였다. 「그럼요, 당장 그렇게 해야죠. 그 애는 지금 도망중이니까 어쨌든 막아야 해요」 그런 다음 노인은 잠시 말을 멈추고 주위를 둘러보았다. 「정말 막아야 해요」 그는 말을 계속했다. 「전 기회를 엿보고 있을 뿐이랍니다」

「알겠소」 뉴만이 다시 피식 웃으며 말했다. 「그녀가 도망을 갔고, 당신이 뒤쫓고 있는 셈이군요. 참으로 긴 추적이로군요!」

하지만 니오슈 씨는 그대로 응시만 할 뿐이었다. 「전 그 애를 막을 겁니다!」 그가 부드럽게 말을 반복했다.

노인이 이 말을 하는 순간 그들 앞에 있던 무리들이 마치 중요한 인물을 위해 길을 비키려는 듯이 갈라졌다. 이윽고 갈라진 사이를 뚫고 니오슈 양이 나타났고, 그 뒤에는 뉴만이 좀 전에 보았던 신사가 따라왔다. 신사의 얼굴이 드러나는 순간 뉴만은 비정상적인 자태와 함께, 보통 사람과 다른 혈색을 가졌으면서도 호감 어린 표정을 지닌 디프미어 경의 모습을 확인했다. 니오슈 씨와 마찬가지로 자리에서 일어난 뉴만과 갑자기 마주치게 된 니오슈 양은 순간적으로 주춤거렸다. 그녀는 마치 어제 만났다는 듯이 뉴만에게 가벼운 인사를 하고는 보기 좋은 미소를 머금은 채, 「어머나, 계속 만나게 되는군요!」라고 말했다. 그녀는 더할 나위 없이 예쁜 모습이었고, 옷의 앞면은 놀라운 예술품과 같았다. 그녀가 자신의 아버지에게 다가가 작은 개를 잡으려고 두 손을 펼치자, 그 개는 유순하게 그녀의 손에 안겼다. 그런 다음 그녀는 개에게 입맞춤을 하며 중얼거렸다. 「널 이렇게 깡그리 내버려둘 생각을 했다니——나를 얼마나 사악하고 지독한 인물로 여겼을까! 넌 정말 불편하게 보이는구나」 그녀는 바늘 끝처럼 미세한 악마 같은 뻔뻔스러움을 번득이는 눈빛으로 뉴만에게 몸을 돌려 억지로 뭔가 설명하려는 듯이 말을 덧붙였다. 「이 개에겐 영국 기후가 맞지 않는 것 같아요」

「이 개의 정부(情婦)에게는 썩 잘 맞는 것 같소」 뉴만이 대꾸했다.

「절더러 하시는 말씀인가요? 전 지금처럼 좋은 적이 없었어요. 고마워요」 노에미 양이 대뜸 말했다. 「이 영국 신사와 함께라면」 그녀는 최근에 만난 자신의 동반자를 빛나는 눈길로 쳐다보았다. 「어떻게 기분이 좋지 않겠어요?」 그녀는 자신의 아버지가 앉았던 의자에 앉아 작은 개의 장미꽃 리본 장식을 매만졌다.

디프미어 경은 자신이 영국인 남자라는 떳떳하지 못한 입장 때문에 이처럼 예기치 못한 만남에 따른 당혹감을 떨치려 했다. 그는 몹시 얼굴을 붉히고 어색하게 고개를 끄덕이며, 재빠른 말투로 자신이 나약한 개의 정부(情婦)가 아닌 다른 사람을 좋아한다는 것을 보이려고, 순간적으로 경쟁심이 발동했던 상대에게 인사를 했다. 그의 재빠른 말투는 종종 영국 사람들의 말이 이해하기 어렵다고 생각했던 뉴만으로 하여금 어떤 의미도 부여하지 못하게 했다. 이윽고 젊은 신사는 한 손을 뒤로 옮긴 채, 그곳에 서서 의식적으로 싱긋 웃으며 곁눈질로 노에미 양을 응시했다. 그는 갑자기 어떤 생각이 떠오른 듯 뉴만을 돌아보며 말했다.「아, 이 여자를 알고 있었소?」

「그럼요」뉴만이 대답했다.「알고 있죠. 난 당신이 이 여자를 안다고 생각하지 않았는데」

「이런 세상에. 난 알고 있었어요!」디프미어 경이 다시 싱긋 웃으며 말했다.「파리에서 알았죠——내 불쌍한 사촌인 벨가드를 통해서 말이오. 불쌍한 사촌은 이 여자를 알고 있었던가요? 그가 죽게 된 배후에는 그녀가 있었어요. 참으로 슬픈 일이었소, 그렇죠?」젊은 신사는 단순한 성격처럼 당혹감을 얼버무리며 말을 이었다.「사람들은 그의 죽음이 교황 때문이라고 둘러댔고, 누군가는 교황의 도덕성을 탓했기 때문이라고도 했어요. 사람들은 항상 그렇다니까요. 그건 사촌인 벨가드가 한때 프랑스 보병에 있었으므로 교황 탓이라고 하는 거죠. 하지만 사실은 저 여자의 도덕성 때문이랍니다——그녀가 바로 교황이니까요!」디프미어 경은 눈길을 돌려 애완용 개를 향해 우아하게 몸을 숙이고, 개에게 몰두하여 대화하는 것이 분명한 노에미 양에게 이 같은 익살을 떨며 말을 계속했다.「내가 교제를 계속하는 게 다소 괴상하게 여겨지겠죠. 하지만 저 여자는 어쩔 수 없거든요. 벨가드는 단지 내 먼 친척에 불과해요. 내가 하이드 파크에서 저 여자와 함께 있는 모습이 다소 뻔뻔스럽다고 응당 생각할 테지만, 난 아직 상대를 몰라요. 게다가 외모가 놀랍잖아요——」그러고 나서 디프미어 경은 젊은 숙녀에게 거듭 확인의 눈길을 던지며 자신의 말에 결론을 맺었다.

뉴만은 노에미 양에 대한 이야기를 더 이상 들을 수 없었기 때문에 발길을 돌렸다. 니오슈 씨는 자기 딸이 다가오자 옆으로 비켜 유심히 바닥을 내려다보며 한정된 공간에 서 있었다. 그가 딸을 용서하지 못한다는 사실을 기록으로 남기는 것이란 자신과 뉴만 사이만큼이나 부적절한 일이었다. 뉴만이 떠나려 하자 노인은 고개를 들고 다가왔다. 그는 노인이 뭔가 특별히 할말이 있을 것이라고 생각하며 잠시 고개를 숙였다.

「언젠가 신문을 통해 내용을 알게 되실 겁니다」

니오슈 씨가 중얼거렸다.

뉴만은 미소를 감추며 그곳을 떠났다. 비록 신문을 읽는 일이 그에게 주요한 독서가 되긴 했지만, 이후 뉴만은 노인의 선언을 뒷받침할 어떤 뉴스거리도 찾지 못했다.

제26장

뉴만은 앞에서 언급했던 영국 생활의 특이한 면모를 망연자실하게 바라보면서 무척이나 무료한 날들을 보냈지만, 그런 날들도 나름의 즐거움이 되었다. 이미 침잠된 그의 우울함은 상처가 치유되는 것처럼 통증이 있긴 해도, 거기에 감미로운 느낌이 있었기 때문이다. 그는 홀로 생각에 잠겨 당분간 어떤 사람과도 가까이 하고 싶지 않았다. 사람들을 만나고 싶은 마음이 전혀 없던 뉴만은 친구인 트리스트람이 보내준 두 통의 소개장을 내버려두었다. 그는 때때로 망각 상태에 이를 만큼 한 번에 십여 분씩 끈질기고 침착하게 싱트레 부인에 대한 생각을 엄청나게 했고, 자신이 알았던 가장 행복한 시간을 반추했다. 소망하던 결과를 위해 극히 가슴 졸이며 한낮에 그녀를 방문했던 일이, 자신의 느긋한 마음을 정신적 도취로까지 승화시킨 은빛 나래 같은 날들로 다시 떠올랐다. 뉴만은 변화시킬 수 없는 것을 받아들일 필요성을 느낀 나머지 이러한 몽상을 한 다음 어느 정도 충격을 가라앉히고 다시 현실로 돌아왔다. 이따금 현실이

다시 수치스럽고, 변화시킬 수 없는 것이 허위로 생각되었기 때문에 그는 지칠 때까지 격분에 휩싸였지만, 대개는 다소 명상적인 기분에 젖었다. 그는 은연중 자신이 겪은 이상한 불운이 던진 교훈을 인식하려고 했으며, 고요한 시간에 결국 자신이 유쾌했다기보다 상업적이 아니었을까 하고 반문했다. 그가 미학적 쾌락을 찾으려고 유럽에 온 것은 순전히 상업적인 문제에 대한 강한 반발심에서 비롯되었지만, 인간이 지나치게 상업적이 될 수 있음을 자신이 인식할 수 있었다고 볼 수 있다. 뉴만은 그것을 기꺼이 인정하면서도, 자신에게 이 같은 양보는 무척 억압적인 수치심을 조금도 동반하지 않았다. 만일 그가 지나칠 만큼 상업적이었다면 그것을 잊어버릴 태세가 되었다. 왜냐하면 비록 상업적이었을망정 그는 누구에게도 심한 잘못을 저지른 적이 없기 때문이다. 뉴만은 자신의 〈비열함〉을 세상에 드러낼 건덕지는 없다고 냉정하고 침착하게 생각했다. 만일 뉴만이 관계했던 사업적인 경력이 결과적으로 너무나 당당했던 한 여인과의 관계에——비록 파경으로 끝났지만——어두운 그림자를 던질 수밖에 없던 이유가 있었다면, 그는 자신의 인생에서 이것을 영원히 지워버릴 용의가 있었다. 그것은 하나의 가능성처럼 보였지만, 분명히 어떤 사람들처럼 예리하게 그 가능성을 느끼지 못한 뉴만은 생각을 집중하려고 기울인 노력이 별로 가치가 없다고 느꼈다. 하지만 그는 여전히 치루어야 될 어떤 희생을 충분히 감수할 수 있다고 느꼈다. 뉴만은 이따금 어두운 형상을 드리우는 검은 담벽 앞에 걸음을 멈추고, 이제 그러한 희생의 대상이 무엇이 될까 하고 생각했다. 뉴만은 만일 싱트레 부인이 그의 품에 안겼더라면 자신의 인생을 생각대로 실행했을——그녀가 싫어하는 일을 절대로 하지 않고서도——것이라는 공상을 품었다. 이 점은 분명히 포기되지 않았지만, 희미하고 비스듬히 스며드는 한 줄기 영감의 빛이 있었다. 그것은 마땅한 친구가 없었던 나머지 거울에 비친 자신의 모습에다 이야기하는 사람과 흡사할 만큼 고독한 오락이 되리라. 그래도 뉴만은 호주머니에 손을 넣고 다리를 뻗은 채 수그러들지 않는 영국의 황혼을 받으며, 가격에 비해 턱없이 빈약한 저녁 식사를 끝내고 유유히 앉아 한 시간은 족히 느긋한 상념에 잠겼다. 하지만 비록 그의 상업적 상상력이 소생하지 못한다고 할지라도, 이로 말미암아 생겨난 현상을 조금도 경멸하지 않았다. 뉴만은 자신이 물질적으로 풍족했다는 것과 함께 그가 작은 사업가가 아닌 큰 사업가라는 사실이 기뻤고, 또한 부자라는 점을 몹시 기뻐했다. 그는 자신의 모든 소유물을 팔아 가난한 사람들을 돕거나, 아니면 묵상의 이법과 고행으로 칩거하고 싶은 충동을 조금도 갖지 않았다. 그는 자신이 부자에다 비교적 젊다는 사실을 기뻐했다. 설령 물건을 사고 파는 행위를 지나칠 정도로 의식하는 것이 가능하다고 할지라도, 뉴만은 그러한 일을 생각하지 않아도 좋을 만큼 자신에게 남은 인생이 많다는 사실이 유리하게 느껴졌다. 그렇다면 이제 그는 무엇을 생각해야 될까? 뉴만은 거듭 하나의 사실만 생각할 뿐이었고, 그것은 언제나 원점을 맴돌았다. 그러자 자신의 몸에서 갑자기 치밀어 오를 듯한 격정으로 그는 앞으로 몸을 숙이며――웨이터가 벌써 떠났기 때문에――테이블 위에다 팔을 얹고 고통 어린 자신의 얼굴을 묻었다.

뉴만은 한여름까지 영국에서 성당과 성곽과 유적들 사이를 배회하며, 한 달 가량 시골에 머물렀다. 그는 여러 번 자신이 머물고 있던 숙소에서 나와 풀밭과 공원을 거닐면서 닳아빠진 문설주 옆에 발길을 멈추고, 초저녁 대기 사이로 굵게 선회하는 제비들이 뿜는 어스레한 기운이 감도는 잿빛 교회의 종루를 쳐다보며 이것이 자신의 즐거운 신혼여행이 될 수 있었음을 상기했다. 그는 지금처럼 고독하거나, 주위 사람들과의 우연한 대화를 억제해 본 적이 없었다. 마침내 트리스트람 부인이 정한 휴식 기간도 끝났으므로, 뉴만은 이제 무엇을 해야 될까 하고 자신에게 물어보았다. 피레네 산맥에 머물고 있던 트리스트람 부인이 자기에게 합류하라고 편지를 보냈지만, 뉴만은 프랑스로 돌아갈 마음이 내키지 않았다. 그에게 가장 쉬운 일이란 리버풀[77]로 가서 미국으로 가는 첫번째 증기선을 타는 것이었기 때문에, 뉴만은 이 거대한 항구로 가서 선실 침대를 확보했다. 배가 출항하기 전날 밤, 그는 지친 듯 멍하니 호텔방에 앉아 열린 여행 가방을 내려다보았다. 그가 훑어보려고 했던 여러 신문들이 여행 가방 위에 얹혀 있었다. 이들 가운데 일부는 그냥 내팽개칠 수도 있었지만, 뉴만은 이윽고 신문을 한데 뒤섞어 손가방 모퉁이로 밀어넣었다. 이 신문들이 사업에 관계된 탓에 그는 면밀히 읽을 마음이 없었다. 그러고 나서 뉴만은 지갑에서 자신이 내팽개친 것보다 더욱 작은 종이 한 장을 꺼냈다. 그는 그 종이를 펼치지 않고 단지 뒷면을 바라보며 앉아 있었다. 순간적이나마 그 종이를 없애려고 했던 생각이 금방 사라졌다. 그 종이가 암시한 것은 뉴만의 마음 깊숙이 놓인 감정인 동시에 어떤 소생하는 활력으로도 억누르지 못할 감정, 즉 무엇보다 자신이 결과적으로 걸맞지 않게 부당한 취급을 당했다는 느낌이었다. 이러한 느낌과 더불어, 벨가드 집안 사람들은 뉴만이 장

77) 영국 중서부의 항구 도시.

차 어떤 행동을 취할지 긴박감을 누리고 있다는 기운찬 희망이 그에게 다가왔다. 아마도 그들은 긴장감이 연장될수록 더욱 즐길 테지만! 뉴만은 분명히 뭔가 꾸물거렸고, 지금의 야릇한 마음 상태로 다시 늑장을 부릴지도 모른다고 생각했다. 하지만 그는 손에 든 작은 종이를 매우 부드럽게 지갑에다 넣고서 벨가드 집안 사람들이 가진 긴박감을 생각하며 기운을 북돋웠다. 뉴만은 여름 바다를 항해하며, 이후 그런 생각을 할 때마다 기운이 북돋아짐을 느꼈다. 뉴욕에 도착한 다음 그는 대륙을 건너 샌프란시스코로 여행했지만, 도중에 관찰한 어떤 광경도 자신이 어처구니없이 부당한 취급을 당했다는 느낌을 완화시킬 수 없었다.

뉴만은 굉장히 많은 친구들을──자신의 오랜 친구들──만났지만, 누구에게도 자신이 당한 기만적 행위에 대해 말하지 않았다. 뉴만은 그와 결혼하도록 정해진 여자가 변심했다고 말했을 뿐이고, 자신이 변심했느냐는 질문을 받게 되면 「화제를 바꾸어볼까?」라고 대답했다. 뉴만은 자신의 친구들에게 유럽에서 어떤 〈새로운 사고〉도 갖지 못했다고 말했지만, 아마도 친구들에게 그의 행동은 서투르게 꾸며댄 이야기의 생생한 증거로 받아졌을 것이다. 뉴만은 그의 일로 잡담을 나누는 데 전혀 관심이 없었고, 자신의 은행 계좌를 들여다볼 의향도 없었다. 그는 특별한 증상에 대해 묻는 저명한 외과 의사처럼, 자신이 한 말의 의미를 파악했음을 드러내는 대여섯 개의 질문을 던지면서도 구체적인 언급과 방향은 제시하지 않았다. 뉴만은 증권거래소에서 만난 사람들을 어리둥절하게 만들었을 뿐만 아니라, 자신의 무관심한 정도에 스스로 놀라기도 했다. 그는 이처럼 깊어지는 무관심과 싸워보려고 했다. 뉴만은 자신에게 관심을 가지려는 생각에서 과거의 일에 다시 몰두하려고 했지만, 그런 일은 비현실적으로 보였다. 왜냐하면 무엇을 하던 간에 그는 어떻든 과거의 일에 대하여 믿음을 가질 수 없기 때문이었다. 때때로 뉴만은 자신의 머리가 이상할지도 모른다는 두려움을 가졌지만, 그것은 아마도 그의 두뇌가 나약해졌을 뿐만 아니라 강한 행동력에 종말이 왔다는 두려움에 기인했다. 그는 이런 생각 때문에 뭔가 치밀어 오를 듯한 느낌을 가졌다. 어떤 사람에게도 쓸모가 없고, 스스로도 혐오스러운, 실로 희망이 보이지 않는 무기력한 존재라는 느낌이야말로 벨가드 집안의 배신이 그에게 남겨놓은 결과였다. 정처 없이 샌프란시스코에서 뉴욕으로 돌아온 뉴만은 사흘 동안 호텔 로비에 앉아, 간단없이 흘러나오는 파리풍의 옷을 걸친 예쁜 소녀들이 산뜻한 외모에다 작은 꾸러미를 끌어안고 물결치듯 지나가는 모습을 두꺼운 판유리로 된 거대한 벽을 통해 바라보았다. 사흘이 지날 무렵 그는 샌프란시스코로 돌아갔으며, 그곳에 도착한 다음 어디론가 가버리려고 했다. 그는 아무런 할 일이 없었고, 과거에 몰두했던 일이 사라졌기 때문에 이제 다시는 그것을 찾지 못할 느낌이 들었다. 그는 독백하듯 여기서도 할 일이 없다고 말했다. 하지만 대양(大洋) 너머 아직 그에게 남겨진 일이 있었다. 그것은 완결되지 않은 채로 있는 것이 무방할지 알아보려고 그가 실험적이고도 명상적으로 남겨둔 일이었다. 하지만 그것은 뉴만의 마음에 걸림돌이 되어 계속 그의 심금을 울리며 이성을 마비시켰을 뿐만 아니라, 자신의 귀에 중얼대며 영구히 눈앞에 어른거렸다. 그것은 완고한 유령처럼, 모든 새로운 각오와 성취의 틈바구니에 끼어들어 묵묵히 드러누우려고 간청하는 듯이 느껴졌다. 그것이 종결될 때까지 그는 어떤 일도 할 수 없으리라.

겨울이 끝날 무렵 어느 날, 오랜 시간이 지난 후 뉴만은 트리스트람 부인으로부터 편지를 받았다. 트리스트람 부인은 자신과 편지 왕래를 하는 상대방의 기분을 풀어 딴 곳으로 주의를 돌려보려는 호의에서 편지를 썼음에 분명했다. 그녀는 여러 가지 파리의 풍문을 전하는 가운데 패커드 장군과 키티 업존 양에 대한 이야기를 했고, 극장에서 상연되는 새로운 연극을 열거한 후에 니스에서 한 달을 보내려고 내려간 남편이 보낸 쪽지를 동봉했다. 그러고 나서 그녀는 서명과 함께 다음과 같은 몇 줄의 추신을 달았다. 「사흘 전 나는 친구인 대수도원장으로부터 싱트레 부인이 지난주 카르멜 수도원에서 수녀가 되었다는 말을 들었답니다. 그날이 싱트레 부인의 27번째 생일이었고, 그녀는 수호성인의 이름으로 성 베로니카를 택했어요. 그녀는 평생 동안 베로니카 수녀라는 이름으로 불릴 거예요!」

뉴만은 아침에 이 편지를 받고서 그날 저녁 파리로 떠났다. 그의 상처가 새롭고 격렬하게 욱신거렸다. 지루하고 음울한 여행을 하는 동안, 뉴만은 싱트레 부인이 바깥만 바라볼 수 있는 감옥의 벽에 갇혀 〈평생〉을 보낸다는 생각에 끊임없이 시달렸다. 그는 이제 영원히 파리에서 정착할 것이며, 설령 싱트레 부인이 거기에 없다고 할망정 적어도 그녀를 가둔 냉혹한 무덤은 있다고 생각하며 억지로나마 행복을 느끼리라. 뉴만은 미리 알리지도 않고 브레드 부인에게 갔는데, 그녀는 오스만 대로에 있는 그의 커다랗고 텅 빈 거처를 홀로 지키고 있었다. 마치 네델란드 마을처럼 깔끔한 거처에서 브레드 부인이 하는 일이란 먼지를 터는 것뿐이었다. 하지만 그녀는 자신의 고독에 대해 불평하지 않았다. 왜냐하면 그녀의 철학에 따르면, 하인이란 단지 신비스럽게 설계된 기계에 불과하며, 가정부가 주인이 없다고 불평하는 것은 마치 시계가 태엽이 감기지 않는다고 탓하는 것만큼이나 진기한 일이 되기 때문이었다. 브레드 부인의 생각으로는, 어떤 특별한 시계도 언제나 시간이 맞지 않고, 또한 어떤 하인도 치밀한 성격의 주인이 베푼 혜택을 모두 입을 수 없다는 것이었다. 그럼에도 그녀는 용기를 내어 뉴만이 얼마간이라도 파리에 머물러야 한다는 소박한 희망을 피력했다. 뉴만은 그녀의 손을 잡고 부드럽게 흔들며, 「영원히 머무를 거요」라고 말했다.

그러고 난 다음 뉴만은 트리스트람 부인을 만나러 갔다. 그녀는 뉴만이 미리 전보를 쳤기 때문에 기다리고 있었다. 트리스트람 부인은 잠시 뉴만을 바라보다가 머리를 저으며 말했다. 「이게 아닌데. 당신은 너무 빨리 돌아왔군요」 뉴만은 자리에 앉아 그녀의 남편과 아이들의 안부를 묻고 나서 도라 핀치 양에 대해 물으려고 했다. 이런 말을 하던 가운데 뉴만은 불쑥, 「그녀의 소재를 알고 있소?」라고 물었다.

물론 뉴만의 말이 도라 핀치 양을 의미한 것이 아니었기 때문에 트리스트람 부인은 잠시 머뭇거리다 정확히 대답했다. 「그녀는 다른 곳으로 옮겼어요. 지옥로에 있는 건물이죠」 뉴만이 매우 흐릿한 표정을 지으며 조금 더 앉아 있자, 트리스트람 부인은 말을 계속했다. 「당신은 내가 생각했던 만큼 좋은 사람이 아니로군요. 당신은 보다 더——」

「보다 더 뭔가요?」 뉴만이 물었다.

「보다 더 관용을 베풀지 않군요」

「이런 세상에!」 뉴만이 외쳤다. 「당신은 내가 그러길 바라요?」

「아뇨, 그런 말은 아니랍니다. 난 그 사람들을 용서하지 않았어요. 그러니 물론 당신도 그렇게 할 수 없었겠지요. 하지만 당신은 잊어버릴 수는 있어요! 당신은 내가 생각했던 이상으로 그 일에 격분하고 있어요. 당신은 사악하게 보여요――위험스럽게 보인단 말예요」

「내가 위험할지도 모르죠」 뉴만이 대꾸했다. 「하지만 난 사악하진 않소. 절대로 그럴 수는 없으니까」 그러고 나서 뉴만은 자리에서 일어섰다. 트리스트람 부인은 뉴만에게 저녁 식사를 하러 오라고 했지만, 그는 설령 자신이 유일한 손님이 되더라도 초대에 필히 응하고 싶지 않다고 대답했다. 하지만 그는 저녁 늦게 사정이 허락하면 올지 모른다는 말을 덧붙였다.

뉴만은 세느강 주변을 걷다가, 강을 건너 도시를 가로질러 지옥로 방향으로 발길을 옮겼다. 그날은 초봄의 부드러움이 감돌았지만 날씨는 흐리고 무더웠다. 그는 잘 알지 못하는 파리의 어느 구역에 당도했는데, 수도원과 감옥이 밀집된 그 구역은 길다랗고 생기 없는 담벽과 경계를 이룬, 행인이 뜸한 거리가 있는 지역이었다. 이들 가운데 두 개의 거리가 교차하는 지점에 카르멜 수도원의 건물이 있었다. 그것은 주변에 온통 높다랗고 횡한 담벽이 있는 둔탁하고 단조로운 건물이었다. 바깥으로부터 뉴만은 높이 달린 창문과 가파른 지붕과 굴뚝을 볼 수 있었다. 그러나 이러한 광경은 그 내부에 인간의 삶이 존재한다는 어떤 징후도 드러내지 않았고, 그 장소는 어떤 말을 하지도, 듣지도 못하고, 생기마저 없는 것처럼 보였다. 창백하고 죽은 듯이 보이는 퇴색한 담벽은 멀리 아래쪽으로 보이는 텅 빈 샛길로 뻗어가, 인간의 모습이라곤 없는 광경을 만들었다. 뉴만은 오랫동안 거기 서 있었지만, 어떤 행인도 없었기 때문에 마음껏 응시했다. 이것은 자신에게 여정의 종착지처럼 보였다. 그는 자신의 추구가 바로 이것이었던가 하고 생각했다. 그것은 만족치고는 이상했고, 그곳의 황량한 정적은 헛된 갈망으로부터 자신을 해방시키는 듯했다. 그 광경은 뉴만에게 건물 내부에 있는 여인이 영원히 상실되었고, 다가올 세월이 거대하고 움직이지 않는 무덤의 덮개처럼 그녀 위에 쌓여지리라고 말했다. 이런 장소에서 이러한 세월은 언제나 음울한 침묵만이 될 뿐이었다. 갑자기 뉴만은 자신이 거기 서 있는 모습을 다른 사람들이 보고 있을지 모른다고 생각하자, 다시 마력이 사라짐을 느꼈다. 그는 원인 모를 처량한 느낌이 들었기 때문에 다시는 그곳에 서 있지 않으리라고 다짐하며 무거운 심정으로 발길을 돌렸지만, 처음보다 마음이 가벼워졌다.

모든 것이 끝났고 마침내 뉴만도 휴식을 취할 수 있었다. 그는 좁고 구불구불한 길을 통해 다시 세느강 끝으로 내려갔으며, 그곳에서 부드럽고 거대한 노틀담 성당의 탑이 머리 위로 솟구친 모습을 보았다. 뉴만은 다리를 건너 거대한 성당 앞의 공터에 잠시 서 있다가 거대한 형상의 문 아래로 들어갔다. 그는 얼마간 어슬렁거리며 본당의 회중석 위로 간 다음, 장대한 어스름 속에 오랫동안 앉아 있었다. 그는 멀리서 들리는 종소리가 긴 간격을 두고 바깥 세상으로 울려 퍼지는 것을 들었다. 뉴만은 매우 지쳤지만 여기가 가장 적합한 장소라고 생각했다. 그는 어떤 기도를 하지도 않았고, 기도할 말도 없었으며, 또한 감사해야 될 이유도, 요구할 일도 없었다. 이제 그는 자신을 돌봐야 하므로 요구할 것이 없었던 것이다. 그렇지만 거대한 성당은 매우 다양하게 친밀감을 부여했다. 성당의 내부에 있는 동안 바깥 세상으로부터 벗어날 수 있었기 때문에 뉴만은 자리에 앉아 있었다. 말하자면, 자신에게 일어났던 가장 불유쾌한 일이 공식적으로 종말을 고했기 때문에 그는 책을 덮고 그것을 떨쳐버릴 수 있었다. 오랫동안 앞의 의자에 머리를 기대었던 뉴만은 머리를 들었을 때 자신이 본래 모습으로 되돌아왔다고 느꼈다. 그의 마음 한구석에 있던 단단한 매듭이 풀린 듯한 기분이었다. 뉴만은 벨가드 집안 사람들을 생각했지만 그들의 존재는 별다른 의미를 갖지 못했다. 뉴만은 그들에게 뭔가 행동을 취하려고 했음을 기억하고서, 자신이 하려고 했던 일에 화가 난 나머지 괴로운 신음 소리를 냈다. 갑자기 그의 복수심이 정체를 드러낸 것이다. 그것이 기독교적 자선이든 퇴색한 천성이든, 그의 영혼의 뒤켠에 있는 존재가 무엇인지 말하기는 어렵지만, 뉴만의 마지막 생각은 당연하게도 벨가드 집안 사람들을 그냥 내버려 두는 것이었다.

만일 혼자 큰 소리로 말했다면, 뉴만은 스스로 벨가드 집안 사람들을 해칠 생각이 없다고 말했을지도 모른다. 뉴만은 그들을 해치려 했던 자신의 생각을 부끄러워했다. 비록 그들은 뉴만에게 상처를 입혔지만, 그것은 실상 그가 꾸민 일이 아니었기 때문이다. 이윽고 뉴만은 자리에서 일어나 어둠이 드리워진 성당을 빠져나왔다. 그는 승리를 했거나 어떤 결심을 한 인물 같은 경쾌한 발걸음은 아니었지만, 여전히 약간의 부끄러움을 느낀 선량한 사람처럼 차분하고 느릿한 발걸음으로 걸었다.

집으로 돌아온 뉴만은 브레드 부인에게 어제 저녁에 풀어놓은 여행 가방 속으로 자신의 물건을 다시 넣으라고 말했다. 그녀는 약간 몽롱해진 눈으로 부드럽게 뉴만을 바라보았다. 「웬일인가요」 브레드 부인이 말했다. 「영원히 여기에 머무른다고 했잖아요」

「영원히 머무를 작정이었죠」 뉴만은 친절하게 대답했다. 그리고 다음날 파리를 떠난 이후 그는 분명히 돌아오지 않았다. 자주 언급되었던 뉴만의 번쩍거리는 거처는 주인을 맞이할 준비가 돼 있었지만, 그곳은 커튼 장식을 매만지며, 은행원이 정기적으로 가져다 주는 급료를 받는 브레드 부인의 넓은 안식처가 될 뿐이었다. 그녀는 자신의 급료를 응접실의 벽난로 선반 위에 있는 커다란 분홍색 세브레 꽃병 속에 넣어두고 영원히 방사이를 헤매었다.

파리를 떠나기 전날 저녁 늦게 트리스트람 부인을 찾아간 뉴만은 거실 난롯가에서 친구인 트리스트람을 보았다. 「자네가 파리에 돌아왔다니 기쁘군」 트리스트람이 말했다. 「알다시피 여기는 실제로 백인이 살 만한 유일한 동네야」 트리스트람은 유쾌하게 친구를 환대하며, 지난 6개월 동안 프랑스와 미국 사이에 생겼던 이야기를 했다. 이윽고 그는 자리에서 일어나, 반 시간가량 〈서양인 클럽〉에 가 있겠다고 말했다. 「캘리포니아에서 6개월이나 있었다면 약간의 지적 대화를 하고 싶을 걸세. 난 아내더러 자네와 상대하라고 하겠네」

뉴만은 자신을 맞이한 트리스트람과 가볍게 악수했지만, 머물러 달라고 하지는 않았다. 그러고 나서 그는 트리스트람 부인의 맞은편에 있는 소파로 돌아왔다. 이윽고 그녀는 뉴만이 이곳을 떠난 다음 무엇을 했는지 물어보았다. 「특별한 일은 전혀 없었소」 뉴만이 대답했다.

「당신은」 트리스트람 부인이 응답했다. 「머릿속에 어떤 생각을 품고 있는 것 같군요. 뭔가 불길한 일에 몰두한 표정이니까요. 그래서 당신이 떠난 다음 난 과연 당신을 떠나보내야 했을까 하고 의심을 품었지요」

「나는 강 건너편으로 갔을 뿐이오——카르멜 수도원 말이오」

트리스트람 부인은 잠시 그를 바라보며 미소를 지었다. 「거기서 뭘 했나요? 담벽의 높이라도 재었나요?」

「아무것도 하지 않았소. 잠시 주위를 보다가 발길을 돌렸을 뿐이오」

트리스트람 부인은 뉴만에게 동정 어린 눈길을 보냈다. 「수도원 담벽을 멍하니 응시하다 벨가드 후작이라도 만나진 않았겠죠?」 그녀가 물었다. 「그 사람은 자기 누이의 행동을 매우 고통스럽게 여긴다고 들었어요」

「물론 그 사람을 만나진 못했어요. 다행히도 말이오」 뉴만은 잠시 후 대답했다.

「그 사람들은 시골에 있어요」 트리스트람 부인이 말했다. 「뭐라더라? 플뢰히에르라고 하던가요? 그들은 당신이 파리를 떠났을 때 거기로 돌아가, 외부와 담을 쌓고 일년을 보냈어요. 젊은 후작 부인은 틀림없이 그걸 즐겼을 테죠. 난 그녀가 딸의 음악 선생과 도망쳤다는 소문이라도 듣기를 바랐는데!」

장작 불빛을 바라보던 뉴만은 매우 흥미있게 이 말을 듣고 있었다. 이윽고 그가 입을 열었다. 「난 그 사람들의 이름을 다시는 언급하지 않을뿐더러, 그들에 관해 어떤 얘기도 듣고 싶지 않소」 그런 다음 뉴만은 지갑에서 종이를 꺼내 잠시 바라보다가, 자리에서 일어나 난롯가에 섰다. 「난 그 사람들의 이름을 태워버릴 거요」라고 그가 말했다. 「난 당신을 증인으로 삼게 되어 기뻐요. 자, 보시오!」 그러고 나서 뉴만은 그 종이를 불꽃 속으로 던져버렸다.

트리스트람 부인은 자수(刺繡)를 하다가 바늘을 멈추고 자리에서 물었다. 「저건 무슨 종이죠?」

뉴만은 벽난로에 기대고 팔을 뻗어 여느 때보다 긴 숨을 내쉬었다. 잠시 후 그는 입을 열었다. 「이제 당신에게 얘기할 수 있어요. 그건 벨가드 집안의 비밀이 담겨진 종이였소. 세상에 알려지면 비난이 쏟아질 만한 내용이오」

트리스트람 부인은 책망하듯 신음 소리를 내며 자수판을 떨구었다. 「이런, 어째서 그걸 나한테 보여주지 않았나요?」

「그렇게 하려고 했어요. 다른 모든 사람들에게도 말이오. 난 그렇게 함으로써 벨가드 집안에 진 빚을 갚으려고 했죠. 그래서 난 그들에게 말하고, 위협도 했어요. 당신 말처럼 그 사람들은 비밀이 폭로될까 두려워 시골에 머물렀던 거요. 하지만 난 포기했소」

트리스트람 부인은 다시 천천히 바느질을 시작했다. 「정말 포기했나요?」

「그럼요」

「그 비밀이 매우 흉칙해요?」

「그럼요. 매우 흉칙하죠」

「내가 보기에」 트리스트람 부인은 말했다. 「당신이 그걸 포기했다니 유감이네요. 나는 정말로 그 종이에 적힌 내용이 보고 싶었는데. 그 사람들은 당신의 후견인이자 보증인이 되는 내게도 잘못을 저질렀거든요. 그렇기 때문에 그 종이는 나한테 복수할 기회를 줄 수도 있었죠. 그런데 어떻게 그 비밀을 입수했나요?」

「그건 긴 얘기랍니다. 하지만 정직하게 말해 어떻든 입수했어요」

「그 사람들도 당신이 비밀을 안다는 걸 알고 있겠죠」

「그럼요. 그들에게 말했으니까」

「세상에, 참으로 흥미롭네요!」 트리스트람 부인이 외쳤다. 「그래서 당신이 그들의 콧대를 꺾었나요?」

뉴만은 잠시 침묵을 지켰다. 「전혀 그렇지 못했어요. 그 사람들은 신경을 쓰지도, 두려워하지도 않는 것처럼 보였으니까. 하지만 난 실제로 그렇지 않다는 걸 알아요」

「확실해요?」

뉴만은 물끄러미 그녀를 바라보았다. 「그럼요, 확실해요」

트리스트람 부인은 천천히 바느질을 시작했다. 「그 사람들이 당신에게 도전했을 테죠?」

「그럼요」 뉴만이 대답했다. 「대략 그런 정도랍니다」

「당신은 폭로 위협으로 그 사람들을 굴복시키려 했나요?」 트리스트람 부인이 추궁했다.

「그렇소. 하지만 그들은 굴복하지 않으려고 했어요. 난 선택권을 주었지만, 그들은 허세를 부려 혐의를 뒤엎고 나를 사기꾼으로 몰려고 했어요. 하지만 그들이 두려워한 게 분명해요」 뉴만은 말을 덧붙였다. 「그래서 내가 바랐던 복수를 모두 한 셈이오」

「이건 정말 분통터질 일이군요」 트리스트람 부인이 말했다. 「그 사람들의 혐의를 밝힐 종이가 태워져 버렸는데도 〈혐의〉 운운한다는 게 말이오. 그 종이가 정말로 타버렸어요?」 그녀는 벽난로 속의 불을 힐끗 보며 물었다.

뉴만은 그녀에게 아무것도 남아 있지 않다는 사실을 확인했다.

「좋아요. 그렇다면」 트리스트람 부인이 말했다. 「당신이 그 사람들을 진정 불안하게 만들지 못했다고 내가 말하더라도 괜찮겠죠. 내 느낌으로 그들이 도전한 이유는 결국 당신이 실제 일을 벌이지 못할 거라고 믿었기 때문이에요. 그들은 머리를 맞대고 숙의한 끝에 자신감을 갖게 되었답니다. 그건 자신들의 결백함도 아니고, 허세를 부려 혐의를 뒤엎으려는 재능도 아니었어요. 그건 놀랄 만큼 선량한 당신의 성격에 있었어요! 그 사람들의 생각이 옳다는 걸 알겠지요」

이 말을 듣고 뉴만은 본능적으로 그 종이가 정말 타버렸는지 보려고 몸을 돌렸지만, 아무것도 남아 있지 않았다.

작품 해설

헨리 제임스의 생애와 문학

헨리 제임스는 1843년 4월 15일 뉴욕에서 헨리 제임스 1세와 매리 로버트슨 월시의 다섯 자녀 가운데 두번째로 태어났다. 제임스의 작품 세계를 결정하는 요인을 찾는다면, 우선 그가 지적으로 풍요로운 집안에서 태어났다는 사실과 함께 어릴 적부터 비정규적인 교육을 받아왔다는 점을 들 수 있다. 제임스의 조부 윌리엄 제임스는 아일랜드에서 미국으로 건너와 뉴욕 주 알바니에서 사업을 벌여 상당한 재산을 모았으며, 이러한 재산은 후손들로 하여금 경제적 부담 없이 정신적 탐구에 몰두할 수 있게 하였다.

제임스가 틀에 박히지 않은 코스모폴리탄적 교육으로 일관하여 왔다는 사실은 무엇보다 그가 세상에 태어난 지 6개월이 못되어 부모들과 함께 대서양을 건너 유럽으로 여행하였다는 데서 나타난다. 따라서 그가 세상에서 받은 최초의 인상은 미국이 아닌, 마차의 창 밖으로 나타난 장엄한 파리의 풍경이었다는 사실은 제임스의 작가적 비전을 상징적으로 드러낸다. 제임스는 또한 어릴 적부터 수줍고 민감한 성격을 가졌으며, 행동하기보다 사물을 배후에서 관찰하는 습성을 지녔다. 작가 제임스에게 또 하나의 중요한 점은 부친의 영향인데, 그는 일찍이 유니언 대학을 졸업하고 프린스튼 신학교에서 신학을 연구한 종교철학가로서 자식들에게 지대한 영향을 끼쳤다. 그는 에머슨, 소로우, 카알라일 등과 같은 당대의 지식인들과 친교를 맺고, 자신이 신봉하는 자유 교육을 통해 자식들과 즐겨 토론하여 자유분방한 사고를 심어주었다. 제임스의 가문에서 특히 윌리엄 제임스를 언급하지 않을 수 없는데, 그는 헨리 제임스의 친형으로 미국 실용주의 철학의 기초를 확립한 인물이었다. 이처럼 지적으로나 정신적으로 풍요로운 가정 환경, 일생에 걸친 외국 체험과 생활, 그리고 탁월한 감수성 등은 제임스의 문학을 결정하는 요인이 된다.

성장기의 제임스는 미국과 유럽을 왕래하며 보내게 되었다. 1858년 여름, 유럽에 체류하던 제임스의 가족은 미국으로 돌아와 로드 아일랜드 주의 해안 도시인 뉴포트에 정착했다. 이곳에 거주할 당시 특기할 사건은, 집 근처에서 발생한 화재를 진압하던 중 제임스가 심한 부상을 입었다는 사실이다. 이 부상에 대해 제임스 자신은 끔찍한 고통이라고 말했을 뿐이지만, 이 부상으로 말미암아 제임스는 남북전쟁 당시 군대 소집에서 면제되었다. 제임스는 하버드 법과대학에 입학했지만 학업에 흥미를 느끼지 못하고 일년 후 학교를 떠났다. 이후 제임스의 가족은 보스턴으로 이사한 다음 다시 인근의 캐임브리지로 옮겼다. 1869년 미국을 떠나 런던으로 온 제임스는 러스킨, 모리스, 로제티, 조지 엘리엇, 다윈 등을 만나 지적 조망을 확대하였다.

이 무렵 제임스는 자신이 살고 있던 뉴잉글랜드가 문화적 전통이 허약할 뿐만 아니라, 그의 작품에 강한 자극이 되지 못함을 느끼면서 미국을 벗어날 결심을 하였다. 비록 경제적 독립이 어려운 형편이었지만, 제임스가 쓴 글은 이미 주요 평론지에 발표되어 유럽에서 자립할 여건이 점차 조성되었기 때문이다.

긴 문학적 수련기는 끝이 났고 당대 유럽의 문인들과 어깨를 겨룰 만큼 제임스는 성숙했다. 파리에 정착한 제임스는 맨 먼저 러시아의 작가이자 자신과 가까운 사이가 된 투르게네프를 만났는데, 투르게네프는 제임스를 플로베르, 모파상, 졸라, 도데 등에게 소개했다. 파리에서의 생활은 제임스로 하여금 무엇보다 소설은 예술이며, 음악이나 미술처럼 문학도 국제적 예술임을 일깨워주었다. 제임스는 파리에서 일년을 보낸 다음, 런던 중심가인 피카딜리 부근의 아파트로 이사했다. 이후 제임스는 주로 런던과 파리, 이탈리아를 왕래했으며, 이러한 장소는 작품의 주요 배경이 되었다.

제임스의 작품은 보통 초기, 중기, 후기의 세 시기로 구분된다. 초기의 작품은 1865년부터 1882년 사이에 나온 것으로, 이 기간의 작품은 대체로 미국과 유럽의 관습을 비교하는 이른바 국제 주제를 다루고 있다. 초기 소설 가운데 제임스의 국제 주제를 가장 밀도 있게 다룬 작품은 『아메리칸』이며, 이 소설은 월간 《아트란틱》에 연재된 다음 1877년 5월 출판되었다. 1878년에 발표된 『데이지 밀러』는 『아메리칸』과 더불어 제임스에게 대서양 양편으로부터 커다란 명성을 가져다주었고, 이후 그는 『유럽인』, 『워싱턴 광장』을 잇달아 발표했다. 작가로서 제임스의 위상을 정립한 작품은 1881년에 발표된 『여인의 초상』인데, 여기서 제임스의 국제 주제는 도덕적 깊이와 결부되어 작품에 중량감을 더해 주었다. 이 같은 작품으로 심리적 안정을 찾은 제임스는 유럽에서 위치를 굳힐 수 있다는 확신을 가졌다. 그리하여 1882년 5월 부모를 만나려고 미국에 온 제임스는 유럽을 영원한 거주지로 생각했으며, 양친의 별세로 잠시 미국에 머문 후 다시 유럽으로 건너갔다.

『여인의 초상』을 발표한 이후 10여 년 간은 제임스의 작품 활동에서 중기에 해당한다. 이 시기의 제임스는 국제 주제에서 탈피하여 자연주의 소설을 시도하는 한편, 연극에 관심을 돌려 희곡을 쓰기도 하였다. 1886년 제임스는 런던의 켄싱턴 가(街)에 거처를 정하고, 같은 해 『보스턴 사람들』과 『카사마시마 공주』를 발표했다. 자연주의적 경향인 이들 작품은 이전에 제임스가 썼던 소설과 다른 면모를 보여주었지만, 다른 자연주의 소설과 비교할 때 등장인물의 심리 묘사에 보다 중점을 두었다. 이와 더불어 제임스는 오랫동안 관심을 가졌던 극작을 시도하여 7편의 희곡을 썼는데, 그중 2편은 실제 공연이 되었다. 그러나 희곡 『가이 돔빌』의 공연이 실패로 끝나자 연극에 등을 돌리게 되었다. 그 후 1896년 여름, 런던의 남동부 서섹스의 작은 마을 라이에서 휴식중이던 제임스는 램 하우스를 발견하고 이곳을 자신의 안식처로 삼았다. 이 무렵 제임스가 쓴 작품으로는 『포인턴의 소장품』, 『메이지의 자각』, 『나사의 회전』, 『사춘기』 등이 있다.

1900년에서 1차 세계대전까지는 제임스 문학에서 후기에 속하는 기간이 된다. 1901년에 발표된 『성자의 샘』을 이어 나온 『비둘기 날개』, 『대사들』, 『황금주발』 등은 내용면에서 모두 제임스가 초기 소설에서 다루었던 국제 주제를 심화시켰을 뿐만 아니라, 새로운 소설 기법을 도입한 작품들이다. 이러한 작품들을 끝낸 1904년 8월, 제임스는 거의 20여 년 동안 찾지 않았던 미국을 방문했다. 제임스의 눈앞에 비친 미국은 거대하게 번창하는 문명을 대변해 주는 모습으로 전개되었지만, 그를 걱정스럽게 한 것은 뻗어가는 문명이 물질주의적 방향으로 치닫는 점이었다. 미국에서 10개월을 보낸 후 영국으로 돌아온 제임스는 자신이 받은 인상을 『미국 기행』에 담았고, 아울러 미국 체류중에 계약한 24권의 뉴욕판 소설 선집에 착수했다. 이 작품들은 1907년부터 1909년에 걸쳐 정기적으로 출판되었고, 각각의 권에 붙인 제임스의 서문은 그의 작가관과 문학 이론을 이해하는 귀중한 자료가 되고 있다.

이후 제임스는 신경쇠약으로 고통을 받았으며, 1910년 친형인 윌리엄이 별세하자 집안의 유일한 생존자가 되었다. 제임스는 1911년 하버드 대학에서, 1912년 옥스퍼드 대학에서 각각 명예학위를 받았다. 1915년 7월 제임스는 그때까지 유지해 왔던 미국 국적을 버리고 영국으로 귀화했다. 그의 동기는 외국인 신분으로 해안 마을인 라이의 주거지를 찾는데 당국의 허가를 받아야 되는 불편을 없애고, 전쟁에서 미국이 계속적인 중립을 취하는 데 항의하려는 것이었다. 그러나 제임스는 국적 변경으로 모국인 미국으로부터 집중적인 비난을 받게 되었다. 1916년 제임스는 영국 국왕인 조지 5세로부터 명예훈장을 받았으며, 같은 해 2월 28일 런던에서 73세를 일기로 세상을 떠났다.

제임스가 타계한 뒤 그가 남긴 작품은 일반 대중의 관심을 끌진 못했지만, 점차 새로운 독자층이 형성되면서 그의 문학은 새롭게 인식되었다. 소설에서 현대적 기법과 밀도 있는 심리 묘사를 구사한 제임스의 문학은 20세기 초의 작가들에게 큰 영향을 주었는데, 이들 가운데 조셉 콘래드, 포드 매독스 포드, 제임스 조이스, 버지니아 울프 등은 제임스로부터 소설 기법이나 심미적 개념을 빌린 작가들이라고 하여도 과언이 아니다. 제임스가 쓴 작품의 진가는 많은 비평가들에 의해 새롭게 확인되었고, 특히 지난 반세기 동안 쏟아져 나온 제임스에 관한 연구는 작품의 우수성과 현대 소설에 끼친 제임스의 영향을 유감없이 증명하였다. 제임스는 일생에 걸쳐 모두 22편의 소설과 113편의 단편 이외에도 수많은 비평, 여행기, 희곡, 자서전, 전기 등을 남긴 다작의 작가였지만, 중요한 사실은 분량이 아니라 그가 쓴 작품들이 실로 높은 경지에 있다는 점이다. 오늘날 제임스는 영미문학을 대표하는 작가로서 확고한 위치를 점유하고 있을 뿐만 아니라, 대서양을 사이에 둔 미국과 유럽의 두 세계로부터 가장 넓은 독자층을 확보하고 있다.

『아메리칸』에 나타난 신·구 세계의 모습

1877년에 발표된 『아메리칸』은 제임스의 국제 주제를 최초로 다룬 소설이다. 이 소설은 제임스의 다른 작품에 비해 주제나 내용이 분명하기 때문에 많은 독자들에게 제임스에 대한 입문서가 된다. 다분히 멜로 드라마적인 줄거리를 가진 이 소설은 제임스 문학의 중심적 내용인 신·구(新·舊) 문화의 차이, 즉 미국의 단순성과 유럽의 복합성을 비교하고 있다. 여기서 미국적 특질을 대표하고 있는 크리스토퍼 뉴만이 구대륙의 중심지 파리에서 겪는 일련의 체험을 통하여 신·구 세계의 관습과 가치가 선명히 표출된다. 최초로 신대륙을 발견한 크리스토퍼 콜럼버스와 동일한 이름을 가진 뉴만은 미국에서 유럽으로 건너와 구대륙을 〈재발견〉하려고 하지만, 단순한 미국인의 시각으로 접근할 수 없는 구세계의 현실을 확인한다. 그러나 뉴만은 외부 세계에 대하여 고정된 인식을 하지 않기 때문에 소설에 등장하는 일단의 유럽인들과 대조된다. 뉴만은 폐쇄된 유럽 사회의 관습에 어두운 나머지 많은 오류를 범하지만, 그의 내적 조망은 계속 확대되는 것이다.

이처럼 『아메리칸』은 신·구 문화의 대비라는 주제를 제시하고 있지만, 제임스가 밝힌 주제는 오늘날까지 대서양 양편의 세계를 규정하는 강력한 메타포가 되고 있다. 자신이 일관적으로 묘사한 〈대서양 횡단 스케치〉를 통하여 제임스는 미국에서 일상적 삶이 제도화된 형식을 통하여 보다 높은 차원으로 승화되기 힘든 반면, 유럽은 정교한 문화와 관습으로 삶의 원초적 충동이 억압된다고 규정하였다. 제임스는 미국과 유럽이 만나는 곳에 언제나 순수와 경험, 또는 미국적 이상과 복합적인 유럽의 현실이 대립된다고 보았다. 신·구 세계를 소재로 한 제임스의 소설에는 그들의 모체인 유럽으로부터 정신적 근원을 찾으려는 미국인들의 모습이 부각되어 있다. 이러한 순례자들은 단순한 미국의 삶에서 상상할 수 없었던 유럽의 현실에 직면하여, 경험의 세계로 입문하는 과정에서 혹독한 시련을 치르게 된다. 뉴만의 경우에서 보듯이, 많은 미국인들은 유럽의 실체를 파악하지 못한 채 단순한 경이감으로 새로운 현실을 목격하고 있다. 다시 말해, 이들은 현란한 유럽의 외관만을 목격하고 그러한 외관의 배후에 오랜 역사의 흐름 속에 깃든 음모와 비밀이 잠복해 있음을 깨닫지 못한다. 이와 대조적으로 세상에 대한 지혜를 축적한 유럽인들은 순진한 미국인들을 복합적인 시각으로 주시하며, 경험의 세계에 입문하지 못한 미국인들에게 긍정적이든 부정적이든 교사의 역할을 하는 것이다.

이 소설에서 뉴만의 체험은 파리의 귀족 가문인 벨가드 집안과의 관계를 중심으로 전개되는데, 그의 단순함은 벨가드 가(家)의 인물들이 가진 복합적인 이해 관계와 대조를 이룬다. 세상에 대하여 단일한 인식을 가진 뉴만은 근면과 노력만이 성공의 길이라고 믿는 미국적 가치에 충실했고, 이 같은 태도는 그에게 많은 재산을 축적하게 만들었다. 뉴만은 미국에서 확인된 힘과 재능을 바탕으로 인생의 기회를 확대함으로써 자신이 설정한 행복의 구도를 실현하려고 유럽에 온 것이다. 소설에서 뉴만이 처음 던진 말——금전의 언어——은 그의 사고를 단적으로 표현하고 있다. 유럽 사회의 실상을 파악하지 못한 채 자신의 경제적 힘으로 현실을 조정할 수 있다고 생각한 뉴만은 성공에 대한 보상으로 아름다운 여인을 만나 아내로 삼으려 한다. 따라서 그가 트리스트람 부인의 소개로 벨가드 가의 클레어를 만나게 되자 즉각 자신의 계획을 구체화하려고 한다. 그러나 뉴만이 상정한 힘과 용기는 시련을 겪게 된다. 왜냐하면 폐쇄된 벨가드 집안으로 들어간 순간부터 뉴만은 개성을 가진 인격체로 여겨지지 않고, 단지 물질적 성공을 거둔 미국인으로 취급되기 때문이다. 뉴만은 혈통과 신분을 구비하지 않았을 뿐만 아니라 귀족 사회를 지배하는 규약과 관습을 알지 못하기 때문에, 벨가드 가의 관점에서 의미 있는 존재가 될 수 없었다. 미국인 뉴만에게 적대감을 드러내는 노(老) 벨가드 부인과 큰아들 어베인은 전통 사회에 내재하는 형식과 관습을 중시하며 개인의 자유의지를 용인하지 않는 구세계 인물들의 본보기가 된다. 노부인은 뉴만의 신분이야말로 확고히 구축된 자신들의 기준에 부합되지 않으므로, 클레어를 미국인과 결혼시키는 것은 가문의 전통을 침해한다고 보았던 것이다.

소설의 전개에서 보듯이, 가문의 전통과 관습을 중시하는 귀족 사회의 내부에 탐욕과 범죄가 숨어 있음이 드러난다. 벨가드 가는 일찍이 지참금을 요구하지 않은 낯선 인물에게 클레어를 강압적으로 결혼시켰을 뿐만 아니라, 그들이 내세우는 가문의 전통에 가공할 살인을 은폐하고 있다는 사실은 귀족 사회가 도덕적 기반이 없는 추상적 이상 위에 있음을 입증한다. 노부인은 단순하고 직선적인 뉴만의 행위가 전통 사회의 기준에서 용납될 수 없다고 주장하며 자신의 허위를 인정하지 않지만, 이러한 모순은 마침내 집안의 일원인 발렌틴과 클레어의 비극으로 귀결된다. 여기서 수도원으로 들어가 세상과 결별해 버린 클레어의 행위는 유럽 사회에 대한 뉴만의 인식을 무너뜨린다. 뉴만과 클레어를 가로막은 수도원의 벽은 미국인 뉴만이 뛰어넘을 수 없는 냉엄한 현실을 상징하는 동시에 결코 접근될 수 없는 구세계의 실제를 말해 준다. 소설의 결말에서 뉴만이 벨가드 집안의 비밀을 폭로하여 그들에게 복수할 수 있는 문서를 태워버린 행위는 그의 확대된 인식의 결과가 된다. 이것은 뉴만이 문명 사회의 관습에 어두운 〈서부의 야만인〉이 아닌, 도덕적 깊이를 가진 인간으로의 변모를 의미하는 것이다.

이 작품의 번역은 주로 경주에서 이뤄졌으며, 번역 과정에서 많은 어려움과 즐거움을 동시에 느꼈다. 가급적 원문을 충실히 옮기려고 노력했지만, 표현을 다듬어 의미를 명료하게 만든 부분도 있음을 밝힌다. 이 번역이 무엇보다 제임스의 소설은 쉽게 접근될 수 없다는 많은 사람들의 선입견을 불식하는 계기가 될 수 있기를 바란다. 역자로서는 이 작업이 제임스 작품의 소개에 대한 출발이 되기를 다짐하며, 책 출간에 힘을 써준 민음사 편집부에게 감사의 마음을 전한다.

작가 연보

1843년	4월 15일 뉴욕에서 출생.
1845–55년(2–12세)	어린 시절을 뉴욕에서 보냄.
1855–58년(13–15세)	제네바, 런던, 파리 등지에서 사숙(私塾).
1858년(15세)	로드 아일랜드 주 뉴포트에 거주.
1861년(18세)	소방수를 돕던 중 척추 부상을 입음.
1862–63년(19–20세)	하버드 법과대학에 재학.
1864년(21세)	보스턴으로 이사. 최초의 단편 『실수의 비극 *A Tragedy of Error*』 발표.
1869–70년(26–27세)	영국, 프랑스, 스위스, 이탈리아 등지로 여행. 사촌 미니 템플 사망.
1871년(28세)	최초의 소설 『파수꾼 *Watch and Ward*』 발표.
1875년(32세)	파리에서 투르게네프, 플로베르, 졸라, 도데 등을 만남. 『열정적 순례자 *A Passionate Pilgrim*』, 『대서양 횡단 스케치 *Transatlantic Sketches*』, 『로데릭 허드슨 *Roderick Hudson*』 등을 발표.
1877년(34세)	『아메리칸 *The American*』 발표.
1878년(35세)	『데이지 밀러 *Daisy Miller*』, 『프랑스 문인들 *French Poets and Novelists*』, 『유럽인들

	The Europeans』 발표.
1879년(36세)	평전(評傳)『호오손 *Hawthorne*』 발표.
1880년(37세)	『워싱턴 광장 *Washington Square*』 발표.
1881년(38세)	『여인의 초상 *The Portrait of a Lady*』 발표.
1882–83년(39–40세)	양친 별세.
1884년(41세)	『프랑스 탐방 *A Little Tour in France*』 발표.
1886년(43세)	『보스턴 사람들 *The Bostonians*』, 『카사마시마 공주 *The Princess Casamassima*』 발표.
1888년(45세)	『반향 *The Reverberator*』, 『애스펀 문서 *The Aspern Papers*』 발표.
1890년(47세)	『비극의 뮤즈 *The Tragic Muse*』 발표.
1892년(49세)	여동생 앨리스 사망.
1897년(54세)	영국 라이Rye에서 램 하우스Lamb House 저택을 구입. 『포인턴의 소장품 *The Spoils of Poynton*』, 『메이지의 자각 *What Maisie Knew*』 발표.
1898년(55세)	『나사의 회전 *The Turn of the Screw*』 발표.
1899년(56세)	『사춘기 *The Awkward Age*』 발표.
1901년(58세)	『성자의 샘 *The Sacred Fount*』 발표.
1902년(59세)	『비둘기 날개 *The Wings of the Dove*』 발표.
1903년(60세)	『대사들 *The Ambassadors*』, 『윌리엄 웨트모어 스토리와 그의 친구들 *William Wetmore Story and His Friends*』 발표.
1904년(61세)	21년 만에 미국으로 돌아옴. 『황금주발 *The Golden Bowl*』 발표.

1905년(62세)	뉴욕, 필라델피아, 워싱턴, 플로리다, 시카고, 캘리포니아 등지를 방문. 『발자크의 교훈 *The Lesson of Balzac*』, 『영국 기행 *English Hours*』 발표.
1907년(64세)	『미국 기행 *The American Scene*』 발표. 뉴욕판 작품선집 착수.
1909년(66세)	『이탈리아 기행 *Italian Hours*』 발표.
1910년(67세)	형 윌리엄 사망.
1911년(68세)	하버드 대학에서 명예학위를 받음.
1912년(69세)	옥스퍼드 대학에서 명예학위를 받음.
1915년(72세)	영국으로 귀화.
1916년(73세)	국왕 조지 5세로부터 명예훈장을 받음. 2월 28일 런던의 첼시 Chelsea에서 73세를 일기로 별세. 첼시 교회에서 장례식이 거행되고 유해는 미국 매사추세츠 주 케임브리지의 가족 묘지에 안장.
1917년	미완성 유작 『상아탑 *The Ivory Tower*』, 『과거의 감각 *The Sense of the Past*』, 『중년기 *The Middle Years*』 발간.

세계문학전집 31

아메리칸

1판 1쇄 펴냄 1999년 6월 25일
1판 38쇄 펴냄 2024년 3월 20일

지은이 헨리 제임스
옮긴이 최경도
발행인 박근섭, 박상준
펴낸곳 (주)민음사

출판등록 1966. 5. 19. (제 16-490호)
서울특별시 강남구 도산대로1길 62(신사동) 강남출판문화센터 5층 (우편번호 06027)
대표전화 02-515-2000 팩시밀리 02-515-2007
www.minumsa.com

ISBN 978-89-374-6031-9 04800
ISBN 978-89-374-6000-5 (세트)

* 잘못 만들어진 책은 구입처에서 교환해 드립니다.

세계문학전집 목록

1·2 **변신 이야기 오비디우스·이윤기 옮김** 서울대 권장도서 100선
3 **햄릿 셰익스피어·최종철 옮김** 서울대 권장도서 100선 | 미국대학위원회 선정 SAT 추천도서
4 **변신·시골의사 카프카·전영애 옮김** 서울대 권장도서 100선
5 **동물농장 오웰·도정일 옮김** 미국대학위원회 선정 SAT 추천도서 | 《타임》 선정 현대 100대 영문소설
6 **허클베리 핀의 모험 트웨인·김욱동 옮김** 《뉴스위크》 선정 100대 명저
7 **암흑의 핵심 콘래드·이상옥 옮김** 미국대학위원회 선정 SAT 추천도서 | 《뉴스위크》 선정 10대 명저
8 **토니오 크뢰거·트리스탄·베네치아에서의 죽음 토마스 만·안삼환 외 옮김** 노벨 문학상 수상 작가
9 **문학이란 무엇인가 사르트르·정명환 옮김**
10 **한국단편문학선 1 김동인 외·이남호 엮음** 국립중앙도서관 선정 청소년 권장도서
11·12 **인간의 굴레에서 서머싯 몸·송무 옮김**
13 **이반 데니소비치, 수용소의 하루 솔제니친·이영의 옮김** 노벨 문학상 수상 작가
14 **너새니얼 호손 단편선 호손·천승걸 옮김**
15 **나의 미카엘 오즈·최창모 옮김**
16·17 **중국신화전설 위앤커·전인초, 김선자 옮김**
18 **고리오 영감 발자크·박영근 옮김**
19 **파리대왕 골딩·유종호 옮김** 노벨 문학상 수상 작가 | 《타임》 선정 현대 100대 영문소설
20 **한국단편문학선 2 김동리 외·이남호 엮음**
21·22 **파우스트 괴테·정서웅 옮김** 서울대 권장도서 100선 | 미국대학위원회 선정 SAT 추천도서
23·24 **빌헬름 마이스터의 수업시대 괴테·안삼환 옮김**
25 **젊은 베르테르의 슬픔 괴테·박찬기 옮김** 논술 및 수능에 출제된 책(1998~2005)
26 **이피게니에·스텔라 괴테·박찬기 외 옮김**
27 **다섯째 아이 레싱·정덕애 옮김** 노벨 문학상 수상 작가
28 **삶의 한가운데 린저·박찬일 옮김**
29 **농담 쿤데라·방미경 옮김**
30 **야성의 부름 런던·권택영 옮김**
31 **아메리칸 제임스·최경도 옮김**
32·33 **양철북 그라스·장희창 옮김** 노벨 문학상 수상 작가 | 서울대 권장도서 100선
34·35 **백년의 고독 마르케스·조구호 옮김** 노벨 문학상 수상 작가 | 서울대 권장도서 100선
36 **마담 보바리 플로베르·김화영 옮김** 서울대 권장도서 100선
37 **거미여인의 키스 푸익·송병선 옮김**
38 **달과 6펜스 서머싯 몸·송무 옮김**
39 **폴란드의 풍차 지오노·박인철 옮김**
40·41 **독일어 시간 렌츠·정서웅 옮김**
42 **말테의 수기 릴케·문현미 옮김**
43 **고도를 기다리며 베케트·오증자 옮김** 노벨 문학상 수상 작가 | 서울대 권장도서 100선
44 **데미안 헤세·전영애 옮김** 노벨 문학상 수상 작가
45 **젊은 예술가의 초상 조이스·이상옥 옮김** 서울대 권장도서 100선
46 **카탈로니아 찬가 오웰·정영목 옮김**
47 **호밀밭의 파수꾼 샐린저·정영목 옮김** 《타임》 선정 현대 100대 영문소설 | 미국대학위원회 선정 SAT 추천도서 | 《뉴스위크》 선정 100대 명저 | BBC 선정 꼭 읽어야 할 책
48·49 **파르마의 수도원 스탕달·원윤수, 임미경 옮김**
50 **수레바퀴 아래서 헤세·김이섭 옮김** 노벨 문학상 수상 작가 | 국립중앙도서관 선정 청소년 권장도서

51·52 **내 이름은 빨강** **파묵·이난아 옮김** 노벨 문학상 수상 작가
53 **오셀로** **셰익스피어·최종철 옮김** 서울대 권장도서 100선
54 **조서** **르 클레지오·김윤진 옮김** 노벨 문학상 수상 작가
55 **모래의 여자** **아베 코보·김난주 옮김**
56·57 **부덴브로크 가의 사람들** **토마스 만·홍성광 옮김** 노벨 문학상 수상 작가
58 **싯다르타** **헤세·박병덕 옮김** 노벨 문학상 수상 작가
59·60 **아들과 연인** **로렌스·정상준 옮김** 《뉴스위크》 선정 100대 명저
61 **설국** **가와바타 야스나리·유숙자 옮김** 노벨 문학상 수상 작가 | 서울대 권장도서 100선
62 **벨킨 이야기·스페이드 여왕** **푸슈킨·최선 옮김**
63·64 **넙치** **그라스·김재혁 옮김** 노벨 문학상 수상 작가
65 **소망 없는 불행** **한트케·윤용호 옮김** 노벨 문학상 수상 작가
66 **나르치스와 골드문트** **헤세·임홍배 옮김** 노벨 문학상 수상 작가
67 **황야의 이리** **헤세·김누리 옮김** 노벨 문학상 수상 작가
68 **페테르부르크 이야기** **고골·조주관 옮김**
69 **밤으로의 긴 여로** **오닐·민승남 옮김** 노벨 문학상 수상 작가 | 미국대학위원회 선정 SAT 추천도서
70 **체호프 단편선** **체호프·박현섭 옮김**
71 **버스 정류장** **가오싱젠·오수경 옮김** 노벨 문학상 수상 작가
72 **구운몽** **김만중·송성욱 옮김** 서울대 권장도서 100선 | 국립중앙도서관 선정 청소년 권장도서
73 **대머리 여가수** **이오네스코·오세곤 옮김**
74 **이솝 우화집** **이솝·유종호 옮김** 논술 및 수능에 출제된 책(1998~2005)
75 **위대한 개츠비** **피츠제럴드·김욱동 옮김** 《타임》 선정 현대 100대 영문소설
76 **푸른 꽃** **노발리스·김재혁 옮김**
77 **1984** **오웰·정회성 옮김** 《타임》 선정 현대 100대 영문소설 | 《뉴스위크》 선정 100대 명저
78·79 **영혼의 집** **아옌데·권미선 옮김**
80 **첫사랑** **투르게네프·이항재 옮김**
81 **내가 죽어 누워 있을 때** **포크너·김명주 옮김** 노벨 문학상 수상 작가
82 **런던 스케치** **레싱·서숙 옮김** 노벨 문학상 수상 작가
83 **팡세** **파스칼·이환 옮김**
84 **질투** **로브그리예·박이문, 박희원 옮김**
85·86 **채털리 부인의 연인** **로렌스·이인규 옮김**
87 **그 후** **나쓰메 소세키·윤상인 옮김**
88 **오만과 편견** **오스틴·윤지관, 전승희 옮김** 미국대학위원회 선정 SAT 추천도서
89·90 **부활** **톨스토이·연진희 옮김** 논술 및 수능에 출제된 책(1998~2005)
91 **방드르디, 태평양의 끝** **투르니에·김화영 옮김**
92 **미겔 스트리트** **나이폴·이상옥 옮김** 노벨 문학상 수상 작가
93 **페드로 파라모** **룰포·정창 옮김**
94 **차라투스트라는 이렇게 말했다** **니체·장희창 옮김** 국립중앙도서관 선정 청소년 권장도서
95·96 **적과 흑** **스탕달·이동렬 옮김** 국립중앙도서관 선정 청소년 권장도서
97·98 **콜레라 시대의 사랑** **마르케스·송병선 옮김** 노벨 문학상 수상 작가 | BBC 선정 꼭 읽어야 할 책
99 **맥베스** **셰익스피어·최종철 옮김** 서울대 권장도서 100선 | 미국대학위원회 선정 SAT 추천도서
100 **춘향전** **작자 미상·송성욱 풀어 옮김** 서울대 권장도서 100선
101 **페르디두르케** **곰브로비치·윤진 옮김**
102 **포르노그라피아** **곰브로비치·임미경 옮김**
103 **인간 실격** **다자이 오사무·김춘미 옮김**
104 **네루다의 우편배달부** **스카르메타·우석균 옮김**

105·106 이탈리아 기행 괴테·박찬기 외 옮김
107 나무 위의 남작 칼비노·이현경 옮김
108 달콤 쌉싸름한 초콜릿 에스키벨·권미선 옮김
109·110 제인 에어 C. 브론테·유종호 옮김 BBC 선정 꼭 읽어야 할 책
111 크눌프 헤세·이노은 옮김 노벨 문학상 수상 작가
112 시계태엽 오렌지 버지스·박시영 옮김 《타임》 선정 현대 100대 영문소설 | 《뉴스위크》 선정 100대 명저
113·114 파리의 노트르담 위고·정기수 옮김 미국대학위원회 선정 SAT 추천도서
115 새로운 인생 단테·박우수 옮김
116·117 로드 짐 콘래드·이상옥 옮김 《뉴스위크》 선정 100대 명저
118 폭풍의 언덕 E. 브론테·김종길 옮김 미국대학위원회 선정 SAT 추천도서
119 텔크테에서의 만남 그라스·안삼환 옮김 노벨 문학상 수상 작가
120 검찰관 고골·조주관 옮김
121 안개 우나무노·조민현 옮김
122 나사의 회전 제임스·최경도 옮김 미국대학위원회 선정 SAT 추천도서
123 피츠제럴드 단편선 1 피츠제럴드·김욱동 옮김
124 목화밭의 고독 속에서 콜테스·임수현 옮김
125 돼지꿈 황석영
126 라셀라스 존슨·이인규 옮김
127 리어 왕 셰익스피어·최종철 옮김 서울대 권장도서 100선 | 《뉴스위크》 선정 100대 명저
128·129 쿠오 바디스 시엔키에비츠·최성은 옮김 노벨 문학상 수상 작가
130 자기만의 방·3기니 울프·이미애 옮김
131 시르트의 바닷가 그라크·송진석 옮김
132 이성과 감성 오스틴·윤지관 옮김
133 바덴바덴에서의 여름 치프킨·이장욱 옮김
134 새로운 인생 파묵·이난아 옮김 노벨 문학상 수상 작가
135·136 무지개 로렌스·김정매 옮김
137 인생의 베일 서머싯 몸·황소연 옮김
138 보이지 않는 도시들 칼비노·이현경 옮김
139·140·141 연초 도매상 바스·이운경 옮김 《타임》 선정 현대 100대 영문소설
142·143 플로스 강의 물방앗간 엘리엇·한애경, 이봉지 옮김 미국대학위원회 선정 SAT 추천도서
144 연인 뒤라스·김인환 옮김
145·146 이름 없는 주드 하디·정종화 옮김
147 제49호 품목의 경매 핀천·김성곤 옮김 《타임》 선정 현대 100대 영문소설
148 성역 포크너·이진준 옮김 노벨 문학상 수상 작가 | 퓰리처상 수상 작가
149 무진기행 김승옥
150·151·152 신곡(지옥편·연옥편·천국편) 단테·박상진 옮김 《뉴스위크》 선정 100대 명저
153 구덩이 플라토노프·정보라 옮김
154·155·156 카라마조프가의 형제들 도스토옙스키·김연경 옮김
157 지상의 양식 지드·김화영 옮김 노벨 문학상 수상 작가
158 밤의 군대들 메일러·권택영 옮김 퓰리처상 수상 작가
159 주홍 글자 호손·김욱동 옮김 서울대 권장도서 100선 | 미국대학위원회 선정 SAT 추천도서
160 깊은 강 엔도 슈사쿠·유숙자 옮김
161 욕망이라는 이름의 전차 윌리엄스·김소임 옮김
162 마사 퀘스트 레싱·나영균 옮김 노벨 문학상 수상 작가
163·164 운명의 딸 아옌데·권미선 옮김

165 **모렐의 발명** 비오이 카사레스 · 송병선 옮김
166 **삼국유사** 일연 · 김원중 옮김 서울대 권장도서 100선
167 **풀잎은 노래한다** 레싱 · 이태동 옮김 노벨 문학상 수상 작가
168 **파리의 우울** 보들레르 · 윤영애 옮김
169 **포스트맨은 벨을 두 번 울린다** 케인 · 이만식 옮김
170 **썩은 잎** 마르케스 · 송병선 옮김 노벨 문학상 수상 작가
171 **모든 것이 산산이 부서지다** 아체베 · 조규형 옮김 《타임》 선정 현대 100대 영문소설
172 **한여름 밤의 꿈** 셰익스피어 · 최종철 옮김 미국대학위원회 선정 SAT 추천도서
173 **로미오와 줄리엣** 셰익스피어 · 최종철 옮김 미국대학위원회 선정 SAT 추천도서
174·175 **분노의 포도** 스타인벡 · 김승욱 옮김 노벨 문학상 수상 작가 | 《타임》 선정 현대 100대 영문소설
176·177 **괴테와의 대화** 에커만 · 장희창 옮김
178 **그물을 헤치고** 머독 · 유종호 옮김 《타임》 선정 현대 100대 영문소설
179 **브람스를 좋아하세요...** 사강 · 김남주 옮김
180 **카타리나 블룸의 잃어버린 명예** 하인리히 뵐 · 김연수 옮김 노벨 문학상 수상 작가
181·182 **에덴의 동쪽** 스타인벡 · 정회성 옮김 노벨 문학상 수상 작가
183 **순수의 시대** 워튼 · 송은주 옮김 《뉴스위크》 선정 100대 명저 | 퓰리처상 수상작
184 **도둑 일기** 주네 · 박형섭 옮김
185 **나자** 브르통 · 오생근 옮김
186·187 **캐치-22** 헬러 · 안정효 옮김 《타임》 선정 현대 100대 영문소설
188 **숄로호프 단편선** 숄로호프 · 이항재 옮김 노벨 문학상 수상 작가
189 **말** 사르트르 · 정명환 옮김
190·191 **보이지 않는 인간** 엘리슨 · 조영환 옮김 《타임》 선정 현대 100대 영문소설
192 **왑샷 가문 연대기** 치버 · 김승욱 옮김 퓰리처상 수상 작가
193 **왑샷 가문 몰락기** 치버 · 김승욱 옮김 퓰리처상 수상 작가
194 **필립과 다른 사람들** 노터봄 · 지명숙 옮김
195·196 **하드리아누스 황제의 회상록** 유르스나르 · 곽광수 옮김
197·198 **소피의 선택** 스타이런 · 한정아 옮김 퓰리처상 수상 작가
199 **피츠제럴드 단편선 2** 피츠제럴드 · 한은경 옮김
200 **홍길동전** 허균 · 김탁환 옮김
201 **요술 부지깽이** 쿠버 · 양윤희 옮김
202 **북호텔** 다비 · 원윤수 옮김
203 **톰 소여의 모험** 트웨인 · 김욱동 옮김
204 **금오신화** 김시습 · 이지하 옮김
205·206 **테스** 하디 · 정종화 옮김 미국대학위원회 선정 SAT 추천도서 | BBC 선정 꼭 읽어야 할 책
207 **브루스터플레이스의 여자들** 네일러 · 이소영 옮김
208 **더 이상 평안은 없다** 아체베 · 이소영 옮김
209 **그레인지 코플랜드의 세 번째 인생** 워커 · 김시현 옮김 퓰리처상 수상 작가
210 **어느 시골 신부의 일기** 베르나노스 · 정영란 옮김
211 **타라스 불바** 고골 · 조주관 옮김
212·213 **위대한 유산** 디킨스 · 이인규 옮김 서울대 권장도서 100선 | BBC 선정 꼭 읽어야 할 책
214 **면도날** 서머싯 몸 · 안진환 옮김
215·216 **성채** 크로닌 · 이은정 옮김
217 **오이디푸스 왕** 소포클레스 · 강대진 옮김 서울대 권장도서 100선
218 **세일즈맨의 죽음** 밀러 · 강유나 옮김
219·220·221 **안나 카레니나** 톨스토이 · 연진희 옮김 서울대 권장도서 100선

222 **오스카 와일드 작품선** 와일드 · 정영목 옮김
223 **벨아미** 모파상 · 송덕호 옮김
224 **파스쿠알 두아르테 가족** 호세 셀라 · 정동섭 옮김 노벨 문학상 수상 작가
225 **시칠리아에서의 대화** 비토리니 · 김운찬 옮김
226·227 **길 위에서** 케루악 · 이만식 옮김 《타임》 선정 현대 100대 영문소설 | 《뉴스위크》 선정 100대 명저
228 **우리 시대의 영웅** 레르몬토프 · 오정미 옮김
229 **아우라** 푸엔테스 · 송상기 옮김
230 **클링조어의 마지막 여름** 헤세 · 황승환 옮김 노벨 문학상 수상 작가
231 **리스본의 겨울** 무뇨스 몰리나 · 나송주 옮김
232 **뻐꾸기 둥지 위로 날아간 새** 키지 · 정회성 옮김 《타임》 선정 현대 100대 영문소설
233 **페널티킥 앞에 선 골키퍼의 불안** 한트케 · 윤용호 옮김 노벨 문학상 수상 작가
234 **참을 수 없는 존재의 가벼움** 쿤데라 · 이재룡 옮김
235·236 **바다여, 바다여** 머독 · 최옥영 옮김
237 **한 줌의 먼지** 에벌린 워 · 안진환 옮김 《타임》 선정 현대 100대 영문소설
238 **뜨거운 양철 지붕 위의 고양이 · 유리 동물원** 윌리엄스 · 김소임 옮김 퓰리처상 수상작
239 **지하로부터의 수기** 도스토옙스키 · 김연경 옮김
240 **키메라** 바스 · 이운경 옮김
241 **반쪼가리 자작** 칼비노 · 이현경 옮김
242 **벌집** 호세 셀라 · 남진희 옮김 노벨 문학상 수상 작가
243 **불멸** 쿤데라 · 김병욱 옮김
244·245 **파우스트 박사** 토마스 만 · 임홍배, 박병덕 옮김 노벨 문학상 수상 작가
246 **사랑할 때와 죽을 때** 레마르크 · 장희창 옮김
247 **누가 버지니아 울프를 두려워하랴?** 올비 · 강유나 옮김
248 **인형의 집** 입센 · 안미란 옮김
249 **위폐범들** 지드 · 원윤수 옮김 노벨 문학상 수상 작가
250 **무정** 이광수 · 정영훈 책임 편집 서울대 권장도서 100선
251·252 **의지와 운명** 푸엔테스 · 김현철 옮김
253 **폭력적인 삶** 파솔리니 · 이승수 옮김
254 **거장과 마르가리타** 불가코프 · 정보라 옮김
255·256 **경이로운 도시** 멘도사 · 김현철 옮김
257 **야콥을 둘러싼 추측들** 욘존 · 손대영 옮김
258 **왕자와 거지** 트웨인 · 김욱동 옮김
259 **존재하지 않는 기사** 칼비노 · 이현경 옮김
260·261 **눈먼 암살자** 애트우드 · 차은정 옮김 《타임》 선정 현대 100대 영문소설
262 **베니스의 상인** 셰익스피어 · 최종철 옮김
263 **말리나** 바흐만 · 남정애 옮김
264 **사볼타 사건의 진실** 멘도사 · 권미선 옮김
265 **뒤렌마트 희곡선** 뒤렌마트 · 김혜숙 옮김
266 **이방인** 카뮈 · 김화영 옮김 노벨 문학상 수상 작가 | 미국대학위원회 선정 SAT 추천도서
267 **페스트** 카뮈 · 김화영 옮김 노벨 문학상 수상 작가 | 국립중앙도서관 선정 청소년 권장도서
268 **검은 튤립** 뒤마 · 송진석 옮김
269·270 **베를린 알렉산더 광장** 되블린 · 김재혁 옮김
271 **하얀 성** 파묵 · 이난아 옮김 노벨 문학상 수상 작가
272 **푸슈킨 선집** 푸슈킨 · 최선 옮김
273·274 **유리알 유희** 헤세 · 이영임 옮김 노벨 문학상 수상 작가

275 픽션들 보르헤스·송병선 옮김 서울대 권장도서 100선
276 신의 화살 아체베·이소영 옮김
277 빌헬름 텔·간계와 사랑 실러·홍성광 옮김
278 노인과 바다 헤밍웨이·김욱동 옮김 노벨 문학상 수상 작가 | 퓰리처상 수상작
279 무기여 잘 있어라 헤밍웨이·김욱동 옮김 미국대학위원회 선정 SAT 추천도서
280 태양은 다시 떠오른다 헤밍웨이·김욱동 옮김 《타임》 선정 현대 100대 영문 소설
281 알레프 보르헤스·송병선 옮김
282 일곱 박공의 집 호손·정소영 옮김
283 에마 오스틴·윤지관, 김영희 옮김
284·285 죄와 벌 도스토옙스키·김연경 옮김 미국대학위원회 선정 SAT 추천도서
286 시련 밀러·최영 옮김
287 모두가 나의 아들 밀러·최영 옮김
288·289 누구를 위하여 종은 울리나 헤밍웨이·김욱동 옮김 노벨 문학상 수상 작가
290 구르브 연락 없다 멘도사·정창 옮김
291·292·293 데카메론 보카치오·박상진 옮김
294 나누어진 하늘 볼프·전영애 옮김
295·296 제브데트 씨와 아들들 파묵·이난아 옮김 노벨 문학상 수상 작가
297·298 여인의 초상 제임스·최경도 옮김 미국대학위원회 선정 SAT 추천도서
299 압살롬, 압살롬! 포크너·이태동 옮김 노벨 문학상 수상 작가
300 이상 소설 전집 이상·권영민 책임 편집
301·302·303·304·305 레 미제라블 위고·정기수 옮김
306 관객모독 한트케·윤용호 옮김 노벨 문학상 수상 작가
307 더블린 사람들 조이스·이종일 옮김
308 에드거 앨런 포 단편선 앨런 포·전승희 옮김 미국대학위원회 선정 SAT 추천도서
309 보이체크·당통의 죽음 뷔히너·홍성광 옮김
310 노르웨이의 숲 무라카미 하루키·양억관 옮김
311 운명론자 자크와 그의 주인 디드로·김희영 옮김
312·313 헤밍웨이 단편선 헤밍웨이·김욱동 옮김 노벨 문학상 수상 작가
314 피라미드 골딩·안지현 옮김 노벨 문학상 수상 작가
315 닫힌 방·악마와 선한 신 사르트르·지영래 옮김
316 등대로 울프·이미애 옮김 《타임》 선정 현대 100대 영문소설 | 《뉴스위크》 선정 100대 명저
317·318 한국 희곡선 송영 외·양승국 엮음
319 여자의 일생 모파상·이동렬 옮김
320 의식 노터봄·김영중 옮김
321 육체의 악마 라디게·원윤수 옮김
322·323 감정 교육 플로베르·지영화 옮김
324 불타는 평원 룰포·정창 옮김
325 위대한 몬느 알랭푸르니에·박영근 옮김
326 라쇼몬 아쿠타가와 류노스케·서은혜 옮김
327 반바지 당나귀 보스코·정영란 옮김
328 정복자들 말로·최윤주 옮김
329·330 우리 동네 아이들 마흐푸즈·배혜경 옮김 노벨 문학상 수상 작가
331·332 개선문 레마르크·장희창 옮김
333 사바나의 개미 언덕 아체베·이소영 옮김
334 게걸음으로 그라스·장희창 옮김 노벨 문학상 수상 작가

335 코스모스 곰브로비치 · 최성은 옮김
336 좁은 문 · 전원교향곡 · 배덕자 지드 · 동성식 옮김 노벨 문학상 수상 작가
337·338 암 병동 솔제니친 · 이영의 옮김 노벨 문학상 수상 작가
339 피의 꽃잎들 응구기 와 시옹오 · 왕은철 옮김
340 운명 케르테스 · 유진일 옮김 노벨 문학상 수상 작가
341·342 벌거벗은 자와 죽은 자 메일러 · 이운경 옮김 퓰리처상 수상 작가
343 시지프 신화 카뮈 · 김화영 옮김 노벨 문학상 수상 작가
344 뇌우 차오위 · 오수경 옮김
345 모옌 중단편선 모옌 · 심규호, 유소영 옮김 노벨 문학상 수상 작가
346 일야서 한사오궁 · 심규호, 유소영 옮김
347 상속자들 골딩 · 안지현 옮김 노벨 문학상 수상 작가
348 설득 오스틴 · 전승희 옮김
349 히로시마 내 사랑 뒤라스 · 방미경 옮김
350 오 헨리 단편선 오 헨리 · 김희용 옮김
351·352 올리버 트위스트 디킨스 · 이인규 옮김
353·354·355·356 전쟁과 평화 톨스토이 · 연진희 옮김
357 다시 찾은 브라이즈헤드 에벌린 워 · 백지민 옮김
358 아무도 대령에게 편지하지 않다 마르케스 · 송병선 옮김
359 사양 다자이 오사무 · 유숙자 옮김
360 좌절 케르테스 · 한경민 옮김 노벨 문학상 수상 작가
361·362 닥터 지바고 파스테르나크 · 김연경 옮김 노벨 문학상 수상 작가
363 노생거 사원 오스틴 · 윤지관 옮김
364 개구리 모옌 · 심규호, 유소영 옮김 노벨 문학상 수상 작가
365 마왕 투르니에 · 이원복 옮김 공쿠르상 수상 작가
366 맨스필드 파크 오스틴 · 김영희 옮김
367 이선 프롬 이디스 워튼 · 김욱동 옮김 퓰리처상 수상 작가
368 여름 이디스 워튼 · 김욱동 옮김 퓰리처상 수상 작가
369·370·371 나는 고백한다 자우메 카브레 · 권가람 옮김
372·373·374 태엽 감는 새 연대기 무라카미 하루키 · 김난주 옮김
375·376 대사들 제임스 · 정소영 옮김
377 족장의 가을 마르케스 · 송병선 옮김 노벨 문학상 수상 작가
378 핏빛 자오선 매카시 · 김시현 옮김
379 모두 다 예쁜 말들 매카시 · 김시현 옮김
380 국경을 넘어 매카시 · 김시현 옮김
381 평원의 도시들 매카시 · 김시현 옮김
382 만년 다자이 오사무 · 유숙자 옮김
383 반항하는 인간 카뮈 · 김화영 옮김 노벨 문학상 수상 작가
384·385·386 악령 도스토옙스키 · 김연경 옮김
387 태평양을 막는 제방 뒤라스 · 윤진 옮김
388 남아 있는 나날 가즈오 이시구로 · 송은경 옮김
389 앙리 브륄라르의 생애 스탕달 · 원윤수 옮김
390 찻집 라오서 · 오수경 옮김
391 태어나지 않은 아이를 위한 기도 케르테스 · 이상동 옮김 노벨 문학상 수상 작가
392·393 서머싯 몸 단편선 서머싯 몸 · 황소연 옮김
394 케이크와 맥주 서머싯 몸 · 황소연 옮김

395 월든 소로 · 정회성 옮김
396 모래 사나이 E. T. A. 호프만 · 신동화 옮김
397·398 검은 책 오르한 파묵 · 이난아 옮김 노벨 문학상 수상 작가
399 방랑자들 올가 토카르추크 · 최성은 옮김 노벨 문학상 수상 작가
400 시여, 침을 뱉어라 김수영 · 이영준 엮음
401·402 환락의 집 이디스 워튼 · 전승희 옮김
403 달려라 메로스 다자이 오사무 · 유숙자 옮김
404 아버지와 자식 투르게네프 · 연진희 옮김
405 청부 살인자의 성모 바예호 · 송병선 옮김
406 세피아빛 초상 아옌데 · 조영실 옮김
407·408·409·410 사기 열전 사마천 · 김원중 옮김 서울대 권장도서 100선
411 이상 시 전집 이상 · 권영민 책임 편집
412 어둠 속의 사건 발자크 · 이동렬 옮김
413 태평천하 채만식 · 권영민 책임 편집
414·415 노스트로모 콘래드 · 이미애 옮김
416·417 제르미날 졸라 · 강충권 옮김
418 명인 가와바타 야스나리 · 유숙자 옮김 노벨 문학상 수상 작가
419 핀처 마틴 골딩 · 백지민 옮김 노벨 문학상 수상 작가
420 사라진 · 샤베르 대령 발자크 · 선영아 옮김
421 빅 서 케루악 · 김재성 옮김
422 코뿔소 이오네스코 · 박형섭 옮김
423 블랙박스 오즈 · 윤성덕, 김영화 옮김
424·425 고양이 눈 애트우드 · 차은정 옮김
426·427 도둑 신부 애트우드 · 이은선 옮김
428 슈니츨러 작품선 슈니츨러 · 신동화 옮김
429·430 세계의 끝과 하드보일드 원더랜드 무라카미 하루키 · 김난주 옮김
431 멜랑콜리아 I–II 욘 포세 · 손화수 옮김 노벨 문학상 수상 작가
432 도적들 실러 · 홍성광 옮김
433 예브게니 오네긴 · 대위의 딸 푸시킨 · 최선 옮김
434·435 초대받은 여자 보부아르 · 강초롱 옮김
436·437 미들마치 엘리엇 · 이미애 옮김
438 이반 일리치의 죽음 톨스토이 · 김연경 옮김
439·440 캔터베리 이야기 제프리 초서 · 이동일, 이동춘 옮김

세계문학전집은 계속 간행됩니다.